荣如德译文集

XII

上海译文出版社

- 阿塔洛夫《初恋》
- 李别进斯基、布洛克《党的儿子》
- 克诺莱《护士勒妮》

目 录

初　恋

［苏联］阿塔洛夫　著

第一章

顶针儿

奥丽迦·凯容在十六岁那年变得非常暴躁、倔强、容易发脾气，有一次她的朋友——九年级的女同学们——递给她一张条子：“奥丽雅[①]，清醒一下！”

当一个人做任何事情都像在“找别扭”的时候，他还能有很多朋友吗？实际上，这一年奥丽雅根本没有朋友了。也许，她自己并不喜欢这样，但她对所有的人说：“我的朋友就是妈妈。”谁也不能证实这一点。班里的同学发现凯容常常答不出功课，可是有几门功课她看得比规定的还多——别是想跟老师争辩吧？

在一堂体育课上，她把大家都惊住了：她在单杠上拉了十六下。谁也没注意到，她为这花了多大的代价；可是她一点不露声色，体育教员夸奖她的时候，她轻轻擦着酸痛的两手，只是微笑着。体育教员是个年轻人，大家——老师们和姑娘们——都管他叫亚沙·哥萨巧克。他把奥丽雅·凯容引为骄傲，隔了不久，他甚至认识了奥丽雅的妈妈，对她说了一大堆关于奥丽雅“前途似锦”的话，答应介绍奥丽雅加入体育协会。妈妈给奥丽雅买了一条漆皮腰带，做了一套左肩上有白色小扣子的、像游泳衣似的蓝色服装。

可是后来奥丽雅没有被接受加入协会，因为年龄不合格。大家都知道了这件事。她本来连想也没有想到，为了这么点小事情竟会哭起来。的确，这是多么愚蠢的事啊！她躲在楼梯下的走廊里，咬着手绢，噙住眼泪。她在全班同学面前哭丧着脸听完那位亚沙·哥萨巧克冷静地下结论说，这样对奥丽雅甚至更好些：她需要等待一下，青年体育学校就快开办了。

同学们在教室里相视而笑。奥丽雅不甘示弱，为了更厉害地回敬她们一下，她在课间休息时吹嘘，说她大体上是很幸运的，甚至出生的时候也是这样。

大家就七张八嘴地嚷起来：

“嗨，姑娘们，快来听呀！”

“现在我妈妈是建筑工程师。可是当我出生的时候，我爸爸在工地上工作，而妈妈就这样生活着，她打算学习。”奥丽雅很快地说着，她怕在打钟以前讲不完她以前从保姆那里听来的一切。“那时妈妈在给我做小衣服，她觉得有‘嘟克——嘟克……’的声音。这就是我！”奥丽雅胜利地笑了。“妈妈搁下了活计，连忙到走廊尽头一个熟识的助产士那里去。我们是住在宿舍里的。我就在那里生了下来。助产士把我抱起来，举到头上，笑着。接着她指指妈妈的手指，说：‘瞧，顶针儿也没拿下；这一定是幸福的象征……’”

这个故事——不知是事实呢，还是胡诌——产生了意外的后果：奥丽雅·凯容给起了个绰号叫顶针儿。她个子本来就不高大。这个绰号就给起定了。

当米嘉·鲍罗廷开始在放学以后常常和奥丽雅见面的时候，第五女子学校附近的一座被纵横翻掘的街心花园还没有街灯哩。在这座遭到战争破坏的城市里，过了十年还在修复这个，建筑那个。他们常常走到离学校最远的林荫道尽头，在许多沾着石灰的铁锹旁、在还没有插到地里去的石头路牌上坐下来，默默地看着夕阳把黄沙抹上一层颜色，阴影渐渐铺满高低不平的沙沟。

暮色苍茫，正是倾吐衷肠的时候，在这时候随便讲什么话都不用

---

① 奥丽雅是奥丽迦的小名。

害臊，她很想坦白地表示态度。但有一次米嘉问奥丽雅："你说，为什么人家叫你顶针儿？"——她突然不好意思得要哭了。其实这有什么不好意思的呢？要是妈妈的话，她一定讲出来——而且能讲得很自然，谁也不会笑的。可是奥丽雅的脸愈涨愈红，她差点没逃跑。

鲍罗廷看着奥丽雅脸上的变化看出了神，后来，他自己也涨红了脸，温柔地说：

"你真是个顶针儿。你这么矮小……"

可是，他开始喜欢这样叫她的那个晚上，已经在故事开始以后很久：隔了有一个或两个多星期了。应该按次序从头说起，尽管这很困难。那年秋天，米嘉和奥丽雅的生活中的一切都搅乱了，连他们自己也很难弄清楚，事情到底是从哪儿开始的，怎样开始的。

事情是这样开始的：在右岸街区的什么地方翻掘了一片给炮弹打得百孔千疮的空地，一座烧毁了一半的夏令俱乐部给盖上了瓦片，到了十月，在那里开放了一所健身房，里边就是亚沙·哥萨巧克所说的"建设者志愿体育协会"附设的青年体育学校。男女学校里都掀起了爱好运动的热潮。男女学生放学以后分别向右岸走去。

自从战争年代中男女分校时起，产生了一种互相隔阂的现象。男学生讲到小姑娘的时候——甚至包括在上学的第一年冬天曾经同坐一张课桌的在内，——总是很瞧不起的样子，认为她们只会哭，此外一点也不中用；说她们的学校是"娘儿们的学校"。有一次三个女学生顺路到男学校去看看她们的一位老师，——竟会闹得不堪设想。男学生们从所有的教室里涌出来嚷着："丫头们来了！丫头们来了！"——直到把三个可怜的小姑娘送到校门外为止。后来，整个学校好久没有平静下来，正如语文教员阿格妮雅·李伏芙娜所说的，"活像一个哥萨克村庄遭到了强悍的柴尔凯斯人的袭击"。

秋天，体育场总算把男女学校的学生拉拢在一起。八年级和九年级的女学生剪短了头发。在短短的一星期内，稀疏的小辫子和粗重的长辫子都不见了。在健身房锻炼的男学生们，跟女学生们紧挨在一起，嘲笑她们的时髦风气。有一次，格林卡·舍里亚不知打哪儿弄来一条缚着蓝蝴蝶结的红色狐狸尾巴，把它挂在单杠上。女学生们装出她们对玩笑和纠缠感到讨厌的神气，跑到球场上去议论这件事情。但是当体操健将奥丽雅·凯容也终于把头发剪短、敛藏起笑容出现在健身房的时候，一向心平气和的米嘉·鲍罗廷也简短地说出了他的意见，当然，意见中多半是温和的指责。为了离姑娘们远些，他甚至在排队的时候从右边换到左边，也不作任何解释，只是对教练员亚沙·哥萨巧克指指笑得气也喘不过来的奥丽雅·凯容低垂着的头。谁也不能给米嘉解释为什么凯容觉得这样好笑，不过事实上他也不能解释，甚至对自己也不能解释为什么他这样不安分。

过了几分钟，米嘉懊丧地发觉自己在双杠上做倒竖蜻蜓的动作时特别卖力，因为旁边有一个头发剪短的姑娘。这就是奥丽雅。他两手撑住双杠倒立着，从高处看了她一眼。她注意到了他的目光，但这只有使她觉得有趣。她把左手叉在漆皮腰带上，右手把头发从后脑上掠起来成一个扇形，扮了个鬼脸，说：

“别伤心，米进卡[①]，别伤心……”

“你以为你是个好演员吗？”米嘉阴郁地说，一面把腰尽量弯到底。

灰眼睛、高颧骨、小身材的奥丽雅·凯容摆了摆手，微微弯下身去，笑了起来，米嘉觉得，在这些动作里有某种陌生的东西，这使他感到不自在，同时又吸引住他。他有整整一小时以炮弹般的脚力把球踢进球门。男生组锻炼完毕，健身房里只留下练体操的姑娘，他也迟迟

① 米进卡和后文中米契卡都是米嘉的小名。

不走，虽然他在那边没事情可做。

结果，他和奥丽雅一起坐到窗台上，畅谈了起来。他对她真是无所不谈！他谈到在五年级的时候，怎样用放大镜把游行队伍里一个小姑娘的辫子烧着了，而她还没有发觉；谈到亚沙·哥萨巧克怎样对他自己在女子学校里的工作发牢骚：“老是把她们往双杠上吊啊，吊啊，真倒胃口……”；谈到他们的一位物理教员，虽然老弱多病，但是非常乐观，他有一个复杂的名字连父名：阿勃杜尔·加米特·奥马罗维奇。原来他们俩都认识这物理教员：他也在女子学校教书。米嘉对这一巧合觉得很高兴，他把奥丽雅不知道的事情告诉了她：阿勃杜尔·加米特的皮夹里老是随身带着他手抄的一封契诃夫写给苏沃林[①]关于格里果罗维奇[②]患心绞痛的信。

“你知道吗，有这样一个作家，是跟契诃夫同时代的，年纪比他还大些。‘苦命的安东’这本书你总看过的吧？阿勃杜尔·加米特自己也有心绞痛。可是他不让它发作，他带着契诃夫的信当护身符，常常开玩笑说：‘我把心绞痛藏在怀里还能活上二十年哩……’”

他想到什么，就说什么。其实，《苦命的安东》他自己也没有看过，男学生们也许会说他的举动愚蠢，大吹法螺，可是他对于自己毫无办法：好像有一种不可思议的感觉驱使着他。他们坐着，互相挨得很近。有时候他凑在她耳边低语，有时候他们的目光碰在一起，因此，他愈来愈健谈了，而奥丽雅沉默的时候较多，她把一双脚舒服地搁在米嘉移过来的一条凳上。后来，话题完全扯到海阔天空的远处：

“你感到没有，奥丽雅，在我们这年龄，每个人心底里都认为自己是天才。”他摊开两手，好像请她相信大家都有这样的错觉。“有人想

---

① 苏沃林（1834—1912）是俄国资产阶级文艺评论家和出版家。

② 格里果罗维奇（1822—1899）是俄国作家。他的小说《农村》及《苦命的安东》描绘了农奴的悲惨生活。

做马雅可夫斯基，有人想做契卡洛夫[1]。可是总闹不清楚，在这方面什么比较重要：意志还是才能……”

“那又怎么样呢？我看你在这些哲学推理中钻不出来了。”奥丽雅说，但她还是不得不承认，米嘉的这些念头她从来也没有想到过。

“譬如，恰普虽然很……你认识他吗？他是我的好朋友。不认识？……我给你介绍。你应该认识他：他是大街上最有名的自行车手……”

“恰普又怎么样呢？”

“他什么都会。又是化学家，又是铜匠！他要发明给一只手的人用的提琴。他的理想是把无线电收音机装在香烟匣里……”

“这跟天才有什么关系？”奥丽雅说。

她的语调中对米嘉显得很不尊敬，这甚至使他无言答对：不论怎么样，他总比她大一岁，总是个十年级学生。他颇感兴趣地看了她一眼。她并不注意他，自管挥着乏力的手腕，使血脉活动一下。在这个不合时宜的挥手动作中流露出同样做作出来的对谈话不感兴趣的神态。他突然觉得不管她怎么样都无所谓——只要跟她在一起就好。当奥丽雅又被叫去排队的时候，他拉住了她的手，很清楚地说：

“我们以后常常见见面。”

只许说真话

第二次，他们俩一起走出体育学校。奥丽雅·凯容老是那么矮小，排起队来总是站在左面，甚至到了九年级也并没有长得多高。

---

① 契卡洛夫(1904—1938)是苏联著名飞行员，苏联英雄。1937 年由莫斯科经北极飞往美国，创长途飞行的新纪录，1938 年因试飞新飞机失事牺牲。

“你还是去淋淋雨吧，[1]”米嘉说，“要不然跟你在一起散步老是腰疼。”

现在他们回忆着以前几次相遇的经过。有一次——这大约是在战争刚结束以后——他们还很小，在市郊的田野里遇见了，他们一起采酸果；米嘉一直弯着腰采了两桶，在回去的路上跟她一起分了。后来，过了两年，两个学校的学生都去看早场电影《称心如意》，米嘉和奥丽雅凑巧坐在一起。更有一桩滑稽的事情，她曾经帮助他从栅栏上的一个窟窿里钻进体育场去。有时他们俩整整一年不见面也不觉得。后来他又看到了她，就像上一次那样，也在车站上，大约是在二月或是三月里。在去年吧？也许是前年？她的白色毛皮袄一下子映入了他的眼帘，也许是因为那天天气晴朗，她沿着月台上的已经干燥的木板走着，她那件皮袄就在阳光下闪闪发光。

“那时你没有走近我吗？”

“我连想也没有想到……”

“那么我在六年级念书的时候呢？”

“那时候你穿一件深红色的滑雪短外套。食指上扣住一个书包。你的颧骨像哥萨克人的那样，黑黝黝的……”

“就像现在那样吗？”

“一点也没有改变。眉毛就像毛刷子似的。”

米嘉自己的两道眉毛是长在一起的，眼光天真而温和——奥丽雅这样对他说。她还想到，他有点像年轻的盖达尔[2]，要是穿上高加索人穿的无领上衣对于他的宽肩膀一定很配称——对了！——软皮靴和库班式的皮帽也一定合适的。她常常带着讽刺的口吻夸赞他的分析能力

---

① 这里米嘉开玩笑地把她比作植物，吸收雨水能长得快些。

② 盖达尔（1904—1941）是著名的苏联儿童文学作家，作品有小说《学校》等。

和观察眼光，或者在突然发现他身上有一种害羞的气质时，就温柔地嘲弄一下；跟她在一起的时候，这种害羞的气质仿佛更增长了。

已经很晚了，他们乘五路电车乘到终点；月光照到黑魆魆的空车厢，四下里是收割完毕的秋天的田野、明亮的夜空、残株余根和泥土的气息，——这时你会深深地感觉到，你跟车厢一起在所有这些东西中间运动着，运动着……米嘉擦亮一根火柴——黑暗中，在放下一半的玻璃窗上忽然出现一张与实物明暗相反的照片，可是奥丽雅不客气地吹熄了火柴。他又擦了一根，想把那"光学作用"看个仔细，可是又被她吹熄了。他们争了起来，但马上就和解了。米嘉后来说："我们为了月光吵架……"

过了三天，又吵了嘴。原来他不老实，欺骗了奥丽雅：她本来就比他小一岁，可是他在那次糟糕的乘电车旅行的时候，不知为什么又给自己添了岁数。到了下一个星期二选举体育学校校务委员会委员的时候，西洋镜全部拆穿了。

"出生年份？"在挤得满坑满谷的大礼堂里问到了鲍罗廷。

"一九三六年。"

坐在第一排的奥丽雅·凯容一动也不动，虽然她觉得好像不仅是她一个人，而是大礼堂里所有的人马上就要揭穿米嘉的谎言。他在电车里明明对她说他是三五年生的！当时她还以为他是最老实、最正直的人呢。

她想干脆跑开去，不愿见他。可是他在人丛中走过来，好像没有看到她。于是她走到他跟前，直截地问：

"这是什么意思？"

他愣住了，竟说了句极不恰当的话：

"有些情况是特殊的。"

"你这人不能信任。"奥丽雅直盯着他的眼睛说。

“不信任就不信任吧。”米嘉困惑地说。

“原来这样！……”

他们吵了架。

一切都还是头一次！一生中从来没有过这种焦急地等待的感觉。他有好几天避开和她见面，到红心岛的河滨浴场去游泳。但仍旧是他主动在街上走到奥丽雅面前，要求重归于好；的确，他自己也不知道当时他为什么要说大岁数。

“算了，我们以后只许说真话。”米嘉说。

“应该老老实实，”奥丽雅以教训的口吻说，“对这个问题应该认识清楚。有些人说真话仅仅是因为怕一旦被揭穿，而另一些人说真话是因为不愿意、也不会撒谎。你也应该做这样的人。”

于是一切又跟从前一样了。他们互相逗弄，放学后遍城漫步；他只要把眼睛稍微斜瞅一下，看见她的干燥的栗色鬈发，闻到头发的特别的香味，他就什么话也说不上来了。

那年秋天，有很多事情都是头一次发生。在奥丽雅的开导下，米嘉·鲍罗廷勉强明白了他的外貌结合着坚强的力量和善良的性格，明白了他有一双被日晒风吹而变得粗糙的手。现在他经常在镜子前逗留一会，哪怕是一分钟也好，同时又对玛莎姨妈看着。

他没有妈妈。妈妈在战前就死了，那时米嘉才四岁。爸爸在离城四十公里的一个区中心工作；他是一个郊区的检察官，老是忙得不可开交，老是来去匆匆；每当他有事进城来，米嘉几乎一步不离开他。

抚养米嘉的是妈妈的姊姊——一个年纪已经不轻的英文和法文教员。米嘉和她相依为命，对她在家里所执持的规矩也很满意——在这种规矩下，他既有很大的自由，同时对自己的义务也执行无误。她是不容易欺瞒、骗过的，好在他也不需要这样做。

“姨妈，你为什么不问我上哪儿去？”

“你高兴上哪儿去，就请上哪儿去。”她伏在桌上写着，并不去注意米嘉在作出去的准备。

米嘉把一柄梳子塞在口袋里，说：

“姨妈，我到街心花园去。”

玛丽雅·谢尔盖耶芙娜暗自觉察到，这年秋天他变得显著地爱整齐了，还有，好像恰普也不常到他们家来了。

奥丽雅现在时时刻刻出现在米嘉的生活里；他老是想她，不知不觉地回忆起她的话、她的手势、她的习惯、她的微笑。有一次她若有所思地拿着根木棒在沙地上划来划去；有一次要求米嘉让她给他梳头发，而且要用她自己的小圆梳子；有一次他已经走到她身边，等她遽然转过身来说：“是米嘉？你好！”可是她装做没看见。有时她讲战时疏散的事情：当她五岁那年，在卡查赫斯坦她曾经背着妈妈跟洗脸盆打过仗；这个洗脸盆会发出呼噜噜的声音，会吓唬人，她悄悄地对它说：“我不怕你，洗脸盆！”有时她讲保姆的事情。曾经闹过这么一次把戏。奥丽雅问：“你是谁？”保姆粗声大气地回答说：“我是圣徒吉洪，是从天上下凡来的。”奥丽雅害怕起来了。真是个奇怪的奥丽雅！他从来没有想到这样两种迥然不同的性格可以友好相处：她倔强，动不动就生气，也许还很忍心（这一点他还不知道），而他呢，就像奥丽雅说的那样，——是个“很马虎的同志”，因为他相信自己的力量。

奥丽雅学习的成绩平平，可是她喜欢以教训的口吻说话，而且是那么尖刻，常常闹得米嘉讨饶。有时候，米嘉给奥丽雅的道学腔惹恼了，就向她提出一连串的问题：

“你懂电码吗？你从跳伞高台上背转身跳下来过吗？人们怎样根据所发现的头盖骨推断出泰希克-塔什石窟里的一个涅安得泰尔种男孩

子的脸型，你知道吗？[①]”

“可是你有没有穿越过大沙漠？……在沙漠中采苹果！骑了骆驼！……”奥丽雅拚命喊得比他响，她回忆起五岁那年曾经跟保姆骑骆驼走十俄里路到邻村去。在这时刻，她简直想哭：一方面由于受了委屈和妒忌，同时也由于另外一种感觉——也许是由于为他感到骄傲的心情。明知道他会自愿把胜利拱手让给她，她还得意洋洋地补上一句：“你啊！……我可骑过！”

他们自己也说不上哪来这么多时间见面。事实上每小时都有事情做：逢到星期天还得斩掉一星期来留下的“尾巴”；平日晚上，不是农艺学讲座，就是普希金晚会。米嘉比较轻松些，因为他不但可以不管许多家常琐事，而且对于功课他也像所有的男学生那样善于“见风使舵”，——他能预料到什么时候老师要问，什么时候可以搁一下。他那个班上的同学团结得紧紧的，常常在一起做功课。可是奥丽雅今年跟班里的同学相处得很不好，不能指望任何人的帮助。

学年开始以后过了一个多月，她那个九年级甲班的集体虽然团结得并不十分巩固，但多年来总算达到了步调一致，可是现在垮了。校长鲍尔姜斯卡雅因为无法安排七十多个一年级小学生，决定把九年级两个班合并——结果造成了一种分歧、混乱、波动的局面……奥丽雅不参加任何一派；当时两个班功课最好的学生组成了别树一帜的“七姊妹”；以前班上对各种各样的懒学生的帮助抓得很紧，现在她们又退到了老地方，谁也不批评她们；以前经常起带头作用的积极的学生也松劲了，她们决定观望等待，保持缄默。奥丽雅过去的朋友伊琳娜·西特尼柯娃也表现得不好，她是个高大、美丽的金发姑娘，是九年级甲

① 1938年苏联考古学家奥克拉德尼柯夫在乌兹别克斯坦南部拜松塔乌山一个名为泰希克-塔什的山洞里发现有涅安得泰尔人（旧石器时代的人种）的遗迹。

班的常任班长，新同学们荒唐地但是友好地叫她“英雄母亲”，她不知怎的没有被接受加入享有特权的“七姊妹”派，所以她常常发脾气，在同学之间讲怪话，闹不团结。米嘉过去也认识伊琳娜，常把她载在自行车上。现在她对奥丽雅和米嘉的友谊也不谅解。一切都搞得乱七八糟。如果不把伊琳娜计算在内，那么在这个新的、大的、不团结的班里很少有人对奥丽雅所热中的事感到兴趣。

米嘉的同学认为米嘉和奥丽雅的友谊就是友谊，虽然也有嘲弄的人。恰普曾经在教室里当着同学们的面问：“你昨天在哪儿，我怎么没找到你？”对于这样的问题要满不在乎地但是带着一点挑战的意味回答说：“我跟奥丽雅·凯容在城里闲逛。”——这就需要具有米嘉那种善良的性格，并且认识到自己充沛的体力。老实说，他因为她那么严厉还有点儿感到骄傲哩：男学生见她都敬而远之，她竟把他们整成这个样子。

这学年开始，鲍罗廷当选为班长。那年秋天，他有旺盛的精力，什么工作都干：编墙报，设法弄到各种体育用品，在文学研究小组里做关于莱蒙托夫的抒情诗的报告。整个一生中，米嘉从来没有觉得这样不耐烦得厉害：事情做得这么少，而时间又浪费了这么多。难道大家都有同样的感觉？……多少时间白白地在浪费！在这样不耐烦的心情下，有时他简直很难迫使自己在上课的时候坐上四十五分钟等到休息。说真的，活像个小孩子似的！有一次他在物理课上实在困倦得厉害，就决定不听了：他开始把值日表上的学生姓名倒念过来，喃喃地背着鲍里斯·戈都诺夫的独白[①]，练习舒展舒展手腕，一直到阿勃杜尔·加米特把一双圆眼睛盯着他看，说：

---

① 指俄国大诗人普希金所写的悲剧《鲍里斯·戈都诺夫》中主角的一段脍炙人口的独白：“我获得了至高无上的权威……”

“唉，鲍罗廷，你真淘气……出去跑一阵再回来。”

米嘉真的走出了教室，小心地掩上了门，顺着扶梯的栏杆滑到楼下走廊里。一分钟后，他以一个神清气爽的人的眼光环顾着同学们，回到了自己的座位上。

与恰普的争吵

世界上只有一个人使米嘉感觉到愈来愈难以与之相处，——那就是恰普。

从二年级起，那时德寇刚被赶走，疏散到东部去的本市基本居民回到了故土，在一所临时用木板钉成的、下雨天漏水的小屋子里开办了第一所学校，从那个时候起，米嘉就跟一个男孩子交上了朋友，这孩子谁也不用他那天真的名字阿尔卡沙称呼他，大家都管他叫恰普。

恰普很沉郁，喜欢打架，性情暴躁，但也很容易息怒。他是一个极勇敢的自行车手、无线电技术的酷爱者、课余摄影家，他拍照只拍白云——照他的说法，云是最不容易捉摸的对象。他自造的无线电收音机能收听八十九个电台，一直到丹吉尔[1]。他的确发明了一把给只有一只手的人使用的手提琴，可是他把模型毁了，因为发现“某些轻狂的非洲猿人有不健康的好奇心”，他这话是指某些女性而言的。

在一座出现于水力发电站和许多工厂周围的新城中，在建筑工人和装配工人的城市中，许多孩子不跟父母住在一起：今天爸爸在这里，明天也许到伏尔加河或安加拉河流域去。可是恰普有一段特殊的遭遇：他的父亲，炼铝工厂的工程师，在战前一年到远东去出差，这次出差要好多年，他给妻子和儿子留下了一所住宅和丰厚的月薪。后

① 非洲西北部临直布罗陀海峡的一个大商港。

来通讯断绝了，而在妈妈探听到他的所在地之后，他经过长久的沉默才来信说他有了新的家庭。恰普那时还小，妈妈教他，当邻居们问起“你爸爸在哪里？”的时候，就干脆回答说：“在割草喂狗！”恰普长大了，觉得老是这样回答也没有意思。在疏散的那几年中，有一个民航飞行员爱上了恰普的妈妈，可是他却跟恰普的爸爸不同，不愿丢下原来的家。在战争的末了，恰普和妈妈跟离开的时候一样仍是两个人一起回到自己的城里，于是她开始另找丈夫。可是一点结果也没有。恰普家里经常掉换着不同的男人，但没有一个待久的。这时节恰普身上发生了一件事，这件事甚至回想起来犹有余悸。

发生这件事以后，恰普的处境很困难。这时米嘉和他接近了，并且了解到他的全部家庭境况：一会儿他妈妈连吃饭的钱也不够，一会儿她突然开始挥金如土，送很多东西给儿子，买自行车啦，照相机啦，还有别的东西。

恰普不喜欢学校：集体不过是一种幌子——有一次他这样说过。他避开大家敬爱的人——老师们，他把老师叫做“接近学生的专家”，——譬如，他就这样说过阿格妮雅·李伏芙娜。放学后他就骑着自行车以疯狂的速度在大街上飞驶，他会在最意料不到的时候出现在米嘉家里。

自从米嘉常常到街心花园和体育学校去以后，恰普突然对女人表示痛恨。米嘉介绍奥丽雅和恰普相识，可是奥丽雅自从风闻到一桩事情后，就不跟米嘉的朋友说话了。事情是这样的：有一次在文学研究小组进行小组活动时，大家谈起了莎士比亚，恰普问阿格妮雅·李伏芙娜：

“难道能爱上朱丽叶这样的人？”

“为什么不可能呢？”

“没什么，”恰普没精打采地说，他好像对自己提出的问题已经失去兴趣了。“这样一个无聊的女人……祖传的矫揉造作。难道在我们这时代能爱上这样的女人？”

他的评语跟对于朱丽叶的概念显得格格不入，有很多人都掉过头去看米嘉：他们明白恰普是在暗示米嘉和奥丽雅·凯容的交往。

上课的时候，休息的时候，他们之间都没有作什么解释，但是恰普开始自己避开米嘉，为的是不再跟奥丽雅见面。

而争吵，真正的争吵是在一星期后十月革命节纪念活动开始的时候发生的。米嘉知道顶针儿会画画，要请她为墙报画一张——只要一张——图画！

那天恰普跟平时一样把自行车掮到肩上，踏着滑雪手登高时那种侧着身子走的歪斜步子从学校的楼梯走上去。他也不去听衣帽寄存处的女管理员在那边嚷些什么。

恰普并不注意同学们喜气洋洋的脸色，他昂着头，满不在乎地看着大家，走进已经布置好准备举行隆重集会的大礼堂，他的自行车已经放在走廊里。得到高年级学生允许来帮忙的低年级小学生们在排椅凳。恰普跨过重重障碍，走到墙报前面。

为了这期墙报，米嘉和全体编委辛苦了三个夜晚。这是一期节日特大号。有鼓舞性的祝贺词，有幽默小品，所用的自制墨水浓得简直成了紫色。有铅笔画，也有水彩画。还有一张照片：照的是有名的堤坝和水力发电站——这差不多是本城的象征了——照片的衬景是白云。

白云是恰普的大作。他仔细地看着照片，同时受到一种预感的折磨：他怕自己马上就会不喜欢这张照片，觉得它“不对劲儿”，——这样的事是有的。照片上拍的是一片浓重的积云，这是他的一套云景照片中的杰作，——用的是橘黄色的滤光器，是在雷雨之后的黄昏拍的。他把这张照片交给鲍罗廷，而且还附有一个条件：保证不用浆糊损坏这张杰作。

浆糊倒的确看不出。

小学生们在背后吃吃地笑，显然是在笑他。恰普迅速地把墙报全部浏览一遍。这可太卑鄙了！在《最后的晚餐》[①]的长桌旁边画着十二个自行车手，都是不久前一次竞赛的选手，恰普就坐在基督的座位上。这暗示着在自行车竞赛前举行的好多次无休止的会议，那些会议已经成为家长会上的谈话资料。事情的确是这样！但是为什么唯独恰普的头罩着光轮？为什么桌子底下偏偏画着他的一双歪斜得可笑的长脚？对了，这幅画像的草图他已经见过一次了！

有一次米嘉在吹嘘奥丽雅的才能的时候，曾经坦然笑着把奥丽雅画的一张漫画给恰普看过，可是恰普怎么也想不到米嘉竟会容许奥丽雅叫他当众出丑。

小学生们吃吃地笑着。他猛然回过头来：

“去去，你们这班不识相的小鬼！”

小学生们走开的时候，已经在公开地笑了。气愤得麻木了的恰普把那张荒唐的画研究了一番。这是奥丽迦·凯容画的。这是很明显的——最气人的是它在细节方面画得非常确切：桌子底下的长脚上扣着一副跟现在他脚上的一模一样的金属夹子。他在第一次看到这画的时候，就暗自惊奇：她是多么精细，可又是多么无礼！

恰普一路掀翻了几条凳子，跑出了大礼堂。正在忙着排余兴节目程序的团委书记维嘉·沙弗朗诺夫想使他平静下来：

“这是漫画嘛。又没有什么恶意……你怎么好意思这样，恰普！”

“我要求回答：为什么要旁人来参加我们的墙报工作？这件事你

---

① 《最后的晚餐》是意大利伟大画家辽奥纳多·达·芬奇(1452—1519)的不朽杰作。画的是基督临死前与学生共进最后一次晚餐的情景。这里是一幅摹仿这幅名画作的漫画。

问过鲍罗廷没有？”

“没有，我还没问过。当然，他不该这样……既然当了编辑，就应该好好考虑。”

在少先队活动室的恬静气氛中，恰普的气平了一些。

“我可以为大会拍照。”他闷闷不乐地说，并以和解的目光看了沙弗朗诺夫一眼。

“瞧，刚才何必嚷呢，”沙弗朗诺夫回答，“你有镁光灯吗？”

恰普对这个幼稚的问题只付诸一笑。

“你知道凯容来不来？”他问。

“又来了，又来了！恰普，这跟凯容有什么关系？我们有编委会。”

太阳照在走廊的高窗上。恰普走去打开一个个空教室的门，看看鲍罗廷是不是在那里。他那瘦削的、从来没有晒黑的脸一会儿给太阳照亮，一会儿又蒙上阴影。

不过一小时，米嘉在街心花园找到了恰普。他伸出交叠着的两腿坐在花园里的长凳上，不知谁把这条凳的一端从林荫道那边拉开了些，让它歪歪斜斜地放在那儿，很不方便。别人谁也不会去坐它，除了恰普，——他是无所谓的，只要人家不妨碍他抽烟时安静地思索就好。

米嘉在长凳的另一端坐下。他真有点对不起恰普：对朋友是不应该这样的，先前应该考虑一下。他应该预料到这一切会造成什么后果。

“你知道你现在像谁？”米嘉说，“像青年时代的马克西姆·高尔基。”

“我像哈克贝利·芬[①]。”恰普嘴上叼着纸烟顺着他的口气说。

---

① 哈克贝利·芬是美国大作家马克·吐温所著的小说《哈克贝利·芬历险记》中的主人公。他是一个十三四岁的流浪儿。

他们沉默了片刻。

“恰普，你曾经爱过人吗？”

“你把我看作跟你一样的人吗？”恰普从牙缝里迸出这么一句话。

“我知道你爱过人。”

恰普全身做了个急剧的动作，他的两条腿伸到凳下很远的地方，一双手摊开在长凳靠背上。他没有以坦白来回答朋友的挑战。

“如果不追求姑娘，她们对你就像冤家似的。”他忿怒地说出这话，眼睛眯成一条线，像一个射手在瞄准靶子。

“你爱过人吗？”米嘉重又执拗地问了一遍。

“没有！”恰普咬牙切齿地回答。

“为什么？”

“不为什么。她们都不漂亮。翘鼻子的脸上尽是雀斑……”

“那么高鼻子的呢？”

“高鼻子的脸上也有点儿东西。”

“有面‘疱’是不是？”米嘉大笑了起来。

“我们有必要继续谈话吗？”恰普恼怒地说，“你是班里唯一可以信赖的头脑清醒的人。连你也……”

“说下去。出了什么事？”

“我们又不是小孩子。巴扎洛夫和阿尔卡其[①]在我们这年龄再复杂的问题也能解决……你知道，也许我说得不客气一点，也许我会破坏你的某些情感，但在我们的国家里重要的事情太多了，相形之下，谈恋爱的人们就显得很可怜……就像别的国家里某些地方的……饥民那样。”他时断时续地说，一边大口地吸着气。“我看不惯在你身上所发生的一切……去，去吻她吧……虔诚的信徒！……”

---

① 巴扎洛夫和阿尔卡其是俄国大作家屠格涅夫的小说《父与子》中的主人公。

他站起身来，再也不回一回头，走开了。米嘉也不去阻拦他。让他走他的。

从恰普一心想破坏他们的友谊的粗暴态度中，米嘉感觉到一种卤莽的妒意。无论什么都无法挽回这件事。朋友走开了，瞧，他已经在转角处消失，连头也不回……

突然，回忆使米嘉开始激动。不知怎的想起了他们俩在一起度过的一个晚上。那时他们已经从疏散地点回来，有一次坐在米嘉家的空荡荡的屋子里。他们忍着手指炙痛，把热腾腾的、酥得一碰就要散落的马铃薯剥去皮，恰普信口编造一个奇怪的故事，在这种故事里，真实的东西常常跟臆造的东西搅在一起，分辨不清。他想出了一个关于滔天罪行和无耻叛变的故事。米嘉听了不寒而栗，因为他完全明白，恰普所说的不是别人，正是他那可耻地遗弃自己家庭的父亲，正是那个“在割草喂狗”的人。米嘉牢牢记住恰普还是小孩子时的瘦弱身躯，因为这时正巧电灯熄了，恰普巍然站在桌旁，黑暗中勉强可以看出他的轮廓。在昏暗中看他那细长的手指以迅速的、像剪子一般的动作把马铃薯撒上盐，可真有点可怕……

米嘉在街心花园里坐了好久。几句晦涩的诗句含糊地道出了失去朋友的苦闷的感觉。真想作一首诗。这在米嘉是从来没有的。“去吻她吧！”——再想不出比这更刺人的话了。

不知哪儿的无线电扩音器里响起了报告“最后消息”的声音。一条熟识的狗摇着尾巴走过来。他把它抚摸了一下，狗马上就躺下了。他霍地站起身来，就向学校里走去，把狗吓了一跳。

南方城市的秋天好像永远不会告终似的。这天，学生们到体育场去都不穿大衣，也不戴帽子。奥丽雅把格林卡 · 舍里亚从邻居家里拉走。他们在街心花园碰头，然后三个人一起去。

在米嘉班里，格林卡很久以前就被认为是个幽默大师。照他自己的说法，他能“笑死人”，虽然鲍罗廷和其他不少同学早就知道格林卡根本想不出什么可笑的东西。 不过大家习惯把他当作小丑罢了。

他一路上老是走在米嘉和奥丽雅之前一点点，梳得溜光的头发在阳光下闪烁着。不知为什么大家都叫他堂 · 米洛尼乌斯[①]： 事实如此，他的确像西班牙人。当然，他猜到米嘉跟恰普吵了架。虽然关于街心花园发生的事米嘉除了告诉过奥丽雅以外，对谁也没说过，但是旁人不可能不注意到这一点。同学们抱着一种奇怪的，简直是难以理解的知趣的态度装作没有留意到所发生的一切。

一直走到了堤坝上，格林卡突然转过身去说了一句莫名其妙的庸俗的话。

“没有欢乐的爱情，没有热吻的爱情，终归是……而且永远是……爱情。”他说着，一面挥动细长的手腕指挥着自己。

他是个瘦弱的孩子，一个不中用的运动员，正是这一点才使米嘉没有对他动武——还有，奥丽雅的手也扳住了他的肩膀。哼，竟敢对他们的关系下定论！谁给过他这样的权利！

“哦，堂 · 米洛尼乌斯！”奥丽雅笑着像唱歌似的说，她努力不使格林卡感到他的毒箭刚才也在她的耳边飕飕地响过。

到了体育场，女孩子们在音乐台后面换衣服。奥丽雅穿着她的蓝色运动服装跑出来，一面跑，一面把一只软鞋弄好，她立刻看到米嘉在单杠旁。

米嘉的个子比很多男学生要高一些，身体也比他们更像一个运动员。他长得匀称，有宽阔、突出的胸脯，他暗自把这引为骄傲，近来他常常无缘无故地陷入深思。就在他作单杠练习之前用氧化镁或白粉擦

---

① “堂”在西班牙文中有“先生”的意思，如堂 · 吉诃德等。 这里的姓氏是虚拟的。

手掌的一刹那，奥丽雅的目光发现了他。他站着，两手伸在放粉的箱子里，浸沉在深思中，他的动作活像在洗一方手帕。

奥丽雅把他尽情欣赏之后，悄悄地走出女生的行列，她不知不觉走到单杠旁边，只用嘴唇对米嘉轻轻地说：

“困难系数为三！”

这是一句普通的体育术语——表示做某项练习的困难程度，但是对于米嘉和奥丽雅来说，在这句“困难系数为三”中间包含着一种复杂的、非言语所能形容的，但又是很有鼓舞力量的东西。鲍罗廷把头摇了一下，纵身跃上杠子。

体育场上空的太阳愈沉愈低，正在向看台后面落去。格林卡·舍里亚不知在哪儿闲逛，他引所有的人发笑，什么东西都要信手乱抓：拖拖凳子，拉拉单杠的钢丝索，碰碰平放在草地上的自行车。在教室里他也是那样常常抓住课桌，做出要把它一起带到黑板那边去的样子，引得大家发笑，那时阿格妮雅·李伏芙娜就带着讽刺的口气说：“演莎士比亚的悲剧吗？……是热情奔放了吗？”“我是在笑死人。”格林卡照自己的想法解释着。

格林卡所说的那句关于没有欢乐、没有热吻的爱情的警句，大概是从破烂的“花牌游戏”[①]的牌上看来的，这句话除了愚蠢以外，仿佛并没有任何意思，但是不知为什么，那天晚上米嘉和奥丽雅不约而同地决定两个人一起离开体育场，不知是把格林卡忘了呢，还是找不到他。当然，得要一点花样。

他们摆脱了第三者，向右岸浓荫匝地的林荫道走去。这里散发着枯叶的气息，静得像在森林里一样；透过树木看得见一座座小洋房的宽阔的窗子里的灯光，一辆自行车在落叶上驶过，发出轻微的沙沙

① “花牌游戏”是一种恋爱游戏。牌上写着各种花名，一种花代表一句话。

声。米嘉对奥丽雅什么也不要，只要能看着她。他又怕看出了神，因为在她的小巧而柔软的身躯里，在一双坚强有力的手里，在柔软而浑圆的脖子里包含着那么多挑战的意味和勇敢的精神，使他脑袋旋转，心神不宁。但是过了一会，也许是过了几分钟，他就感觉到现在可以长久地端详她；同时宽心地、温柔地、安详地欣赏她那高颧骨的、带着傲慢的嘲笑神情的脸庞的美；有时当他向她靠近的时候，刹那间出现在她眼睛里的一种难以捉摸的神情会使他不知所措，那时他虽然走近了她，但是连吐一个字都害怕。

和恰普的吵架、格林卡的蠢话像一种莫名的威胁的预兆，使他们感到侮辱，扫兴。

“格林卡想说什么？”奥丽雅问。

米嘉费力地回答：

“我自己也不明白。你不该拖他来。我真想跟你在一起沉默一会儿！我想看看你，顶针儿……”

“谁也管不着这事。这跟谁也没有关系，”奥丽雅说，她在卫护他们之间的一切不受格林卡的好奇心的纠缠，“只有恰普有这样的权利。”

“是的，我认为他有这样的权利。”米嘉同意说，即使到了现在，在他和朋友闹翻之后，他仍因为奥丽雅突然这样大方而对她感激。

他从口袋里掏出一块铝制镶边的黄颜色小玻璃——这是他在那次吵架后从自己的物件中找到的一个滤光器，他把它放在手里把玩了一番，说：

“现在只剩下一些各种各样遗忘了的小东西了。”

奥丽雅接过那块小玻璃，透过它向市内看去。在黑魆魆的树干那边，电灯照得市内通明，整个左岸有无数灯火——那么多的灯火只有想像中才有。路上有一个巡逻连唱着歌走着，经过的地方留下了皮革和尘土的气味。月亮渐渐地升起。在泛着黄光的大地上空，月亮似乎呈现着淡绿色。不过即使不用任何玻璃，如果仔细地看一下，在每四座一排高耸在岸上的金属桁架中、在架在宽阔的河流上空的电线中、在那些像放大镜下的甲虫那样相当不顺眼而且有点可怕的油脂变压器中，月亮的确显得有点异乎寻常。

“我现在常常看关于眼科病理学的书看出神。”奥丽雅说，眼睛仍旧没有离开滤光器。

“你真的想做一个眼科医生，顶针儿？”

“不，只是偶然看到一本书……阿维尔巴赫教授[①]写的。”

“怪不得你打昨天起常常眯起眼睛。”

“你喜欢这样吗？”

“很喜欢。有点儿像猫头鹰。”

他们很晚才从无人的堤坝上走回去。下面，在早已修复的水电站堤坝的开着的闸门里，水在汹涌地翻腾着，惊心动魄的淡绿色瀑布在轰响。他们靠住栏杆，上身向前挺出，望下看着。

“我跳下去好不好？”米嘉问。

“简单些还是躺到电车下面去。”

对这样尖刻的一句答话又能回敬什么呢？奥丽雅老是把事情简单化。偏偏凑巧，有一辆小电车从左岸沿着无尽头的弧形堤坝驶来，车里面点着灯，那车外貌和气，可是想像一下也真奇怪：它那轰响着的轮子已经足够使你与世界永别了。

凯容的家

不过，与世界永别可不需要很多的才能。而要在半学期中不得满

① 米哈依尔·约瑟福维奇·阿维尔巴赫(1872—1944)是苏联学者，眼科病理学专家，科学院院士，斯大林奖金获得者。

半打三分，那所需要的才能要多得多——不单需要才能，还要有坚毅性和纪律性。可是奥丽迦正在飞快地向这终点走去。

“你在体育场上太疲倦了。”米嘉常对她说。

他达到了目的：奥丽雅决定一个月不去体育学校。不过他要她在这一个月内补上脱下的功课；他应该帮助她，否则不能把她拉上来。

“有什么不懂——就问，”他说，“你为什么这样倔强？”

“你真迟钝！……”

运动的确使她疲倦了，但更使她疲倦的是这年秋天突然出现在她生活中的一切。花在闲逛、做空想游戏上的时间实在太多了。米嘉近来常常对她说：

“我们分手吧。够了，我想睡了。”

“你是这样想吗？”奥丽雅问，她十分明了这突如其来的睡意的真情。

“我坚信这一点，并且谁也不能使我改变信念。”米嘉坚决地说，他已经不掩饰自己话里的意思了。

“你来影响影响我吧。”她说这话自然是做作的，并且带着一种轻浮的谦虚口吻。

“这完全不必要。你本来就很好，”米嘉回答，“不过我总要把你拉上来！”

在一个星期日的早晨，米嘉到奥丽雅家里去，看到奥丽雅的妈妈在房间中央的地毯上。她穿一件毛巾衣，腰间束着一条带，她仰卧下去，然后又慢慢地坐起来。她根本不打算因为来了个外人而中断她的锻炼。

“请进来，我在做早操。”她解释着，她那浓密的淡红色头发渐渐离开地毯。

“我一会儿就要走的。我跟奥丽雅打算温习一下物理。”米嘉低声说。

“妈妈，这就是那个一九三……五年生的德米特里 · 鲍罗廷。”奥丽雅说，一面把妈妈的鞋子塞到椅子底下去。

一只猫正玩得起劲，它钩住妈妈的袖子，想一面跑，一面把那只晒得黝黑的手牵走。妈妈觉得痒痒的，她笑着搿开了那只猫。

米嘉在回家的路上寻思着今天跟奥丽雅的妈妈初次见面的经过。当一个人深信他做得对的时候，那有多好啊；要是换上别的女人处在奥丽雅妈妈的地位，他一定会感到她当他的面继续做早操太不礼貌或是看不起他。可是现在这种感觉一点也没有。

从这天起，鲍罗廷常到奥丽雅家去了。

战后，凯容一家在一幢幸存的屋子里租了一间房住着。房东是爱吵闹的舍里亚一家，格林卡就是这一家最小的一个。组织上答应从正在建筑中的一幢房子里拨一所住宅分配给薇拉 · 尼古拉耶芙娜。她们日复一日地等待已经等了一年多，虽然并不打算把房间布置得舒适些，但她们仍旧渐渐地作了一些布置。房间相当宽敞，虽然只有一间，但它倒像一所住宅：这里有妈妈的工作室——搁在三脚架上的绘图板，有餐室——一张经常铺着熨得平平整整的台布的方桌子，也有奥丽雅的小天地——一张很小很小的写字台，旁边是沙发床，墙上挂着奥丽雅作的水彩画，在许多练习本、破旧的教科书、一面小圆镜和其他一些乱七八糟地扔在桌上的东西中间，有一张爸爸的照片（他穿着军服照的）。因为有宽窗和凉台的缘故，所以房间好像没有被墙壁限制住，窗外能看到市景：河岸上有一幢幢白色的房屋，电车来来往往；凯容家还有自己的一株栗树，树枝伸进了住宅，好像一匹驯顺的巨象在讨糖果吃。半开着的凉台门口还放着一张用粗木条钉成的躺椅，上面的粗帆布垫松垂了下来。

到了十一月，已经不是时断时续，而是几乎每天晚上都在家里温课了。奥丽雅很乐意服从这个需要，因为快放寒假了：虽然奥丽雅知道，不管学习成绩如何，妈妈答应了让她到冬令营去，总会放她去的，但她不愿使妈妈难过。薇拉·尼古拉耶芙娜老是觉得奥丽雅缺乏跟男孩子的友谊。奥丽雅的责任心很差——她能努力，但似乎这仅仅是出于对妈妈的爱。而米嘉能自觉地遵守纪律：不是因为人家叫他这样，而是他自己要这样。薇拉·尼古拉耶芙娜在仔细观察的同时，有时对奥丽雅所作的选择表示赞同，甚至羡慕那个她还不认识的玛莎姨妈；有时又担心——她觉得米嘉的性格不够开朗，觉得他的感情被一种爱好夸夸其谈的个性抑压住了。后来她又觉得可笑：难道一个深谋远虑的教条主义者会喜欢奥丽雅吗？她在内心深处认为米嘉最大的功劳在于他对奥丽雅作了仔细的观察，有了深刻的了解。

保姆普拉斯柯维雅·季莫菲耶芙娜，在每一次米嘉来的时候，总比他先走进房间来报告：

"你的那个人来了。"

"这不是我的人，是米嘉。"奥丽雅每次都要纠正她。

有时他们在米嘉家里温课。玛莎姨妈知道米嘉在跟谁要好，所以并不表示一点好奇心。她从年轻时起就沉默寡言，善于尊重别人的秘密，而孤独的岁月更使她懂得沉默的宝贵。她凭一个孤僻的人的敏锐感觉注意着米嘉如何观察奥丽雅——观察她的脾气、习惯、精神性格，——他每天都有新的、惊人的发现，自然而然地对这个姑娘产生好感。可是她还不了解奥丽雅，所以她希望有一个适当的机会认识一下奥丽雅的妈妈。

有一次奥丽雅很早就跑来了。米嘉还伸手挺足地睡着，他只穿一条短裤，学着拳击家的姿势紧握着拳头。姨妈在厨房里准备包面饼的馅子。奥丽雅很快地望了望厨房里的锅子，对姨妈嘁嘁喳喳说了些关于女人命运多舛的话，然后拿着练习本走到米嘉房间里，在米嘉的桌子旁边坐下。这使姨妈很喜欢。她同样喜欢他们匆匆告别时说："米嘉，再会，明天到我家来。"她喜欢他叫她顶针儿。更喜欢的是有一次她听到的一席话，那时米嘉在批评奥丽雅懒惰。

"我不懒惰。我不过是谦虚罢了，"奥丽雅还不服气，"我不愿在你面前吹嘘我的学问。"

"谦虚——有时是很虚伪的东西。我恨虚伪的谦虚。坐下……懒姑娘。"

玛丽雅·谢尔盖耶芙娜知道，这时候那姑娘到底还是在桌旁坐好了，坐得使做起功课来更方便些。

姨妈并不过问。她做得对。

奥丽雅的妈妈要过问。她也做得对。

有一次这甚至成了奥丽雅和米嘉的谈话资料：姨妈和妈妈的态度不一样，但两个人都做得很好。这真有意思！

当他们在奥丽雅家温课的时候，八点钟前妈妈下班回家。她回到家里总是很疲倦，埋怨着她的心沉重得像块石头，她先要盥洗好久，然后坐下来吃晚饭，吃得很多，就像一切大半天在户外度过的人一样。

妈妈在吃饭的时候，他们就面对着教科书嘴里念念有词。后来，她忽然驱除了疲劳，对两个孩子说："够了！"——自己一边洗牌，一边叫米嘉坐在自己对面。她和他玩"六十六分"常常赢他。奥丽雅讨厌一切纸牌游戏。她坐在安乐椅上注视着米嘉，她喜欢他那种含有羡慕意味的惊奇神气；他一生中第一次看到，而且像是在研究一种关系：当家里没有第三个人——丈夫兼父亲——的时候在一个成年女人和一个小姑娘之间所形成的特殊友好关系。

薇拉·尼古拉耶芙娜并不教训、纠正、教导奥丽雅，——最准确的说法是她们常常争论。自从出现米嘉以后，薇拉·尼古拉耶芙娜觉得和女儿争论起来比以前要好受些了。有时米嘉从她那儿听到对于生活的精辟而明哲的见解。这些话他长久地记在心里。譬如有一次他们展开了关于列夫·托尔斯泰的争论：一个贵族地主，可是他对普通庄稼人的劳动多么熟悉！米嘉刚看完《哈泽·穆拉特》，他最欣赏书里描写士兵阿福杰耶夫的农民家庭里打麦的情形。奥丽雅当然想起了《安娜·卡列尼娜》中列文在尼古拉草地割草的那一段。

“而你们不是贵族，倒反而一窍不通！”薇拉·尼古拉耶芙娜说。

“我们现在的理论知识比较多。”奥丽雅洋洋自得地说。

“那又怎么样呢？”薇拉·尼古拉耶芙娜说。“要知道，知识，不管是理论知识或是实践知识，都应该有益于人的心灵。必须有益于心灵。人们喜欢工作，奥琳卡，因为他们善于工作。”

米嘉听了奥丽雅妈妈这番话，陷入了沉思，其他的争论他都没有听见。他只注意到薇拉·尼古拉耶芙娜把奥丽雅迫得很紧：

“是的，从前每个人都懂得什么是庄稼人、鞋匠、铁匠、木匠。好吧，那么什么是索具工人？或者什么是马达管理员、定价员、电机技师、工作调派员、标记员？……这些事情你答不上来了吧？”她微微一笑，怜惜地看着奥丽雅，“要不要我给你介绍一个塔式起重机操纵手？他有空会告诉你，如果你想做他的接班人的话，应该具有哪些知识。”

“哪些知识呢？”

“锉工知识、电机知识、建筑和装配的知识，当然，既然你想知道，还要具有政治知识。”

“你说得好像一切都很复杂。可是人家对我们说，如果有机器代替劳动，那就轻松。”

“有趣，但不轻松！你就盼着到将来叠起两手坐着不干活最好。”

这时奥丽雅马上把两手叠在胸前，轻蔑地噘出了下巴。

米嘉以为他已经了解奥丽雅和她妈妈之间的关系的性质，其实他错了。她们之间的关系事实上要比他所想像的复杂得多。

奥丽雅很爱妈妈，因为妈妈很聪明，从不气馁，可是说实在的，她的一生老是不顺利。奥丽雅还记得爸爸最后一次上前线去的情形。保姆是个脾气不好的病人，她生的不是什么老太婆的病：她在战争年代中失去了两个儿子以后，爱上了杯中之物。妈妈在疏散时和保姆在一起受了不少苦，但她在那种情况下还是在函授专科学校毕了业。在幼儿园也没有的情况下教育女儿，在只有办公室里有电灯的条件下学习，思想上渐渐习惯于过女人的孤独生活，同时又得对那些没有受过教育的乡下姑娘做工作……这一切都是很困难的。

也许因为生活没有把薇拉·尼古拉耶芙娜养娇，所以她自己对奥丽雅那么娇宠。她自己应该得到而没有得到的一切，她都想给奥丽雅，并且想尽快地给她。谁知道她们将来会怎么样！不管情况迫使她们到哪儿去：到薇拉·尼古拉耶芙娜在那里盖过羊圈的卡查赫斯坦的山村也好，到普洛柯比耶夫斯克城郊的村落也好，——她总努力把住所安排得舒适一点，而保姆甚至在一九四二年的艰苦的秋天也设法做了够整整一冬吃的山茱萸果酱，使奥丽雅有一种在固定的老家的感觉，——她们还带着那几罐头果酱乘暖棚车东奔西走。

薇拉·尼古拉耶芙娜还没有交上许多亲近的朋友，有什么疑难和打算总是跟女儿商量，而女儿也一本正经地向她提供意见，这些意见有时很幼稚，有时又出奇地头头是道。薇拉·尼古拉耶芙娜知道这种头头是道的话是带着孩子气的，纯粹是一套理论，而在日常生活中奥丽迦一点也不中用。有时这甚至使薇拉·尼古拉耶芙娜害怕，但她努力安慰自己：奥丽迦虽然功课不好，但很早熟。奥丽迦脱下大衣从来不挂好；她会把教科书摊在餐桌上尚未收去的盆碟中间坐下来做功课，但她从不提起她很想有一件格子的橡皮雨衣，她会毫不在乎地穿了旧鞋子走路。奥丽迦有时看来讳莫如深，但她完全信任妈妈，有什么使她深深不安的事她都会告诉妈妈。

奥丽雅不善于在小事情上关心妈妈，她努力把生活中一切不顺利的事看得淡薄些，只要不使妈妈太伤心，只要不使妈妈想到她所必要的东西妈妈没有给她。她们谈话的口气大部分是带着一点嘲笑和讽刺的。

米嘉和奥丽雅正向屋里走进去。还在过道里他们就已经从开着的门里看到，妈妈在台灯的橘黄色灯光下埋头设计图样。一切都很好。他们在过道里低语了一阵。谁也不来妨碍。奥丽雅跨过门槛，忽然以不愉快的声调问妈妈：

“他还是来了？”

米嘉随手掩上了门，在角落里坐下来看书。他无意间把这次谈话听了下去，他知道她们谈的是福马·福米奇——一个远亲，不知为了什么，妈妈和奥丽雅一致地讨厌他。

米嘉有一次问奥丽雅：

“为什么你不喜欢福马·福米奇？”

“因为他是个坏蛋……”

渐渐地，从奥丽雅和妈妈的话里米嘉对这个人构成了一个概念，虽然还没见过他。这人是市执委某汽车调配站的主任——一个粗鲁、庸俗、恬不知耻的家伙。本市各建筑工地上的人都知道他：他的汽车调配站每昼夜要把十万块砖头运到建筑架那边去。但没有一次党的会议上潘久霍夫不受到建筑工人的公正的批评，于是他大笑着自称为“吃批评主任”。但他直到现在仍旧没有沉没，他还像一个软木塞似的浮在水面上，只有一圈圈漩涡从他那边扩散开去：他常常哈哈大笑，混淆人家的视听，传播笑话。他虽没有任何个人兴趣和需要，但是一切不容易得到而有很多人希望得到的东西，像：首都剧团巡回演出的票子、订购《雨果全集》或《巴尔扎克全集》的预约单、中国手工艺品等等，他似乎都能比市内任何人早一点弄到。他带着一种幼稚的得意的神气渐渐地自己为自己造成一个钻营珍品能手的声誉。他根本不知道他需要什么：里加来的枝形挂灯，足球比赛的票子，还是格鲁吉亚的“焕奇卡拉”酒，——他只是怀着嫉妒的心情注意别人所需要的东西。当他为自己弄到什么东西的时候，他并不因为所弄到的东西高兴，而是因为他第一个弄到而高兴。有一次他夹在腋下带来一本新书——精装本的《堂 · 吉诃德》。

“您要它干吗？您又不会去看！”奥丽雅很气愤。

福马 · 福米奇哈哈大笑：

“这是为了锻炼锻炼！……不然会把弄到这类东西的本领荒废的。”

最近，薇拉 · 尼古拉耶芙娜对这位远亲客气了些，他们常常单独坐在她的工作台旁，妈妈在桌上画着一些运砖头的铁笼子，潘久霍夫大笑着喊：“我们是赶车的，我们的事情是运输！”薇拉 · 尼古拉耶芙娜皱皱眉头，把手放到心口。可是奥丽雅却没有妈妈的好性子，她发火了：

“你怎么能跟他说话，妈妈！”

“奥丽雅，不了解情况乱加指责是人人会的。”

“这跟你不相像，妈妈……”

为了给薇拉 · 尼古拉耶芙娜解围，米嘉使她想起他在，他走到房间中央，一面走，一面洗着一副纸牌。他们开始了游戏。奥丽雅的妈妈玩得很认真，她能记住丢掉的牌，把米嘉稳拿的牌也吃掉。奥丽迦在解答一道难得要命的问题：能不能对那些你认为不好的人不加指责？明明觉得厌恶，偏要讲究客气，——那就是虚伪。

她认为汽车调配站主任福马 · 福米奇是一切粗鲁的、乱七八糟的东西的化身，也许妈妈在工地上每分钟都接触到这样的东西。奥丽雅不喜欢妈妈的职业。其实，她也不知道妈妈在做些什么。她对这不感兴趣。她只到妈妈的“工程”上去过一次。她走过狭窄的踏板和遍地是水的走廊，向两三间吸烟室里张望了一下，才在五层楼的一个地方找到了妈妈的办公室。办公室和吸烟室很少有区别：一间刚涂上泥灰的房间，连地板也还没铺好，里边又冷又湿，散发着黏土气——这股气味在此地比走廊里更强烈，因为装有轮子的烘炉把角落里的潮气也都聚集在一起了。房间里空荡荡的——一张破旧的小桌子（桌上放着两架电话，玻璃板下面压着一张划有格子的纸），一把椅子，椅背上套着妈妈的一件棉背心，靠墙放着六张刚刨好的凳子，这些东西怎么能算是陈设呢?

奥丽雅问妈妈：

“为什么要六张凳子?”

“我这儿有五个工程主任和一个机械师。”

奥丽雅看到这间房间这样寒气森森，毫无温暖，不禁打了个冷噤，她打心眼里可怜妈妈。她的心脏又衰弱，她是多么困难啊！还得经常跟一些像福马·福米奇那样自得其乐的老滑头和一些像那个不怀好意的工长柯维林那样寡廉鲜耻的人打交道，那个柯维林不知弄断了一条什么钢索，所以他来找妈妈，当着奥丽雅的面拚命打听会不会把他撤职，要是会撤职，他认为根本就不必苦干……奥丽雅相信，如果妈妈是个演员，是个图书馆管理员或者是个教师的话，在她周围的就完全是另一种人了。奥丽雅在同学面前把妈妈引为骄傲，因为妈妈做着这样困难的男子做的工作，而在内心深处，她十分可怜妈妈。

初会潘久霍夫

十二月末，大家决定庆贺奥丽雅领到护照[①]。米嘉领了玛莎姨妈一

① 苏联公民年满十六岁可领护照。

同去参加晚会——介绍她跟薇拉·尼古拉耶芙娜认识一下。另外还有一个不可明言的目的：彻底弄清楚姨妈对冬令营的态度。工程管理处的郊外别墅总共只能容纳四十个孩子。薇拉·尼古拉耶芙娜可以通过党委介绍奥丽雅和米嘉去当辅导员。

走近了凯容家住的那幢亲切熟悉的房屋，米嘉拉住了玛莎姨妈，跟她约法三章。姨妈答应不责备米嘉，不整他的领带，也不按照糟糕的老习惯给他梳头发。根据这些条件，当姨妈认为该走的时候，米嘉必须和她一起回去，但不能早于明天，也就是说要过了午夜十二点。

开门的是奥丽雅。她在门口愣住了，甚至忘了让路，她半晌不作声，她的幸福的目光、她那沾满面粉的双手、整个她的高兴的神态，在房门口已经把米嘉惊呆了。玛丽雅·谢尔盖耶芙娜和奥丽雅的妈妈立刻被略施小技引到凉台上去——让她们进一步认识认识。她们谈得很投机，在晚会快结束的时候差不多交了朋友，就像那些工作很忙的人那样，虽然在这以前互相不认识，但各自想的有许多是一样的。发现这一点的是奥丽雅。但是米嘉也注意到了。有几次他听到她们谈话的只言片语。她们谈到了他，谈到了奥丽雅，这是很清楚的。

第一次他听到薇拉·尼古拉耶芙娜说："他终于把她拉上来了！"另一次听到玛莎姨妈说："他们在纠正男女分校的某些缺点。"他看到这时她们俩都笑了。第三次，不过这回他已经不敢肯定她们所说的是否仍旧是那件事，米嘉听到奥丽雅的妈妈说："他们的关系……这有什么可说的呢？这很好，因为……很好。"

也许是因为在香槟酒的影响下米嘉有点儿头晕的缘故，他还做了一些发现。

首先，姨妈带来了一双篮球鞋送给奥丽雅。不过，这还在喝香槟之前。当奥丽雅把一块桌布夹在腋下，用两手把一只鞋套到脚上去的时候，米嘉对她的苗条的身段投了一瞥，忽然看到她有一对极美的膝头。虽然一星期有三次看到她穿运动衣，他可从来没注意到这一点。

后来他又满意地发觉，这屋子里的人很看重他：当他用小钳子开一瓶香槟酒的时候，那时大家都紧张了起来，他听到了薇拉·尼古拉耶芙娜的声音：

“是鲍罗廷在开吗？好极了，他行！”

在这充满谈笑声的房间里，一切都和顶针儿有关，一切只有和她在一起才有意思，当她在场的时候，一切都显得光彩焕发，甚至穿着毛线衫、戴着眼镜的、胖胖的普拉斯柯维雅·季莫菲耶芙娜也是这样，她从厨房里端出餐具、香兰面包干和放在一只玻璃盆里的樱桃果酱。

吃过了晚饭，喝了点茶之后，大家把桌子移到靠墙的地方，开始跳舞。米嘉和奥丽雅跳着华尔兹打格林卡身边挤过，格林卡刺了一句：

“温情的科学……”

“温情……”奥丽雅转到房间的另一端的时候重复了一遍。

他们都笑了起来。她不知不觉地把头靠到米嘉的肩上。他在跳过这支华尔兹以后简直累死了：他再也没跟任何人跳舞。

他第一次注意地环顾着，仿佛现在刚刚走进这房间，谁也没看见他。

维嘉·沙弗朗诺夫长着一头淡黄色的头发和一双灵活的淡绿色眼睛，侧面的轮廓很端正，他坐在唱机旁，每放完一张唱片，就用锉刀把唱针锉得尖一些。他的动作是内行的、锉工的动作。他过去的确是个锉工——他是从青年工人学校转到他们学校里来的。他说话不多。米嘉喜欢这个共青团书记。学校里很多人喜欢他，大家都尊敬他——尊敬他的工龄，尊敬他的特殊的怕羞态度，这种态度只要当问题关系到公共利益的时候就会从他身上消失。现在沙弗朗诺夫一面锉针，一面听极甜润的男高音唱着那支关于死神和格鲁吉亚老人酣斗的哲理歌曲。

格林卡·舍里亚蹲在维嘉前面妨碍他听——要他找到并放送一张叫做《玛莎，你笑呀》的唱片。他这张唱片使大家都讨厌了。奥丽雅不准他管理唱机，这架唱机是从妈妈的同事——一个机械师——那儿借来的，于是格林卡就以主人的身份满屋子乱跑，不时去纠缠沙弗朗诺夫，要他再放一遍《玛莎，你笑呀》……

姑娘们在准备抽签游戏①，她们在房间里一会儿出现，一会儿不见，把丝带、香槟酒瓶塞、短铅笔头都搜罗了去。

埃狄克·莫蒂辽维奇带着满不在乎的神气踱来踱去：他在不久前爱上了一个成年女人——木偶剧院的演员，又是网球能手。这秘密是维嘉·沙弗朗诺夫发现的。现在同学们对待埃狄克好像对待一个有了心病的人：很关心他，但不无打趣的意味。

还有两张摆得相距很远的椅子，上面坐着神情冷漠的一对青年男女。他们好像对什么东西极不满意，照他们看来，好像在愉快的晚会过程中有什么东西不可挽回地给搞坏了。男的是米嘉班上的奥列格·比伏瓦罗夫，女的是布列霍夫斯基赫三姊妹的大姊纽拉——她是个大个子，常常心不在焉，跟奥丽雅是同课桌的同学。

米嘉过去从不怀疑奥列格对纽拉有好感，但现在掌握了敏锐非凡的观察力以后，他就在想了：他们之间会不会也跟他和奥丽雅之间一样？奥列格和纽拉自己也没想到他们俩同样紧张的姿势自然而然给人以这种印象。

“同学们，到这里来！……把签放下！……”

指挥的是奥丽雅。伊琳娜·西特尼柯娃拿着帽子走圆圈。从她们

---

① 用各种零星物件（如铅笔、钥匙、别针等）代表某一件事（唱歌、跳舞、讲故事等），谁摸到什么，谁就必须做那件事。

的样子看来，显然她们已经想好了许多有趣的花样。

抽签游戏搞得很精采。埃狄克必须摹仿在网球场拾球的样子。格林卡得唱歌，他唱了一支《玛莎，你笑呀》，令人作三日呕。米嘉在桌子底下钻过。保姆学了亚沙·哥萨巧克的样子，其实她根本不知道他是什么人；结果搞得非常滑稽，因为她以为要她跳一支“哥萨巧克”舞。他们还要玛丽雅·谢尔盖耶芙娜做“算命人”，结果没成功，她溜到凉台上去了，好让大家忘掉她。当轮到薇拉·尼古拉耶芙娜从帽子里抽签的时候，伊琳娜嚷了起来：

“讲一个使人激动的故事！”

“你们这班……我有什么能使你们激动的呢？我连前线也没有去过。”薇拉·尼古拉耶芙娜说着把那根签——凉台门的钥匙——转来转去。

“想一个！……一定想得出的！……”

参加游戏的人散开来坐舒服了些。薇拉·尼古拉耶芙娜给年轻人围在中央，她以恳求的目光看了一下放大胆子走进门口的玛丽雅·谢尔盖耶芙娜。

“不行，不行……捏造我可不会——这是奥丽雅的拿手好戏。讲什么呢？使我激动的事情你们听了会觉得枯燥无味。要是我来讲运砖头的事怎么样，你们有兴趣吗？你们是时代的宠儿。”她微微一笑。“米嘉跟奥丽雅为了月光还吵过架。米嘉有一个朋友连拍照也只拍白云。”

“那是恰普！”格林卡郑重地宣布。

但是大家还是不断地说服、要求薇拉·尼古拉耶芙娜讲一讲，最后为了遵守规则起见，只要她随便讲一个应应景。于是她让步了。

这的确是个枯燥无味的故事——是关于砖头的事。但大家既然相信奥丽雅的妈妈说这个故事使她激动，就尽量注意地听。薇拉·尼古拉耶芙娜讲到砖头在运输和装卸时的惊人的浪费。砖头还未出厂就有碎裂。堆砖头用的是手工方法。今天把砖头堆了起来，明天又把一堆堆砖头拆卸。乱七八糟地扔到卡车上。运到目的地以后——又装到手推车里，再从手推车里拿出来堆成一堆一堆，然后再扛走……这样得经过十四道手续。这种劳动是繁重而毫无意义的。碎裂现象是惊人的。平均四块砖头有一块在路上变成碎石……

“枯燥吗？”

“不，您说哪儿的话，哪儿的话……”

“好吧，那你们不要怪我。现在我反正要讲到底了……”

维嘉·沙弗朗诺夫听着，脸上露出会意的神色，因为他对生产很熟悉。格林卡由于紧张地等待取笑资料而伸长了脖子。埃狄克满不在乎地嚼着一个软木塞。

“于是发生了一件在我看来是令人激动的事情。有一个人想出了根本改变这些现象的办法：不要用那种使几千双手烫得火辣辣的粗糙手套，废除一切不必要的转运手续，消减惊人的碎裂损坏现象……只要做一种普通的铁笼子。砖头一出厂炉就放在里边旅行到建筑工地的八层楼上。装一次——卸一次。就完了！像火柴匣一样简单……看起来是好极了！可事情并不这样……下面就是一个不愉快的童话，叫做：‘福马和叶列马’。”

大家都兴奋起来了，因为童话，即使是不愉快的童话，听起来总有趣些。薇拉·尼古拉耶芙娜瞅着奥丽雅，米嘉明白了：这童话必有来历。福马？莫非就是指福马·福米奇·潘久霍夫？

“那个发明笼子的人，”薇拉·尼古拉耶芙娜说下去，“是个砌砖工人、先进工作法的指导者。他的的确确叫叶列马——叶列梅依·依里奇。他一定能对你们讲砖头是什么东西！他给我们做过一次专题报告。你们能听到就好了……你们的白云和月光又算得了什么！对于他，砖头比世界上的一切都美：玫瑰红的颜色，拿在手里觉得很习惯地沉甸甸的，当人们用泥刀把它劈成两半的时候就像碰着水晶器皿似的发出轻微清脆的响声。听了这次报告，我自己对砖头也有了另一种感觉。在赤日炎炎的白天，把一块砖头拿到手里——它的表面是那么粗糙而又平整，尖尖的棱角，凉凉的，它还是隔天夜里的呢……"

"那福马到底是谁呢？"格林卡打断了薇拉·尼古拉耶芙娜的话，他实在是等好笑的资料等得不耐烦了。

"你问福马吗？"薇拉·尼古拉耶芙娜望着房间，"他来了！说到就到……"

这样的事只有在童话里有。一个脑袋刮得光光的胖子挥着一双短短的手保持平衡，踮着足尖走进了房间。米嘉立刻就猜到了：他就是福马·福米奇。

"向年轻人致敬礼！……嗳，你们这儿的客人可真不少哇——一大车一小车！"潘久霍夫说完哈哈大笑。

他那额骨突出的头部——当潘久霍夫笑的时候尤其明显——很使米嘉惊奇。潘久霍夫笑停以后，默默地走出去，重又从过道里回进来，拿着一个闪光的硬纸盒藏在背后。他装作不愿打搅大家的兴头，用手势悄悄地把奥丽雅叫到一个角落里，其实这样他只有更惹人注意。他大概自己也闹不清到底是以什么身份出现在这满是奥丽雅的同年伙伴的房间里：以一个背后拿着纸盒的亲戚的身份呢，还是以汽车调配站主任的身份。他把纸盒放在桌边，把它打开了。

"多好啊……"伊琳娜向盒里一看，赞叹了一声。

里边放着一件白色的针织衬衫，镶着花纹凸起的、像瓷釉般发亮的花边。两个姑娘把它拿了出来。原来这件衬衫有结婚礼服那么长。

米嘉注视着奥丽雅。她的眼睛在闪闪发亮。他只是不明白：是由于高兴呢，还是由于轻蔑。她沉着地说：

“真好……谢谢您，福马·福米奇。”

这又该怎样理解呢？礼貌？还是……软弱？他知道奥丽雅看不起潘久霍夫，她自己常常嘲笑这位钻营珍品能手的声誉。可是现在，他带了礼物到这儿来，她又若无其事地收下了。

这个人一到，一切都搅乱了。薇拉·尼古拉耶芙娜把这位客人带到靠墙的一张桌旁——请他吃点东西。不时可以听到他的大笑声，他嚷着一些不大容易懂的话：“你们胡乱收下就算了！”他好几次提到叶列梅依·依里奇：看来，那个先进的砌砖工人很使他头疼。同时，他又常常向青年们掉过头去，看到了奥丽雅就开始夸奖今天这盛会的女主人。他的瞳孔像涂上了油似的发光。他以亲戚的身份简直把她捧上了天。

有几位客人微微感到有点窘。而奥丽雅干脆从房间里走了出去。

随时可以听到他以自家人的口吻夸耀地说“我们的奥丽雅”怎么样，“我们的奥丽雅”怎么样。这话是那么虚伪，米嘉勉强耐住火气没对他无礼。照潘久霍夫说来，好像奥丽雅是学校的光荣，好像她看眼科病理学看出神的确是出于天才，而不是因为手头偶然有这么本书。米嘉觉得，对于潘久霍夫的反感仿佛把自己对于奥丽雅的看法也染上了一层黑色。他本来认为自己已经是凯容家里的自己人，甚至是唯一必要的人了，可是突然间来了个潘久霍夫，还带了他的礼物，他的出现把米嘉的那种想法打破了。米嘉感到强烈的侮辱，因为潘久霍夫也是与他们一家有亲密关系的人，而且可能比米嘉更亲密。他垂头丧气地站了一会，然后到走廊里去找奥丽雅。

“他来干吗？”

“我又没请他，”奥丽雅回答，她并不注意米嘉怒气冲冲的语调，“玩抽签游戏去吧，我们还没结束哩！”

她明白他心头的滋味。但好像有一个恶魔也在推动着她：她为自己、为妈妈抱屈。她过分自卑了。归根到底，妈妈那边能不能完成每月的施工计划，要看运砖头到工地建筑架去的情况，也就是说要看潘久霍夫的汽车调配站工作得怎么样。这一点奥丽雅懂得很清楚，所以始终不能平息心头的怨气。

“来吧，我们继续玩下去！”奥丽雅走到房间里，把大家都叫过来围着一顶放签令的帽子。“该谁抽了？纽拉——该你了……”

过了一会，纽拉和奥丽雅鬓角贴着鬓角，摇着头唱了一支心爱的歌曲：

钟儿在走，
摆儿在摇，
针儿在跑，
一切都好……

潘久霍夫拍手拍了很久，比任何人来得长久。

接着，伊琳娜·西特尼柯娃跳了一个“西吉第丽亚”舞[①]，她挥着保姆的一条花头巾——这和她的淡黄色头发很不相称。

大家要奥丽雅把不久前领到的那张发着细棉布气味的护照拿出来看看。护照在大家手里传来传去。那上面的一切都很有趣，连护照签发处处长的别致的签名式也很有趣，奥丽雅开始朗诵“关于苏联护照的诗”[②]：

我要狠狠地

① 一种旋律很快的西班牙舞蹈。
② 这首诗是苏联天才诗人马雅可夫斯基写的。

咬破

官僚主义。

对于那些个委任状

是不值得尊敬的。

任何的证件

都滚开

去见它妈的

鬼去。

但这个……

米嘉轻松地感觉到，“见鬼去”这一句，奥丽雅是针对潘久霍夫而发的，——她念到这里的时候，很不客气地把头向他那边一转。但是那家伙和奥丽雅的妈妈谈公事谈得正起劲，所以没有看到。奥丽雅觉得很扫兴。她念完了诗，但念得很呆板，在马雅可夫斯基的音律后面掩藏着她的烦恼。

突然，在一种无论如何要触犯一下潘久霍夫的愿望的冲动下，米嘉大声说：

“薇拉·尼古拉耶芙娜，令人激动的故事怎么样啦？您还没讲完呐。我们都听得很有趣！”

“好吧，我来讲完它。”

在薇拉·尼古拉耶芙娜的话里没有丝毫情感冲动的意味。她用手以疲乏的动作掠了掠淡红色的头发。她好像决定不再理睬潘久霍夫，虽然事实上她的控诉词正是念给他听的。

“笼子做好后快一年了，但是不管叶列马怎样努力，谁也不用那些笼子。是谁在作梗呢？……福马在作梗！不久前，有一个老砌砖工人当我的面为叶列梅依·依里奇表示惋惜：‘是啊，老弟。以前你用双手砌墙，现在可要用额角……要用额角去撞破官僚主义了！’”

格林卡终于笑了！可是真奇怪，和着他一起笑的竟是潘久霍夫。

“那么福马怎么样呢？”格林卡问。

“福马·福米奇·潘久霍夫。”薇拉·尼古拉耶芙娜用手指了指那位远亲。

“汽车调配站主任，”那位快乐先生自我介绍着，又像是单为格林卡补充了一句，“装有车轮的共和国总统！”

“不过还不止他一个人！譬如砖瓦厂厂长，”奥丽雅的妈妈继续说，“他不愿把场地铺上柏油，改善设备。他说：‘这件事是先进的，可是有什么办法呢——平时有平时的工作，没时间，要完成计划！’”

“说得对！”潘久霍夫附和着说。

“至于工地主任，他很有趣地把‘O’这个字母念得很重，叹着气说：‘划不来！’他是不愿意把建筑架加固以便接受装在笼子里的砖头……”

“对！”潘久霍夫表示同意。

“至于福马，装有车轮的共和国总统……”

说到这里，福马·福米奇从桌子后面走出来，以同样的口气自己说自己：

“至于福马，他笑出了眼泪，他说：‘不久以后我们造房子只用大滑轮，不用砖头了……所以，这个婴儿在产房里就已经死了……而我们只是些赶车的！我们把砖头装在笼子里运输也可以，胡乱运输也可以……胡乱运输甚至安心些！我们其他的工作也够多了——一大车一小车！……’”

他学一个赶车的倒学得非常出色：把看不见的缰绳一抖，嘴里啧啧有声。可以看得出来，他意识到自己丝毫不受惩罚而欢欣雀跃——因为他终究是个客人嘛。

“是的，请放心。”奥丽雅的妈妈说着又掠了掠后脑上的淡红色头发。这是表示她内心激动的唯一征象。“让一堆堆山一样高的砖头碎掉。让千万人把精力和时间浪费在毫无意义的工作上，让……”

“您不觉得这样想是卑鄙的吗！”米嘉对潘久霍夫大喝一声。

但即使在这一刹那，他也不使奥丽雅离开他的视野。她用两手把脸掩住了一眨眼的时间——显然，她想不到他竟会这样大胆无礼。大家一下子都说话了。潘久霍夫一直在笑着。

“简直开起生产会议来了！”

可是维嘉·沙弗朗诺夫支持鲍罗廷，他说：

“在报纸上这叫做违反国家政策。”

米嘉记不得他怎样会来到走廊里。大约是奥丽雅把他吸引来的。她站在他前面，沉重地喘息着，她很生气，态度大变。

“……至少你总知道他是我的亲戚，”他听到她的冰冷的声音。

“我不愿这家伙做你的亲戚！”

“你凭什么要使你的愿望成为我必须遵守的法律？”

她今天不能让步。要是米嘉知道她现在心头的滋味，就不会这样说话了。她觉得就连跟潘久霍夫的亲谊都成了对她、对妈妈的极大侮辱，她觉得任何人，只要对她们有一点点尊敬，就不应该来干涉这事。

这时米嘉突然说了句连想也没想过的话。他出人意外、语无伦次地说了。根本没加考虑——口气很不婉转，很生硬：

“好，奥丽雅，你不记教训，反要脾气……”

说完他笑了，然后走了开去，先走到楼梯口，接着走到街上。于是踏着迅速的、愈来愈快的步子回家去了。

奥丽雅一个人留在过道里。从房间里传来热烈的谈话声：潘久霍夫那种赶车者的立场受到彻底的指责。从开着的门里可以看到潘久霍夫已经不在争论，只是背向青年们坐着吃东西。

客人们开始告辞了，虽然奥丽雅一点也没有表示出鲍罗廷的不告而别可说是一件严重的事。

第一个走的是福马·福米奇——窗外他的汽车在响了；他甚至没有向玛丽雅·谢尔盖耶芙娜提议送她回家。还是由奥丽雅去送她的。大家说笑着鱼贯而行。一直走到米嘉家门口，才剩下她和玛丽雅·谢尔盖耶芙娜两个人。玛丽雅·谢尔盖耶芙娜全都明白：米嘉为什么跑掉，为什么奥丽雅来送她，而现在欲言又不语，——真是难以对付的性格！要不要帮助她呢？也许她以后自己会说？……

迷雾中降下了初雪。内院里的绿色花圃覆着一层浓霜，那霜无意识地重复了已经空了的花畦的图案。玛丽雅·谢尔盖耶芙娜和奥丽雅迟迟没有分手，她们看着这初冬的奇妙的创作。就这样，始终没等到奥丽雅说一句话，玛丽雅·谢尔盖耶芙娜用一只手拍拍握着她另一只手的奥丽雅的指头。

“不要紧的，奥琳卡，一切都会过去，你们还会和好的……您还不知道您是多么幸福哩。”

这时，奥丽雅哭了，她再也控制不住自己了。

寒　假

很快，正月的寒假已经到了。

这年冬天，南方降雪很多，小孩子们在一座古老的别墅周围用雪堆起了一堵厚厚的胸墙，这别墅造在樱桃园中，夏季就作为建筑工人的休养所，到了寒假期间就作为儿童恢复健康的冬令营。

在这冬日照耀下的雪野里，在和谐的共同工作中，那场开始时像是不可收拾的争吵已经完全归于平静。也许，这场争吵还帮助了他们更认真地对待工作。

米嘉忘我地工作着。奥丽雅也竭尽全力。在城里他们就约好，到了营里谁也不应该知道他们之间的关系。这跟谁都不相干。

天蒙蒙亮，在别墅的台阶前已经可以听到米嘉的口令声：

“注意！头对准……跑步走！”

米嘉在跑步的孩子所围成的圆圈中央踏步，一边喊口令：

“加油！加油！手臂摆动，手臂摆动！……洛什卡辽夫，你缺乏一点：用劲！”

奥丽雅在这样的时候有点怕他：他坚决地偏偏要这个精神不振的孩子洛什卡辽夫“用劲”，使你不敢去打搅他，也不敢向他问一个什么问题……不，谢谢，要问宁可让别人去问，她可已经领教过了。奥丽雅发现，最关心温室和花房的营主任很快就对鲍罗廷表示尊敬，不把他当作通常只出于礼貌才会与之商量问题的孩子看待；而总务科长——腋下老是夹着一只皮包的瘦长叔叔——遇到这样的问题，像：什么时候生炉子，把刷牙的温水放在什么水缸里，也要跟米嘉一起决定。小孩子们也很乐意听从这位总辅导员的话——这是很难得的。

至于奥丽雅，孩子们一下子就感觉到她脾气很急躁，她会大声叱责，但她竭力表现得很公正。许多人猜想她在学鲍罗廷的样，时常注视着他，甚至好像在和他竞赛，但这是可以理解的：他是总辅导员嘛。

大厅里的三连窗上挂着深红色的丝绒帷幕，奥丽雅在这里领导一个卫生救护组。女孩子们练习着给掉到水里的人作急救，互相包扎头部、两手，把手交叠起来抬走伤员。搞厌了——就把椅子排成一个圆圈，由奥丽雅朗诵马尔夏克的诗《十二个月》。

“奥丽雅，你来一下！”

总辅导员米嘉手里拿着一块滑雪板出现在门口。

到了“老大哥办公室”里——大家管米嘉的房间叫作“老大哥办公

室”，他常在这里生得很旺的瓷砖壁炉旁把滑雪板擦上半天油，——米嘉开始批评奥丽雅：

“别念诗了！奥丽雅，你要明白，我们这是恢复健康的冬令营。”

“你恢复你的健康好了！”

“你去跟医生谈谈！”

只好服从。奥丽雅把女孩子们在运动器械前排成一列横队。孩子们穿着白袜子跑步，脚踩得很乱，很响。奥丽雅把每一个跳过木马的孩子扶住，然后带到一旁，鼓励几句。

队伍左边站着最小的一个巴什基里亚[①]女孩西皮丽雅，她两手紧贴裤缝，张着嘴等待奥丽雅发口令，整个队伍到了她那里就突然弯了下去。她是一个木工的女儿，和米嘉住在同一幢房子、同一个大门口里。当轮到她跳的时候，她总由于担心跳不过而勉强微笑着，不时地把奥丽迦送给她的一条白色漆皮腰带整整好。

“出发了——乌啦！……”

滑雪队在院子里集合准备出发。奥丽雅跑到窗前——把窗子大大地敞开！滑雪手们一个接着一个向附近河畔的一座林子里走去。

行人踩出来的一条条小路渐渐消失在雪堆成的胸墙后面，米嘉回过头来已经看不见从窗里向他们挥手的女孩子们。沿着果树园的树木开始有一条很方便的滑雪路。当米嘉停下来的时候，他听到树上的雪融化得很奇妙——一小团一小团的雪夹着清晰的嗞嗞声从树枝上落下来。还在正月，可已经像春天了。鲍罗廷走在最前面——咯吱咯吱的声音、笑声、哼哧声紧随着他。这当儿只有一件事最糟糕：那副滑雪板对于他是太短了。

有一次，米嘉在晚上带领孩子们到森林里去。在黑暗中滑雪老是

① 苏联的少数民族，居住在南乌拉尔一带。

觉得好像比实际上滑得快。他追过了孩子们，当他停下来想把一只手套戴好的时候，看到远处约摸在十俄里外，市内的灯火好像一条金黄色的链子，陡岸下的一条河从树丛中看去显得黑沉沉的，周围全是白雪，它却没有上冻。他用劲推了一下撑棒，飞了过去……在这里他和奥丽雅在一起多好啊！奥丽雅是个出色的助手！但愿能永远如此，一生都如此……可是那次晚会上的事……他现在不明白当时为什么一下子这样恨奥丽雅，临走时说的话他也记不起来了……总之，他说了些荒唐的话——这一点他还记得。以后再也不应该发生这样的事……米嘉费力地喘着气。孩子们默默地赶上了辅导员。他今天滑得快极了！

回营以后，孩子们在台阶旁一面拍去粘在滑雪板上的雪，一面有点夸张地告诉奥丽雅，这一次他们滑得多快。米嘉也想解释，但是不能“科学地”解释，为什么在夜里滑雪会感觉到好像要比实际上快得多。

当时在寒冷的回廊上，发现有一个滑雪手的耳朵有点冻坏了：由营主任陪着来了一位预备在别墅里过夜的医生，他禁止举行——不管什么天气——米嘉想出来的营火大会。总辅导员拿雪擦着那小孩的耳朵，咬着牙关愤愤地说：

“我们头上的天老爷也太多了，每个都要发号施令。”

“可是要知道我们是恢复健康的冬令营啊，”奥丽雅很谦和地提醒他，“再说，你自己比任何人都喜欢发号施令。”

她发现米嘉过分热中于体育锻炼，所以她常常站在医生那一边说话。让总辅导员不要以为他永远是对的。医生有时从城里乘马拉雪橇来，首先总是找鲍罗廷，而通常总是由奥丽雅把医生送到台阶上，临了常常塞一张便条给他，托他带给妈妈。医生上了雪橇还对她喊着：

“我就拜托您了，凯容！您是可以信托的……”

在那群使米嘉受到拘束的“天老爷”中，第一名甚至还不是医生，而是那个善于恶意奉承的管理被服的女职员。她是从夏令休养所留下来为孩子们服务的。她碰见米嘉跟奥丽雅在一起的时候，一双黯淡无光的眼睛就会微笑，带着奴颜婢膝的神气问：“散步去了吗？”每次碰见就问，从不例外：“散步去了吗？”

本来也许可以置之不理，可是每次都如此！而且每次都要以异乎寻常的目光盯着他们！全营只有她一个人仿佛掌握了他们之间的关系的秘密，她说那句亲热得肉麻的问话“散步去了吗？”好像是要使他们明白：他们的秘密隐瞒不了；这个秘密会不会变成人所共知的事，似乎将决定于她——被服管理员。老是向你谄媚，硬把你当公子哥儿看待，这是非常可恶的。而你根本不是公子哥儿，也没去“散步”，而是到集体农庄接洽借澡堂的事去的。必须把她这毛病治好。最好明天碰见的时候两个人一起先问她：“散步去了吗？”可是到了第二天碰见了又不敢说——只有米嘉对她的媚笑断断续续地低声回答了些什么。

一次，他们目送女管理员走了以后，米嘉说出了心底里的话：

“世界上最没出息的是那些轻视自己工作的人。”

“为什么你认为她轻视自己的工作？”奥丽雅问。

“你难道没看出来？”

“那么，米嘉，我轻视工作吗？”

“有时候你缺乏责任感。这完全是另一回事。”

光阴如箭。已经星期二了，已经星期三了……想起来真可怕，不久就要回到城里去了。到了离营的前一天，米嘉不放任何人出去：他搞了个澡堂。奥丽雅在取笑他。

“你这个傲慢的人，”她对米嘉说，同时用食指点着他，“你要把孩子们打扮得整整齐齐、洗得干干净净、头发梳得一丝不乱去见他们的家长。”

米嘉满屋子跑来跑去张罗各项具体工作，被服管理员跟在他后面老是来不及。

幼小的西皮丽雅在这个糟糕透顶的澡堂里洗了澡以后，牙齿疼得要命。奥丽雅给她的叫疼和眼泪折磨得也并不比西皮丽雅好受，她各种方法都试过了。一点也没有用。在失望之余，她只好把西皮丽雅抱起来，从一个角落走到另一个角落，哄她睡着，此外找不出更好的办法了。

米嘉到大厅里来张望了一下——奥丽雅抱着西皮丽雅在走来走去。

“可真够你受的，顶针儿，你会累倒的……”

过了半小时，米嘉又来看了一次。

“怎么样了？”

“不哭了。”

米嘉的脑海中永远留下了这幅景象：深红色的丝绒窗帷，结上一层冰的玻璃窗，窗外是一片天寒地冻的银色世界，太阳照耀着……奥丽雅的脚步声在空荡荡的大厅里响着……西皮丽雅的一双小小的脚穿着小皮鞋从奥丽雅的手底下露出来。

到了临走前的最后一个晚上——时间已经很晚了，孩子们都已经就寝，屋子里已经熄了灯。两星期来，两个辅导员在安排小孩子们睡觉以后，头一遭没回到各自的寝室里去，两个人留了下来。他们坐在窗上都结了冰花的回廊上的两座木马上面，从冬前整修期起，两座木马就被搁在这里了。电灯光投在回廊的闪闪发亮的玻璃窗上，反照出一个个方块。院子里传来有节奏的锯木声：这是总务科长和守门人最后一次在准备木柴。

“你知道吗，”米嘉说，“打从我注意观察你的时候起，我对自己的性格也有了一些了解。”

“你指的是哪方面呢？”

“就拿你安慰西皮丽雅的事说吧。当然这是件小事，可是你也知道，生活中什么样的事都有。是应该这样——当你对什么东西有强烈的愿望的时候，就不要停止，不要犹豫：不管是否必要；不管干得了干不了；不管是否有效。只要全心全意地干——一定有效！”

“她的牙齿不是已经不疼了吗！”

米嘉从嘴里吐出一团热气，他把她的手握在自己手里，放到嘴唇边，她让他用嘴唇、用呼吸温暖她的手。

“你今天使我想起罗斯洛娃。”

米嘉说这话是最高的赞语，她明白这一点。

“你谈谈她的事情吧。”

“这很困难。要谈不能单谈她一个人，还要谈到另一个人。可是我不愿说出他的名字。”

“为什么？”

“为了尊重某一个人起见，有些事情不必记住。”

“你就把他叫做 x 或者 y。”

米嘉笑了，他说：

“要是你知道我说的是谁，那就好了！我把他叫做‘一位可敬的同志’。”

这天晚上奥丽雅听到了关于薇多奇卡 · 罗斯洛娃的故事。在居民从疏散地回来后的头几年，她在米嘉的学校里当总辅导员。当时粮食很缺，天气又冷。放学以后大家到河滨浴场去拆除铁丝网，那边的沙地上还残留着德寇水泥碉堡的遗迹。大休息的时候分面包，分食糖总要让孤儿们多得一些。那时薇多奇卡 · 罗斯洛娃才十八岁。她好像有一种天才，孩子们都喜欢这个辅导员。一连三年暑假，孩子们都跟她一起去远足采药草度过假期，不分冬天夏天都不离开她。当她以函授学习方式在公路交通专科学校毕业后，她搬到飞机场去管理机场的汽车库去了。晚上，孩子们仍旧常常跑去看看她。“应该去给薇多奇卡劈一点柴，生炉子……”有一个飞行员安那托里 · 奥格尼尧夫常常到她那里去。孩子们只暗暗发笑，他们不相信薇多奇卡会爱上一个成年人，不相信她会出嫁。可是后来他们从她那里知道，她到底还是跟那个少尉登记结婚了。这使孩子们都觉得十分惊奇。因为他们一向以为“罗斯洛娃是我们的”。但她克服了他们的妒意，使他们放弃那种由于妒忌而想出的愚蠢的恶作剧，像在窗下装猫叫之类，并且使他们和飞行员交了朋友。她很为难：每当孩子们抱着一捆柴走进屋子，在炉子旁边的地板上坐下来生火的时候，她丈夫也会妒忌起来。他从飞机场回来，常常看到这幅诗意盎然的景象。过了好几年，安那托里 · 奥格尼尧夫才想通，每年夏天他妻子生日的那一天，不管她有没有邀请，总有很多孩子从城里来，这对她并没有什么不好。薇多奇卡的生日变成了他们的“友谊节”。

在罗斯洛娃已经离开学校以后，一位……可敬的同志发生了一件伤心的事。

米嘉沉默了，他不知道能不能讲、值不值得讲那个似乎非言语所能明述的故事。

“讲呀。”奥丽雅催着他。

“讲什么呢！这是个不愉快的故事。有一个男孩子，他的父亲并没有在前线牺牲，而是比这更糟：他在遥远的地方走入了迷途，把家给忘掉了。他的妈妈很喜欢谈恋爱，于是就常常嫁人。可是不知怎么的，她的那些丈夫都不能在她家待久。这位可敬的同志看够了各种各样的事情，他觉得自己比孤儿更苦，就在学校的厕所里上吊了。我们把他救了下来。当时大家急得要命！过了一个月，火车站有人跑来，说那位可敬的同志在一列调配机车附近走来走去。他又想自杀了吗？但那时校长安慰我们说，这是偶然的事。那孩子只是在车站上蹓跶了一阵，后来被拘留了起来……要不要再讲下去？”

“讲吧。”

于是米嘉说，那个忧郁的孩子又回到学校里。他坐在一张空课桌旁，只有一个人。休息的时候老是望着窗外。他那时才十三岁，可是有些女教师，甚至年老的也在内，看到他都存有戒心。她们试着和他谈谈，使他散散心——可是连想也不要想！他那股阴郁劲儿使大家都有点害怕。怎么办呢？校长室和区团委都非常担心：学校里搞不好。于是想起了罗斯洛娃，把她从机场叫了来，对她说：“回学校来吧。你愿意做什么工作就做什么工作，只要你回来……”可是她已经爱上了航空事业的地勤工作，她何必回去呢？……

“再说辅导员的薪水只有三百五十卢布。”奥丽雅插嘴说。

“是啊！她丈夫也不赞成。”

“她会去才怪。”

“因为她是个真正的人！这由你自己来评断吧……她很自然地回到学校。那位可敬的同志照理不会知道罗斯洛娃离开飞机场是为了他的缘故。可是他知道得十分清楚！这是一场未经宣布的战争——看谁获得胜利。可敬的同志活了下来，他把某些事情仔细考虑了一番。薇多奇卡从来不对他显得特别注意，更不对他表示特别的同情、怜悯，也不特别为他担忧，只是一天一天地在极平凡的事情中启发我们，怎样才是勇敢，勇敢并不奇特，不需要慷慨激昂的词藻。他开始对自己身上许多东西感到不满意。他意识到了这一点。不知不觉地他忽然去靠拢薇多奇卡了，大胆地跟她谈自己的想法、打算……他本来是非常爱面子的。有一次他带她到家里去——给她看收音机。那时候她就去跟我们的阿勃杜尔·加米特交了朋友，因为那位可敬的同志表现出了对无线电技术的爱好。我们看到薇多奇卡在那些日子里是多么愉快……当时进行了些什么开诚布公的谈话，谁也不知道。可是，想不到他简直换个人了。他的脾气依然故我，可是有一种新的东西在他身上生长了。他有了真正的生活兴趣……我跟他做了朋友……后来他有一次对我说：‘厌世思想我算是克服了，可是悲观主义的根子还残留着……’”

“他大概瘦了，变长了吧？”奥丽雅向米嘉的眼睛里看了一下，半玩笑半认真地说。

“你怎么猜到的？”

“他爱上了她……”

“我也这么想，”米嘉同意地说，“不过你只要试试对他说这话，哼哼！也许，他并不像小说中写的那样爱上了她。但是，你也明白，难道你没有过这样的事：当你喜欢某一个人的时候，他就会带引着你，你也会变好的。”

两人沉默了半晌。不均匀的锯木声历尽了所有的音阶，最后变成一种急促的啸声，接着是片刻的寂静，——这是在搬移木头。

“两个人在一起工作真好。”奥丽雅说。

“你说锯木的人吗？”

“不……你又不是不懂。”

“关于这点我已经想过一次。是在林子里滑雪的时候。”

“要是永远可以在一起做些什么工作，那有多好……不为自己，而是像在这里一样：为了使大家高兴，使大家得到好处。”

米嘉掠了掠奥丽雅额上一绺覆上了霜的头发。

“但愿我们能到营里来度过整个夏天。”他说。

“不行的，他们不会整个夏天都放我来的。我又不很积极。唉，我从来没觉得这么愉快！难道将来还能这样？”

米嘉没有回答。锯木柴的声音响着，他用呼吸温暖着她的手，他们发觉快要冻牢在木马上了，——这一切都有意思。米嘉想跳下来，可是他笑了：一层薄冰并没有马上放开他哩。

他带着奥丽雅还在雪地上走了很久，走到厨房后面很远的地方，打刚刚停止工作的锯木人的身边走过。库穆什卡——一条很凶的草原牧羊犬——向他们吠着扑过来。

第二天早晨，少先队员们乘了米嘉从集体农庄里借来的三辆马拉大雪橇回城去了。谁走，谁休息，都有严格的规定。这样比乘城里的公共汽车要有趣得多了。

第二章

老居民

春天还是那样。

他们俩在一起觉得很愉快。他们常在人多的地方，在谈笑声中，在行人熙来攘往的街道上，在电影院门口，在电车上，在体育场上见面。同时，这些次的会面一直是他们的秘密：一切都在极隐蔽的情况下进行。他们很快活，那就别去打扰他们吧。

奥丽雅·凯容从冬令营回来就拿定主意要积极参加社会活动。她受托辅导一个少先队中队。米嘉和奥丽雅的周围满是人——他们各有自己的人。可是最亲近的人相反似乎变得不必要了。奥丽雅甚至跟妈妈也难得见面。整个春天奥丽雅的妈妈在“盖屋顶”——完成她那八层楼“工程”的设计草图。二月间，她到莫斯科去了几天，让那边的人也听听关于福马和叶列马的童话。米嘉的爸爸二月里有一次到城里来，他在体育场上找到了儿子。那时草还没有长出来，又是潮湿，又有迷雾；但是米嘉在教一个像只小鸟儿似的姑娘掷铁饼的时候却大声吼着：“你又在割草了！”爸爸猜到这就是大名鼎鼎的奥丽雅·凯容。他没有去打扰这两位铁饼手。他只在从区里写给玛莎姨妈的信中提到了“割草人”，甚至不无幽默地插入了特瓦尔陀夫斯基[①]的一句诗：“趁朝露方浓，割吧，镰刀……”米嘉后来把信念给奥丽雅听了。

谁也不妨碍他们，谁也不表示好奇。他们觉得，好像大家都懂得他们俩在一起是多么快乐，看到了这种情景，大家都希望他们得到幸福，甚至跟他们一起分享着这种幸福。

三月里，天气真正转暖了，米嘉和奥丽雅喜欢乘电车去游玩。他们把这样的游玩叫做长途旅行。

有时在星期天，他们乘上很空的日间电车。有时他们也会在傍晚工人们乘车去上夜班的时候跳上车去。电车从这一村驶到另一村：经过铸钢厂和炼铝厂，经过奥丽雅的妈妈在那儿工作的建筑工地，经过柏油公路，经过巨大的输电高杆，驶过在战争年代中出现的荒野。米嘉站在后面车台上望着这座大城市的晚景，出声地述说着自己的幻想，不过只让奥丽雅听，不让旁人听见：

“来，我们现在开始环球旅行。不过你也得幻想……你要想像这是奥克兰……想像到了吗？……三位可亲的黑人就是从这里来到布加勒斯特的……你记不记得关于联欢节的电影[②]？……瞧那转角后面就是海参崴的金角海湾，大洋轮船的烟囱都在冒烟……”

说实在，奥丽雅只看到一些普通的工厂区，在转角后面都是炼铁炉和烟囱。她皱起眉头望着米嘉。可是他没注意。他现在正热中于这充满稚气的想像，毫不费力地在瞬息间纵横全球，这只有在完完全全的共产主义社会才能如此。在他的热情奔放的目光前浮过了所有的大陆。怪不得列宁山[③]上的地理系在等着他呢！去年秋天他看了一本很精采的书：英国共产党员派尔姆·杜德所著的“今日的印度”。他幻想着能在最紧张的时候到巴基斯坦去，做一个像尤利乌斯·伏契克那样的人……还在一年前，他就沉醉于一些关于非洲探险的书籍中。奥丽雅深信，在他们那座南方城市里没有一个人像他这样熟悉非洲的考察史。在历次穿越北极的飞行中他最感兴趣的是列瓦涅夫斯基的飞行实况和他牺牲的经过，这件事的真相一直是个谜。关于这问题他有一些

---

① 特瓦尔陀夫斯基(1910—1971)是杰出的苏联诗人，在叙事诗《瓦西里·焦尔金》中塑造了英勇豪迈的苏维埃战士的形象。诗人曾两度荣膺斯大林奖金。

② 指纪录1953年8月在布加勒斯特举行的第四届世界青年与学生和平友谊联欢节实况的电影《争取和平与友谊》。

③ 指列宁山上的莫斯科大学。

独特的见解。

在这同时，电车车厢的窗外每分钟都有新的图画出现。山谷中一座无名村有几所盖着瓦顶的房屋，栅栏边有几条渔船，这幅景象把他们带到了上海市郊。敞车里的煤正在往外卸，这些车使人联想起古老的英国——加的夫、北明翰。在一座给践踏得稀脏的小院子里一株刚刚吐青的栗树下，有个女人凑着木盆在洗一条橘黄色的围裙。电车在小丘上奔驰，院子里的一切就像在电影里一样都看得清。米嘉想起了古巴岛——哈瓦那……也许，除了奥丽雅以外，他对世界上任何人都不会那么温柔亲切、有声有色地叙述所有那些异想天开的念头。

奥丽雅的地理知识不大高明，她通常总是默默听着。不过她的一对眼睛坦率地要求米嘉在沉湎于上海和哈瓦那的同时看看它们，哪怕偶尔望一望也好，只要他别忘记她在身边。奥丽雅眼望着米嘉，心想：许多姑娘都以为他是怎么样的聪明，这简直毫无意义。要是她们现在听到他的话，一定会说——他在夸耀自己的学问。她从前也曾这样想：虽说他不是什么博学之士，但他跟恰普俩总像是有点儿特别。可是现在她仿佛觉得已经知道了他的全部优缺点。他完全不像外表看来那样自以为是。他不过对生活中的一切领会得比她，比很多人来得明确、深刻罢了。所以，大概正是由于这个缘故，他一点也不尚慕虚荣。“生活本来就很好！”——他的想法就是这样，他就是这么个人……可是会不会因为这年秋天跟她在一起，由于她的缘故他才变成这样的呢？这样的事是有的……但如果这样，那么为什么她自己并没因为有这种感觉而有所改变，而只是想看啊、看啊、看着米嘉，没完没了地听他说话，不愿离开呢？……

“你看过尤利乌斯·伏契克的作品吗？”

她摇摇头。

“你该看。那本书叫《绞刑架下的报告》，每个图书馆都有……不过关于他我想知道得更多些，我想知道他的一生……你知道吗，我对这位英雄建立功勋之前的事迹早就感兴趣了。要知道功勋不是一下子能建立的，是要一生作准备的。譬如那边街上走着一个小伙子……可是会不会这就是未来的普希金呢？”

“你老是谈论男人。”

“不，这跟所有的人有关。包括姑娘们在内。”

“可惜我们不在一块儿念书。现在我觉得不应该把我们男女分校。我走进学校的时候总是想：里边没有你。”

“我们反正不是同一年级……”米嘉说。

“不同年级又有什么关系？在冬令营里西皮丽雅问我：‘奥丽雅，为什么你们学校里的学生都是姑娘？’我回答说：‘因为这是专门给姑娘们念书的学校，男孩子在另一所学校念书，各管各。’她问：‘为什么？’米嘉，我该怎么回答呢，为什么？……”

他们海阔天空地扯着，他们两个人在一起很快活。

米嘉的同学对于他在这年春天所感受到的一切非常了解。姑娘们——奥丽雅的朋友——对于她和鲍罗廷的友谊大致上也表示了一定的尊重。纽拉·布列霍夫斯基赫和玛莎·齐雅勃里柯娃真够朋友——是她们两个人逐渐博得了班里同学对奥丽雅和米嘉的友谊的同情。女子学校里的老师们从阿勃杜尔·加米特的话里知道鲍罗廷在设法把奥丽雅“拉上来”，而她的成绩在第二学期的上半学期也的确有了提高。谁也不知道这一秘密——在米嘉和奥丽雅的一生中，这年春天整个儿就像一个早晨，在这个早晨，几千里方圆都看得清清楚楚，几千桩事情就像树木开花似的一下子迸发。在这座南方的新城里就是这样的，这儿所有的树都是栗树，所有栗树又都是这座城市的同年伙伴，几千株树都是一下子，在某一个早晨一齐开花的……

他们记得，在一个星期天的早晨，米嘉忽然大发正经议论，他责备奥丽雅的轻率，然后把一本教科书夹在胳肢窝下自管到体育场去。“这下算是找到一块清静的自修地方了！”记得有一次他们俩合伙给奥丽雅的妈妈买了一件新式烹饪器具——烤面包干的家伙。可是什么也没做成功。妈妈生气地在厨房里嚷着：“三块面包要烤焦一块！”米嘉还说俏皮话：“您马上把第四块放下去！”奥丽雅笑得跑到凉台上去了，她怕把妈妈给惹恼了……可是他们记得，最可怕的一件事——这件事一想起来心都会凉——是在一个三月的夜晚，在公园的长凳上，奥丽雅竟容许他的嘴唇吻她的毫无遮拦的手指、鬓角和两颊。他是那么勇敢，说着那么热情的话，使她那不可接触的嘴唇终于迎着他张了开来。远远的在公园大门口的一盏柱灯，在她的耸起的肩膀后面闪烁了好久。

“不要这样，这不行……以后再也不要了。”她从他的手里挣脱了出来，喃喃地说。突然她哭了。

所有他的勇气到哪儿去了？……他既对她感激，又为她的眼泪所苦恼，所以一动也没动。最后还是奥丽雅先说话。

“你记得冬令营的回廊吗？这个冬天真好……以后再也不要了。”她重复了一遍，这回口气非常坚决。

他们默默地走到大街上明亮的路灯光下。在很久以前，在战前，那时城市还在建设中，这条是第八纵路。这条路最早铺柏油，最早种栗树。米嘉记得，他幼年时代跟爸爸和姨妈来到这座奇妙的城市的时候，第一个印象就是春天，就是栗树绚烂的颜色。晚上他们常在这唯一的柏油路上散步；这条路就叫做柏油路。现在米嘉和奥丽雅已经是老居民了。城里所有的街道都铺上了柏油，可是这条第八纵路对于他们仍旧是柏油路。啊，今天的柏油路上多好啊！一生中还从未有过这样的事——既像是立下了海誓山盟，同时又由于刚才在那边公园林荫道上的那一幕而觉得有点轻飘飘的样子……

“瞧——恰普！”米嘉说。

奥丽雅目送着那位瘦长的自行车手在空旷的街道上疯狂地飞驶。

“他不喜欢我。”她说。

“你最好还是说——他不了解你……”

奥丽雅的不幸

四月里的一天夜里，奥丽雅的妈妈突然心脏病发作得非常厉害。

妈妈给送进医院的时候，奥丽雅惊恐地望着妈妈的一双搁在胸前一动不动的手；妈妈在医院里躺了三天，在这一段时间内，奥丽雅忙着张罗一切，似乎努力想以她的关怀补足整个一生中没有为妈妈做到的一切事情。她不知怨恨了多少次，为什么生这样的重病的不是她，而是妈妈。要是奥丽雅躺在医院里，妈妈就能得到一张准假证，搬到病房来住，就像五号病房里那样在一个生病的女孩子旁边住着她的妈妈。可是医院里的人不放奥丽雅进去，怕妈妈见了她会激动不安。奥丽雅把妈妈还没有做完的报表送到工程管理处，一天到医院去两次，靠了潘久霍夫的帮助从“工程师之家”的餐厅里弄来了一些橘子。

在她奔走于学校与医院之间的当儿，她并不害怕。虽然她从第一天起就明白妈妈的病情很严重。但是最可怕的是晚上她回家的时候。保姆常常神不知鬼不觉地从家里溜出去，从前妈妈和奥丽雅每次都能猜到，她又去灌黄汤了。

米嘉还是常来。奥丽雅差不多是出于迷信地——这点她也不想瞒他——常常走到凉台上去，唯恐他会把她贯注在那个唯一的愿望上的全部精神力量突然转移开去。纵然不能进行具体的帮助，至少也得想着，想着，时时刻刻地想着，和那可诅咒的不幸搏斗，思想上一分钟也不离开妈妈，忠实地、全身心地把所有的力量投入这场斗争……

三天过去了。米嘉跟平常一样，晚上坐在凯容家里，等奥丽雅打医院里回来。由于没事可做，他把几副牌整理整理，把九点以下的牌放开，就像以前和薇拉·尼古拉耶芙娜玩“六十六分”的时候那样。在这静悄悄的房间里充满着令人不安的气氛。屋子里虽然收拾得干干净净，可是不知怎么没有一点生气，仿佛在牙科医生的候诊室里似的。普拉斯柯维雅·季莫菲耶芙娜弓着腰缩在沙发的角落里缀补一条没有熨过的被单，不时地把线头滑出针孔。每当她透过镜片上已经有裂缝的眼镜注视着针孔，用一双颤巍巍的手把线头穿进去的时候，她的头侧向一边，他觉得这老太婆仿佛在谛听着某种他所没有听见，同时也由于年轻而听不见的声音。

奥丽雅穿着大衣，头上没戴帽子，走进了房间，她像是询问似的以响得异乎寻常的声音说：

“保姆！妈妈死了……”

她和普拉斯柯维雅互相抱住站在那里。奥丽雅的头在保姆的紧裹着一件沾满油渍的灰色毛线衣的宽阔的胸前一耸一耸。然后仍旧互相拥抱着坐到沙发上，两个人一起打着哆嗦，哭着。

“我的奥琳卡，小鸟儿！我的奥琳卡，小鸟儿……”保姆不住口地重复着，像是想哄她睡觉。

米嘉愈是对她们看，就愈为奥丽雅担忧。现在她怎么办呢？……他不是回忆，也不是考虑，而只是整个心儿感觉到奥丽雅失去了多重要的支柱，他的两手把桌沿抓得愈来愈紧，头也垂得愈来愈低。

他清醒过来是因为听到从过道里传来了保姆的话声：

“难道我要抛下她吗？……可是留下来，只能坐吃山空……父亲的抚恤金才三百，至于家什东西到了赶集的日子怕只值两个铜子……”

“可以收一点衣服洗洗，”不知是谁的很明智的声音在说话，好像是格林卡的妈妈，“或者到工地上去当记工员……遭到这样的不幸事，人家总会帮助的。”

米嘉抬起了头。房间里有人熄了灯；他没有马上认出奥丽雅来。她躺在沙发上，缩做一团，头埋在枕上。他关了门，坐在她脚边，不敢去抓她的手，只是碰碰她的脚踝，她脚上的布鞋也没脱下。说些什么呢？说她妈妈是多么好吗？不，在她自己没说以前，最好还是不响。

普拉斯柯维雅·季莫菲耶芙娜灯也不开就走了进来，递给了奥丽雅一杯水。她骨嘟骨嘟地喝着，过道里的灯光照到了她那疲惫的、有着一朵朵红晕的、高颧骨的脸庞。

“我跟你们一起，”米嘉说，“可以吗？”

“今天我跟保姆一起……”奥丽雅喃喃地说。

他用全力握了握奥丽雅的手，默默地走了。他明白奥丽雅赶他走是为了保姆的缘故——因为普拉斯柯维雅也变得孤苦无依了。

其实奥丽雅考虑的既不是普拉斯柯维雅，也不是他。她拚出全付力量鞭挞自己，谴责自己不能把妈妈从死神手里夺走。怎样夺走呢？怎样都行。爱应该创造奇迹。一切是发生得那么快，使她简直来不及弄清楚是怎么回事，就茫然若失，手足无措了。想不到她连人也没在场，而妈妈竟孤单单地死了。她一个人和死神搏斗……妈妈连看也看不到她就孤单单地死去了，这一点，她觉得是自己的可怕而又可耻的叛变行为……所有那些自私自利、孩子气的妒忌等恶习，现在回想起来都像是不可饶恕的罪恶。

整整两天米嘉一会儿上工地，一会儿上工程管理处，把一些证明书拿来拿去，没有这些东西是不能埋葬一个人的。在凯容家的房间里搬动家具、跟人们拥来拥去搞了两天。他不敢也没有勇气去跟奥丽雅说话。也许，根本就没有必要。奥丽雅被一种精神上的痉挛弄得变了样。她再也不哭了，她像踏着一片无人的荒野似的在陌生的、不认识的人群中挤来挤去。建筑工人们送的花圈塞满了整个屋子。来的人有老工人、工程主任、工厂学校的学生。许多人来和一个显然在同事中留下了良好印象的女人告别。由于一种单纯的拘礼的感觉，谁也不在这里多逗留，谈话也不高声，可是来告别的人还是那么多，以致两天中凯容家的一间舒适的房间闹哄哄的，就像在还没涂刷完毕的工段主任办公室里似的。女子学校校长安东尼达·伊凡诺芙娜把一只手搁在奥丽雅的肩上，说了些慰藉的话，这些话米嘉没听清楚。放走了奥丽雅以后，安东尼达·伊凡诺芙娜跟格林卡的妈妈谈了很久，她那眉毛很淡的脸上的表情是那么威严，好像应该做什么她全知道。喧闹的邻家把屋里所有的门都打开了，主持着葬仪。头发老是梳得平伏光滑的格林卡把棺材的盖摸过好几次，照他认为必要的样子移动一下。

入葬那天，保姆喝了个痛快。自从死去两个儿子以后，她就没有别的办法来跟不幸作斗争。她爱薇拉·尼古拉耶芙娜，因此，对这损失体会得愈是深刻，她的酒疯就发作得愈是厉害。当人们和死者告别的时候，从开着的厨房门里常常传出保姆的始终不变的假嗓音：

“让全世界受到结实的惩罚……连魔鬼也要发抖……”

可以听到保姆的侄女葛拉莎在跟歌声斗争的声音，她是从狄基村来安慰她那嗜酒如命的婶子的。奥丽雅默默地站在柩边，她看来简直很安详，只是偶尔把身子缩作一团，好像她觉得冷。

送丧时还有乐队。这群人在阳光普照的街道上缓缓行走显得很奇怪。一向沉默寡言的纽拉·布列霍夫斯基赫克服住怕羞心理，勇敢地走在奥丽雅的旁边。在公墓大门口可以看见恰普骑着自行车匆匆在一旁闪过。当四个抬棺材的建筑工人轮换的时候，伊琳娜·西特尼柯娃走到米嘉跟前，指着那些人说：“你还记得关于叶列马的事吗？也许他就在里边。”米嘉点点头，他也想起了不久前的晚会和薇拉·尼古拉耶芙娜讲的故事……

在安排在几株大树下的乐队的喇叭后面，米嘉看见了玛莎姨妈。

他知道她下了课一定会到公墓来的。她独个儿在远远的地方走着。米嘉还认出一位医生——就是以前从冬令营给奥丽雅的妈妈送便条去的那位医生。他那伛偻的身躯曾经在奥丽雅的一群女同学后面一闪……

一切都准备停当以后，来到了这可怖的、好像在病中发烧时做噩梦的一刹那。潘久霍夫以亲戚的身份让奥丽雅的头贴着他的肚子，把一顶毡帽搁在她肩上，慷慨激昂地高声说：

“真是难以忘怀的损失！真是难以忘怀的损失……”

几分钟后，他已经准备向送乐队来的卡车的司机舱里坐进去。米嘉吃惊地听到潘久霍夫对女司机说话的声音是那么兴奋：

“开车吧，莫佳大婶！”

“第一，我不是大婶。第二，我也不叫莫佳……我是司机……”接着又轻蔑地添上一句，“坐上吧……斯焦巴叔叔[①]。”

“这畜生！”米嘉愤怒地想着，眼睛还望着正向司机舱里坐进去的汽车调配站主任的笨重肥硕的身躯。突然米嘉发觉自己在奥丽雅的妈妈死后已经不是第一次想起了那个他连姓氏也不知道的叶列马……他有没有来送丧呢？他知道不知道呢？……米嘉甚至仔细地打量过围在坟墓四周的一群建筑工人，仿佛想根据他们的脸、他们的目光认出那个他还不认识的人。

“亏您想得出！”

第二天，米嘉带奥丽雅到公墓去。淡淡的阴影在树叶上晃荡，绿中带红的土地一刻不停地变换着颜色。

---

① 因为潘久霍夫把女司机胡乱叫做“莫佳大婶”，所以她也杜撰一个“斯焦巴叔叔”反刺一下。

“你怎么啦，顶针儿……”

她垂下头去，把头埋在他膝间哭着。槐树下，坟茔旁，给行人踩平的小路上，从公墓通向郊野的径道上，四周的亮光和阴影交织成一片动荡不定、杂乱无章的图画。米嘉对奥丽雅怀着一种痛苦的怜悯，同时对自己的平安顺利、对于自己居然还会发觉四月的阳光在抚弄她的秀发这种闲情逸致感到羞惭。这些天来，他头一次有机会跟她单独谈谈。他说了很久，甚至还提到她从前常常抱在手里的西皮丽雅。要善于经受生活中的一切考验。他想起了飞行员列瓦涅夫斯基怎么顽强地和同志们沿着无边无际的冰山行进……他说完了所有那些昨天、前天不能对她倾吐的鼓励的话……

她微微握了握他的手的腕部。他的感觉正确地告诉了他：也许某种东西暂时冲淡了她的悲伤，使她与生活重归于好，她已经在寻找帮助。

他们走出了公墓——奥丽雅开始着忙了。她想起保姆已经给亲戚接到狄基村去了。她得去看看她。奥丽雅不能待在自己家里……得一个人去——一个人就一个人吧……夜里就在那边过一宵。只要叫米嘉雇一辆车把保姆的东西送去就行，东西在过道里。要不要打个电话给潘久霍夫？她说得很快，可是神色很镇静。

这一天余下的时间都花在寻找载重汽车上面，可是毫无结果。米嘉不能不办妥请求他办的事——他得把普拉斯柯维雅·季莫菲耶芙娜的东西送到狄基村。但是汽车调配站保养场的人也许忘记了潘久霍夫的命令。或者是潘久霍夫自己忘记了下命令。米嘉在奥丽雅家的大门口白白地等到晚上六点钟。失望之余，他决定去找恰普，因为恰普人头很熟，在柏油路上遇到所有的司机都打招呼。

他们的关系搞得很奇怪。恰普在寒假以后遇到米嘉的时候，照常跟他谈了起来，仿佛根本没有发生过那天傍晚在街心花园的事情，——当时好像一切都完了，友谊也没有了。不过，也许友谊的确是没有了吧？在讨论原子物理的各个问题时，恰普跟以前一样认为米嘉是同班学生中最谈得来的一个——关于这个题目他能讲个没完没了，有声有色。可是关于自己或是关于米嘉和奥丽雅的友谊却只字不提。他从前那种坦率的性格连一点影子也没有了。

恰普看到米嘉来找他，一点也不觉得奇怪。他皱着眉头坐在一架放在方凳上的三用无线电前面。屋子里还是平常那种恰普式的紊乱现象：洋铁片、铜线圈、漆罐、颜料，房间里有一个角落用一些乱七八糟的布幕遮了起来——那边当然是摄影实验室。墙上，在恰普的头的上面，贴着一幅宣传画，上面的字不需要作解释："有志者事竟成。"

恰普心不在焉地听完了米嘉的请求。他脸色阴沉，怒形于色。

"怎么样，恰普，能帮忙吗？"

恰普抬起了头。

"你瘦了。"他简短地说了一句，接着从钉上拿下了裤子，开始换衣服。

其余的一切都是轻而易举的。恰普弄来了一辆车。他们乘在卡车上到了奥丽雅家的大门口。那个司机不知在哪件事上得到过恰普的帮助，他帮他们把一口古老的哥萨克大箱子抬出来。米嘉再把一个软软的包裹扔在上面，这个包裹是用保姆的一条头巾包起来的，伊琳娜·西特尼柯娃曾经挥着这条头巾跳过"西吉第丽亚"舞。卡车向城市的北部狄基村那边驶去。狄基村的许多黏土房屋散布在微微倾斜的运河两岸。米嘉和恰普站在车上，手肘支在司机舱的顶上；风吹着他们的脸膛。

他们驶过机械工场和轧石机，它们还是从建造水电站的堤坝和在草原上兴建城市的时候留下来的。卡车在吊着的铁路拦路杆下穿过。公路已经弯弯曲曲折向河边去了。展开了平坦单调的河岸和防止低地遭水淹的堰堤。汽车打从地下掘起来的深褐色土壤和还在大兴土木的年代里就被斫伐过的荆棘丛旁边经过。在这块被人们惊动的地方到处都留着未完工的痕迹。同时，这种经过改造的大自然景象也引起为人类而骄傲的感觉，引起对未来的责任感。米嘉对这个问题陷入了沉思——他第一次不去想奥丽雅的妈妈的死。突然，恰普提出一个意外的问题把他弄得稀里糊涂。

恰普对准他的耳朵嚷着：

“现在你要娶奥丽雅了吧？”

“你疯了！……”

这几天以来，跑去帮助奥丽雅，跟她待在一起，为她做所需要做的一切，——这个愿望一直被米嘉内心的顾虑约束着，这顾虑就是怕他对奥丽雅的态度在人家看来太触目，弄得谣言纷纭。他也不能确切地知道自己该怎么样才不致无意间伤害她的尊严，因为目前还不能最后肯定，是不是奥丽雅周围的人都认为他有责任和权利保护她。但即使如此，即使玛莎姨妈、奥丽雅的朋友、米嘉的同学都默认他们的关系，这都不能使米嘉有理由作刚才恰普的那种想法。

“夏天你再跟她在一起吗？”恰普问。

“是的，夏天我们一起上夏令营……奥丽雅的妈妈也希望这样……”

卡车在公路上疾驶。恰普弄清楚了他所感到兴趣的一切以后，就默不作声了，他向左右两旁看来看去，然后向米嘉靠近了些，凑着他的耳朵喊着：

“日子过得真快啊！……昨天我看到：一个漆匠拿着漆桶、刷子在赶马似的赶一辆电车。只差没有鞭子抽上几下！你笑吗？……我说的是真话：他吊在后面车台的梯蹬上，两腿悬空，嘴里喝着：‘走哇，死马，走哇！’”

这是恰普的特长——出谜题。从前是这样，现在还是这样。是什么使他想到这上头去的呢：是车开得快呢，还是想到了米嘉跟奥丽雅的关系？……如果是第二种原因，那就未免愚蠢。

门前停着一匹垂头丧气的马，懒洋洋地用很长的牙齿嚼弄着一束干草。一个孩子把它赶了开去，要不然它就不会离开原地一步。卡车开到院子里的一片陡地上，一座白色的黏土房屋就筑在院子深处的斜坡上。这就是保姆的侄女葛拉莎的小屋子。没有一个人从矮门里走出来。米嘉和恰普从车上跳下来；司机走出司机舱，把车板翻下来。两个孩子睁大了眼睛望着这几个乘车来的人。一条狗拚命想挣脱锁链。

普拉斯柯维雅·季莫菲耶芙娜也没有立刻就出来；她那浮肿的脸看来有点异样。米嘉仔细一看就明白了：原来她没戴眼镜。也许是打碎了。

她懒洋洋地，好像不大情愿的样子领米嘉和恰普走到黏土屋背后，那边有一间茅屋，从院子里看是看不见的。那间茅屋的门敞开着，屋顶一直倾斜到有刺的乱草堆中，在米嘉看来它好像是灾祸的巢穴；这时保姆用褐色的手指了指打开着的门，说：

“搬到这里来，小伙子们，谢谢你们。”

米嘉走到门口，屋子中央放着一张很高的镀镍的床，床上有干干净净的被褥和垫得高高的枕头。透过后面墙壁上的隙缝可以看到后天井的泥浆里有几只鸭子在乱划乱游。床的上头飞着一只黄颜色的蝴蝶。

“普拉斯柯维雅·季莫菲耶芙娜，这是您的住所吗？”米嘉茫无头绪地问。

“是我自己挑的。夏天就快到了……这儿空气好些。”老太婆没有注意到米嘉的忧虑神色。

恰普和司机已经把保姆的大箱子搬来了。

“那么奥丽雅呢？”

“她上民警局给我登记户口去了。”

突然，她的眼眶里像溅着了水似的涌上了眼泪。脸上堆起了皱纹，嘴唇往下松垂，给皱痕拉长了。

“有什么办法呢，什么样的事儿都免不了。我不会把奥琳卡丢下不管，你别担心。让她把抚恤金存上了存折。将来能派用场。葛拉莎管我们吃饭，多两个人也算不了什么。等她收摊回来，她会告诉你一切；说不定到夏天她也能把奥丽雅安排在啤酒摊上……葛拉莎是个能干的女人，不像我，一点也不像。”

“亏您想得出！”米嘉叫了起来，“您搬到这儿来是为的什么？这可要从长计议啊——把奥丽雅弄到啤酒摊上去！”

“你别嚷。我明天就把奥丽雅送回家去，今天我们就在一块儿……”老太婆张开指头向她的那张洁白的、照耀着阳光的床指了指，“这儿比较暗，可是那边屋里还要糟：挤得厉害。葛拉莎家里不长住的客人多得不得了……”

看来老太婆是闹糊涂了。也许，她搬到侄女这儿来是怀着轻松的感觉的：是轮到别人来关心关心她的时候了。可是她又觉得不应该抛下奥丽雅，于是她就按照她自己和葛拉莎的主张来决定奥丽雅的命运，但在大醉过后对这个主张又觉得良心上过不去。

米嘉出了大门。几个女孩子在牧放一些黑色的小山羊。在街道对面的一所肮脏的屋子里空无一人——准是住户已经走了：窗上都钉上了木板。不过旁边却有一所很干净的小屋子，在摆着天竺葵的窗前可以看得见一个姑娘的头；大概刚喝过茶，一个老太婆端着茶炊走到台阶上；听得见女主人洗碗盏的声音：茶杯和碟子在洗碗盆里叮当作声。狄基村的生活——既是简陋，又是丰裕——赤裸裸地展现在米嘉眼前。战争破坏了他的美丽的城市，可是好像一颗炸弹也没有落到这些小屋上面；这些屋子还是挖土工人们从农村到工地上去做工的时候就有的，当时他们都是草草地给自己弄个暂时的栖身之所就算了……

后面，在院子里，司机已经在揿喇叭叫米嘉了。可是他还在左顾右盼。那些寂寞的小山羊、那茶炊、那钉上了木板的窗子、那菜园里的稻草人——一切都使他的心为奥丽雅担忧，她将在这儿定居，将到啤酒摊去卖酒；到那时候葛拉莎的泥淖就会把她陷入不可自拔的境地……不平，一种极大的，他从来也还没有体会到的不平的感觉使他痛苦不堪……虽则他到民警局村派出所和通向河边的几条陋巷中都去找过，这天晚上他还是没有见到奥丽雅。司机不住地揿喇叭催促着。汽车进了城，米嘉感到非常疲倦，好像锻炼过度似的……

姨妈不在家。猫儿走到房间中央，伸了个懒腰，神气活现地走开去。在米嘉桌上，夜灯的红光照到一个盛着酸牛奶的浅蓝色的盆子，这是姨妈关切地放在那儿的。米嘉胡乱喝完了酸奶，把球鞋朝角落里一扔，熄了灯，就上床睡了。

他有没有为奥丽雅做过些事情？保姆这样嗜酒如命，把奥丽雅弄得一点没有依靠。而那个葛拉莎已经准备叫奥丽雅去卖啤酒……怎么办呢？羞惭的心情老是不肯消失。他觉得惭愧，因为当奥丽雅是这样痛苦的时候他的生活却丝毫没有变动。他想起了恰普在风中问的那个愚蠢的问题……后来他又产生了一个一下子就把以上种种想法一扫而光的念头：尽管他尝过甜酸苦辣，他总还是个小孩子，而奥丽雅已经是个经历过悲痛的真正的大人了。在这以前，他考虑较多的是她，可是现在回顾自己，就体会到自己完全不中用。他一会儿觉得应该立刻去找潘久霍夫。应该把一切跟他当面谈清楚……可是如果他要问："您是什么人？是奥丽雅请求您管这事的吗？……"那可怎么办？他一会儿又觉得一定要往回跑，到狄基村去，去敲关上的大门。他怎么有脸对她提到列瓦涅夫斯基！多愚蠢啊，不，简直卑鄙！又是一阵剧烈的自我谴责向米嘉袭来。他想起在公墓引用从书本上看来的例子安慰奥丽雅的事。难道这是可以比拟的吗？多蠢啊！……米嘉把被单拚命往头上扯，不住地骂着自己。“小鬼……饭桶……吹牛家……”他这样嘟哝着，双脚乱踢，叹声连连，怎么也睡不着。街上汽车的喇叭声已经归于沉寂，窗外万籁俱静，可是他还在长吁短叹，辗转反侧不能成眠。

在狄基村

早晨，姨妈叫醒了米嘉：

“你瞧，你在梦里把手都抓破了。你梦见了什么来着？”她又说，“爸爸来了……奥丽雅怎么样了？你们今后还是在我们家做功课吧，她在自己家里一定很难受。”

姨妈真是好心肠，她也在为奥丽雅着想。 可是主要的是要使奥丽雅跟他爸爸见见面。她见了姨妈不知为什么有点拘束。不过爸爸能行。他来得可正是时候！

爸爸走进房间的时候，正好米嘉正在按运动员的方式，像他所擅长的那样“披上戎装”。

“上学不会迟到吧？”

这倒是新鲜事。米嘉给这句突如其来的话问得微微有点儿窘，他吻了一下爸爸，不过不像平时那样的激动。

“我从不迟到，爸爸。”他说完就完全茫然了。

爸爸在和他见面的时候从来不那么严肃。米嘉心想：“我做了什么错事了吧？”

爸爸把一只手搁在米嘉的肩膀上，说：

“怎么样？很累了吧？”

“一点也不。”

“悲伤把你们连接起来了吗？”

米嘉直望着爸爸。一切都清楚了。玛莎姨妈已经对爸爸说上了一车话，说米嘉疲劳过度了，整天不见人影。不过现在重要的完全不是这个。他说：

“爸爸，我希望你跟奥丽雅谈谈。”

“到时候看吧，”爸爸不置可否地说，但他的语调很使人放心，“快考试了，米嘉，请不要忘记……好吧，准备上学吧。”

临走的时候，米嘉才问爸爸：

“什么时候回去？”

“回区里？等我买了烟叶，跟奥丽雅谈过以后就走。”

“跟奥丽雅谈？噢，对。”

“米嘉，这一次我待不多久。明天早晨就要回去。”

一放学，米嘉就去找奥丽雅。她不在家：门锁着。胖胖的、黑头发的格林卡的妈妈紧裹在一件格子斜纹布的罩衫里，把米嘉招待到她屋里。

“您好好劝劝奥琳卡，”她坐到一张很深的圈椅里，用重浊的声音说，“这简直是小孩子做梦才有的怪事。她昨晚上没住在家里。”

“我知道。”

“连衬衣也没拿！”这位胖胖的女人像是针对他的话嚷了起来，“也许，她没拿衬衣甚至更好些，你说是吗？至少，衬衣总没有丢掉。我早晨问她：‘你在那儿做些什么？’奥丽雅恶声恶气地说：‘听保姆唱歌。’您听过保姆唱歌……有时候还好，有时候我甚至要喊住格林卡，叫他不要到厨房里去。”

“他真的不去了吗？”米嘉怀着一种刻薄的好奇心问。

格林卡·舍里亚在班里以独一无二的隐语小调歌唱家驰名，但他还谦逊地说，他爸爸唱起来更有趣。

“男孩子隔两道门听了还脸红！”格林卡妈妈断然说，“不过问题不在这里！我对她说：‘吃个煎鸡蛋吧。’——‘不要吃。’——‘那你要什么呢？’——‘什么也不要’……她不要吃东西事情倒小，可是我在人家面前怎么做人呢。工程管理处付房钱，可是房间里不住人。我明白，现在她一个人夜里待在那间房里是不好过，那就让她上我这儿来住。格林卡他爹出差在外面。格林卡可以睡在餐室里。可她就是不肯。我已经到区教育处去过，请他们指定一个弹药包，噢不，指定一个保护人，对，他们是叫保护人的。[①]监察员说不行，她已经有了护照。他答应打个电话给校长……我求求您，米嘉！奥丽雅是那么尊重您和您的姨妈，你们好好劝劝她……她到底要怎么样？……”

米嘉听得很不耐烦。这些话里没有一点对奥丽雅的命运的同情，只是环绕着房间问题要的一些花招。这个胖女人只怕人家停止付房钱，或者另外搬一家有很多小孩子的人家进来。他恼恨自己浪费了时间，也许到学校里已经找不到奥丽雅了。

在学校的天井里阒无一人，就像平常在青年工人学校第二班结束和第三班开始之间有一大段空当的时间里那样。米嘉按老规矩先向四周看一下，然后再进去。他相信奥丽雅在里边，因为她脱下了好几堂物理实验课要补。也许，她正在某一个教室里埋头看书？现在她在哪儿准备功课呢？米嘉看到每一扇门都要推进去张望一下。

在物理实验室里，阿勃杜尔·加米特正在辅导两个女学生。米嘉才把门打开一条缝——就看到奥丽雅在里边。在空洞洞的，但又是热烘烘的实验室里，存放得横七竖八的课桌之间，老教师大概已经感觉

① 在俄语中“弹药”和“保护人”是同音异义词，“弹药包”和“保护”两个词的发音也很近似，所以起先格林卡的妈妈搅错了。

到学校的夏天快要来临了。他坐得舒坦了些，像个孩子似的把脚搁在课椅上，一边提问题，使答案能够脱口而出。他这副姿势好像一个坐等已久的渔翁——穿着透凉鞋，只差肥软的手中拿的不是钓竿，而是教鞭。

“哦！如果玻璃两面都是凸出的，那么焦点……再想想？这点我们三年前就知道了……”他在启发奥丽雅。

“如果玻璃两面都是凸出的。”奥丽雅重复着，一面用手指在架子的斜板上划来划去。

由于她知道人家反正会帮她忙的，由于一种感到被卑视的想法，她变得不会说话了，甚至明明懂得的东西她也说不出来。窗外在下雨了。奥丽雅忍住眼泪看到大地渐渐昏暗，看到对面一幢房子里一个姑娘把几盆无花果放到凉台上。

今天，由于种种同情的迹象，由于人家表示对她妈妈的悼念和对她的怜悯，奥丽雅已经觉得很痛苦。校长安东尼达 · 伊凡诺芙娜在休息的时候把她叫到教员室里，详细问了关于保姆的事，给她看了工程管理处处长关于答应在正在建筑的房屋中给奥丽雅一间住房的条子，说建筑委员会主席已经同意派奥丽雅到少先营去当两届辅导员，“有薪水，还管膳食。”阿勃杜尔 · 加米特走过来，他是个好好先生，什么也没说，只是在一旁站了会儿。安东尼达 · 伊凡诺芙娜就请他下课后给奥丽雅补习物理。

班里的同学也都邀她到她们家去玩。玛莎 · 齐雅勃里柯娃一步也不离开奥丽雅。素来沉默、怕羞的纽拉也忙着张罗安东尼达 · 伊凡诺芙娜委托她办的事。奥丽雅知道为了她的抚恤金的事校长已经到社会福利事务处去过。在食堂里，奥丽雅无意间听到纽拉在跟食堂管理员静娜商量免费早餐的问题，静娜叹了口气，不知为什么说：

“应该帮助……人不是面包：面包是外面先开始发硬的，而人是从里边开始变得冷酷的……”

但是奥丽雅并不想变得冷酷。她只是因为现在落到大家都来可怜她的地步而觉得受不了。她不需要怜悯，不需要！所以当伊琳娜·西特尼柯娃随着大伙儿同情的热潮来向奥丽雅提供帮助——周末跟她一起补习代数——的时候，奥丽雅冷冷地回答：

“请把你的慈悲心用到别处去吧。”

伊琳娜当然生了气，她说：

“你太不礼貌！”

可是奥丽雅却怀着一种痛苦的幸灾乐祸的心情想到人家永远也不会原谅她——那就是说，永远也不喜欢她了。到下课放学前，她变得更乖僻了。

现在她就是这样地站在许多仪器前面——脸色阴郁，紧锁眉尖。

“米嘉·鲍罗廷怎么样？夏天他会帮助你吗？”

阿勃杜尔·加米特提这个问题也像提所有别的问题一样，声音很轻，可是米嘉听见了却觉得非常意外，他给愣住了。他差点儿暴露了自己，他的手在门球上哆嗦了一下。阿勃杜尔·加米特问这话的声音是那么轻、那么亲切，使答话自然而然会说出来，——同时，那不时有太阳在露脸的细雨和老师慈祥的微笑也都鼓励着她回答。

她的睫毛阖了拢来，点点头，好像在说：“会的！会的！会的！会帮助的……”

米嘉在斯大林塑像旁等候，在这空荡荡的穿堂里，只有衣帽寄存处的女管理员会对这个避开人们注意的小伙子感到兴趣。

奥丽雅很快走了下来，脚步声沿着楼梯橐橐地响着。他走到她面前——她并不觉得奇怪。似乎她知道他在这儿等候。得走远些，阿勃杜尔·加米特跟着在走来。雨停了。

“到我家里去吧。”米嘉向她伸出手去说。

“不，米嘉，你还是送送我吧。我要到保姆那儿去。”

“我爸爸今天……”

“你别耽搁了……送我走吧。”

她把他带走了；他们俩走得很快。既然她要这样，那还有什么可争的……他满怀行动的决心四处找她，可是现在，全部决心都变成了迅速的脚步。

“你这样要气喘的，奥丽雅，我们路还远着呢。”

他们沿着堆满木柴的河岸走着，经过水闸，走到上面一个水库边，这里是一片宽广的水的原野，太阳已经下山，水面上只剩下一条金黄色的带子。沿着专运木柴的铁道支线在岸边闪过的机车把这条带子抹上一层黑烟，然后又慢慢地透过烟雾露出夕阳的纯净的黄颜色。这时奥丽雅慢慢地走着，她一切都看得清清楚楚。瞧，那边是雷雨前的彤云……虽然还在四月，可是天空却像在夏天一样。使人不由得想起夏天。

“很近的地方在下雨。离这儿不过两公里……”奥丽雅说。

“不，有四公里。单这条河就有一公里……”

“你爸爸会等吗？”奥丽雅问，她已经猜到米嘉在想他，“他怎么样？”

她怎么猜着的？应该怎么样用一种特别的方式对她讲爸爸的事，才能使她愿意跟爸爸见面呢？

米嘉相信爸爸是万能的，他这种信仰是无限的。不知怎么的，叶高尔·彼得罗维奇会在恰到好处的时候启发米嘉的思想，引导他自己作出决定，同时又不以成年人的见多识广吓唬他。他从不指责，要是觉得有什么不喜欢的地方，顶多不过皱皱眉头。不过那时他的脸色比坏天气更难看。他们通常一个月见一次面，有时还要隔长久些。但是每次见面的时候，米嘉总是恍然大悟，仿佛他在生活中时时刻刻在完成着爸爸没有正式向他交代的任务。

今天对奥丽雅讲这些话不大妥当。于是米嘉就讲得委婉些：

“我很希望你今天到我们家去。去跟他谈谈，你一定会感到轻松些。他老是只带一些轻便的行李……他有一个旅行袋，他把衬衣、文件、烟叶往里边一塞就出差去了。什么都塞在袋子里，包括《刑法法典》在内……我们走吧，好吗？”

她摇摇头。

“你以为一切都很简单，其实这仅仅是你的幻觉罢了。你爸爸会可怜我，玛丽雅·谢尔盖耶芙娜会抚爱我。可是我不要人家可怜……学校里大家也都很可怜我，她们欣赏自己的怜悯心简直就没有欣赏个够的时候……”

她说到这里哽住了。这时候奥丽雅在熬着多大的折磨啊！他用尽全力紧紧握住她的手，说：

“奥丽雅，你怎么能这样呢！你何苦埋怨愿意帮助你的人呢？要知道，对于已经发生的这件事情，谁也没有过失。如果在生活中你遭遇到某种由于人们的过失而造成的可怕事件，难道就要咒骂全世界、跳到冰窟窿里去自杀了吗？这样生活是不行的，奥丽雅！”

突然，他感觉到她在发抖。肩膀、胳膊都在发抖；好像为了自卫而被举到颏下的书包在她手里摇晃；颧骨苍白的脸庞以哀求的目光向上看着。她不看米嘉。他明白：这时她的神经是那么紧张，任何一句激烈的，哪怕是不会叫人生气的话都能使她发抖。

“我冷……”她说。

“把这个披上！”他一下子从自己身上脱下有拉链的短外套。

但是奥丽雅摇摇头说：

“我再也不……你知道，我能控制住自己……只要你别这样说话。”

他急忙把她裹起来。奥丽雅服从了，披上了外套。他们继续向前走去。

一艘轮船在很近的地方驶过，船上乐声悠扬。现在大路已经离开了河边，向着狄基村的黏土房屋所在的那些小山丘延伸上去。走到一座用几张旧铁皮隔起来的天井近旁，奥丽雅有点气喘，她站住了。他们向四野里看了一下。彤云以一层深蓝的颜色渐渐地掩盖住天空。轮船向水闸那边折了过去。一个孩子骑着一匹没配鞍的马，把马群从饮马场赶走。一匹小马落后了，没精打采地沿着田野间道边的沙地走着。它细声细气地叫了起来。那边，在太阳落下去的地方，卷起一股尘土，弥漫在马群上空。

忽然间，奥丽雅对这片旷野看着、看着，竟微笑了。米嘉温柔地注视着她。不，以后他再也不说一句激烈的话，再也不要硬叫她相信什么了。

他们走到了一座房屋跟前。

保姆住的那间茅屋还是跟昨天一样地开着门。只有床现在已经放在里边半明不暗的地方了，一方熟悉的手织狭长小台毯挂在床高处的墙上。透过后面墙上的隙缝仍旧可以看见几个水塘，水面上升起一缕热气；那边有一只白鸭子在游泳，它潜在水中，只有短短的屁股露出水面。

米嘉走到那张高高的床边，坐了下来。他等奥丽雅点灯，可是奥丽雅把这忘了；她在墙上的隙缝旁站了一会，然后也坐到床边。当她的肩膀这样微微靠着他的肩膀的时候，一切都可以忘掉。他小心地抱住她，吻了一下她的肩膀，笑了。

“你笑什么？”奥丽雅喃喃地说。

“我吻了我自己的短外套。”

“得了……得了吧。”

院子里有几个孩子在掷木棒。当他们俩走过茅屋的时候，葛拉莎的丈夫注视着他们；他在忙着弄一些装窗玻璃的空箱子，把刨花从里面扒出来，扔到火堆里，一个戴漆皮帽檐制帽的少年在用斧头劈箱子，把木片堆起来……他们干吗要这样毁坏东西？米嘉和奥丽雅早就认识葛拉莎的丈夫，可始终猜不透他的职业。保姆说到他的时候也是神秘得很，显然有点怕他。

葛拉莎的丈夫在院子里什么也没对他们说。可是米嘉感觉到他刚才曾经注视着他们，仿佛用斫痕把他们的去向做上了记号。

“昨天保姆讲了些昏头昏脑的胡话……说什么葛拉莎可以把你介绍到啤酒摊上去。这是真的吗？”米嘉问，“不，这是胡扯，是吗？”

“我不知道以后会怎么样。”

“可是我知道！你到我们家去住。你要念书，你要毕业，一切应该怎么样，就怎么样！我们马上就回家。那边有爸爸……你不可能有另一个家……你妈妈一定也会这样决定的。”

“我不去。你也不要走。等一会儿。”

黑暗中已经什么也看不清了——只有床侧的一条毛巾有一点白颜色。米嘉横躺在床上，他的头碰到那方手织小台毯。他用手在上面摸了摸。本来它是挂在薇拉·尼古拉耶芙娜房间角落里的书架背后的。它上面花花绿绿的颜色很好看：有红的、黑的、黄的、蓝的、灰的条子……

“这是你妈妈的台毯吗？……可认不出了。”

奥丽雅知道米嘉指的是什么意思：

“是的，黑暗中什么颜色都混在一起……看不清。”

“我现在不想说服你，不过你使我生气，奥丽雅……”

她不响。

“你使姨妈也生气。简直毫无道理。”

当他这样说到姨妈的时候，他相信自己说的是实话。在他的脑海中，早晨姨妈说叫奥丽雅到他们家去做功课的话，自然而然地变成了请她住到他们家去的意思。

“不要胡思乱想，米嘉。姨妈知道：跟我住在一起可不是好受的，”奥丽雅说，“我跟妈妈还可以……我昨天夜里考虑了好久。”

“我也是！请原谅我昨天说了些蠢话……”

“什么蠢话？”

“关于列瓦涅夫斯基的。”

“难道你说了这话是愚蠢的吗？”

现在轮到她来反驳他了。她在这几天所听到的鼓励话中，最需要的就是关于列瓦涅夫斯基的话。这话不知以一种什么莫名其妙的方式在她的心田扎下了根！当她昨天夜里一动也不敢动地睡在保姆身边的时候，猛然想起了冰冷的回廊，想起了米嘉说的关于薇多奇卡·罗斯洛娃的故事，想起了当时说夏天一起到夏令营去的话；所有这一切幼稚、天真的念头和一幅严峻的景象混合在一起：她想像着飞行员们在冰天雪地的北极困难地行进，他们要活下去，要寻找有人烟的地方……突然，在茅屋的一片漆黑中，在沉睡着的院子的一片寂静中，奥丽雅第一次想到：“不管有多么困难——总得活下去！”

“米嘉，别忘了夏天的事。”奥丽雅说。

“谢谢你提醒我。这么说，你没忘记。”

“你说那儿的话！……夏天我们要在一起。我还记得。”

四周是那么静。只有斧头的声音。这声音也令人想起冬令别墅的回廊。生活中有多少变化啊！……

门口传来保姆哼哧哼哧的呼吸声。她来睡了，她想不到在这黑暗的茅屋中正在进行着重要的，对于奥丽雅可说是一生中最重要的谈话。

“好吧，现在你可以走了。”奥丽雅低声说。

成年人有许多值得回忆的事情

区检察官有点儿闷闷不乐。米嘉疲倦过度了，夜里睡不好，这是很可以理解的。是的，这一切的结局很凄凉，世界上又多了一个孤儿。叶高尔 · 彼得罗维奇送了米嘉去上学，然后默默地坐到桌旁进早餐。他才说了一句："我们从前做大人比他们要早哩。"玛丽雅 · 谢尔盖耶芙娜沉默了半晌，问道："现在我们变老也比较迟吗？"于是，一天来他们关于奥丽雅的不幸、关于米嘉的前途所想到的一切，就像这两条不慌不忙地得出的结论一样，跟自己青年时代的回忆融合在一起了。叶高尔 · 彼得罗维奇上省法院去了。玛丽雅 · 谢尔盖耶芙娜跟平常一样到学校去。晚上两个人回来了——米嘉不在家，——于是重又谈起要不要叫那小姑娘住到他们家里来。他们俩各自默默地回忆着死去的卡嘉——米嘉的妈妈。玛丽雅 · 谢尔盖耶芙娜比平时吸了较多的烟，不时把烟蒂塞在放水的一只小烟碟里，这碟子从很早的时候起就放在写字台上了。

玛丽雅 · 谢尔盖耶芙娜自幼就长得不美。虽然这不至使她个人的生活道路阻塞，但正足以使她不喜欢自己，并且本着年轻人对生活的要求的誓不妥协的精神抛弃一切寻求女子幸福的打算。她博览群书，年轻时曾经对公爵小姐玛丽雅 · 鲍尔康斯卡雅深恶痛绝。她在日记里写着："这个女乞丐会接受任何的施舍。哦，她对厚颜无耻的阿那托里 · 库拉金的崇拜可以不下于对尼古拉 · 罗斯托夫的崇拜，如果库拉金同意娶她做妻子的话！[①]其实，这两个人并不像托尔斯泰所感觉的那

① 玛丽雅 · 鲍尔康斯卡雅、阿那托里 · 库拉金、尼古拉 · 罗斯托夫都是俄国伟大作家列夫 · 托尔斯泰的巨著《战争与和平》中的人物。

样有多大区别……”同时，她自己则感觉到，她的容貌和笨拙都跟公爵小姐玛丽雅相似，因此，她只要一想到说不定一旦她也会像个乞丐那样接受某人的施舍——做某人的妻子，就会不寒而栗。

跟玛莎一起在一个小地方的医生家庭里长大的还有她的妹妹卡嘉。她是属于那些被称为迷人的女人之列的。她长得很美，但又不注意自己的美丽，生来就对人们感到无止境的兴趣，她深信生活中的一切迟早总会安排好的，用不着花费无谓的精力，男人、女人、孩子都一样地喜欢她。人们把卡嘉的随机应变和她那善于吸引他人兴趣的本领看作深邃的涵养，把她的委婉圆滑看作善良的性格，把她的自信看作无畏的精神。玛莎对这一切非常明了。可是，当卡嘉嫁给叶高尔·彼得罗维奇——平凡的、外表看来土里土气的、刚毕业于法律系并在邻村当审判员的叶高鲁什卡——的时候，大家都认为这是轻率的决定；只有玛莎认为妹妹的眼光不错。她悄悄地哭过好几夜，因为她——玛莎——自己也挑中了他。卡嘉快快活活地从她那里夺走了那个土里土气的朋友，玛莎从认识他的第一天起就喜欢他，与其说因为他有许多长处而中她的意，毋宁说是因为他有不少缺陷。

光阴荏苒，一切都归于平静。混淆在鲍罗廷的性格中的长处和缺陷，在玛丽雅·谢尔盖耶芙娜眼里看来仍旧是老样子，不过随着岁月的消逝，她好像觉得已经不容易分清哪些是长处，哪些是缺陷了。

叶高尔·彼得罗维奇一直在各村镇、各小城市里工作，就像一般所说的，没有飞黄腾达。卡嘉就这样在穷乡僻壤之中，秋雨连绵之时，由于缺乏所需要的药品而死去。虽然他在日常生活中比较随便，可是在主要问题上能坚持原则；他很能干，在玛丽雅·谢尔盖耶芙娜的想像中，他简直是天才。她最厌恶任何的矫揉造作。至于叶高尔·鲍罗廷就连一丝一毫的虚伪习气都没有。这种性格传给了米嘉，按照玛莎姨妈的看法，米嘉也“喜欢实事求是，而不爱装模作样”，他不隐瞒自己的任何缺点，也不愿把自己显示得比实际上好。

不管是在新经济政策时期盗窃国家资财、投机倒把之风甚嚣尘上的年代，不管是在他曾经两次遇刺的没收富农财产的时期，或是在战时，认识叶高尔·彼得罗维奇的人都说他是一个老实勤恳的苏维埃司法工作人员。虽然他老是待在区检察署的几所小屋子里，但同时又是各村俱乐部读者会的经常参加者；他常常在红军小图书馆的书堆中翻东找西，他不但喜欢古老的歌曲，甚至还会用六弦琴伴奏自弹自唱。他喜欢偶尔在工作中挤出个把钟头，宁可不吃饭，不睡觉，溜到电影院去一次。倒并不是为了欣赏几位为大众喜爱的女演员或是看一些武侠影片，——不是这样，他就是喜欢挤在人群中涌进电影场狭窄的小门，急急忙忙在挤得很紧的一排排座位中找到自己的位子，跟小孩子们一起等候灯光熄灭……战前，他还喜欢参加指挥员夏令集训——说来也奇怪，他喜欢那些"向右看齐"和"成单排齐步走"的口令，喜欢在阴暗的早晨，排在连队行列中，沿着到军官餐厅去的大路高歌行进……战后，他常常要去出差，于是他就喜欢在菜场、车站的人群中拥挤，遇到一家三等小饭店就走进去，听听手风琴。他讨厌旅馆中的单人房间，那边留着不知名的人们居住过的痕迹，但已经再也没有机会跟这些人谈谈了。逢到没有空房间而只好在住很多人的房间里搭一张铺位的时候，倒也没什么大不了：只要同房间的人不打鼾就上上大吉了……

叶高尔·彼得罗维奇在自己的办公室里对人很严，这与他的职务是相称的。但是在玛丽雅·谢尔盖耶芙娜看来，他有时像个怕羞和自信心不强的人。同时她又想起，在好多年以前，有一次省检察官在会上问叶高尔·彼得罗维奇：他是如何理解自己的工作的；他在生活中最关心的是什么；作为一个检察官，他的兴趣又是什么——省检察官是高加索人，他把"兴趣"（интерес）说成了 интэрэс，——叶高尔·彼得罗维奇想着，想着，回答说："我要使人们抡起铁锤敲得更猛，使犁铧刺入泥土掘得更深……"说是说了，可是后来有好久觉得很窘，在同志们面前也不好意思，觉得自己说得太庄重了，有点像漂亮的空话。不过，事实上叶高尔·鲍罗廷的确是为了这而在他所工作的郊区和所有他工作过的地方注意着使种子不被小偷偷走，使国营农场的果园里的人们把果树过密的丫枝修去，使轮船能够按规定日期通航。

玛丽雅·谢尔盖耶芙娜虽然不了解检察官工作的各项细节，但她知道得很清楚，对于鲍罗廷来说，这项职业的全部诗意就是使法律不仅成为防止犯罪的栅栏，而且要成为驾驭并推动国家生活前进的杠杆。

玛莎曾怀着妒意在暗中注视妹夫的习惯和爱好，这是很久很久以前的事了！在年轻的时候，叶高尔·彼得罗维奇没有立刻明白玛丽雅·谢尔盖耶芙娜在爱他，没有立刻明白她把这一切对自己都隐瞒起来仅仅是因为他从来没有像看女人那样地看过她一眼。他很爱卡嘉，从来也没有对自己所作的选择表示后悔。有一年谢肉节在阿尔扎玛斯一家饭店里玛莎就明白这一点，当时卡嘉打扮得很漂亮，快快活活地坐在那里，眼睛四下扫视着，一下子就有两个招待员从餐厅的两个方向一起给她拿盐过来，而叶高鲁什卡却穿着乌绒的托尔斯泰式的短外衣望着她，像一个善良的大傻瓜；过了好几年，当玛莎到库班河畔一座村庄上去看望他们的时候，她也明白这一点，当时虽然不是和平时期，但她却觉得他们的小屋子里很舒适；晚上，他们就紧闭了百叶窗，熄了灯，在炉旁静坐。

在鲍罗廷一家东奔西走的好多年中，玛丽雅·谢尔盖耶芙娜一直独身待在阿尔扎玛斯。她在学校里做了不少工作。老姑娘的怪脾气还是没改。不过，她知道孤独会使人改变性格，因此她带着幽默的意味迎合着这些怪脾气。开始时先逢场作戏地搜集一些仙人掌的标本。后来有一次她无缘无故拒绝在她教法文的步兵军官学校帮助进行德文考试。后来又养了只猫，不时去抚弄它的爪子和“宽阔的脸庞”，甚至听它的呜呜声也觉得喜欢，她常常在教员室里讲，那只猫尼基塔到了一定的时候就会蹲在气窗上等她。后来又开始对合唱音乐表示讨厌，要是邻居捩开无线电，她宁可跑出去淋雨散步。

在这段时间内，鲍罗廷夫妇生了个孩子。他们从乌拉尔搬到白俄罗斯，从省中心又回到区里。卡嘉会兴致勃勃地动手做各种事情，也会毫不可惜地半途而废。在屋边搞了个米丘林樱桃园——不久又走了。她领导过村图书馆的工作。跟丈夫的几个朋友在一起，她突然又对打猎发生兴趣了，一个秋天的夜晚她在沼地上着了凉。很迟才发觉是肺炎，道路又被秋雨冲得泥泞不堪，要救也没有办法救了。

叶高尔请玛丽雅·谢尔盖耶芙娜前去，她在两星期后沿着初冬的雪道到了那儿。当她看到刚满四岁的胖胖的、一本正经的米契卡的时候，他使她觉得喜欢；不过她并不是一下子就喜欢他的，起先她怎么也想不到半年后她不仅仅把孩子带到了她近年来住的南方大城市，甚至是跟他相依为命了。

在鲍罗廷感到无比痛苦的时候，玛丽雅·谢尔盖耶芙娜给了他莫大的帮助。叶高尔·彼得罗维奇就是到了现在，到了对于以往的一切能判断得更深刻、更正确的四五十岁的年龄，除了卡嘉的爱情以外，他对一生中任何事情都不觉得有遗憾；米嘉像爱亲生母亲一样地爱他的姨妈，为了这一点，叶高尔·彼得罗维奇衷心感谢玛丽雅·谢尔盖耶芙娜。他为儿子而对她深怀感激，而她并不需要感谢，因为在这件事情上她没有作任何牺牲，她感到自己是她所宝贵的一些人的支柱，精神上一年比一年高兴，一年比一年愉快，她终于有个家庭了！她对叶高尔·彼得罗维奇没有任何要求——甚至连想也不想重新安排一下这没有安排好的女人的命运。她有家了！这不是她苦苦哀求得到的，不是当作施舍物接受来的，——是人家来找她，请求她帮助的。她终于把米嘉抚养长大。

这天，奥丽雅·凯容——一个别人家的小姑娘——变成了孤儿这一事实，使玛丽雅·谢尔盖耶芙娜陷入了沉思，她像青年时代那样地激动。多年以来，她跟叶高尔的谈话第一次没有触及关于米嘉的裤子、教科书，或者关于平时工作的一些日常琐事，而是心照不宣地触及了初恋，触及了能够鼓舞青春，或者会造成无法弥补的终身遗憾的事情，——就是说，谈话也触及了遥远的往事，触及了相互之间的一些真的和假的错误。现在，当他们谈起要不要叫奥丽雅·凯容搬到他们家来住的时候，她的轻率和缺乏恒心使玛丽雅·谢尔盖耶芙娜不禁想起了死去的妹妹。

至于叶高尔·彼得罗维奇却在公正地解决这个难题，他了解玛丽雅·谢尔盖耶芙娜的处境，所以在谈话中努力照顾她，只是偶尔从一般男子的想法出发，暗自对这次谈话的奇怪的特征觉得好笑，这次谈话表面上看来平淡无奇，可是又接着那么复杂的——可说是复杂透顶的——深度……

“米嘉简直不想回家了。他非淋得浑身湿透不可，小鬼！”叶高尔·彼得罗维奇说这话的时候，恰巧米嘉在一团漆黑的茅屋里跟奥丽雅分手。

他等儿子回来已经等了半个多钟点，在电光闪闪下望着窗外：骤雨倾注在铺了柏油的院子里，说得确切些是倾注在“住宅区以内的空地”上，天井后面院子中央的几株矮苹果树弯下了树梢。刚才西方半空中出现一片红光；或者是夕阳回照，或者是炼铁炉出铁时的火光；远处，斜雨像无数紫色的细线纷纷落下，城市的上空飘荡着朵朵白云，也许是黄昏时乌云堆里泛出的一些白光。后来完全沉入了黑暗，可是米嘉还不见回来。骤雨与雷电交作。这就是比一般为早的南方的雷雨……

在叶高尔·彼得罗维奇的后面，玛丽雅·谢尔盖耶芙娜在第二间点着灯的房间里走来走去。然后她拿着给叶高尔·彼得罗维奇用的被子和枕头走进米嘉的房间。

“你怎么个睡法，是不是头靠窗？”她问，一面铺开扔在沙发床上的垫褥。

他知道这个问题老是能使她觉得满意，所以他每次回家总是给枕头指定新的地方。

“好吧，头就靠窗那边……唔，奥丽雅，奥丽雅……奥丽雅·凯容……不久前我们那边郊区死了一个人民审判员伊凡诺夫。你也认识他……他的女儿到学校去，那边的戏剧小组正在排什么戏迎接节日。她一到就去报告：‘我不能参加排练。’老师问：‘为什么？’‘我爸爸死了。’规规矩矩地来，请了假就走。多守纪律！”

“哦，奥丽雅可不是这样！”玛丽雅·谢尔盖耶芙娜说。

叶高尔·彼得罗维奇不再说下去了。刚才那句话表明了玛莎的整个性格：她对任何事情的意见总是很尖锐，像她这样一个上了年纪的独身女人，判断任何事情总是干脆、简要；在这一点上她和一些办事喜欢干净利落的青年人很相近；不过她是因为比较老于世故，有点经验，而米嘉则是因为完全没有这些东西。

“我对这个奥丽雅几乎连概念也没有……你至少在学校里认识她。她到底怎么样？”叶高尔·彼得罗维奇问，一面望着电光闪闪、雷雨交加的黑暗的夜空。

“一个乖僻的姑娘！……娇养惯了。相当放纵。但很真诚。不喜欢依赖别人。她自己给自己做主，也就是所谓不愿在别人吹笛伴奏之下跳舞的人……功课不过三分……指望着靠魅力、靠漂亮在生活中另觅发展。”玛莎姨妈努力以确切的字句给奥丽雅作鉴定。她回忆起一件事，微微一笑，说："不久前我对米嘉说：'你告诉她，叫她原谅我这老太婆，别对我挤眉弄眼……'"

叶高尔·彼得罗维奇微笑着问：

"她不喜欢猫？"

"不喜欢。"玛丽雅·谢尔盖耶芙娜老老实实地肯定说，她明白叶高尔这句玩笑话暗示着她的见解不够公正。

响起了一声霹雳，仿佛森林里倒下了一棵大树。

"米嘉当然怕你会对他说：'姑娘多得很，可是姨妈你只有一个。'——或者类似这样的训诫话。"叶高尔·彼得罗维奇说。

如果他回过头去的话，他就看到那个上了年纪的严厉的女人坐在还没有铺好的床褥上，两手搁在膝头上，这时刻她正陷入了深思。玛丽雅·谢尔盖耶芙娜难道能承认——哪怕是向自己承认——她在担心会失去米嘉，害怕奥丽雅会把他夺走，就像从前卡嘉夺走他的父亲一样。

"你好像还有什么话没说完，玛莎。我们俩都在隔靴搔痒，"叶高尔·彼得罗维奇很诚恳地、毫不冲动地说，"你跟我都在考虑同一个问题，并且很清楚地知道我们两个人都在考虑这事……应该叫小姑娘搬到这里来住……同时又有一点儿不放心。"

"不是有一点儿，而是很不放心！"玛丽雅·谢尔盖耶芙娜说，"叶高尔，你知道，你们男人看问题的态度总比较简单，你们会说：好事情既然能做为什么不做……"

"难道不可能吗？我们一起生活，管她吃穿。怎么，学校里已经闹得满城风雨了吗？……"

"你怎么想呢？团委会和我们整个教员室都在谈。安东尼达·伊凡诺芙娜今天甚至在楼梯上追上她，说：'奥丽雅！你住到我家来吧……'姑娘们也是那样。可是奥丽雅好像不理睬大家是多么愿意帮助她。”

“重要的倒不是她们愿意不愿意帮助，而是能不能的问题。这就需要有这样一个人，只有他一个人……能帮助。别人遇到不幸，大家都愿帮助。而对于某一个人，这应该成为他自己的不幸。”

“如果福马·福米奇来作保护人，那就糟了。”

“他是谁？”

“一个亲戚。汽车调配站的主任。他有许多有利的关系。我见过他一次，他已经向我建议把米契卡送到莫斯科大学去念书。目前我得给他从法文翻译六期时装杂志。他要这干什么呢？……一开口就天花乱坠！可是他正在走运……小姑娘到他那里要变坏的。”

“保姆是个酒鬼，是吗？”

“是个酒鬼……”

“你同意叫小姑娘搬来吗？”

“应该同意……”

两人沉默了一会儿。

“你真不会想像，叶高尔，”玛丽雅·谢尔盖耶芙娜说，“你想像不到，夏天我要到西梅依兹[①]去。这空房子里将留下他们两个人。”

叶高尔·彼得罗维奇留心听了这些话的意思，他稍微迟疑了一会，然后从窗子那边转过身去，走到玛丽雅·谢尔盖耶芙娜跟前。

“这么说，”他说，“你认为学校里将会对这件事产生不正确的看法？……如果她住到我们家来的话？”

“我想的不是这个。 当然，可能引起一些闲话。虽然大家能信任我……”

“那么能不能信任他们呢？”

---

① 西梅依兹是乌克兰克里木省的一个小城，是一处气候温暖的疗养地。

"这可就难说了！现在都主张整个班和整个班交朋友……"

"按照正规的形式交朋友？"

"甚至是响应校长的号召交朋友。像对号入座似的。一个班跟另一个班交朋友。老师带头……你想吧，人家会对这件事有什么看法。问题还不在这里！……"

叶高尔·彼得罗维奇重又走到窗前。大雨在这时候骤然停止了。听得见水流从排水管里涌出来的声音。

"奥丽雅画图画得很好吗？"叶高尔·彼得罗维奇问。

"她有才能。同时，她把自己的成绩跟一切不费力能得到的东西一样看得一文不值。"

"也不喜欢猫。"叶高尔·彼得罗维奇又微微一笑，提醒她说。

他还站在窗边听排水管里隆隆的水声，这时他背后有了动静。他回过头来，看见米嘉在门口。

和爸爸的谈话

人给淋得这么湿，可想而知，他在雨中走了多少里路！

"我不冷。我还觉得热哩。"米嘉一面拧开房间里的电灯，一面先发制人地说，免得姨妈大惊小怪。"先洗洗脚吧，啊？"

"你自己决定。"玛丽雅·谢尔盖耶芙娜回答，她从眼镜片底下望着半裸的米嘉。

米嘉把抓住鞋带提在手里的湿皮鞋扔到角落里，把湿外套和湿衬衫搁在椅背上，用手掌拧去了头发里的水，凝视着爸爸，大声叹了口气。大概，大地还在他的脚下奔跑：他在房间里溅得满地都是湿脚印以后，跳上了刚准备好的爸爸的铺位。叶高尔·彼得罗维奇默默地耸耸肩膀向他暗示姨妈在生气，于是米嘉就跳下沙发床，跑到厨房里去了。过了一眨眼的工夫，他又出现在房间里，两手支着门框，对爸爸说：

“我很需要跟你谈谈。”

再过一分钟——米嘉已经到了姨妈的房间中央，在爸爸看得见的地方凑着脚盆洗脚。玛丽雅·谢尔盖耶芙娜拿着揩布走来走去揩去他留下的脚印。

“请你别骂他了，”叶高尔·彼得罗维奇在求她，“你让我们男人家谈谈。要不然，你又要对他讲关于奥列格·柯歇伏依①的大道理了。”

他老是取笑她所引用的例子跟需要举例说明的场合不相对称。

“你自己说吧！”玛丽雅·谢尔盖耶芙娜说罢，就不慌不忙地走开了。

可是在真正回避开让他们谈话之前，她在米嘉光着脚走进房间以后又一次在他背后出现。玛丽雅·谢尔盖耶芙娜手里拿着一只手套，这是她早晨在米嘉枕头底下发现的。

“这东西哪儿来的，怎么会到你的枕头底下的？”她问，其实她明知道这手套是谁的。

“这是奥丽雅的手套。那边有她们的一些冬天的东西……”

他很快从姨妈手里接过手套，跳到沙发床上。玛丽雅·谢尔盖耶芙娜对叶高尔·彼得罗维奇和米嘉望了望，站了一会，这才走出去，不过没有随手把门关上。

“现在总能谈了吧！”爸爸说。

米嘉带着愁意对叶高尔·彼得罗维奇看了一眼，说：

---

① 奥列格·柯歇伏依(1926—1943)是苏联伟大卫国战争时期的英雄。德寇占领期内，他是克拉斯诺顿共青团地下组织“青年近卫军”的领导者之一。他的英雄形象也跟卓娅一样成为教育青年一代的榜样。

“关于奥列格·柯歇伏依的事我全都懂得……可就是现在自己不知道该怎么办……”

“这么说，你听见我们的谈话了？”检察官开始说，“你得先去吃晚饭，这就是现在你自己该做的事情。不然又要叫姨妈担心了。”

“我就去！”

米嘉从沙发床上跳下来，到厨房去找吃的东西去了。

在他的举止中可以看到他在情感上还很缺乏经验，还很冒失，叶高尔·彼得罗维奇重又体味到自己做父亲的责任了。这就是家庭：米嘉在这里地板上留下的每一个脚印都包含着意思。要知道这已经不是儿子的童年，而是他的青年时代了……

“爸爸不急——这很好……”米嘉心想，于是就故意给他充分的时间去考虑：他慢条斯理地从锅子里刮出冷的麦糊，又喝了果子冻，然后重新面对爸爸坐到沙发床上。门关上了。话总是要谈的。

“这么说，关于奥列格·柯歇伏依的一切你都懂？”叶高尔·彼得罗维奇问，接着又说：“把手套放好。”

米嘉把手套深深地塞到枕头底下，这一动作的迅速值得用许多笔墨来形容。不错，可就是塞到了沙发床上爸爸的枕头底下！米嘉第一次露出了小孩子似的笑容，他带着挑战的神气望着爸爸。

“你得睡上两夜才能睡足……”叶高尔·彼得罗维奇说，“怎么，奥丽雅不同意？”他突如其来问了一句。

“什么——不同意什么？”

“搬到我们家来住。”

“你怎么知道的？”

“你解释一下，她为什么不同意。”

“不，你说：你怎么知道的？”

“我不过猜到你们整个晚上可能谈些什么罢了。”

“奥丽雅斩钉截铁地拒绝了，劝也劝不醒，”米嘉很难过地承认说，“总而言之，我一切都做得愚笨，不对头。可她就是一个劲地坚持：不要人家可怜……”米嘉抬起了头，说：“我们一块儿去好吗？雨停了……”

“不，现在不必。再说，到狄基村恐怕有二十来公里路。回来正好要天亮了。奥丽雅学习好吗？”

“学习嘿……不好不坏。”

“中等。”检察官下了结论。

两个人沉默了片刻。

“你记不记得妈妈，米嘉？”

“有时我好像记得……”

“她最喜欢想，你长大了会是什么样的人……”

谈话进行得完全不像米嘉所预料的那样。这是什么意思——警告还是暗示？

“爸爸，如果你同意奥丽雅住到我们家来，我们就应该一起去说服她。”

“也好，会说服她的……这事由玛莎姨妈到学校去办。最好不要让奥丽雅胡思乱想，不要让她以为这样会造成人家的负担或是以为这是出于人家的怜悯。现在问题不在这方面！”

“爸爸，你根本想像不到她的处境！”米嘉一下子跳下来叫道。“一切要比所能想像的糟得多！她没有好朋友——她们那边九年级两个班合并了，搞得乱七八糟，分成了‘我们的’‘你们的’，还有人倒向了另一边……这还不算：奥丽雅连一个真正能帮助她的大人都没有。保姆也不知怎么是好。她的一个侄女打算到夏天把奥丽雅介绍到啤酒摊去干活……奥丽迦还老是发冷热病。还在恨人家可怜她……”

奥丽迦的自尊心是故意做作的；他一路上都在担心她将会变成没

人照料的野姑娘；他淋在雨中想来想去不能判定，他对奥丽雅表示服从，给她的弱点吓倒，这样究竟对不对；——这一切，他怎么能对爸爸说呢。

“应该叫奥丽雅搬来。否则会怎么样呢：米嘉·鲍罗廷只是个不中用的中世纪骑士吗？……”爸爸说，“你说对不对，玛莎姨妈？”

“当然，当然，”门外传来有点答非所问的声音，这不但说明姨妈听见了他们的谈话，并且基本上同意他们的决议。

“虽然玛莎姨妈认为并不是所有的人都跟我们一样想法，不过人们常常是多猜疑的。风言风语、嘲弄取笑、背地议论可能会产生。不过我们要制止这一切。”

“这不会的。这不可能！我们夏天还要到夏令营去哩。无论怎么样，反正我到秋天要离开这儿了，要长期的离开。我反正不会在这儿住长！而奥丽雅还得学习一年，念十年级。何必叫姨妈一个人待在这里呢？她们在一起甚至能更好些……反正我要离开的！”

米嘉就这样说着，时而望着爸爸的眼睛，一面在说服，一面又在问他。他即将离开此地这一理由在他看来好像是不可驳倒的，其实这只有暴露出米嘉的恐惧，他怕现在使奥丽雅不能得到幸福的主要障碍就是因为在这所房屋里有他——米嘉。

米嘉走到爸爸跟前，说：

“不能让她一个人这样下去。我应该帮助。你要明白，我们已经做了两年朋友了。你总懂得什么是真正的友谊……”

“友谊，”叶高尔·彼得罗维奇重说了一遍，“哦，我想起了……别让姨妈听见我说的话……”他把门掩上了些，“友谊，你明白你这是怎么回事吗？”

米嘉默默地点点头。

叶高尔·彼得罗维奇坐到米嘉的桌子的角上，一只手从米嘉的抽屉里掏出一个放烟叶的盒子，他到城里来老是把这个盒子放在这不适当的地方——放在许多练习本中间。

“你知道我要对你说些什么？二月里，我到城里来，曾经到你们的体育场去了一趟。你在教奥丽雅掷铁饼。你根本没注意到那时还没有一根草，可是你嚷着：‘你又在割草了！’”

“我知道你来过。你在给姨妈的信里写着。”

“她给你看了？我现在想到你们就回忆起那个阴沉沉的体育场和你的生气的喊声……我很高兴你们结成了这样的关系！你们干的是正经活！以后也要这样。割草吧，这是正经活！”

“你还是没搞清楚，爸爸，”米嘉纠正他，其实想用这办法掩饰自己的窘色，“这是不好的：‘割草’就是说铁饼掷得太低……”

“不，这很好！你不用教我！也许，对于你们掷铁饼这是不好的，可是一般地说却很好。好极了！”叶高尔·彼得罗维奇并不考虑措辞。作为一个正直无私的人，他觉得这不是那种在一生中可能重复第二次的谈话，可是他急于说完话，所以不考虑措辞。“我下次来就要你对她负责，你记住……我要问：‘她又在割草了吗？以后再也不能这样！’这指的已经是掷铁饼的意思了，懂吗？”

他从儿子脸上的微笑感觉到自己搅糊涂了，叶高尔·彼得罗维奇不慌不忙地装好了烟，点上了火。他搅糊涂的是言语，不是思想。

“我知道你，”他继续说，“你不是书呆子，不是好好先生，你不爱向上爬，不是自私自利的人。你是个理想家！不是别的……可是她……”

“顶针儿吗？”米嘉提示着说，他想用玩笑话挡住爸爸对奥丽雅下某种不大中听的评语。

“对。我说完了……”

沉默中可以听见门外玛丽雅·谢尔盖耶芙娜在扫地——这是她每

晚临睡前最后的一件工作。

“玛莎姨妈为什么生气？”米嘉突然问。

他走到门边，把门打开。玛丽雅 · 谢尔盖耶芙娜手里拿着柄扫帚挺直了腰板。

“玛莎姨妈生气，”爸爸大声说，“是因为她还不知道如果奥丽雅跟你们住在一起将会怎么样！我觉得一切一定都能很好。我对你们两个都信任。”

“信任我跟姨妈？”米嘉问。

“信任你跟奥丽雅。”玛莎姨妈爱护地，同时又带着责备的口吻代爸爸回答。

“那我们还管什么人言可畏！”

于是米嘉把玛莎姨妈搂在自己怀里开始打转。她费力地说：

“好了，别来这一套亲热表演……”

他们过了好久还没就寝。重新喝起茶来。米嘉变得很健谈了。他兴高采烈地说，奥丽雅在冬令营里多么能干，多么善于安排，小孩子们是多么爱她，特别是西皮丽雅，她是一个木工的女儿，就住在此地隔壁。

爸爸默默地呷着茶，默默地听米嘉说，后来，他放下茶杯，若有所思地说了些意义含糊的话：

“不可怜被打或受伤的好汉，只可怜烂醉如泥的好汉……”

第三章

奥丽雅是能够努力的

恰普问：

"奥丽雅住在你家了，是真的吗？"

"你对大家的事太不关心了，"米嘉冷冷地回答，接着又说，"奥丽雅住在我们家里已经一个多月了。还有问题吗？"

其实他这样剑拔弩张地对待恰普并没有必要：大家谈论这件事的时候，恰普的确没有留意。他当即承认了这一点。

"她把洋娃娃带来了没有？"恰普又提了一个问题。

这一着给他料得不差分毫，米嘉倒给闹糊涂了，因为在奥丽雅搬到他家以后的第五天，他真的在屋子里发现一个沾满油渍的歪面庞洋娃娃，虽然他跟奥丽雅的交情已经很深、很久了，可是他从来没想到她有这么个洋娃娃。他问恰普：

"你怎么会想到这上面去的？"

"不到二十岁，她们不会跟洋娃娃分开！"

恰普的兴致很好，并且对自己洞察秋毫的能力很得意。米嘉从前就喜欢恰普那种难得有的愉快心情。心里很想跟他谈谈自己的苦衷。

"我真不明白……为什么，住得近了，见面的时候却反而少？"

"少？"

"是呀，真是莫名其妙……你最好随便什么时候到我们那儿去走一趟。"米嘉沉着地提出邀请。

但是恰普却把手一挥，谈话就到这儿结束了。

自从奥丽雅搬到鲍罗廷家去住以后，她跟米嘉的关系改变得很厉害：两个人在一起的时候比较少了。头几天米嘉还没有注意到——他觉得两个人在一个房间里，虽然背向着背一人坐一张小桌子，一起准备功课，只要稍微斜瞅一眼——随时可以看到奥丽雅的头一动不动地伏在橘黄色的灯罩下；随时可以轻轻地踏着那条旧地毯踱一会，这条地毯对于玛莎姨妈是一条普通的旧地毯，可是对于米嘉来说，这是他和奥丽雅一起从她的老家拿来的地毯。

对于米嘉，家里自然而然地产生了一些禁条——这些禁条似乎使生活变得更有趣了。这些禁条是打从奥丽雅搬来的第二天起就产生的，它们使人不安，使人时时刻刻想到奥丽雅的存在，即使她不在屋子里的时候也是如此。从前，米嘉在姨妈房间里可以自由自在地随便什么时候要做什么就做什么：譬如，那天晚上大雷雨以后，他就坐在安乐椅里洗脚。现在，这个地方变成禁区了——至少在早晨和就寝的时候不能到那儿去。如今那边是奥丽雅的角落，在奥丽雅的床上头挂着奥丽雅画的几张水彩画，这是由米嘉亲自配了框子并在姨妈帮助下挂起来的。在门背后半明不暗的地方，用衣架挂着奥丽雅的衣服……关于这一点还可以联想起在奥丽雅住到鲍罗廷家中来以后的头几天所发生的一桩小小的事件。奥丽雅到他们家里已经是晚上了。一切都挺好的——大家马上坐下来喝茶，那天姨妈也很健谈，很兴奋，还领奥丽雅去洗脸洗手。后来跟米嘉道晚安的时候还说了些亲密的笑话，然后才把米嘉的房门关上。可是到了第二天早晨，奥丽雅的全部心头的创痛又被唤醒了，事情是这样的：她向衣橱里一看，发现里边本来就已经很挤了，就不管姨妈怎么坚持要腾出一些地方给她，她都拒绝，自己在门背后钉了个钉子。她把衣服裹得好好的（就像以前保姆曾经在厨房里裹的那样），她有一个月舍不得去拿裹得齐齐整整的衣服，因此她老是穿那件棕色的制服上装和黑色的围裙。

普拉斯柯维雅·季莫菲耶芙娜常来探望。她很惦记奥丽雅——可以看得出，这些天保姆很难过。她是个好心肠的女人，就是不幸而且软弱，她不知道该怎样帮助奥丽雅，怎样安慰她，抚爱她。保姆的侄女葛拉莎打算在夏天前送普拉斯柯维雅·季莫菲耶芙娜到某国营农场她哥哥那儿去。也许，老妇人到那边去能好一点。但是保姆一直把行期推延，舍不得丢下奥丽雅。玛丽雅·谢尔盖耶芙娜跟保姆谈过，对她解释，要帮助奥丽雅就要帮助她念完中学，帮助她自力更生。她请保姆不要考虑把她也带到乡下去。不管那边对于奥丽雅的健康是多么适宜，这种想法必须打消。

有一天，普拉斯柯维雅·季莫菲耶芙娜给奥丽雅带来了礼物：一顶绿色的绒帽。米嘉心里想，这一定是狄基村的某一个家庭妇女做的，他立刻感觉到有点黯然。当普拉斯柯维雅·季莫菲耶芙娜把两手搁在膝上，摇晃着身子望着这个孤儿的时候，他一动也没有动，只是坐着看书。后来保姆和奥丽雅一起到姨妈房间里去，米嘉听到保姆在问奥丽雅："你的那个人怎么样？……"——他还看到，当保姆瞥见奥丽雅床上头挂着她妈妈的照片时，她哭了起来，全不顾这样会引起奥丽雅的伤心。

送走了普拉斯柯维雅·季莫菲耶芙娜以后，奥丽雅稍作准备后就坐下来看教科书。现在，虽然米嘉在埋头准备毕业考试，不能像过去一样帮助奥丽雅，但她的学习成绩已经有提高了。早上，奥丽雅洗好碗碟，整理好自己的房间后（米嘉的房间仍旧由姨妈整理），就坐到凉台上无花果树的阴影中，这时太阳正斜照到房屋的一角。后来，她会跟着阴影的移动，把椅子转移几个地方。有时拿着书到房间里来喝水，喝完水又一个人到凉台上去。当屋子里只有奥丽雅和米嘉两个人的时候，奥丽雅就专心去做自己的事情，每次都是这样，这使米嘉有点莫名其妙。他不敢去打搅她，结果弄得他们只有当玛莎姨妈在场的时候才谈话。往事一概不提！他唯恐一不小心提到她和妈妈住在一起的那个时候会使她伤心。奥丽雅简直在回避回忆。

看到奥丽雅这么沉着，这么安静，米嘉有时自己问自己：她想不想她的妈妈？他想像不到奥丽雅能把自己的心情瞒得这么紧。她在瞒谁呢？瞒他——米嘉……难道，自从奥丽雅住到他家以后，在她看来他变成了一个不值得推心置腹的笨蛋了吗？难道他变得对人家一点也不关心了吗？据说，在家庭生活中常有这样的事。这种想法折磨着他，而他又不能把它说出来，这使他变得沉郁了，事实上他不是这样的人。

一切都好像在宣布：她在这里，她在这里。通凉台的玻璃长窗摇晃着，引得阳光在墙壁上滑来滑去，院子里一家火油店旁有几个女人的声音在喧嚷，仿佛由于奥丽雅在这里的缘故，房间里已经是一片夏季景象了。

米嘉走到凉台门口，额角抵着门楣，默默地望着奥丽雅。

"你不应该这样。"奥丽雅从书本上抬起眼睛，说。

"你做什么事都是按自己的心意，"米嘉说，"坐下来就看书，像在阅览室里一样。一个人待在凉台上，好像我不在这儿似的……"

"你不应该这样。"奥丽雅严肃地说。

她这是什么意思？

"我现在不知道你在想些什么，不知道应该怎么帮助你，"米嘉继续说，"难道，我不值得你对我开诚布公地谈话？你说……"

这些话都是说得很轻的。

"你要考试了，米嘉……"奥丽雅说，声音轻得勉强可以听见，"既然你要考试，我无论如何不打搅你。我不愿意，也不会来打搅你。"

米嘉从凉台门口走开。一切都好像在宣布：她在这里，她在这里。窗台上一个玻璃罐里有一束夜开紫罗兰。这是奥丽雅摆的……整个住所都变了样。楼梯变了样。院子里也变了样……

说来也奇怪，奥丽雅的同学对奥丽雅的心情了解得比米嘉更深刻。她们不过是看得清楚些罢了，因为在学校里，她不怎么隐藏。好多人看到她在休息的时候常常跑到只有小孩子在那儿玩耍的院子里去，她噙着眼泪在小孩子中间走着，仿佛在没人的地方踯躅。任何人，甚至连最好奇的人，都不敢去问奥丽雅，其实你问了她也不会说的。同学中有很多人自从奥丽雅遭到了不幸以后，一直被一种难堪的心情压得很沉重，现在她住到米嘉家去以后，觉得轻松了一点儿。但也有另一种人，像伊琳娜·西特尼柯娃，她们对奥丽雅搬到鲍罗廷家去这件事只看到一方面，就是她们所希望看到的那方面：这部“罗曼史”可能进一步发展下去。可是奥丽雅对这些人倒并不拘泥：譬如大家说好了晚上在学校里补习代数的某一部分，可是又担心会坐到深夜，——那时奥丽雅会漫不经心地说：“至于我，米嘉会来找我的……”

有一次，奥丽雅请纽拉·布列霍夫斯基赫陪她到原来的住所去看看有没有给妈妈的信。有五个姑娘跟了她们一起去。听到铃声出来开门的是一个新房客——奥丽雅从来没有看到过这个头发花白、脸色红润的男人。他交给了她几封信，他说话很亲切，因为他感觉到这姑娘跨过这道门槛一定很难过。可是奥丽雅茫然间也不明白他在说些什么，她向房门里望进去，看到妈妈的绘图板依旧放在老地方，她还看到移动过地位的安乐椅，椅上有一只灰色的小猫在打盹。仅仅根据这只猫躺在它心爱的地方这一点，奥丽雅就知道这就是妈妈的那只小猫，她走的时候没有把它带走。瞧，它已经长得多么大了！奥丽雅急剧地转过身子，也不跟那个新房客告辞，就跑下楼去。

姑娘们没去追她。是纽拉拉住了她们的手，她说：

“让她一个人去吧！你们没看到她有多难受……”

奥丽雅离开后，她们在路上走的时候掉了几颗眼泪，说得准确些，一路上她们的眼睛始终是润湿的。只有伊琳娜·西特尼柯娃一点也没有觉得什么。她耸耸肩膀，说：

“奇怪！我的眼睛就是用洋葱头擦了也不会流泪。”

第二天，米嘉回家去的时候，走到院子里就看到奥丽雅和纽拉在凉台上。她们俩成了要好的朋友，在奥丽雅感到困难的日子里，纽拉虽然沉默寡言，而且怕羞，不过她明白自己能够给她那个在生活中许多具体问题上一筹莫展的朋友以切实的帮助。

女同学难得到奥丽雅那儿来，因此米嘉不去打搅她们。他从打开着的门里望进去看到她们俩在风中眯起眼睛望着邻家的平坦的屋顶，亲热地互相理着被风吹乱的头发。这时传到他耳际的话，使他知道了好多他以前从来没有想到的事情。说也奇怪，奥丽雅竟在讲潘久霍夫。原来保姆去找过潘久霍夫，在他办公室里闹了一场，责备他身为奥琳卡的亲戚，可是一点不关心她。福马·福米奇曾经在学校附近的街上碰到过奥丽雅，还把她叫到自己办公室去过。他愿意介绍她去给一个负责同志当秘书。奥丽雅讲到，当时她直率地对他说，她非常明白他是想为谁效劳——当然不是为她，而是为那个同志，他跟他准是一路货……可是他听了竟哈哈大笑，一点也不见怪。

“‘你怎么说的！我是把你当作亲生女儿看待啊！……你自己想办法去安排生活，把希望寄托在自己身上吧！你也不要指望我的帮助。人家都叫我“赶车的”，但连我也不能把你送到幸福的大门口，只能顺路送你一程……’他说，‘为什么鲍罗廷他们把你接去，这还得好好地想想……人不会跟自己作对，各人自己的事也多得可以装一大车一小车……他们也有自己的打算……’你看，这还不是个坏蛋？”奥丽雅说着，她这时激动得非常厉害，“他不相信人家会无私地帮助我。这是他对我说的真心话，我知道这的确是他的真心话！他的确以为任何人都靠不住。但是我恨他，我恨他！我恨他的‘金玉良言’，恨他的

‘智者高见’，恨他那剃得光光的脑袋！……”

米嘉突然体会到奥丽雅对“赶车的”别有用心地给她指出的那种生活感到极度的惊惶……但是为什么他得用无意偷听的方式知道这些话呢？为什么她一直不提这件事呢？这很清楚：她一定还记得生日那天的那场争吵！再说，有一个人，尽管这是一个卑鄙无耻的家伙，怀疑他们的帮助有私心，这种话叫她怎么说得出口！把对别人的侮辱转述出来——这意味着自己也在附和……突然，他以新的眼光，从奥丽雅的角度看了看自己和自己的家，这才明白，他的家现在对奥丽雅意味着的是什么……而他还在为玛莎姨妈称奥丽雅为“您”[①]这样芝麻大的事担忧呢……其实这有什么大不了的？

于是他踮着足尖穿过厨房出了屋子，走在街上，一面寻思着刚才的发现。

奥丽雅和纽拉在凉台上还谈了很久。奥丽雅把昨天到老家去的时候一位新房客给她的信念了一封给纽拉听。这封信是叶列梅依·依里奇·勃雷烈夫从莫斯科写来的，这一定就是妈妈所讲的童话中的那个叶列马。他不知道薇拉·尼古拉耶芙娜已经去世，信上写的还是那件事——关于用笼子运砖头和工作中的绊脚石的问题。那上面还写着这么一行：“在莫斯科，大家都支持我，但是没有您，薇拉·尼古拉耶芙娜，没有您的帮助，仍将有困难……”奥丽雅谈到这儿就停止了，她只是重复着，“困难……困难……困难……”

后来她们小声地，不使房间里的人听见，唱起那支心爱的歌曲：

钟儿在走，

---

① 俄语中向对方称呼“您”（вы）表示尊敬或者疏远，称呼“你”（ты）表示亲近或不客气。这里是说玛莎姨妈还没有像对自己人那样称呼奥丽雅。

摆儿在摇，

针儿在跑，

一切都好……

起先由纽拉开始唱，接着奥丽雅就和起来。真奇怪：保姆几次的来访和她看到奥丽雅的妈妈的照相时所淌下的伤心的眼泪倒并没引起奥丽雅过分的难过，可是这首词儿普通的歌曲却震撼了奥丽雅的心，她哭了，纽拉抚摸着她的头，黯然无言。

有一天屋子给米嘉的同学们占了。他们现在放学后常常到米嘉家里来准备毕业考试。奥丽雅用两手塞住了耳朵在自己的房间里做功课；从关着的门外常常传进来嘈杂的说话声。

忽然，门打开了，有人兴奋地喊着：

"奥丽雅，要不要我告诉您有一次我登上八重天①的事情？……"

奥丽雅还来不及抬起头来看清楚是谁闯了进来，那个人已经给拉了出去，门砰的一声又关上了。

在隔壁——根据声音可以想像得到——他们各自坐好了，翻着教科书，出声地念着，吹毛求疵地互相考问，或迟或早他们每次总要对自己的未来展开辩论。男孩子们通常还没看到过某些城市，就先爱上了那些城市；还没有到某些高等学校去念过书，就先爱上了那些学校。

有一次，两大阵营在屋子里碰头了：奥丽雅那儿来了好多女同学，隔壁房间是米嘉的同学在准备考试。姑娘们对这学年考试课目的减少高兴得不得了。门那边有低沉的声音应和着她们。姑娘们小声地

① 俄语中有一句谚语："如入七重天中"，表示极度的幸福和愉快。这里用"八重天"是带有一点玩笑意味的。

交谈了几句，把门关严实了些。她们对奥丽雅简直羡慕起来了：瞧，这儿的生活是多么活泼！她也不去反对她们的意见，她表现得异常活跃，并且想叫她们知道她在这儿不是外人；她想到凉台上的花该浇浇水了，于是就拿了个喷水壶走过米嘉的房间，顺便在那儿跟男孩子们辩论了几句。应该给这些男孩子说句公平话：在两大阵营这次意外的会见时，他们丝毫没有叫奥丽雅难堪，甚至照常念他们的书。

男孩子们和女孩子们走了，屋子里空了下来，奥丽雅走到凉台上。她对自己很不满意：她今天又拿出老脾气了，她逗弄姑娘们，努力要显出她住在这儿的状况不是事实上那个样子。考试的课目减少了，这很好，她可以比较容易地进入四分同学的行列。但是她住在鲍罗廷家里这件事本身对她来说就是今春的一次考试，一次特别的考试，任何命令也不能使她免考。这里，在米嘉和玛丽雅·谢尔盖耶芙娜之间，在许多以前从来不需要考虑而现在天天会产生的问题中间，——譬如洗头发用什么肥皂，钥匙藏在哪儿，报纸放在哪儿，哪儿可以削铅笔，烧茶要放多少茶叶，什么时候可以掩上自己的房间门，熄灯的时候跟玛丽雅·谢尔盖耶芙娜道晚安该说些什么话，——奥丽雅时时刻刻在考试。这方面也像在学习中一样，需要有坚毅的精神，不断地培养自己督促自己的习惯和时刻不忘自己责任的思想。

在她的一举一动、一言半语之中（现在她的眼睛已经不再那样轻浮地乱转了），都包含着一种要争取玛莎姨妈好感的愿望。奥丽雅从来没有这样顽强地学习过。从前她知道，妈妈对她的态度不会因为学校里的分数好坏而改变的，因此奥丽雅并不努力。但在这里，学习的成绩好可以使人家高兴，可以使人家改变对自己的看法，——那可就是另一回事了。在这里获得奖励是很重要的，因为这样才不辜负玛莎姨妈对她的信任。奥丽雅对自己的成绩很满意：事实上，她是能够努力的，这就像在很久以前她拉了十六下单杠连手掌也伸不平直的那个时候一样。可是在不久以前还曾经有这么段时间，她觉得连毕业也不可能了。可是这段时间终于过去了……

不久以前米嘉还在为玛莎姨妈称奥丽雅为“您”这件事而不安，他一点也不知道，一阵多么猛烈的、不可捉摸的风暴已经在奥丽雅和玛莎姨妈的头上掠了过去，她们之间现在相处得和和睦睦了。

在一个恬静的晚上，玛丽雅·谢尔盖耶芙娜临睡前跟奥丽雅做了一次推心置腹的畅谈。她对奥丽雅表示很满意：奥丽雅和米嘉之间的关系正常化了，共同的工作代替了志趣相投的空谈，同志间友爱的成分增多了。她已经上了床，连自己也不知不觉地谈出了心头话，话题转到了公爵小姐玛丽雅·鲍尔康斯卡雅上面去；不知什么缘故她很想把从前在阿尔扎玛斯所写的日记中的话告诉这个孤女……这是妇女的自豪心。她知道，这种自豪心能给人以多么巨大的精神力量！要是精神力量没有失去，那就迟早总能把事情搞起来……奥丽雅很高兴地听着玛丽雅·谢尔盖耶芙娜说。两个月以来，这是头一次有个成年女人以朋友的身份跟她谈自己的事，就像以前妈妈跟她说话那样……谈话将结束的时候，玛丽雅·谢尔盖耶芙娜问：

“米嘉老是在这儿，跟您在一起，这不妨碍您吗？”

奥丽雅非常诚挚地回答：

“哦，您说哪儿的话！他一点也不妨碍！而是相反！现在我拿个三分觉得很难为情，回来叫我怎么说得出口：‘我是三分的学生。’”

可真凑巧，就在第二天玛丽雅·谢尔盖耶芙娜上课时把凯容叫到黑板跟前，结果公公平平、毫无偏心地给她打了个三分。分数打是打了，可是玛丽雅·谢尔盖耶芙娜整整一堂课感到很不安：奥丽雅会不会误解，她会不会这样想：经过昨天晚上诚恳的谈话打这样的分数有点缺德？但在休息的时候，凯容在走廊里追上了她，一句话也没说，只把头紧贴在她的肩上，一直把她送到教员室的门口，这就是对她表示，凯容对昨天的谈话和今天的三分都理解得很正确，玛丽雅·谢尔盖耶芙娜觉得非常高兴。

在家里，也像在学校里一样，玛丽雅·谢尔盖耶芙娜没有忘记应该循循善诱地引导奥丽雅熟悉新的生活环境。就在第一个月里，趁她跟奥丽雅一样都在下午二时开始上课，玛丽雅·谢尔盖耶芙娜走遍了商店，买了许多需要用的东西。她有好几年没有买过这么多东西了。她决定把奥丽雅要拿到家里来的三百卢布——她父亲的抚恤金——大部分花在买一些实用东西上面，像两只背包（这是在即将到来的夏天要用的）、一把电熨斗、一只准备放她心爱的仙人掌的有洞的黏土花盆，现在仙人掌种在奥丽雅房间里窗边的一个土罐里。

玛莎姨妈要使奥丽雅想到她的钱用在总账里而觉得高兴，而买这样的东西是最最显著的。

玛丽雅·谢尔盖耶芙娜现在回家常常买些东西带回去。奥丽雅开门让她进了屋子，手里拿着课本看看买来的东西，就高兴起来。她高兴也是为了使玛丽雅·谢尔盖耶芙娜感到满意。碰到这种时候，就跟平常一样——不论在早晨、白天、晚上、夜里，——她不能不比一下；把在鲍罗廷家的生活和已经随着妈妈一起永远消失的一切比一比，这种比较现在是最讨厌的回忆方式。妈妈很随便，无忧无虑，不注意买些实用东西，她常常说："缺少必要的东西倒可以对付过去，可是缺少多余的东西就不行。"的确，她们没有剁肉机，有时保姆的工资会拖欠三个月，可是在十月革命节前总要买些菊花，开晚会就要开得像个晚会。

可是玛莎姨妈却很关心购买有用的、必要的东西；当这样的东西买来的时候，她会感到高兴，可是对于妈妈来说，买一双皮鞋并不会使她怎样高兴，甚至会因为不能缺少这种无聊的东西而觉得苦恼。

奥丽雅表示和玛莎姨妈一样对电熨斗很喜欢，她马上试着用它来熨自己的一条已经磨得发亮的罩裙。玛莎姨妈对买来的东西显得很满意，现在正把练习本装进皮包，奥丽雅也在准备到学校里去。当她每次想到夏天的时候，她总是很快活。夏天——有少先队的夏令营，夏天，一切都将跟寒假里一样，甚至还要好一些。有一天，她走到米嘉的房间里，从书包里拿出自己的共青团团证，放在一只烟叶盒里，那儿也放着米嘉的团证。晚上，米嘉极度敏感地向盒子里望了一下，笑起来了。他从这个房间走到另一个房间，脸上挂着幸福的笑容；奥丽雅这个极普通的举动对他来说却充满着意义：不管怎么样，秘密，就像以前那样，并不是包括姨妈在内三个人都知道的。屋子里总还有秘密啊！

米嘉的情绪好极了，他给有事出去的姨妈关好了门后，马上听到西皮丽雅在楼梯口打扫。这个巴什基里亚女孩用笤帚努力刮着关着的门，要使米嘉听得见，她嘴里还自言自语地说着巴什基里亚话。她想使人家注意她，有一次他曾经走出去看是谁在那儿刮。

“西皮丽雅！”米嘉叫了一声。

沙沙的声音停了下来，那女孩在门外吃吃地笑。他清楚地想像得到她那黝黑的小脸，想像得到她正在用那柄把手下面都磨秃了的笤帚推门。

“西皮丽雅，唷哦！”

这是奥丽雅在这年冬天喜欢用的叫声。米嘉打开了门，在楼梯的步阶上捉住了想逃跑的西皮丽雅，把她抱起来，在楼梯口走了好一会儿，正像那时奥丽雅抱着她在大厅里走那样。只是现在西皮丽雅长大了些，并且也不像那次因为牙疼而呻吟，她快活地尖声叫着，想挣脱米嘉的手。

奥丽雅从楼下走上来碰到他们的时候就是那副模样。她用手肘支着栏杆看着米嘉，他有点儿发窘，小心地把西皮丽雅放下来。

“夏天你跟我们一起到夏令营去吗？”奥丽雅问。

“去的！”

西皮丽雅的眼睛里闪出了光芒。米嘉坐到梯阶上，一边笑，一边望着奥丽雅。这时使人觉得，——他们两个马上就会一起走进屋子，在那儿回忆过去的一切，整个晚上他们将在一起，互相偎依着——忘掉一切要紧的事情，忘掉所有的功课……可是这样行吗？不久以前还常有这样的事啊！

但是奥丽雅连这时也克制了自己，甚至一句话也不说，只对西皮丽雅微微一笑后走进了屋子。事情就这么过去了……当玛丽雅·谢尔盖耶芙娜回来的时候，她看到米嘉和奥丽雅在各自的房间里看教科书。

“起风了，天气要变了。奥丽雅，趁没有下雨，快去散散步吧。”玛莎劝她说。

奥丽雅点点头，但继续看她的书。她正在看植物异种杂交的那一章。她觉得，植物异种杂交将是她未来的专业，她将一生从事这工作，研究植物的遗传性，走遍各个米丘林果园。

而米嘉在隔壁房间里想着自己的事。天空给灰蒙蒙的雨幕渐渐遮住，树枝在窗外摇摆，树枝上已经沾上了细小的雨珠。窗台上一个玻璃罐里插着一束夜开紫罗兰。由于花是紫色的缘故，所以窗外的一切——灰蒙蒙的雨幕，院中柏油地上潮湿的反光，暗沉沉的树叶——都染上了一层紫色，仿佛雨水在冲去窗玻璃上的颜色。在这种时候，米嘉已经不止一次地守候过奥丽雅，等她搁下功课来叫他。但是她不给他任何借口走到她房里去。

玛莎姨妈有时没事情也叫米嘉，她故意想作弄他。他装作没听见。对于他，那边现在是奥丽雅的房间了，可是奥丽雅没有叫他。

考试取消了

有一天，奥丽雅从图书馆回家来，看到了叶高尔·彼得罗维奇。

这一定是他，因为除了他，还会有哪个陌生男人会看也不看就给她开门呢？——看来，他是来给米嘉或者玛丽雅·谢尔盖耶芙娜开门的。但他马上想了起来，于是紧紧地握了握她的手，说：

“您是奥丽雅·凯容吧？我一个人在屋子里……我是米嘉的爸爸，叶高尔·彼得罗维奇。”

后来他又想起了一件事：他把自己的旅行袋里的东西恰巧摊在奥丽雅的床上。初次见面的头几分钟就在道歉声中和仓促地把衬衣、刮胡子的用具塞到袋里去的情况下过去。

后来，他们各自埋头去做自己的事情了。

奥丽雅对这次会见已经等了很久了，她很高兴，但也有点失望。每当想起叶高尔·彼得罗维奇的时候，奥丽雅原来所没有的害羞，甚至是恐惧的心理，就跟一种愿望混杂在一起，那就是：想快一点把这次考试也通过去，快一点赢得米嘉爸爸的好感。有一件可笑的事使奥丽雅觉得兴奋了些：米嘉告诉过她，在雷雨之后的那天夜里，他把她的一只手套塞到了叶高尔·彼得罗维奇的枕头底下，直到第二天早晨才发现。

结果，什么考试也不会有了，而且也不应该有了。

谈话甚至还没有开始。叶高尔·彼得罗维奇踌躇了一会，有点儿不好意思，就以奥丽雅的水彩画为题说了几句毫无意义的话，他问起米嘉考试的事，还问，玛丽雅·谢尔盖耶芙娜有没有拿到去西梅依兹的休养证，后来，他的注意力完全集中在他带来的文件夹上了。他拿来的这些文件，那真是“天晓得”，竟放满了米嘉的一张桌子不够，还放满了两把椅子。在米嘉和玛莎姨妈回来以后，奥丽雅已经以轻松的心情对叶高尔·彼得罗维奇下了她自己的结论：当然，米嘉说得有些过分了——他爸爸根本不是什么处处给你忠告的生活导师，也不是什么经常给你帮助的良朋益友，他只不过是一个埋头做自己事情的干部，一个其貌不扬、脸上布满皱纹的、平凡的区干部。而米嘉之所以喜欢跟他在一起，之所以喜欢从和他的接触中吸收有益的东西，这道理也很容易理解：因为他究竟是他的父亲！……

玛丽雅·谢尔盖耶芙娜带着一大包茶点饼干先回到家里，接着米嘉也来了，他跟爸爸接过吻，马上就想出一些鸡毛蒜皮的事情跟他辩论，叶高尔·彼得罗维奇高兴起来了。现在他觉得自在了些：他走到凉台上，喊着对司机嘱咐了几桩事情；他对玛丽雅·谢尔盖耶芙娜讲了些区里的新闻；他让米嘉带他到每个房间里去了一下，一面听他一饰两角述说玛莎姨妈和奥丽雅每天早晨打扫屋子的情形，以及在打扫的时候所发生的趣剧。从奥丽雅搬到这儿来以后，爸爸这是第一次回家——真的，房间里显得比较挤了。他慈祥地微笑着听儿子讲，同时向奥丽雅那边微微斜视着，她把椅子拉近了些，在写字台边坐下，凑在橘黄色的灯罩下把什么东西抄在练习本上，这是一个个子不高的姑娘，长着一张哥萨克式的、高颧骨的脸蛋儿——长得“挺不坏”，她脸上两片厚厚的、说不上是什么形状的嘴唇和长得像小刷子似的浓眉，跟她那双灰色眼睛的含羞神情成了个奇怪的对比。

虽然他刚跟这个姑娘认识的时候有点不知怎么是好，但这并没有使他发窘，他只想找一个适当的机会，用嘲笑自己的口吻把这件事告诉给玛丽雅·谢尔盖耶芙娜听。他一直认为保护，照顾，抚养，教育，讲几句人所共知的大道理或者如他所说的所谓“金科玉律”，——这不是他的生活使命。他在对米嘉进行父亲的教诲方面做得并不成功，这个想法谁也不能使他改变。而现在，在对奥丽雅·凯容的问题上，他尤其感觉到这一点。他不知道该怎样对待她。在这方面，说实在的，他寄托在米嘉身上的希望比自己来得更大。

当叶高尔·彼得罗维奇在玛莎姨妈房间里谈起自己的检察官工作中所经历的几件事情的时候，奥丽雅没有走到那边去。奥丽雅听得见叶高尔·彼得罗维奇有点沙哑的声音，米嘉间或插嘴进去说几句带有讽刺意味的话，她在自己的角落里想，要是没有她，鲍罗廷家的晚上也会是这样的。

“星期一我要起诉……”叶高尔·彼得罗维奇说，“费陀特·马尔狄内奇这小子可真有种，他直接到检察署来，不知算是勇敢呢，还是无耻，真不明白！……马车装的是铁轮子，马也是好马，人也挺得意的样子……我跟他说：‘既然你自投罗网，就承认吧，我们已经在三处建筑工地上注意你了……’”

这件事的开头，大概玛丽雅·谢尔盖耶芙娜和米嘉过去已经知道。奥丽雅虽然不知道这个“有种的小子”犯了什么罪，为什么后来又自投罗网，但她感觉到有一种跟过去妈妈从工地上回家以后差不多的情景。奥丽雅想：这究竟是什么呢？她过了一会才明白。原来这是一种大人大事的气氛侵入到家里来了。玛丽雅·谢尔盖耶芙娜心地极好，但是不大爱说话，她常常埋头批改一大堆练习本，对于同事之间任何的不睦，“当着孩子的面”总是很拘礼地闭口不提，她好像以一道看不见的界限把她的家庭生活和学校生活中的日常问题隔了开来。而叶高尔·彼得罗维奇，显然是由于对他的检察官工作极感兴趣，所以把那个监狱早就向他招手的老奸巨猾的骗子叫作“有种的小子”，正像一个热爱自己事业的医生有时会不由自主地对稀有的病例发出惊叹一样。玛丽雅·谢尔盖耶芙娜的住所对叶高尔·彼得罗维奇来说，不仅是自己的家，也是他办公的地方；譬如，玛丽雅·谢尔盖耶芙娜和米嘉都不用邻家的电话，可是叶高尔·彼得罗维奇常常会很随便地跑到邻居家去——显然，他已经用熟了他们的电话。在这一点上，他也使奥丽雅想起了她的妈妈。

隔壁房间里鲍罗廷一家正在谈晚间家常，可是奥丽雅推说要做功课，坐在自己的写字台旁，想起了妈妈。她连想也没有想到，今天会产生回忆的原因不仅是因为叶高尔·彼得罗维奇把那种熟悉的气氛带到了屋子里，并且还因为他唤起了她的稚气十足的妒意和喜欢比较的心理。奥丽雅记起了妈妈的一个特点：妈妈很喜欢工人们重视和称赞她熟悉业务，善于作出正确合理的决定，但她从来不表示出她对这种称道看得很重要。有一件事，虽然跟这个特点无关，但奥丽雅还是把它记了起来：有一次在伏尔加河左岸给一座机械化大谷仓奠基的时候，妈妈注意到一个老砌砖工人瓦尔福洛梅依嘴里叽叽咕咕地好像对什么不满意的样子，妈妈忽然想到了，于是自己跑到村子里去，不知从什么地方找来了一个银卢布，塞给瓦尔福洛梅依，让他按照古老的习俗把那个银卢布砌在头几块的基石中间。奥丽雅怎么会记起这件事来的呢？那时她不是还很小吗！那一定是妈妈后来讲给她听的。现在重要的倒不是这一点，而是奥丽雅虽然对妈妈的工作那样漠不关心，但她还是知道妈妈的许多特点和工作的习惯。

妈妈的一个同事告诉过奥丽雅——她把这件事也记住了，——说她妈妈不喜欢那些没事乱跑办公室的人，她喜欢在工作中就地解决各种问题。

妈妈在世时的最近一年中，总机械师在工作完毕以后常到她家来，他是一个性情急躁的复员坦克手，头刮得光光的，有时泛着甜菜的淡紫色，有时又像糖一样白。那时奥丽雅觉得她只是注视着他的后脑勺子，现在她明白，她记住了他们当时争论的意义，因为妈妈的性情中有许多东西都可以从这里得到解释。那一年，工地上头一次运到大批机器。妈妈自己对自己的检查比那些专在细节琐事上照顾她的负责同志要严格，这是用不着奇怪的。妈妈担心大规模的机械化工作将会使她这样一个女人觉得力不胜任，那时她就会落后，会“不中用”。怪不得她在那一年表面上那么严肃、那么冷淡而事实上却几乎是出于孩子般的好奇心那样小心翼翼地对待那位一味想大刀阔斧解决问题的总机械师的话。

“我怎么直到现在才记起这一切呢！”奥丽雅惊奇地想。她凝视着打开了的课本，可是什么也看不进去。

正在她追溯往事的时候，叶高尔·彼得罗维奇的喊声打断了她的思路：

“好了，书本也念得够了！我们一起散散步去……走半个钟头也好。”

于是奥丽雅、米嘉、叶高尔·彼得罗维奇三个人一起到附近的街上散步去了。米嘉叫爸爸注意一下奥丽雅的个子是那么小。叶高尔·彼得罗维奇微微弯下身子凑近些挽着她的手走。他说：“得长高一点啊，”——这和有一次米嘉所说的简直完全一样。

他们谈到这个城市，开始争论谁对它最熟悉：是米嘉和奥丽雅，还是叶高尔·彼得罗维奇。无论怎样，叶高尔·彼得罗维奇甚至还在战前就到过这儿了。而且，他在一昼夜中的每一段时间都看到过这个城市——无论在省委开会以后的深夜，或是在曙光初露的黎明……

“你们看到过黎明吗？”叶高尔·彼得罗维奇问。

“你说的是什么黎明？”

奥丽雅先露出了微笑，她准备着听一个笑话。

可是米嘉忽然警觉地问：

“你怎么忽然对这感到兴趣啦？……”

其实，爸爸不过是凑巧想起了说的。他给他们讲了一件事情：

“最近，我跟一个年轻的女记工员谈了一次。她给她认识的一个司机多记了几次差……多划了几个叉子。总之，问题不在这里……她已经被释放了……忽然她说：‘我简直还是个孩子，检察官同志……我真是傻瓜……今年夏天我还是头一次看到曙光……’我问她：‘您指的是什么？……’她回答说：‘是这样的，我得到了休养证到一个林中别墅里去休养……在陌生地方我睡不着。我就裹着被单坐到窗台上，我看到了一切的一切。我头一次看到了曙光怎么样升起来，这不是较晚的曙光，是最初最初的曙光，刚刚出来……’”

米嘉笑了起来。叶高尔·彼得罗维奇朝他望了望。

“你以为一个检察官得进行这样的谈话可笑吗？可是对于我，她所说的曙光却好像一直照到了我的心灵！”

他们沿着公园的林荫道，在绿草和分布在灌木丛中的雕像中间走着。他们不偏不倚、不慌不忙地走着……“简直像古罗马时代的三头政治，”——奥丽雅心想。后来叶高尔·彼得罗维奇停下来说：

“这的的确确是个小孩子，还在生命的曙光期，可她却坐在我的面前受审……鬼才知道为什么！如果仔细想一想的话，那就是：她要幸福！给我幸福吧！马上给我，即使不合法也可以……可是这傻丫头就没有想到自己本来就很幸福！她的幸福是完全合法的……”

“我也记得有一个早晨，”奥丽雅说，“那时我第一次注意到：吹着温暖的风，下着雪，后来天就开始亮了。那时我和妈妈坐在马车上……”

米嘉听奥丽雅说着。这天晚上，米嘉觉得她身上的一切——她那甜润、清脆的声音，她述说童年感受时的那种羞涩的神情，她那坦率轻信的态度——都是那么充满着稚气，丝毫没有受到生活的触动……他第一次这样强烈地感受到自己的青春。他走着，听到自己心脏的跳动，一边寻思：难道爸爸不懂得这点吗？

叶高尔·彼得罗维奇在城里住了两天。奥丽雅一声不响地跑出去买煤油；一声不响地铺桌子准备开饭。一种好像精神梦寐似的奇怪的、但是能给她以信心的愉快心情控制着她。她本来就不大相信米嘉所说的关于叶高尔·彼得罗维奇的话，现在她更确信其中有许多是米嘉杜撰的。但有一点她知道得很确切：在鲍罗廷家中，有了叶高尔·彼得罗维奇生活起来更轻松。这大概是因为他善于珍视瞬息的快活，这使他比玛丽雅·谢尔盖耶芙娜在精神上和妈妈更默契，更接近。她相信，叶高尔·彼得罗维奇跟她自己一样对于昨天那次平淡无奇的散步觉得很满意。

要是她再好好地想一想，她还会明白：米嘉的爸爸之所以能使她产生好感，还因为他没有偏见；虽然他没有跟她说多少话，但总有这么一个感觉：他好像在等待她有更好的表现，——这也就是说，他先把她认为是一个好样儿的。

早晨，他一面翻着米嘉的绘图仪器，一面告诉奥丽雅，说他从小就喜欢各种各样的仪器和工具：锉工用的也好，绘图用的也好，甚至牙科医生用的也好。在三岁的时候头一遭他看到了一件怪事：他生在一个铁道转辙手的家里，一天，他爬上了铁路守望亭的很低的、有点倾斜的窗台，他看到窗外一个陌生叔叔把一付很大的铁爪缚在脚上，很容易地从光滑的电杆上向电线那儿爬上去。

“后来哪，奥丽雅，我还看到过我们发电站的涡轮机，看到过莫斯科地下铁道的自动电梯，看到过喷气式飞机夜里在飞机场降落……但以后再也没像我在爸爸的守望亭里那样激动了……”

叶高尔·彼得罗维奇朝奥丽雅斜瞅了一眼。她默默地听着。

“可惜我没有成为工程师……”叶高尔·彼得罗维奇又说，一面把绘图仪器放好。“你打算做一个怎么样的人呢？”

奥丽雅不知道怎么回答。但这并不是因为困惑或者害羞，仅仅是因为不知道该回答什么。

叶高尔·彼得罗维奇摇摇头，略微皱了一下眉头。

晚上，区里的汽车来接他了。

“玛莎，让他们送送我吧。不会走远的！回头他们可以坐电车回来。”叶高尔·彼得罗维奇安慰玛莎姨妈说，他把旅行袋抛到汽车里去。

米嘉和奥丽雅眨眼间就坐到汽车的后座上，叶高尔·彼得罗维奇坐在司机的旁边。汽车开始在城市的街道上飞驶。

“米嘉，什么时候考试？”

“星期一开始，爸爸。”

“可以拿中学毕业证书了……怎么，奥丽雅，到时候我们一起去参加毕业晚会好吗？”爸爸隔着座位的靠背转过身来问。

“这怎么行！他们只允许十年级的女生参加！”

“就连她们也要由卡杰林诺奇金挑选，”米嘉也说，“但要是跟玛莎姨妈一起……”

“或者跟我一起，”叶高尔·彼得罗维奇补充了一句，“我一定想办法挤出时间来参加晚会。”

在电车到了许多菜园子那儿掉头的地方，他们分手了。

“回去要多走一些时候了吧？”他在后面对他们喊了一声。

他们俩回过头来，挥挥手。

可是他还是迟疑着没马上回到汽车里去，他站在大路边目送着他们。瞧，米嘉的脚在电车换轨处那儿踢着了什么。奥丽雅从行车调度亭旁边跑过。他们远远地又向他挥了一下手……忽然，在他的脑海里涌现了米嘉的画册。米嘉六岁的时候只能画一些形状相同的人：直角形的肩膀，短短的两竖代表双手，肩膀下面长出两根细长的骨架，这就算是一双脚……怎么会记起这个来的呢？对了，怪不得会想起来，原来在夕阳照耀下，每四根一排从城里向田野里排过去的高高的金属支柱——悬着绝缘器的电线高杆——很像米嘉画的那些人儿。

等电车的时候，奥丽雅靠在街灯柱上。温暖的灯光从上面直泻下来，把她的栗色头发抹上一层金色。她的脸上流露出过去的那种坦率的神情，她背后的夕阳还没有放尽它的余辉，这时，电车路上的电灯好像没有什么必要亮着。

“我们乘车走吧。”米嘉说。

“当然。姨妈等着我们喝茶呢。”

“不，我说是去长途旅行。”

“那么这个呢？”奥丽雅敲敲书脊，她走出来送叶高尔·彼得罗维奇的时候把这本教科书挟在胳肢窝里。

可是，显然这时候周围的一切都使人能排开一切忧虑。于是奥丽雅点了点头：乘车走吧。

一辆灯火通明的电车慢慢地驶近了，在城外，车老是好像走得很慢。他们跳上了后车台。这辆车起先非常空，到了中心区挤到了饱和点，接近终点时又空了，他们穿过了整个城市，从一个城外的电车终点站到另一个城外终点站。

有时天空被炼铁炉出铁时的一片红光照得火红。有时从开放不久的体育场上传来踢足球的声音。有两站路车厢给一大群灰泥工人职业学校的学生占满了，他们正急于赶到宿舍里去。奥丽雅还认出了妈妈所设计的“工程”：在没有尽头的篱笆里面一幢八层楼的大厦上空，高耸着许多塔式起重机的移动臂……

“夏天到了，米嘉……我们来想一想怎么去行军。”

“我来指定救护队员和点篝火的人。你去检查装备品准备的情况……整队前发盐。盐可以使人在路上保持精力……”

“我本来以为这会引起口渴的。”

“笑话！……我领头走，你在队尾。你得注意不要有人掉队……

还有，你会不会根据月亮辨别方向？”

奥丽雅不会。

“晚上六时，上弦月表示南方。”

“那么满月呢？”

“满月表示东方。”

“下弦月呢？……”

这时车开得快极了——车厢里人已经很少，已经快到这条路线的终点了。皮把手有节奏地摇晃着。米嘉好久没有度过这种时刻了；真稀奇，不费什么力气就可以把一切重新恢复。这许多天以来，他第一次想逗弄她一下。

“你还记得我们在电车里争吵的事吗？”

“为了火柴吗？”奥丽雅眯起了眼睛反问他说。

“为了月光……为了你那股子倔强劲儿。”

她不回答，只是略略转过头去望了他一眼。她料想不到，每当她这样转过头去的时候，他总是情不自禁地欣赏她。

“我非常非常希望你能来参加我们的毕业晚会。”

“你自己也知道，九年级学生是不邀请的。”

“你可以做兔子[①]。好了，我们不开玩笑，你可以跟玛莎姨妈一起来。”

“还有你？”

“那就变成：一只狼，一只兔子和一棵白菜。”

“玛丽雅·谢尔盖耶芙娜哪儿像狼呢？”

“难道我说过我是白菜吗？”

“你说，我是兔子……”

---

① 俄语中没有入场券混进剧院或其他公共场所的人叫做“兔子”。

一辆很旧很旧的农村小汽车正赶着电车沿公路越过一盏盏路灯从城里驶来。

“早上叶高尔·彼得罗维奇问起我想做个怎么样的人……”

米嘉不作声；因为他自己也不止一次对她提过这个问题。她根本不考虑自己的志愿。用开玩笑的口吻回答这个问题当然不难。可是这回爸爸显然是很小心地问的：奥丽雅记起了这事，那也就是说她在想着这件事了。是的，她甚至打开了课本，翻到用一根火柴夹着的一页。在轰隆轰隆的车厢里死背三角学？有趣，看她能忍耐多久？……从去年秋天起，奥丽雅的确改变了，那时候她常常在看书的时候分心，用懒洋洋的声调提着问题，以纤细的手指把铅笔在桌子上滚来滚去。

“这么说，你光临我们的毕业晚会喽？”

“你纠缠什么啊！快点到家吧……”接着她又以一种完全不同的、诚恳的声调说，“那时大家都会注意我们……”

“我甚至可以不走近你！我保证，绝不走近你！”

“那你又何必要我去呢？奇怪……”

“因为，这是毕业晚会。这在一生中只有一次。”

“喂，小伙子，走向生活吧！”

男子学校校长卡杰林诺奇金借好了“工程师之家”开毕业晚会。

要把这样大的房子按照节日的排场装饰起来很不容易，米嘉·鲍罗廷和维嘉·沙弗朗诺夫从摆着红绒家具的房间走到铺有黄绸复饰的房间，不知怎么是好：这儿无论是毕业生的照片，或是墙报，都没有地方张贴。他们走到回廊上。在一株嫩绿的栗树后面，展开在眼前的是整个水电站的堤坝。对啊，这才是毕业晚会最好的衬景！这回廊不要用钥匙锁起来，要不然就太可惜了。可是怎么来布置这个回廊呢？……

全体毕业生把这幢房子装饰了三天。他们的家长也来帮忙。有一个工程师还志愿给大家指导。

尽管这个集体有多么好，组织工作的人老是不会空下来。三天中，鲍罗廷和沙弗朗诺夫一会儿以请求的方式，一会儿以命令的方式鼓励着同学们的热情，使一部分同学放弃风头主义，使一部分同学不再懒惰，使一部分同学放弃一味想标新立异的念头，使一部分同学放弃摆脱指导的愿望，使一部分同学改变怀疑主义和漠不关心的态度，并且使所有其他的同学放弃——照格林卡·舍里亚的说法——一窝蜂的本能。

到了晚上九点钟，三位老师在老看门人的协助下挡开了大门口的闲人，让被邀请的客人进去……在大礼堂里有老师、家长、辅助机构①的代表，还来了几个工程师——“工程师之家”的常客。共青团市委会学校少先队工作部部长别尔金被领到主席台上。人们的头上浮动着一束束玫瑰花和千日莲——这是伊果尔·沙比罗刚从水电站的花房中弄来的。老是披着一件上装的、一只手的尤罗奇卡·费津，急急忙忙像拿着一枚定时炸弹似的拿着他的留声机走过去。米嘉在他后面跑着问他：唱针在哪儿？瓦夏·彼哥夫曾经保证决不忘记把唱针带来。可是彼哥夫在哪儿呢？这家伙真该死！……于是就有人被派去买唱针。

恰普拿着“费德牌”照相机穿来穿去。他到“工程师之家”的各个房间里去用镁光灯拍照，时而有白色的烟雾升到他头上的天花板上去。

“男孩子创造历史！”格林卡说着俏皮话，他要叫整个礼堂里的人

---

① 在苏联有一种社会活动形式：某一个组织机构对另一个组织机构给予经常的帮助。例如某工厂对某集体农庄帮助，某协会对某学校帮助。

都听得见。

“把唱片数一数！”

“第五女校的姑娘们来不来？我们跟谁跳舞呢？”

“恰普，把脚挪开！”

有人用“意大利话”喊着：

“依季奥托[①]！……”

那个老阿勃杜尔·加米特不知犯了什么错被指定为晚会的两个值班人之一。他坐在后台作道具用的一个树墩上。鲍罗廷穿着一件有拉链的白色短袖绸衬衫，站在他的面前。

“我不打算说慷慨激昂的话，因为我不能激动。可是我对你，鲍罗廷，非常喜欢……因此我希望你不要虚度你的一生……让我吻你吧！”

阿勃杜尔·加米特张开了怀抱，他们互相吻了一下。

“你家的人来不来？”

“爸爸捎来了一张便条，他说不能来。玛丽雅·谢尔盖耶芙娜会来的。”

“奥丽迦·符拉其米洛芙娜被邀请没有？”老师这样称呼着奥丽雅·凯容，他并不掩盖住米嘉所熟悉的那种开朗的笑容。

“我告诉您一个秘密好不好？我得到卡杰林诺奇金同意，邀请了三个九年级女学生：西特尼柯娃、齐雅勃里柯娃和凯容。可是她们来不来……”

米嘉耸了耸肩膀。谁知道……奥丽雅说大概要来。可是，跟她打交道不到最后一分钟谁能保证她不会变卦？

在楼下检票的比伏瓦罗夫挤到脚灯前喊着说：

“阿勃杜尔·加米特·奥马罗维奇！哥萨巧克带来了一个人，没

---

① 这是一句发音不大准确的意大利话，意思是“白痴”。

有票子……”

“是谁呀？”

“他说是全市闻名的篮球健将。”

“要不要放他进来？”阿勃杜尔·加米特问米嘉，“你去看看。”

比伏瓦罗夫顺便对米嘉说：

“玛丽雅·谢尔盖耶芙娜也在那儿……”

米嘉抱歉地看了一下阿勃杜尔·加米特，急忙跑去。他跑过礼堂，穿过摆着红绒家具的房间，穿过铺有黄绸复饰的房间。他跑到穿堂里，那儿的双行大梯上挤满了来宾……

奥丽雅在镜前整着别在蓝底白点子礼服上的白色花边蝴蝶结。她还没有看到米嘉。她两鬓的几绺金黄色的、被阳光晒得有点变色的头发和那双亮晶晶的灰眼睛，米嘉在楼梯上看得清清楚楚。在她的外表上有一种不平常的气度，这一时不能理解，但是跟今天这样一个一生中再也不会有第二次的日子非常调和。

他也顾不得招呼熟人，一面跑一面拉着比伏瓦罗夫的手，以为谁也不在注意他，米嘉就这么跑下了楼梯，他说了一声：

“姨妈，我们去去就来！”

玛莎姨妈正在掠着她那式样庄重的、“理发店做的”头发，其实这个式样跟她的脸型根本不配称。她还来不及转过头来，米嘉已经把奥丽雅拉到楼上去了。

他们俩一块儿跑到回廊的栏杆边一株栗树的翠绿的树梢旁。两个人都气喘吁吁。米嘉忘记了一切——他不再是晚会的干事了，让他们自己搞去。他甚至也不对奥丽雅看，只是望着远处。她知道：这时候他是听而不闻，视而不见，他那紧紧抓住石栏杆的两手也失去了知觉……他将说些什么？说呀，亲爱的……

“奥丽雅，瞧！从这儿望过去，那堤坝多雄伟！”

在苍茫的暮霭中，整个巨大的水电站的堤坝，从这一头到那一头，好像贯串着一条电灯组成的拱形链条。这幅景色是那么奇特，使奥丽雅也跟着米嘉立刻屏息凝神，把手肘支在栏杆上。对于他们俩，就像对于整个他们这一代生在头几个五年计划时期内的人一样，这个堤坝很早就是，几乎自古以来就是生活的基础。他们亲爱的城市早已在它周围兴建了起来——这里有喷泉、有水上运动场、有跳伞的高台，夏令公园里有马戏团，街心花园里有栗树；这座世界闻名的堤坝对于他们来说是一条宽阔的拱形街道，他们沿着这条街走到体育学校去，上面行驶着电车，奔驰着卡车，集体农庄庄员们赶着牛群来来往往，也有送丧的仪仗队走过，晚上还有一对对情侣在堤上散步。甚至张在这座堤坝的栏杆上的蜘蛛网也显得特别亲切地在阳光下闪闪发光。

有人走到了回廊上来，他们没有看见。这是亚沙·哥萨巧克和那个篮球健将出来抽烟。

“多少闸门开着啊！很多，是不是？”奥丽雅轻轻地问。

“我们来数一数。”

“给栗树挡住了。”

他们开始数起来，数着数着搞糊涂了。春天里，水经过堤坝从所有的闸门下流出来——形成了四十七道瀑布。河水泛着泡沫变成一片白色——真好看！到了六七月里，河水就开始受到控制了：闸门一个接着一个地关起来。在河流下游的水库里，有一个个小岛似的石滩从泡沫下面露出来。

隐约可以听见电铃声响了起来。哥萨巧克和篮球健将让奥丽雅进了门，突然挡住了米嘉，好像把他挤了开去。米嘉一时摸不着头脑。这是故意的呢，还是出于无意的不礼貌举动？那两个人一句话也没说。米嘉也顾不得这些。他在圆柱大礼堂的门口追上了奥丽雅。这时，他听到背后传来一阵不很响的笑声。

这时，大礼堂里的人声静下来了。响起了卡杰林诺奇金的声音：

“同志们，请允许我宣布第十一届毕业典礼……”

当校长向毕业生祝贺的时候，米嘉心不在焉地听着。他留恋着刚才回廊上的令人神往的一幕。这不是幸福是什么！……可是如果想一想的话，这幸福是由什么组成的呢？他看到奥丽雅在玛丽雅·谢尔盖耶芙娜的旁边坐了下来。离开他并不远。他看到哥萨巧克在奥丽雅的身旁坐下来，后来不知为什么他又跟自己的朋友换了个座位。“刚才哥萨巧克和他的朋友到底在笑些什么？他们一定是偷听了我跟奥丽雅的谈话……”——这个念头突然侵袭到米嘉的脑海里，可是他没有时间去想这些。

笨重强壮、头发花白的卡杰林诺奇金跟许多退伍军人一样，喜欢让自己的声音在拱形的天花板下发出洪亮的回响。但是就连这个常常被人取笑的弱点，今天好像也可以原谅，至于回响，那更显得非常恰当了。

卡杰林诺奇金列举着毕业生所选择的职业和高等学校的名称。三个动力学家——这是本城极受尊敬的专业。两个化学家，一个冶金学家，一个地质学家。三个人决定进师范学院。一个人要进航空军校，——这是维嘉·沙弗朗诺夫。人们都向他报以掌声，可他却在自己的座位上缩作一团。当卡杰林诺奇金说到班长鲍罗廷要到莫斯科的列宁山上进地理系去的时候，大家也拍起手来。米嘉以为掌声是对列宁山而发的。他的心还在那边回廊上。这时他看到哥萨巧克的朋友在奥丽雅耳边轻轻地说了些什么，他咧着嘴，看来，他对自己的耳语给予那个女学生的影响很满意。奥丽雅真的羞得面红耳赤，她很不客气地说了些什么，以责备的眼光望着哥萨巧克，好像在求他叫他的朋友放尊重些。但是哥萨巧克装作一眼不眨地望着台上，很勉强地微笑着……那边是怎么回事？

米嘉还来不及移到近一些的座位上去，奥丽雅已经立起身来，坐到另外一排上去了。玛丽雅 · 谢尔盖耶芙娜回头看了一下，不知道奥丽雅发生了什么事。两个体育家耳语了一阵，笑着……他们怎么啦，喝醉了吗？

米嘉侧耳听了一会，听到篮球健将从牙齿缝里迸出一个个字说：

“这头小牛真嫩……”

米嘉不知道这是什么意思。从篮球健将的恶意的冷笑看来，这话的意义对奥丽雅来说一定是一种侮辱，一定是句下流话。米嘉只知道这个家伙的奇怪的绰号：在城里各体育场上，不知为什么大家都管他叫“西姆波特”。

大礼堂里的人都很注意地听着卡杰林诺奇金。米嘉懊悔自己漏听了一半。校长讲出了神以后，他的声音的回响反而渐渐低下来。卡杰林诺奇金说，今年进高等学校不大容易；他劝大家注意一下国民经济，提起了巴拉宾草原、库斯坦纳依草原，阿尔泰……他还说到毕业生在生活中会碰到的那些人；谈到那些人中有些甚至没有受过中等教育，但他们却在建设着城市，开垦着草原，兴造着堤坝（比我们这个战前建造的堤坝要大得多呢！），他们同时还在学习，向科学进军。

“工作对你们有帮助，这些人对你们同样有帮助……你们去瞧瞧，这些人的愉快是什么。他们整天在机器旁边忙着，动脑筋，找窍门。你们要注意，他们并不炫耀自己的知识，不吹牛。初看起来我们的工人知识有限，其实他们知道的要多得多……朋友们，很难估计，实践本身在我们国内是怎样一个包罗万象的大学：电焊、农艺技术、金属加工。甚至是最最普通的东西——譬如怎样拿一个玻璃滴管……”

这时发出了一阵善意的笑声，之后又静了下来。

“甚至一个普通的焊接具也要会使唤才行。一个人要是对技术发生了兴趣，不消多费口舌，他就会答应搞窝种法，或者搞任何工作……

你们到农村去看看：人们在老式的割草机或选谷机旁忙个不停，他们会把它改装成复杂的电动机，他们会几夜不睡觉把它装好……”

米嘉给卡杰林诺奇金的声音吸引住了；他想起薇拉·尼古拉耶芙娜也说过这样的话，有一次他们在关于对生活的了解、关于列夫·托尔斯泰、关于劳动和机器的问题上展开了争论，那时奥丽雅把两手叠在胸前，轻蔑地噘出下巴，逗弄着妈妈，表示叠起两手坐着不干活挺舒服。

“……这些人学习劲头可真大！”卡杰林诺奇金继续说。“他们找寻着所需要的技术小册子，把它好好地保存好，用报纸包起来，坐下来看，把学到的东西跟工作结合起来，把工作跟幸福结合起来，他们极尊敬自己的老师……人的全部性格就是从这些方面表现出来的。”

卡杰林诺奇金说完，响起了一片长久的欢呼声，在他之后讲话的是从共青团市委会来的大名鼎鼎的演说家——各种讲演的冠军别尔金。

这位演说家永远善于在学校的各种各样的辩论会过程中对一切提出修改和纠正，毕业生对他很熟悉。他是一个快乐的人，但因为他善于把所有的话都说得很对而有点儿自满。这时，别尔金潇洒地把眉毛扬起又掀下，亲切地，但又带有一点责备的眼光望着校长，这使大家——家长们、老师们、学生们——都明白：照别尔金看来，卡杰林诺奇金说得有点离了题，扯了开去，所以他认为有必要纠正他，把一切都说得十分正确，正像他已经在类似的场合说过成千次那样，把什么是好，什么是不好解释一番。“幸福”这个词也许被别尔金反复地说上了几十遍。但在这一个真正是幸福的日子里夸夸其谈地说一通大道理，尤其是在卡杰林诺奇金讲话之后，根本就荒谬，甚至使人生气。同学们早就猜到别尔金会对他们说些什么话，他们不耐烦地在座位上互相望着，礼堂里渐渐响起了喧哗声。

不过沙弗朗诺夫的话米嘉听来好像正是自己所要说的一样。维嘉说时，把身子低低地弯向讲台，活像锉工在做一个零件。他讲得很短。他代表同学们谈到面临着的生活考验，谈到准备经受这些考验的决心，谈到对祖国的热爱……

“伊凡·巴甫洛维奇说得很对，根据一个人对待自己老师的态度，可以看出他是怎样一个人……对我们也是一样……”

沙弗朗诺夫其余的话都淹没在掌声中了。大家都从椅子上站起来。毕业生们特别兴奋——他们听着自己的掌声：是不是够震聋耳朵的了……卡杰林诺奇金坐在桌旁很快地在一张纸上划来划去。米嘉又走到阿勃杜尔·加米特那儿去。在阿勃杜尔·加米特的身边聚集着一小群人。这时在台上的沙弗朗诺夫没有说完话就挥了一下手，走到桌旁跟坐在那儿的老师们一一握手。

颁发毕业证书的时候情绪热烈到了最高度，米嘉决定走到奥丽雅那儿去，因为这时谁也不会注意他们；卡杰林诺奇金按着姓氏字母的次序一个个叫过来。有许多人窘得不知把手搁在哪儿是好，他们把毕业证书卷成了筒状。在鼓掌声中，甚至连奥丽雅在说些什么也听不清。米嘉把一本地图拿给她看，这是学校给他的礼物，因为他是金质奖章的获得者[①]和未来的地理学家……奥丽雅笑着，他只听到“……长途旅行”这几个字，——她这是指地图而说的。米嘉只深深地叹着气——他在情感洋溢的时候常常这样；他看着奥丽雅，怎么也看不厌。这时他的耳际响着校长的话，刚才他领毕业证书的时候，卡杰林诺奇金紧紧握了一下——可以说是用打心眼里发出的劲儿摇了一下他的手，说：

“喂，小伙子，走向生活吧！”

---

① 苏联十年制学校毕业的学生成绩优良者（各科都是五分）可获得金质奖章。

亚沙·哥萨巧克闷得慌

米嘉想到，那两个人绝不是偶然把他从奥丽雅那儿挤开，也不是无缘无故在背后发笑，从他想到这点的那一瞬间起，对奥丽雅的担心就和自己幸福的心情掺杂在一起。他对晚会各项事务的张罗还是跟以前一样热心和高兴，他一会儿跑到表演余兴节目的同学正在准备演出的后台，一会儿又跑到妈妈们在当地的餐厅招待员帮助下正在摆餐具准备晚餐的铺有黄绸复饰的房间里。但他总要抽空去把大礼堂的门打开一点儿，毫不拘泥地朝坐在玛莎姨妈旁边的奥丽雅望望。年轻的化学教员唱了一支“卡狄克斯的漂亮姑娘不愿出嫁”，接着，伊琳娜·西特尼柯娃单独跳了一个西班牙舞，她好像给那支歌作一幅活的插图。米嘉跟大家一起拍手，同时他又常常警觉地朝哥萨巧克和西姆波特那边看看。

宴会桌上没有西姆波特——当然人家不会请他！奥丽雅和玛莎姨妈坐在长桌的一端，那儿一个男孩子也没有。也许就因为这个缘故，那儿只放着唯一的一瓶葡萄酒。这瓶葡萄酒从这只手里传到那只手里，有好几次打玛丽雅·谢尔盖耶芙娜面前经过。虽然米嘉和奥丽雅之间隔着许多参加宴会的人，但他能清楚地感觉到奥丽雅所感到的一切，奥丽雅觉得有趣的一切事情，他也觉得有趣，这时她觉得有趣的事——他一下子就明白了——就是姨妈在席上那种礼貌周全的举止，而这种礼貌在类似的场合却是不恰当的。这种礼貌使玛莎姨妈好几次想去拿那瓶旅行中的葡萄酒给自己的和奥丽雅的酒杯斟斟满都没有拿到。奥丽雅好容易忍住了笑，而玛莎姨妈连头也不转动，彬彬有礼地挺直了腰，装作注意地听坐在对面的埃狄克·莫蒂辽维奇的妈妈说话。最后——这一点米嘉也远远地注意到了——奥丽雅拉了拉在她后面走过的一个招待员的袖子，请他给她们斟一些酒。玛丽雅把酒杯凑过去接酒，后来又给奥丽雅说了些什么。米嘉愉快地猜到她的意思一定是：不能这样冒昧无礼。

“来，鲍罗廷，为我们的友谊干一杯！”耳际有人在对他说话。

米嘉以愉快的心情跟那个建议他干杯的人碰了碰酒杯。这时即使他坐在奥丽雅旁边，也不能更清楚地听到她向玛莎姨妈作的辩白：“这位招待员我认识，我还知道他姓什么呢……”于是她告诉玛莎姨妈，她跟妈妈和潘久霍夫到“工程师之家”的餐厅来过两次。那时给他们送菜的恰好就是这位胖叔叔，他有一个滑稽的姓——柳别兹内[①]。

“这大概是个世袭的招待员。”玛莎姨妈说。

过了一会儿，她想喝矿泉水，这回她自己请奥丽雅叫那个招待员了。米嘉看到玛莎姨妈和奥丽雅总是笑个不停，感到很幸福，他也不注意自己周围的人，好像也参加了她们的谈话。

“他在哪儿，那位波奇千内[②]同志？哦不对，他姓什么？……”玛莎姨妈说。

“您是说柳别兹内吗？”奥丽雅愉快地悄声说。

“对了，就是那位可笑的胖子。”

“很可笑……”

起先米嘉不明白奥丽雅在做什么：她凑近玛丽雅·谢尔盖耶芙娜的肩膀，把那个胖招待员恭恭敬敬地凑在卡杰林诺奇金的肩上的神情摹仿得酷肖异常。

席上有十瓶香槟酒和三瓶葡萄酒，供六十人喝，大家好几次起来举杯祝贺，坐得离米嘉很近的亚沙·哥萨巧克却别出心裁地举杯为一

---

① “招待周到”的意思。

② “受尊敬”的意思。玛莎姨妈把招待员的姓搞错了。

个不知名的老妈妈祝贺，据他说，这位老妈妈在穿堂里已经坐了两个多钟头了——她是带女儿来参加男子学校的晚会的，自己不到楼上来，却在等待着到时辰带女儿回家去。有些人笑了，哥萨巧克就开始跟大家碰杯，但席上大多数人都对他嘘起来，因为这对坐在这张桌上的一个姑娘是一种粗鲁的、不礼貌的行为。她心里会多难受！……但哥萨巧克永远也不会觉得不好意思——米嘉很不乐意地放弃对奥丽雅和姨妈谈话的注意，听到哥萨巧克坐下来以后还笑着对他邻座的人说："那个老妈妈还对她女儿说，'在考试以前不许你爱上人！……'"

米嘉用手支着头，望着这个体育教员，不由自主地对他寻思起来——这还是头一次呢。哥萨巧克坐在受大家敬爱的好老师中间，他是个不很高大、身材匀称的金发男子，他穿着熨得笔挺的柞蚕丝运动裤和淡黄色的人造丝衬衫。从外表上看来，他永远很镇静、沉着，一下子对他不会了解，因为他毕竟比同学们年纪大些，是个成年人了。虽然大家叫他亚沙，不过总是个教员。其实他哪儿是什么为人师表的教育工作者！不过是个崇尚时髦的花花公子罢了。米嘉早就对他注意了——哥萨巧克常常不屑地说着女学生："老是把她们往双杠上吊啊，吊啊，真倒胃口……"他还常常满不在乎地说："我的私生活是在半夜以后开始的……"他会在河滨浴场诱惑陌生的姑娘，用英语跟她们搭讪："好杜尤杜？[①]……"有一次男孩子们在窗台上发现厚厚一束明信片，这是别的城里一个在痴恋着他的傻姑娘写给哥萨巧克的；每张明信片开头都写着肉麻的暗号："记住玫瑰山谷！"

米嘉抬起头来。一阵内心的冲动使他很迅速地朝奥丽雅那边望了一眼。玛莎姨妈离开了桌子正在跟阿勃杜尔·加米特谈话。突然，不知打哪儿出现的西姆波特向奥丽雅弯下身去，他的女人似的脸上堆满

① 意思是"您好啊？"

了笑，手正在把一张纸条塞到奥丽雅的手肘下去。米嘉从奥丽雅圆睁着的眼睛里看到她的惊慌和恐惧。就在这一刹那间，奥丽雅急剧地拉开了椅子，从房间里走出去，可是西姆波特轻松地摆动着肩膀，走到哥萨巧克跟前跟他耳语了一阵。哥萨巧克没有回答，仍旧坐在桌旁。

“奥丽雅到哪儿去了？”当米嘉走到玛莎姨妈跟前的时候，她问。

她显然又是什么也没注意到。

“我去找她。”米嘉说。

有人在奥丽雅的周围设下了圈套，打算搞一场卑劣的游戏。这天晚上，在青春的转折点上，周围的一切仿佛由于情感的洋溢而陶醉了，愉快地旋转起来，所有的人都变得绝对地善良，兄弟般互相信任，——在这时候，卑鄙的作风也抬头了。它大概老是在正直的好人的生活中寻找这样的时机。米嘉现在把西姆波特和哥萨巧克恨得眼睛都发了黑，就是不知道怎样对付他们……

哪儿也找不到奥丽雅。这时，有许多人跟米嘉一样挤在人群中从这个房间走到那个房间，用眼睛扫过一张张脸，在寻找着什么人，他们仅仅是怀着节日的不耐烦心情或者是不愿老在墙边呆着而走来走去换换地方。大礼堂的墙边挤着那些不跳舞的人：有讨厌华尔兹的小伙子；有空等着邀请的姑娘；有多年来在学校历次集会中已经相互认识的家长和老师。在大礼堂的较远的一个角落里，正在进行着格林卡想出来的游戏。他喊着：“什么人一面唱歌一面在生活的道路上行进……”——于是男学生们都愉快地猜道：“埃狄克·莫蒂辽维奇！”他又问：“把脚挪开些——这是指谁说的？”——大家就齐声地回答：“长脚恰普！”

奥丽雅不在——那边也没有她……

“看到奥丽雅·凯容吗？”米嘉纳闷地一会儿问这个，一会儿问那个，他的脚步愈来愈快。“碰到奥丽雅·凯容没有？……”

谁也没有碰到奥丽雅，在摆着红绒家具的房间里，一盏盏“鹦鹉”

灯已经熄了，现在那些五彩灯罩什么也不像；窗外透进来一阵阵薄薄的凉意。走廊里在玩“小河游戏”，格林卡在同学们搀起来的手下钻来钻去。米嘉还回过头去看了一下——他不是刚才还看见格林卡在大厅里做另外一种游戏吗？……这么说，他在各个房间里已经走了很久而自己还不觉得，可不是吗？这真是个奇怪的晚上。奥丽雅走了……不知为什么薇多奇卡却没来，有过一个时期，学校里的生活跟这位总辅导员是分不开的呢。看来，时间在消逝，时间发生了作用……

他的情绪已经被彻底破坏了。他不知道到哪儿去好，他想起在台上还留下一方学校的丝绒台布，——他就走去把它收拾了起来；他向楼梯上望了一望——成年人已经开始告辞了；那位被哥萨巧克嘲笑过的老妈妈也不见了。他沿着螺旋形楼梯走到早晨曾经有三位妈妈在那儿分配一碟碟菜肴的厨房里。那儿有一个姑娘，额上紧紧扎着一条头巾，她正在用切菜刀在铁板上把干的蔓越橘果子冻剁碎。

米嘉认出了这个姑娘。去年她曾经在区团员代表大会上讲过话。她那时是城里各餐厅共青团员的代表，她说，他们共青团员在赶走德国鬼子以后，为城市的复兴而忘我地劳动着，可是在不久以前，他们想去参观炼铝厂，请一个参观向导，却要付给五十卢布。她愤怒地提起了这笔钱的数目，用拳头敲了一下讲台，把淡黄色的辫子朝背后一摺，大厅里爆发出一片掌声。散会以后，米嘉和她谈得很投机，他觉得她极聪明，奥丽雅的女同学们跟她可不能比了！当时他们在街上一直走到深夜一点钟，谈着生活的意义。以后，就再没碰见过。

现在这个姑娘正在用刀背把切碎的果子冻捣匀，她身上的罩衫也不是雪白的，她的样子也不那么动人。

她也认出了鲍罗廷。

“我猜到你在上面……我在给你们烧茶的时候，自己就想起了那个晚上。鲍罗廷，恭喜你中学毕业……怎么样，那边快活吗？”

她用手指了指天花板。鲍罗廷没有回答。要说明全部真相可太复杂了。

“怎么样，炼铝厂去了没有？”他问。

“我现在在那儿学习……我们的学校就在厂里……我那时候在大会上说得不对，我们这样大叫大嚷地批评有点打游击时候的作风……你说是不是？”

米嘉又跟她谈了一会儿，重新回到大礼堂去。玛莎姨妈从人群中叫住了他。她的神色很不安。

“奥丽雅在哪儿？”她问，“出了什么事啦？”

“我想她回去了吧。”

“回去了？”

当然，西姆波特的献媚，奥丽雅的逃跑，玛莎姨妈都没有注意到。米嘉也不去跟她解释。这个节日对于他是完了。但是有一股顽强的力量驱使着他从这个房间走到另一个房间。找奥丽雅是没有用的了：她不在这儿，但他还是想去找找看，好像还有可能找到似的。

晚会开到这时，大礼堂里的集体游戏只能吸引那些无忧无虑的天真汉和幸运儿了。毕业生们散开了，他们在整幢屋子里信步漫游。在回廊上米嘉看到第五女校的两个十年级女学生——阿基莫娃和柯希奇科。他没有走到她们那里去。他需要把今天所发生的一切好好想一想，在弈棋室里只有恰普一个人在搬动着棋子。米嘉还打开了一扇门，走进了一间半明不暗的房间。这儿散发出化装油彩和香粉的气息。这间在舞台旁边的房间和再过去一间虚掩着房门、亮着灯的房间都有人占去了，那些人在争论着什么。 在较远的一间房间里，伊琳娜·西特尼科娃又像笑、又像哭的响亮的声音跟哥萨巧克甜而腻的声音在争论；而在这里近旁，离米嘉仅三步路的地方，他的几个同学在热烈地谈论着生活。

站在半明不暗的房间中央，米嘉重又感到大家是多么兴奋，像喝多了酒似的。

“问题就在这里，”不知是谁在议论，“现在好像没有什么公子哥儿了，可是每个人都有点儿公子哥儿的脾气，有些人还以此引为骄傲呢……自满情绪非常厉害！”

门常常被打开，常有人匆匆地朝房间里望一眼，那时就有一道狭长的灯光照亮彷徨的米嘉，照亮远处角落里一个架子上的一堆花边和戏装，照亮挤在一张沙发上的几个男学生。米嘉听出了维嘉·沙弗朗诺夫的声音：

“到生产岗位上去——这并不表示就此停留了……到那儿只会使你成长。要是你有别的想法，那就是傻蛋！”

“有很多人成长起来了吗？……”这是埃狄克的充满怀疑的声音。

“只要看谢米伏洛斯就行了！”

“斯美坦宁呢？”

“砌砖工人奥尔洛夫[①]呢？……可惜我们对自己本城的人知道得很少。”

米嘉知道，同学们在讨论卡杰林诺奇金的临别赠言。当然，在我们的国家里有成千成万的连中等教育也没有受过的人都成长为最有名的劳动能手。埃狄克也许自己也不愿意对这表示怀疑。在黑暗中他们还提到了亨利赫·鲍尔特凯维奇、丽其雅·柯拉别尔尼科娃的名字，有人还提到了巴莎·安格林娜。[②]

---

① 谢米伏洛斯、斯美坦宁、奥尔洛夫都是苏联著名的先进工作者。

② 鲍尔特凯维奇是列宁格勒斯维尔特洛夫机床厂的先进旋工；柯拉别尔尼科娃是莫斯科巴黎公社鞋厂的生产组长，全面节约材料社会主义竞赛的创举人之一；安格林娜是苏联第一个由女拖拉机手组成的工作队队长。

“那个马卡尔·马扎依怎么样？……”沙弗朗诺夫轻轻地说。

房间里的一切静寂了一会儿。

“那个小姑娘玛姆拉卡特[1]怎么样？”伊果尔·沙比罗说。

米嘉微笑了一下，他想去参加谈话。

“她可比你伊果尔大十五岁呢。”

大家在黑暗中笑了起来——玛姆拉卡特在他们心目中永远是个小姑娘。

这时米嘉听到隔壁房间里有喧闹声，他好像觉得这是西姆波特的话声和笑声。

“你真漂亮……瞧你多规矩！”那个篮球健将含糊不清地说。

“放手！……你放手呀！”伊琳娜尖声地叫起来。

米嘉到邻室里去看了一下。就在这一刹那间，伊琳娜打他身边一闪，在他的肩上碰了一下，跑了出去。西姆波特笑着。显然喝醉了的亚沙·哥萨巧克也在那儿，他顿时失去了脸上的光彩，但看到米嘉以后，他还假装着在责备自己的朋友：

“你怎么这样……冒失。”

“你们在干什么？”鲍罗廷气咻咻地问。

“没什么，没什么。”哥萨巧克以调停的口吻说，他手里拿着一只小提箱；他说这话时只能听到“没什—没什……”又说，“西特尼柯娃把她的西班牙舞服装放在这小提箱里，叫我给她保管一下……”

他对米嘉眨眨眼睛。

“请你们出去！”米嘉叫了一声。

房间里马上挤满了毕业生。同学们围住了西姆波特，催促着请他到走廊里去。米嘉要了解一下刚才这儿到底出了什么事。他在一张没

---

① 马卡尔·马扎依是著名的炼钢能手；玛姆拉卡特是种棉能手。

有收拾好的空桌子旁找到西特尼柯娃。她的脸红到了耳根，一面掠着头发，几乎是在哭。

“他怎么欺侮你的？”

“这个酒鬼跟我纠缠不清……”

“你为什么逃跑？那儿发生了什么事？他有没有说些什么下流话？”

伊琳娜哭了起来。她看到善良的鲍罗廷这样气愤，知道这件事很不体面。她现在希望有人为她打一架。

“他想跟我亲嘴……我一生中还是头一次跟他说话……”

米嘉三脚两步跑到穿堂里，那儿正在进行一场很严重的谈话。阿勃杜尔·加米特给毕业生们簇拥着打算把西姆波特教训一番。那个家伙显然完全撕破了脸皮。亚沙·哥萨巧克站在一边袖手旁观，并不插进来说话。

米嘉推开同学们。老教员的脸在他的眼前一闪。每逢激动的时候，阿勃杜尔·加米特的前额和眼镜就会分道扬镳：前额向上，眼镜向下。

“什么事？”鲍罗廷问周围的人。

“我来劝开打架的人……”阿勃杜尔·加米特因为激动，说话的时候有点语无伦次。

米嘉把手按在西姆波特的肩上。

“哼，你啊……”米嘉含糊地说，他气得牙齿也张不开。

西姆波特挣脱了米嘉的手。

这时候，大家都稍微退后了一些，米嘉和西姆波特面对面站在一个狭窄的圈子里。西姆波特把帽子从脑后推到额上，摊开了两手——也不知是为了不使自己的袖口妨碍他呢，还是要把观众的圈子扩大一些。他突然弓起了腰，绷紧了脸，眯缝起眼睛，一步紧一步逼近了他的对手。

“鲍罗廷，小心我给你一点厉害尝尝……”

在这一刹那间，这个流氓的肥软的、女人般的脸变成一副怪相。在他的拳头里有一根灌铅的短鞭一闪。但米嘉防备到这一着，他及时扼住了这家伙的手，一拳把他打倒在地板上。西姆波特很迅速地跳了起来，但这时已经有一个毕业生扳住了他的肩膀。他挣脱了那人的手，扮了个鬼脸，他眼睛里连眼泪也涌了出来。

米嘉看准了把他的两手抓住，反剪着扭到他背后，把他向楼梯那儿拖过去。拖下楼的时候大家不开口，只听到杂乱的脚步声和大声的喘气。后来从下面传来西姆波特的号叫声：

“他以为……得了个……金奖章就能这样！……今天的事可是事实！”

“安静点，安静点。”有人在下面劝他。

接着，一切都静下来了。

说也奇怪，阿勃杜尔·加米特笑起来了。

“你这个人太冲动了！”他对慢慢地走上楼来的米嘉叫着。

米嘉沉重地喘着气。

“冲动？……我不明白……这对我所做的傻事说来可太客气了。”米嘉闷闷不乐地说，他并不原谅自己，他觉得右手有点儿疼。

这时他急不可耐地想看到奥丽雅，想跟她谈谈。怎么也不能等到明天早晨：尽管已经很晚了，他要走进去叫醒她！……他连想也没想——转过身去就走下了楼梯。穿着镶蓝边的制服的看门老头儿坐在椅子上打盹，大概打架的时候他还睡着；不知是谁走的时候把一支紫丁香塞在他一半松开着的皱纹累累的手里。

米嘉踏着迅速的步子在街上走。有人从回廊上叫他，他连头也不回。

在堤坝上

“奥丽雅，”他向半开着的房门里张望着叫了一声，“出来，奥丽雅。”

他不知道姨妈有没有睡，也不知道奥丽雅睡了没有，但是他并不离开那道门。他这样深更半夜敲奥丽雅的门还是头一次，他叫着：

“奥丽雅，出来……”

房间里发出一阵轻微的叹息声，有人光着脚走了过来。奥丽雅穿着一件很长的睡衣在黑暗中一闪，她开始穿衣服。后来她的脸在门缝里出现了。她怕灯光把姨妈弄醒，所以把门抵住。

“出来呀！”

她点了点头又不见了。米嘉走到窗前。黑夜还没有告终。

奥丽雅过了五分钟才出来。她穿着一件蓝衣服，睡眼惺忪地伸了个懒腰，笑了起来。她因为米嘉叫她而觉得愉快。心想逗他一下，让他干着急一会。她并不怕他对她溜走的事生气。

“米嘉，有什么事吗？”

“到堤坝上去。”

“到堤坝上去？我要睡觉。”

“你为什么跑了？”

“我在回廊上不是跟你解释过了吗。”

“你……跟我……在回廊上？”

“是呀。记不起来了？”

奥丽雅惊奇地望着米嘉。他明白：她无论如何不会把哥萨巧克他们放肆的事和她为什么跑开的原因告诉他。因此她就这么编造一通。要是不相信她，她可还要生气呢。

“你……跟我……说过？”

“轻轻地说的。轻轻地……”

由于她这样毫不害臊地一味捏造，倒使米嘉突然快活了起来。黑夜还没告终呢。他们把房门锁好，走了出去。让玛莎姨妈关在里边睡吧。

在十字路口，一个熟悉的卖冰淇淋的人光身子上穿一件网眼汗衫，两肘支在他那轮胎打足了气的小车子上，默默地目送着他们走过。时间已经很晚了。柏油路上人也没有，可是他还不把小车推走。他大概知道有三个学校在举行毕业晚会。树叶发出沙沙的响声。间或有一辆汽车驶过，这时米嘉就试着猜想那是谁的车子，开到哪儿去。

他们穿过空旷的街道，经过几座花圃和几堆砖头，走到河边比堤坝低一些的地方，走到河滨的工厂铁道线那儿。

沿着铁轨走可真有趣。所有那些怒不可遏的念头都丢在脑后了！……他在一条铁轨上走着，努力保持平衡，奥丽雅在另一条铁轨上走。堤坝在远处高高地耸峙着；在夜空下，它看来像地球上最古老的纪念碑那样神秘，仿佛是在史前期，甚至像是在另一个星球上造成的。

“你现在毕业了。你舍不得吗？”

“傻瓜。当然，我们爱学校。好几年以来习惯了，也就不觉得了。可是现在一切又重新使人感到那么熟悉，亲切，最好一辈子也不要离开：这儿有阿勃杜尔·加米特，有卡杰林诺奇金，有同学们。”

“可是我把你从他们那儿拉走了……”

“要不是这样我能幸福吗，你认为怎么样？”

她不认为怎么样，只是沉默着。于是米嘉又说：

“别尔金说‘幸福’这个词的时候好像没有软音符号。[①]”米嘉想

---

① 俄文“幸福”(счастье)这个词里面有一个软音符号“ь”。

学一下，“你记不记得他是怎么说的？”

“关于幸福吗？……他的模样很滑稽。”奥丽雅沉默了一会儿以后谈起了别尔金。

其实她是想出了神，关于别尔金她本来想说的是别的话，而不是关于模样的话；可是一个人心不在焉的时候还有什么不会说出口的呢。

“他的模样有什么滑稽呢？”米嘉紧逼着问，“只不过说话噜苏些罢了。”

“他的口才真不错……他的横膈膜下面似乎有一个凹痕……”奥丽雅觉得很可笑。“叫人有这么个印象：好像他抱了个大西瓜紧贴在腹部抱了很久，才造成这么一个凹痕。”

“西瓜？……不，他以为，他是在为我们抱着幸福，抱得筋疲力尽……”

奥丽雅笑着。米嘉所说的跟她自己所想的很像。后来她问米嘉：

“那么幸福是什么呢？”

“各人有各人的幸福，”米嘉安详地解释说，他努力要在铁轨上站稳，“譬如，对一个缠绵病榻的病人来说，要是能够起床走走，那就是幸福。”

“是呀。就像我们的依卡·托波尔科娃那样。”

“对于一个小孩子来说，他就需要一个小皮球，冬天需要一双滑冰鞋……”

“你记不记得屠格涅夫的‘散文诗’里有一个农妇把一撮盐看得多珍贵？[①]……”

---

① 指《散文诗》中的一篇《汤》。一个女地主看到一个农妇死了儿子还有心思喝汤，认为穷人的感情是极粗俗的。农妇回答她说：“我的瓦西亚死了。那我也活不长，这跟把我的头活活砍下没什么两样。可是汤不该糟蹋，里边还放了盐呢。”

当奥丽雅记起文学作品中的什么东西时，她总是急于说出来——大概是因为她对以后能不能再想起来没有把握。

铁轨在一个深凹的地方闪闪发亮。夜里，铁路线特别清晰，特别明显，好像那上面连铁轨也没有，只有铁轨的亮光，在被浮云掩住的晚月的朦胧月色下，那亮光显得有点儿神秘。忽然，在前面凹地的尽头，在轧石厂的木栅栏后面又展现了堤坝的雄伟壮观，堤上的电灯构成一条明亮的细链，顺着堤坝的弧形高悬在河上。

“有人需要这，有人需要那！……为了得到幸福，大家都需要些什么东西。有人需要轻便的软鞋。”奥丽雅逗弄着她的米嘉。

她清楚地知道米嘉对幸福有极广泛的概念。她觉得跟米嘉并肩而行很好，她不愿意去想亚沙·哥萨巧克和西姆波特，她想把米嘉的“话匣子打开”，她喜欢听米嘉谈哲学，——米嘉认为这对她是有帮助的。

“需要地理学家。”米嘉说。

“需要睡一会。”奥丽雅说。

他们愉快地对视了一眼，因为奥丽迦·凯容是个出名的贪睡虫。

“需要到少先营去……‘立正，听我口令！……’”米嘉庄重地发着号令。他的“话匣子打不开”，但这种想像的游戏吸引着他。

“需要帮助亲近的人。”奥丽迦轻轻地说，眼睛并不看米嘉。

米嘉没有放过她这句话。

“需要信任。”他说。

奥丽迦笑起来；她先对自己要说的话觉得有趣，她说：

“需要对准突出的颧骨狠狠地打。”

这是指亚沙·哥萨巧克而说的。奥丽雅甚至还不知道米嘉已经把西姆波特教训了一顿。

“有时需要不怕人家说你冲动。”他自言自语地说（这件事奥丽雅是无论如何也不会明白的了，因为那时她不在那儿）。

他们早已忘掉了别尔金和他那种令人厌恶的虚伪的慷慨激昂的声调，他嘴上说要为幸福而斗争，其实他对这种斗争一窍不通；他们甚至忘掉了幸福本身，因为他们本来就很幸福——可以说是不能更幸福了，——那些在他们这次黎明前的谈话中讲不完的“需要，需要，需要”意味着千万桩事物。他们可以互相叙述所有的话而不必说出事物的名称。

他们就这样走到了堤坝上。在巨大的水闸旁边有个手里拿着枪、脑后飘着帽带的水兵沿着波浪形的铁栅栏走来走去。他忍受着夜间巡逻的寂寞，所以对他们注视了好久，一直把他们目送到堤坝中央。他们俩走得很慢，互相挨得挺近，连手也给挤得很紧。“瞧，他们散步活像在电影里那样，”——那个年轻的水兵并没有妒羡之意地想着，他好像合着他们的步子，也踏着闸桥上面的一方一方石板走着。

他们默默地走到栏杆跟前，那儿下面的水在汹涌地翻腾。

“需要懂得一切，”奥丽雅又说起来，“你可记得，阿勃杜尔 · 加米特有一次问我，夏天鲍罗廷是不是会帮助我？……你那次不是站在门外偷听吗？”

“不错，我是在偷听。”

“你不是帮助我了吗。那时他以为你会跟我一起做功课，可是我们连见面的时候也很少。我是多么想你啊，要是你知道就好了……”

“在姨妈房间里想？”

“到处想，常常想……我从来不想成为一个好学生，也就是说，我不喜欢像我们的五分学生伊琳娜那样的好学生。但现在我要做一个好学生。要像你那样……你有这种感觉吗？我们站在空荡荡的堤坝上，一个人也没有，但好像在人群中一样……因为堤坝是人们建造的。每一块石头都是由人搬来安下的……他们都望着你，等待着，看你将在一生中做些什么。‘嗨，前进吧！……’妈妈呢？爸爸呢？……啊，有时候……你会觉得做一个人有多么好啊……”

她说着，眼睛并不看他，而是向下看着栏杆外面，从很高很高的地方泻下来的瀑布呈着暗绿色，中间泛着白色的浪花。亮闪闪的水泻下来时成了弯折状，同时又像钢铁般密实。

“我们的长途旅行并不是游戏……”奥丽迦凝视着米嘉说。“我们总有一天要去做一次真正的长途旅行。那时，我要自己来解释一切……跟你一样。”

这时米嘉的整个心灵感觉到她还想说些什么，她想使他懂得她过去因为不善词令而不敢开口说的所有的话。他过去的怀疑是多么愚蠢啊——事实上他们丝毫也没有疏远！最主要的还在前面刚刚开始呢！

可是他自己什么也说不出，只是用激动得嘶哑的声音迸出这么句话：

“你真不知道我现在多么想喝一点水……”

一阵笑声和说话声使他们回过头去。这时各学校的毕业生正成群地遍城漫步。在莫斯科每逢这天夜里，毕业生们总是到红场或是到普希金纪念碑那儿去。在这儿，大家都到堤坝上来。走在前面的照例是格林卡·舍里亚；米嘉的同学们围着奥丽雅学校里的女学生，在格林卡后面走着。有几个人在歌唱花园里盛开的野樱花。格林卡没完没了地说着俏皮话，从那边传来他的声音：“女人们走大路，男人们走到人行道。”还可以听到玛莎·齐雅勃里柯娃的嘲讽的喊声：“颧骨都笑疼了！……”

好多米嘉的同学大概已经注意到奥丽雅·凯容在晚会上不辞而行，过了一会儿米嘉也不见了。所以现在都忍不住要开开他们的玩笑：

“原来你们俩在这儿！”

“奥丽雅！你走了以后亚沙·哥萨巧克闷得慌哩。”伊琳娜·西特尼柯娃说。

“可是米嘉走了以后你觉得怎么样？”格林卡应和着说。

同学们都知道伊琳娜早就对鲍罗廷有好感。她一点也不觉得窘困地跑到米嘉跟前。看到米嘉跟奥丽雅在一起，她也并不觉得奇怪：她很了解米嘉，所以刚才米嘉走了，她相信他一定是去找奥丽雅的。但是她需要对米嘉说一些感谢他的侠义行为之类的话；现在她的情绪又很好了。

“要不要我来念一首诗，”她说着挥开了来扯她衣袖的女同学：“别缠我，红衣主教！”

这天晚上大家都把玛莎·齐雅勃里柯娃叫作红衣主教，因为她穿着一件红色的绸坎肩，她的头发又浓又密，闪着淡红色的微光。

伊琳娜差不多像哼着歌子似的很快地念了一首舍甫钦柯的诗：

> 哦，杜—杜，我的杜达里克[①]，
> 哦，杜—杜！
> 我要用双手
> 驱散悲痛。

她合着诗的节拍略微把两手在胸前摆动。也许是这个动作使她终于不好意思起来，所以她顿住了，微微一笑，从低垂着的眼睫毛下望着米嘉，她为自己和她的这首诗歌感到羞惭。

“你跳西班牙舞的服装呢，伊琳娜？”米嘉问，这时他才想到伊琳娜自己也有错——谁叫她跟哥萨巧克这样轻浮，——想到这里，他立刻

① 一种类似芦笛的乐器。

不客气地指责她的轻浮。

“我跳西班牙舞的服装吗？在手提箱里。箱子在自行车上……”伊琳娜用挑战的口吻回答。

“在哥萨巧克的车上。”米嘉下了结论。

“你的猜想本领很高明！”伊琳娜忍住了气叫了一声，笑着去追赶同伴们。

米嘉和奥丽雅跟在渐渐去远的人们后面继续沿着堤坝走过去。自动闸门的起重吊桥高耸在已经露出鱼肚白的天色的衬景前，闸门下面的一道道瀑布发出轰隆轰隆的响声。奥丽雅对下面的水感到很惊奇，好像她是头一次看到水似的。这水到了堤坝以下五公里的地方，就会变得昏沉沉、懒洋洋；那儿可以洗澡，可以在水面上作仰泳，可以用手掌捧起水来喝，可以把头发浸湿，可以溅水嬉戏。可是在这里，水比熔炼出来的金属更可怕地冲下来流入江中，形成了一个熔铸漏斗似的漩涡，不过旁边镶着的是鬈曲得很齐整的、白里透黄的一大片激浪和尘土。

看到这幅景象就想马上把目光移向水闸运河出口处几座灯塔上的平静的红光，或者更远一点，移向浓雾蒙蒙的红心岛，移向黎明前还在沉睡中的田野和草地。

亚沙 · 哥萨巧克突然从后面骑车过来。他敏捷地从自行车上跳了下来。米嘉和奥丽雅默默地迎着他。

“你干吗这样一本正经，米嘉？”他以柔和的口吻问了一声，接着笑了起来。

鲍罗廷紧盯着他看，好像很感兴趣似的。哥萨巧克笑的时候很少，而当他笑的时候，他那中间折断的竖起来的眉毛和狡黠的小眼睛就会有这样的神情：仿佛他根本不觉得好笑，而是觉得痛苦。他站到奥丽雅的旁边，手撑在自行车的坐垫上，望着后面，望着他来的那个方向。

“你的记忆力简直跟小姑娘差不多，米嘉：你还跟我学过拳击呢，你忘了吗？现在你竟把我的客人打倒了。”

鲍罗廷不作声。他知道体育教员积下了仇恨，这时非常想出一口气。哥萨巧克在“工程师之家”很识时务地躲在一旁，不替西姆波特出头，而现在又想面对面出一出气，这重又使米嘉充满了对这个恬不知耻的家伙的憎恨。“我也可以好好地叫他尝尝味道……面对面……”

“你常到堤坝上来吗？”哥萨巧克沉默了半晌后问。

米嘉觉得这话问得必有原因，就接受了他的挑战。

“我喜欢堤坝，”他生硬地回答，“嗯，说下去……”

“我明白。这是新婚夫妇心爱的散步地方。”哥萨巧克咬着每一个字眼说。

他明明是喝醉了，想打架的怒气和习惯的沉着在他身上斗争着，而且看来，前者将占上风。米嘉一动也不动。他紧握着拳头，用左手的手指捏了一下右手的肘关节。自从停止日常锻炼的时候起，他的肌肉松弛了一些。他认为两个男人当着一个姑娘的面这样的谈话不应该变成侮辱性的挑战，这种挑战仿佛应该心照不宣，而过了三天，过了一星期，他们在另外一个地方偶然碰到了，那时不找什么理由就可以打起来。

奥丽雅装作非常感兴趣地研究着伊琳娜的手提箱，这箱子缚在自行车的携物架上。

“这里是伊琳娜的东西吗？”她问。

“这算什么东西？……没什么了不起的：只可以一笑置之，”哥萨巧克轻蔑地开着玩笑，“你常到堤上来走走，米嘉。现在有多少闸门开着？”

“没有数过。怎么样？”

“有一个姑娘带着温柔的微笑说，到堤上剩下十二个闸门开着的时候，就要发生她一生中最重要的事。你能不能给我解这个谜：这事将在什么时候发生，七月还是八月？”

米嘉目瞪口呆地一眼不眨望着他。原来是这样！这么说来，这个卑鄙的家伙偷听过他们在回廊上所说的话，现在又把偷听来的话任意改头换面。

“把车搁好。”米嘉命令他说。

“好杜尤杜？……”哥萨巧克镇静地说。

正在这时，奥丽雅跑过来站在他们两人中间。

“米嘉！”她叫了一声。

“趁我还没把你……快从这儿走开……”鲍罗廷拉住奥丽雅的手，慢慢地、断断续续地对亚沙说。

“米嘉，你原来是这么个混蛋！”哥萨巧克说，眼睛温和地直盯着奥丽雅肩后的米嘉，“生气了吗？我不过是以同志的身份来跟你谈谈罢了。”

他推动自行车，头也不回，然后骑上车走了。车愈走愈快。看来，沉着占了上风。

“好杜尤杜！”奥丽雅恶狠狠地说，好像在说一句骂人的话。

“哦，杜—杜，我的杜达里克，哦，杜—杜……”米嘉快活地记起了这首简直跟那句话押韵的诗，他望了望自己的两手。右手的大拇指在跟西姆波特“谈话”以后有点儿疼。

但奥丽雅这时向远处望着，那个自行车手想赶上前面正在回去的那群人。男女学生们当然看到，而且也不可能不看到刚才的那一幕。

“我们到他们那儿去……”奥丽雅说。

于是他们俩手拉着手向同学们走去。

第四章

晚会之后

米嘉躺到沙发床上去睡的时候，天早已亮了。这时是四点钟。他把脸埋在枕头里，已经什么也听不见了，可是奥丽雅还在盥洗。到六点三刻，米嘉好像被人弹了起来：现在该跑到电话站去，这时候爸爸也许还没有上班。至少也得让他在电话里祝贺一下米嘉中学毕业了：他一定为了不能来而不高兴哩。

早晨打电话给爸爸最容易打到。他常说："你尽管打电话来叫醒我，别不好意思。""好，我这次就要把你叫醒了。"米嘉离开登记通话的窗洞，那阵熟悉的喧哗声不知怎么的今天听起来特别愉快，他听出了神。大清早似乎不是谈公事的时候，可是六间通话小室里高声谈着的都是同一个内容——关于庄稼活的事：

"……我坚持我的意见：'我们横耙了一遍，我们做得对。'"

"……土地对氮肥吸收得很快，吸收得很快！"

"……有黍瘿蝇！你听了，等主席来了你就告诉他说：有黍瘿蝇，原因都在这里。"

"……你也知道，用不着你跟我去教福金农庄的人到哪儿能把西瓜价钱卖好一点！"

各区的代表在给他们自己的远近集体农庄和拖拉机站打电话，报告工作成绩，要求提出新的任务。女接线员不耐烦地喊着：

"鲍罗廷！您要讲话吗？到两号去。"

米嘉跑进了通话室。耳机里响起了爸爸的声音：

"恭喜你，米嘉。你真行！你以为把我叫醒了吗？……我在等你的电话呢。汽车在门口等我，我们马上要去横穿全区……干吗？在割草哩！要去动员把镰刀磨快一些！你跟奥丽雅怎么样？”爸爸喊着，“到我这里来玩两三天吧。”

“爸爸！不来了！”米嘉也大喊着，“我们这几天内就要上夏令营去……当然是一块儿去。请你别笑。我们还要送玛莎姨妈上西梅依兹……我们也在割哩！我们在割草，爸爸，你记得吗？”米嘉喊着，他把三分钟短促的谈话中不可能说完的话全部浓缩在爸爸这句玩笑话里边。

“那就好吧……”爸爸的声音几乎已经听不见了。

接着马上就响起女接线员的急促的话声：

“两号！请走出通话室，您的时间到了。”

米嘉挂上了耳机，走出小室。还有点不愿离开。他在等候着通话的人群中打了个圈子，他似乎还想通一次话，后来他看到阴暗的角落里有一条漆木长凳，那儿一个人也没有，他就坐下来，望着烟雾腾腾的大厅。通话室门上的小红灯忽明忽暗，可以听到值班员的声音威严地叫着城市和村子的名称；有人飞也似的冲进通话室。米嘉在这里觉得很好。那种没有睡够的感觉完全消失了；说也奇怪，由于睡眠不足，视力变得更敏锐、更尖利了。他可以这样坐上整整一个上午。只要回想一下，眼前就会出现他和奥丽雅走过的铁路轨道，就会出现堤坝上的灯火，耳际就会响起瀑布的轰鸣声，就像在昨天夜里那样可以听到奥丽雅的声音。米嘉端详着她的脸，又觉得奇怪起来：“你是多么……”

在这等候通话的大厅里，人们很快地更换着，这里每个人所需要的不是在他身旁挤来挤去的那个人，而是那个看不见的、其余的人都不知道的人，米嘉在这里特别清楚地想起他最亲近的人。昨天从卡杰林诺奇金手里拿到毕业证书的同学们的脸一张接着一张出现。每个人所留下的印象都很好——他们的行为都历历在目！譬如奥列格·比伏瓦罗夫。自从他父亲病倒以后的两年以来，他就在省里一家出版社里当校对员负担自己和妹妹的生活。伊果尔·沙比罗本来最怕登高，可是他学会了反身跳水。埃狄克·莫蒂辽维奇是个花花少年。的确，只要回想一下他怎么会爱上一个女演员就够了。但是当鲍里亚·巴扎罗夫因为他父亲——一个倔强的少校——不许儿子对新闻记者的职业做任何幻想而跟他闹翻了以后，却在埃狄克家里住上半年。埃狄克卖掉了自己的摩托车，把钱交给妈妈，叫她好好看待鲍里亚，使他没有寄人篱下的感觉。而后来鲍里亚竟有勇气在团支部大会上批评埃狄克思想上缺乏正当的趣味，此后，他们的友谊非但没有告终，相反好像更巩固了，虽然团支部对埃狄克记下了一些事情……当然，要是回想一下的话，也可以发现奥列格、伊果尔或鲍里亚的缺点。但是关于这些不大愿意回想和考虑。只想考虑同学们的良好行为——想那些最真诚、最崇高、最无私和最合乎人道的品质……至于为什么呢？他就不能回答这个问题了。他不知道这是因为奥丽雅存在在他的生活中，他以为这仅仅是因为现在这样想对他来说比较轻松愉快罢了——好像这是自然而然的。现在他没有什么愿望，就像昨天在回廊上那样，只想看着那彩虹万里的生活，欣赏着……

“人们都在工作，”米嘉看着挤在通话室旁的各区的代表，心里想着，“可是为了什么，有什么目的呢？”他想起了卡杰林诺奇金的说得很好的话，想起在厨房里把果子冻剁碎的姑娘：她不是达到目的了吗——现在已经在炼铝厂学习了！“一切行为都是为了什么产生的呢？为了什么人们大清早就在通话室里大叫大嚷？为了什么爸爸要横穿全区去磨快镰刀？为了什么那个不认识的砌砖工人叶列梅依·依里奇想出不用千百年来的老办法运砖头呢？为了什么他要跟奥丽雅到夏令营去两个月呢？”

在这时刻，全部生活都展现在米嘉眼前。这还从来没有过。他明白，他的思想突然从来没有这样清晰过。

亏得他竟会想到夜里把奥丽雅叫出来，带她到堤坝上去！真想快一点到夏令营去一块儿工作！再也没有比在冬令别墅度过的那两个星期和奥丽雅忘我地抱着西皮丽雅的那半个小时更美好动人的时光了。是啊，西皮丽雅牙齿也不疼了！这就是奥丽雅做的事，这件事还得到了多么令人惊奇的、不可解释的效果。“在地球上做一个人——这是崇高的职务！”他想起了他准备好了但是没在毕业晚会上说的一篇讲话；其中有这句高尔基的名言：“……崇高的职务！”现在他明白了，对他来说，这崇高的职务就是有一次在奥丽雅抱过一个小女孩的那个冬令营里当总辅导员……

“这些人是为了什么这样激动呢？”他自己问自己，现在他以新的眼光看着那些挤在通话室旁的集体农庄生产队长、主席、农艺师。“他们为了什么横耙土地、关心氮肥、跟黍瘿蝇斗争呢？……”为的是使地球上没有贫困，没有苦难，没有疲倦，没有寂寞——这就是所有这些工作的目的！为的是使姑娘们更美丽，使孩子们欣赏自己的妈妈！为的是使人们不要把很多时间花在繁重的工作以后的睡觉上，而要用更多的时间不合眼，去看，让所有、所有、所有的人去看可爱的土地、丰饶的夏天、飘荡在江河上空的美丽的白云……这就是目的！

当一个人疲倦不堪的时候，没有生命的东西在他的目光下也会变活，他现在就是这样。一本厚厚的电话簿打开着放在板壁那边的一口橱上，当他仔细盯着它看的时候，那本电话簿好像一只信天翁和海鸥之类的翅膀很长的鸟在翱翔。既然倦得这样，他为什么不去好好儿睡一觉呢？奥丽雅和姨妈不到九点不会醒——这是很明显的。

他回到家里，扑到沙发床上，睡着了。

所以，当奥丽雅起身的时候，米嘉还睡着。奥丽雅光着脚从这个房走到那个房间，她说：

"玛丽雅 · 谢尔盖耶芙娜，您能不能给我解释一下：为什么这土拨鼠睡得这么久？"

"他在补睡呢。"玛丽雅 · 谢尔盖耶芙娜扮起一副严肃的脸。"他在恢复精力。你看他的手。"

"手怎么样？"

"不，你仔细看看。看右手。"

"我看不出。"

"关节……"

"关节怎么样？"

"关节肿了，瞧……大拇指的关节……好像我不懂似的。手指上的皮也擦破了。"

"他没打架，玛丽雅 · 谢尔盖耶芙娜。"奥丽雅直到这时才真正醒了过来。"事情并没有弄到这地步。"

"你在的时候还没有到这地步。你走了——就不得了啦！"

这里头显然发生了误会，这误会她们一时是弄不清楚的，因为奥丽雅指的是米嘉和哥萨巧克在堤坝上的那次谈话，在那边事情的确没搞到打架的地步；而玛丽雅 · 谢尔盖耶芙娜指的是跟篮球健将演出的那一幕。

"这是他自己说的吗？"

"嗳，奥琳卡！这件事已经闹得满城风雨了。你以为是谁告诉我的？伊琳娜 · 西特尼柯娃！她在院子里碰见了我，详详细细对我讲了……这值得表扬，可不是吗？我对她回答得真妙！我说：'他打的是谁，是一个叫什么西姆波特的，是吗？做得对：一定是那家伙该揍。可是，伊琳娜，难道没有一个人为您出头吗？很可惜，不过那一定是您还不配。我衷心地希望您像奥丽雅 · 凯容那样，让人家有时也为您出头。'"

奥丽雅不知道米嘉在“工程师之家”就是为替伊琳娜出头才打架的。但是玛丽雅·谢尔盖耶芙娜毫不迟缓地一口气把这一切告诉了她，这只表示并没有发生什么了不起的事。于是奥丽雅从睫毛底下向姨妈投了感激的一瞥。别的话一句也没说。

“你跑去买一点面包。我们不等米嘉了。”玛丽雅·谢尔盖耶芙娜说。

奥丽雅跑到街上才明白，各种荒唐的流言已经迅速地传播开了。在火油店门口一个邻居从排队的行列中迎着她走出来，那是一个闲不住的善良的女人，屋子里大家都管她叫安努什卡。她的儿子去年也在冬令营——她们就这样认识了。他常到少年健身学校去练拳击，这本来没什么不好，糟糕的是他的俄语要补考。安努什卡对他毫无办法。

“唉，老是斗拳，只知道斗拳，斗拳！真可怕，奥琳卡！”

“打架了吗？”奥丽雅微微一笑问她。

“得管教管教他，”安努什卡说，她很快地动弹着指头，活像在把一个枕套套到枕头上去，“哼，得管教管教他！”

她茫然向后面望着，不知道奥丽雅·凯容到夏令营去当辅导员能不能帮助她，同时又怕错过轮到她买煤油的时候，她在那边还放着一个罐子呢。

“这不怎么简单，安努什卡。”奥丽雅回答说，一面咬着又香又热的面包的边皮。

安努什卡向火油店门口跑去。她突然回过头来，向奥丽雅喊着。

“米嘉·鲍罗廷怎么样了……原来他也是个爱使拳头的人，是吗？真了不起！”

“这跟米嘉有什么关系？”

“昨天他在毕业晚会上打了一架打得精采极了！你好像不知道……”

“我一点也不晓得！连您也……”

奥丽雅拿了面包回到家里，玛丽雅 · 谢尔盖耶芙娜迎面就扼要地告诉她说：

“刚才门房的女儿打学校里来。安东尼达 · 伊凡诺芙娜六点钟叫你去。”

“有什么事吗？”

“不知道。”

玛丽雅 · 谢尔盖耶芙娜的声音中有一种陌生的语调，好像学校门房的女儿为了什么原因使她很不高兴。奥丽雅开始收拾房间，把椅子移来移去，想快一点把米嘉闹醒。

真奇怪：天气这样炎热，暑假到了，马上就要到轮船码头去给玛莎姨妈买船票，明天就要上市团委去办到夏令营去的手续，但是好像有一种不请自来的东西混杂了进来，就像在昨天的毕业晚会上那样，一切都仿佛蒙上了一层陌生的、令人不安的阴影。一心想用言语当咒语祛除危险，用开玩笑来压住危险，但是危险的感觉实际上是自然而然地产生了：专门搬嘴弄舌的伊琳娜散播了流言；奇怪的是安努什卡也知道了；突然又莫名其妙地要叫她到学校里去。

这一天，米嘉和奥丽雅做了许多和即将到夏令营去有关的事情：买了一些别针、两个行军小药箱、一把罐头刀，在百货商店里给奥丽雅挑了一双舒适的透凉皮鞋，顺便到市立儿童图书馆去找他们熟识的阿森珈接洽一下“流动图书馆”的事。米嘉刚一回头，奥丽雅又买了一件东西——一套刮胡子用的器具。他们在柏油路上碰到几个睡醒了出来散步的米嘉的同学，这个小盒子被打开了好几次，他们只得听上好几次同学们的挖苦话。

快到两点钟时，他们到轮船码头去给姨妈买票。他们一路上简直是无所不谈！……但是动不动就会想起女校长叫她去这件事。这次叫她去意味着什么呢？奥丽雅猜想，到那时只要听她说第一句话就能得到答案。

“可惜早晨你没有跟我到电话站去！那里才是动脑筋的好地方！”米嘉说。

早晨听来的谈话现在他一句也讲不出了——剩下的只是关于那些人有惊人充沛的精力这个印象，那些人天刚亮就起来，为的是跟他们的集体农庄说几句话。在此地，在轮船码头附近，这种声音是听不到的。瞧，迎面走来两个穿白衣服的男人。一个在说话，另一个默默地把手帕按在后脑上。大概，他们是在接洽一次乘轮船游览的事。

“我们一定把所有的人安排妥帖！二十三张卧铺——这难道还少吗？”传来了他们谈话中的只言片语。

奥丽雅走了几步，扑嗤笑了出来。米嘉停住脚步，看着她，跟她一起笑……

“二十三张卧铺！你要明白啊！”

轮船码头上人很少，地板刚擦得干干净净，这使他们很高兴；可是售票处的窗洞紧闭着，这又使他们扫兴。两个搬运工人在木栏杆旁谈话，那边散发出河水和晒热的松脂的气味，在阳光照耀下的几条长凳上一个人也没有。

轮船在一小时前开走了，售票处要五点以后才开门。于是他们就向河滨浴场走去。

后来他们想吃东西了。他们反正都是一样：在码头上等买票也罢，游泳也罢，吃东西也罢，——只要在一起不离开。他们顺着从河滨浴场通向市立公园的小路跑去。到了公园里，他们走进冷饮室，里边所有的桌椅都叠了起来：正在大扫除。他们绕着回廊走了一圈。冷饮室后面浇了水的地上湿漉漉的，变成了黑色，那边也空无一人。只有一只长脚花猫左顾右盼小心翼翼地在狭窄的小院子里从这一边走到那一边。

“你看。”奥丽雅悄声说。

两只燕子在猫的上空飞来飞去。那猫挺不高兴地晃着脑袋，若无其事地向回廊旁的荫处走去。只有一次它突然回过头来，把长着细长的腿的身体向空中一窜，接着笨拙地掉到泥塘里——没有抓到。它窘得很。可是一只燕子又飞了回来，重又掠着地面由下而上向门口飞去，同时发出愤怒的、虽然是很轻的吱吱声。

“它一定偷吃了一只小燕子。”米嘉猜着说。

“我从来没想到燕子有这样勇敢……”

“瞧，它害怕了！一定是害怕了！”

猫躲到回廊旁边去了。

这幕情景在米嘉和奥丽雅的一生中总共占不到一分钟时间。他们在公园里挤不出去，就跑到空下来的一条长凳前（奥丽雅抖去了鞋里的沙子），重又感受到一个人不是每天能感受到的一种奇异的心情：人群奔跑着，喧嚷着，河滨浴场上挤得水泄不通，市立公园里所有的长凳都占满了，这时你会知道——世界大得很，在你周围又挤得很，而你就在这个世界的正中心。并且你不只是一个人——你们有两个人……但愿永远这样。永远这样！

两个脸上皱纹纵横、老是在任何市立公园里休息的老头正在作最平淡无奇的闲谈，他们互相诉说今天睡得好不好。米嘉用手肘碰了一下奥丽雅，低声说：

“奇怪！我现在突然想起，他们还是上一个世纪出生的……对吗，奥丽雅？他们从前也许在街上走的时候遇见过列夫·托尔斯泰。”

“不过无论怎么样，他们当时还很小哩。”

“那有什么……他们可能在马路上滚铁环撞到列夫·托尔斯泰身上。”

“喂，你们碰到过列夫·托尔斯泰没有？”奥丽雅微微翕动嘴唇问。

米嘉看了一下电钟。时针指着三点半。

“二〇〇〇年会不会到来？”米嘉问。

“当然会到来。”

“老年人也会到公园里来扯谈？啊？”

“你说的是我跟你吗？”

“我跟你……难道到那时候我们也只谈些我们俩谁睡得好的事吗？”

“你将告诉我，你在毕业晚会以后睡得怎么样。”

“不，奥琳卡，我要告诉你别的东西……”

于是米嘉就把早晨在电话站想到的各种念头告诉奥丽雅。

他们走出公园。他们的谈话从两个睡眠充足的老头开始，谈到卡杰林诺奇金的临别赠言，谈到米嘉昨夜在厨房里遇见的那个正在把果子冻剁碎的姑娘，谈到奥丽雅毕业后可能去投考的实用美术学院，谈到季米里亚捷夫①在晚年才发表的关于折衷办法的卑鄙性的有名的论点。奥丽雅在《自然》杂志上看到了这个论点，牢牢记住了，连背也背得出来……

他们这样边谈边走，在“工程师之家”的餐厅门口碰上了柳别兹内，他穿着白礼服，一点也不怜惜自己，站在最热的地方任凭太阳晒烤。

“嗳，到这里边去吃点东西不是很好吗！”米嘉叫了起来。

奥丽雅有点犹豫：这未免太大胆了。

“进去，进去，”米嘉坚持着，“我们昨天夜里才在这儿开过宴

---

① 克里门特·季米里亚捷夫(1843—1920)是俄国伟大的自然科学家和达尔文主义者。

会呢。”

柳别兹内在他们面前打开了一扇玻璃门。

“我们来要一个蔓越橘果子冻！”米嘉想起了，把奥丽雅向门里推进去。

他们游泳、玩儿得也够累的了。热烈的情绪稍微冷却了一些。在人又少、又凉快的餐厅里，他们有几分钟仿佛步入了梦境。这里当然不是昨天他们跟老师和家长在一起举行宴会的那间铺有黄绸复饰的房间。现在他们坐在鸦雀无声的餐厅里铺着熨得平平整整的台布的餐桌旁。他们不知道点些什么东西吃。柳别兹内就像童话中似的并不徒有虚名：他一下子端来了酸牛奶和杏仁饼干，开了一瓶矿泉水，该做的都做好了，还用抹布掸了掸本来就很干净的台布。他从眼镜片底下向外看：那小伙子还要两杯果子冻。“准是没有钱，所以犹豫不决。”他按照自己的想法解释这次要果子冻的原因，突然他凑着奥丽雅弯下身去，用一个指头指着把餐厅的一部分隔开的玻璃隔板，对她说：

“您的一位亲戚在这里。必要时可以借一下。”

龙　虾

福马·福米奇是这所餐厅的常客，到这里来无异于到他家去做客，这怎么会忘记的呢！奥丽雅吃惊地靠到椅背上，希望潘久霍夫没看到她。他几乎就坐在旁边，只是隔着一块玻璃。

白天在这时候“工程师之家”的餐厅里通常总是不大有人的，所以招待员特别殷勤地为潘久霍夫在玻璃隔板那边单独摆一张小桌子。忽然，奥丽雅觉得自己这样胆小简直可耻，于是索性把胳膊搁在桌上，开始使动汤匙，她再也不回头去看。

“你注意到没有，每当我们觉得不痛快的时候，就会碰上他。”米嘉等招待员走开后，说。

“我们又有不痛快？”

米嘉不回答。

“他跟谁在一起，你不认识吗？”奥丽雅问。

米嘉根据她舔嘴唇的样子准确地猜到，这一切让她不痛快到什么程度。奥丽雅突然感觉到，跟福马·福米奇在谈话的人也许就是那个“负责同志”，潘久霍夫曾经想介绍她去当他的秘书。那个身材魁梧的男子有一张保养得很好的脸，脸上长着一条鹰钩鼻，鬓角已经斑白，他很得体地吃着龙虾，慢条斯理地啃着每一个虾螯。潘久霍夫洋洋得意地在对他的朋友叙述他的一盘打得很精采的弹子：

“他对我说：‘一颗弹子在网里，您干吗不切[①]啊？’我对他说：‘没刀啊！’我把弹子推到了台边。”

潘久霍夫哈哈笑着，他对自己这句俏皮话觉得很满意，这时柳别兹内凑到他耳边，对他说了些什么；潘久霍夫以一种和他那笨重的身躯不相称的敏捷的动作转过身来。

“奥丽雅！”他喊着，“你也出来见见世面啦？我赞成！”

接着他又对同座的人简短地说了几句话，那个人也向奥丽雅这边回过他那喝酒喝得红红的脸。

“孩子们，到我们这儿来！”潘久霍夫从桌旁抬起身来邀请，“我请你们吃龙虾。”

但是奥丽雅仍旧坐着。于是他拿起一杯啤酒，自己向她走过来。

“要吃龙虾吗，奥丽雅？尝一尝……我们到这儿来！”他向跟他一起喝酒的朋友喊了一声。接着又叫招待员：“柳别兹内，快来！”

不过一分钟，伏特加、啤酒、龙虾、干酪和糖条从一张桌上搬到了

① 弹子游戏术语。意思是指从旁边擦击，而不是对准弹子直打。

另一张桌上来跟米嘉和奥丽雅的果子冻、酸牛奶和杏仁饼干做邻居。

奥丽雅不理睬他的话。她气愤得现在什么都不怕了。她把手指交叉起来支住下颌，眼睛直盯着福马·福米奇看，她下决心要打这一仗。

“这位就是舍亲奥丽雅·凯容，”潘久霍夫也不理睬米嘉，自管对他的朋友说，“她的脾气跟我一样：从不气馁！对吗，奥丽雅？”

“对。您自己不喜欢吃龙虾？”奥丽雅突然问。

潘久霍夫哈哈大笑。这时米嘉也发现了，他请大家吃龙虾，可是自己只把叉刺向干酪。奥丽雅的眼睛可真厉害！

“你到城里去找找龙虾看！或者在这里，你试试看，叫一个。鲍罗廷，你叫一个龙虾！”

“福马·福米奇在开玩笑，”柳别兹内笑着帮潘久霍夫夸口，“他老人家一早就亲自捎来一篮龙虾。”

“要是我高兴，我还能捎一大车一小车来！……”

潘久霍夫虽然说着、笑着，他同时很清楚地知道奥丽雅恨他，把他当作《鳄鱼》杂志上的人物，他觉得，要是有机会对他们讲一下——这办法比撩拨一下，逗弄一下这两个乳臭未干的小孩强得多——他为争取生存而作的斗争是多么艰苦，他相信他们即使不会喜欢，至少也会开始欣赏他，就像有时他自己欣赏自己那样。可惜就是没有时间做这种傻事。

“怎么样，奥丽雅，我没说错吧？”忽然潘久霍夫开始用正经的，甚至是同情的口吻说，“我说过：别上学了。要自己打开走向生活的道路。要不然准会弄得不三不四。”

“我不明白您的暗示，”奥丽雅很沉着地说，“请解释一下。”

“何必装蒜呢！你知道得很清楚。我可以详细解释。有一个所谓教育工作者打电话给我。他打电话给我，因为我是你唯一的亲戚……”

“哥萨巧克？”奥丽雅迅速地问。

“就是他。”

“他对我没什么可说的！”

“你对这问题的看法很正确。我也给他碰了个钉子。我说：‘别人为了她夜里打架，这可怎么能叫她负责呢？你能说她有什么不好？要是不能，那就滚开！’这是我对他说的，”潘久霍夫洋洋自得地指出这一点，“对你，我可要换一种说法，请原谅我当着人们的面说。一个人在你这年龄是自立的时候了。或者念书，或者工作，或者嫁人。三者取其一！如果要谈恋爱，那到三十岁也不晚。”

潘久霍夫并不注意米嘉和奥丽雅听他说话时那种愕然的神色，他用刀敲敲杯子，叫着柳别兹内：

“再来一份干酪……”接着突然以温和的目光看了米嘉一眼，肯定地说，“鲍罗廷生气了。你有什么可生气的呢？……你要去投考大学吗？我答应过你姨妈在这件事上帮一下忙。”

“我不需要您的照顾！”米嘉响亮地回答，他抑制着自己，因此身体也弯下了。“您议论一切人都是按照您自己的想法，对于您的年龄来说这是很失体面的。别以为您老是这样笑下去人家会相信您是个乐天派……达观者。您用大笑伪装起来的东西大家都看得清清楚楚。”

这时潘久霍夫笑得鬓角和脖子都通红了。

“哦，你这个……小鬼！”他笑得上气不接下气，含糊不清地说。“有一个我认识的女人，在她暴卒以前也老是这样对我说的！”

“‘暴卒’这个词是阳性，不是阴性。[①]”他的朋友纠正着说，他

① “暴卒”（кондрашка）这个词是阴性接尾的阳性名词。从潘久霍夫说话造成语法错误这一点可以看出这个人的不学无术。

把“O”这个音念得很重。

“啊？……”汽车调配站主任重问了一遍。

“‘暴卒’是阳性。动词也要用阳性，你用错了……”

这是那个人坐到桌旁以后所说的头几句话，奥丽雅向他转过头去。难道他们能这样谈论她的妈妈？……

“你刚才用的是阴性动词。我不过纠正一下罢了。”那朋友谦逊地说。

福马·福米奇满意得嘴也咧开了——他对这个纠正非常中意。

“对啊！……我说的是在她死去之前！……”

“我们走。”奥丽雅悄声说。

“只要把账付了就行。我就来。”米嘉轻轻地说。

奥丽雅也不等他，很快地穿过空荡荡的餐厅向门口走去。可是米嘉给潘久霍夫的一只手拉住了：

“账我来付，你追上去。你别生我的气，鲍罗廷。你们干脆就可以这样：冒一下险，结了婚再说，所有的人都去他妈的！包括我在内。你去办婚礼，我给你运输工具……不过可别打架！”

米嘉觉得奥丽雅在扯他的衣袖。她什么时候回来的？有一种东西违拗他的意志使他在潘久霍夫身边耽搁了一会。奥丽雅和柳别兹内使劲把他从桌旁拉开。他迷迷糊糊仿佛听到奥丽雅回过头去冲着潘久霍夫说：

“我为妈妈把您当作亲戚而觉得可耻！”

一直到穿堂里米嘉才向柳别兹内付了账。显然那胖子给刚才那件事闹糊涂了，连钱也算不清了。米嘉反正无所谓——他也不要找头，只想快些离开。

他在街上追上了奥丽雅。

“我一点也不……一点也不……”奥丽雅想说又说不出：她的嘴唇哆嗦得厉害。“我甚至高兴……早就应该……”

"你真行！"米嘉妨碍着她说。

"我马上就到安东尼达·伊凡诺芙娜那儿去。我一分钟也不愿意等。现在我自己想跟她谈谈。"

"最好还是一块儿先去买票。售票处已经开门了……你安静下来，奥丽雅。归根到底，这一切都是荒唐可笑。就像二十三张卧铺那样……"

可是奥丽雅好像起了奇怪的变化。他把她送到校门口。

倾吐衷肠

玛莎姨妈马上就明白米嘉受着良心的责备。中学毕业了，现在他对无论什么都觉得无所谓！可是奥丽雅却由于他的一时冲动而备受指责。玛莎姨妈也不向米嘉看一眼，将他买来的轮船票塞到皮包里，请他把手提箱从过道里的阁楼上拿下来。

为了不错过奥丽雅从学校回来的时刻，米嘉溜到凉台上去。得等好久哩……他又回到房间里，瞟了一眼忙着准备动身的姨妈，找到了一本塞在书堆里的数学习题汇编，重又走到凉台上。

这时，院子里传来乘在摇篮车里的婴孩咿咿呀呀的声音和保姆的说话声。米嘉心不在焉地望着那些摇篮车，实在因为没事情做，就开始解一道习题："飞机在三十度的角度下以每秒六十公尺的速度飞行……问……"他把习题的条件抄下来，心里在笑出题目的作者所假设的飞行速度已经落后于时代了。

一小时以后，姨妈打开凉台门张望了一下，米嘉挺直了腰板，把两手搁到头上，说：

"姨妈，我去做飞行员，好吗？"

姨妈当然没把这句话当作一回事。

“你在担心事了吗？当飞行员不是因为爱姑娘才去的，”她很平静地说，“而是因为爱祖国才去的。”

说完又不见了。她老是爱说格言——这也是她的老脾气！过了一会儿她又出现了，手里捧着一叠熨好的内衣，说：

“你等她回来吗？得等不少时候哩，亲爱的：安东尼达·伊凡诺芙娜在跟油漆工人们开会商量夏季整修的事。”

既然这样，那就要找些活干。米嘉把凉台打扫整理得干干净净。这些没有顶楼的平顶房屋还是战前造起来的，在这种房屋的凉台上老是堆塞着用不到的杂物——有了洞的破锅啦，旧藤椅啦，没用的木板啦。这些东西必须肃清！

可是奥丽雅还不回来。奥丽雅不在家的时候房间里总是寂寞得很。米嘉从小就讨厌黄昏，不过黄昏时好像还可以请求姨妈放他到街上去玩一会，可是当别人家的窗子里透出一条昏黄的电灯光时，那就一切都完了，因为这是睡觉的时候了……虽然这样的年龄早已经过去了，可是对这不愉快的时刻的感觉却保存了下来。

他今天没有睡够。多么漫长的夜晚啊！米嘉手里拿着一张报纸，眼睛斜睨着姨妈。瞧，她坐在那里，很随便地用一条乡下人的黑头巾裹在发如银霜的头上。一点儿也不像一个法文教员。她若有所思地用指尖抚摸着肥软的嘴唇。突然米嘉明白了：原来她也在因为奥丽雅被叫到学校里而担心。安东尼达·伊凡诺芙娜为什么要叫她去呢？

“你干吗不说话，姨妈？”

“叫我说些什么呢？”她微微一笑，在安乐椅上坐舒服了些，“你记不记得这么件事：爸爸战后住在波丽雅奶奶家里，有一次她家的一只猫把灯油都吃光了。”

“干吗要把奥丽雅叫去？”

“大概是叫去彻底谈一谈吧。”

"谈什么？"

"我不知道，不过……"

"不过你猜得到，是吗？"

"你知道得更清楚……那只猫常常偷东西吃，"姨妈又回忆起来，"当然，饿的时候还有什么东西不会吃的。"

"你是在作弄我吗？"

"我是无意的，"姨妈善意地回答，接着反过来问他，"昨天她跟哥萨巧克是怎么回事？"

"姨妈！"米嘉叫了起来，"我可以对你起誓！她明明躲开了他……"

"那么后来又怎么样？你们怎么会到堤坝上去的？"

"是我跟哥萨巧克谈了一谈。是我！这跟奥丽雅有什么关系？"

"有关系，因为你对于你的学校来说已经是昨天的事了，可是奥丽雅对于她的学校来说，还是今天和明天的事。对她要负责任的。"

"不，等一等……你总相信我们的吧？"

接着他们长久地、很久很久地互相对视着。这是一场真正的目光决斗，在两人的目光中可以发现他们互相要求严格，但也互相谅解，同时还可以发现两人的心灵事实上都是完全不可渗透的。

"我今天根本没睡好……算了吧，姨妈。"最后米嘉以和平的口吻说。

他躺到自己的沙发床上，用呢毯子盖好了脚，拿了一本地图。玛丽雅·谢尔盖耶芙娜不久就出去了。屋子里静悄悄的，使人昏昏欲睡。米嘉一直谛听着奥丽雅是不是终于回来了，听着听着，就伏在东俾路支斯坦[①]的地图上睡着了。

---

① 巴基斯坦的一省。

“啊，米嘉，要是你知道就好了！这是一场真正的谈话！”

奥丽雅冲进房间，稀里哗啦地从扔得七零八落的杂物堆中跑过去，扑到沙发床上米嘉的旁边。

“多好啊！我把一切的一切都说了……我把所有的心里话都对她说了！我连自己的缺点也一古脑儿对她说了！”

“什么缺点？”米嘉迷迷糊糊地问。

“去你的！”

奥丽雅向厨房里张望了一下——姨妈不在，接着就跑进米嘉的房间。重又扑到沙发床上。

“我对她说：‘生活中有多少复杂的事呵！可是成年人对这种复杂性理也不理。’事实上的确是这样，米嘉，是不是？那些成年人常常说：‘那是年轻人的傻事。’你只要在班会上有一点暗示——哦呵！阿格妮雅·李伏芙娜就会瞪起眼睛，吓得你恨不得钻到地下去……我记得当阿格妮雅·李伏芙娜知道她的莲诺奇卡对你们的沙弗朗诺夫发生了好感的时候，她是怎么样的情形。她当着大家说，要对她大大的表示一下好感，让她记上好久好久！”

“后来就不给她买大衣作为惩罚。”米嘉也附和着说。

“你听我说！”奥丽雅打断了他，“我问安东尼达·伊凡诺芙娜：‘为什么？为什么？……为什么要冷眼相看，议论外表，引起不愉快？为什么会有嘲笑和流言？这一切好不好？这明明是卑鄙！可是嘴上却是一大套关于友谊的好处的漂亮词句，说伟人们是怎样友好等等……’我对她说：‘如果您愿意知道的话，我们的姑娘们对友谊、恋爱连一点点概念都没有……’”

“她怎么说？”

“啊，她只是笑着。我把她逼得走投无路！你知道我怎么会把这一切说出来的？这都是潘久霍夫把我刺激得这样的，真要谢谢他呢！

我把我们两所学校的事也对她说了，我说这好像大海中的两座岛！连话也不谈！很多人公开地说，跟男孩子不可能有诚挚的友谊……可是成人们，老师们呢？他们为什么有时也说‘男朋友’‘未婚妻’这样的话？难道这样好吗？……你们的毕业晚会又开得多无聊啊！”

“你把这也对她说了？”

“那次‘小河游戏’又有多愚蠢！伊琳娜·西特尼柯娃跟玛莎·齐雅勃里柯娃为了跳舞的时候谁跳男的谁跳女的还吵了一架呢！”

“你把这一切都说了？”

“当然！”

“你们谈的时候没有别人在场吗？”

“没有，只我们两个人……哦，你怎么啦！”奥丽雅吃了一惊，她立刻又笑她自己把跟女校长的谈话转述得语无伦次。

她想把她在那边所说的话全部再重复一遍，因为她所说的话就是她对哥萨巧克、对伊琳娜、对潘久霍夫的回答。

“米嘉，”奥丽雅忽然想起了，“我昨天夜里梦见了一场温暖的大雨！那雨热溜溜的，我站在雨中好像淋浴似的，我用手摸了摸。脸上真的在直淌水！瞧：梦境变成了事实[①]！她，安东尼达·伊凡诺芙娜，也许的确不坏。当然，她有点学究气，很自满……”

“她说话好像把话架上断头台一般厉害，一点没法挽回。”米嘉补充着说。

“是啊，她非常注意人家的品德，”奥丽雅也添上了一句，“不过她也许的确不坏。你知道她把哥萨巧克骂得多凶啊！她说了自己对他的看法，哦，要是你也能听到就好了！……”

奥丽雅把两只手的指头扳来扳去，她不像在回忆，倒像在统计安

① 按照俄罗斯民间的迷信说法，梦见下雨是将要流泪的预兆。

东尼达·伊凡诺芙娜的话：“这是一个极其下流的勾引女人的能手。对于他来说，猎艳跟做器械操同样是一种运动。”奥丽雅高兴得拍起手来了。

“谈话是从什么开始的呢？你按次序讲，奥丽雅。”米嘉要求她说。

“安东尼达·伊凡诺芙娜郑重其事地问我：‘您跟那个篮球健将出了什么事？怎么会引起这场不愉快的风波的？……’”

她激动了有一眨眼的工夫，但随即垂下了头。米嘉清楚地想像得到，当她回答安东尼达·伊凡诺芙娜的问题时，她是怎么样的。

“你是怎么对她说的呢？”

“我说：‘他是个混蛋！……’他问我：‘为什么人们在接吻的时候总是闭上眼睛？’别的他都不感兴趣。我对安东尼达·伊凡诺芙娜说：‘您说说，难道在生活中所有的人都是这样的？’我还问：要是她处在你的地位会怎样做？她难道不回敬一下这个流氓吗？”

“你真行，奥丽雅！”

“我认为自己根本没有错！你也没有错！”她把头一甩，一束头发在她头上跳了一下。她想说些什么，可是她找不到适当的话。“我飞也似的跑回家来。凑巧街上的无线电……在放送跳舞音乐……哦，米嘉，我真高兴，我把一切都说了！”

“你大概把自己的感受讲得她烦死了。”米嘉温柔地望着奥丽雅，说。

“她问起你在哪儿。我说你在排队给玛丽雅·谢尔盖耶芙娜买轮船票。”

“你回答的基本上是老实的，不过没有排队。”米嘉纠正她说。

现在奥丽雅开始顺序回忆，她掂量着自己说的和安东尼达·伊凡诺芙娜说的每一句话。

“她问：‘玛丽雅·谢尔盖耶芙娜几时走？’我说：‘星期四。’‘跟她外甥一起走吗？’”奥丽雅满意地笑了，“她的确是这样一本正经称呼你的。我回答说：‘不，我跟米嘉俩要到星期六才走。’这时她微微一笑，说：‘多天真：“我跟米嘉俩要到星期六……”！’”

说着，奥丽雅望着米嘉，要求他对她的故事中这个地方表示最热烈的反应。她觉得自己好像把安东尼达·伊凡诺芙娜的微笑描绘得很逼真。

“不过你知道，米嘉，她也许的确不坏！今天我深深地相信了这一点。她说：‘我以前因为完全信赖玛丽雅·谢尔盖耶芙娜，所以认为不必要跟你谈这事。’她直截地问我跟你的关系怎么样。我直盯着她看，她也对准我看。那时我说：‘我们的关系极好，安东尼达·伊凡诺芙娜！我们相亲相爱……’她沉默了半晌，又说：‘要是你妈妈还在，她对这问题会怎么说呢？’我说：‘妈妈也喜欢米嘉。’她问：‘她知道你们的感情吗？你对她讲过没有？’我说：‘我从来不跟她讲这事，不过她不可能猜不到。我们经常在一起，米嘉也常到我们家去。’她问：‘要是你跟鲍罗廷将在空屋子里整整待上三天，你以为妈妈会喜欢吗？她不会大吃一惊吗？……’”

米嘉嘴里发燥，他听着奥丽雅一饰两角讲故事。他在这时候好像很安心，他的眼睛里有点湿润，这是一种有时可以在人的眼睛里，甚至在动物的眼睛里看得到的出于感激和爱的湿润。

但是奥丽雅完全不注意这一点。

“米嘉！那时她把手搁到我肩上，就像这样，她说：‘你以为你已经是个大人了，凯容。你认为对于你一切都很清楚了。其实这仅仅是你由于缺乏经验而产生的过度的自信罢了。你自己想一想，为什么我提起你的妈妈。你想一想……’我说：‘我不知道……’她说：‘因为我不愿在我们之间进行一次校长和学生之间的正式谈话！我希望有一个最亲爱的人和我们在一起——你的妈妈。你应该想一下，假如妈妈活着，她对你们会有什么想法……’我叫了起来：‘我跟米嘉要上夏令营去的啊！我们将被派去当辅导员！明天我们就到市团委去办手续！冬天我们也是两个人一起去的，当时妈妈也很满意……’接着我把一切都说了：你为我做了很多事情——我很粗野，学习又不好，——但是自从我跟你在一起以后，已经好一点了。可不是吗？你帮助我搞清楚物理和化学的许多困难部分，我们一起做有各种做法的困难的习题……大家都知道我们的关系是正常的！我对她说：‘这不是昙花一现的友谊……已经快一年了！’米嘉，不是快一年了吗？……安东尼达·伊凡诺芙娜甚至笑我说：‘你用什么把他征服的？’我说：‘我不知道，是我的运动技巧还是我的外貌……’不过我的外貌并没有什么吸引人的地方！”奥丽雅真诚地添上这一句，“但这并不重要，是吗？……我对她说，我跟你是无所不谈的。事实上我的性格并不开朗。我既不跟人家谈自己的印象，也不谈自己的思想。我对任何人从来没有这样坦白……我不见你面也会跟你说话。可是有时见了面反而一切都从脑袋里飞了出去！你也是这样……不！你甚至更好！米嘉，当我把这一切告诉她的时候，不知怎么的胸口有点儿疼……我对她说：‘安东尼达·伊凡诺芙娜，我相信您是一个很好的人！’”

“她怎么说？”米嘉轻轻地问。

“她？她笑着。”

“做得对。”米嘉说，其实他几乎什么也没有听懂，只是欣赏着奥丽雅。

“不，你听我说……”奥丽雅以米嘉熟悉的动作用手指把头发从后脑上掠起来成一个扇形，她扮了一个鬼脸。“她不单笑着。她还对我讲了些关于姑娘美德的大道理……不过我不去听她！她好像仅仅为了一种形式而说的。说什么一个姑娘不应该流于庸俗，应该善于控制自己。对！但是这该怎样理解呢，米嘉？做一个冷冰冰的人？像一个塑像那样吗？……哦，米契卡，多么好啊！这才是一次真正的谈话！”

她无法抑制在她心里翻腾的欢乐，她仰天躺到沙发床上，她现在处在最幸福的精神状态之中，米嘉欣赏着她，笑她像个醉姑娘似的，他把身子移开了些，让她舒服一点。

“奥丽雅，你是不是觉得你已经把安东尼达·伊凡诺芙娜说服了？”他望着她的眼睛，问道。

“我刚才也想到了这点！”奥丽雅说着很快换了一个姿势，一只手肘支在另一只手上。“心里一下子好像亮多了！说真的，我们何必诉苦埋怨呢。那样不行，米嘉！必须为生活而奋斗！对吗？”

“对！”米嘉喊着跳了起来。“如果人要受到条件的限制，那就要使条件成为合理的条件。”

“米契卡，你喊：‘生活万岁！……’”

玛丽雅·谢尔盖耶芙娜用钥匙打开她那平时很静的住所的房门的时候，她正好听到这阵充满生命活力的欢呼声。

“你们别是在谈恋爱吧？”

米嘉喜欢到市团委来。在这里的走廊里，在团委的各部门，他曾经不止一次地体验到一种感觉，这种感觉是每一个少年人第一次意识到人家像需要成年人那样需要他的时候都能体验到的。

这幢白色石房右翼的底下两层，四年前就作了市团委和中央区区委会的办公处。在这里，伟大的生活已经不止一次地使米嘉感受到一种与童年嬉戏毫无相同之点的严肃气氛。使人回忆起来的事可太多了！有一次春洪冲坍了正在修复中的堤坝上的围堰——团员学生立刻被从教室里召集起来。米嘉跟大人们一起冒着瓢泼大雨一连十个小时搬着沙袋，其实那些沙袋里的水比沙还多；后来大伙在市团委的走廊里烘干衣服，唱着像《哦，我的雾好浓啊》这样的歌曲，还并排睡在这里窗下等候新的紧急集合命令……春天，大家把修好的马路两旁种上栗树和槐树。一位年轻的工兵上校把共青团员集合在市团委书记的办公室里，关上了门跟他们作了一次重要的谈话，他告诉他们，如果铲子碰到金属物的时候该注意哪些问题，同时还告诉他们，工兵们仅仅在一个街区的院子里就发现了多少各种不同的爆炸物……过了一年，工厂里的共青团员们发起给学校的物理实验室配备仪器，并且做了一部分样品，米嘉和恰普被从学校里叫到这儿来跟那些锉工和旋工们见见面……

但是今天米嘉没有走进熟悉的走廊，却留在街上。奥丽雅一大早就跑到她从前跟妈妈一起住的那座房子里去了，——那边有好几家她认识的人家要送自己的孩子到少先营去，奥丽雅应该早一点去访问他们的家长，跟他们谈谈。因为她难得到市团委去，对于她来说，被叫到市团委去是一件大事。米嘉知道这一点，所以在等她来。

当她恰好在五点缺五分跑到市团委门前的时候，米嘉已经等得焦急不安，几乎要失望了。他挤在喷水池旁一大群孩子中间，奥丽雅一时找不到他。

“我要揍你！”他对她扬扬拳头。

他们一起走进别尔金的办公室。

胖子斯焦巴·米亚奇金坐在秘书靠椅的把手上忙着打电话。米嘉认识米亚奇金：他早两年在米嘉的学校里毕业，他的全部工作履历米嘉都知道：他在一个专科学校当过电影放映师，在一个村里当过图书馆管理员，在车间里当过电机技师。他消瘦了一些，不过习惯、手势，甚至微笑都还是跟从前一样。米嘉记得他来的时候的模样；一个从阿赫蒂尔卡来的小胖子，和妈妈一起来找一个在石灰场当挖土机操纵手的叔叔。现在，米嘉和奥丽雅走进了办公室，米亚奇金脸上的雀斑向四面散开了：这算是他的微笑。米嘉走到他跟前说："你没忘记吧？"意思是向他提醒不久前跟他谈起的关于米嘉和奥丽雅希望能一起到借建筑工人休养所的地方举办的夏令营去的事。米亚奇金这才恍然大悟，他绷起了脸，那就是说，把所有的雀斑收了拢来，一本正经地用手势指指窗台——请他们坐到那边去，因为椅子不够。

奥丽雅挤到窗台前。米嘉不慌不忙地跟着她走过去。从挤满了人的办公室看来，配备第二届夏令营辅导员的工作正是进行得最紧张的时候。米亚奇金在电话里跟各工厂的厂委会商量。显然，他对挑选干部这样的事情已经很有些经验了，这也是他心爱的工作。他看来有点儿在炫耀自己善于记忆人名的本领：他所有的人都记得住！

"当然记得！……"他向电话听筒里喊着，"去年秋天我们还奖给这个姑娘一只手表。不过她不大高兴：是这么回事，因为那只表是男式的。"

米嘉和奥丽雅不很明显地相互对视了一眼。这时候一切都呈现着活泼愉快的现象——连窗外的槐树的树叶也显得新鲜、滋润、透明！房间里的阳光热辣辣地照射着坐满青年男女的沙发的高架上的青铜人像台钟，晒得红色台呢上的灰尘都发烫了，连紫色的墨水渍也透出了一缕青铜色的轻烟。

奥丽迦就像从前住在老家的时候那样跟米嘉一起坐在窗台上，她的栗色头发泛着微红的亮光，窗外南方的白天不知怎的显得特别晴朗，户外的喧闹声不绝，——这一切使米嘉的心里又像充满了幸福，又像充满了愁意，他不知道到底是什么。忽然他的脑海中第一次闪过一个陌生的、愁闷的念头：他中学已经毕业了。

他们喁喁私语，时而无缘无故地吃吃笑着，也不知道有什么值得笑的事情。仅仅是因为有好久不见了。

"闭上嘴巴，抿紧嘴唇。"奥丽雅悄声命令着。

格林卡·舍里亚走了过来。连他也被叫来了；这当然很奇怪。很明显，人非常缺少。格林卡因为他被列上了名单而受宠若惊，但是米嘉知道这件新闻后，公开地摇摇头。他考问了一下格林卡：要是真的派他去当辅导员，他将做些什么？

"我将教他们游泳，"格林卡开始搜索枯肠，"教他们用一根火柴点起火堆。每天早晨要刷牙，漱口。'赫儿——赫儿——赫儿……'"他学着漱口的声音。

"教他们一星期洗一次脸！"奥丽雅补充了一句。

这时，罗斯洛娃走进了办公室。

"瞧，她就是薇多奇卡！"米嘉拉了一下奥丽雅的手说。

"你以为我像她？"奥丽雅低声说，一边好奇地打量着进来的那个女人，并且回忆着，好像在什么时候曾经在街上看到过她。

薇多奇卡·罗斯洛娃有一头淡黄色的头发，长着一个微微有点扁的鼻子和两片柔软的嘴唇，她今年二十七岁，但即使在以前也不可能像奥丽雅·凯容。这全都是米嘉臆造出来的，为的是在自己心目中抬高奥丽雅，可是后来他自己也相信自己的话了。

薇多奇卡·罗斯洛娃走进来以后，大家都活跃起来了。姑娘们立刻跑到她跟前去。可以听到薇多奇卡的笑声和说话声音，她说起话来"Л"和"Р"有点分不大清，这种声音对米嘉很熟悉，她说："好了，好了，别再撒谎了！"接着又是一阵无忧无虑的笑声。米嘉想走到她跟前去——给她介绍一下奥丽雅，还想表示一下自己的感情。

"我们去，我给你介绍一下好吗？"米嘉突然问。

他们挤到薇多奇卡那里。

"哦，米嘉，你长得这么大了！"

"我早已经停止发育了……薇多奇卡，这是奥丽雅·凯容。你们请认识一下吧。"

“你们一起到夏令营去吗？”

“你怎么猜着的？”

“这很容易！……”薇多奇卡哈哈大笑，但笑得并不使人不高兴，而是使奥丽雅也露出了微笑。“米嘉，你记得用稻草生火堆的事吗？火头窜得比树还高，我吓坏了……”

“是啊！”米嘉也说，“后来周围吵闹得不得了，你指挥着我们喊：‘静——下——来！……’”

“你记得我们在学校里爬到屋顶上用木铲铲雪的事吗？后来我们累了，在烟囱旁坐下来……你可记得，风吹得树木直摇摆，树木就在旁边，跟我们一样高……下面雪地上蹲着一条棕色的小狗，望着屋顶……”

“是啊，它竖起了耳朵听我们说话……这是在什么时候？”

“在你念二年级的时候！”薇多奇卡激动地回忆着，“哦，你啊，米嘉，米嘉！你长大了，小鬼！”

这次短短的、含糊的谈话使米嘉觉得他现在见到罗斯洛娃的次数这样少真是可惜：还是那种感情，还是那种虽然是成年人的、疏远的，但仍旧能理解的生活。奥丽雅一眼不眨地看着薇多奇卡，忽然坦白地对她说：

“他说我像您。”

薇多奇卡笑了。她们俩弄得米嘉涨红了脸。为了把这话题岔开，他问：

“当时还很小的那条狗还在你那儿吗？”

薇多奇卡放声大笑。

“还在，那是一条圣贝纳狗……是从科洛姆那来的。[①]”她说。

---

① 圣贝纳狗是一种产于阿尔卑斯山的长毛大狗，能救护山上受冻的行人。科洛姆那是莫斯科省的一座城市，并不产这种狗。此处薇多奇卡是开玩笑说的。

“我从冬天起就没看见过恰普。他怎么样？鲍罗廷，你上我家来玩玩，我给你看一个萨拉瓦蒂克。”

“给我看看你的儿子吧，那才是我想看的……”

“当然也要给你看阿芳卡！萨拉瓦蒂克也要给你看——他是全村最淘气的家伙。”

她咬字不清地说着，笑着，一会儿对米嘉，一会儿对奥丽雅，整个她的脸，除了稍微有点扁的鼻子以外，很动人而自然地变换着表情，使奥丽雅忘记了妒意，出神地欣赏着这个已经有点发胖的成年女人的孩子般的蓬勃朝气。罗斯洛娃请米嘉和奥丽雅一起到她家去过即将到来的友谊节，并且说，见了飞行员奥格尼尧夫不要拘束：现在他自己也很惦记孩子们，特别在冬天懒得生炉子的时候。

米嘉和奥丽雅回到他们的座位——窗台上以后，奥丽雅说：

“她一定很会团结孩子们。”

“要是忽然指定你去当总辅导员，你怕吗？”米嘉问，他猜得到奥丽雅在想些什么。

“当总辅导员的是你！”

“你胆小？……我说，你知道人的恐惧肌肉在什么地方吗？”

奥丽迦以疑问的目光望着米嘉。

“在腿上。”米嘉说。

奥丽雅微微一笑，立刻想起了哥萨巧克逃跑时拚命蹬着自行车的踏脚板的样子。

学校少先队工作部部长别尔金走进办公室。房间里静了下来。别尔金走近桌子的时候，以鼓励的目光看了一下所有的人，开玩笑地说：

“来吧，痛快地讲，痛快地讲。”

米嘉和奥丽雅对这邀请露出了温顺的微笑。在市团委所有的工作人员中奥丽雅只认识一个别尔金。他老是做出乐观精神的榜样。奥丽雅这时明白了，“痛快地讲”这个词儿他想得很好，因为有些团干部到市团委来的时候常常觉得很拘束，老是默默地望着墙壁。

大家都看着米亚奇金把名单给别尔金看。米亚奇金善于把热情使用到最繁琐的事务中去，只要事情有上级过问就行。别尔金抬起了头——他面前站着一个陌生的姑娘，她是跟在他后面走进办公室的。

“姑娘，你后天来吧，”他很和气地对她说，接着又朝着米亚奇金补充说，“邻省的一个医科女学生来招生。”他又向姑娘说：“后天再谈吧，姑娘……在这以前，除了说几句安慰的话以外，我什么也不能帮助你。后天我们来处理这件事。”

“但是我是住在异乡客地的宿舍里啊。我很寂寞。”

“那你就玩玩，”别尔金机灵地向她建议，“右岸去过吗？……没去过？那怎么行！上红心岛去玩玩……来，来，米亚奇金，我们开始吧。”他催促着。

这时他指指手表。它在阳光下闪闪发光。

“表好极了。”别尔金有点粗鲁地笑着说，这句笑话已经是说给房间里所有的人听的了。他握着那个从邻省来的姑娘的手，自己没头没脑地说下去：“主要的是体育奖品，不是表……”

忽然他发现鲍罗廷和凯容在窗台上，立刻向他们走去。

“你听着，鲍罗廷，”他抓住米嘉的胳膊，说，“你以后打算上哪儿去？”

“我不知道考得上考不上。我打算上莫斯科考大学去。”

“这么说，你想做个地理学家喽？”

“怎么？”

“在毕业晚会上你们的校长卡杰林诺奇金念过谁将到哪儿去的名单。我对列宁山发生了兴趣，”别尔金说，一面看着奥丽雅，“那么凯容打算做什么呢？”

“她刚升到十年级哩。”米嘉代奥丽雅回答，同时看了她一眼，皱起了鼻子，这仅仅意味着保护和鼓励。

“我知道，”别尔金说，他因为使那姑娘发了窘而感到满意，“总不会当一个家庭妇女的，对不对？……你想做一个什么样的人，姑娘？”

“我不知道，可能去考实用美术学院。”

别尔金扬了一下眉毛，请大家都听一听。

“她当然想做一个远航船长，”他眨了眨眼睛，大笑起来，“既然鲍罗廷当地理学家，她还会做什么别的呢！”

很多人不懂这句暗示，可是奥丽雅不知怎么的红起了脸。忽然她觉得周围的一切都没有意思了。她垂下了头，把一只晒得微黑的手伸到玻璃窗上，望着手上给太阳照亮的汗毛。米嘉坐在旁边，心里对别尔金这种笨拙的玩笑也觉得奇怪。米亚奇金已经开始分配工作。别尔金在名单上的姓名旁边做着记号。分配到了任务的共青团员们纷纷走出办公室。而米嘉浸沉在深思中，他对周围的一切都不注意。

“……那么就让鲍罗廷到这个营去吧，怎么样？”米嘉忽然听到别尔金的声音。

在以后的两三分钟内所发生的事情，活像一个用斧背钉进去的楔子在米嘉和奥丽雅的生活中卡住了很久。米嘉问他们准备派他到哪个营去，刚才他没听见。但是根据米亚奇金的口气，他已经料到事情坏了。这简直像是出卖。米亚奇金唠唠叨叨地向米嘉详细解释他怎样能找到自己的营，——这根本不是米嘉要求派往的那个夏令营。这么说，要分开？跟奥丽雅分开？……

“到那边你可以在大门上看到一个很大的箭头。它是指路的，”米亚奇金解释着，“不过这是骗人的……你得朝恰巧相反的方向，向水塔那边走……”

“好了，这件事到此结束。”别尔金漫不经心地说。

“不，别尔金同志，”鲍罗廷轻轻地表示不同意，他以更轻的声音解释自己不同意的理由，“我希望跟凯容一起。”

“好了，这件事到此结束。”部长更加漫不经心地重复了一遍，仿佛他根本没有听见米嘉表示不同意。

“这不行，鲍罗廷。”米亚奇金笑着说，他脸上的雀斑散开了。

“我有充分理由提出请求。”鲍罗廷说得很清楚。

米亚奇金想反驳几句，可是别尔金拉住了他的手，问米嘉说：

“你向我们解释一下，为什么你要跟凯容一起？”

他说完这话，大家都静下来等候米嘉的回答。奥丽迦想到米嘉可能编造出一套关于她妈妈亡故等等毫无意思的理由，她急得手脚都麻木了，她看不出周围的一切，只是不知为什么却清楚地看到，在埋头处理文件的米亚奇金的脸上，一个刻毒的冷笑渐渐覆在那些红色的雀斑上。

“我们永远在一起。”米嘉在沉思了半晌之后回答说。

别尔金一秒钟也不加考虑，他叫了起来：

“你们别是在谈恋爱吧，同志？”

“你以为是什么！”米亚奇金纵声大笑。

“你们别是在谈恋爱吧！”别尔金重复了一遍。

奥丽迦一动也不动，眼泪涌上了她的眼眶。米嘉从窗台上跳下来，两手交叉叠在胸前。

别尔金继续很感兴趣地望着米嘉，仿佛在等他解释关于恋爱的问题。然后，他像马儿耸耳朵似的扬着漂亮的眉毛，不慌不忙地把话说下去：

“这么说，你们在所谓观看星象了？星星对你们比凡俗的人间更宝贵吗？这不科学，年轻人，不科学！”

“他们这不是恋爱，是友谊，别尔金同志。”米亚奇金忍住了笑，算是说俏皮话。

有些人还以为这一切都是开玩笑哩。但是很多人明白这根本不是可笑的事，另外一些人甚至猜到，别尔金才走进办公室就偏偏对鲍罗廷和凯容特别注意，这并不是平白无故的：显然，市团委已经得到了信号。的确，别尔金突然认为，说了刚才那几句被用玩笑缓和了语气的批评的话以后，已经可以作一次严肃的谈话了，他的口气变得严厉、生硬。

“单独两个人的友谊算是什么友谊？”他向在场的人问，接着就沉默了片刻，好像在给某人时间作回答。

回答的确有了，薇多奇卡·罗斯洛娃生气地坐着高声说：

“这种谈话不够严肃，别尔金！这种谈话应该个别进行，即使那样也还得善于进行这样的谈话才行。”为了使自己的话的尖锐性缓和一些，她又说：“我们来决定谁到哪儿去。我不懂，为什么要把鲍罗廷和这个姑娘拆开。”

别尔金向罗斯洛娃看了一眼，但并不理睬她的话。

“同志们，交朋友应该整个集体来交，”他仍然用那种总结式的口气说，“你们班上的集体不好，可是你们却手拉手儿在堤坝上闲逛。你们把共青团和友谊分开了。”

米嘉抬起了头。

“原来是这样，”他说，“我从来没有按照规定交过朋友。也决不这样做。”

“这算什么话？”别尔金以懒洋洋的口吻问，他用手支住后脑，大概这样看起那正在大叫大嚷的米嘉来方便些。“‘决不这样做’，这算什么话？小伙子，我们叫你用胳膊梳头还是怎么着？[1]你别忘了你是在

---

① 意思是：“我们又不是叫你做不可能做的事情。”

什么地方。”别尔金站起来，想作出在座的人都应该从这次谈话中得到的最重要的结论。“应该控制自己……控制……”他找不到适当的话，只好用手指帮忙，那些手指活像渔夫们在岸上拖着满满的一网鱼。

“我没有什么要控制的！我本来就善于控制自己。”鲍罗廷坚决地说，这时，他已经不是在捍卫自己，而是捍卫奥丽雅，捍卫她一个人。“这样不好，别尔金同志。”

“你跟谁说话？”部长露出了怒色。

很明显，罗斯洛娃对这件事的过问使他感到困窘，但是固执占了上风，他只是向薇多奇卡——城里最有名的辅导员——坐的那个角落阴沉地瞟了一眼。大家都注意到了这尴尬的场面。

薇多奇卡·罗斯洛娃很快地走到别尔金的桌子跟前，但又改变了主意，她什么也没说，就走出了办公室。德米特里·鲍罗廷坦然抵住了别尔金的目光。现在，既然认为自己是对的，就不用急躁。

“对您，作为一个市团委的干部，我什么也不想说；可是作为一个同志：我觉得您应当惭愧！”他说，“不问情由就听信流言。”

别尔金向两旁看着，仿佛想从自己办公室的墙上找到启示，然后指了指门。

“鲍罗廷，你出去清醒一下头脑。凯容，你留下来。”他平静地、以充满自持力的声音说。

米嘉迟疑了一会，接着向奥丽雅看了一眼，用自己的目光鼓励她，然后走了出去。

这么说，夏令营是去不成了？他跟奥丽雅整个冬天、整个春天期望着的一切一下子都被夺去了。为了什么呢？难道是为了奥丽雅如此勇敢地熬过了不幸，为了她学习上有了提高，为了她变得认真了些吗？“控制自己……”米嘉带着苦笑重复着……他唯恐自己用粗鲁的、不正派的眼光去看奥丽雅，他最怕奥丽雅会有这样的感觉。可是别尔金全不顾这些！这是无法对她解释，无法说明的。去年左岸的学校里有一个八年级女学生出了一件不体面的事——这当然很不好。难道说我们就都是这样的吗？他以为我们总干不出好事。把所有的人等量齐观……

不平的怨气在他心里滋长，气得他眼睛发黑，他思量着刚才的事，不知不觉在喷水池的一块温暖的石头上已经坐了好久，他看不到市团委房屋上的全部窗子迎着渐渐向树木那边移动的太阳射出光芒。米嘉有一会儿想以他特有的全部正义感为别尔金辩护一下，原谅他一下。“控制”是什么意思？也许他说这话指的是某种他个人经历过的东西？也许……但即使如此，也要怪他平时坦白的时候太少，以致他除了“控制”这个糟糕的词儿以外再也找不到别的话了……

几个朋友走过来把米嘉从这些思想中吸引开去。埃狄克·莫蒂辽维奇敬他一支烟，不征求同意就在旁边坐了下来，也不问鲍罗廷在这里干什么。任因卡·波斯特尼柯夫说，他今天在布套里找到了一个放墨水的小玻璃管，还在从前的木板房里念二年级的时候，他就带着这个小玻璃管上学，——他决定把玻璃管带到莫斯科去，让它放着，点缀点缀大学生的宿舍。入口处的钟已经指在六点上——在别尔金那里集合的共青团员们大约马上就要出来了。在那边钟下，一个女工友在打扫门前的梯阶，好像在等候重要的客人。周围的一切都好像跟米嘉隔了开来，失去了快乐的色彩。他甚至皱了一下眉头，心想：“唉，你跟你的墨水管儿干我什么事！”他慢慢地站起来。

这时，青年们从市团委门里涌了出来。米嘉迎着他们走去，他跟这一群人混杂在一起。奥丽雅在梯阶上迟疑了一会。外表上她完全是平静的；她手里拿着共青团证，她简直是带着毫不在乎的神气端详着它。

“奥丽迦·符拉其米洛芙娜，”她大声地念着，然后朝向米嘉，又说，“我的名字和父名很好，是吗，米嘉？”

米嘉仍旧不看她，轻轻地问：

“怎么样？他们把你分配到哪儿？”

“待会儿告诉你。”奥丽雅顿了一下回答。要是奥丽雅能把卡在喉咙里的一团东西咽下去的话，她就会对米嘉说他这个问题提得愚蠢了。

“罗斯洛娃在哪儿？”米嘉问。

奥丽雅不知道。他向格林卡喊了一声：

“格林卡，罗斯洛娃在哪儿，你看到她吗？”

格林卡也不知道。她大概到第一书记那里去了。米嘉追上了奥丽雅，跟她并排走；他们默默地、迅速地走着。直到从市团委出来的团员们落在后面很远的时候，奥丽雅才放慢了脚步。

“我被派到建筑工人休养所里的夏令营去，那边两星期举办一届，可是我拒绝了。”她懒洋洋地说。

“这是米亚奇金干的，”米嘉冷冷地说。

奥丽雅把手一挥：

“你说哪儿的话！……是安东尼达·伊凡诺芙娜！是她打了电话！她自己，她自己！……甚至别尔金也没有隐瞒！现在你明白了，当没有妈妈的时候，她就可以高兴说什么就说什么，想到什么就说什么！我昨天对安东尼达·伊凡诺芙娜说过我们要一起去，她立刻打电话给别尔金……这算是什么呢，米嘉？”她以绝望的声调问。

“你怎么能灰心呢！”米嘉愤愤地说。

奥丽雅默默走着。

“你别因为我老缠着你生我的气……”米嘉说。

“请缠吧，”奥丽雅低声说，“我又不是小孩子。又不是剪圆头的。[①]”她想出了这句保姆常说的话，露出了一个苦笑。

---

① 意思也是：“又不是小孩子。”

“怪不得安东尼达·伊凡诺芙娜要叫你去……”米嘉说。

“唉，米嘉，这是多么卑鄙啊！”

他不响。

“你知道吗，我们把生活想像得太美好了，”过了一会他开始说，“太美了！我们以为谁也不敢来碰撞我们，用言语来侮辱我们！我们以为所有的人都应该对我们客客气气，关心我们……以为生活好像是一场节日的检阅：澡堂服务员走来，向我们祝贺，举着‘祝浴后愉快！’的横幅；电车司机拿着‘祝一路平安！’的标语……我跟你完全陶醉了……”

他看了她一眼——她那倦容满面的脸上露出惆怅、注意的神情，眼睛不在看，而是在听。

“我说，你最好别这样庄严地说话，”等他沮丧地沉默下来后，她说，“要不然电台报告员的饭碗也要给你抢走了。”

他涨红了脸，但还是沉默着。他们就这样又走过了几条马路，不知道在哪儿走，往哪儿去，也看不见周围的一切。后来他软了下来，用手自下而上地抚摸了一下她的头发，说：

“唉，你这个不剪圆头的姑娘。”

他们停住了脚步。

“太阳躲进了云层，明天要下雨了，”奥丽雅冷漠地说，接着以同样的声调添上一句，“米嘉，这光线对你说话的声调并不适合……”

“对你也是。”米嘉好像不大愿意地回答。

他们走到哪儿去了呢？……老地方！在一座老村子的许多阴暗的农舍中，在尚未刈过并且已经发了黄的草地上，是电车的终点站。穿蓝制服的女售票员腰间带着票袋不慌不忙地从行车调度亭向车厢走去，一面从一个白面包上撕下一小片一小片往嘴里送。

一个磨刀匠系着满是灰尘的粗麻布围身，肩上扛着磨刀凳，他斜穿过草地，眼睛看着米嘉和奥丽雅，拖长了声调叫着：

“要磨刀不？削刀——磨剪——刀……”

“不要磨。刀太快了要割破手的。”米嘉勉强开着玩笑说。

第五章

天气变坏了

晚上，在房门虚掩着的隔壁房间里，奥丽雅在和姨妈解释。米嘉听见奥丽雅在说："……可是她明明是个伪君子，伪君子！"此外还听见姨妈在喃喃地安慰她的声音。既然她们不叫他，他也不去插嘴。但是奥丽雅对他这样疏远见外，这使他很不乐意。她不应该这样对待他。

到了早晨就更糟了。下着雨。真是愁上加愁。

他从市场上回来淋得浑身湿透，从肩上卸下湿漉漉的背囊，叫着：

"茄子上市了，姨妈！"接着他向放在奥丽雅面前一张桌子上的画册看了一眼。

没什么新奇东西：她在草草地画着一些女人的头。每一张脸都画得挺漂亮，都像她自己的脸。他早就看出她也相当看重她自己的两道妩媚动人的眉毛；别的不说，至少在画脸孔的时候，她总是从眉毛和眼睛起笔——画别的可就没有这份耐心了。

在以前她会抬起头来，默默地微微一笑，那意思是：让开，别把光遮了。但这一会她压根儿就没有注意到他。

"早上好，顶针儿！"

她连眉毛都没抬动一下，以使人听了感到侮辱的漫不经心的口气回答说：

"哦，是你啊。"

米嘉从小就讨厌雨天、雾天和雨雪交加的天气，不过他觉得奇怪，为什么这一切在作家的笔下或者在银幕上看起来就这样舒服顺眼：狄更斯作品中那些湿淋淋的雨伞，罩着一团水汽的朦胧的街灯，电影里那些在街灯下闪闪发光的水洼。这一切在实际生活中看起来要凄凉得多，姨妈用一个寂寞的词儿把它叫作“滴滴答答的天气”：凉台上活像有整整一排青蛙在咂着嘴唇，铁檐上仿佛有人在撒着小米，每一座窗台后面都像有个老妖婆在煎肉饼。

姨妈叫奥丽雅去买樟脑。

过了一会儿，米嘉也朝门外跑去：“让我赶到药房去——这冒失鬼把雨伞也忘了带走。”没走到药房门口，他腋下挟着一顶伞站住了，看着张贴在阅报窗里的报纸。雨水弯弯曲曲地沿着玻璃泻下来，但雨水并不妨碍他看明白报上的新闻：妨碍他的是昨天的事，他一会儿想起米亚奇金所说的“他们这不是恋爱，是友谊”，一会儿想起别尔金的讥讽话“星星对你们比凡俗的人间更宝贵吗？”，一会儿又想起他自己所说的话“善于控制自己”，现在他觉得这话简直可耻……尽管这样，有一条新闻还是引起了他的注意。全苏学生运动大会将在各省、各共和国举行一系列的选拔赛：个别项目的选拔——游泳比赛将在沃龙涅什举行；体操比赛将在卡路加举行；决赛将于八月在列宁格勒举行。十年级的毕业生也可以参加……口试几乎就在比赛的时候进行。无论怎么样会加以考虑的。他甚至感到窒息了。办法有啦！他和奥丽雅可以去参加运动会！他们将一起准备，一起乘火车到陌生的城里去，这不比到夏令营去坏。至少，谁也不敢把他们分开了。

奥丽雅从药房里走了出来，用十个指头把纸袋紧贴在胸前。看到米嘉拿着伞，她连笑也没笑一下。她认为这无非是姨妈担心樟脑要给雨淋湿罢了。他也不去跟她争执，把伞在她的头上撑开，然后把自己淋得湿透的头也伸到伞下，回去的时候，一路上兴奋地把从报上看到的消息告诉她，直到她哀求说：

“你怎么有这种雅兴讲什么运动会，我现在……”

她勉强噙住了眼泪。这仅仅是为了使米嘉觉得他很不知趣，是一块木头。

“我说，奥丽雅！要是没做什么不好的事，就不用管人言可畏。我就是这样想！”为了使她相信，他甚至把头伸到雨伞外面。

“我可不是这样想。”

“我说，奥丽雅！我简单地说。随便他们认为怎么样，我们只管我们生活下去。你的傲气到哪儿去了，顶针儿？我们今天就到体育学校去，我们有两个月没到那儿去了。”

“你去好了。”

“那么你呢？”

“我不想去，”她总算温和地看了他一眼，“你一个人先去，到时候看情形再说。”

她真的留在家里没去。

米嘉刚到体育学校，新闻就像旋风似的把他闹得头晕目眩。原来，事情才刚刚开始呢。大概在十天以后将要到卡路加去。他们非常欢迎他和奥丽雅参加混合队——现在就可以开始练习了。站在不远的亚沙·哥萨巧克听见了米嘉和体育学校校长的谈话。他听了一声不吭，那就是说，他不想争辩。米嘉决定马上去告诉奥丽雅。可是怎么也别想脱身！大家都需要他：校长、教练员，甚至一个年老的女伴奏员也需要他，那位老太太在晚上要求有一个人送她到公共汽车站，怎么办呢，结果还是米嘉去送了她。这一天他到“少年狄纳莫队员”那儿去借竹竿在练习期内用，到市教育局去弄来了左岸一座学校的健身房的钥匙，张罗男学生们穿的篮球鞋，因为橡皮软鞋“穿三次就完蛋了”。

他乘着市团委的小卡车，到傍晚时就跟同车的一个出色的人维克托尔·萨莫依洛夫交了朋友。他是市团委军事体育部部长，也是共青团方面组织学生参加运动会的负责人。他们一起到了“斯巴达克体育俱乐部”，到了“医务工作者志愿体育协会”。当然喽，总不会全部时间都坐在办公室里。趁人家在给他们开提货单的时候，他们就在人家的体育场上利用这珍贵的几分钟在各种运动器械上做练习，也不管天在下雨。

虽然关于昨天在市团委的那件事情米嘉只字不提，但他还是向维克托尔顺便问了一下他对别尔金的看法怎样。维克托尔没有回答，只是以微笑的目光意味深长地看了他一眼，根据这一点，米嘉明白了并不是他一个人对别尔金有这种看法。他心里感到轻松了些。

“你是辅导员？常跟别尔金打交道？”维克托尔问。

“我本来想到夏令营去，可是那家伙真见鬼……”

“谁？”

“别尔金啊！……”米嘉笑了起来，“难道这算是个人！”

“不是人，那么是什么，”维克托尔不大同意，然后又说，“我们还是在卡路加先打败所有的对手，然后上列宁格勒！”

在陌生的体育场的淋浴室里，米嘉用短裤擦着身子（因为没有毛巾），这时他尽情地欣赏着萨莫依洛夫。维克托尔低着头，叉开两条健美的腿，他站到莲蓬头下面，好像一个别人替他披上浴衣的拳击手。维克托尔长着一头红色的头发，脸上满是雀斑，他被晒到这种程度，仿佛他臂上和肩膀上的肌肉像解剖模型那样都露了出来，好像他身上根本没有皮肤，整个他的紫铜色的身上有千万颗水珠在流动。

米嘉晚上回家的时候情绪挺高。今天一天经历了多少大事，相形之下，昨天的一切印象都自然而然地消散了。“哼，别尔金——你别以为自己是个生活的法官！”

他和奥丽雅在楼梯口见了面。奥丽雅站在打开着的房门口。人家可能以为她是特意在等他，其实，她并没有等候，不过是凑巧从房间里走出来罢了。

“奥丽雅，新闻多得不得了！”米嘉还在下面楼梯口就叫了起来，“我们上卡路加去！时间还不晚！”

她等他一步跨三级跳着从楼下跑上来站到她跟前，然后用冷冰冰的声调说：

“我在考验自己。告诉你，我再也不怕孤独了。”

“你疯了吗？”他以极随便的冒昧的口气问，就像自己人一样，如果听到了蠢话，他就认为有权利纠正。

奥丽雅一声不响。他立刻又忍不住地可怜她。

“我是以同志的身份说的话。你如果不愿意，就不必去。可是你何必这样不真诚地……”

她慢慢地走进没有关上的门里去。拿着一把伞坐到姨妈的安乐椅里。

米嘉坐到姨妈的桌旁，离奥丽雅很远。她发现他在吸墨纸上很快地、歪歪斜斜地写了些什么，但并没想到他只是出于激动才在那里乱写一通。

“奥丽雅，我们从来没有过这样的事。奥丽雅，难道你我之间竟会搞成这样？”

没有任何回答。

“这都是病态的自尊心在作怪，”米嘉继续说，“你把每一件荒唐的事情都看得了不得的大。以前看到的一切现在都变成了可怕的侮辱。这样不行！我努力在派遣愁闷，而你却在积累忧郁。这算什么？我们彼此不了解了吗？这样不行！”

他拚命想说服她。恨不得抓住她的肩膀，朝着应该去的方向温柔地推去。

“待会儿让姨妈告诉你安东尼达·伊凡诺芙娜对她说了些什么

话。”等他说完以后，奥丽雅说。

“她把姨妈叫去了？”

“她自己到这里来的。”

“你知道她说了些什么？”

“我清楚地想像得到……多愚蠢，多可笑！”

“原来你自己也认为可笑。”

“可笑？……啊，米嘉，我简直不愿意见人！”

接着是一阵沉默。可以听到过道里的电表在有节奏地松开它的弹簧。

“唉，这就是流言蜚语的‘连锁反应’，”米嘉沮丧地说，“你为什么把这一切胡说八道的话都藏在心里呢？”

“把我从学校开除好了。”

“就因为那么些芝麻大的委屈吗？……”

“如果我们之间的一切你都认为是芝麻大的事情，那么他们倒是对的了。啊，他们是多么……”奥丽雅费力地说。

“他们的确是那样，可是还有别的人啊。”米嘉坚决地不同意。

“没有别的人！”

“你这话不对！有别的人：爸爸、玛莎姨妈、卡杰林诺奇金、萨莫依洛夫、阿勃杜尔·加米特、薇多奇卡……”

“算了吧，你的薇多奇卡！”奥丽雅叫了起来，“你的薇多奇卡枯萎了。不过是一只臃肿的老母鸡，跟许多人一样……她向门外一跑就完事大吉了，这就是你的薇多奇卡！”

“你怎么啦，在发烧吗？”

“我们的处境不一样，米嘉，”奥丽雅说着已经站了起来，她把手掌撑在桌上，“你有爸爸，你有姨妈，你马上就要到莫斯科去。你是个幸运儿，米嘉。你不用担什么心事……你说实话，你甚至忘了当辅导员是有薪水的，可是我昨天失去了它。”

“真可怕，我们再谈下去将会不堪设想……”

“好吧，我可以告诉你，玛丽雅·谢尔盖耶芙娜哪儿也不去了。这都是我们造成的结果，是吗？”

她不慌不忙地走出了房间。可以听见门砰的一声关上了。现在只剩下雨水滴在凉台上的啧啧声和打在铁檐上的沙沙声。

她冒着雨上哪儿去了呢？

两个女教师

有意或无意把米嘉在那天晚上的“决斗”夸大其事的人并不很多。但是难道这些人还不够吗？

伊琳娜·西特尼柯娃在全家人吃饭的时候有声有色地谈着米嘉的两次冲突——跟西姆波特的一次和跟哥萨巧克的一次，照她说来，仿佛这一切都得归咎于奥丽雅·凯容。

伊琳娜的妈妈是工程管理处——奥丽雅的妈妈不久前还在那儿工作——处长的妻子，她立刻打了个电话给校长鲍尔姜斯卡雅。安东尼达·伊凡诺芙娜听了紧张起来了。和她讲话的是家长委员会中最积极的一员。虽然安东尼达·伊凡诺芙娜·鲍尔姜斯卡雅早就看出伊琳娜的妈妈这样热心的用意无非是想利用丈夫的威信在学校的活动中表现一下自己；也许正因为这个缘故，这“信号”立刻受到了重视。安东尼达·伊凡诺芙娜想起奥丽雅·凯容是个孤女，她换了住所（班主任也许连看都没有去看过她，因为奥丽雅反正是住在一个受人尊敬的老教师家里），想到自己这样粗枝大叶，校长吃了一惊：她从奥丽雅的妈妈下葬那天起就知道玛丽雅·谢尔盖耶芙娜的甥儿和奥丽雅形影不离。当下她就打了个电话给体育教员哥萨巧克，伊琳娜的妈妈在电话里提到了这个人，因为他是这场风波的局内人……

如果沿着发出小饭馆气味的扶梯登上五层楼，找到一间门上挂着一块两位数号码的小房间，那就正好到了亚沙·哥萨巧克的住所。他在工厂招待所里住了已经不止一年了。

他每天买了纸烟骑着自行车回家老是觉得很无聊。不管他回来得多晚，门口总有个胖女人等着，她的目光迟钝，含着嘲弄和期待的神情，两手放在腹上。她是个打扫女工。她老是问这位体育教练员，"几点钟了？"亚沙觉得这话里含着讥讽。

哥萨巧克的小房间里唯一的一扇窗朝着一大片堆着废物的荒地。铁路进站线横穿公路，在这里通过。打开了的窗外整夜有工厂的小型机车拖着一车一车的焦炭发出吼声和吱吱声开过。早晨，门外的楼梯上只听见女人的声音。隔着一堵薄薄的墙壁，有个工程师的妻子在咿咿呀呀乱拉提琴。窗是朝东的。每天早晨太阳把房间里晒得火热。哥萨巧克双手握着一副哑铃。他看到窗外的荒地。他感到寂寞。太寂寞了……

人家叫他听电话的时候，他甚至不想去听。电话机离这儿挺远——要在走廊里拐三个弯才到。哥萨巧克拿起话筒，才听出是女子学校校长鲍尔姜斯卡雅的声音，他就浑身打了个哆嗦。

"你们昨天夜里的决斗到底是怎么回事？"

安东尼达·伊凡诺芙娜对待哥萨巧克挺不客气。她根本不用名字连父名称呼他[①]。她的声调中连一点尊敬的口气都没有。今天格外可以感觉到她非常恼怒。哥萨巧克迟迟没有回答，他支支吾吾地说：

"我一点也不明白。是谁在您面前造的谣？"

---

① 用名字连父名称呼是最合礼貌的一种表示尊敬的称呼。

“那你别管！有人告诉我的。您的体育明星凯容在往下坡路走。还有谁参加了？听说，您把酒鬼也带去了？我要建议停办体育学校。这是流氓行径的温床！”

“打架没有打。”哥萨巧克冷静地反驳说。

“怎么没打？既然卡杰林诺奇金让你们跳舞跳到深更半夜，迎合你们的脾胃，怎么还会不打架呢？那儿大家都跳舞，把老师们派去看门！”

“没有的事，安东尼达·伊凡诺芙娜！”哥萨巧克有气无力地继续否认。

“是西特尼柯娃的母亲告诉我的！干吗你不讲老实话呢？鲍罗廷为了凯容跟您的朋友打了架。后来……你和鲍罗廷在堤坝上又干了些什么事？回答我！我提醒你，你还是个教育工作者哩。”

“我又没有否认……不过西特尼柯娃没有在堤坝上。”

“可是你跟鲍罗廷和凯容到过那里没有？”

“您要我怎么样，安东尼达·伊凡诺芙娜？”他现在转入进攻了。“鲍罗廷和凯容住在同一个寓所里。您尽管去找他们的家长！将来出了事情，我可不负责！”

他们这一场不愉快的谈话就到此结束。

在这以后，哥萨巧克总共花了半小时的工夫就考虑好了自己该采取什么行动。他想起他和汽车调配站主任潘久霍夫有交情，那人曾两次用卡车送运动员到邻省去参加比赛，又想起福马·福米奇是奥丽雅·凯容的亲戚。为什么不去跟他谈谈呢？哥萨巧克和潘久霍夫的谈话也是在电话里，不过是在工作单位的电话里进行的，这场谈话充满了危险的暗示和友谊的警告。潘久霍夫仿佛不懂似的开玩笑说：

“怎么，学校的教学大纲里没有初恋这一门课程吗？”

其实，潘久霍夫全都懂得。过了一会他拨号码给奥丽雅那个学校的校长鲍尔姜斯卡雅打电话的时候，他对和她谈话的步骤早已胸有成竹。他说只是打听一下，没有别的事情。他深知这所学校有无可非议的名誉：无怪乎城里的人称这所学校为“女子修道院”，他说他完全相信学校的美誉。他只是打听一下，因为有些人在散播谣言，而他呢，抱歉得很，自己的事情也多得可以装“一大车一小车”。

汽车调配站主任的这个电话——第二个“信号”！——把鲍尔姜斯卡雅的全部精神力量都动员起来了。于是她就差门房的女儿去叫奥丽雅·凯容。

二十年前安东尼达·伊凡诺芙娜是个挺不坏的历史教员。她是自愿到学校里去教书的——固然，与其说是出于对孩子们的热爱，毋宁说是因为她喜欢这门课程。带学生们去参观刚开放的市立博物馆，在“工程师之家”作关于十二月党人①的报告，组织教师研究水电站建设史的小组，和一个把她叫作佐贡多②的剧院美术设计家的多年的精神恋爱——这一切都是很久以前的事了。不过，安东尼达·鲍尔姜斯卡雅只有两点和佐贡多相似：抿着嘴微笑的风韵和两道淡淡的眉毛。但是，这位女教师在年轻时代却很珍视这相似之点，她把头发也用一条直缝分开。

不知是谁造成的错误，竟会指定鲍尔姜斯卡雅当校长。最初几年，她因为不善于及时弄到燃料，不善于依靠“辅助机构”的帮助进行整修而感到苦恼。她曾经把自己担任的八年级和九年级的工作暂时搁置了“一年半载”，可是一直过了七年也没有去搞原来的工作。在她掌

---

① 1825 年俄国贵族资产阶级中一部分开明人士在帝俄首都彼得堡（即当时之列宁格勒）举行公开的武装起义反对沙皇政府与农奴制度。结果遭到镇压而失败。“但他们的工作却不是徒劳无功的”（列宁语）。因为这些贵族革命者在十二月起义，故称为十二月党人。

② “佐贡多”是辽奥纳多·达·芬奇（见 17 页注）的名画《蒙娜·丽莎》的另一名称。画的是一个微笑着的妇人。

握了做行政工作的诀窍以后，就认为这是与切身利益有关的主要成就。她不但脱离了孩子们，而且脱离了教员们，她认为女子学校的思想教育工作是很容易的，因而也是次要的。她在当校长的日常工作后面所看到的不是孩子们，而只是一些原料，好像在生产部门那样，这对她早已习以为常了。事实上她以前对孩子们是有一定的了解的，可是现在除了一些正式的鉴定书之外什么也看不见了。一些有关儿童心灵的最细致、最紧要的问题她主观地一下子就决定了，既不和老师们商量一下，甚至和班主任也不商量。也许是因为这个缘故，所以学校里虽然有许多好教员，却没有一个好的教学集体。

她认为在被太阳晒得火热的——热得喘不过气来！——校长室里跟奥丽雅·凯容所谈的那一席话，简直是教育艺术的典范。的确，她巧妙地向奥丽雅提起了她那死去的妈妈，甚至连自己也被奥丽雅强烈的真诚所感动了——她终究是个好姑娘！只是不能让她和那个鲍罗廷到同一个夏令营去。让他们在离别之中冷静一下，等鲍罗廷上莫斯科去了就好了……她亲切地送走了奥丽雅之后，便打了个电话给市团委学校少先队工作部部长别尔金。

现在还剩下一道很细致的手续——叫玛丽雅·谢尔盖耶芙娜把责任担负起来。这件事最好当面谈，离那些好奇的人远些。安东尼达·伊凡诺芙娜为了关心学校的名誉，所以不惜劳动大驾：第二天她就到玛丽雅·谢尔盖耶芙娜家里去。

第一次铃响的时候，玛丽雅·谢尔盖耶芙娜把缝在被单里的一件叶高尔·彼得罗维奇的皮大衣放在桌上，向四周看了一下。屋子里乱七八糟，照米嘉的说法是“地震以后”的样子。玛丽雅·谢尔盖耶芙娜有一种特有的怪脾气：每年夏天学年结束以后，她总要把过道里阁楼上的东西全部翻出来，把藤篮、提箱摆得自己走也走不出来，用旧报纸铺在箱箧底里，再把一袋袋樟脑放下去。玛莎姨妈这种怪脾气是米嘉最讨厌的一种。许多怪癖都是在年纪老的时候养成的，譬如说：到休养所去总共只住二十四天，但却做了这样的准备，好像一个人口众多的地主家庭从废除农奴制以前的莫斯科搬到乡村去似的。

第二次铃声响了。洗衣女工叶莲娜·谢苗诺芙娜——玛丽雅·谢尔盖耶芙娜一年一度的大清理工作中的忠实助手——从厨房里探出头来。

“有人在按铃呢！”

“恶风不知把谁给带来了。”

玛丽雅·谢尔盖耶芙娜把晾衣裳的绳索、纸盒和画框从地板上扔到沙发上，把通向房门的路上的东西移开了，在第三次铃响的时候才打开了门。

“啊，我真喜欢这气味！一闻到这气味，就知道休养期到了。”安东尼达·伊凡诺芙娜说，她在门口站了一会，使自己的嗅觉习惯一下充塞在整个屋子的空气中的强烈的樟脑气味。

“在这一点上我是从不节省的，”玛丽雅·谢尔盖耶芙娜说，一面挽着安东尼达·伊凡诺芙娜的手向房间里走进去，“我在阿尔扎玛斯有个朋友，她在春天舍不得花两个卢布买樟脑，到冬天一件皮大衣给蛀坏了。您为什么不叫我上您那儿去？我立刻就能到的。”

“您说哪儿的话，哪儿的话……我不过是来帮忙的。我知道您动身前要忙一番。”

“谁要您帮忙！”玛丽雅·谢尔盖耶芙娜天真地挥了一下手说，她走在鲍尔姜斯卡雅的前面，给她打开一条通向安乐椅的路，让客人舒舒服服地坐在那里，省得她来帮忙，省得她来插一手。

安东尼达·伊凡诺芙娜是玛丽雅·谢尔盖耶芙娜的老同事了——她的确知道玛丽雅·谢尔盖耶芙娜在日常生活中的许多习惯，甚至怪癖，她们曾经一道去听“教育学讲座”，做过别墅的邻居，甚至一道把樟脑放在冬季衣服里。

“奥丽雅·凯容呢？当然，她是不会帮您忙的。‘骏马比麇鹿跑得还要快……’依我看来，她母亲生前把她惯坏了。”

“也许是，”玛丽雅·谢尔盖耶芙娜冷冷地回答说，她的身子向一个藤篮伛下去，“可是奥丽雅一直帮我料理家务。并不是我要她这样做，而是她自己要帮助我，这是最难得的。”

安东尼达·伊凡诺芙娜心不在焉地把房间里打量了一番。这里什么都有：有做甜乳渣糕的木头模子，有金鱼缸，有显然保存得很仔细的医生用具——这还是玛丽雅·谢尔盖耶芙娜的父亲的呢，有孩子用的洗浴盆，此外还有许多没用的、因而也是永垂不朽的东西。

“袖子下面多放一点。”她向玛丽雅·谢尔盖耶芙娜建议，看着她把那件熟悉的上衣放好。“这是米嘉小时候坐的小椅子吗？……真有趣：时间过得真快。不久前米嘉还……”

玛丽雅·谢尔盖耶芙娜挺直了背脊，朝厨房里大声喊着：

“谢苗诺芙娜，您走吧！我一个人也对付得了啦。”

她用一只手把沙发上的一些毛线衣物推开一些，在腾出来的一块地方坐下来，忽然用一对疲倦的，但是聪明的眼睛直盯着女校长看。

“安东尼达·伊凡诺芙娜，我们用不着来这一套开场白。我们可以开诚布公地谈。是什么事劳您亲自上我家来？我听候您吩咐。”

“说实话，关于我们那个性情别扭的孤女我确实想说几句话，”安东尼达·伊凡诺芙娜不动嘴唇微笑着说，“我声明在先，玛丽雅·谢尔盖耶芙娜，请您千万不要误解我的意思：我对您没有任何意见。”

“那么您想知道什么呢？喏，这就是她的小写字台。床在我的房间里。至于抚恤金，那……”

“请您别报流水账吧！”安东尼达·伊凡诺芙娜叫了起来，“对您会有什么意见呢！”

“不对，”玛丽雅·谢尔盖耶芙娜说，她顿了一下，好让自己点一支烟，“我不喜欢人家说假话……我对您倒有一个意见。”

“什么意见，玛丽雅·谢尔盖耶芙娜？”

玛丽雅·谢尔盖耶芙娜的疲倦的眼睛重又和鲍尔姜斯卡雅闪出愉快的光芒的眼睛短兵相接。

“作为一个有经验的教育工作者，您现在缺少精神上的修养。就是这么个意见。”

“啊，玛丽雅·谢尔盖耶芙娜，告诉您，我的精神修养现在只表现在每天和油漆工人打伤脑筋的交道方面……”她发现一层忧郁的阴影罩上了玛丽雅·谢尔盖耶芙娜的脸，于是就改变了口吻。“得啦，别生气啦。怎么啦？”

“您对奥丽雅做了些什么？您怎么能把孩子们所能给我们老师的最可贵的东西——信任——这样粗暴、自私地利用？为什么您把您和她的谈话告诉别尔金？”

鲍尔姜斯卡雅一时答不上来。

“玛丽雅·谢尔盖耶芙娜，现在问题关系到一个人的命运。”鲍尔姜斯卡雅突然浑身哆嗦了一下。“在这个问题上决不能漠不关心。这姑娘的母亲死了，我们得对她负责。”她挺诚恳地说起来，“是的！我和您要负责，玛丽雅·谢尔盖耶芙娜！我们是傻瓜不成？难道我们看不见这简直就是恋爱和诸如此类的事情……”

“在米嘉和奥丽雅的关系中我看不见任何‘诸如此类’的事情！”玛丽雅·谢尔盖耶芙娜坚决地反驳说，“您是被这种感觉吓坏了。但是在十七岁的时候有这种感觉是跟六十岁抱孙子同样不足为怪的……您最好在有下流的勾勾搭搭和庸俗的道德败坏的地方留点儿神，譬如那个伊琳娜·西特尼柯娃，他们用计把父母从屋子里打发出去，把伏特卡拿到家里……我不愿说这些个话！我的米嘉在和奥丽雅的友谊中创造了生活中最难能可贵的东西：那就是他能当作一个人来看奥丽雅，他能在她身上看到一个生活中的同志，一个有共同志趣的朋友……她也把他看作一个同志。在他们的年龄说来，这就是相爱的本领。”

“让他们相爱吧！”安东尼达·伊凡诺芙娜高声说，“啊，玛丽雅·谢尔盖耶芙娜，我对待孩子们可没有什么特别的方法。有些人对女学生说：‘甭去想那些男孩子！’或者‘你所有的感受全都是胡扯淡！’我可不是那种人。我并不是不明白……”她抿着嘴微微一笑。“要知道就连泼留希金[①]在回忆求学时代的时候也不是无动于中的。我又不是泼留希金。”她发现自己在为自己辩护，感到很尴尬，于是微笑略略触动了一下她的嘴唇。“我记得我的青年时代，我爱青春……您要明白，他们的举止行动不应该影响学校的名誉。这样就行了！也就是说，只要不招人家的闲话。”

玛丽雅·谢尔盖耶芙娜在桌上一堆东西中找到了放水的烟碟，把它挪到自己面前。

“您的意思是不要他们互相关心，”她若有所思地说，“而是要他们关心他们会给人以什么印象。”

“我再说一遍，玛丽雅·谢尔盖耶芙娜：我和您一样认为这件事根本不值得一谈，我在学校里工作不是头一年，对于过渡年龄的年轻人的精神生活，我是了解的。奥丽雅脾气很别扭，她什么都藏在肚子里，而说话又那么激暴、刻薄、尖厉。这您自己也知道。不过话得说回来，孩子到底是孩子！我必须责备她，因为她没得到我的同意就去参加男子学校的晚会。还有那场打架，差一点闹成决斗。潘久霍夫已经打电话给我了。事情发生还不到一天，他就打电话来了。”

---

① 泼留希金是俄国伟大作家果戈理的作品《死魂灵》中的一个吝啬鬼。

“潘久霍夫？……可是您要知道这人对奥丽雅是一点也不关心的。他只会混淆视听！”

“那不用去管。您别急躁，玛丽雅·谢尔盖耶芙娜，我是有道理的。既然他来过问，我就应当表示态度。因为他是她唯一的亲属。”

“告诉您……潘久霍夫是在扮演卫道者的角色！既然这样，那您又何必找我来谈呢？”

安东尼达·伊凡诺芙娜沉默了半晌——这时间足够让她选择比较有利的地位。

“玛丽雅·谢尔盖耶芙娜，”她用求和的口吻开始说，“我没想到在这样明显的问题上您会展开这样一场情感冲动的、大学生式的争论。您向我提出的意见实在有趣……但是我应该把自己的意见通知分配辅导员工作的人。只要奥丽雅·凯容在我们的学校里，我们就要对她负责——以前以后我们都可以不管！即使是自己的父母对孩子负责也只能到一定的年龄为止，甚至赡养费也付到十八岁为止，往后——就由他们走自己的路！”

“正是这样。现在我们算是谈到底了。”玛丽雅·谢尔盖耶芙娜说着狠狠地把烟蒂塞在放水的碟子里。“即使我存心惹您生气，我也不能把您揭露得像您自己揭露自己那样彻底！您变得不知像什么人了！我们的确再没有什么可谈的了……不过，既然我们往后要在一起工作，我就对您说：这种大学生式的争论在我们的教务会议上应该多展开几次！少培养一些除了教学大纲上规定的课程以外什么也不懂的金质奖章获得者，少培养一些乖乖地听话的女学生，虽然表面上没人谈论她们的恋爱经，连结了婚她们的家长还蒙在鼓里，直到最后看到民事登记处在护照上作了记号才能知道。”

“您瞧，您自相矛盾了……您说得多么可怕！”安东尼达·伊凡诺芙娜说着用手指触了一下腮帮，装出一副吃惊的样子。“我不了解您！

我们教育工作者的处境本来已经很困难，为什么您还要给我们增添麻烦呢？……在奥丽雅这样的年龄，对一切事物的感受实在太强烈，太严重了！应该把这些奔放的热情控制住！控制住……”

“应该任其奔放，安东尼达·伊凡诺芙娜！应该任其奔放！”

“您怎么啦！我的天……”

“是的，应该控制这种感情的一切不良反应：哪怕是最不严重的不良反应——譬如不好好准备功课，闲逛到深夜，睡眠不足；或是最危险的不良反应——轻率的早婚……以及会造成终身遗憾的无法弥补的错误！——这一切都应该防止。”玛丽雅·谢尔盖耶芙娜把自己面前那个放着几个烟蒂的碟子断然推开，把里面的水也泼了出来。“但同时又应该用这种高尚、纯洁的感情发扬人的性格中最宝贵的东西！让他们因为有了这种感情而觉得轻松愉快。即使这还不是恋爱，不是真正的恋爱，而仅仅是一种爱的愿望——也是好的！让他们一起克服学习上的困难，让他们在患难中互相帮助，让他们学会批评缺点……等到二十年后，两个成年人相见的时候互相还能认出少年时代的特点，会感到非常亲切。那时还要互相感激哩。是的，他们会代表自己的妻子、丈夫表示感激。这对于每个曾经体验过真挚感情的温暖的人都是很清楚的……也许，对于您来说，这仅仅是一些教条，但是对于奥丽雅来说，她和米嘉之间的关系是一种将来需要的、也是毕生需要的精神的尝试。”

“尝试……”安东尼达·伊凡诺芙娜愠怒地重复了一遍，“尝试是有益的，但也可能有害。”

玛丽雅·谢尔盖耶芙娜觉得很有趣，她看了鲍尔姜斯卡雅一眼。

“听了您的话，我明白了一点：您是在担忧——不是为他们，不是为孩子们，而是为您自己担忧！”

鲍尔姜斯卡雅发作了：

“您为什么这样损我！这样下去我们会吵架的。这件事根本不值得一谈，更不值得损害我们多年的友谊。我猜想：您之所以生气是因为我无意间给米嘉带来了烦恼……想不到那个别尔金是个麻木不仁的家伙，一点不会体贴人家，还算是个团干部哩！他不懂得在他面前的是人，而不是木头。这一点我的确没考虑到……”

“不，是您不懂得！”玛丽雅·谢尔盖耶芙娜打断了她的话，接着重新以诚恳的态度向她说明她的错误，“安东尼达·伊凡诺芙娜，在教育工作者的道德行为中，再没有比您所犯的错误更严重的了。一个姑娘到您那儿去倾吐衷肠。她坦白地把整个灵魂向您剖白。您甚至用她死去的母亲的名义取得了她的信任。可是后来您官腔十足地抓起了电话听筒，打电话给一个同样官腔十足、麻木不仁的家伙，把所有话向他泄漏、出卖、密告……结果，信任全部粉碎。崇高的感情被公开地贬为一种滑稽的东西，遭到了耻笑。”

“也许，我真的把他们从天堂里赶了出来，他们像亚当和夏娃似的感到羞惭。”鲍尔姜斯卡雅刻毒地同意说。

“不，安东尼达·伊凡诺芙娜！这样只能培养出假道学和伪君子。这样的活宝我们已经够多的了。您和别尔金想叫米嘉和奥丽雅撇开他们的爱情，但你们只会撇开他们爱情中纯洁的东西。你们想控制纯洁的感情，另一方面却纵容、姑息无耻行为。”

“纯洁的关系，这不是纯洁的！”安东尼达·伊凡诺芙娜忍不住跳了起来。“别说了！请问您是用什么尺度来衡量的？您不如说：这是危险的关系。他们应该受到严密的监督。”

这时玛丽雅·谢尔盖耶芙娜也站了起来。

“好吧，”她说，“我不走了。我把票子退掉，把休养证还掉……我不走了。但是请解除您那严密的监督。由我自己来……”

她们从一大堆东西中向房门口挤过去，安东尼达·伊凡诺芙娜给玛丽雅·谢尔盖耶芙娜这一断然的决定弄得很窘，她不住口地谈着这个那个，装出很感兴趣的神情看着某些东西，迟迟不走，而玛丽雅·谢尔盖耶芙娜活像老是倦容满面、昏昏欲睡的库图佐夫①随着她走。如果能打这么个比方的话，这一切的确像拿破仑退出莫斯科时的景象。

“我再说一遍，玛丽雅·谢尔盖耶芙娜，”安东尼达·伊凡诺芙娜茫然说，“我相信，这件事是被吃饱了饭没事情做、爱搬弄是非的人夸大了的，它根本不值得一谈。我信任您正像信任我自己一样。您不走了，这固然是不太愉快的，但我安心了！”

一直到了打开着的门口的时候，女校长想起了在临走时所能说的最愉快的话：

“在整个这件事情中也有好的一面：那个亚沙再也不会在我们的学校里当教员了。我一定要达到这个目的！”

“我们的关系愈来愈坏了”

蒙蒙的细雨飘飘洒洒地下了三天——它好像在嘲弄人，好像没有希望停止似的。

从早晨起大家就在健身房集合。他们在朝着被雨幕遮住的足球场敞开的大门口站了好几个钟点。大家在等着天放晴……可是毫无结果：整个世界好像一张非职业摄影师拍的照片，显影技术既不高明，又加上是印在蹩脚的照相纸上的。

健身房里在排练叠罗汉——在那里真快活。米嘉不管做什么事，脑海里老是浮现出奥丽雅的形象：她冷淡地站在敞开着的大门口望着空中的细雨。

---

① 库图佐夫(1745—1813)是俄国历史上的名将，曾大败拿破仑于鲍罗津战役中。

奥丽雅简直不可理解。她一会儿帮助玛丽雅·谢尔盖耶芙娜把已经整理好准备带到西梅依兹去的手提箱中的东西拿出来，把姨妈的夏季衣服挂在衣橱里，虽然在决定谁到码头去退票的时候跟米嘉争执了几句，但是好像乏味、没劲得很；她一会儿又开始耍脾气，在米嘉面前使性子，于是米嘉又觉得她怪可怜的，很想抚弄一下她的头发。

奥丽雅老大不愿意地在准备参加运动会，她好像在替别人效劳似的。因为她是优秀的学龄体操选手，所以立刻被指定担任“最高职务”：在卡路加她将被抬在活动的叠罗汉队形的最高顶点上，在运动员的行列中走过；他们将表演一个节目——由运动员组成一个浅蓝色的劳卫制圆形证章——奥丽雅将是这个证章的活的雕像。在排练的时候，奥丽雅毫不费力地踏着同志们的肩膀攀上，甚至可以说是跑上叠罗汉队形的“五层楼”顶点。米嘉猜想，至少在这时候，奥丽雅在上面忘记了一切，她就跟原来一样了。在别的时候米嘉就更清楚地洞察到奥丽雅使性子的程度。他跑到她跟前去，因为他们有半天没有见面了。

“你得几分？”

“九点四[①]。”

无法继续问下去了。奥丽雅连头也不回，只管把垫子拉到双杠旁边去。

“奥丽雅！你对我看看行不行！”

她故意特别冷淡地对待他的一切关怀，这无形中使她在米嘉的眼睛里看来好像变得软弱了。但她似乎正是要做到这样。

练习完毕以后，大家在健身学校校长的小房间里集合。他们决定出一期关于即将到卡路加去参加比赛的墙报。

---

① 体操比赛根据动作的难易和姿势的准确程度用十分制评定。

奥丽雅飞也似的跑了进来，她似乎看到大家交换了个眼色。但事实上根本不是这样——米嘉可以起誓。当然，许多人知道奥丽雅是来找米嘉的，但她在挤满了人的房间里不便明说，大家都不动声色。结果弄得很僵：一直到墙报搞好，也就是说一直到写完最后的一个字母为止，奥丽雅始终闲着没事，她一会儿看着挂在墙上的锦旗，一会儿用画笔在调色缸里调调颜色，虽然她很可以找点事做做。

这几天奥丽雅的样子仿佛仅仅她一个人受了委屈似的，但最叫人难受的甚至还不是这一点，而是她开始对于扮起一副愁眉苦脸的样子感到了兴趣。她仿佛觉得这样来得高雅些，正像一个成年妇女当着一群对她倾倒的男子的面裹上围巾的时候一样——虽然她并不觉得怎样冷，却偏要装出瑟瑟抖的模样耸耸肩膀。

格林卡找了半天能够说几句笑话的资料。他终于胡诌了出来：

“‘世界上再也没有比罗密欧与朱丽叶的故事更悲惨的了。’”他说着把桌上那尊铁饼手的青铜像移开些，让大家可以更清楚地看见那位朱丽叶。

奥丽雅眯缝起眼睛，像歌唱似的说：

“你这笨蛋……”

“这话说得多么悦耳动听……”格林卡也像歌唱似的说。

米嘉赶上了跑出去的奥丽雅，和她并肩走着。他们走得很快。

那正是雨天的黄昏突然变为雨天的夜晚的时分：点起了路灯——街上的水洼和屋里的玻璃窗也都一下子亮起来了。

“你心里难受，这是事实！下雨天已经够难受的了——可是你还要愁眉苦脸！”他这样绝望地说，“你是不是想做个软弱的人，做一个牺牲者呢？”

“现在我想起了她是怎样笑的。”

“谁？”

“安东尼达·伊凡诺芙娜……这是刻毒的冷笑。她听着我说，一面却在打量着我，把我的眉毛、指甲、衣服都一一研究过来。”

他握住了她的手掌。当她装腔作势的时候，他真恨不得惩罚她、鞭挞她。但当她像这样一下子瘫软下来，无意中流露出她的孤苦无依的时候，他又想把她紧贴在身边抚慰一番。

第二天又吵了嘴。他们互相急躁、轻率地指责。以责备的眼光对视。两手时常做着躲闪的动作……不时可以听到他们的声音：“不许你这样想！”“我想不到你竟会这样。”“嗳，米嘉！……”每次都不欢而散。闹得面红耳赤……又好气，又好笑。他们一会儿和好，一会儿又吵架，不过一次比一次尖锐，一次比一次严重。有时候压根儿就无缘无故地吵起来了。那时候可以特别明显地看出：“船儿快翻了”，米嘉沉痛地向默默观察他们的玛莎姨妈承认了这一点。

后来又吵了一场，因为奥丽雅嘲笑维克托尔·萨莫依洛夫。她嘲笑得一点没道理，也许只是因为在她看来维克托尔也跟别尔金一样是个官僚主义者。在受检阅的队伍进行总排练以后，维克托尔召集运动员们谈话。他在学校里很受人爱戴，因为他自己就是个挺不错的运动员。大家围着他。在健身房里常常可以看到这幅景象：有的坐在木马上，有的坐在双杠上。萨莫依洛夫也没有椅子，他就站着讲。旁边是一张裁判员坐的小桌子，桌上放着一瓶水，甚至还有一束插在小木桶里的无花果。萨莫依洛夫说得有条有理——他竭力估计在陌生城市里受检阅的时候可能遇到的各种意外情况，他谈到在天气恶劣的情况下进行比赛的特点。

“给我一点水。”维克托尔说，他一面继续讲下去。

米嘉站在旁边兴致勃勃地听着。他把水倒得杯子里满了出来，他完全是真心的，为了不泼出来，他又向放无花果的小桶里倒去了一点，这又有什么值得奇怪的呢?

他听萨莫依洛夫的很有意思的指导性意见听得出了神，他从萨莫依洛夫手里接过了空杯子，当然，随即就把这件小事忘了，突然有人把一张纸条塞到他手里。这是奥丽雅的笔迹，这是她潦潦草草地写的。

米嘉甚至一时摸不着边，莫名其妙。便条上写着:

“倒在木桶里的水没有糟蹋掉!”

不但这样写着，而且还加上一个含着嘲笑意味的惊叹号。

这当然是小事情。这是一句挖苦话，意思就是：她不喜欢这位演说家。但是萨莫依洛夫并没有说什么愚蠢或可笑的废话。奥丽雅从前决不会写这样的话。米嘉恼了：这一小小的、微不足道的不礼貌举动突然使他开始考虑奥丽雅也许根本不是他习惯地把她当作的那种人。

趁大家在萨莫依洛夫周围拥来拥去，趁他开始回答问题的时候，米嘉把奥丽雅带到一旁。

“这是什么意思?”他手里拿着那张糟糕的字条。“你在嘲笑谁：笑我还是笑维克托尔?你了解他吗?”

“米嘉，米嘉，”奥丽雅以警告的口吻说，“别这样，别这样，米进卡。”

“我说，”他严肃地说，“你近来变得对世界上所有的人都很残忍，除了你自己。现在我不知道怎么好：只当没这回事呢，还是吵一场?”

“嗯，还有什么话?”奥丽雅霍地昂起头来问。

她的高颧骨的脸突然变得像石头做的那样。米嘉甚至为她害怕起来。

“听我说，你是不是感觉到我们的关系愈来愈坏了?”他问。

当米嘉和萨莫依洛夫两人一起离开体育场以后，他给一种痛苦的感觉控制着。他不想去找奥丽雅。他仍然怀着一种希望，希望一切会重归于好，希望自己仍旧是这样，希望她也跟从前一样。

萨莫依洛夫没有注意到米嘉的心境，他的话匣子又打开了。他说着这次谈话的目的，——他在市团委就预先说过，根据气象台的报告，卡路加也在雨季中，因此要使全体运动员准备在任何条件下进行表演：不管是下倾盆大雨，弥漫着白蒙蒙的大雾，或是下着像拳击手套那么大的冰雹。这位市团委军事体育部部长似乎在怀念给雨水冲坏的泥泞的跑道，怀念向白茫茫的浓雾中飞去的标枪。的确有过这样的事：他想起一次冒雨举行的奇妙的运动会，是的，那还是在军队里的时候，在莱比锡。

"你瞧！"萨莫依洛夫惊愕地说。

米嘉清醒了过来。当他们沿着堤坝走的时候，太阳从云层里露出了脸。在半小时内，一切都干了，这在南方是常有的事。两岸花园里的树梢像一盏盏绿灯射出了光芒。

萨莫依洛夫非但不快活，甚至像是发愁了。

到了市团委门口，米嘉和他分了手，便一个人沿着柏油路走去，这时候已经很热了。卖冰淇淋的人在槐树荫下打盹。路上飞也似的驶过两个自行车手。米嘉认出其中一个是恰普——真是个不知疲倦的竞赛选手！米嘉用手掌当帽檐把眼睛遮住，目送着两团闪闪发亮、眼看着即将消失的白光，他心里翻腾着一种像是遗憾的感觉：这下是绝交了——还有什么可说的呢。

他走到几个以前同班的同学跟前。他们聚集在卖冰淇淋的人那儿一张熟悉的长凳旁边。他们有几天没见面了。有的叉开了穿着熨得笔挺的白裤子的腿坐着；有的把身子靠在栗树干上站着。

只要在这儿待上个把钟点，就能得悉全部新闻：柯赛里科夫留起了小胡子，夏令马戏团到城里来了，斯托罗任科打算和他大哥一起到库斯坦纳依去开矿。今年夏天同学们要彼此分手，要跟故乡的城市告别了，因此他们谈着谈着总是谈到长途列车和他们心向神往的高等学校所在地的城市。在这展开在眼前的生活的门槛上，他们的热烈的争论没有不涉及的范围！……“在长江流域现在……”“马卡伦柯[①]是不是善良的，这还是个问题！人道主义各有不同。你认为瓦杜丁[②]是善良的吗？……”“我爸爸说，当德国战俘被押着经过莫斯科的时候……”

米嘉有时听，有时不听；有时他甚至也插几句话。他觉得同学们捉摸到了他的心境。这几天奥丽雅很粗暴，同时又很温柔，活像一块被阳光照耀的沾满尘土的玻璃——要拭掉它很简单，只要从玻璃的外面擦起，可是米嘉却在使劲地用抹布从里面擦，——所以毫无结果……遗憾的是在到卡路加去之前来不及和爸爸见见面……玛莎姨妈对奥丽雅的关怀、体贴，简直是无微不至，使他连话也不敢说，因为一开口就准招不是。

恰普又疾驰而过。他的声音在广阔、炎热的柏油路上响过：

“接头的传递器又卡住了！”

突然，从恰普刚才在那儿消失的地方跑来了几个孩子。他们老远就喊着：

“恰普把腿摔坏了！恰普把腿摔坏了！”

普尔赫里雅·伊凡诺芙娜

他按了铃，接着开始敲自己住所的房门。应该告诉她们恰普摔坏腿的事，再告诉她们一声，他也许不回家了。可是奥丽雅不开门。

“放我进来啊，奥丽迦！”

---

① 马卡伦柯(1888—1939)是苏联杰出的教育家和作家。重要著作有《教育诗》《塔上旗》《父母必读》等。

② 瓦杜丁(1901—1944)是苏联杰出的军事家。伟大卫国战争中曾战功卓著。

“外面是谁？”

“鲍罗廷……你怎么啦，不认识吗？”

“一个人？”

“一个人。”

“米嘉·鲍罗廷？M. 鲍罗廷？”

门终于打开了。

“你是一个人——鲍罗廷？”奥丽雅激动地押着韵脚[①]说，她看着他门也不关就从她身旁窜过跑到厨房里去找姨妈了。

“鲍罗廷，你是 M. 鲍罗廷还是 M. 一个人？”

她臆想出这些俏皮话来折磨人，她愈说愈慢了。她极不自然地说出所有这些押韵的傻话，眼睛刻毒地闪着光，她急剧地震动，摇晃，身体紧张起来，骤然看来她似乎在参加一场障碍赛跑，在比赛中她气力用完了，最后一重障碍跳不过了。

“你怎么啦？接头的传递器卡住了吗？”米嘉在抑郁中开玩笑说。

既然她这样，他也不告诉她出了什么事，他还是写一张条子给玛莎姨妈的好。

“米嘉……”

“对不起，奥丽雅，我们明天再谈吧。”

他已经奔出了住所，可是奥丽雅却一动不动地站着。你上哪儿去呀……米嘉……

当米嘉·鲍罗廷在恰普房间里一群亲人和朋友中间出现的时候，那位不幸的自行车手的腿的踝骨上给扎上了绷带，已经高高地搁在枕头上了。恰普头也不回。

“你摔得很厉害吧？”

---

① 俄文的“一个”（оди́н）和“鲍罗廷”（Бороди́н）正好押韵。

“不。腿坐麻了。”

这一切很早就熟悉了。恰普还是那副老脾气。旧友的来临使他深受感动，可是他想掩藏住这种感情的流露。

骨头折断的地方的确没有发现。当恰普被送到 X 光诊所去的时候，同情的人也就散开了，只有米嘉一个人在病床旁边待了一整天一整晚。

恰普永远受不了任何悲壮的举动，他努力想对米嘉的高尚德行实行报复。正当米嘉手里拿着枕头准备让恰普夜里睡得舒服些的时候，恰普就抓住了这时机，说：

“你是个很正派的人，米嘉。现在，你手里拿着枕头，跑来帮助朋友，准备像以前……像从前……那样在这里过夜，这时候，你的面貌大可以画在鼓励责任感和同志爱的宣传画上。你是多么正派，多么善于体贴人。”

“得了！才这么一点点脱骱，你就这样大叫大嚷了……睡吧，老头子。”

“嗳，我问你，友谊节你忘了没有？”恰普问，“下星期二……薇多奇卡已经来找过我了，她叫我通知大家。”

“要是我不走，我就去，”米嘉说，“我要随代表队去。”

“到卡路加去？”

“当然！”

“和奥丽雅一起去吗？”

“是的，她也去……”

于是恰普马上把话题转到别的事情上：

“听说，吊环选手肩膀上的肌肉很发达。”他碰了一下米嘉的肌肉。“那么游泳家呢？”

“他们身上的脂肪比较多……像滑雪手那样。他们经常跟吸收热量的物体接触。”

“那么拳击家呢？”

“他们的身体太干了……”

“那么划船家呢？”恰普追问着。

后来他睡着了，但米嘉在陌生地方久久不能入眠。他望着窗外。晚月把街上照得黑白分明。在对面阴暗的一面走过了一个姑娘。她一点也不像奥丽雅，再说奥丽雅也不可能知道恰普的住址，但是米嘉的思绪却随着那个夜行的姑娘飘去了。今天他和奥丽雅住在不同的住所里了。爸爸在那天夜里说过，应该保护奥丽雅不受流言的侵袭，但米嘉坚信根本不会有这样的事，再说八月里他们就要分别：他要上莫斯科去了。事实上这一切发生得要早得多。今天他就离开了家。这样对奥丽雅好一些……哦，这种想法是多么愚蠢、多么不应该啊！他想起，就从恰普出了这件事的时候起，他略微感到愉快了些，他认为，如果他一天不待在家里，奥丽雅也许会安心下来，把自己控制住。

他在早晨六点钟离开了恰普，在城里纵横踯躅到十点钟。只有一次在市立公园里幽静的林荫道上一张矮矮的长凳上坐了下来。蚂蚁沿着一株白桦的树干跑上跑下，草地里一条蚂蚁公路在很远的地方还看得见。他希望待会儿能和奥丽雅推心置腹谈一下，希望把什么话都说出来——不留半句。怎么会搞成这样的呢？在患难中了解了一个人，使她从悲痛中挣脱出来，度过了幸福的时光——可是现在居然要考虑一些在见面时讲的特别的措辞……

在百货商店附近的麻布遮阳幕下有许多妇女在排队，他看见奥丽雅也在排队，就跑到她跟前。

“你出来，奥丽雅，我有话对你说！”

“这儿说好了。”她冷漠地说，一下子把他所作的全部思想准备抑压了下去。

他站在她旁边。前面是一个穿一件绒毛都磨光了的丝绒上衣的旧式驼背老妇人的背脊。

“真像普尔赫里雅·伊凡诺芙娜[1]。”米嘉低声说。

他想不到奥丽雅会认为他这话是指她说的。突然她霍地走出了排队的行列，沿着街道上给太阳晒得正猛的一面走去。他追上了她，他还摸不着头脑。她止了步，好像在抵御着他，昂起了头，以挑战的口吻说：

“我倒愿意生活在普尔赫里雅·伊凡诺芙娜的时代呢！不要听一切庄严的漂亮话，不要看到一切摆样子的东西，——只要老老实实地过日子就行了。”

“干吗你要发脾气呢？我又不是在说你。你简直不愿把事情弄清楚。”

他用眯缝着的眼睛自上而下地看着奥丽雅。

“我是不愿弄清楚，”奥丽雅说，“我哪儿也不去了，什么卡路加都不去了……”

“你说什么？”

“说你刚才听见的话……省得人家再来辱骂我。”

真奇怪，她的话声里流露出的不是绝望，而是胜利，甚至是幸灾乐祸的意味：直到现在她才明白米嘉不知道她昨天和哥萨巧克谈话时拒绝上卡路加的事，才明白他所说的关于普尔赫里雅·伊凡诺芙娜的话的确和她的举动没有关系。

她又对刚才说的话补充了几句：

“姨妈是为了我才留下的。我也要为了姨妈而留下……怎么，在

① 普尔赫里雅·伊凡诺芙娜是果戈理的小说《旧式地主》中的地主太太。

恰普家里过夜舒服吗？”

他脸红得眼泪都快流出来了，一边含糊不清地喃喃说着：

“你真傻。你为什么受了点委屈就这样怨天尤人呢？”

为了掩饰内心的激动，他从奥丽雅那边走开了。她跟在他后面走，站到他的背后。她想不到她的决定会对他产生这样的影响。

“是的，奥丽雅，人家对我们不公平！”米嘉生硬地说，“但这并不成为这样令人反感地使性子、耍脾气的理由。你别以为我会闭上眼睛只当没看见这一切。”

她求和似的笑了笑，从他的肩膀后面探出了头。

“得了，你胜利了。”她说着想把他的右手抬起来，像在拳击场里把胜利者的手抬起来那样。

但是米嘉并没有笑。

“好吧，你留下吧！”他以更生硬的口气说，“我明天走，我现在必须说出我的心里话。你的脾气太别扭！安东尼达·伊凡诺芙娜的话果然不假。你的脾气太别扭。”

“得了，你胜利了……”

她尴尬地微笑着放下了他的手。

“别扭的凯容，”他无情地重复着说，“现在我自己也要反对让你那种人去搞少先队的工作。”

“‘那种人’？……”突然，她苍白的脸上的颧骨很难看地凸了起来。“好，你好！去吧，到你的……伊琳娜那儿去吧。你用你的关怀去安慰她吧。”

“你在胡说。”

“今天你责备我脾气别扭，明天……也许要责备我偷了你们家的汤匙呢……”

她已经是哭着说出这些在嘴唇上颤抖着的话，她的下颚因为受到委屈和对自己的憎恨而痉挛起来。这不是她自己的话！从前有人曾经当她的面在火头上说过，而现在，在感到难以忍受的委屈的刹那间，在一切都垮了的时候，这些话——就是刚才那些话！——竟会回想起来，脱口而出。

她很快地离开了米嘉，在拐弯的地方消失了。

“她说的是什么话——偷汤匙？”他突然开始寻思，想起了奥丽雅是住在他家里，在姨妈家里。“我怎么能？……”整个这次可怕的、糟糕透顶的谈话前后不过一分钟工夫。他立刻跑回家去。不能这样，她住在他家里啊！

但是他走进家门的时候神色自若。她不在家。他开始把明天动身要带的东西装在一只小提箱里。然后他在桌子旁边坐下，用铅笔的顶端抵住自己的额角。过了不少时间——也许过了半小时，也许过了一小时，——他才知道他看的那本书原来是奥丽雅的教科书。但他仍然没有把书搁下，因为现在它保护着他。

玛莎姨妈走了过来，抚摸了一下他的头，说：

“明天走吗？”

“别缠我吧，姨妈。”他温存地，但是坚决地拉开了她的手。

他站起来想走。

“上哪里去？已经不早了……”

“还是孩子玩儿的时候哩。”米嘉说。

他走到了门口，又说：

“我留在恰普家里不回来了。请不要等我。”

天黑了，胡同里没有行人。起风了。米嘉缓步走过柏油路。这算什么呢——吵架吗？这难道是吵架！这是决裂。一个人受了委屈竟变了样。他现在这样想着奥丽雅。为什么要怜惜她呢？真可怕——倒不是因为跟奥丽雅吵架而可怕，而是因为对她竟会有这样的想法而觉得可怕。他们之间从来不曾这样。她是多么忍心地跟他分了手！以前他总是让步，可是现在为什么一步不让地和她顶嘴呢？

他愈来愈使劲地摆动双手，在码头后面的空地上走着。一种不可名状的危险感觉控制了他：不幸来临了。是风使他产生这种感觉吗？也许是因为一个女人手里抱着一个婴孩，还有一个女孩、一个男孩拉着她的裙子走过的缘故？小时候他在乡下看到过这样的女人，那时候发生了一场火灾……

这天晚上，恰普不太亲切地接待了他，他对米嘉不知为什么存着戒心。自然，他猜得出米嘉到这儿来过第二夜必有蹊跷：他和奥丽雅之间准是出了什么事。但是恰普从来不谈内心的秘密。也许在他看来任何秘密都是肮脏的。他在家里看够了。

年轻时候有几个夜晚过得好像没有什么可谈的：只有窗敞开着，在一阵阵疾风中可以听到远处堤坝的闸门开关像唱歌似的发出咿咿呀呀的响声，看得见朋友的脸部侧形……晚霞未落，而朝霞将升。晚月挂在空中。灯没有开。谈些什么？也记不起来了。他们谈着友谊，谈着米嘉的爸爸，谈着恰普的白云，他的白云有一次曾经登上了《火星》杂志哩。

“要不要开灯？”

“不要……电灯是冬天发明的。”

记不清全部事情。但是又清楚地知道这个夏夜将在脑海中记上很久很久。

昨天白天米嘉看了恰普的信件。在他们那次吵嘴以后的一段时间里，他原来是这样生活着的。写信给他的有在嘉桑、彼得罗查沃斯克、北极各通讯站的无线电爱好者，有在某地建立了一个电视中心站的七年级学生们。这一夜，米嘉看着浸沉在昏黄的月光中的恰普支着胳膊旋转调波器，收听着遥远的城市的声音，米嘉在想，恰普完全不是班上同学所说的“印第安人”，也不是个人主义者——他的朋友遍及全国！他正是个交游广阔的人。在学校里也是这样。从前他和那些为物理实验室制造仪器的团员旋工们相处得多么好呀！更使米嘉惊奇的是在许多信中都提到了阿勃杜尔·加米特。这么说来，他们是在合作？想不到把心绞痛藏在怀里的人还老当益壮呢……

“你仍旧喜欢萨马尔汗[①]吗？”

恰普笑了笑。

那时候米嘉和奥丽雅还没有交朋友。当时恰普最爱收听的无线电台就是萨马尔汗。他为什么喜欢收听萨马尔汗的电台：这是长脚的又一怪癖。最初大概是因为技术上的原因——也许调波器只要稍微动一下，就很难找到萨马尔汗的波段了。不管怎么样，他最喜欢刺耳的乌兹别克曲调。白天他骑着自行车疯狂飞驰，总是搞得很累，很早就睡了。但在半夜里他醒了，就穿着短裤坐在自制的收音机旁边，收听苏联国内各城市的广播，脸上带着怒色，好像人家强迫他工作似的。他听了两三个钟点，直到重又累得筋疲力尽为止。恰普常常陷入深思收听着某些城市的广播，这声音除了他和在他家里过夜的米嘉·鲍罗廷之外，同学中是没有一个听得到的：当堤坝上把某一座大闸门打开或关上的时候，闸门开关就像歌唱似的发出咿咿呀呀的响声。

几年过去了，但恰普还是那样子。后来，米嘉常常努力回忆这一夜——回忆穿着白衬衫的恰普，桌子上和椅子上的黄铜片、铜片、电线，明亮的夏夜中的香精味和光漆味，——那时他就感到萨马尔汗的音乐好像时时刻刻在耳际响着。他记得恰普用被硝石蚀坏的手指向米

---

① 萨马尔汗是乌兹别克苏维埃社会主义共和国的一个大城市，也是中亚细亚主要的经济和文化中心之一。

嘉表演颇费疑猜的魔术，忽然他抬起他的浮肿的厚眼皮，问：

“你自己的秘密对爸爸讲不讲？”

恰普以前从来不向同学们问他们跟父母一起生活得怎么样。幸福的家庭他只有在书上看到过。他怕人家反过来也要他坦白地谈谈。薇多奇卡·罗斯洛娃有一次在米嘉许下了保证不对旁人说的诺言后告诉米嘉（为的是使他进一步了解他那个朋友心灵上的混乱状态），恰普在十一岁的时候曾经秘密受过洗礼——他被送到本城很远的某区一个现在变成郊区的村子里去，在那边的一座教堂里一个很大的男孩子被秘密施行洗礼。为了什么呢？为的是讨好妈妈的一个保护者——省里某广播电台的一个信神的老低音歌唱家。

显然，恰普直到现在还想不到鲍罗廷知道这件事情。

米嘉寻思着：“我的秘密对爸爸讲不讲？”他觉得他答不上恰普这个问题。

“爸爸不喜欢我身上任何现成的东西，不喜欢像最好的学生那样急着举手回答，”米嘉又轻又慢地说，“他不愿听不说就能知道的答案。他只是启发一下，使我想出我自己的话。怎么能不对他讲呢？他大致上这样认为：你自己感受到的东西，那就是你特有的东西。这才是真正的、可靠的东西。在我们的生活中可以积累许多好的东西——那些东西是书上看不到的……”

他沉默下来理一下思绪，他知道恰普在等他，于是就仍旧以那种缓慢、低沉的声调说下去：

“不管你遇到了什么重大的事情，他总是问：‘你自己对这个问题的看法怎么样？该怎么着手……’要是你想卖弄聪明，那就糟了。他就要皱眉头。”

“像薇多奇卡？”恰普简短地问。

突然他对这句脱口而出的衷心话感到有点儿窘，就用另外一种平淡的声调说：

“可惜下星期二你不去。好，你说下去吧。很有趣。”

米嘉还讲了好久关于爸爸的事，爸爸离开一个月，可是他好像每次都留下了任务：你生活着就在完成着任务；在跟米嘉的关系中他坚决反对那种刻板文章，因为他认为，如果要真正影响一个人的话，这是不够的……米嘉说着，他感到这些话对恰普非常必要，可就是不知道为什么。

忽然恰普耸动了一下，说：

“这些都是蠢话！”

于是就打断了谈话。他又照老脾气出起谜题来。

早晨，他们在一个带有自制的自动哨笛的茶壶里煮了茶，喝茶的时候，恰普阴郁地问：

“你跟她怎么——垮了吗？”

“是的！”米嘉肯定地说。

“她不上卡路加去了？”

“不去了！”

“不管怎么样，你还是回家的好……去，离开这儿。走吧！”

床上放着许多书籍和练习本，恰普的脚踝缠着绷带搁在枕头上，他说得很粗鲁。但这丝毫不会使人见怪。“应该听他的话。”——米嘉这样决定了，突然他对恰普感到异常的亲切。

这天，米嘉随着青年运动员混合队上卡路加参加比赛去了。

奥丽雅在他动身之前没看到他。晚上，她在自己桌上一个小小的吸墨纸板下面发现了一张字条：

“我为不能看到你而遗憾。昨天我本想跟你一起度过晚上。恰普也许会告诉你一些事情。说实在的，我不想写出来。我现在明白了，为什么这几天我有时候想哭。我并不惭愧。可是现在没有眼泪。我冷酷得很。再见吧……”

还有一段附语：

“你嘲笑我所珍视的一切。而且还固执己见。但这不会有什么结果的。我并不打算把你当一座纪念碑竖立在我的心里。M.”

第六章

友谊节

米嘉走了已经有一个星期了。只剩下奥丽雅孤零零一个人。这是她一生中最苦闷的一段时间。

给保姆送行搞了三天。普拉斯柯维雅·季莫菲耶芙娜动身到某国营农场她弟弟那儿去了。临走前她又来劝奥丽雅到乡下去，她默默地听着玛丽雅·谢尔盖耶芙娜的忠告，只是单调地应声附和着：“我明白，姑娘应该念书……我又不是剪圆头的，我明白。”很明显，她心里并不相信。她舍不得跟她在最艰苦的战争岁月中抚养大的奥丽雅分开，——她给这一大串的念头和想法也闹得头昏脑涨了。

在上车的时候又哭了一阵，她们答应要互相写信，奥丽雅从车站回来以后，一声不吭，很快地躺下睡了。

“米嘉来了个明信片。”姨妈说。

“是吗？已经到卡路加了？……”

“不，在路上写的……”

“我想睡了，祝您晚安……”

一到傍晚，奥丽雅为了避开和玛丽雅·谢尔盖耶芙娜作坦白的谈话，就到辟在院子里边的小花圃里去，在凳子上坐下来。这里很好：她甚至没有想到这是因为街灯在当头明亮地照耀着的缘故。她一会儿自言自语，一会儿跟妈妈，一会儿跟米嘉谈话。妈妈要是活着多好哇！……妈妈不用说话，不用解释就会怜惜她。她一定会一声不响把奥丽雅搂到自己怀里，那时就可以痛痛快快哭一场。然后心头就会轻松些。虽然玛丽雅·谢尔盖耶芙娜也未尝不想安慰她，但是她做不到——她一会儿叫奥丽雅去看电影，一会儿说只有在考验中才能看出一个人是不是坚强。她想像不到要装出一副若无其事的样子是多么困难。她根本没想到最糟糕的还不是别尔金，不是安东尼达·伊凡诺芙娜，甚至也不是玛丽雅·谢尔盖耶芙娜放弃到西梅依兹去这件事。而是流言竟能使她和米嘉闹翻。米嘉认为她在使性子、耍脾气。这样的话当然随便哪个都会说——一个十七岁的丫头这样耍脾气还了得……但是他并不是寻常人啊。唉，她是多么傻啊！哦，多傻啊！唯有妈妈对她没有任何要求，而别人对她都有要求。要她改变现在的性格。

有一天，她信步走到水电站那边很远的地方。从稀疏的篱垣里传来安装在草地上的大变压器的嗡嗡的响声。当奥丽雅在六年级的时候，据说有一个哨兵不留神把自动枪搁在没有包好的电缆上，结果触电惨死。从此以后，奥丽雅每次走过这儿，透过篱垣的空隙望进去，总是提心吊胆，里面会不会也有一个冒失鬼；她不明白，在这变电所的花园里的几条小径上从来没有人散步，何必打扫得这么干干净净。“生活要简单些，”奥丽雅一边在荒凉的小巷里走着，一边心里忖度着，“应该粗俗些。最主要的是不要说庄严的漂亮话。米嘉喜欢说庄严的漂亮话：‘我自己也要反对让你那种人去搞少先队的工作。’怎么样的‘那种’呢？……庄严的漂亮话。乱谈哲理——别尔金也会这一套。事情要简单些：一个人不好过的时候，别人跟他在一起就无聊。所以他要到恰普那儿去。所以他要离开此地……”

那天晚上奥丽雅很迟才回家。从四楼的一扇窗里传出了男子的歌声：

“我的心头充满了激动……”

要是在以前，奥丽雅一定会觉得喜欢。可是今天她全不理会这些，只管打自己的大门口走了过去。玛丽雅·谢尔盖耶芙娜大概在等她：房间里还点着灯。

“一定要把这种情况结束，”奥丽雅拿定了主意，“接受朋友的帮助是一回事，可是仅仅因为人家是好人就依赖他们生活，那就完全是另一回事……这不是等于接受人家的施舍吗？那天夜里玛丽雅·谢尔盖耶芙娜在谈到公爵小姐鲍尔康斯卡雅的时候所说的话的确有道理。玛丽雅·谢尔盖耶芙娜是个高尚的人，既然我归根到底是住在他们家里，依靠他们，她会对我有什么想法呢？……”

住在隔邻一个大门里的两个熟识的女人在屋前走过。奥丽雅听到了她们的谈话中的只言片语：

“干酪是好极了，不过要是在早晨和晚上都……”

她们走远了，两人的影子在墙上移动。过了一会儿，她们重又走到大门口，奥丽雅就站在这里迟迟不走进屋里去。

“我对她说：‘您听着，两百公分是四卢布四十戈比，我给了您五卢布……’”

“准是没有拿到找头。”奥丽雅猜想。突然她脸上羞得发热起来：她不是也忘了还钱吗？米嘉也没提醒她。这还是争吵以前的事，她在体育场向他借的。她摸了摸背包里揉皱了的钞票。“小丫头，你伤心苦恼把人家九个卢布——三张三卢布的钞票——也吞没了。”她把钱掏了出来一看——缺了三个卢布。对了：她不是买了一支牙膏吗？

第二天早上她醒得很早，一起身就跑到电话站去。她无论如何要打一个电话给叶高尔·彼得罗维奇：他能帮忙找到工作，即使是一个月也好——到那时候再看吧。她要自力更生。自己挣钱……奥丽雅以前从来没有想过这件事。可是现在跟米嘉闹翻以后，她觉得这是唯一的出路，所有失去了家的孩子都走这条路。叶高尔·彼得罗维奇会懂得的……她并不考虑该说些什么话，坐在长凳上等候叫她通话，又是高兴、又是愤怒的眼睛一眨不眨地望着前面。她被叫到小室里去通话——她跑了过去。她好久弄不清楚，为什么电话里是一个女人声音。原来是白打了一次电话，叶高尔·彼得罗维奇到各集体农庄视察去了，要过一星期才能回来。

那天，奥丽雅遇到了那时候要求别尔金接见的那个医科女学生。她一直还没有离开本城，空闲的时候就在陌生的城里逛逛，她很喜欢这个城市。这个姑娘走到奥丽雅跟前，很亲切地跟她攀谈起来。在孤独的人之间几乎常有这样的事：奥丽雅偏偏对她——一个素昧平生的人——道出了自己和米嘉的一切事情。医科女学生仔细地听完了她的话，正像一个青年医师听自己的第一个病人叙述病情那样，她也劝她去找工作。这又有什么要考虑的呢？奥丽雅也不争辩。可是上哪儿去找呢？

“您到市团委去。你们那个别尔金已经不在那儿了。”姑娘微微一笑添上了这么句话。

“怎么不在了呢？”奥丽雅不相信地问。

“您不知道吗？这怎么会呢！哦呵！早就不在了！……”

女学生因为能够把这件新闻告诉她而高兴极了，她甚至吹了一声口哨。她在这里是个外人，据她了解，事情是这样：那个市团委委员罗斯洛娃当时对别尔金极表反感，她反驳了几句就走了，后来她在团委会上提出了这个问题。别尔金一下子就不见了！

“您说的可是真的吗？”奥丽雅激动地追问，“您是怎么知道的？……”

“您问我吗？我每日每夜都在市团委！”

“不，我指的是罗斯洛娃的事……”

“哦，罗斯洛娃的事大家都在讲。您首先得去找她……”

过了不到两小时，奥丽雅在市团委没碰到罗斯洛娃，于是就到她家里去，她的家是在很远的一个村里，那边的天空常常一下子就有好几架飞机轰隆轰隆飞过。她没有考虑将说些什么。她就是要去见见薇多奇卡。

到罗斯洛娃家去最近的路是从荨麻谷地走过去。奥丽雅小时候曾在这里拾过酸果，米嘉帮她拾满了一桶。还是那块瓜菜地。还是那些朝着夕阳转过头去的向日葵。

罗斯洛娃牵着一只很大的、在嘶哑地咳呛的狗，在小门旁边迎接了奥丽雅。

“好极了！您真了不起：给您找到了路。米嘉会来吗？”

“他在卡路加参加比赛。”

“我还希望他今天来呢。”

可以看得出来，薇多奇卡很扫兴。

“为什么？”奥丽雅茫然问道。

“大家都到齐了。今天是友谊节啊！您难道不知道吗？妙极了！来，您代表米嘉。”

奥丽雅这才恍然大悟，她来得多不凑巧。她瞥见苹果树下摆着一张餐桌，她认出了米嘉的同学们，还有阿勃杜尔·加米特穿着帆布上装，戴一顶小圆帽，坐在回廊的梯阶上。她窘透了。

“噢，我不知道，我下一次来！放我走吧，这样有些不便！”

但是已经迟了。薇多奇卡猜到奥丽雅想逃走——她从城里跑来不会没有事的——于是紧紧抱住她的肩膀，带她进了花园。

奥丽雅用一对愠怒的眼睛注视着以后的一切，她倔强地一言不发，也不想解释一下自己到这里来的目的。她不回答那些不知趣的盘问：“为什么你不上卡路加？”恰普远远地以咄咄逼人的眼光直盯着她——他一定猜得到她不是来过节的。阿勃杜尔·加米特似乎也在近旁，不过他是个很会体贴别人的人，他可不会来问长问短。

薇多奇卡在黑莓丛中跟她的儿子阿芳卡斗嘴。没办法把他从花园里打发开去，因为孩子看见一只猫给几只小猫衔来一条小蛇，他高兴得不得了。

男孩子们在等待屋子的主人奥格尼尧夫大尉，不时地跑到门口去。为了免得一个人坐着，奥丽雅终于走到阿勃杜尔·加米特身边，他对奥丽雅说他在等从城里开来的卡车，以便在早晨把他自己的一头奶牛和另外两位老师家的几头奶牛需要吃的草装走。很久以前起就这样洽妥了：飞机场无条件帮助学校，每年夏天老师们可以割走几卡车飞机场上的草。奥格尼尧夫赶到飞机场去，就是去关照先把哪块地上的草堆运走。

奥格尼尧夫大尉直到最后才跑了进来。

“请坐吧！奥列格、鲍里亚、伊果尔、埃狄克、任因卡，”薇多奇卡报着一个个名字，她让比伏瓦罗夫、巴扎罗夫、沙比罗、莫蒂辽维奇、波斯特尼柯夫就座。恰普妒忌地等着想跟女主人坐在一起，但她只是注意地对他看看，指指自己旁边的一个座位，对奥丽雅说：

“坐下吧，奥丽雅。”

在奥丽雅另一边的一张凳上挤着阿芳卡和一个戴黑皮帽、脸色红润、长着一对灰色眼睛的男孩子——二度苏联英雄的儿子。这就是薇多奇卡说要给米嘉看的那个萨拉瓦蒂克——她的又一宠儿。[1]萨拉瓦蒂克不知为什么立刻挑中了要跟奥丽雅作邻，看来他没有挑错，因为这天晚上，罗斯洛娃的花园里再没有别的人像奥丽雅那样需要跟说话不多而又热情的小孩子在一起了。

大家叫恰普第一个举杯祝贺。

“我这样说，叶丽扎维塔·符拉其米洛芙娜[2]……这也许是我们的最后一个友谊节了……虽然我坚决地不愿相信这一点，”恰普的话说得

---

① 萨拉瓦蒂克的父母可能已经牺牲了，所以由薇多奇卡抚养。

② 就是薇多奇卡。因为这是在庄重的场合，所以用正名连父名称呼。

含糊得可怕，“马上大家就要离开了。而鲍罗廷已经溜了。还不知道命运最后会把谁送到什么地方去。但我们的友谊的纪念将永远存在……让岁月一年一年地过去……”他沉默了一会，仰望着天空，不知是在那里找寻适当的话呢，还是在听飞机的声音。“让飞机在头上飞吧。但是我想说……每一个人，特别是共青团员，必须努力去懂得在他周围发生的一切，为的是正确地生活，在生活中占一席位置。你们明白吗?人从来不愿做渺小人物！即使是在童年时代……像您，叶丽扎维塔·符拉其米洛芙娜，对这点就有深刻的体会……”

“请不要来这些个人崇拜。”奥格尼尧夫冷冷地打断了那位演说家的话，他跟坐在自己身边的人碰了碰杯，为他的爱妻一饮而尽。

大家都笑了，从各自的座位上站起来，这样一来桌子四周又觉得挤了。男同学们一一跟罗斯洛娃碰了杯，然后互相碰杯。阿勃杜尔·加米特把恰普的头按下来，拍了一下他的后脑表示赞许。

这时候，奥丽雅也拿着酒杯站着，萨拉瓦蒂克把少先队员的红领巾从头上取下来，一声不响地把扣领巾的铜夹子塞到奥丽雅手里，奥丽雅默默地笑着对那孩子看了看。

“这种东西早就不用了。”她对萨拉瓦蒂克说。

“可是我还带着……”

他把自己的一只手紧紧按在她的一只拿着这个夹子的手上，把她的手合拢来，同时很滑稽地使了个眼色。

“既然为了友谊的话，那我们就来为奥丽雅·凯容干一杯！她到我们这里来真是好极了。”罗斯洛娃高声说。

“我根本不知道……”

“不，知道的，知道的。”薇多奇卡不去听她，当男孩子们在一杯一杯斟酒的时候，她的一只手紧紧抱住奥丽雅的肩膀。

“我跟您妈妈一起工作过哩。”有一个人在桌子较远的一端说。

奥丽雅从来没见过这人，她困惑地向薇多奇卡看了一下。薇多奇卡轻轻地解释说：

“这位是砌砖工人勃雷烈夫。”

“叶列梅依 · 依里奇？”

“就是他……”

飞行员旁边坐着一个奥丽雅不认识的人，他的脸上有几颗麻斑，长着一双淡蓝色的眼睛，这人外貌极其平常，他似乎坐也坐得特别低，免得人家注意他。大概给太阳晒得太猛了——他戴上一顶细毛毡帽，一对眼睛从沾满尘土和油渍的帽檐下向奥丽雅露出微笑。当大家听到他的话向他转过头去的时候，他摘下帽子，露出已经发秃的湿润的两鬓，上面只有几根极细的头发，他开始用手帕拭干帽子里边给汗涔透的漆布帽圈。

那次搞抽签游戏时妈妈所讲的叶列马原来是这样一个人……这时候不知多少回忆一下子涌上了心头，使奥丽雅默默地坐了下来，甚至忘了回答叶列梅依 · 依里奇的话。她这样听着高声的谈话坐了不久；后来她小心地站起身来离开席面。由于奥丽雅在一群男学生中看到了妈妈的同事，她想像到妈妈也可能到这里来；这个凄凉的念头并不夹杂着对自己和自己不幸遭遇的关切，想到这里，她走出了小门。

田野里有一头小牛在收割完的地上踯躅。在耀眼的阳光照耀下，有人站在道路中央自己跟自己谈话，一面指手划脚。奥丽雅仅仅根据薇多奇卡刚才送给他的书包就认出那是萨拉瓦蒂克。那孩子突然叉开两条腿坐了下来，已经坐到地上的时候，他笑了起来。书包放在地上。萨拉瓦蒂克没想到在他作充分享受的时候有人在注视他。

奥丽雅回头一看。薇多奇卡站在旁边。

“真是个淘气鬼！”她对萨拉瓦蒂克看出了神，嘴里说。

“勃雷烈夫怎么会在你们这儿的？”奥丽雅低声问道。

“您知道关于他的什么事情吗？”

“妈妈常常谈到他……他是个先进工作者。他发明了一种装砖头的笼子。”

“原来这样，真巧……他是我们的邻居。”罗斯洛娃仔细地看着奥丽雅，她也问：“您为什么不上卡路加去？”

“我跟米嘉闹翻了。”奥丽雅平静地回答。

小门呀的一声响。长脚恰普心事重重地探出头来看着奥丽雅。罗斯洛娃对他说：

“恰普，你走开。我们要谈谈……”

当恰普听话地走开以后，薇多奇卡重问了一遍：

“我们不是真的需要谈谈吗？”

奥丽雅默默地点了点头。

“我们现在到渔民那儿去，到那边去谈谈，”罗斯洛娃说，“每年这天我们总是在湖上结束的。走吧？……”

“他跟我在一起觉得无聊了。”奥丽雅说，她还在想自己的心事。

到湖畔的渔村有两公里路。奥格尼尧夫大尉和砌砖工人在前面走远了。男同学们围着阿勃杜尔·加米特。他们一面走，一面唱歌。奥丽雅寸步不离罗斯洛娃，最后蹒跚地走着疲乏的萨拉瓦蒂克。薇多奇卡的狗——“科洛姆那来的圣贝纳狗”——在中途赶上了大伙儿，到了这里离家很远的地方，它显得异样地亲热，尾巴向着奥丽雅摇摆个不停。

小湖已经笼罩在暮霭中。大鹰在空中盘旋——它在觅食：它从高处看得见穿着橡皮靴的渔民们在把渔网张在小岗上。一群牲畜打旁边走过。远处一座村子朝飞机场的那一边被夕阳照得通红；篱笆上一条红被子显得分外鲜艳，空中飘荡着白云；好些小孩子从村子里沿着收割完的田地向湖边跑来。

当罗斯洛娃和奥丽雅走近渔村的时候，飞行员和砌砖工人已经在把一条船推到水里去。紧靠湖岸有一间小屋，里边有一个女人在炉旁忙着。一个正在生病的渔夫两颊呈着病态的红润，哆嗦着把身子缩作一团，他正在喝瓶里的水。在一个木盆里有几只小鸭在溅水嬉戏，三个小姑娘夹紧了光脚盘坐在木盆旁。渔村上空徐徐升起一缕青烟。

渔民们认识飞行员，显然，城里人不是头一次到他们这儿来帮忙拖渔网。

“奥丽雅，到这儿来。”罗斯洛娃跳到船上，说。

她们沿着湖岸划着。罗斯洛娃坐在船尾，奥丽雅荡桨。

“你们是怎么回事？”罗斯洛娃问。

奥丽雅把桨翘在水面上的空中，看着透明的水珠从桨上泻下来。

“一个人不好过的时候，别人跟他在一起就无聊。”

这个念头寸步不离地紧随着她，但当她第一次把它说出口以后，她开始感到羞惭，于是她急急地说：

“总之，这件事糟透了。这件事是无法挽回的。我来是因为当我跟米嘉吵架的时候，我一时冲动说您……跟别尔金是一类的人。可是现在我知道这是错误的。完全错误的。事实上您在这件事情以后还为我们据理力争呢。”

“可是别尔金并不是为了你们的事被撵走的，”薇多奇卡不同意地说，“我也不是单为了你们才据理力争。别尔金早就应该撤职了，这件事我们做慢了……至于他对待你们的那件事——这仅仅是补充证据罢了。不过现在这件事简直不值得一谈。他已经不在那儿了。”

“可是难道只有他一个人吗？”奥丽雅问。

“这种人很多吗？”

“我们的校长鲍尔姜斯卡雅也是那样……您总比我知道得清楚。”

“还有谁？”

“还有……潘久霍夫，您听见过没有？哦，这是个坏蛋……地球上怎么能容忍这种人！”

奥丽雅凝神望着湖面的远处。

两个渔夫从船上撒下了网。可以看见船后水面上出现一条浮子组成的锁链。飞行员和砌砖工人用桨打着水面，把鱼往网里赶。

奥丽雅轻轻打着桨。船几乎停在原处不动。罗斯洛娃听了刚才奥丽雅说的话开始沉思。一个人年轻的时候总是胸怀大志，想做符拉其米尔·马雅可夫斯基那样的人，不能比他渺小；或者，“像我的哥哥那样——胸前挂满勋章绶带”；或者，像安东·谢苗诺维奇·马卡伦柯那样。忽然，眼前出现了一个官僚主义者，他为自己表面上的积极而沾沾自喜，可是实际上甚至颟顸不堪，不但如何行动要上级作最详尽的指示，而且如何看问题也要上级指示！说是从上面看问题清楚些！他认为自己的首要职责就是把生活看作不是事实上的那样（为的是懂得生活的不完美，然后改变生活！），而是看作理想中的那样——人家居然还因此而给他钱哩。于是他就专横起来：要求所有的人赞同他的现成想法……他以为自己是最了解情况的！奥丽雅看到这种人，说：“这是个坏蛋！地球上怎么能容忍这种人！”可是以后她可能渐渐开始以一种做作的毫不在乎的态度判断一切，免得人家看来太幼稚，太愚蠢；她将装出一副模样表示对于那些“人间活宝”的存在不必奇怪。遇见这种人，加上又是一个正在走运的家伙，——这在走向成年人生活之前的阶段，有时会是最可怕的发现。在这种情况下，自己应该做怎样的人呢？自己会不会受那些人的影响？有人听了这种事却说：“这是唯心论”，“这是蠢话”，“没有这种人”，“到什么山上就得唱什么歌呗”，这又是什么呢？成年人的姑息容忍是会震撼孩子心灵的……

“奥丽雅，您对‘坏蛋们’了解不？……”薇多奇卡向奥丽雅瞟了一眼，突然带着意想不到的微笑问她，“奥丽雅，您认为像别尔金这种人的存在应该使我们共产党员得到什么教训呢？”

奥丽雅以疑惑的目光看了她一眼。

“应该为自己、为大家斗争！”罗斯洛娃用拳头在船舷上敲了一下。“你们倒好哇！你们把你们受的委屈仅仅看作是自己个人的。可是对于我们，这种委屈就不是自己个人的了。你们想到夏令营去又不是为了去谈情说爱，而是为了在一起工作，为了使所有这一切——感情和工作——结合起来……但是别尔金横加干涉——于是你们就做了他所希望的一切：你们吵了架，各奔东西。你们怎么能让他达到目的呢？”

“可是又该怎么办呢？……”

薇多奇卡没有回答这个问题。她们划近渔网，拖在水面上的纤绳擦着船舷。叶列梅依·依里奇在叫着些什么——他给渔夫们帮忙比任何人得力。他这时要求薇多奇卡和奥丽雅也用桨打水。阿勃杜尔·加米特已经在他的船上拚命喊了，男学生们笑着扼住他的胳膊。

“您喜欢马雅可夫斯基的诗吗？”

“很喜欢……”

“您记得他的诗中‘爱情——这就是跑到院子深处去’①那一节吗？您可记得底下是怎么的？奥丽雅，当我想到爱情的时候，我觉得再也没有比他把爱情说得更聪明、更真实、更合情理的了。您记得吗？

爱情——

① 这是马雅可夫斯基的一首诗《从巴黎写给柯斯特罗夫同志的一封关于爱情的实质的信》中的一节。

这就是

跑到

院子深处去，

一直到深夜，

挥动雪亮的斧头

劈柴，

毫不吝惜

自己的

力气……”

薇多奇卡慢慢地念完整整一节诗，她沉默了。她那柔软的嘴唇露出了一个淡淡的微笑，顿时使她脸上的神情变样了。

“我第一次明白这一点是在我看着安那托里的时候。那时我们还没有结婚，孩子们常常从城里到我那儿去，关心我不要受了凉，他们给我劈柴，生炉子……安那托里那时候疲劳得厉害——老是夜间航行，可是他想亲自做世界上所有的事情：为我做，也为他自己做……也许，您觉得没意思吧？”

“哦，您说哪儿的话！……”

“奥丽雅，今天恰普在举杯祝贺的时候使我想起了许多事情。一下子都涌上了心头……我的安那托里不客气地说：‘请不要来这些个人崇拜’。事实上他是在说违心话：他甚至不注意我已经变了样，发了胖，这难道不是个人崇拜吗？我现在完全是个成年女人了，做母亲了……可是他甚至不愿懂得这一点。孩子们也是。应该这样！岁月一年一年地过去又有什么关系呢！难道青春会随岁月一起消逝吗？我跟安那托里多幸福啊——简直难以想像！”

“薇多奇卡，要是您知道……”

可是薇多奇卡不知为什么不让奥丽雅说完，她生气了，两手抓住船舷甚至把船也震得晃了一下，她说：

“少来一些空想，奥丽雅！我全都明白。不要太孤独、软弱、懦怯。您在那边太孤独了。当我靠近人们的时候，我不知怎么的总觉得比较高兴。也许，这样您也会觉得好些吧？不要跟他分离，但还是要靠近人们……现在我们就到人们那儿去吧！”

她们划到岸边，薇多奇卡从船上跳到她的安那托里的怀里。渔夫们在岸上拉纤绳。有的把绳拉到背后，有的挟在胳膊下，有的像阿勃杜尔·加米特那样把绳紧紧向自己肩上拉，精神抖擞地背向小湖大踏步走去，仿佛再也不愿回过头看它。叶列梅依·依里奇捉到两尾小鱼，把它们藏在口袋里。

“来挤奶啊！”他对自己喊了一声，就向前跑去，他追过排成一长列的渔夫们，想跑到所有的人前面去抓住绳子——“挤”渔网的“奶”。

渔网渐渐变形。一个女人和几个孩子像向藤篮里那样向网里望着，——里边只见银光闪闪的鱼鳞在跳动。

他们很晚才回到家里，天已经黑了。小门旁停着一辆卡车——说得准确些是堆着一大堆芬芳的干草。埃狄克·莫蒂辽维奇说，在黑暗中卡车像一个戴眼镜、头发蓬松的人头，颇有教授风度。样子倒的确很像。他们把一篮鱼拿到屋里。奥丽雅希望能一个人待着，她爬到干草堆的顶上。她看到男孩子们在回廊上吃晚饭，奥格尼尧夫大尉一直不能平静下来：他赞赏着一尾很大的硬鳍鱼，提住鱼鳃拿在手里估估重量，看看鱼牙，像拍牛背似的拍拍鱼腹。

后来，有人在向奥丽雅的卡车上爬上来。这是萨拉瓦蒂克。

“你还不睡？”奥丽雅从上面问。

“我就去，”那孩子悄悄地说，“你只要把夹子还我。”

“那你干吗要送给我呢？”

“我是想……我什么都舍得，”萨拉瓦蒂克含糊地低声说着，“可是现在都不带夹子了，我怎么能把夹子送人呢？你自己也知道。薇多奇卡在笑我。所以你还给我吧。”

“无条件吗？”

“你只要……耐心一点：我送一件别的东西给你。”

他拿了夹子跑了。奥丽雅聆听着他的渐渐去远的脚步声，聆听着夜间清晰的声响。不知疲倦的薇多奇卡在生炉子；屋子里火光熊熊，窗台上土罐子里的花映得分外鲜明，红红的火焰反照在玻璃窗上。村子里的什么地方有一个婴孩哭了。无线电报告员的声音在给各报社念新闻——念得很慢，按着一个一个音节念出来。

“现在逐、字、报、告……”报告员清清楚楚地念着。

一切都听得清清楚楚。

“薇多奇卡听了半句话立刻就明白了我跟米嘉之间发生的一切，”奥丽雅寻思着，“是不是因为她很敏感？是不是因为这样的事是稀松平常的？也许，大家都有这样的事？反正都是一样。这并不能使我轻松些……‘挥动雪亮的斧头劈柴……’——很难想像一个女人怎么能在夜里劈柴。这是为小伙子们写的。可是对于姑娘们呢？对于姑娘们怎么办呢？……”

“现在逐、字、报、告，”报告员又重复了一遍。

奥丽雅作了个苦笑。她也是在逐字逐句分析她所遭遇到的事情。难道她跟米嘉再也不能领受那种似乎整个世界只有他们两个人的美妙的感觉了吗？……难道这不必要了吗？或许薇多奇卡还没全说出来……

又有人在向她那儿爬上来，干草在某人的手下沙沙作声。

“奥丽雅，请您拉一把，我要滑下去了，”薇多奇卡悄声说，“您这儿真好……我就要走的，要不然鱼要焦了。”

她已经坐到奥丽雅的身旁，又深深地叹了口气，等喘过气来后，她说：

“我想问您一件事。不过您得凭良心回答我。您想不想工作。”

奥丽雅放下了薇多奇卡的手，说：

“劈柴吗？”

薇多奇卡起先不懂，后来想起了，她笑了。

“对，对……我刚才跟勃雷烈夫谈过。他可以叫您去做临时的工作。到学校开学为止。他说他们那儿需要一个记工员……您去吗？”

“去。马上去跟他谈吗？”她急不可耐地抬起了身子。

“不！现在晚了，他也许已经走了……奥丽雅，不过您得考虑一下，不用忙。他说：工作是很繁重的，要是干了几天就不干了，这样不好。”

“不，我不会不干的。”

薇多奇卡握了握她的手，滑到地上，黑暗中还传来她的声音：

“您考虑一下！”

报告员的声音不响了，接着是一片寂静，她连在干草上动弹一下都不敢。

马雅可夫斯基的诗

生活改变得多么出人意料！第一个工作日到了……

奥丽雅既分不清司机们的脸，也认不出装卸女工们的脸。他们到底是怎么样的：老年的还是年轻的？她没工夫细看。她只看见四双戴手套的手把砖头从卡车上扔下来，某人的突出的肩胛骨在给汗涔得发黑的背心的袒露处颤动，某人的没有用头巾扎起来的发辫沾满了尘土从背上飞到胸前，从胸前飞到背上。

勃雷烈夫对她说，她应该测定装卸女工和司机用手工方式卸砖头的工作时间，可是她完全惶惑了：怎么个测定法呢？

将近中午时，一切都因为炎热而变得有点拖泥带水，开始在眼前晃动。清晨，砖头的声音是干脆、短促的，可是现在变得像歌唱似的余音袅袅了；驶近了奥丽雅的一辆卡车的散热器里升起一团水汽，无数玫瑰色的圆点在眼前浮动。

看起来像是没有什么特殊的事情。坐着把别人的工作时间记录下来——这又不是什么难事情。但是要坐在户外大家看得见的地方无动于中地看着人们干繁重的活，这样看别人劳动这件事本身就是一项令人疲乏不堪的精神考验。仅仅这一桩事就能累得你够呛……奥丽雅弯下了腰坐在她的三块小砖上；汗淌到了嘴唇上——她就把它舔去；她早就感觉到放在胸前的护照已经完全涔湿粘在身上了，可是把它放到哪儿去呢，又没有时间。

"嗨，来吧！"

"来卸吧！……"

有人走过来，看了一下她的记录，觉得奇怪：

"在测定时间吗，请说说看！这是一项什么样的专业——装卸砖头？……"

一个装卸女工向她那边看了一眼，说：

"你找一块荫凉的地方坐坐吧。你在写些什么？"

"我自己还闹不大清楚，"奥丽雅回答说，"您扫地干吗？"她指着装卸女工手里的扫帚，反过来问。

"好干净些啊。"说话那个女工的脸一直到眼睛上面都用头巾裹着防灰尘，但是眼睛里露出了微笑。"拿把扫帚收拾收拾！"

卡车开来的时间没有一定：有时候一下子五六辆，那时司机们嘴里骂着，不耐烦地乱揿喇叭；有时候整整一小时没一辆车开来，那时装卸女工们就在砖头堆的荫凉处睡大觉。

一个年轻的司机从司机舱里跳出来，以漫不经心的动作把车板翻了下来，一面走，一面在摆架子，跟装卸女工们搭讪。女工们两个两个干活：两个在车上，两个在地上。其中最小的一个是在地上的一组里。奥丽雅已经认出了这个小姑娘：她叫多霞。当车上的一组休息的时候，她也把光光的胳膊搁在卡车的木板上。

“你别来打我们多霞的主意！”一个女工喊着，“她是我们的工作队长。”

“工作队长，这名字真光荣！”司机应声说，他把奥丽雅熟悉的那句高尔基的名言改头换面变了一下。[①]

装卸女工们原来还很年轻，那个快乐的司机所看过的书大概跟奥丽雅差不多，——奇怪，由于这些小事她倒觉得轻松了些，她开始感到自己在这里还不完全是个旁观者。

晚上，当奥丽雅乘公共汽车回到城里，蹒跚地走到家里以后，她已经累得筋疲力尽，玛丽雅·谢尔盖耶芙娜认为奥丽雅为了自己的自尊心付出了太大的代价，对于姨妈的种种意见，奥丽雅只是肯定地点点头，一边从一个大杯子里喝着浓茶。她的耳朵有点聋了。她微微抬起身子，觉得两条腿发软，又坐了下来。玛丽雅·谢尔盖耶芙娜继续说着明年考高等学校将不比今年容易，要考上高等学校，需要以优异的成绩念完中学，而要以优异的成绩念完中学，就需要现在好好休息，可是装卸砖头……即使是只看着人家装卸砖头——这可不是休息！这一切都是昨天一场争论的继续，玛丽雅·谢尔盖耶芙娜有一会儿认为奥

---

① 高尔基曾经借他的著名剧本《在底层》（前曾译作《夜店》）中的人物流浪汉沙金的口说过这么一句名言：“人，这名字真光荣！”

丽雅压根儿就在笑她，顺从地同意昨天还反对过的一切，直到这时她才发觉奥丽雅已经睡着了，于是就打断了自己说到一半的话，连忙去给她铺床。

奥丽雅给这突如其来的寂静惊醒了，她强打起精神，开始去帮助姨妈，怪不好意思地抱住了她，吻了她一下，这时玛丽雅·谢尔盖耶芙娜眼眶里润湿了，她擤了一下鼻涕。使她感动的甚至不是奥丽雅的温存，而是因为看到奥丽雅的头发沾上了那么多尘土和砖灰，梳子也梳不清。她明白了，在这个晚上对于奥丽雅来说，对她作一点寻常的关怀比最明智的忠告更有意义。

所有这些想法玛丽雅·谢尔盖耶芙娜用一句没头没脑的话表达了出来：

“是啊，姑娘家不比男孩子……”她喃喃地说完，就去把水搁在炉子上。

但是奥丽雅已经在脱鞋子，她什么也不想了。好像有一位叔叔又领着她在建筑工地的踏板和斜坡上走，叫她坐在三块小砖上，叮嘱她不要老在装卸女工们面前没事乱转；她一个人坐在那儿，还没有人来：女工也没有，司机也没有；一片凌乱的荒野，从这儿看得见整个狄基村和葛拉莎的小房子，甚至看得见院子中央她曾经住过几夜的普拉斯柯维雅·季莫菲耶芙娜的茅屋……在这一切东西的上空飞翔着熟悉的诗句：“爱情——这就是跑到院子深处去，一直到深夜，挥动雪亮的斧头劈柴，毫不吝惜自己的力气……”可是，在院子深处劈柴的鼓舞力量奥丽雅早就体会到了。爱情——这就是天蒙蒙亮跑进他的房间；他还睡着，紧握着拳头像在梦中打架似的，你就在他的桌旁坐下来，专心看着三角学。爱情——这就是跟他一起在松软的雪地上跟着马拉雪橇跑，雪橇里坐满了孩子，他们乱七八糟地唱歌：有的唱着杜尼雅的无袖长衣，有的唱着什么蓝色的雄鸭。爱情——这就是面对着那些伪善者把一切真话和盘托出，然后跑到他那里把所有的话重复一遍，让他也高兴，让他为她而骄傲。而憎恨任性、淘气、傲慢的自己又是什么意思呢？……这也是那种意思，也是那种……她叹了口气，眯着眼睛伸手去拿铅笔，想在“记工表”上记上些什么，她不知道这一切已经是在梦里了。

这正是炎热的八月天气。汽油和砖灰的气味混杂在空气中。奥丽雅觉得她好像全都记上了，再也没有什么可记了。砖头一块接着一块，一块接着一块卸下来……

叶列梅依·勃雷烈夫常来，在老远的斜坡上就可以看见他的细毛毡帽，原来还早得很，还没有全记上哩。他在跟她说话的时候，甚至没注意到她的动人的微笑，而奥丽雅微笑着——这是一种出于勉强的内心努力的微笑。她担心会毫无结果，可是他像对一个成年人那样对她说话，把她看作一个不管他说什么她都能领会、都能正确地执行的人。

省党委决定调查一下，运输时为什么有那么多砖头碎裂，建筑工人为什么埋怨砖头供应常常中断，而司机们有时一连站上几小时没活干，在建筑工地上“洗日光浴”。

离装卸女工们不远有一架起重机在工作。勃雷烈夫领奥丽雅到一个年轻的机器操纵手那儿去，他做着和装卸女工们同样的工作：给从砖瓦厂开来的汽车卸货。不过开到女工们那儿的汽车里的砖头是乱放的，用手工把车上的砖卸完——这要四十分钟。可是停在起重机下的汽车运来的砖头是装在勃雷烈夫发明的铁笼子里的，起重机操纵手在三分钟内就能扣住钩子一下子把两笼砖头吊起来，把它们并排放到地上。

“美不美？”勃雷烈夫问奥丽雅，他突然还提了个问题，“怎么样，那小伙子从卡路加回来了吗？”

奥丽雅的脸涨得通红。

她本来已经暗自肯定地认为叶列梅依·依里奇连她的名字也不记得，可是关于米嘉的问题使她仓皇失措。

“您怎么知道的？”

“从前薇拉·尼古拉耶芙娜跟我谈起过你们的事。你们的友谊很好，只是不要争吵……”

勃雷烈夫以潦草的字迹在“记工表”上签上了自己的名字后就走了，好像连告别的话也没说。真奇怪：安东尼达·伊凡诺芙娜告诉了别尔金，这是卑鄙的做法。而勃雷烈夫知道这事一定是薇多奇卡告诉了他——这却很好……因为这里有人知道了别人谁也不应该知道的关于她的事，奥丽雅甚至觉得很高兴……

这天还来了一个知道这事的人。那是恰普。

当奥丽雅看见米嘉那个瘦长的朋友胸前挂着照相机，心不在焉地跨过车辙和铁轨走来的时候，她甚至发怒了：他到这儿来干什么？她并不抬起头来——要是他要找她的话，就让他自己找吧。

他脸上的神情紧张，活像在瞄准目标准备开枪，不像在拍照。恰普拍了几张照。他对一堆堆砖头、车上和地上的装卸女工、从车上卸铁笼的起重机产生了兴趣。奥丽雅猜想他也是受勃雷烈夫的委托来的。不过，谁知道他呢？他甚至没有走到奥丽雅那边来，只是在老远的地方对她点点头。

第二天他也来。这次他是骑自行车来的。

“可以放在你旁边吗？”他问道，其实已经把车在奥丽雅的脚边放下了。

“你到这儿来做什么？”奥丽雅生硬地问。

“跟你一样……唉，真要热死人了。”

摄影家到处受欢迎，因为人人都愿意照相。当然，也不能不考虑到恰普的性格。奥丽雅惊异地注意着恰普多么快就跟人们打成一片。所有的司机都是他的老相识。装卸女工们第一天还存着戒心微笑着看他，现在也已经在跟他开玩笑了。她们管他叫做恰巴。有一个女工给他拿来了一块西瓜。恰普把照相机从胸前扔到背后，把他那从来没有晒黑过的瘦削的脸埋在淡红色的西瓜上，很随便地打量着姑娘们，说：

“堆得真美……你们不是在堆砖头，而是在绘画。你们最好再铺上一些白色的小石子！”

“当然！一定要铺的……”多霞满是砖灰的脸上闪现出微笑，“恰巴，你看见人家跳舞的时候用干净的手帕揩靴子吗？”

恰普走了，可是女工们还笑着目送了他很久。

直到刚才恰普夸赞姑娘们的时候，奥丽雅才明白，原来并不是一定要把砖头堆得这样好看的，别人也许工作得差些。可是多霞和她的朋友们把砖头堆得别出心裁，空出来的地方像一条马路，木板也铺得像轨道似的，可以推手车，碎砖都堆在一旁；砖头堆下面有可以遮太阳的荫地，荫地上有一条砖头搭成的凳子；凳上挂着一柄笤帚，这已经是奢侈品了，它趾高气扬地高悬在那里，活像一面小旗。她怎么没把这一切反映在那些每天晚上凑在妈妈的橘黄色灯罩下那么仔细地划出来的“记工表”上呢？

“你将跟我们在一起多久？”多霞问。

“跟你们一起不知还有多久。总之到九月一日为止。”

“你们到底是怎么回事？你来记工，那个恰巴来拍照。这究竟是干什么呀？”

“人家没对你们说过吗？……”

“是勃雷烈夫介绍他们到我们这儿来的……”

“他是个发明家……”

“就像那些大学生那样……”

“像哪些大学生？”

“你记得下小雨的那一天吗？”

这几句谜一样的、不经心地说出口的话突然使奥丽雅对姑娘们所过的那种她所陌生的、不了解的生活激起了强烈的好奇心：她们在狄基村是怎样生活的，接触的是哪些人？

那辆自行车现在老是放在奥丽雅的脚边了。恰普常常出人意外地出现，同样出人意外地消失。他把自行车扔下来，突然以怀疑的目光看着奥丽雅：她是不是以为他是为了她而到这儿来的。

“这儿的驻卫警警长对我有这么长的牙齿①！”他说着用手指在铅笔上比了一下长度。

显然，他骑着自行车到工地上来并不是那么简单的。

“这里有些人真要命！他们是材料的奴隶，公文的奴隶，”有时他气愤得连字也咬不大清楚地说，“跟这帮人打交道建设不成共产主义……”怒气稍微平息以后，他咕噜着说。

有一次他从城里气急败坏地骑自行车赶来，在奥丽雅身边下了车，开始含糊不清地说：他刚才在勃雷烈夫家里参观建筑展览会。

“你知道吗，他的工作台上堆满了玩具……有发条的小汽车啦……像铜丝小篓似的小砖笼啦……彩色小木块搭成的砖头堆啦……”

奥丽雅想弄清楚恰普的心头到底是怎么回事，为什么他这样激动。可是他忽然皱起了眉头，看了一下奥丽雅，说：

“你的眉毛像两只小蜜蜂……都是给尘土弄成这样的。”

---

① “对谁有牙齿”是俄语中的一句成语，意思是：跟谁过不去。这里的意思是：“驻卫警警长跟我过不去。”

说罢，他就把自行车留下，从她身边走开了。奥丽雅心想：他干吗这样莫名其妙地看她一下，干吗提到眉毛呢？

恰普没有一次跟奥丽雅一起离开工地。是不是因为他跟门口的军事化警卫人员为了自行车的事不大和睦？只有一次，她回家的时候在大门外一大群建筑工人中间看到他的瘦长的个子。于是他们俩步行而去。晚上，运河岸上的公路上行人极少……奥丽雅坐上自行车，骑了半公里路，下了车……在远远的山岗上恰普的轮廓显得很小。真是个怪人。奥丽雅使米嘉和他疏远了。他明明知道这一点，可是他装作仿佛从来没有发生过任何事情。当他不慌不忙地向她走来的时候，奥丽雅回忆起了他们之间的不友好关系的全部经过。她突然想随便怎么样刺激他一下，作弄他一下，揪住他的额发，看看他会怎么样。但是在他走近来以后，她并没有揪住他的额发。她只是把眼睛眯得很小很小，问道：

"恰普，你过去为什么老是拍白云，现在又拍起装卸女工来了？"

恰普对这个问题丝毫也不见怪。他心不在焉地望望天上，望望地下。他们抓住了自行车的车把子站着。

"你知道……怎么简单些对你说呢，——这是我青年时代的甘皮特时期。你懂得'甘皮特'这个词的意思吗？……这是下棋时一种牺牲小卒以求迅速进攻的开局法！总而言之，我是个笨蛋！"

说着他笑了。奥丽雅第一次看到恰普是怎么笑的——他长着一头蓬松的头发，一双聪明、诚实的眼睛，一张大嘴和一副洁白的牙齿。

第二天，他们在饭厅吃午饭的时候，正巧坐在同一张桌旁。

"你们二位是工程师吗？"一个胡须花白的老头倾听着他们的谈话，很有礼貌地问。

"怎么简单些对您说呢，她是记工员，"恰普随口回答，"她跟砌砖工人勃雷烈夫在为消灭用手工方式搬运砖头而斗争……砖头的碎裂损失太厉害了！”他摊了下手，蓦地转过头去看看：自行车是不是靠壁放着？

恰普所说的话很中那个老头的意，他同情地点点头，这时他只对着奥丽雅说：

“我们还在用爷爷的方法运砖头，这是事实……你们真是好样儿的！”

显然，他对“爷爷的方法”这句话很喜欢，虽然他自己就是个道地的爷爷了。他把这话重复了好几遍。奥丽雅看到他有一个工长的皮夹，妈妈从前也有这么一个皮夹，还是爸爸留下来的呢：是帆布做的，用带子来回绕着好几圈。那胡子老头解开皮夹上的带子，数着钞票，长长的带子在奥丽雅的脚边盘旋。老头很赞成奥丽雅的工作，他说：

“对，姑娘，——车子在砖头上推，人在砖头上走……到几时才能完结呢？我们在用爷爷的方法干活！你们真正是好样儿的！”

“不过您别以为我们在吹牛。”恰普突然望着老头说。

走出饭厅的时候，恰普揿着自行车的铃给奥丽雅打开一条路，他带着冷笑说：

“我真是个笨蛋……吹牛吹糊涂了。我让您受了窘……”

下午三点钟起，运砖头的工作中断了——一辆车也没来。装卸女工们把砖头堆周围打扫了一番。莲娜和迦尼雅在荫处打瞌睡。娜佳·普朗金娜到自来水龙头那儿去了——那边总是有说有笑。多霞·拉波奇金娜从砖头底下把早晨藏在那里的一本书拿出来看。

奥丽雅这样空等着等得累死了。女工们说到傍晚也许有活干：好像汽车调配站主任跟工地主任又吵了起来，他把车库里全部车辆都开到另一个地方去了。现在正在说服他。奥丽雅知道汽车调配站主任是谁：福马·福米奇·潘久霍夫。要是恰普在就好了……真奇怪，这个自尊心很强的同志一点也不碍事。跟他在一起甚至更好些。只是不能向他承认这一点。可惜他又不见了——自行车在老地方——奥丽雅的三块小砖旁。

快乐的娜佳·普朗金娜回来了，她叫醒了朋友们。多霞跑去拿面包。奥丽雅给酷暑熏得疲乏不堪，她听着砖堆旁懒洋洋的声音在谈话。姑娘们对这个记工员的态度很平常：对她既不拘束，不过也不大跟她说话。奥丽雅虽然不跟她们谈话，但她已经知道了关于她们的许多事情：她们是从同一个地方来的，在城里仍旧照老习惯互相照顾。她们住在狄基村的宿舍里。从玩笑话中奥丽雅知道声音低沉的迦尼雅·米洛塞尔多娃从乡下带来一把茶壶，多霞·拉波奇金娜在乡下本来不喜欢喝茶，可是跟迦尼雅在一起也爱上了喝茶；奥丽雅知道每逢星期日沉默寡言的莲娜·巴什基尔采娃的未婚夫——一个战争中受了内伤的不爱喝酒的木工——要到她家去做客，彬彬有礼地只喝一点新开瓶里的葡萄酒；奥丽雅还知道多霞跟娜佳·普朗金娜很要好，娜佳极喜欢各种惊险奇遇，多霞送给了她一张春天从太平洋回来度过假期的表兄的相片。

奥丽雅一生中不止一次地看到过坐在卡车上的装卸女工、修理电车路或者为埋水管挖掘堑壕的妇女们。现在她渐渐知道了她们的生活，她们的兴趣，她们在工作中想些什么。原来这跟在学校里所能想像的根本不一样。

多霞跑来了，把一只长面包扔到迦尼雅肚子上，在她身旁坐了下来。

“姑娘们，我们到这儿来是干什么的？像傻瓜似的坐了整整一天。”

“你是吃青鱼来的，多霞！”迦尼雅笑着说，“奶奶教会了你爱吃青鱼，可是在我们的消费合作社里买也买不到。”

“挣一点钞票回家呗。再打扮一番……”莲娜似醒未醒地说。可以听到她已经在打鼾了；她总是第一个睡着。

可是别人不想睡——活干得太少。她们海阔天空地扯着，在奥丽雅的脑海中钩起了无限心事，这些心事都是突如其来的，她想到了自己，想到了别人，想到了近的，想到了远的，还想到了以前从来不想的事情。

“我到这儿来的目的暂时还一点没有达到，”多霞愁闷地说，“我是来学习的，可是他们叫我装卸砖头。这在家里也能做——不过不是砖头，而是甜菜罢了。”

女工们都不吭声。

“瞧，人家都有机器，”多霞继续说，“马达管理员坐在她们的风檐下，琢磨工人有回转钻，连灰泥工人也有唧管。有的烧汽油，有的烧煤，有的管理电气，有的用水泵蒸馏溶液……”她一一列举着说得气也透不过来了，“可是我们只有一副手套，一把笤帚。”

奥丽雅听不懂某些话，但是多霞想表达的意思她领会得很清楚。

“听说，谁要是打报告，谁就可以学习。”迦尼雅以低沉的声音说。

“前几天我问一个人，”多霞沉默了半晌，开口说，“‘在这儿能不能学到本领？还是回乡下去呢？’可是他笑着说：‘你浑身湿透了，简直拧得出水来。耐着点儿，先干一下，习惯习惯……’我指着那些管理马达的姑娘说：‘我哪点比她们差？’他回答说：‘你指的那些人，打破土的第一天起就在工地上干活。明白吗？可是你还是昨天刚乘火车来的。耐着点儿。你也能学到专业。’”

“我知道你问的是谁。”普朗金娜脸上带着调皮的神情说。

“谁？”

“你是知道的。我不高兴说。”

“我记不得了。”

“勃雷烈夫你忘了吗？”普朗金娜轻轻地、以抑扬顿挫的声调说。

“这可不对！”多霞甚至抬起了身子。“要是开诚布公地说的话，我跟他作过完全不同的一次谈话。完全不同的……应该发动司机们，使他们为争取使用砖笼而努力。我跟勃雷烈夫谈的是这个。”

“勃雷烈夫是在安排她们的前途，可不是这样吗！”奥丽雅心想，她第一次把他的事情和姑娘们繁重而单调的工作、和她的美好希望直接结合了起来。“他在为她们努力。但难道仅仅是为了她们吗？……妈妈过去也帮助他……”突然她感到非常遗憾，因为米嘉不在——她不仅希望他在城里，而且希望他在这里她的身边。一种亲切的感觉笼罩了她，这是对多霞、迦尼雅、娜佳的亲切感觉，她们远离家庭前来寻找前途——不是什么别的前途，而是真正的劳动前途。这种感觉仿佛把这几天来与她寸步不离的全部思想抹上了彩色，她想到了自己，想到自己还没有选定任何方向的青春。青春有许多道路，到底走哪一条呢？……

恰普直到傍晚才来，那时奥丽雅已经在担心了，她不知道把自行车放到哪儿去好。工作日结束了。白天的闹声静下来了。可是还不让装卸女工们走，但是很清楚，她们是白等的——今天不会有活干了。

“看到没有，那边在辟一个花园。领你去看看好吗？”恰普没精打采地提议，他把奥丽雅带到一边去。

他们在一个小丘上坐下来。但是他并不领她看任何东西。

“我要给他点厉害看看……真是个混蛋！”恰普怒冲冲地说。

奥丽雅明白他是在说潘久霍夫。

“你知道什么事啦？”

看得出，消息是很不愉快的，恰普只点起了一支烟，把两条腿尽全部长度伸直。然后他小心地从奥丽雅的膝上把她的笔记本拿起来，翻了一下，看看写得很工整、很仔细的几行字，说：

“你可知道，我的字难看得吓坏人……”沉默了一会后，突然问，“你喜欢写信吗？”

“写给谁？……”奥丽雅微微一笑。

“那么米嘉写信给你吗？”恰普比较肯定地问。

奥丽雅默默地摇摇头。

看来，恰普觉得不便纠缠不清，因此他急忙改变话题。

“这里有些人认为：反正材料很多——浪费一点无所谓！可是在高等技术学校里还讲授‘组织生产’呢……哼！”他狠狠地嗤了一下，“人们把砖头装在手推车里从我们这儿推走。请问，何必多此一举呢？到了起重机旁边，把砖头装到笼子里，吊到建筑架上以后——又放在手推车里……这不是有八个人在白白地干活吗！”

他一面说，一面拍拍他的照相机，奥丽雅明白，他已经把这一切都拍下来了。

“你是为勃雷烈夫工作吗？”她带着冷漠的神情问。

“是的……是他要求的。”

沉默片刻以后，他说了，这也许是使他不安的最主要的原因：

“谁也不会对那个多霞说她在白拿工钱。人家要生气的……”

好像为了证实他的话的正确性似的，有人高声骂了起来，骂得附近四周都听得见。扩音机把声音传送到整个工地上。大概是塔式起重机操纵手在高空中说话。也许，地上的索具工人跑开了一会儿，所以操纵手请他吃一顿臭骂。

“这里还是有些神经病患者，”恰普说着向奥丽雅斜瞅了一眼，“秩序糟透了：每个人拆下了烂污就走了。一个人才挖了地。另一个人去打支撑，第三个人就把它弄坏！油漆工人还没走——所有的墙壁已经被涂得乱七八糟。”

“他今天讲起了劲了，”奥丽雅心想，“可见，他对这里发生的一切也不是漠不关心的。”

由于恰普把潘久霍夫叫做混蛋，她甚至不愿跟他分开了。这时，周围的一切正笼罩上一片黄昏的荒凉景色，静寂中只听见迟钝深沉的声音，不知从淡紫色的旷野里哪个地方传来的。这奇怪的声音难道是还在空地上工作的那唯一的一部机器发出来的吗？那部机器在开辟未来的花园。它在撞着地面，在地上钻出一个个像杯子似的圆小坑。那里将种植树木。从这里看不见小坑，但是可以清楚地看到土壤像一把扇子那样松散开来。螺钻几乎一眨眼就钻了进去——在看不见的小坑周围又出现了一圈细碎的泥土。

勃雷烈夫悄悄地走了过来。他站了一会，在小丘上恰普的身旁坐了下来。

“他嘲笑我……说我想砖笼想疯了。”他说，奥丽雅明白他也在说潘久霍夫。“他像是抓住了人家的短处嘲笑说：‘你别忘了你的职位！’他真的这样说的：‘职位’，”他重复一遍后，甚至笑了起来，不过这是苦笑，“这也算是个人！他明明懂得砖笼跟缝纫机上的梭子一样重要。”

“您最好当面跟他谈谈。彻彻底底谈一谈。”奥丽雅向他建议。

勃雷烈夫露出了一个苦笑。

“我跟他搞成了这样……”他把两手的指头交叉起来，做出两只山羊角碰角打架的样子，奥丽雅不用他说就明白这位发明家兼砌砖工人跟汽车调配站主任之间的关系是怎么样的。“有一次在市执委会我已经把他逼得够呛了……”

“他怎么说？”恰普问。

“他说：‘你不是我的上司！’他说：‘你只有权利指挥你的胡子：刮去还是留着……’”

恰普把两腿夹紧，用手抱住两膝。

“那天我恰巧没刮胡子……”勃雷烈夫笑了起来，“他是个混蛋。

十足的官僚主义者。现在我跟他到省委会去谈。到那边会给我们两个人的胡子一起刮去。”

他说话的声音不高。他把手指交叉起来后，就忘了松开。后脑上还是那顶细毛毡帽。

三个人有半晌没说话。刚才高声大骂的那个声音唱起歌来了，歌声飘荡在黄昏的旷野上：

……我是一株山楂，
想攀向橡树……

多霞和她的同伴打旁边走过，她们挥着手。另一个工作队的装卸女工们鱼贯而过——这是一群脚上裹着白布、穿着新套鞋的莫尔多瓦[①]的姑娘们。一个年轻人的声音像在童话中那样响着，在扩音机中这声音变得异乎寻常地洪亮，奥丽雅想像着那个操纵手是怎么个模样；她想起妈妈曾经说过要给她介绍一个塔式起重机操纵手……

那时我就不再
弯曲摇晃……

“小寡孀的颂歌。”恰普把那句熟悉的玩笑话重复了一遍。

远远地传来许多汽车在乱揿喇叭的嘈音。喇叭声不耐烦地响着，把不安带进了恬静的空气中。那一定是看门人或者驻卫警心不在焉忘了开门，而司机们结束了一天的工作以后——他们只要有借口——就把喇叭揿得十里路外都听得见。

---

① 俄罗斯苏维埃联邦社会主义共和国境内的一个自治共和国。

令人不安的喇叭声刚响了起来，奥丽雅就像被响声惊醒似的跳了起来。突然，她产生了一种不可思议的想像：米嘉来了——他来了，已经在家里了。

“我想回去了……可以吗？”她不耐烦地问勃雷烈夫。

“怎么啦？”

“没什么……可以回去了吗？”

“奥丽雅，你上哪儿去？”恰普在她后面喊道。

他也站了起来。不论是他，或是勃雷烈夫，都不明白奥丽雅是怎么回事：她没有告别就沿着布满小坑的空地向门口跑去。

她以前怎么没想到他回来了呢！她怎么能白白浪费这么多时间！她一心想着他将怎么样和她见面。好几天以来的受屈的创痛停止了，一下子好了……人家帮她爬上了车厢，车上挤满了人，莫尔多瓦的姑娘们唱着歌。汽车一会儿在狄基村疾驶，一会儿轧轧响着停下来，皮带上带有铁钩的人们——爬高工人——爬下车去……在踏板上走过一个挺漂亮的蒙古女人——大概是办事处的绘图员，因为她腋下挟着一卷图纸……售货亭旁有一个脸上溅满石灰浆的工人在喝柠檬水。他的橡皮靴也溅满了白色的泥浆。那工人把杯子里的柠檬水倒在靴子上，车上有人在奥丽雅的耳边喊着：

“嗨，近卫军战士！”

奥丽雅这时候的心境使她根本不去考虑，为什么那个人拿柠檬水冲靴子，为什么他叫近卫军战士……“我一点也不难过……一点也不……一点也不……”她很快很快地喃喃自语着，“你到莫斯科去，我不会给你写缠绵悱恻的信，你不会收到这样的信……唉，你啊，真是个厚皮[1]……

① 俄语中的“厚皮”指“冷酷”，“不易打动”的意思，与中国话说“厚皮”表示“恬不知耻”不同。

很难把你身上的皮剥下来。米进卡……不要争论了，米嘉，以后再也不要这样了……”她清楚地听到米嘉的声音：“你为什么惹我生气？”她说：“你在恰普家应该多住几天，好让大家知道我比谁都坏，最坏……”米嘉简短地纠正她：“不是最坏，不过是没有完全成熟罢了。”她说：“我最坏……最丑，最讨厌……”这种急口令愈说愈快，愈说愈快。周围的人在叫嚷，在歌唱——她都听不见。她只听见卡车的左后轮很快地啪啦啦响着。世界上别的什么都没有了——除了她，除了米嘉，还有那啪啦啦响着的左后轮。

恰普来访

“不可怜被打或受伤的好汉……”

叶高尔·彼得罗维奇以这句心爱的口头禅在离城三十公里的郊区他的住所的过道里懒洋洋地、亲切地接待了恰普。刚才，在夜里将近十二点的时候，民警局的值班中尉打电话到他的住所，说有一个神经不大正常的自行车手要知道检察官鲍罗廷的住址，同时又拒绝解释原因，他说是从城里来，有私事要谈。

“我一下子就猜着了。”叶高尔·彼得罗维奇说，他向恰普指点该把自行车放在什么地方，把恰普让到了房间里。

“您这句话是什么意思？”恰普在门口迟疑了一会。

于是检察官拍拍他的湿透的背，说：

“不可怜被打或受伤的好汉，只可怜烂醉如泥的好汉……您到民警局去过了吗？请进来吧。我不知道您的正式名字叫什么。”

“我叫恰普。”他用两只手搔了一下蓬松的头发。

“这绰号是哪儿来的？我早就想问了。”

“这事说来话长……他们本来想把我叫做恰巴伊——结果没成

功。”恰普没好声气地说，一面心不在焉地望着这书房的天花板。

当他被一种愿望控制住的时候，他不愿任何东西使他分心，这时他就是这样。虽然夜里在公路上骑车疾驶以后他的腿好像在嗡嗡地响，脖子紧张得疼痛，但他顽强地要达到目的：在民警局为了地址的事引起的一番麻烦只有把他刺激得更厉害。

叶高尔·彼得罗维奇知趣地迁就了这股压力。

“您来有什么事吗？”他问。

“我想向您提一个问题……只有一个问题……因为您是……”恰普好像在生自己的气：冒冒失失地闯了来，可是解释又觉得困难。

“提问题是我也会的，”叶高尔·彼得罗维奇说，“那么提吧。”

“为什么米嘉不结婚？”恰普冲出了口，随即暴躁地喊了起来：“您别笑！”

叶高尔·彼得罗维奇真的在笑。

“别的事情也罢，可是这样的事急躁不得，”他说，“怎么，发生什么事了吗？”

“发生了这么回事：他到卡路加去了。”

“这我知道。”

“俄语中这叫做溜之大吉！把她一个人撇下！她像发了疯似的！……他们彼此相爱，这是事实……可是有人把他们吓唬了一阵，他们就各奔东西了。他们是觉得羞惭了还是怎么的——这是一种病，我这样认为！有人把这病根种到了他们身上。这种人现在正高兴哩……”

“谁高兴？”叶高尔·彼得罗维奇固执地问。

但是恰普不回答问题。

“甚至是小狗害了病也得医治！”他毫不停顿地说，“害了病——就得治！米嘉没尝过不幸。他很幸福……有家……又得了金质奖章。

大家都喜欢他，尊敬他。”他顿了一下，脸色变得更阴沉了，又改口说：“当然，虽然不是所有的人都喜欢他。我个人就跟他闹翻过。不过这并不重要……他的前途是不可限量的！……”

他结结巴巴地说着，有点语无伦次，这些话他因为激动而说得有点异样。叶高尔·彼得罗维奇现在非常认真地听着他说。

“既然米嘉这样幸福，那又怎么样呢？”他问恰普。

“发生这一切的原因您知道吗？他决定维护她的名誉。他到我那里去当看护，我没有要他来过。后来又到卡路加去了。这算什么呢？难道割草喂狗去了吗？”

“割草喂狗？”叶高尔·彼得罗维奇疑惑不解地反问了一遍。

米嘉讲过关于恰普的童年，现在，某种回忆在叶高尔·彼得罗维奇的脑海里一闪，使他感到了不安。这个小伙子的思路是跳跃的，在他的幼稚的逻辑中什么都有：既有饱经风霜的世故，也有稚气十足的天真，他使人惊奇、不安，同时又奇怪地使人高兴。

“您问为什么米嘉不结婚？”叶高尔·彼得罗维奇知道恰普这次沉默下来以后将好久不说话，就重复了一遍。“恰普……您画了一幅真实的图画，可是结论荒唐……要是过了一年或者五年，发现爱情原来不是爱情，不过是似乎像爱情罢了，要是他们发现并没有考验过感情的力量，可是已经子女成群，到那时候怎么办？……您看到过没有幸福的家庭吗？……”说到这里，他有点不好意思。打断了自己的话：“恰普，您自己曾经爱过人吗？”

“我对这问题抱有理智的态度。”

“既然您这样冷静、清醒、理智，”叶高尔·彼得罗维奇显然对这两个字觉得可笑，“那我们就来排去一切假象分析分析全部事情。您说：‘有人把病根种到他们身上……他们害了病……’您可明白米嘉和奥丽雅之间是怎么回事？”

说也奇怪，这个问题把恰普问得哑口无言。他的确从来没有仔细想过米嘉和奥丽雅之间是怎么回事，他一向排遣任何费心思的事情。那天奥丽雅的突然离去使他很焦虑，他在她走后就到鲍罗廷家去。奥丽雅已经睡了。玛丽雅·谢尔盖耶芙娜有一年多没看见恰普到他们家去了，她走到楼梯口来迎接他，她据实告诉他，奥丽雅刚才犯了一个奇怪的错误，她好像产生了一种错觉，急冲冲地闯进房来，可是当她明白了自己的错误以后，就躺下睡了。

恰普猜到玛丽雅·谢尔盖耶芙娜为什么在叙述别人的精神感受的时候没有把话说完，凝视着他，仿佛在测验他对朋友关心的程度。显然，奥丽雅产生了一种幻觉：她以为米嘉回来了！恰普从楼梯上跑了下去。他被这一切震惊了……奥丽雅明明是那么平静地工作着，一次也没有谈起过米嘉。要不是她这次跑掉，恰普还根本不会想到……这么说，她把一切都埋在心坎深处？这么说，她连一分钟也没有忘记过？

米嘉为了不要待在家里而寸步不离地给恰普当了两夜看护，后来在友谊节那天，恰普在花园里听到了罗斯洛娃和勃雷烈夫的谈话，砌砖工人同意奥丽雅去当记工员，在这一段时间以后，恰普自己也不明白，为什么所有那些别人的难以解决的糟糕事情在他心头别住了，事实上那些事情与他毫不相干……但是，为奥丽雅不平的怨浪从他自己的童年回忆中一阵阵地袭入他那抑郁的心灵，在他看来，米嘉到卡路加去这件事简直是叛变行为。在跟玛丽雅·谢尔盖耶芙娜谈话以后，他把手撑在车垫上，把脚交叉起来站在门口，他又骂米嘉，又骂奥丽雅，两个人都骂。他觉得应该做些什么事情。于是，他毫不动摇地采取第一个措施——找叶高尔·彼得罗维奇去。

现在他把腕部朝里叠着两手坐着，他保持这副疲倦的劳动者的姿势望着好久没有漆过的地板。

“在您看来，米嘉和奥丽雅之间是怎么回事？”叶高尔·彼得罗维奇问。

“不知道。”

“这是我们的第一个困难。”叶高尔·彼得罗维奇坐着，他也把手垂在两膝中间，很像恰普那样。“我也不知道啊。我们俩都不知道。那么我们来猜吧。您既然来了，那我们就一起来想。譬如说，我觉得人们如果真正在相爱，就会彼此解释该怎样做一个人……该怎样做一个人——这是一门很重要的学问。有些人一生也不能明白，弄不清楚……好，现在他们争吵了。我们就这样假定。但是在米嘉这样的年龄，当他和她争吵以后，他不是做得对吗？您是不是这样想？也许，他做得不对？您跟我辩论呀，恰普！她喜欢做环境的牺牲者，而他指责她这一点。也许，我错了吧？也许，他不过是避开复杂的精神感受罢了？可是她去工作了。那边，在卡路加的‘庄员之家’，他也许在看电影，一边想：他有没有足够的力量忘却这一切？事实上他无意间把她向前推了一步！她找到了唯一正确的道路……他们就是这样彼此解释着生活。他们以后会怎么样呢？啊，恰普？……”

“这是料想不到的。”恰普严肃地回答。

“是的，也许根本不需要料想！要是重归于好——那很好。要是散伙——那就是说，对他们要重新估价……走，我们马上就去给他打一个电报！”叶高尔·彼得罗维奇突然建议说。

“怎么打法？”恰普兴奋起来了。

“具两个名字。他全都会明白的。既然他在卡路加，我想大致上这样：‘别忘了参观齐奥尔科夫斯基的小屋子①……’还有什

① 齐奥尔科夫斯基(1837—1935)是苏联杰出的科学家，是关于喷气式飞行机械的理论和技术方面的专家。在卡路加有他的房子，他曾在那里生活、工作了好久，那座房子现在已经变成纪念馆了。

么？……”

“‘……记住，这里在等着你’。”恰普略加思索后坚定地说。

“走！”叶高尔·彼得罗维奇坚决地说。

他们在郊区的宽阔、寂静的街道上走，穿过没有篱垣的足球场。叶高尔·彼得罗维奇似乎挺满意，他的话匣子打开以后——就关不上。他简直变得年轻了。他对平静下来的恰普提着一些最奇怪的问题，同时自己也回答这些问题。

“您也懂得——他们并没有妒意！”叶高尔·彼得罗维奇大惊小怪地说，把恰普闹得稀里糊涂。“我注意着他们——什么都有！但是妒意没有……这不是很奇怪吗！我就曾经妒忌过。”

已经快要走到灯光黯淡的邮局时，叶高尔·彼得罗维奇大笑了起来。

“假如您是认真地说的话，”他说，“我想谈谈关于您的‘理智的态度’……我记得在阿尔扎玛斯的一个早晨。在跟一个姑娘夜里约会以后，我在当时的特殊任务营部值班。我在公园里踱步，听鸟儿歌唱，看着一本高尔基的书，突然看到他有这么一句奇怪的句子：‘人所得到的最美好的东西——就是爱女子的本领。’怎么样，老弟？”

“嗳，这跟我没有关系！”恰普忽然生气了。

在叶高尔·彼得罗维奇填写电报表的时候，恰普一直紧张地、一眼不眨地凝视着米嘉的爸爸。

在一个八月的中午

八月是夏季最热的一月。而八月中最热的一天正好是米嘉终于回来的那一天。

奥丽雅一早就向勃雷烈夫请了假到学校里去拿教科书。学年快要开始了。长长的走廊里空荡荡的，只有几位母亲携着小孩子的手，在楼梯上跟门房说话。她们是送新学生来的。一张熟悉的黝黑的脸从衣帽间的板壁后面向外一探。

“西皮丽雅！是你。……”

突然她感到一阵忧郁。甚至弄不清楚，这忧郁是打哪儿来的。再说，这是忧郁吗？不过是钩起了许多心事罢了……奥丽雅急忙回狄基村去。直到站在公共汽车站的一大群等车的乘客中，奥丽雅才把这个奇怪的感觉排遣开去，甚至挥了下手，想一想以后——又挥了下手。

奥丽雅走到装卸女工们那里的时候，太阳已经升得很高了，中午一定很热。她一下子就看出姑娘们累得筋疲力尽了。在展览场上今天有点像在紧急集合。

“日本话，古德——巴埃[①]！”一个挺调皮的司机喊着，他出发去开一次新差去了。

“滚吧，滚吧！”迦尼雅 · 米洛塞尔多娃看着那些排成半圆形的无故乱揿喇叭的汽车愤愤地嚷着。

在起重机旁拥挤的地方，两部卡车的车板互相钩住了。大家都自己管自己的事，大家都大叫大嚷，急急忙忙，互相催促，谁也不愿意去考虑一下，把跟人人有关的事情整顿一下。

这天，汽车调配站主任潘久霍夫把全部卡车都从车库派去运砖头——他决定这样把工程管理处的提意见的人教训一番。将近中午时，潘久霍夫又派出一批自动卸货卡车。它们在惊心动魄的乒乓声中把砖头倒下来，使砖头变成碎片。

奥丽雅 · 凯容的心沉重得很……她看到在我们的土地上还会有这么多不忍卒睹的混乱现象后感到惭愧。当一辆小汽车驶近卸货场的时

① 这儿是英语“再见”的意思，不是日本话。

候，奥丽雅在一片纷沓拥挤之中一时还没闹清楚，从车门里边钻出来的一个头刮得精光、穿着淡色上装和高加索靴子的人原来就是她的那位远亲。她怎么也想不到他竟敢到这里来。

汽车调配站主任不是一个人来的。第一个下车的人大概是与潘久霍夫的命运有关：奥丽雅根据福马·福米奇的那种老花样就看出这一点——他就是为了这个人而布置了这次活像一幕闹剧场面似的乱糟糟的紧急集合。

“活像玛尔纳河上的战役[①]！”潘久霍夫天真地打趣着说，但是那位客人连笑也没笑一下。

为了不让砖堆遮住她的视线，奥丽雅跳到她的小砖上。这时刻她不去考虑潘久霍夫也可能看到她。她什么都忘了。

“怎么，车辆积压了吗？”潘久霍夫挺温和地问供应处的负责人员，“老弟，你们的要求真没法满足——一会儿嫌少，一会儿又嫌多……”

一个司机开始责备主任。潘久霍夫很有礼貌地笑着反驳：

“瞧你在教训我哩！你是党委委员，可你自己在起重机旁站了一个多钟头。我以一个老司机的身份告诉你一个秘密：卡车只有当它的轮子转动的时候才在工作。”

多霞·拉波奇金娜也嚷了一阵关于砖头碎裂的事。潘久霍夫以宽容的目光望着这个个子很小的装卸女工，问她：

“你知道一块整的值多少钱？……你嘟嘟囔囔说了些什么，我也闹不清。一块整的值四十戈比！瞧你多忍心，多凶……你姓什么？”

“拉波奇金娜！”多霞毫无惧色地回答。

---

① 第一次世界大战中德、法两国曾在法国的玛尔纳河上鏖战。此处是潘久霍夫吹嘘他领导下的工作搞得热火朝天。

“我是谁，你知道吗？”

“汽车调配站主任。”

“谁告诉你的？”

他用沾沾自喜的心理进行自卫，他明白这位省委会某部长带他到这儿来不是偶然的，他也明白受处分的时候近了，于是他又想用无耻的乐观心情把大家压下去：在他一生中这办法曾多次奏效。

这时发生了一桩出人意料的事。一时大家都不懂是怎么回事。连刚才走近这里的米嘉·鲍罗廷一时也不明白奥丽雅打算干什么。

他站得很近，就在挖出的土壤堆成的小丘上，他贪婪地看着她。

才在一小时以前，他跑到家里，听完了玛丽雅·谢尔盖耶芙娜的话，他明白了他必需马上去，立刻就去看奥丽雅。他连忙到了狄基村，跑到了工地上。他向一个工人问卸砖头的地方在哪儿，那工人指了指大路那边的地方。米嘉跑到小丘上，就看见了……

这是使米嘉惊愕的一刹那，这时奥丽雅从她的小砖上跳下来，很快地弯下身去从地上捡了一块砖头的碎片。她的浓眉蹙在一起。几乎成了斜眼。在她紧握碎砖、伸得笔直的手的动作里，有一种威胁性的、不可抑压的力量……在这一切的同时，她一语不发！好像有什么东西涌上了奥丽雅的喉咙，不让她说一句话。

潘久霍夫的魁梧的身躯突然畏缩了，蜷作一团。大概，这次意外的会见——向他走过来的正是奥丽雅——使他大吃一惊。他急忙离开了她……他的高加索靴子仓卒地爬进了汽车。

奥丽雅紧逼过去，把碎砖向开着的车窗里塞进去。

“谁容许您这样做的？这不是您个人的财产，不是您的！”奥丽雅大声喊着，“砖头出厂的时候是好好的，可是现在变成了圆石头，砖头的边都敲落了！您怎么不觉得可耻……真是混蛋！”她喊着，不知不觉地用恰普的话骂了他。

直到现在，大家才放下了心：原来女记工员并不想打汽车调配站主任，她仅仅给他看看他的工作成绩罢了。带潘久霍夫来的那个不大喜欢说话的人以赞许的目光看着奥丽雅。

潘久霍夫竭力想掩饰他的窘相，向开车的喊了一声："走，我上炉子去……"意思是指到砖瓦厂去。司机们和装卸女工们都知道这个术语，但现在潘久霍夫这句话却引起了微笑，甚至大笑。潘久霍夫看来猜到了这笑声的意思。他自己已经再也不笑了。

汽车在离米嘉几步路的地方开走，他听见潘久霍夫重复着说："不像话……不——像——话……"他一会儿把这句话拖长，一会儿又短促而气愤地说："不像话！"

他的同伴只是厌恶地挥了一下手。

米嘉从他站着的小丘上看得清清楚楚。在给太阳晒得火辣辣的一堆堆砖头旁边，方才围住刚开走的那辆小汽车的人群还没有散开。奥丽雅也站在那里。司机们和装卸女工们把她围住了，他们笑着，夸赞奥丽雅……瞧，她走近了！于是米嘉从小丘上跑下去，很快地沿着小路走到旁边去。让奥丽雅不知道他在这里，——他不马上走到她那边去，让那些和她一起工作的人跟她说话吧。

过了一个多钟点。风有时从一大堆木板、许多捆草席、一张张油毛毡上面卷起一团团灰尘，米嘉在这些东西中间踯躅着，等吃午饭的时候到来。他比过去更爱奥丽雅了。玛莎姨妈说的事情非常意外，可是如果仔细体味一下的话——奥丽雅的确是那样的……人家提到他——鲍罗廷——的时候都说："这个人顶事！"可是，这些日子他究竟做了些什么呢？他到卡路加去了，其实是可以不去的。当然，在多项运动中他为代表队增了光，在齐奥尔科夫斯基的小屋子里消磨了整整一天，直到现在从车厢窗里看够了自然景色以后，他才明白，北方的枝叶鬈曲的桦树林有多美。这一切都很有趣，但是都不必要，对他也没有什么价值。

现在又只剩下一些印象……还是奥丽雅强得多：她做了对她来说是最困难，但又是最必要的事。

在去卡路加的途中，米嘉在火车上一直跟萨莫依洛夫在一起；有一次在车厢的通道里，米嘉把一切都告诉了他，什么也不隐瞒，连留在桌上的字条也说了。萨莫依洛夫听完了，说："你是个意志薄弱的小伙子……"还说了许多别的话。他们一路上挺亲密，而在这次谈话以后他们的关系冷淡了一些。米嘉第一次听到人家这样评论他。萨莫依洛夫否定了米嘉性格中的某种东西。萨莫依洛夫帮奥丽雅说话，这使米嘉意外地感到受了委屈；意外的是萨莫依洛夫的话说得有道理。米嘉从来没有像旅行的这几天那样考虑过自己的事。孩子气，孩子气……一切都是孩子气。他还没有真正为了奥丽雅而奋斗过——他仅仅欣赏了她整整一年，太天真了……的确是笨蛋，意志薄弱的人……他还不知她的性格呢，他一直把年龄的反映当作性格，这里还有她的不幸……她将来会怎样呢？这才是真正需要知道的事情！他们正在进入另一种生活——成人的生活，他跟奥丽雅将会怎么样呢？……

晚上，开着的车窗外有一阵凉意从疏林中透来，遥远的村落在地平线上浮动；在运动员们的歌声中米嘉明白了一切都还没有结束。他不久就要到莫斯科去了——在阅览室度过冬天的夜晚，大学生在宿舍里聊天，交上新的朋友，看到北方的雪景。有一个被他留在故乡南方城市里的个子矮小的、可爱的女学生的形象，浮现在这一切非常容易想像的事情上面，——她将会怎么样呢？……

在卡路加有过一瞬间的工夫他亲眼看到了她。他永远也不会把这件事告诉她——要是一旦被她发现他原来是个……迷信的人，那多难为情。这是在检阅以后，所有的队伍都散开了，大家都忙着到宿舍里去，而米嘉肩上举着一面卷起来的旗帜走着。远远的在一大群运动员中间，他看到一辆卡车。车上站着奥丽雅。她向他那边看了一眼。米嘉看到她用拳头在司机舱的顶上乱敲，可是卡车没有停下，它从人丛中开到一幢房屋的转角后面去了。米嘉觉得奥丽雅好像还向他那边看了最后一眼。他不相信自己的眼睛，但是，说来奇怪，他终究高兴了起来。他现在拿着旗再走上十公里也无所谓……从前他自己好几次嘲笑过那些倦容满面、弯腰曲背、一个个在尘土飞扬的街上蹒跚行走的旗手……如今他自己扮演这个角色了！他笑了起来。真稀奇：他因为拿着旗帜而觉得高兴，他一点也不抱怨奥丽雅。他心想："我难道比她软弱吗？"从卡路加回家的时候，一路上他一直因为她时时刻刻出现在他脑海中而苦恼着。有时候非常奇怪：走到陌生的月台上，在机车旁边人少一点的地方踱一会，可是心里却觉得——她就在旁边，跟你在一起……还是那个奥丽雅……

现在她的的确确在旁边了，就在小丘后面。米嘉耐心地望着这片空地，这里的全部土壤仿佛都被建设揭去了头皮。一根草也没有。只有一条小溪。不过这不是从什么源头沿着变硬的车辙流来的水，——离米嘉坐下的地方十来公尺，有一个普通的自来水龙头从水塘里凸出来。这不是给水站，而是一个很细的、像钩子似弯曲的管子。时时有工人们走去喝水，洗脸，在湿漉漉的石块上滑来滑去。

这时恰普发现了他，便走过来在旁边坐下。恰普很沉着，生硬地问着关于卡路加、关于比赛、关于齐奥尔科夫斯基的小屋子的情况。他连电报的事也没有提。恰普抬起他的浮肿的厚眼皮，只说了一句话："你的一切多么顺利……"——这时米嘉不由得长叹一声，说：

"哦，恰普……她老是那样……哪还谈得上顺利呵！她一直落后，落后，可是后来又一下子追上了。现在一切都要重新开始了……"

恰普只向米嘉瞟了一眼。然后，他沉默了一会以后，又长久地叫他看自来水龙头旁大家各各不同地洗脸喝水的情景。他甚至拍下了几个镜头。一个钳工把航空帽推到脑勺子上，洗着肮脏的耳朵。一个工程师凑着水流弯下身去，潇洒地把拿着在冒烟的香烟的一只手挪开。一个女人洗好了脸，用一块小头巾抹着额角、下颌、两鬓，不知为了什么，她每次都要看看那块变黑了的头巾，然后又把它裹在头上。

突然，米嘉看见了奥丽雅。她也来喝水了。她当然不会想到他在这里。恰普立刻不见了。米嘉几乎停止了呼吸，把手指交叉起来望着奥丽雅。然后她开始洗膝头，一面用手掌擦着。这样继续了几分钟。米嘉一动不动地看着奥丽雅，他忘记了一切，因为又可以看她了。可以尽情地看！

“奥丽迦，”他轻轻地叫了一声。

她迅速地回过头来，看见了他。

“你在这里好久了吗？”她问。

她知道他欣赏了她好久了，这立刻给她带来一阵轻松感觉。

“我跟你怎么会站在这儿的呢？”奥丽雅问，可是她一点也不想离开原地一步，“你怎么会到这儿来的？”

米嘉不知道说什么好，他答道：

“牛顿的万有引力定律……”

从春天在运动会上听了一位乌克兰物理学家的报告以后，这句话他们就常用了。

奥丽雅忘了揩干手和脸，他拿起了她的手绢：他们就这样靠拢了——四只手握在一起。

“多好哇……”奥丽雅说，她并不把手抽开，“你马上就跑了来，你真不知道这有多好呢！我们那次争吵……现在我不明白我们怎么会吵起来的？……”奥丽雅说到这里气喘得厉害，她住了口，觉得很惭愧，接着毫不掩饰地以温柔的口吻问：“你在那边好吗？你在卡路加怎么样？”

“告诉你，我在那边很喜欢睡觉。”

“睡觉？”

“老是梦见你……”他轻轻地说。

她听着他说话有说不出的愉快，她觉得好像马上就要发生某种不堪想像的事。也许是因为害怕这不堪想像的事马上就要发生，她开始看着脚下的湿石头，用几乎听不见的声音说：

“演‘喷水池旁的一幕’[①]吗？”

代尾声

……在米嘉·鲍罗廷的一生中，这年秋天发生了许多变化。他做了莫斯科的居民——虽然他没有到列宁山上的大学去，而是考进了测地学院的地图制图系。他住在列福尔托伏区的最高一层宿舍里。与南方不同的莫斯科大雪柔软得出奇——和他所想的完全不一样——在他房间的窗外飘着，飘着，飘着。

恰普现在在基辅。

您去问他——他自己也不知道他是不是在工业大学学习。目前他算是函授生，但是他没有回家，弄到了教科书，半天消磨在阅览室里，同时等待着不久以后把他征去服兵役。

他的全部矛盾现在归结在一个问题上——需要得到宿舍。事情的进展还算顺利：他在一处工地上当电机师。但是他把护照丢了，领到了一张三个月内有效的临时护照，为了这件事，经手办理户口登记手续的宿舍管理员对他“有这么长的牙齿”（恰普常常用铅笔或食指比着

① 普希金的名剧《鲍里斯·戈都诺夫》中的一场。在这一场中伪王季米特里和玛丽娜幽会。

长度给大家看）。星期日常常可以在老是挤着许多无线电爱好者的无线电材料商店附近碰到他。恰普在那里收买某些零件，大概准备在十月革命节前建立一个无线电广播站使工人宿舍活跃起来。只要给登记户口就行了……“不过，这些都不是重要的！我知道了关于通古斯的陨石、火星上的生活和火星上的绿色植物，这使我开始考虑我选定的方向是否正确。天文植物学——这才是真正的学问！这值得好好考虑……”恰普在信中这样幻想着。在边上用绿墨水写着的化学公式中间有一行字，又像是附语，又像是给自己看的札记：“现在到了把技术使用到宇宙范围去的时候了——这值得仔细考虑。”

奥丽雅·凯容在十年级学习。学校里——走廊里和楼梯上——都挤满了男孩子。来念一年级的西皮丽雅跟一个翘鼻子的男孩子同坐一张课桌。奥丽雅从半开着的门里望进去看见了她。

寒假中奥丽雅将到莫斯科去，关于这件事她一下子就跟两个同路人——玛丽雅·谢尔盖耶芙娜和勃雷烈夫——谈妥了。

奥丽雅常常收到来信——从基辅来的和从莫斯科来的。

基辅的来信常常莫名其妙得惊人，加上字迹又是那样“吓坏人”。

莫斯科的来信总是那么温柔、幽默，内容丰富详尽（挂号印刷品邮寄，一来就是十页、二十页、二十五页），可以清楚地感觉到他恨不得不要离开她。有时甚至还有诗——这是以前所没有的。

后　记

爱情像一支美妙的歌曲，

不过歌曲是不容易编的。

斯捷潘·希巴巧夫

初恋——这绝对不是一个单纯的统计次序的概念，并不是说先是第一次，然后是第二次，第三次……初恋——这是爱的愿望，是精神上要求幸福的表示。初恋——这是“能够鼓舞青春，或者会造成无法弥补的终身遗憾的事情”。

在这种时候，帮助年轻的心灵实在是太重要了。既不能使它受到悲观主义和对人对己不信任的毒害，也不能使精神力量受到无谓损失。必须尽一切力量使一个人在走向生活的道路上走最初几步，也是最难的几步路的时候体会到别人对他的帮助和关怀。

尼古拉·阿塔洛夫这部小说的主题就是这样。作者通过十年级学生米嘉·鲍罗廷和九年级学生奥丽雅·凯容的恋爱和友谊的故事，无情地鞭挞伤害年轻心灵的恶劣行径，热烈地拥护共产主义教育的崇高原则。

奥丽雅是个自尊心很强的姑娘，但是她的正直、纯洁使读者原谅她的倔强、生硬、爱使性子和缺乏耐心……作者展示了奥丽雅性格成长的前途：像她这样的人决不会对环境低头，她永远想战胜困难，克服障碍，而决不肯对困难和障碍匍匐乞怜。譬如，米嘉快要得到金质奖章的时候，她难道能心安理得地老是拿三分吗？当然不能。作者带着微妙的抒情幽默口吻描写了奥丽雅如何自己帮助米嘉“影响影响”她，帮助他把她“拉上来”。

真正的爱情的美妙之处在于它能使相爱的人们努力提高自己，不甘落后。他们对于自己受到侮辱和心爱的人受到侮辱同样不能忍气吞声。真诚的、无保留的互相帮助是共产主义道德的基础。米嘉本来一直坚持这个原则，但他缺乏精神上的委婉，因此产生了第一次严重的吵架，在两颗年轻的心上留下了深刻的痕迹。在最困难的关头，米嘉离开了她。但奥丽雅始终爱着他，她突然心血来潮地以为米嘉已经回来了，并且在家里等她，这时，奥丽雅抛开了一切事情向着想像中的他奔去，她忘记了世界上的一切。这颗埋在心坎深处的爱的火星终于燃起熊熊的火焰，烧毁了横在他们之间的一切屏障。粗暴、庸俗的干涉者摧毁不了真挚、纯洁的爱情的牢固基础。

作者把米嘉和恰普做了一个对照。恰普的童年是不愉快的：爸爸遗弃了家庭，妈妈换了好几个丈夫。恰普在家里觉得比孤儿还苦，他陷入了悲观主义的泥淖，甚至想自杀。在辅导员罗斯洛娃、学校里的老师和同学们的帮助下，恰普克服了厌世思想。他从来不对朋友表示亲昵，但是他对别人的痛苦非常敏感。恰普跌坏了腿，看到米嘉来陪伴他，立刻就感觉到奥丽雅心灵的痛苦比他肉体的痛苦更甚，他几乎是把米嘉赶走的。米嘉也体会到这种细致的友情，所以他没有见怪，甚至对他感到亲切。后来米嘉不跟奥丽雅告别就到卡路加去参加比赛，恰普认为这简直是叛变行为，“为奥丽雅不平的怨浪……一阵阵地袭入他那抑郁的心灵”。

这部小说里没有所谓“理想的正面人物”。米嘉当然是正面形象——他有正直、善良的性格，但他内心的委婉和敏感不够。奥丽雅缺乏米嘉那种精神上的协调，恰普的个性又是那么怪异。他们都是好的，但都是不同的人；作者没有把他们加以粉饰，没有硬使他们趋于平衡，而是合情合理地打开他们的有时是矛盾的，但在不断地丰富和成长的内心世界。

是什么客观原因使奥丽雅和米嘉苦恼的呢？是某些人的庸俗、漠不关心、对人不信任的态度。他们有意无意地把毒箭射向年轻人脆弱的心灵。

女子学校校长安东尼达·伊凡诺芙娜为了保持学校的“名誉”（事实上城里的人称这所学校为“女子修道院”），不惜在奥丽雅向她倾吐衷肠以后打电话给那个自命不凡的别尔金——市团委学校少先队工作部部长。他们决定不让米嘉和奥丽雅到同一个夏令营去工作，唯恐会“搞出什么花样来”有碍“校誉”……

米嘉的姨妈玛丽雅·谢尔盖耶芙娜是个聪明、敏感的教师，她为了那件事和安东尼达·伊凡诺芙娜争论。这是真正的教育家和庸俗的伪君子之间的一场争论，是对人的神圣的信任态度和对人不尊敬、不信任态度的冲突。安东尼达·伊凡诺芙娜要把年轻人的奔放的热情“控制住”，而玛丽雅·谢尔盖耶芙娜主张“任其奔放”。这里特别要指出，玛丽雅·谢尔盖耶芙娜认为“应该用这种高尚、纯洁的感情发扬人的性格中最宝贵的东西”，但是“应该控制这种感情的一切不良反应：哪怕是最不严重的不良反应”。在“两个女教师”一节里，玛丽雅·谢尔盖耶芙娜说出了作者要说的话。这时，冲突达到了高潮，作者集中地刻画了两种态度的斗争，把矛盾的焦点清清楚楚地揭示出来，这就是**对人信任**的问题。

阿塔洛夫在一篇教育论文中引用了一个缺乏经验的青年女教师的话，她还弄不清楚高年级男女学生之间的复杂的相互关系，她说：“这对我们是一片漆黑的森林，漆黑的森林……”

但是，如果教师遵循马卡伦柯的教育原则：“尽可能尊敬一个人，同时对他要有严格的要求”，这片“漆黑的森林”就能渐渐变成阳光普照的康庄大道。

阿塔洛夫在这篇论文中提到了马卡伦柯关于培养爱的感情所说的

话："教人家爱，教人家懂得什么是爱，教人家做幸福的人——这就是教人家尊敬自己，教人家以人类的美德。"

马卡伦柯一生为了争取以对人信任为基础的马克思列宁主义教育科学的胜利而奋斗。信任和警觉性是互相联系的，不信任是教育工作中最严重的错误。信任能够唤起不辜负这种信任的愿望，能够培养热爱真理、克服缺点的意志。信任能够发扬一个人身上最好的品质。

马卡伦柯教育原则的战斗的共产主义人道主义精神首先表现在对于一切伪善者、对于一切苏维埃教育学的冒牌捍卫者毫不妥协的态度上。阿塔洛夫这部小说正确地体现了这种精神。

本书作者尼古拉·阿塔洛夫对于中国读者来说还比较陌生。他是苏联作家协会理事会理事、即将创刊的文艺杂志《莫斯科》的主编。他曾经写过不少中篇和短篇小说，今年苏联作家出版社出版的《尼古拉·阿塔洛夫中短篇小说集》收集了作者的主要作品。

译　者　1956 年 10 月

党的儿子

——基洛夫的故事——

[苏联] 尤·李别进斯基　艾·布洛克　著

内容提要

谢尔盖·米朗诺维奇·基洛夫是布尔什维克党和苏维埃国家的杰出活动家、列宁的忠实学生，本书描写他在青年时代的革命活动。

1908年，党派遣二十二岁的基洛夫到北高加索去恢复被破坏的地下组织。他以记者的公开身份和同志们一起，凭着非凡的机智、勇敢以及对党和人民的无限忠诚，战斗在军事重镇弗拉其卡夫卡斯。他们参加群众集会，宣传布尔什维主义思想，揭露那些自称“革命者”的孟什维克和社会革命党人，在《捷列克》报上发表一连串抨击俄国腐败政府的专横暴虐的文章。此外，在团结知识分子、启发少数民族劳动者的阶级觉悟方面，基洛夫也进行了巨大的工作。

作者在书中成功地塑造了这位党的儿子的形象，他那忠于党、忠于无产阶级事业的高贵品质，是我国青年的光辉榜样。

本书作者之一布洛克是一位老布尔什维克，曾和基洛夫在一起工作。李别进斯基计划在1958年和他继续合作写本书的第二部。

主要人物表

谢尔盖（谢辽查）·米朗诺维奇（米朗内奇）·柯斯特里科夫（米朗诺夫）——基洛夫。

斯捷邦·列昂季耶维奇·别洛焦罗夫——布尔什维克。

巴维尔（巴夫鲁希卡）·鲁什科夫——《捷列克》报推销员，布尔什维克。

塞尔格·约西福维奇·卡扎罗夫——《捷列克》报出版者。

格奥尔吉·尼古拉耶维奇·扎索霍夫——奥塞梯族教师。

玛丽雅（玛莎、玛申卡、玛琳娜、玛琳诺奇卡、玛鲁霞）·李伏芙娜·马尔库斯——《捷列克》报编辑。

亚历山大（阿兰）·萨法尔别科维奇·察里科夫——总督机要副官，哥萨克大尉。

叶列娜（列娜、列诺奇卡、涅尔卡）——布尔什维克。

符塞伏洛德（塞瓦）·尼古拉耶维奇·柯洛姆勃——叶列娜的丈夫。

列昂尼德·谢苗诺维奇·奥尔列茨——律师，社会革命党人。

齐诺维·伊凡诺维奇·里亚金——律师，孟什维克。

斯杰潘·符拉其米罗维奇·莫罗节耶夫（莫罗节伊爷爷）——诉讼代理人。

伊凡（瓦尼亚）·雅科夫列维奇·屠雷京——《捷列克》报印刷厂拼版工。

叶甫盖尼（任尼亚、任卡）·巴格拉季昂诺维奇·瓦赫坦果夫——演员。

巴格拉季昂·谢尔盖耶维奇·瓦赫坦果夫——叶甫盖尼的父亲，

烟厂厂主。

瓦西里·伊凡诺维奇·古古希金——印刷厂工人，孟什维克。

奥加涅斯·加夫里洛维奇·瓦冈诺夫——布尔什维克。

第一章

1

瞧，他就是谢尔盖·柯斯特里科夫[①]！

他走了进来，张开五个指头掠了掠倔强的、深褐色的头发，很快地打量了一下别洛焦罗夫的朴素的房间。一台小型的钳工工作台吸住了他的注意力。他对别洛焦罗夫看了一眼。“看来，你还干活？”眼睛里流露出疑问和赞许的目光。

别洛焦罗夫虽然事先知道，这个小伙子到伊尔库茨克不久就已经接受了党的任务，可是，看见柯斯特里科夫，这还是头一回。在他的脸上可以看出一种机智勇敢的神情——这样的小伙子当然可以在托姆斯克建立一个地下印刷厂，现在别洛焦罗夫就是为了那个印刷厂的事才把他叫来。是啊，真舍不得放他离开伊尔库茨克。这样的雄鹰在这儿可干的工作也有的是呢！

别洛焦罗夫站起来迎接进来的人，用暗语回答了他的暗语。别洛焦罗夫是个身材瘦长的人，他的胡髭修剪得很整齐，光滑的头发中间有几根稀稀朗朗的白发，戴一付镶着老式铁边的眼镜。他微微弯着腰，免得碰到低矮的天花板，把这个他一看就喜欢的小伙子抱住，领他走到一张圈椅那边。他自己在桌旁坐下，默默地打开烟盒。两个人开始抽烟。沉默了半晌。

“假如要您离开此地，您愿意上哪儿去？”别洛焦罗夫一本正经地问，仿佛在继续一席已经开始的谈话。

柯斯特里科夫莫名其妙地看了他一眼，说：

“至于说到我的志愿，那我根本就不想离开这儿。您托人交给我的党委的任务，我一定能完成。当然，我不知道您叫我来有什么事。不过我猜想，您是想了解这个任务执行的情况。我可以报告：在机械工艺学校里我已经认识了一些人，不久就可以组织小组了。”

他好像在辩白似的说着，同时带着一种倔强的神情噘着嘴唇。别洛焦罗夫对他愈来愈喜欢了。

“这么说，您不愿意离开我们这儿？”他问。

“对，不愿意！这儿的空气新鲜，从这儿看出去好像能看得特别远！凯旋门上写着：‘道路通向太平洋！’虽然我知道，这些字是为了纪念沙皇政府和中国签订条约而刻的，可是我想的是另一种意思……伟大的马克思主义思想应该沿着这条道路涌向亚洲，渗透到中国的长城以内，然后，谁知道！也许还要传播到太平洋彼岸！”

他突然停住不说了，因为他仿佛觉得别洛焦罗夫在笑他。别洛焦罗夫的确在微笑，但是洋溢在谢尔盖话中的沸腾的热情，使这位老革命家的一颗久经锻炼的、坚强的心也禁不住加速跳动。

“目前，暗探局还没有注意我，我希望留在这里。”柯斯特里科夫坚决地说。

“可是事实上暗探局已经注意了，”别洛焦罗夫严肃地说，“所以我把您叫来。你们那个在托姆斯克的印刷厂垮了。”

柯斯特里科夫皱起了眉头，幻想的表情霎时从他的脸上消失，嘴唇也不再噘起了。

“这不可能，”他说，“跟我一起建立这个印刷厂的同志都是绝对可靠的人。印刷厂的一切都准备好了，不会受到什么打击，现在专等待好时机。垮是不可能的！”

---

① 基洛夫原姓柯斯特里科夫。

这话说得斩钉截铁。别洛焦罗夫忽然放声大笑：

“‘印刷厂垮了’这句话您不能这样理解，应该从字面去理解。你们的印刷厂设在一座小屋子的地下室里，这座小屋子由于年久失修，坍到了地下室里，也就是说，坍到了你们印刷厂的厂房里去了。这座小屋子从前已经受到警察局的注意，因此在坍塌地点立刻进行了勘查，他们发现了一台印刷机。从这台印刷机引出一条线索，警察循着这条线索追查——结果它引到了一个姓柯斯特里科夫的人身上，他是这个印刷厂的神奇的创办人。”

“小屋子连累了我们……”柯斯特里科夫有点茫然地说，“说真的，我当时就担心——这小屋子实在太旧了。算了，既然它已经尽了职责，就随它去吧。不过离开伊尔库茨克我认为还是没有必要，”他坚持着说，“另外弄一张护照给我，我就在此地继续工作。”

“不……”从别洛焦罗夫低沉的声音中可以听到一种严厉的语调。“把您留在此地等于亲手把您交给警察。我们得到情报，知道他们在整个西伯利亚找您。现在中央恰巧要我们调一个干部给北高加索。我们决定派您去。”

“上北高加索？”柯斯特里科夫马上重问了一遍。“这倒有点意外，”他好像在寻思着什么似的说，“上北高加索的什么地方呢？别是上弗拉其卡夫卡斯[①]吧？”

“整个北高加索都由您支配！”别洛焦罗夫愉快地回答，“中央并没有指定接头地点，甚至住的地方也没有指定，根据这点看来，一切您都得从头做起。”

“一切都得从头做起，一切……”柯斯特里科夫重复着说，“那边

---

① 弗拉其卡夫卡斯现改称奥尔忠尼启则，是今北奥塞梯苏维埃社会主义自治共和国的首都。

有许多山居民族，其中最著名的有奥塞梯族、卡巴尔达族、切尔凯斯族。莱蒙托夫小说里的白拉[①]就是个切尔凯斯姑娘……”

“好极了！”别洛焦罗夫微笑着说，“您是个年轻人，您也可能爱上一个黑眼睛的切尔凯斯姑娘。但是，您是个有觉悟的社会民主党人，希望您不要像毕乔林那样对待她，您要吸收您的白拉去参加革命运动。”

“那边，在格罗兹内，有一个具有重大意义的石油区，那里外国资本的势力即使和巴库比起来也不算小，”柯斯特里科夫若有所思地说，他大概没有注意听别洛焦罗夫的玩笑话。“对，我就上格罗兹内。”他坚决地说，一边站起身来。“我搭第一班快车走。”

“您可太性急了！”别洛焦罗夫也从座位上站起来，他叫客人坐下，自己站在他旁边，微微摇摆着瘦长的身躯，说：“格罗兹内——这是第一。我正式通知您：上格罗兹内。现在斯杰潘·沙乌米扬[②]在高加索领导党的工作。他自己会找到您，或者会有一个人到您那儿说：‘斯杰潘问您好’——这是第二。第三，到了那边，您就写一封信，具名可写……您的父名是什么？”

“米朗内奇[③]……”柯斯特里科夫微微一笑，“米朗内奇爷爷——那就是我。”

“好吧，您就签上——米朗诺夫。信内可以写些最无关紧要的事，只要让我知道您已经平安到达目的地就行了，我可以把这一点报告中

---

① 白拉是莱蒙托夫的小说《当代英雄》中的一个姑娘。小说的主人公毕乔林帮助她的弟弟阿扎马特偷走了卡兹皮奇的马，条件是阿扎马特趁他父亲外出时把白拉送给毕乔林。毕乔林以极大的耐心赢得了白拉的爱，但不久就对她冷淡了。

② 斯杰潘·沙乌米扬(1878—1918)是苏联共产党杰出的活动家，列宁的忠实学生和战友。1905 年从国外回俄国与斯大林一起积极参加外高加索的革命运动。曾多次被捕流放。1917 年任巴库苏维埃主席。1918 年被英国武装干涉者杀害。

③ 他的正式父名是米朗诺维奇，说得快了就成米朗内奇，这种方式一般用来称呼年纪大的人。

央。最后是钱的问题。这儿给您十五卢布路上花。不要嫌少，这是党规定的路费。火车票会给您买来。后天动身。”

他们的手碰在一起。紧紧地握手。别洛焦罗夫一只手还握住他的手，另一只手伸到怀里去：

“这是给您路上用的指南针……”说着他把一本薄薄的小册子递给柯斯特里科夫。

“乌拉，乌拉，乌拉……”柯斯特里科夫一面翻着小册子，一面轻轻地喊，“在巴黎召开的全党代表会议[①]的文件。尽管孟什维克阻挠，大会显然是在列宁领导下进行的。”他抑低嗓子庄重地念道：“‘……重心应该移到建立和巩固地下党组织上面去……’[②]革命的地下活动万岁！对吗，斯捷邦·列昂季耶维奇？”他那在幻想鼓舞之下显得虎虎有生气的脸转向别洛焦罗夫。“让那些想取消地下活动的可鄙的孟什维克滚蛋吧！像凤凰一般不朽和不可战胜的我们的党万岁！”

再一次紧紧握了别洛焦罗夫的手以后，他走出房间。别洛焦罗夫实在舍不得他，也许再也看不到这个年轻人了，于是他迅速地走到窗前。

柯斯特里科夫把两手插在制服外套口袋里，在木板人行道上大踏步走着，脸上挂着微笑，像是在幻想，也许还含有讥诮的意味——这是一种不寻常的、为他所独有的微笑。

“雄鹰飞走了！”别洛焦罗夫怀着依恋的心情想着，“飞吧，祝你一路平安！北高加索一定很需要布尔什维克，我们派了一个出色的小伙子到那边去了。”

---

① 指 1908 年 12 月在巴黎召开的俄国社会民主工党第五次（全俄）代表会议。

② 引自“俄国社会民主工党第五次（全俄）代表会议给组织问题委员会的指令”（列宁全集俄文版，第 15 卷，297 页）。

2

祖国，你是多么伟大！火车在原野上奔驰了一昼夜、两昼夜、三昼夜，现在是第四昼夜了，可是到莫斯科还有半个西伯利亚，半个俄罗斯。到了莫斯科换车——现在是往南了，火车开始奔驰在俄罗斯中部和乌克兰一望无际的、被割成零碎小块的肥沃田野上，经过烟雾弥漫的顿巴斯。这时你的眼睛就别想离开窗口。看着散布在四处的尖顶小山——废石堆，看着尤卓夫卡、戈尔洛夫卡、鲁干斯克的高耸入云的烟囱，自然而然会想到，在一九〇五年遭到挫折、没有完成，因而仍是不可避免的革命，即将出现一个新的高潮。谢尔盖回忆起不久前在车略宾斯克车站看到的景象：离乡背井的农民们抛弃了挤在地主土地中间的穷村子，到西伯利亚去寻找新生活，但在车略宾斯克要他们到霍乱防治所去进行检疫。闷热得窒人的月台上，人们麇集在一起用浑浊的生水解渴，成群的苍蝇在他们头上飞来飞去，嗡嗡直响，在这种情况下霍乱不流行才怪呢。

“你们犯得着离开斯摩棱斯克省吗？”柯斯特里科夫问，“难道那边土地不够？”

一个农民以警惕而愤怒的目光很快地看了他一眼，接着他转弯抹角地回答说：

“地是够的，不过在地主手里……”

“是啊……”谢尔盖拖长了声调说，“地主是不会自愿把土地拿出来的。”

这是一个瘦弱的，但显然很有头脑的庄稼汉，穿着一双新的——当然是为了出门才编的——树皮鞋，谢尔盖在他的心里播下了一颗革命的种子后就走开了：得赶快上火车去。

商人、官吏、带着老婆的神父、去度别墅生活的太太，又是商人、官吏……可以看到形形色色的人物，听到海阔天空的谈话。他们谈论托尔斯泰，谈论杜马[①]，谈论土地。还谈到修筑铁路时发生的盗窃案……火车奔驰在顿巴斯的时候，话题就转到不久前的罢工运动和藏在这些被烟熏黑的小屋子里的红旗。一些庸俗的旅客以仇恨而又恐惧的目光斜眼看着被镇压的，但是威严的顿巴斯，看着黑烟弥漫的天空。

顿巴斯！顿巴斯！顿巴斯！——这个名字对于谢尔盖来说好像是召唤的号声；他真想下车走到那群矿工中间去，他们显然刚从地底下上来：脸黑得像黑人，个个累得筋疲力尽，衣服肮脏，但是眼睛射出不可战胜的光芒；他们走着，汇成了一股统一、团结的巨流。

谢尔盖忍不住了，他小心地环顾了一遭（他在上铺，下面的人都在喝茶，谁也没有注意他），然后用一条洗破了的红手帕（很久以前他妹妹送给他的礼物）挥了几下——接着马上就藏起来。矿工们看来懂得他的意思。几十只手向他挥舞答礼。不，柯斯特里科夫不在鲁干斯克下车：这儿一定有党派来的像他那样的人在进行地下工作——也许不姓柯斯特里科夫，而是姓伊凡诺夫、彼得罗夫，或者瓦西里耶夫……柯斯特里科夫将在格罗兹内下车；剩下的路不多了，火车已经过了罗斯托夫。机车歌唱着，发出隆隆的响声，以洪亮的嗓子向出现在南边的白色山脉问好。在蔚蓝色的天空中，跟天色一样蓝的覆冰的山坡眼看着快要融化。但是不，它们是不化的、永恒的……

果园里百花盛开，无论你往哪儿看，四周都是翻耕过的绿油油的田野。这儿的一块块份地比较宽阔，完全不像俄罗斯中部那样零零碎碎，地里时而有拖着三铧犁和耙子的耕牛映入他的眼帘。“看来，这儿

---

① 当时的“杜马”是沙皇政府用来欺骗人民的“国会”形式。

资本的势力已经侵入农业了。必须把这一切研究清楚，必须进行这件工作。”

开着鲜花的幽静的果园中，一座座洁白的黏土房屋迅速地浮掠过去；裹着白头巾的哥萨克妇女，在搬到院子里来的白色炉灶旁忙着；许多土罐子曝晒在篱桩上。一个穿切尔凯斯卡[①]、戴皮帽的男孩子骑在一匹顽皮的小马上打转。这里的人情风土是另一个样儿，因为哥萨克的生活比较富裕。但是，即使在火车飞快地掠过哥萨克村庄的时候，谢尔盖还是看到了不少衣衫褴褛、受尽繁重劳动的折磨的人们……拉汽笛呀，火车，拉呀！告诉他们劳动人民就要起义了……

党给的十五卢布路费快用完了。昨天买了一小袋樱桃和一俄斤[②]面包充饥，只得把裤带束紧些。不过还在罗斯托夫他就买到了一本附有详图的“高加索旅行指南”——这东西会有用的；同样，那本涎污满页的小册子“格罗兹内及其郊区全貌”也会有用处，这本书是在矿泉城车站的一个书报摊上买的，谢尔盖曾一再客气而坚决地要求摊主给他介绍一本关于格罗兹内的书，后来摊主不知在柜台底下什么地方把这本书找出来。他不得不省吃一顿饭买了它，不过还是值得的。

“在工商业城市格罗兹内，生活的目的是发现喷油嘴，希望是得到一份条件优越的采油合同。理想是做一个腰缠万贯的石油实业家。”书上说得很无耻，也很露骨。可是在那个腰缠亿万不义之财的资本家的魔影出现的地方，聚集了千百万天天被掠夺的人们，那里对富翁鄙视和憎恨的声浪一天天在高涨，愤怒的火焰一天比一天旺盛。谢尔盖记得他在前几年革命时代的报纸上看到，这里曾经爆发过罢工，举行过示威游行……柯斯特里科夫同志，这里已经给您的工作打下了基础！

---

① “切尔凯斯卡”(черкеска)是高加索山民和哥萨克穿的一种束腰带的、狭长的外衣，通常没有领子。

② 旧时的重量单位。一俄斤(фунт)约合 0.41 公斤。

多么想吃东西啊！还剩下四卢布十八戈比。倍斯兰站是在去北高加索军事重镇弗拉其卡夫卡斯的路上。谢尔盖有一封到那个城市去的介绍信。这封信跟党的联络网毫无关系，所以在某些场合可能特别有用。信是伊尔库茨克中学一个六年级学生叶高鲁什卡·谢米奥科夫写给他的叔父伊里亚·伊凡诺维奇的；他的叔父在铁路上做事：不知是弗拉其卡夫卡斯城内货物托运处的职员呢，还是货物保管处的处长——叶高鲁什卡自己也闹不清楚。

这两个年轻人是在伊尔库茨克市立图书馆认识的。谢米奥科夫来还书，柯斯特里科夫在翻阅报纸。谢米奥科夫来还托尔斯泰的小说《哥萨克》。他们谈起了托尔斯泰，谈起高加索，柯斯特里科夫并不费力就肯定了：他的这位新朋友是在弗拉其卡夫卡斯度过童年的，那里现在还住着他的亲属；他爱好文学，但绝对不问政治。

他们交上了朋友。当别洛焦罗夫建议他去高加索的时候，谢尔盖立刻想到可以向谢米奥科夫要一封到弗拉其卡夫卡斯去的介绍信——说不定有用处。后来，信得到了。

谢尔盖津津有味地嚼着在倍斯兰买的又好吃、又光滑的面包，一面欣赏着高耸在倍斯兰车站镇的美国白杨林背后的积雪山脉……这里的山完全不同于矿泉城的山——披着绿色破大氅、五峰巍立的倍什塔乌山[①]消失了。这儿连谢尔盖欣赏了那么久的埃尔勃路斯峰[②]的冰坡也看不见了。只有卡兹别克峰[③]庄严而骄傲地耸立在这些俨然一家人的同脉山岭的右侧。

莱蒙托夫的诗句自然而然地在脑海中出现——这些优美绝伦的诗

---

① 倍什塔乌山位于北高加索，高度一千四百米。山麓的城市名皮亚季果尔斯克。

② 埃尔勃路斯峰是高加索山脉的最高峰，在格鲁吉亚境内。主峰高达五千六百三十三米。

③ 卡兹别克峰也是高加索山脉高峰之一，高度为五千零四十七米。

句歌颂了人类劳动的力量，歌颂了人类智慧的力量，歌颂了人类战胜自然的伟绩：

他们将沿着你的坡阶，
　盖起很多烟雾腾腾的僧院；
在你的峡谷深处，
　将响起沉重的斧声。
为了取得青铜和黄金，
　铁锹将狠狠地刺入
你那石头的胸膛，
　挖出一条可怕的路！①

虽然这里不是开金矿，而是采石油，可是石油不是被称为“黑色的金子”的吗？准确些应该叫做“土地的黑血”。格罗兹内，格罗兹内，我的心正在向你急急飞来！

火车随着他的心飞奔。太阳早已下山，可是在沉睡的大地上空还可以看到绯色和深红色的山峰——这时候它们更显得高不可攀了。“可是我一定要爬上去！”谢尔盖望着那些隐约可见的绯色的山峰，顽强地想着。“我要自己攀上高峰，发动群众！要把他们从暗无天日、乌烟瘴气的资本主义峡谷中解放出来，引导他们走向那个美妙的时代，那时候隧道将穿通山岭，桥梁将跨越江河，钢缆铁道（关于这种机械设备谢尔盖不久前刚从书上看到）将把人们送到任何高山之巅——这一切都将在未来变成现实，那时我们的革命胜利了，我们将开始实现我们的理想——社会主义！”

---

① 这是莱蒙托夫的抒情诗《争论》中埃尔勃路斯峰对卡兹别克峰说的话。

现在仿佛离开那个时代不怎么远了。它像那些红光熊熊的山峰一样可以看得很清楚，放射出召唤的光芒，频频地招手，虽然要攀上高峰还得穿过许许多多现在还沉浸在一片漆黑中的深谷和险隘。

3

谢尔盖根据旅行指南知道了格罗兹内的历史。汹涌的宋查河在这里从山中夺路而出，就在这地方叶尔莫洛夫[1]曾经修筑过一座把守两岸的格罗兹那亚堡垒。谢尔盖不由自主地用目光寻找着这座堡垒的遗迹，可是哪儿也找不到。

是的，昨天的遗迹已经消失得无影无踪了，到处可以看到今天的，甚至明天的轮廓。瞧那边的许多油塔。这里到处可以看到这样的高塔，它们攀上山岗，它们互相拥挤，仿佛形成一座干燥、无叶、靠强烈而苦涩的石油气味滋养自己的密林。一列列装石油的油槽车占满了铁路的路基。车站给煤烟熏得黑乌乌的，尘土到处飞扬。

那边一长列马车上载着很长的铁管，这些空铁管的尾梢拖在凹凸不平的马路上发出震耳欲聋的响声；路上是又浓又黑的泥浆，寸步难行，不过花园里倒也浓荫匝地，苍翠欲滴，从那边飘来一阵阵东方食品浓郁扑鼻的香味。那边的招牌上写着“杜汉”[2]的字样，里面传来唢呐和铜鼓的乐声，还有醉汉的喧哗声……

谢尔盖向开着的窗里张望了一下。一个头发花白的绅士——一部短须修剪得很时髦，上衣翻领上佩着一枚大学校徽——手里拿着一只酒杯正在讲话。甚至可以听出一些知识分子惯用的时髦字眼：像“进

---

① 叶尔莫洛夫(1772—1861)是俄国将军，曾数次参加抵御拿破仑的战争，在高加索东部和西部修筑了许多堡垒。

② “杜汉”(духан)是高加索一种带卖酒的小饭馆。

步”啦、“繁荣”啦、“萌芽”啦……在同一张桌旁，一个胡髭柔密、喝得满脸通红、穿切尔凯斯卡的哥萨克，很快地在胸前划了个十字，把厚厚一叠钞票塞到怀里去，这叠钞票大概是那第三个，也是这件事情中最主要的人物刚才交给他的。那人的后脑上神气活现地歪戴着一顶圆顶帽，额上耷拉着几绺鬈发，穿一件绸衬衫和簇新的上装，挺自在地合着乐队的节拍摆动着一只手。但是，他那敏捷、贪婪的目光却在迅速地看他另一只手拿着的一份用紫墨水写的文件。匆促的交易、石油开采段的买卖、兴风作浪的石油股票商在这里统治着一切——这是一看就明白的。

现在是午餐时候。满街都是工人踩在泥泞的路上走着。他们的黑色粗布衣服散发出来的石油气味加重了，由于这些阴郁、疲惫、给煤烟熏黑的脸，泥泞的街上好像变得更暗了……可是酒店和饭馆里照旧传出醉汉的尖叫声和喧嚷声。

谢尔盖立刻走到这群工人中去。他侧耳谛听，留神察看。不管他把目光投到哪儿，处处都看到统治地球的魔王——资本——留下残忍、粗暴的指印，这里的一切都听它支配。

谢尔盖谛听着人们的谈话，间或听到他们在算一些数目极小的流水账。那都是论戈比的——面包多少戈比，土豆多少戈比，黄油多少戈比，总之是世上一切穷人所谈的话，——这些戈比都是血汗钱，是用劳动换来的……他们全都跟亲兄弟一样相像，可是在俄国话中间偶尔也可以听到乌克兰土话或者伏尔加流域的鞑靼人的浓重的方音，可以看到蹭满油污的肥腿裤上有褪色的哥萨克裤饰的痕迹。资本把他们全都搅混、搓和、改变、压榨成一个模样了。

突然谢尔盖打了个哆嗦：从侧面的什么地方有一双鹰目扫过来，这一扫跟锥刺差不多。这双眼睛在人群中发现了他，认出了他。特务……这个特务混在工人中间看起来好像毫无特殊之处；他穿的也是那种灰暗、肮脏的衣服，面孔跟周围的人也没有什么两样。但是他那穷凶极恶、咄咄逼人的目光，以及像鸟一般灵活的细脖子上一颗不住转动的脑袋，暴露了他自己……

谢尔盖拐了个弯走进侧面的一条胡同，摆脱了特务的尾随。可是这里的泥多烂啊！那些完全陷在泥里、跟胡同连一篱之隔也没有的黏土小屋和土窑里简直什么也看不见……

谢尔盖随身带有机械工艺学校的毕业证书。在他走进的第一个地方——“俄国美孚公司”办事处，立刻有人建议他当制图员。制图室里光线充足，很静，里边的人都在埋头制图。明亮、安静，就是有点儿死气沉沉，远不如走在衣衫褴褛的工人中间、倾听他们费力的呼吸、在日常谈话中观察愤怒和反抗的情绪逐渐高涨来得愉快……

谢尔盖离开了那里——他决定再找找别的工作。

他走进了世界有名的“诺贝尔公司”办事处……

“您是喀山初级机械工艺学校毕业的？那是一所挺不错的学校，”一位留着干净齐整的淡黄色胡髭和鬓须的先生说，他是人事科的副科长。“请坐……（他举止文雅，目光冷淡，习惯于小心翼翼地看人。）我们需要一名油田管理员。您跟石油打过交道吗？……没有？唔……在这种情况下，开始时暂定四分之三的薪水——每月十五卢布。您很快就能学会的，钻井的设备很简陋，非常简陋，这不用隐瞒！……您合意吗？……好极了。请您明天早上七点钟来。”

但是在谢尔盖已经走出办公室时，那位副科长先生却探出头来说：

“等一等，柯斯特里科夫先生！您来办就职手续之前，请先到警察局去一次。”

门砰的一声关上了。谢尔盖耸了耸肩膀，仿佛他觉得衣服太紧似的。

不，警察局去不得。看来是告吹了？是的，是吹了。跟“诺贝尔公司”只得再会。突然谢尔盖感到有人在注视他。

一个宽肩膀、高个子的男人穿一件扣住三颗大钮扣的大衣，戴一顶挺讲究的，但显然已经很旧的软便帽，他看着谢尔盖。他的外表伟岸，也许还有点严厉，可是一双栗色的大眼睛却很亲切、温和，包含着某种抑郁和善良的神情。他把视线从谢尔盖身上移开，继续做自己的事情。他从一张桌旁走到另一张桌旁，从一个职员身边走到另一个职员身边，不时弯下身去——可以看出这对于他的高身材是相当费力的——低声含糊地说：

“每天出版的进步报纸，全年只要六个卢布，消息很灵通……可以订半年，也可以订三个月……分期付款也行……”

不知是十分迁就的订阅办法，还是他那低沉有力的声音起了作用，总之，这份报纸征求订户的工作显然进行得不坏。谢尔盖装作在看挂在墙上的油井断面示意图，他注意到那人把一本很长的收据簿从小毡包里拿出来开收据的次数至少有六次。

谢尔盖走到台阶上的时候，听见后面有人跟着他出来。那个瘦长身材的人一手拿着他的小毡包，另一只手拿着一根相当沉重的手杖，也走到台阶上。

他们不约而同地四目对视，两人都感到一种暂时还非常模糊，但是毋庸怀疑的相互信任。

“您在推销的是什么出版物？”谢尔盖友善地问。

“《捷列克》报，弗拉其卡夫卡斯出版的。从各方面看来，您刚从外地来，如果您想了解当地的情况……”

“请不要在我身上白费精力。不错，我是刚到这儿，可是，要我登记领一块面包和一个蒜头我干，要我订什么报纸，暂时我还没有力量。除非等我找到了合意的工作……”

他们并排走着，在泥浆里从一块石头跳到另一块石头上。

“这个城不应该叫格罗兹内，应该叫格里亚兹内[①]……”谢尔盖说。

“这里的石油公司的老板们简直连畜生也不如，他们赚了那么多钱，可是连路都不想修！”《捷列克》报的推销员愤愤地说。

“说真的，道路跟他们有什么关系呢？”谢尔盖问，“您到过屠宰场没有？”

“没有……”那人困惑不解地说。

“那么，剥皮所总到过的……那是一个简陋得少见的，也就是说设备极差的场所。要装置设备干吗？同样，石油公司的老板们要从他们的工人身上剥下七层皮来。为了这个目的，只要开几个油井，配置一些像油桶和泥泵之类简陋的设备，盖几座狗窝不如的破棚子让被剥皮的人住下就行了。当然喽，还需要一批宪兵、侦探、警察、特务、警备队员。至于道路、学校，或者还有俱乐部、讲习班之类的东西——这对他们都不需要。说实话，我甚至喜欢这个城市的彻头彻尾的剥皮所式设备和直率的风气，至少它们不会引起任何有害的幻想。”

推销员仔细听着。有时他以惊讶的，甚至钦佩的目光看看这个个子不高的、骤然看来甚至可以说是其貌不扬的年轻人。

“进去坐一会怎么样？”当他们走近一家茶室时，推销员说。

谢尔盖停下来望了一下用绿和黄两种颜色画着一把大肚子茶壶的招牌。

“我们来认识一下吧——我叫巴维尔……巴维尔·鲁什科夫，”《捷列克》报的推销员解释似的添了一句，同时伸出一只老茧累累的大

---

① “格罗兹内”（Грозный）和“格里亚兹内”（Грязный）在俄文里只相差一个字母。前者是“威严”的意思；后者是“泥泞”、“肮脏”的意思。

手掌。

“我叫谢尔盖·柯斯特里科夫，无产阶级知识分子，想找工作。大概您也明白，在这种情况下只好把裤带勒紧些。没有钱进茶室。”

“得了吧……”巴维尔挽住谢尔盖的手，拉他踏着台阶的梯级走进茶室。“您也看见，我单在‘诺贝尔公司’就征集了不少订户，——广告还不包括在内。”

“当然，如果报纸属于您自己的话……”谢尔盖笑了起来。

他们走进一座宽敞的大厅，这儿的墙壁漆成乌糟糟的天蓝色，两个人在一张小桌旁坐了下来。巴维尔要了两杯啤酒和两份小香肠。

“那么茶呢？”谢尔盖微微一笑，问道。

“想喝茶吗？”巴维尔觉得很奇怪，“好吧，就喝茶……”

“到茶室来应该喝茶，”谢尔盖笑着说，“像您这样一位进步报纸的代理人更应该如此，刚才您介绍你们的《捷列克》报时不是说那是一张进步报纸吗？”

“那又怎么样呢，”巴维尔像在辩白似的说，“我们那张报纸当然平庸得很，但总还是一盏灯！虽然不很亮，但总还算是一盏灯……”

“你们的老板是怎么个人？”谢尔盖问，一面愉快地吃着小香肠。

“您问卡扎罗夫吗？……喂，堂倌，再来两份！”

“谢谢，我要喝茶了。”谢尔盖说。

“这么说，您是想扮成圣徒，而我是罪人是不是？那有什么关系，造孽就造孽吧……堂倌，你还是去拿两份来——总吃得了的。对了，刚才讲到卡扎罗夫……他是个很有办法的企业家。他是白手起家的，现在他手里已经有两张报纸：一张在弗拉其卡夫卡斯出版；一张在叶卡杰林诺达尔出版。还有两个印刷厂。财发得很快！……您问他的观点？这个问题比较复杂。这儿需要说明的是什么呢？他不拥护俄国的卑鄙的自由主义，他采取比较左的路线。”

“比立宪民主党[1]人左一点吗？”谢尔盖问。他努力用面包皮揩着盆子。

“对。他的观点温和折衷，而且并不始终如一，不过他对待我们的态度还算民主。”

“民主？”谢尔盖以嘲笑的口吻重问了一遍，他迅速地对准巴维尔看了一眼。他的目光非常尖锐、冷静，含有警告的意味，使巴维尔突然感觉到自己的头脑也清醒了。

“谢尔盖同志，您可不要把我当作混蛋、酒鬼，”他喃喃地说，“等我头脑清醒一点的时候，我再把自己的事情告诉您。亲爱的同志，知道自己什么时候糊涂，什么时候清醒，这是很重要的。至于您——当那位先生叫您上警察局去一趟的时候，您愣了一下，——我当时就想到：我们添了一个同志！您是不会去领良民证[2]的，可不是吗？”

“是的，我不会去的。”谢尔盖回答。

“我知道您不会去的。”巴维尔说。

他付了账，他们刚走出茶室，谢尔盖立刻向四面一看——他看到有一个人孤零零地站在转角处的广告橱窗旁边。当然，这是一个特务，不过他在注意另外的什么人，因为他背向他们站着。

“瞧，又是个钓鱼的！”谢尔盖向那边摆了摆头。

他们很快走下了台阶，沿着从泥浆中踩出来的一条小路走去。

“此地这样的钓鱼人多得很。每个街角都有。要知道，一九〇五年这里爆发过罢工，几千人的游行队伍走遍全城，还举行五一节庆祝会。当时散发过许多激动人心的传单，要是现在来印一些类似的东西

① 俄国立宪民主党成立于1905年，是资产阶级的主要政党。该党以虚伪的民主主义为护符，自称“人民自由党”，力谋诱惑农民群众脱离革命，企图用君主立宪形式来保全沙皇制度。后来立宪民主党变成了帝国主义资产阶级的政党，十月革命后就开始领导反革命叛乱。

② 帝俄时期一种证明该人不属反政府组织的文件。

也不坏，”巴维尔弯身凑在谢尔盖耳边轻轻地说，“大家都知道，当时甚至第八十二达格斯坦步兵团的士兵也声援工人。你想象得到吗，啊？罢工委员会曾经在城里掌握过政权。”

“那时你在这里吗？”谢尔盖问。

“没有，可惜没有机会，”巴维尔不慌不忙地回答。

“当时在这里工作的人一定很不错……”谢尔盖若有所思地说，“难道全都被捕了？”

“有几个到底还保存了下来，再说，新的也在成长。”巴维尔调皮地映着眼睛说。

他大概知道一些情况，但是不说。虽然喝了酒，可还知道保持缄默。现在谢尔盖对巴维尔已经看得很清楚了。当然，这是自己人，可能还是个党员。从某些影影绰绰的暗示可以猜到他参加过一九〇五年的革命。显然，他好容易得以脱险，现在恐怕还没有和组织取得联系，因此有些散漫了。但同时还保存着无畏、机警、忠诚的品质，甚至还没有忘记一些保密的习惯——必须跟他保持联系。

“你猜怎么着？”突然巴维尔在谢尔盖肩上拍了一下说，“你跟我一块儿上弗拉其卡夫卡斯去。我相信卡扎罗夫一定会录用你在编辑部工作。”

“我到编辑部里去干些什么呢？去扫地吗？”

“地让他自己去扫！你可以给报纸写文章。我明白——你是个作家！”

“亏你说得出来……”谢尔盖笑了起来。

“是作家，作家！刚才你谈到这里的剥皮所和直率的风气时所说的话真是好极了……说真的，要是记下来，就是一篇现成的文章了。”

谢尔盖默默地走着。不能随随便便拒绝巴维尔的建议。还在伊尔库茨克跟别洛焦罗夫谈话的时候，任务就提得很明确。格罗兹内在北高加索一带——这是个工业重地，无产阶级的中心，这个地方必须发动起来，好让这一带其他一切革命的力量也跟着发动起来。但正因为格罗兹内是无产阶级的中心，敌人在这里就时时刻刻防范森严。甚至找一个工作也要得到警察局的许可。

“要是从弗拉其卡夫卡斯开始行动又怎么样呢？”他暗自思忖，“弗拉其卡夫卡斯……弗拉其卡夫卡斯——这是个什么地方？……为什么不到那边去走一遭？不妨去观察一番，看看那位卡扎罗夫先生的企业，那份进步报纸《捷列克》的编辑部是个什么样儿。顺便还可以到住在弗拉其卡夫卡斯的谢米奥科夫家里去，把他们那个在伊尔库茨克的亲戚的信送去……”

4

塞尔格·约西福维奇·卡扎罗夫留着一部黑色的短须；他的举止衣着都有首都人士的气派。在默默地听完了巴维尔的郑重推荐之后，他的一双微眯着的栗色眼睛以估价似的目光把谢尔盖迅速打量了一番，随即给了他一个最普通的采访任务试用一下。编辑部收到一封信，需要把这封信上所写的情况和事实核对一下。

一位住在弗拉其卡夫卡斯郊区某村的教师——奥塞梯人格奥尔吉·扎索霍夫，在这封信里叙述了该村环境卫生恶劣的情形。扎索霍夫在小学里教书，从信上可以看出他是懂俄文的。但是信上的文字还不大通顺；扎索霍夫准是用本族语思索，然后再译成俄文的，因此需要把信上的文字修改一下，同时还要把其中所述的情况与事实核对一下。

谢尔盖在弗拉其卡夫卡斯的主要街道——亚历山大罗夫大街上走着，他喜欢这条大街。一幢幢二层楼的房屋（大部分是砖房）成整整齐齐的两排南北延伸；在两排房屋中间是树木茂密的林荫道。不论你在街上走多久——前面，仿佛在街道的尽头，始终耸立着树木葱茏的大桌山，它的确像一张高插云霄的桌子，铺着草地和森林织成的台毯。

大街上有商店、旅馆、机关；这里有灿烂夺目的橱窗，有五光十色的招牌；那边，在捷列克河和大街相遇的地方，架着一座桥梁。

从这里看过去，大桌山就不怎么高了：在比它更高的空中耸立着一连串白雪皑皑的巨人般的山峰；对于它们来说，大桌山甚至还算不上一张桌子，不过是放在它们脚下的一条小凳罢了。冰雪覆盖的卡兹别克峰好像挡住了通向外高加索的道路。

“‘像钻石的棱角……’[①]”谢尔盖喃喃念着莱蒙托夫的诗句。莱蒙托夫！这里的一切都使人想起他来。在格鲁吉亚军道[②]上，毕乔林初会马克西姆·马克西梅奇[③]；而在弗拉其卡夫卡斯，他们见了最后的一面。

铁路到弗拉其卡夫卡斯终止了。再过去，向着达里亚尔峡谷的深处，有公路通往格鲁吉亚，外高加索……也许，斯杰潘·沙乌米扬派来的人会从那边积雪的山脊后面出现。当然，他也可能从巴库乘火车来。但是，群山在冰雪覆盖下的壮丽雄姿使人产生这样的感觉：仿佛凡是伟大的、强有力的一切都应该从那边到来。

谢尔盖·米朗诺维奇在桥边站了一会儿。望着群山，听着白浪滚滚的捷列克河在桥下奔腾澎湃；他深深吸着从纷乱的怒涛中透出来的、春天的清新气息。

---

① 莱蒙托夫的叙事诗《恶魔》第一章第三节有这样的诗句：“在高加索群山的上空，被逐出天堂的天使飞过：卡兹别克在他下面，像钻石的棱角，不化的积雪闪闪发光……”

② 格鲁吉亚军道是从梯弗里斯（即今格鲁吉亚首都梯比里斯）到弗拉其卡夫卡斯的驿道（后来是公路）。

③ 《当代英雄》中的一个老军官。他爱慕毕乔林。在荒凉孤寂的高加索堡垒里，毕乔林和他维持着友谊；但在久别重逢之时，毕乔林对他就大为冷淡了。

谢尔盖·米朗诺维奇在村中走着，一面找寻扎索霍夫的房屋；这时，信上所写的关于村内环境卫生恶劣的事实已经一一呈现在他的眼前。警察局划给居民取溪水的地方果然低于哥萨克骑兵中队饮马的地方。家家院子里的垃圾坑臭气冲天，虽然夏天才开始，可是已经有许许多多的苍蝇到处嗡嗡作响。

谢尔盖找到了那位教师的住所。可是，那个人有点神经质，而且自尊心很强，当他知道了报馆记者的来意后，立刻大发雷霆。谢尔盖希望他能同意在保留事实的原则下把文字重新修改得通顺些，但是尽管谢尔盖费尽唇舌，教师始终怒气冲冲地坚持着说：

“年轻人，我的俄文不比您差！”

当他提高嗓门的时候，一个脸色苍白的黑眼睛女人——他的妻子——就走到门口来，以央求的目光望着谢尔盖，好像在请他原谅她的丈夫。

谢尔盖劝教师和他一起把信逐字逐句看一遍。

“告诉您，我自己也改学生的练习本！”教师喊道。

谢尔盖怎么也无法向他解释清楚：要在报上发表，光凭小学生的语文知识是不够的。

谢尔盖沉默了。他听着扎索霍夫证明他已经高度掌握俄罗斯语言，说他在师范学校毕业时还得过奖状，谢尔盖频频点头表示同意。“固执而又容易生气，综合了各种别扭的性情。”——谢尔盖对于那位跟他谈话的人有这样的看法。

他注意地打量着周围的布置，这儿的陈设虽然远远称不上富丽，但能证明主人有相当的教养：墙上挂着几幅版画，都是一些名画的复制品，——这里有列维坦和谢罗夫[①]的作品……谢尔盖的注意力被写字

---

① 列维坦(1861—1900)和谢罗夫(1865—1911)都是俄国杰出的现实主义画家。

台上一本打开着的书吸引住了。谢尔盖把它拿到手里。“‘柯斯塔’。”他念出了标题页上的名字。

“这是柯斯塔·赫塔古罗夫①吗？”谢尔盖问。

“您知道我们这位同胞？”扎索霍夫带着自豪而又惊奇的口气问。

“有一份报纸登载过一条关于这位奥塞梯诗人逝世的简讯，它引起了我的注意。当时我在托姆斯克，在那边一座出色的图书馆里，我从高加索报纸上找到了他的诗。里边有几行我永远记在心里：

懊悔是没用的……埋怨我也不会……
原谅吧，如果我白白地毁了我自己，——
原谅吧！但我用我的死向你起誓，——
我爱自由甚于荣誉……”②

扎索霍夫非常熟悉柯斯塔的全部作品，但是这几行诗经过这个年轻的记者一念，他听起来仿佛变了样：这不是那种怨诉的诗句，而是充满了坚忍不拔的力量的诗句。是不是这个年轻人的声调给诗句灌输了这种感情呢？

“‘为了自由我不惜生命，不遗余力……’”谢尔盖念到这里，叹一口气说：“一个人总结一生时如果对于自己有权利说这样的话，那就是最大的幸福了……”

“您喜欢我们的柯斯塔用俄文写的诗，可是如果您能读他用奥塞梯文写的诗，您不知要多高兴呢！”扎索霍夫兴奋地说。

---

① 柯斯塔·赫塔古罗夫(1859—1906)是杰出的奥塞梯人民诗人、革命家、奥塞梯文学的奠基人、第一个奥塞梯写生画家。

② 这是柯斯塔·赫塔古罗夫用俄文写的诗《遗言》中的第三节。该诗并不是诗人临终时写的，它的写作年代约在1881年。

教师站起身来。他翻着一本柯斯塔的书，用奥塞梯文念了几首诗，随即不很连贯地，但是明确而生动地把它们译成俄文。他的眼睛睁大了：虽然他微微有点伛偻，但个子相当高，现在他好像长得更高了。群山也仿佛在谢尔盖面前分开，一个呻吟在贫困和无权状态中的世界——一个陌生的、令人同情和要求帮助的世界——展现在他的眼前。

到吃午饭的时候了。主人请那位不速之客就座，谢尔盖很乐意地接受了邀请。怎么能不接受呢？他的境况相当拮据，今天他只喝了一杯茶当早点。

谢尔盖才接受邀请，教师立刻变得非常和气，女主人也高兴了：原来对于奥塞梯人来说，没有任何礼物比到他们家去吃饭更贵重的了。

桌上摆着一瓶蒙着冷气、看来刚从地窖里拿出来的自制奥塞梯黑啤酒。谢尔盖尝了一口，他觉得好像从来没有尝过味道比这更好的饮料。主人举起第一杯酒祝客人健康。主人夫妇把谢尔盖当作最亲爱的人那样款待。端到桌上来的奶酪饼是奥塞梯人常做的叫做“乌阿里巴希”的食品，做得好极了。谢尔盖一边吃，一边满口称赞女主人的烹饪技巧；女主人以目光向他表示感谢，她不时跑到厨房里去。桌上只放两个人的食具——女主人不坐下来。谢尔盖觉得这样不太好，但是自己是初次做客，不便多说。

他们谈到了奥塞梯民族，谈到了它的历史和文化。谢尔盖问了一些情况，他都记在心里，因为奥塞梯人是自古以来在这一带地区扎根的居民，他们住在附近的许多山村里。不过谢尔盖并没有忘记他到这里来的最初目的，饭后，他诚恳而坚决地问格奥尔吉·尼古拉耶维奇：

“那么我们怎么处理这封信呢？”

扎索霍夫一声不响地接过那封信，把它翻来覆去搞了一阵，然后把头一句念出声来，以疑问的目光望着谢尔盖。

谢尔盖提出了修改意见——它立刻被采纳。就这样，一句接着一句地把那封寄给编辑部的信修改完毕，最后格奥尔吉·尼古拉耶维奇签了字。

离开这所房屋的时候，谢尔盖·米朗诺维奇感到他在弗拉其卡夫卡斯认识了两个新的好朋友。但是最主要的是在他面前好像打开了一扇门，使他看到了这个居住在弗拉其卡夫卡斯周围山上和谷地里的民族的生活情况和风土人情。

5

卡扎罗夫把扎索霍夫那封经过修改的信看了一遍，一个字也没有改动，马上就发排了。在宽敞的编辑室的一角，离门不远，在存放外埠报纸和杂志的架子旁边，安下了一张写字台——这是新工作人员的办公地点。谢尔盖·米朗诺维奇不久就领到一笔预支薪金——数目不大，一共只有十卢布。可是现在可以买面包、白糖了。每天傍晚五点钟有人端茶炉子到编辑室来，茶煎得很浓，谢尔盖·米朗诺维奇就爱喝这样的茶，茶炉一直要烧到很晚。谢尔盖偿还了他在没钱用的时候欠下的债： 还给巴维尔两个半卢布，还给在编辑部工作的一个年轻姑娘玛丽雅·李伏芙娜·马尔库斯三个卢布。巴维尔的钱他还是在格罗兹内借的，要不然就到不了弗拉其卡夫卡斯。至于玛丽雅·李伏芙娜……巴维尔在头一天就介绍他们认识了。玛丽雅·李伏芙娜在远处注意到谢尔盖喝茶的时候怎么不加糖，也不吃面包，于是她主动走到他那边去。起先她问谢尔盖找到了住的地方没有。他说找到了，就在离此不远的谢米奥科夫家里。玛丽雅·李伏芙娜压低了嗓门，神秘地告诉他在跟卡扎罗夫打交道的时候需要注意的一些事情。后来，她红着脸，但一双凸出的、仿佛从里边射出光来的眼睛直视着谢尔盖，她说：

“今天我领到了薪水，这个给您……”她递给他一张绿色的钞票。“要是您不拿，您就使我生气了。巴维尔把您说得好极了，我很想跟您交个朋友。拿下吧，拿下吧！到您第一次领薪水时还我就得了……”

谢尔盖收下了。可是现在领到第一次薪水了！谢尔盖等玛丽雅·李伏芙娜到了街上，就走到她跟前，把钱递给她。

“不，您的经济情况还相当紧张，”她开玩笑地说，“我目前不等用……”

“现在我可要生气了。”谢尔盖说。

于是玛丽雅·李伏芙娜把钱收下。

他们在斜晖脉脉的街上走着。树荫沿着街道伸展过去；不知从哪儿传来练兵的军乐声，万物透露出欣欣向荣的景象，这只有在五月的黄昏才可以看到。弗拉其卡夫卡斯是北高加索的军事重镇，时远时近，随时可以听到军乐声。

“这儿是我的住所。您愿意进去看看吗？”

她接受了邀请。可是前次巴维尔表示愿意去看他的新居时，谢尔盖说没什么可看的，当时巴维尔生气了。

谢尔盖决定，他无论如何不通过他在谢米奥科夫家的房间在弗拉其卡夫卡斯建立党的联络网，虽然谢米奥科夫一家人相当善良，并且非常亲切地接待了给他们送侄儿的信来的谢尔盖·米朗诺维奇。但是谢米奥科夫一家恪守教会的一切礼节，参加各项宗教仪式，逢到皇家的节日[①]总是隆重庆祝。他们这幢有六扇沿街长窗的砖砌平房常有一个神父和一个警官来访。对于谢尔盖的政治观点，谢米奥科夫一家一点

① 帝俄时期沙皇、皇后、太子的生日和命名日，一年有六天。

也不知道。但愿他们不知道的日子愈长愈好！

因此，他不愿意叫举止豪放、谈笑风生的巴维尔到自己的住所来……谁知道他……也许，巴维尔已经受到警察的暗中监视，他会无意间给特务指引谢尔盖的踪迹。

至于他的新朋友玛丽雅·李伏芙娜就另当别论了。这姑娘中学毕业，举止落落大方。他们在路上遇见的两个青年军官都向她敬礼，她只微微点头答礼。

“那两位军官先生简直像对高级长官似的向您敬礼。”谢尔盖·米朗诺维奇说。

玛丽雅·李伏芙娜涨红了脸笑起来。她的脸红得可爱极了。还有那射出乐观的光芒的眼睛……

“您还不知道我是个什么样的长官呢！”她愉快地说，“不久前在贵族俱乐部的一次舞会上，我跟总司令的副官察里科夫跳过舞，我还得到了跳舞一等奖。”

“您似乎并不讨厌社交活动？我听了巴维尔的介绍，只以为您是个学究气很重的姑娘呢。”

“巴维尔还有什么不会说的！他关于您也说得再好也没有，听了简直以为您是个跟哈隆·阿尔·拉希特[①]差不多的大圣人……”接着，她立刻换了一种严肃的口吻说：“巴维尔是我的朋友。他是个出色的人。一个革命家……”她低声添上一句，“至于跳舞，他只会跳特列巴克[②]，有一次在郊游会上跳过。可是我……我又怎么样呢……我喜欢跳舞。这不大好，是吗？”

“这有什么不好？我也喜欢。”谢尔盖回答说。

---

① 哈隆·阿尔·拉希特是786—809年间的阿拉伯国王，他是个封建暴君。《天方夜谭》把他理想化为英明仁慈的贤王。

② “特列巴克”（трепак）是一种俄罗斯民间舞蹈，跳的时候舞者要用力顿足。

“这是一个可爱的、极好的姑娘！”他心里对于她这样想着，“巴维尔爱她，他大概也时常在她的脑海中出现……看来一定能结成一对。好吧，祝你们成功……”

正像谢尔盖所预料的那样，他的房东太太对玛丽雅·李伏芙娜的来访非常欢迎。房东太太自从第一次看到谢尔盖·米朗诺维奇时起就喜欢他，她已经在考虑到哪儿去给他找一个合适的未婚妻；原来他已经自己关心自己的事了。

“目前我正在安排私生活，”谢尔盖开玩笑地说着，一面让玛丽雅·李伏芙娜走进他的小房间，“请看这个咖啡壶……”

“太小了。”玛丽雅·李伏芙娜说。

“可以冲两杯——自己一杯和客人一杯。您可以常来，我是煮咖啡的能手。”

他在市场上还买了个普通的小酒精炉，他对它感到特别得意。

“主要的优点是省燃料，”他把酒精炉拿在手里欣赏着说，“这里是灌变性酒精的。”谢尔盖指指一个三脚架上的金属小盆，意味深长地向一瓶变性酒精摆一摆头。“二十三个戈比！”他说，“可以用很久哩。”

桌上放着一俄斤用蓝纸包着的白糖和四俄两[①]茶叶。

“房间有了，酒精炉有了，工作有了。每天买六个面包圈——私生活安排好了。一切都要感谢您的及时的贷款，玛丽雅·李伏芙娜！”

“好大一笔贷款——三个卢布……”

“贵在雪中送炭。”他说，在开玩笑的口吻中流露出真诚的感激。

姑娘忽然不好意思起来了，接着就要告辞。

“为什么？喝杯咖啡再走……”

---

① 一俄斤有三十二俄两（лот）或九十六俄钱（золотник）。

“不，不，我没空……”

说罢就走了。

谢尔盖从健谈的巴维尔那里知道：玛丽雅·李伏芙娜的家住在德宾特城，也许在捷米尔-汗-舒拉城；她有个做医生的哥哥，有一个妹妹在女子大学学习；她家里人很爱玛丽雅·李伏芙娜，她的妹妹索菲雅有时也到她那里去。那么为什么这个年轻的、几乎还没有成年的姑娘要离开家庭一个人生活呢？是不是为了跟那个并不否认在爱她的巴维尔经常见面呢？

她看过很多书，喜欢跟谢尔盖谈论文学；不过与其说她自己谈，毋宁说她只是很注意地、全神贯注地听着，有时她也打断对方的话头，提出问题。有时下班以后谢尔盖把玛莎[①]送到她的住所门口，然后自己走到院子里，在一条长凳上坐下来，望着她房间的窗子。窗里射出温暖的灯光，仿佛在向他招手。有时，从她房间里开着的窗里传来钢琴的声音——她弹得很好。他努力不让玛莎知道他在听她弹琴。谁知道她会感到怎么样……玛莎并不叫他上她那儿去。这个姑娘心里在想些什么呢？它将来打算怎样生活呢？

谢尔盖禁止自己多想玛丽雅·李伏芙娜。他的想象中立刻出现高大、英俊的巴维尔，巴维尔一看见玛丽雅·李伏芙娜马上就会害羞，在他那双平时很勇敢而漂亮的眼睛里就会露出窘色。“您要考虑的不是姑娘小姐，柯斯特里科夫同志！”谢尔盖责备着自己，“您已经深入了龙潭虎穴。您要考虑的是应该不应该在此地安顿下来。”

从到达弗拉其卡夫卡斯时起，他愈来愈肯定他正应该在这个城市里住下来。驻扎在弗拉其卡夫卡斯的猛兽，毫不懈怠地从这里注视着格罗兹内；那里集中了许多产业工人——一些不安分的、一触即发的

① 玛莎是玛丽雅的爱称。

人。从弗拉其卡夫卡斯到山村也不远；那里的山民和残酷的封建主之间的矛盾，由于土地不够而日益尖锐化。从这里，猛兽同样虎视眈眈地注意着不属于哥萨克阶层的贫苦农民。即使在哥萨克中间，也有些人为贫困所迫成为无产者，开始在磨坊、谷仓、哥萨克村的铁铺里干活。但这一切都在本城境外。至于这里的一切，都在猛兽掌握之中，表面上一切都循规蹈矩。但是，既然猛兽这样深信本身的安全，既然它已经疏于防范，那就应该紧靠它的巢穴安顿下来，开始实现谢尔盖·柯斯特里科夫到这里来的目的。

第二章

1

从矿泉城开来的最后一列火车在夜里两点钟到达皮亚季果尔斯克，随即就开走了，空荡荡的月台上留下一个年轻的女人带着两个孩子、两只手提箱和一个旅行袋。这是个很尴尬的时间：头二三等候车室都已关门，搬运夫也没有。

这位女客本来打算在月台上一条长凳上坐等天明，可是车站上一个宪兵走到她跟前，朝女人身上那件已经穿得很旧、跟斗篷差不多的大衣和披在黑色鬈发上的头巾打量了一番，直挺挺地站着，用重浊的声音说：

“太太，在月台上过夜是严格禁止的。”

列娜顺从地站起来，拿起行李，用斗篷裹住两个孩子——一个四岁的男孩和一个七岁的女孩，走到被雨淋湿的车站广场上。两个孩子手拉着手在妈妈身旁默默地走。这两个孩子根据他们有限的生活经验，知道宪兵是危险的敌人，宪兵带来的害处会比他们现在淋的雨严重得多。

有什么办法！在罗斯托夫，特务发现了列娜的踪迹，她不得不带着孩子尽快离开那里。罗斯托夫的同志们仓促间给她弄来的身份证，虽然不是她本人的，但是相当可靠，——不过总犯不着跟宪兵打交道。她丈夫留在罗斯托夫，他用的是自己的姓名，位置也挺牢固。只要等维持一家人生活的学费收齐后，他就会到这儿来。罗斯托夫那边给列娜在皮亚季果尔斯克找人的地址只有一个，那是一个“同情革命”的牙科医生诺夫科-诺维茨基，可是只能够在他的门诊时间——上午十时到午后一时或下午六时到八时——去找他。她用自己宽大的斗篷裹着两个孩子，提着箱子，冒着雨在灯光暗淡的广场上向她看见的第一幢大房子门口有遮檐的临街台阶走过去。

但是她刚在台阶上坐定，就出现了一个管门人要把她撵走。列娜给了他一个五戈比的铜币，指指孩子请他行个方便，结果他还给她打开了正门。在这儿半暗不明的穿堂里，又暖和又干燥。

列娜打开了旅行袋，给两个淋得透湿的孩子换了干衣服，给他们胡乱安排了一个铺位，让他们睡觉。她自己跟管门人攀谈起来：她说是因为身体不好到这儿来喝矿泉水的，她将在这儿工作、养病。“我没有钱。”她坦率地说。不过她说自己是个裁缝，她要随便租一间不管什么样的房间，哪怕是最简陋的也行。管门人告诉她，皮亚季果尔斯克有不少人愿意出租房屋，不过愈靠近长回廊和百花坛这两个地方，房租就愈贵。

“您还是到马舒克山下的亚美尼亚公墓附近去找找看……那边的房租便宜……”

雨依旧下得很大。管门人说，主人起来以后，门廊里是不准待一个人的。但是在谈话的时候，这个毫不气馁的小个子女人已经渐渐唤起了他的同情。因此，当天蒙蒙亮的时候，他就领她和两个孩子到自己的屋子里去。他就住在这儿院子里的一间小屋里。那儿他的老伴很乐意地接待了他们，她是个心地善良的女人。

这一来仿佛两手松了绑，可以行动了！雨还是下个不停，不过天已经完全亮了，车站旁出现了一辆辆马车。但那是有钱人坐的。普通旅客可以坐比较经济的双轮小车。这种车可以把行李送到城里，价钱不贵，推车的都是些衣衫褴褛的人：有老头，有孩子……

列娜一夜没有合眼，可是精神很好，她走过去在这些人中间挤了一阵，很快就达到了目的。一个十四岁光景的少年推着一辆双轮小车告诉她一个地址：

“那儿有两个房间出租，大概不会贵。只是里边一冬天没住过人，您也许看不上眼，因为脏得很，没有刷白。”

“我们会刷白的！”列娜用坚定的口吻说。

她马上跟那个庄重地自称普罗科培奇[①]的少年说妥，雨一停他们就到那里去，行李由他送去。列娜在面包铺买了些热面包，从卖牛奶的女人那儿买了些牛奶，然后回到两个孩子那里让他们吃饱了。雨才停，普罗科培奇已经来了。

列娜把箱子装上车，管门人老夫妇俩祝她一切顺利，列娜带着孩子动身朝城市的高地部分走去，那里无疑就是马舒克山，它现在给一道迅速飘浮的浓密的云幕遮着。有几条溪水沿着整齐的石砌小沟从山上流下来。吃饱、睡足了的两个孩子高兴地笑着。

上坡路很陡。普罗科培奇很快就用尽了力气。“一个瘦弱的孩子，”列娜心里很同情他，于是她扶住了车杠，热情地鼓励着这个少年，他感到很不好意思。

两个孩子沿着用不大整齐的石子铺成，但是相当清洁的胡同嘻嘻哈哈地并排跑着。孩子们到一个新地方总是很高兴。更何况妈妈在帮着拖装箱子的小车，说着笑话，她把自己装作一匹马，甚至还轻轻地嘶叫着，呼呼地喷着气——活像一匹马儿。

普罗科培奇老是请她不要帮忙，说他一个人好歹也要把行李送到。

“没关系，我帮你，你帮我……”列娜回答。

她很顺利地跟房东太太谈妥了租屋的事，接着就在普罗科培奇的帮助下把两个房间的墙壁和天花板洗干净；普罗科培奇不知从哪儿很快弄来了一些白粉，列娜把白粉溶在水中，把这个由于空关了很久而显然十

---

① 这是父名。通常只有对年纪大的人才单用父名称呼。

分颓败的新居刷白。在他们工作的时候，窗上忽然泛出了浅蓝色……

“妈妈，妈妈，山！”从院子里传来孩子的叫声。

列娜手里拿着刷子走出来，她不禁呆住了。皮亚季果尔斯克城内五光十色的屋顶和苍翠郁茂的果园在雨后显得辉煌夺目，波德库莫克河掩映在房屋和果园之间泛出潋滟的水光，整个城市都在下面；城市上空，在灰褐色的、光秃秃的高地上空，高耸着冰雪覆盖的、仿佛正在奔向远方的山脉。但是不，这些山并没奔向远方，它们一动也不动地屹立着，最前面两座突出的白山连在一起（“活像两只白鸽，”列娜这么想着），——这就是埃尔勃路斯峰。它在这里统治着一切。

晚上，列娜去找牙科医生诺夫科-诺维茨基，他的寓所兼诊所在城里最热闹的地区，那儿有华丽的疗养院和公寓，还能听到从百花坛传来的靡靡之音。诺夫科-诺维茨基蓄着浓密的棕红色硬髭，他的一套绿色西服的式样有些像猎装，又有些像军服……

当列娜对他提起在罗斯托夫的一个熟人的名字时，他颤抖了一下，鬼鬼祟祟地朝周围看了一眼，迅速把就诊室门上的钥匙转了一下（列娜觉得这完全是多余的谨慎），随即用自己的两只手握住列娜的手摇着，轻声地说：“同志，同志，同志……”

诺夫科-诺维茨基看来真的很激动，并且因为自己在帮助革命者而感到骄傲，虽然他做这种事十分害怕。列娜耐心地听他说一个冗长的故事，他谈到皮亚季果尔斯克的革命事件，谈到一九〇五年在这儿爆发的由社会民主党人领导的大罢工。

“但是社会民主党人被击溃了，而社会革命党[①]人还在活动，”诺

① 俄国社会革命党成立于1902年初，是由一些瓦解了的民粹主义团体所组成。开始时它还是一个小资产阶级民主派的政党，以后成为富农上层的代表，二月革命时成为地主资本家利益的拥护者，十月革命后，更成为白匪军反对苏维埃的反革命阴谋与武装斗争的组织者。1920年被消灭。

夫科-诺维茨基圆睁着一双不安的黄眼睛，压低嗓门说，“我们社会革命党的领导者中有一位列昂尼德·奥尔列茨，他是一九〇五年著名的活动家，不久前刚从流放地回来。他是我的朋友，我可以介绍您跟他认识。”

“谢谢。等我在这儿安顿下来，等丈夫来了以后，我一定要跟各方面的人认识一下。那么，您说这儿的社会民主党人都给击溃了，是吗？会不会仅仅是表面现象？”

“是这么回事，”诺夫科-诺维茨基像泄露大秘密似的把身子弯向列娜，压低嗓子说，“您当然也知道，社会民主党人有两派。一派是受过高等教育、富于理智的人，他们从一九〇五年革命的悲惨结果中吸取了一切教训，他们精通马克思主义理论，宣传俄国应该走西方的发展道路……像伊凡·叶里塞耶维奇·尼努希金和齐诺维·伊凡诺维奇·里亚金就是这样的人。其中第一位是我们著名的医生，用矿泉水治病的专家。第二位是助理律师，可以说是个法国派的演说家。要是在西方，他早是个国会议员了……”

“有人跟我说，一九〇五年有个火车司机巴格留科夫曾在这儿活动。”列娜提起了这个亲切的名字。

“哦，对，对！巴格留科夫是一个非常突出的人物。但是……他被捕了。这些人的时代过去了。”诺夫科-诺维茨基叹息着说。

“也许，他的朋友还有几个保全了下来？”

“他的朋友？记不得了……我猜您是拥护布尔什维克的吧？”

“您说的什么！”列娜矢口否认，“我是从罗斯托夫来喝矿泉水治病的，人家托我在皮亚季果尔斯克找巴格留科夫的几个朋友。人家告诉我，说您是个革命的同情者。”

“是的，我尊敬，甚至崇拜像巴格留科夫这样的人，我时刻准备帮助他们。但是他们的目光的狭隘性、他们的盲目信仰使我产生反感……无论如何得介绍您跟奥尔列茨认识认识。不论您怎么说，社会革命党是个具有浓厚本土气息的党派……哦，我告诉您，有一个从外地来的无政府主义者在这儿养病。这人长着连鬓须，连外表也像克鲁泡特金公爵①。”

“这位牙科医生好像在皮亚季果尔斯克开了一家政党交易所，跟‘摩尔与梅里利士’百货公司差不多。”列娜想。她感到很可笑，但她脸上还保持着注意的神色。“要是我这样形容着说给符塞伏洛德听，他准会笑死：‘您要什么货？孟什维克？刚从国外运到，非常新鲜。德国式、法国式的应有尽有。您要社会革命党？我们有本国土产的社会革命党人，带恐怖手段的跟不带的全有。我们甚至还有一个无政府主义者，极像克鲁泡特金。他虽然改装为自由主义者，但完全跟新的一样……’”

“罗斯托夫那边的人告诉我，说您跟所有的革命党派都有联系，现在我相信这话不假，”列娜说，“那么，您也许还是能记起司机巴格留科夫的几个朋友吧？”

诺夫科-诺维茨基抹了一下前额，说：

“一九〇五年，这儿有很多拥护列宁的布尔什维克。我不能说自己跟他们很接近，但是见过几面。他们全都被捕了。”

“难道一个也没留下？”

“我想起来了！”诺夫科-诺维茨基忽然振奋地说，“有一个人没被捕。不过，他未必是个党员——因为，这个人太直爽了，什么话都说，——但他也许跟他们有些联系。您知道古卡索夫的糕点铺在哪儿吗？”

“不，我不知道。”

“哦，我忘了您是刚到这儿。我向您介绍——这是皮亚季果尔斯

① 克鲁泡特金公爵(1842—1921)是俄国著名的无政府主义者。

克最好的一家糕点铺。全副外国气派。女招待穿白围裙，戴白帽子，个个讨人喜欢……这位同志就在那边当糕点师……他身材高大，肩膀奇宽，蓝眼睛，一张脸忠厚极了。他名叫尼古拉，姓什么我记不得了。我是在一九〇六年一个群众大会上跟他认识的。啊，青春，青春……当时这个尼古拉向那位您这样关心的巴格留科夫热烈鼓掌；他拍手拍得那么响，简直像开枪。我们马上争论了起来……但是，从那时候起，我们的关系就保持了下来：见面时打个招呼，有时还谈谈。他一看到我，大概就会想起那个春天，那个春天是过去了，可是始终没有变为夏天。”说到这里，诺夫科-诺维茨基叹了口气。

“有一个了，”列娜心想，“尼古拉，一家阔绰的糕点铺的糕点师，姓氏不详；他是什么人，也不知道。怎么办呢？罗斯托夫那边的线头在我手里——必须把它接上。谁知道，也许这个糕点师尼古拉在皮亚季果尔斯克这里握着一根断了的线头？要是他没有这个线头，那我就再去找，总要找到为止。”

列娜回到了家里。她多么高兴啊：符塞伏洛德来信了！她很快地看了一遍。他写得多么亲切，多么有趣！而且一切都很顺利。快些让孩子睡觉……他们晚饭怎么吃得这样慢，这样顽皮；去睡觉的时候又是那么不愿意，不爽快！

房间里终于静下来了。刚刷白的墙壁发出新房子的潮气，然而值得赞美的皮亚季果尔斯克把洁净新鲜的空气从窗外徐徐送来。现在可以安安静静读丈夫的信了。

2

“亲爱的列诺奇卡[①]，昨天我在罗斯托夫商港的岸边走过，看到一

---

① 列诺奇卡是列娜的爱称。

艘小拖船，这条船刚油漆过，红蓝分明，它把一个笨重生锈的水怪拖进港来，那怪物身上披着海扇壳和水藻，比拖它的船大好几倍。这情景忽然使我想起我们的家。这条油漆鲜艳、灵活勤恳的拖船——就像你，而那个湿淋淋的、自己不会移动的洪荒时代怪物——就是我。但是当那条联接拖船和被拖船的绳索像现在这样拉到几百里长的时候，使人感到那只被拖的船显得非常沉重，尤其是想到拖船后面还有两只小舢板；可是如果没有这两只小舢板，大船里边就会变得那么冷，仿佛那儿再也生不起火来似的。

“我在这儿的事已经结束。你那儿有些什么消息？

符。”

“亲爱的符塞伏洛德，看来你虽然生在黑海，可是对港口的事一点也不懂。根据你的描写推测，你目睹的那个被拖进港去的、笨重的海怪——八成是一艘大洋轮船，也许它需要修理或是油漆。等到人们把那些海扇壳和水藻从船身上刮去，把隙缝嵌上油灰，涂好沥青，轮船的炉室内轰隆隆响起来，开始一海里一海里地在大洋中航行——那时，那条可怜的小拖船拖着两只经不起风浪的舢板又能做些什么呢？当海神美丽的女儿看到了这个海洋巨人而从波涛中升起来时，难道她还会记起岸上像我们这样的小玩意儿？……”

“嗨，胡说八道！”列娜甚至用拳头在桌上敲了一下，但马上自己对自己嘘了一下——孩子们睡着了，——于是她对敲痛的拳头吹了口气。她涂去了关于海神女儿的那句话——这是很久以前从一位水手老爷爷那儿听来的，——涂得一点也看不出，换上这样几句：“我们的事非常顺利。要是你在罗斯托夫的事已经结束，就尽快到这儿来……”

她把给丈夫的信封好了口。房间里又清洁又静，静得可以听到孩子们的呼吸，只有窗帘偶尔微微拂动——仿佛是给孩子们睡梦中的呼吸吹动的，——那时房间里突然可以嗅到森林的气味。这大概是从倍什塔乌山上飘来的，它的山巅甚至在夜里不十分明亮的月光中也看得清。

该睡了：孩子们睡得早，起来也早。明天她打算亲手把院子里的一只瓷砖炉子粉白。但是列娜被丈夫的信和自己的回信弄得很不安……符塞伏洛德，你这个人啊！你在港口走过，看到了一幕在那里似乎是极普通的情景——可是你就写得把人家的心也翻了过来，往事一下子全都涌上心头，一幅幅色彩鲜明的生活图画历历如在目前。

3

列娜的父亲是尼古拉耶夫城一家很大的冶金工厂里一个挺不错的车工。他在世的时候，家里有说有笑。他是个头发卷曲的美男子，喜欢唱歌；他老是说（特别是当他喝醉酒回家来的时候）：“该死的工作，该死的生活……”然后还添上一句：“唉，我们无产阶级真可怜……”无产阶级是什么人？父亲没有说；但当列娜问母亲的时候，母亲只是恐惧地对她嘘了一声。父亲死了——肺炎在三星期内送了他的命；一年以后母亲的眼睛瞎了，于是列娜就管起家务来。怎么办呢？有什么指望呢？“上天无路，入地无门。”母亲常常这么说。

列娜很像她的父亲。他喜欢喝酒，用吉他弹弹吉卜赛浪漫曲，他虽然生活得豪放不羁，但也忠厚老实。至于涅尔卡——父亲是这样叫叶列娜[①]的——连两只手也像她父亲：手掌很大，手指又长又灵巧。

她进了沙弗朗斯卡雅太太开的“包蒙德”缝纫工厂。起先她只是烧烧熨斗，后来就叫她缝衣服；她还开始看人家怎样裁剪。但是她在十六岁那年参加五一节集会的时候，当然只有一种模糊的感觉：觉得

① 列娜的正名是叶列娜。列娜、列诺奇卡、涅尔卡都是爱称。

她挣这么一点工钱要养活四个弟妹和一个瞎眼的母亲，生活实在太苦了，像她这样的生活实在不能再继续下去。

在五一节的集会上，在布格河上稠密的丛林中，列娜忽然看清了自己的道路。走这条道路并不能像母亲为列娜所幻想的、好心肠的邻居对她所指望的那样发财享福。在她的面前展开了一条斗争的道路，艰苦的道路。但是前面有全体“可怜的无产阶级”共同的幸福。现在列娜明白父亲时常悲叹的是什么人。“可怜的无产阶级”——这是整个饿汉和奴隶的世界，这就是在五一节群众大会以后大家那么动听、那么骄傲地歌颂的人们。有个大学生演说家脱下帽子，露出一头浓密的棕色鬈发，也跟工人们一起唱着；当他摇头摆脑的时候，一副夹鼻眼镜闪烁着神秘的、诱人的光芒。

就在五一节大会上，列娜报名进了星期学校，那个神秘的大学生就在那儿教书。有一次他突然没来上课，人家告诉她说他被捕了，她打听到符塞伏洛德·柯洛姆勃（这时她才知道他的真名实姓）被关在拘留所里。列娜问清楚了那里只许最亲近的家属跟他见面，然而没有人去探望他，于是她自称是他的未婚妻，得到了跟他见面的机会。见面时，列娜看到他对她的来访又惊又喜。不过她并不觉得很奇怪，因为在上课的时候她就发现，这位教员时常用羞怯而喜悦的眼光看她。

他们在监狱里结了婚，列娜跟符塞伏洛德一起到流放地去。列娜在那儿给人家缝缝衣服，甚至还能寄点钱给母亲。柯洛姆勃在流放中在一家收购西伯利亚奶油的外国大公司代办处担任与国外通讯的工作。他是个有钱的建筑师的儿子，他被捕以后就失去了家庭：父亲跟他脱离了关系，只有母亲时常偷偷地给“误入歧途”的儿子寄十个或是十五个卢布来，当孙女儿出生的时候，还寄来一个小圣像。道地的无神论者柯洛姆勃想把圣像寄回去，并且附一封信以无神论的见解说明寄回圣像的理由。列娜虽然也不信教，但她对丈夫的行为很生气，她反而叫丈夫写一封信感谢奶奶。“难道可以叫奶奶生气？”她常常这么说，“你想想，她也是受压迫的……”

符塞伏洛德同意了。在柯洛姆勃建筑师富裕的家庭里，他的衣着华丽的太太跟自己心爱的儿子只能偷偷摸摸通信，她当然应该被认为是受压迫的、没有权利的人。这次又是列娜对。柯洛姆勃除了给列娜当教师，指导列娜阅读以外，一生总是跟着她走，而且不仅仅是在一些实际的生活问题上。

他发现列娜在判断政治问题方面比他迅速和正确得多，他非常高兴；这高兴是因为他对她一见钟情以后就永远爱着她。在争论各种政治问题的同时好像展开一场智力游戏，这种游戏使符塞伏洛德很感兴趣，他乐于在这样的争论中做一个公断人。

可是对列娜来说，政治上的主要问题是她父亲时常唉声叹气说到的“可怜的无产阶级”的生活和利益；她在流放地已经第一次听到丈夫对她说起列宁和孟什维克意见分歧的事，从那时起她就站稳了一个立场，这个立场即使是口才最高明的演说家也不能使她改变。一九〇四年，她在流放地的那个小城市里建立了布尔什维克的组织。一九〇五年，在汹涌澎湃的敖得萨的街头示威游行中，她几乎被杀害，当时“波将金”战舰驶近该城[1]，列娜高举着“全世界无产者，联合起来！”的光荣的旗帜。第二次流放是到伏洛格达省去，那时被流放的是她，陪她去的反而是符塞伏洛德。过了几个月，列娜先把符塞伏洛德和女儿送走，然后自己逃跑。这时第二个小孩快要出世，她转入地下状态，后来接受党的任务，跟丈夫一起到了罗斯托夫。当罗斯托夫的布尔什维克组织被破获的时候，她总算没有被捕，逃到了皮亚季果尔斯克。在

---

① 1905 年 6 月，黑海舰队中的“波将金”号战舰上爆发了革命起义。起义的水兵枪杀了他们最憎恨的几个军官，在红旗飘扬下把战舰开往敖得萨。

这儿，没有人认识她，她也不认识任何人。

她的一生就是这么动荡不安，充满了危险和困苦，但这是值得骄傲的、清白的生活。有时列娜感到对不起丈夫。他那对科学的热爱、实事求是的观点、适用于任何一种脑力劳动的非凡才能，都说明符塞伏洛德 · 柯洛姆勃生来就是从事科学工作或者文学事业的。然而他一直从这个城跑到那个城，给那些笨头笨脑的富家子弟教课，为了维持一家人的生活什么活都干。但是他从无半句怨言，而且永远是那么精神抖擞，兴奋愉快，对列娜和孩子充满了爱。

4

古卡索夫糕点铺的确是个很阔绰的地方。玻璃橱窗、迎风飘动的花边窗帘、咖啡、茶、冷饮……

列娜带了儿子一起去，答应给他买一块点心，但是跟他严格说定，他不能再要别的，因为妈妈没有钱了。他们在一张小桌旁坐下来，马上有一个姑娘，头发上覆着一顶惹人注目的、浆硬的帽子，走到他们跟前来。列娜要了两杯咖啡：自己的一杯是清咖啡，儿子的一杯是牛奶咖啡。但是在挑选点心的时候，列娜认为这也不好，那也不好，她说：

“这一块给我看看……不，这上面玫瑰红的奶油果汁冻靠不住——孩子吃了会拉肚子……这块让我瞧瞧……哦不，这块……”

姑娘已经皱起了眉头。鲍利亚用责备的眼光不耐烦地望着妈妈。但一定得挨到那位神秘莫测的尼古拉出现！

列娜终于等到了。糕点作坊的门敞开了，从里面出来一个高身材、蓝眼睛、给炉火烘得满脸通红的年轻人；他穿了件白色工作服，戴一顶白圆帽，手里托着一大盘刚出笼的糕点。

“尼古拉，你把刚出笼的糕点拿到这儿来，这位太太怎么也挑不出满意的。”那个女招待说。

尼古拉走到列娜跟前，弯下身把一大盘香气扑鼻的各式糕点给列娜挑选。

“鲍利亚，你瞧，花色这么多，”列娜对儿子说，“这是小篮式的蛋糕……瞧，有两种——一种涂着草莓果酱，另外一种涂着奶油果汁冻。哦，这是杏仁糕……”

“是胡桃糕，太太，”尼古拉和颜悦色地说，“那些圆的是杏仁糕。我介绍您尝尝‘拿破仑’——这是本店的名点。”

“拿破仑？”列娜问，“这是最好的点心。我在罗斯托夫有个朋友叫维克托尔·阿列克塞耶维奇，他常常这么说：‘在一个问题上我公开拥护拿破仑：我是拿破仑蛋糕的崇拜者。’”

她说这话时并不提高嗓门，也不把目光从尼古拉脸上移开。

她所提到的维克托尔·阿列克塞耶维奇，曾在革命的年代里到这儿皮亚季果尔斯克来过好几次。他在五一节的集会上讲过话，跟皮亚季果尔斯克布尔什维克组织的领导者火车司机巴格留科夫有联系。

假如尼古拉是党组织里的一员，维克托尔·阿列克塞耶维奇这个名字，这位罗斯托夫的维克托尔同志，他是应该知道的；假如不是的话，那他就会照旧露出有礼貌，但是相当淡漠的微笑。

尼古拉的蓝眼睛里仿佛燃起了火星；他挺直自己高大的身躯，重新打量了一下这个穿着干干净净的天蓝色衬衫、打着蓝色领结的小个子妇人和她的儿子——他很像妈妈，头发乌黑，挺惹人喜爱。至于鲍利亚，他对那些糕点愈看就愈是目不暇接——因为他要从这许多糕点中挑出一块来，而且只能挑一块。尼古拉看得出，大概妈妈没有买两块的钱，孩子也知道这一点……当然，维克托尔·阿列克塞耶维奇这个名字不是无心说出的——她是自己人，她那蓝色的男式领结特别令人信任。

“这么说，维克托尔同志回来了？”尼古拉轻声地问。

"嗯，一个月以前回来的。"

"好极了……您怎么找到我的？"

"通过诺夫科-诺维茨基。"

"牙科医生？"尼古拉惊奇地说，"但是他对我什么也不知道。"

"他说，在一九〇五年跟您见过面。"

"是的，我们争论过。好，不管他是谁，我很高兴，因为最后几次大逮捕使我们失去了一切联系。"

"'我们'？这么说，你们的组织还保存着？"列娜轻轻地问。

"妈妈，拿半块杏仁糕、半块'拿破仑'好不好？"突然鲍利亚说，"反正这跟一块整的没什么两样。"

两个大人都笑了起来，尼古拉和善地回答：

"干吗要半块半块的拿？拿两块整的吧：一块'拿破仑'，一块杏仁糕。"

"不，"列娜困窘之余喃喃地说，"我没有钱……"

"为了庆祝我们的见面，请容许我请客，"尼古拉回答，"今天晚上我到您家去喝茶。"

5

这天晚上，尼古拉·亚尼科夫斯基如约来到列娜家做客，他看着她的住所有些莫名其妙。她来了才第三天，可是看起来好像她在这儿至少住了一个月——因为这个刚粉白的小屋子里安排得那么妥帖，那么清洁，甚至显得很美观。秘密当然在于那些绚烂鲜艳的乌克兰普拉赫塔布[1]，这些布放在手提箱里携带很方便。这种布可以遮盖粗糙而不

[1] 普拉赫塔布(плахта)是在乌克兰用手工织造的一种条纹（或格子）厚布。

雅观的桌子，也可以铺在一只大箱子做成的床上。还有那些绣花毛巾像画一样挂在墙上是运用了多少巧思！这里没有茶炉子，但有一把很大的、擦得金光闪闪的铜茶壶炖在小炉子上，茶壶的盖子在跳动——水滚了；那炉子照南方习惯安在院子里，也是刚刷白。

孩子们吃了几块尼古拉带来的很好吃的点心，虽然那些糕点已经有些发硬，但是小孩子谁会注意这些小节！吃完了他们到隔壁房间里去自己准备睡觉。尼古拉看到那个姊姊关切而且耐心地劝睡眼惺忪、吃得饱饱的弟弟去洗脸洗手。她给他卷起袖口，翻下领子，领他到院子里的洗手盆前，帮他用肥皂擦手和脖子。列娜亲切地提醒他们：

“莉左奇卡，别忘了叫他刷牙。”

“我们已经在刷了，妈妈。”女孩子也是这么轻轻地回答。

“你真是我的好助手！”母亲带着温柔、感激的口吻说。

孩子们上了床，睡着了：通隔壁房间的门开着，可以听到他们睡着时的呼吸声。

要是有人朝这间小房间里看看，这儿正愉快地喝着茶，桌上还放着一只贴着鲜明标签的酒瓶，标签上画着几粒熟透了的、红得泛黑的樱桃。当列娜拿出这只瓶放到桌上时，尼古拉一时还没想到它是空的，——他有些不大高兴，仿佛懒得开口似的说：

“我不喝酒……”

列娜默默地笑了笑，他这才看清那只瓶是空的。

“要是有人想来看看，这儿的情景是最平常的：我们坐着，主人招待客人。大家都知道女人是喜欢吃甜的，那么还有什么东西比樱桃酒更甜的呢？”

列娜说完把舌头弹了一下，尼古拉笑了起来。他呷着茶，慢慢地谈起他在一九〇五年发动澡堂工人罢工的事。看起来他们是一些落后的、只关心小账多少的人，可是在那次罢工以后，他们成立了工会。后来铁路工人占领了矿泉城，封锁了交通，切断了从弗拉其卡夫卡斯派来的讨伐队的道路。

那时，就在铁路上的无产阶级队伍中产生了一位皮亚季果尔山脉[①]一带的革命领袖——司机巴格留科夫。后来，这一带受到哥萨克富翁和大地主欺负，并且被警察任意凌辱的农民都起来了。当时成立了布尔什维克党的战斗组织来反抗讨伐队。关于这些事情尼古拉说得有声有色，列娜不禁脱口问道：

“你那时也在这个战斗组织里吗？”

尼古拉朝列娜望了一眼——她目光如焰，脸涨得通红。

“是的，”他简截地回答，“但这话算我没跟你说过。”

要是有旁人从窗外往里看：他会看到桌上放着一只樱桃酒空瓶——显然是刚喝完，会看到桌旁有个英俊的蓝眼睛小伙子和一个鬈发少妇。他们正坐着谈笑。

但是假如仔细听一下他们轻声的谈话，可以听到一些用压低的声音说出来的字眼：群众大会、五一节集会、接头地点、委员会、油印机……

列娜到隔壁房间里去拿来了几份本年度的《社会民主党人报》[②]。尼古拉高兴得啊地叫了一声——他已经一年没有看到党的机关报了。

“我们的人留下来很少，叶列娜同志，”他翻着报纸轻声地说，“只剩这么多！”他给她看自己的一只工作后洗得很干净的、张开五个指头的大手——影子投在刷白的墙壁上映出一只巨人的手。“我们不超

① 皮亚季果尔山脉是北高加索皮亚季果尔斯克郊外的一个森林山系。倍什塔乌山和马舒克山都属此系。

②《社会民主党人报》是俄国社会民主工党中央机关报，秘密出版。从 1908 年 2 月至 1917 年 1 月共出版了五十八期。

过五个人。”

“五个人可以干大事情了。五个布尔什维克可以把一个城翻过来！”在列娜的话中有一种热情的、几乎是孩子气的音调。

“最糟糕的是我们跟其他城市失去了联系，真想直接给在国外的列宁写信。”尼古拉说着用一只大手抚摸一篇署上亲切的缩写字母“Н. Л.”的文章。“不过你别以为我们完全茫无所措了。不，我们决不屈服，我们尽可能活动着。对于我刚才跟你说的这五个人，我个个都可以担保。”

但是，他并没有说出这些人中任何一个人的名字，列娜也不问：两个人都默默地遵守着布尔什维克地下工作者的第一条戒律。他们虽然互相信任，但是在他们之间只说一些应该说的话。

列娜给了尼古拉一个罗斯托夫接头地点。他自己并没有到那儿去，也没按这个地址写信，但是他们皮亚季果尔斯克五个布尔什维克中有一个火车司机契恰加到罗斯托夫去，按这个地址找到了一个人。这一来，跟罗斯托夫的联系又恢复了。这个矮小的、长着一头鬈发的列娜的确是个可靠的人。

三圣节[1]来临了，这是一个愉快的夏天的节日。应该庆祝一番。皮亚季果尔斯克有很多大小山岳，其中几乎是最小的一座叫做尤察山。在三圣节的第二天——降灵日，一队愉快的人们出发到这座山上去。一匹驴子身上点缀了碧绿的树枝。它驮的东西着实不少：有一个茶炉子，还有一篮篮吃的东西。这一队喜气洋洋的人们在大街上走：让大家知道这是一群愉快的居民到郊外去举行野餐庆祝三圣节。大人和孩子伴着那匹长耳朵的驴子，它小心地过小桥走到波德库莫克河对岸，然后慢慢地顺着石坡路向尤察山上走去。

---

① 教会纪念圣父、圣子、圣灵三位一体的神的节日。

尤察山跟周围一些巍峨的大山比起来是不足道的，但是从这里望出去可以看到多么广阔的地方呀！在南方，隔着掩住基斯洛伏茨克的光秃秃的黄土高原，现出笼罩在浅蓝色轻烟中的白色半圆形的埃尔勃路斯峰。在北方，五峰巍立的倍什塔乌山和坡度缓坦的马舒克山，仿佛手携着手挡住了你的视线，使你看不见伸向俄罗斯的大平原。往东边看下去，整个皮亚季果尔斯克，它的果园、教堂以及像一顶皇冠似的戴在往上急陡伸展的林荫道上面的长回廊尽收眼底。尤察山朝城市的一面斜坡是光秃秃的，要是有人想从那儿上山来，他马上就会被山上的人发现。它西边的山坡很陡，那儿的悬岩上长着茂密的白桦林。他们就在这儿选了个比较僻静的“野餐”地点，布下岗哨，铺开台布，放好了茶炉。

司机契恰加的一个机灵的十五岁的女儿，把孩子们带到离野餐处远一些的地方去了。

“烧啊，烧得旺，别让它熄灭！……”[①]从那儿传来了极度兴奋的歌声：孩子们正在捉迷藏。

尼古拉·亚尼科夫斯基学列娜的样，拿出几只空酒瓶放在地上。茶、果酱、昨天的糕点、夹香肠的面包……——看来好像他们喝完了伏特加，正在用浓酽的甜茶当醒酒汤喝。

那个黑胡髭、脸色黝黑的契恰加跪坐着，手里拿着一杯伏特加装做好像在举杯祝贺，嘴里说的却是罗斯托夫的消息。列宁——是他说的头两个字。列宁亲自指出的一个明确的方针越过重重险阻传到了这里，这方针是：保存党的地下力量，要比保护眼珠更小心地保护党的工作的星星之火；利用一切合法的可能性；建立工会和俱乐部，不要轻视合作社以及各种体育和戏剧小组。

---

① 这是孩子们在捉迷藏时唱的歌，并不是在玩火。

“烧啊，烧得旺，别让它熄灭！……”契恰加老远也听得见他女儿响亮的声音。

“不，不会熄灭的！”契恰加说，他仿佛在回答这个响亮的声音。“只要是劳动群众集中的地方，就应该到那里去，使人们摆脱孟什维克和社会革命党人的迷惑，在那里宣传布尔什维克的政纲……要知道，一九〇五年革命所提出的问题一个也没有解决！专制制度没有推翻，工人阶级连自己的最低纲领也没有实现，农民渴望土地的要求也没有得到满足……”

契恰加这样轻声地说着，但他轻轻说的每一个字都能令人信服。一阵淡淡的红晕泛上他那瘦削的脸，很深的眼窝里目光炯炯。契恰加把最主要、最使人高兴的话留在末了：罗斯托夫那边的人告诉他，在弗拉其卡夫卡斯将建立一个党中心，它将把捷列克省所有分散的组织联合起来。

“同志们，我们坚持下来了。党在苦难的年头里没有被消灭，我们又复活了，我们正在养精蓄锐迎接即将到来的战斗……”

“烧啊，烧得旺，别让它熄灭！……”孩子们高声唱着。

不，不会熄灭的！

振奋的情绪控制了所有在场的人，但这仅表现在他们严肃的、仿佛明亮了许多的脸上。虽然他们每个人的心都在歌唱，但没有人唱出声来。只有孩子们像黎明时的鸟儿那样叫着……

大家郑重地问契恰加，能不能从罗斯托夫得到新出的书报。

“这可以。”契恰加不慌不忙地回答。

“那么列宁怎么样？”有人问。

虽然，关于列宁契恰加除了上面所说的以外，不可能知道得更多，但是他沉默片刻以后还是补充了几句：

“弗拉基米尔·伊里奇是我们大家的榜样。他在写文章，教育人民，斥责革命的逃兵，鼓励坚强的人们。”

目前有一件事要办：在场的人中间年纪最大的一位老爷爷，长着雪白的、像乌克兰人那样下垂的胡髭，他代表斯杰潘·符拉其米罗维奇请大家在今夜到波塞季捷尔地去，因为当局不准这个斯杰潘·符拉其米罗维奇在茶馆里接见当事人，所以他要在那边波塞季捷尔地盖一个事务所。但是必须在一夜间盖好，那时警察就没有权利把它拆毁。

列娜在这段时间内没说一句话——她把奶油和香肠夹在面包里，给大家倒倒茶。她倾听着同志们说话。这个斯杰潘·符拉其米罗维奇的奇怪的请求到底是怎么回事？看来这个斯杰潘·符拉其米罗维奇不是个党员，要不然，他也会在这儿的……他打算盖事务所的那个波塞季捷尔地又是个什么地方呢？但是列娜不吭声，她答应跟大家一起到那个波塞季捷尔地去。直到天色很晚他们回城去的时候，她才向尼古拉·亚尼科夫斯基问明这件莫名其妙的事情的底细。

6

斯杰潘·符拉其米罗维奇·莫罗节耶夫为了什么被流放到高加索来，这谁也不清楚。他在十九世纪九十年代初就在这里出现。可以猜想得到他跟“民意党”①有关系。他的健康在监禁时期受到严重的摧残。夏、秋、冬三季他身体还好，然而变幻莫测的高加索春天可叫他受不了。

在首都出版的大型杂志中，有时可以看到关于高加索经济情况，尤其是关于农民的法权地位和经济地位的论文，署名是“斯·莫-

---

① 民意党是民粹派的秘密革命团体，成立于 1879 年。该党把反对专制制度个别代表人物（如沙皇、大臣）的个人恐怖政策当作主要的斗争手段。

夫”，——这就是莫罗节耶夫写的文章。他有代理私人诉讼事务的执照。这项收入再加上他写文章得到的稿费，完全能维持他相当简朴的生活。

一九〇五年，虽然社会革命党人声称莫罗节伊爷爷（在地下活动时期大家都这样叫他）是自己人，但他并没有加入社会革命党，倒是跟社会民主党人，特别是跟司机尼卡诺尔·巴格留科夫保持着友好的关系。

一九〇五年以后，斯杰潘·符拉其米罗维奇的事务扩展了，因为压迫农民和城市贫民的不法行为，如今是公开而露骨地进行的了……

非常喜欢喝茶的斯杰潘·符拉其米罗维奇，就长住在郊区一家带茶馆的客栈里。这里，在朝绿树成荫的花园开的窗子旁，放着他的一张固定的小桌子。来访的人一进门就很容易认出这个前额颇高、两鬓泛黄的人，他蓄着一部黑须，一双眼睛深黑如墨。

来向斯杰潘·符拉其米罗维奇“讨教”的人，有时付半个卢布，有时付四分之一个卢布。当事人要是没有钱，他就一个子儿也不收，而且他受理免费的当事人的事务，似乎比付钱的更热心。有一天，一群农民到茶馆里来找他。他们告诉他的一件事使他非常惊奇，这件事简直是集蛮横强暴、故意刁难和无法无天之大成。

这些农民大多数是与皮亚季果尔斯克城毗邻的暖水村的非哥萨克居民。一九〇五年以后，该村的哥萨克村长为了根绝“使生灵涂炭的叛乱”，下令叫这些革命年代中的“不良分子”非哥萨克居民迁出村子，虽然这些所谓“不良分子”已经在该村住了好几代。那些被勒令迁居的人都会据理力争，他们回答说，既然村当局决定叫他们迁居，那就应该给他们指定迁居的地点。甚至哥萨克村长也承认他们的理由是充足的。

他没考虑多久就给他们指定城与村之间由于完全不能利用而荒芜

的一处坑洼累累、遍布石块的空地。这个地方就叫波塞季捷尔地。

很久以前，当局允许那些到这儿来喝矿泉水治病的人在这块地上搭帐篷，停马车（那时来饮水治病的人都是坐马车的），也就是说可以暂时住下。

但是到村长勒令那些非哥萨克农民迁居的时候，这个地方已经荒芜了几十年，暖水村的垃圾平时都运到这块坑洼累累、遍布石块的地上来倒掉。

于是在这块糟透了的、谁也不要的土地上，从村里搬出来的非哥萨克农民得到村长的许可，开始盖自己的房屋。在波塞季捷尔地，一座座白色的小屋子先后盖了起来；这儿开始可以听到鸡啼羊咩……

几十年来一向允许把垃圾倒在波塞季捷尔地上的当局，现在却对这个新村落大为震怒，原因是什么呢，不知道。但自从这儿出现了新房子后过了几个月，皮亚季果尔斯克县城的警察署长亲自骑马来到这个新村子，他用马鞭敲村子边上一所房屋的窗子，气势汹汹地问一个吓得半死的女人，是谁允许建造这个村子的。这个女人叫喊起来。新村的居民——鲍罗德金家、索基尔科、崔冈科夫家、雷森科家的人——纷纷聚拢来回答说，他们是得到暖水村村长的许可移居到此地的。

"既然他的心肠这么好，为什么不允许你们在皮亚季果尔斯克城里造房子呢？"警察署长冷笑着问，"这块地不属于哥萨克村，是属于高加索矿泉管理处的。我限令你们在二十四小时内把这块地出清，离开此地！"

"除了我们，谁也不要这块地。"索基尔科爷爷顶着说。

警察署长用一根很粗的戴着戒指的食指在他的鼻子前晃着说：

"别跟我自作聪明！"他神气地说完走了。

波塞季捷尔地的居民议论纷纷，大哭小喊，发了一阵子牢骚散了，希望老天保佑别让那头猪吞了他们……

可是那头猪不肯放过他们。一个星期以后，警察署长又骑着马到波塞季捷尔地来了。

“你们还在这儿！？”他恶狠狠地问。

于是大家给他行贿。他收下了，变得客气了些，他答应在天气转暖前（说这话时是在二月里）不来赶他们。

“好吧，不过以后你们只好抱怨自己。我接到命令，在波塞季捷尔地不准久居。住在帐幕里，篷车里，马车里——都行；但要长住——不行！”

新村——城里人管这个村子叫纳哈洛夫卡村——的居民绝大多数在有钱人家当雇工。在五月里一个晴朗的日子里，当男人都去干活的时候，一群哥萨克骑马来到波塞季捷尔地，他们下了马，把村子围住，开始呐喊着揭去屋顶，捣毁炉灶。女人的叫声、孩子的哭声也阻挡不住他们的暴行；这些哥萨克大多喝醉了酒，什么也不要听。在三小时内，村子被破坏殆尽，当男人们回来的时候，看到自己的家已在废墟中了……

怎么办呢？他们决定上书捷列克哥萨克驻军的钦命总兵弗列依谢尔——他兼任总督——请求划给居住地点。可是目前怎么办呢？纳哈洛夫卡村的居民都是有家室，有孩子的，总不能过吉卜赛人的流浪生活呀！于是他们决定不离开这个地方，不去呈报当局先住下来再说。反正在波塞季捷尔地有许多坑洼。大家决定分散在那些冷僻的地方掘个窑洞住下来。在当局发觉之前，要过一段时间，在这段时间内得找一个精通律法、能维护他们利益的人。

他们四出寻访，终于找到了。他们打听到，在洛沙科夫客栈的茶馆里有一位有学问的先生代理讼事，可以跟他商量，还可以请他代写诉状。这些纳哈洛夫卡村的居民就这样到了莫罗节耶夫那儿。

莫罗节耶夫听完了他们的话，半晌不吭声，他想了一会儿后说：

“是这样的，弟兄们。要是你们想从沙皇政府那儿得到完全公平合理的待遇，那是不可能的。政府里全是劳动人民不共戴天的仇人——地主，而沙皇陛下就是一个最最富有的大地主。但是为了统治人民，政府制定了自己的法律。这些法律有很多，那是在各个不同的时代里订出来的。很难说……也许我们能找到一条出路，能制止当局的横行。你们以后不用上这儿来，我自己会去找你们的。”

斯杰潘·符拉其米罗维奇不希望这批当事人再到茶馆里来找他，因为当时他那诉讼代理人的法律地位大大地动摇了。茶馆老板洛沙科夫倒是一个很识利害的人，他不仅不反对莫罗节耶夫在茶馆里受理诉讼事务，甚至还很照顾他，因为来访的人在依次等候的时候总要喝杯茶，吃点东西……但是警察署长要他停止在茶馆里接见当事人。

“要是您在合法的基础上设立一个事务所——那我们不反对。”他用嘲笑的口吻对莫罗节耶夫说。

“事务所，事务所……好吧，我就设一个自己的事务所……”莫罗节耶夫在家里翻查元老院所订的律例时喃喃地说着。

他记起了很久以前的一桩案件，法律对这桩案件的判决有助于他的波塞季捷尔地的当事人，也有助于他自己。斯杰潘·符拉其米罗维奇虽然费了不少力气，但还是找到了他所需要的条文……

在纳哈洛夫卡村的居民中，莫罗节耶夫有一个熟人叫巴维尔·雷森科，他们还是一九〇五年革命如风起云涌的时候认识的。当时巴维尔·雷森科常给莫罗节耶夫带来革命的传单。这些传单用生动的人民大众的语言写得非常出色，可惜语法上有些毛病，莫罗节耶夫就加以改正。从这些传单的性质莫罗节耶夫看出，写传单的人遵循的是卡尔·马克思的学说，更确切地说，他是拥护列宁的。至于这些传单是雷森科自己写的呢，还是他在执行别人交给他的什么任务，莫罗节耶夫不知道，他也不急着去打听。

就这样，年老多病的莫罗节耶夫和目光锐敏的、眼睛里带着调皮神情的黄发青年巴维尔·雷森科结成了友谊的联系。

莫罗节耶夫把争取纳哈洛夫卡村合法化的斗争计划告诉了巴维尔，他听了之后高兴得几乎手舞足蹈起来。

在一个石块很多的深谷里，巴维尔·雷森科靠岩壁仿照高加索山民的土屋式样搭了一个极简陋的棚子，莫罗节伊爷爷就在棚子里召集了纳哈洛夫卡村的居民。

“弟兄们，我找到了一条法律，根据这条法律我们可以盖造并且保存自己的住屋，”莫罗节伊爷爷说，“这条法律规定，任何人不能捣毁已经装好炉灶的屋子。”

“是这样的吗？”移民们都说开了，“我们屋子里都装了炉灶的，可是他们来拆房子的时候首先把炉灶捣毁。”

“他们没有这个权利！”斯杰潘·符拉其米罗维奇说，“因为你们不懂法律，所以他们可以把你们任意摆布。”

“那么我们现在怎么办呢？”

“重新盖房屋，不过现在我们做起来要用心思了。为了不让警察蛮横行凶，我将第一个在这儿造屋子。问题在于要在一夜间造好，即使是一间小屋子也行，但一定要有炉灶，那时尽管让警察署长先生来，我自然会对付他的！可是我们到哪儿去弄木料呢？”斯杰潘·符拉其米罗维奇忧虑地说。

“我说过木料不成问题，那就一定有！”雷森科回答。

莫罗节耶夫知道他这个人，于是就放心了：既然他说有，那一定会有的！

事情是这样的：因为雷森科不久前跟看林人巴宪科的女儿结了婚，木料可以到公家的林子里去拿，只要在夜里偷偷地采伐就行。那位看林人会装作对这件事一点也不知道。巴维尔的舅兄费佳·巴宪科，是布尔什维克五人小组中的，这五个人当时已经在皮亚季果尔斯克集合起来了，他们是未来布尔什维克组织的种子，——这件事巴维尔也没有告诉莫罗节耶夫。老巴宪科在马舒克山后面的守林亭里藏着地下印刷厂的铅字和印布尔什维克的传单的油印机，甚至还藏着一九〇五年留下的红旗，上面写着："全世界无产者，联合起来！"

……列娜永远忘不了这个明亮的月夜和大家不声不响埋头干活的情形。当泥水匠在打屋基的时候，另外有人在旁边的谷地里把木头削平，等一会可以直接把木头铺到屋基上去。铺地板的木料已经预先从木柴仓库买来。

列娜负责砌炉灶。还在父亲生前失业靠善砌炉灶糊口的时候，列娜就在一旁做他的帮手。她劲头十足地干了一整夜。天快亮了，当她忘记了一切，站在小梯子上砌炉灶的拱顶时，尼古拉轻轻地叫了她一声。

列娜张着沾满黏土的手指回过头来。造房子的人们已经在架屋梁了。他们刚开始工作的时候，月亮高挂在空中，现在开始泛出红色，已经离山头不远了。正由尼古拉和一群小伙子架上去的屋梁和木头，投下了一条条黑影。

"你叫我有什么事？"她问尼古拉。

"我想到了这么一个念头：我们做这工作不是为自己，也不是为地主资本家，而是为大家，——你明白吗？到了社会主义社会，我们将要人人这样工作！"他肯定地说。

列娜听到"社会主义"这四个字仿佛领会了一种新的意义，她迅速地朝周围看了一下。

四周是一片黎明前的世界，在寒森森的蓝色晨曦中，即将来到的一天渐渐透出各种纯净的色彩……到处可以听见干活的各种深沉的声音。现在他们是悄悄地在黑暗中做这工作，但在不久的将来，他们就要公开做这样的工作。

早晨来临时房子已经造好。列娜马上生起炉子，一缕烟升向天空。地板还是白的，没有油漆；仓促间拼起来的木条墙壁，有好些地方留着隙缝；窗框还没有装好。但是屋子里已经搬进了两张桌子和一个书架，床铺也搭好了。斯杰潘·符拉其米罗维奇走进屋子，朝四周看了看，微微一笑，捋着颔下的黑须。

“这下可以烤火吃面包了！”他愉快地说，“弟兄们，你们就待在这儿附近！等警察来的时候，我需要证人。”

警察直到第三天才来。柯洛姆勃恰巧在这天早晨来到。列娜把一切都告诉了丈夫。柯洛姆勃很感兴趣，于是他们全家到莫罗节耶夫造了房子的地方去远足。

他们到那边时，正好警察署长红着脸一边咆哮，一边勒住被他的喊声吓慌的马，在莫罗节耶夫屋前的台阶旁边耀武扬威；而莫罗节耶夫翻开一本皮封面的书站在台阶上。列娜看到莫罗节耶夫屋子里的窗框已经装好，护窗板还漆上了鲜艳的绿色。紧挨着莫罗节耶夫的小屋出现了一所簇新的黏土房屋，脸色苍白，但充满决心的黄头发巴维尔·雷森科就站在门口，他的年轻的妻子挽着他的手，紧蹙着两道黑眉。她有一双栗色的眼睛。雷森科这所房屋才盖了两天——屋上的烟囱也在冒烟，窗上的新玻璃在闪闪发亮。

警察署长喊得声嘶力竭。他在喊些什么可听不清楚；他直喊到气急咳呛为止。那时莫罗节耶夫就指着雷森科屋上的蓝烟，摇着那本厚厚的书，慢慢地、清晰地说，为的是让所有的人都能听见：

“这是元老院制定的法律条文：凡房屋建于国家土地上而屋内已有炉灶者，任何人不得拆毁！”

“可是法学家先生，夜里造房子难道是合法的？！啊？”

“我们认为什么时候方便，就什么时候造房子，至于您的恐吓……

大家都听见了吗？那么你们就是证人。”

“我们都是证人，都是！”众人齐声叫喊。

马儿打了个哆嗦，前蹄直竖起来，于是警察署长把鞭子一挥跑了……

第三章

1

谢尔盖领到了总编辑签发的记者证以后，现在时常在城里走来走去，他要熟悉一下这个城市。这个城市一会儿和颜悦色地欢迎他，一会儿这副和蔼可亲的面孔突然变成一张假面具，假面具后面露出另一副嘴脸——一副熟悉、可憎的压迫者嘴脸。

街道两旁栽着栗树，这时节栗树上点缀着许多奇怪的锥形花朵，仿佛一支支白色和玫瑰色的蜡烛。

春天是约会的好时节，晚上在浓荫匝地的街上走过，借着从窗子里射出来的暗淡的灯光，可以看到一对对一动不动地拥抱着的情人；钢琴的乐声或姑娘唱情歌的声音，都使人想起世上有无忧无虑的幸福，这是不愁衣食的人那种宁静如人梦乡的幸福。

清早起这儿就可以听到军乐声，大街上一会儿有一个哥萨克骑兵中队唱着雄壮的歌驰骋而过，一会儿有一个步兵营整步走过。城外朝北有一片广阔的平地。这块地整个做了练兵场。可以容纳好几个骑兵师。但是这所练兵场浪费了多少可耕地呵！

在城市另一头近山的地方，陆军学校的几幢红色砖房掩映在芳草绿树之中。谢尔盖到此地后不久，那儿的毕业考试正好结束。因此谢尔盖站在大街转角处有可能欣赏弗拉其卡夫卡斯上流社会的气派：刷得亮闪闪的精壮肥马、富丽的马车、打扮得花枝招展的窈窕淑女、她们肥胖的妈妈以及骑着马护送豪华的行列向陆军学校去的青年军官。

在那里谢尔盖有机会亲眼看到了弗列依谢尔本人。在他的黑色切尔凯斯卡上，银色的弹巢和金色的肩章特别醒目。他那两边分开、略略有些斑白的胡须，花白厚密的唇髭，两道浓眉下面闪闪发光的夹鼻眼镜，以及他整个凝重的仪态，都使人感到威风凛凛，这显然也正是他所希冀的。随从总督大人的军官们大多穿的是切尔凯斯卡，只有蓝中带绿的宪兵制服好像给这些军人打上专制的警察制度的烙印。

谢尔盖走到一个喜欢说话、爱看仪式的老太太旁边，知道了跟在弗列依谢尔后面的将军、上校、中校的姓名，他还发现这些沙皇的臣仆中间也有冠着奥塞梯和卡巴尔达族公爵姓氏的人。这必须记住！

在捷列克省没有地方自治局，没有陪审员参与听讼的法院，弗列依谢尔是这儿的无冕之王——无怪乎他不叫省长，甚至还不叫总督，而是叫军政总督，他还是捷列克哥萨克驻军的总兵。这是个专制暴虐的土皇帝，他掌握着军事法庭、武装部队、宪兵和暗探。

城里军人和官吏非常多。在每月二十号发饷银薪俸那天就特别显著。二十号以后马上有一阵繁荣的波涛席卷全城：官吏和军官的妻子纷纷涌向基拉科卓夫百货商店以及其他较小的店铺和工场。甚至晚会、舞会和婚礼都尽量定在紧接二十号以后的几天内举行。离二十号愈远，城里就愈静。在每月二十号的前几天，弗拉其卡夫卡斯简直像死一般沉寂……

“二十号之城”谢尔盖在跟房东先生的一次谈话中给弗拉其卡夫卡斯取了这样一个名字。

伊里亚·伊凡诺维奇·谢米奥科夫听了一点也不生气。

“有人本来就称我们是：‘二十号的人’。”他言下不无得意之色。

许多跟城市紧接的村镇都住满了手工业者、菜农和果农——其中大部分是非哥萨克的农民。为数不多的工厂里的工人，大多数也是非哥萨克农民出身。

这儿最大的企业是铁路修理厂和属于比利时股份公司的有色金属加工厂，那里的工人不超过两百人。此外还有几家香烟厂、罐头厂和糖果厂。可是在一九〇五年（这是谢尔盖的房东太太用谈虎色变的口吻轻轻地告诉他的），城里还是爆发了罢工，举行了示威游行。

2

谢尔盖·米朗诺维奇每天早晨七点钟到编辑部去。在这清早的时候，整个宽敞的编辑室里特别静，虽然已有太阳，但并不像白天那么闷热。窗子都打开着，一阵阵清风从一个房间吹到另一个房间，早晨的头脑出奇地清醒。在这清晨时分，要想些什么或写些什么都非常适宜。

拼版工人伊凡·雅科夫列维奇·屠雷京常常到这间给编辑办公的大房间来。为了要把过长的段落分开或者删去两三个字，屠雷京就来跟负责这篇文章的编辑小声地打交道。

由于他经常到编辑室来，谢尔盖对这个拼版工人注意了起来。圆脸、黄发、一双眼睛很明亮的屠雷京，看起来是属于身份证上写着“并无特征”的那种人。他长着一张普通的、俄罗斯型讨人喜欢的脸。这样的人一般都喜欢开开玩笑，嘻嘻哈哈，这样的脸应该常带笑容。可是屠雷京偏偏老是愁眉不展，忧心忡忡，这引起了谢尔盖的注意。谢尔盖时常凝视他的脸，最后他终于问巴维尔·鲁什科夫，屠雷京是个什么人，他到底有什么心事。

“你问瓦尼亚[①]·屠雷京吗？”巴维尔说，“啊，关于他的事，我们报社里的人都知道。一九〇五年，在当局驱散游行队伍时，他的父亲被打死了。从此，他就失去了安宁。我常对他说：‘瓦尼亚，想开点吧，你自己活着——就得给活人着想。你父亲是个好人，为革命、为人

① 瓦尼亚是伊凡的爱称。

民牺牲了。你就应该走他的路。’他听着，仔细地听着，但是从不回答。大概他有他自己的一套想法。”

谢尔盖同意巴维尔的意见，但每当看到这位拼版工人闷闷不乐的脸时，就沉思起来。这个还很年轻的人的心灵深处到底藏着什么秘密？

有一次屠雷京到编辑部来，当时那里除了柯斯特里科夫以外，一个人也没有。

“您有什么事吗，伊凡·雅科夫列维奇？”柯斯特里科夫很客气地问，“是不是我可以帮您的忙？”

“哦……这儿要删去四个字……不过这不是您的文章……”

“删字？拿来吧，我对删字这项艺术很感兴趣。而且可以说，多少有些经验。这儿要把句子结构改变一下——那么‘这个’两字马上可以省去。‘相当强烈的感受……’‘相当’两字无关紧要。行了，行了，现在我们试着把句子重写一遍——重写时还可以删减……好了。”

“谢谢！……您叫谢尔盖·米朗诺维奇吧？”

“正是……等等，伊凡·雅科夫列维奇……”柯斯特里科夫环视了一下。房间里只有他们两个人。柯斯特里科夫用自己结实、温暖的手握住屠雷京的手。一双黑醋栗色的眼睛同情地望着屠雷京的脸，轻声地说：“巴维尔把您的不幸跟我说过……请原谅我的冒昧，可是，您能不能把详细情形告诉我？我们商量商量，一起想个办法……”

黑醋栗色的眼睛诚恳地望着他，这双眼睛里有一股吸引力。伊凡·雅科夫列维奇曾把自己的不幸告诉过许多人，大家都同情他，安慰他。但是从这个肩膀宽阔、体魄强健的人身上可以感到一种力量，一种善良而热忱的帮助人的决心。

“当然可以，说来话并不长，”伊凡·雅科夫列维奇回答，“现在说也行……”

“‘现在’——那怎么成！这儿会有人来……不，这样的事要在没人的地方说。”

“是的，这很对，”屠雷京叹了口气，“那么到我家去好不好？”

“谢谢您的邀请。但现在就去似乎也不妥当。这样，还是等到天黑，我们去散步……不妨到捷列克河边的桥那儿去。您知道，那边暗得很，又有河水的响声……”

两个人就这么决定了。

3

雅科夫·安德列耶维奇·屠雷京在高加索服了二十五年兵役退休时，不愿回到宾查省的穷村子里去，那儿的土地在“解放”农奴的时代[①]都给地主霸占去了。对于在高加索服役期满的退伍士兵，国家以优惠条件在弗拉其卡夫卡斯城郊划给土地。这是多么肥沃的土地啊——简直可以当奶油涂在面包上！于是在捷列克河泥泞的低岸上大兴土木造起了阿尔东村——果树园中都是一座座白色的房屋。

跟雅科夫·屠雷京一样的退伍士兵，住到这儿来的愈来愈多。

雅科夫·安德列耶维奇盖了房子，结了婚，生了四个儿子。

“我父亲是个好人，”伊凡·雅科夫列维奇说，“他讲起故事来，就叫你听得出神，你会觉得仿佛是在看一本书。他在高加索打过仗，到过巴尔干半岛，一八七七年参加过俄土战争[②]……他在当兵的时候识了字，所以对我们从小就谆谆教诲：学习，学习，学习……我在市立

---

① 由于俄国社会经济发展的需要与农奴的反抗，终于迫使沙皇于 1861 年宣布废除农奴制度。不过除了人身自由外，农民依然受剥削与压迫，他们并未获得真正的解放。

② 沙俄统治集团为了利用巴尔干半岛各国人民反对土耳其统治的民族解放运动的发展以扩张沙皇俄国在巴尔干半岛的势力，于 1877 年 4 月对土耳其宣战。

中学毕业时得过奖状。我们弟兄四个，我是老大。后来我被征去当兵，一下子就参加日俄战争[①]。关于这件事我不准备说——您大概在报上也看到了这场可耻的战争的经过。我回到家里一看——我在战场上倒一点也没受到伤害，可是我的父亲却在和平的生活中被打死了。为了什么？怎么打死的？确切的经过我没打听到，因为弟弟还年幼，母亲像失魂落魄似的，而邻居们有的这么说，有的又那么说。我只知道：有一次人们拿着红旗举行了示威游行。总督派哥萨克向人群冲去。游行队伍被冲散了，接着哥萨克就在城郊的田野和菜园中搜查，谁躲在那儿，就被他们砍死。后来，据说人们在收尸的时候发现我的父亲被杀死在玉米地里……”

他们已经走到桥上，停下来靠栏杆站着。谢尔盖听着这个悲壮的故事。他们面前的捷列克谷地沉浸在月光中，捷列克河像一条起伏波动的银色缎带从阴森森的群山中间奔泻出来。

“那么您有没有打听到您父亲葬在哪儿呢？”谢尔盖·米朗诺维奇问。

“总算打听到了。我退伍回家，母亲出来迎接我。她劈头第一句话就是：‘去找你父亲的坟墓，应该给他立一块碑。’她老是向我苦苦哀求，悲恸欲绝——眼看着她自己简直也活不成了。我答应她一定要找到坟墓，她才稍稍安下心来。当然应该去打听！我自己也想知道这事。我自从当了兵这些年来，对宗教已经心冷了。但是应该立一块碑——纪念一个把一生献给人民的人。我要知道父亲躺在什么地方，我要到他坟上去，要带我的未婚妻一起去。等将来生下孩子，我要把孩子也带去。于是我到处去打听……我们的熟人可以说遍城皆是。结

① 日俄战争是一场帝国主义掠夺殖民地的罪恶战争。开始于 1904 年 1 月，1905 年 5 月停战。日俄双方都有巨大的损失。

果给我找到了。我遇到了一个曾经收过尸的人。是他指给我看医院坟地里的一座墓。我就到总督衙门去向当局请求，我说明原委：因为如此这般，要在墓上立一块纪念碑。我被叫去见参谋长哥萨克上校切尔诺祖包夫。他对我倒没怎么样，甚至还夸奖我说：‘纪念父亲，这很好。但如果你自己想活下去，那就把立碑的事忘掉，忘掉！’因为彼得堡派这个德国人弗列依谢尔（他这是指总督兼哥萨克钦命总兵）来骑在我们世世代代住在捷列克河一带的人头上，可不是没缘故的……”

“那么切尔诺祖包夫本人呢？”谢尔盖紧接着问，“他是什么人？”

“他是本地人，哥萨克头领出身，”屠雷京镇静地回答，“也是个刽子手，杀人如麻的魔王。当大公[①]们到这儿来围猎的时候，他就是他们最要好的朋友。但是他跟弗列依谢尔很早就有隙嫌。”

“明白了……”谢尔盖拖长声调说，“了解弗列依谢尔和切尔诺祖包夫的事很重要，非常重要。现在，伊凡·雅科夫列维奇，我们来谈谈立碑的事。当然，您母亲的心情是可以理解的：像您父亲这样一个光辉的人的墓上应该立一个纪念碑。但是，俗语说得好，胳膊扭不过大腿。您也很清楚，当局不仅不会准许立纪念碑，而且还会竭力磨灭对您父亲的纪念。”

“那又怎么样呢？难道就罢休了吗？”

“不，决不罢休，”谢尔盖镇静地说，“不过纪念碑有各种各样的。您想的是石碑。但是，您大概也听说过，在我们南方的草原上有好多石雕像[②]。这也是纪念碑，这是谁立的呢？学者们伤尽脑筋——始终无法考证。但还有另一种纪念碑——那是不寻常而又永恒的。”谢尔盖说到这儿，朝四周看了一下，确定了没有人听得见他们的话，然后压

---

① 大公是沙皇的儿子、兄弟或孙子的封号。

② 这是一种人体石雕像（каменные　бабы），雕的大多是武装男子，也有女人。

低了嗓门，一个字一个字清晰有力地朗诵起来：

我为自己建了一座不寻常的纪念碑，
在人们走向那儿的路径上永无杂草生长……

“我知道！”屠雷京高兴地说，“这是普希金的诗！原来您说的就是这样的纪念碑！”

“是的，这是指人民对他的纪念，指永垂不朽的荣誉。

人民将永远对我感激，
因为我曾用诗篇唤醒人们的良知，
我曾在这残酷的世纪里为自由讴歌……”

“我怎么能把父亲歌颂得这样伟大？”屠雷京忧郁地问，“他是一个没没无闻的渺小的人物……”

“不，这不对！根据您的叙述，可以断定他不是个渺小的人物。至于没没无闻……我们可以使他出名。”

“怎么个做法呢？”

“怎么做？”谢尔盖跟着他重复了一遍，“关于这件事我们再考虑。这件事不简单，我还要在你们的弗拉其卡夫卡斯观察一番。”

4

卡扎罗夫对这位新工作人员很满意。他不论什么时候到编辑部去，柯斯特里科夫大部分的时间总是在写文章，或者喝着浓茶在校改什么东西。他写着，皱着眉头——突然脸上掠过一丝微笑，倔强的、轮廓端正而严肃的嘴唇颤抖了一下……有时他把写好的读一遍，沉吟半晌，呷一口茶，点一支烟。柯斯特里科夫会把写得很潦草的一则短讯或一封读者来信耐心地加工，这些短讯和来信都是别的编辑怕麻烦不愿看那些乱七八糟的字迹而扔在一边的。遇到需要执行一项困难的采访任务、要去实地了解一桩有趣的事情的时候，他总是非常乐意地到出事地点去。有时卡扎罗夫自己也觉得奇怪，一件仿佛是不足道的事实，在柯斯特里科夫笔下就会变得尖锐、深刻，完全不是不足道的了。自从《捷列克》报上出现了这个新工作人员的名字，报纸的销数显著增加了；在俱乐部，在交易所，许多人碰见卡扎罗夫就问，这个给《捷列克》报写文章的“谢·米朗诺夫”是什么人。有时他写的小品文、短评没有署名，读者根据风格也猜得出来。

有一次，卡扎罗夫走进编辑室，看到柯斯特里科夫正在翻阅过去某一年的《捷列克》报合订本。他一期一期不慌不忙、顺着次序翻过去，卡扎罗夫对他这一工作注意地看了好些时候。

“看完以后，请把您的结论告诉我，”卡扎罗夫说，“我看您很有希望。”老板鼓励他说。

“‘未来的年代隐藏在黑暗中……’[①]”柯斯特里科夫打趣地回答。

事实上，翻阅过去几年的《捷列克》报对谢尔盖研究本城和这一带地方有极大的帮助。有几篇文章的题目和作者的名字，他另外记在一张纸上——这些文章流露出作者的革命观点。这样的文章在不久前的革命年代中尤其常见。

谢尔盖每看到一篇好文章，他总努力想知道文章的作者在哪儿，

---

① 这是普希金的著名诗句。

然而在大多数情况下他得到的回答是：被捕了，流放了，或在反动时期①开始以后自己离此他往……但是有几个作者还留在这一带，譬如，谢尔盖记下了一位医生纳乌明科的名字，他写过几篇关于捷列克省公共卫生以及人民健康情况的文章。纳乌明科这个人大概住在一个哥萨克村的诊疗所里。

在一九〇七年的一期《捷列克》报上登着一首诗歌习作，这首诗使谢尔盖·米朗诺维奇感到很大的兴趣。

“红旗在人海上空飘扬，雄壮的自由歌声从群众胸中传出……这是宣传者激励人心的语言，这是骄傲的、不朽的号角，思想、心灵、语言合成一体……为被压迫者争权利，为争取睡眠、劳动、休息的权利，前进！……”

热烈的心，如火如荼的想象。看来写这首诗的是一个热情奔放，但还没有完全形成革命人生观的年轻人。谢尔盖敏锐的耳朵听到了，他对备受压迫的劳动人民深刻的同情溢于言表。一个肤浅的空谈家是写不出这样的诗篇的，在革命的浪涛中曾经浮现过不少空谈家，但他们后来很快就失去了华丽的词藻……这首“习作”是以绞刑场面——一幅革命者受到残酷迫害的情景——结束的：

“嘶哑的惨叫。白色的囚衣上起了一阵痉挛。这是临死前剧烈的挣扎。叫声愈来愈低，挣扎愈来愈弱。夜接受了被勒紧的喉咙发出的最后一声微弱的呻吟。生命堕入了无底的深渊……”

谢尔盖像亲眼看到了这一幅可怕的景象，——这只有艺术家、作家能描绘……习作的署名是：“叶·瓦赫坦果夫”②。有一篇小品文抗

---

① 指 1905 年革命失败后 1906—1911 年的斯托雷平反动时期。

② 从下文知道他的全名是叶甫盖尼·巴格拉季昂诺维奇·瓦赫坦果夫(1883—1922)。他是俄国杰出的演员和导演、斯坦尼斯拉夫斯基的学生。他在 1915 年创办的剧团后来发展为莫斯科艺术剧院三团，1926 年改称为国立叶·巴·瓦赫坦果夫剧院。

议某独角戏演员聚集了一群孩子教他们在弗拉其卡夫卡斯的夏令剧场演唱黄色的小调，这篇小品文下面的署名也是“叶·瓦赫坦果夫”。

在过去的《捷列克》报上时常出现署着这个名字的小品文、特写、剧评，在每一篇文章的字里行间都显示出作者有一颗诚实、坦率的心，那些文章充满了对被压迫者的同情以及对暴徒、压迫者、市侩行径和庸俗作风的憎恶。

但是，特别使谢尔盖·米朗诺维奇惊奇的是叶·瓦赫坦果夫向某一个坏戏的演出者说的严厉的话：“要下功夫，对每一个细节、每一步台步、每一个手势都要加以思索。”能说这种话的只有极其严肃、修养很深的人，跟这种人可以谈话和辩论，这种人毫无疑问能帮助革命事业。

“哦，这是老瓦赫坦果夫的儿子！老头儿是香烟厂的老板。”当谢尔盖向卡扎罗夫问起这位叶甫盖尼·瓦赫坦果夫是谁的时候，卡扎罗夫这样回答。

“就是那个资本家瓦赫坦果夫吗？他好像是世界上最先想出办法剥削盲人劳动的人，是不是？”谢尔盖惊讶地问。叶·瓦赫坦果夫对压迫者充满仇恨的文章，跟谢尔盖所听到的关于他父亲的作为，是无论如何不相协调的。老瓦赫坦果夫甚至在弗拉其卡夫卡斯的自由主义温和派中也是一个出名的、残酷无比的企业家。

“正是他！”卡扎罗夫回答，“就是巴格拉季昂·谢尔盖耶维奇的儿子。要是革命胜利的话，谁知道……也许我们这位没有毕业的大学生任尼亚[①]·瓦赫坦果夫已经成为本地的玛拉特或是圣宙斯特[②]。”卡扎罗夫说这话时带着一种讽刺的口吻，当他说到不久前的革命年代的

① 任尼亚是叶甫盖尼的爱称。

② 玛拉特(1743—93)和圣宙斯特（1767—1791）都是18世纪末法国资产阶级革命时期杰出的革命家。

事件时，经常流露出这种口吻。“可是因为革命没有革成，他就去当演员了。现在他怎么样，我不知道。他跟老头子很早就不和睦。而且叶甫盖尼的婚姻他父亲也不赞成。现在，他们父子的关系好像已经所谓正常化了。有什么可说呢，历史总是教我们大家采取现实主义的！”卡扎罗夫说着叹了一口气，仿佛暗示着他自己也演过类似的悲剧。

谢尔盖在弗拉其卡夫卡斯住了几星期后，对卡扎罗夫已经有了认识。这位《捷列克》报的发行人不上教堂，并以此引为骄傲。有时在那些他认为可靠的人中间，他会发表一些不仅反对宗教，而且还反对专制政体的自由言论。他不信上帝，但他有自己的上帝——钞票，而且他对这位上帝极其虔诚。卡扎罗夫相当聪明，作为一个报纸的主编和印刷厂的老板，他懂得：要是印黑帮分子[①]的书刊，他会把本钱赔光——因为他无法销售这种书刊。相反，一切进步的或是针对沙皇制度的暴露性文章能在广大的知识阶层中得到同情，因此也就有销路。当然，他把这种“商品”卖给顾客是非常小心的。

卡扎罗夫相信俄国一定要经过革命的大动荡。但这是什么性质的一种动荡，他不很感兴趣。

“不论怎么样，”谢尔盖心里想道，“只要是碰一碰您的钱袋，卡扎罗夫先生，您就会暴跳如雷。”

可是碰碰他的钱袋却是必要的。谢尔盖现在已经知道印刷厂的情况，并且已看到那儿的剥削——特别是对童工的剥削——是完全不能容忍的。

但是，卡扎罗夫自己对印刷厂里的事几乎从不过问。他只管编辑工作，办报，至于印刷厂完全由卡扎罗娃太太经营，这是个精明泼辣的

① “黑帮”是为摧残1905年革命而成立的匪帮式的警察性团体，是最反动的一种组织，他们专干一切黑暗勾当，故被称为“黑帮”。

女人。

在谢尔盖·米朗诺维奇刚进《捷列克》报工作的头些日子里，就时常听到老板娘尖锐的、整个编辑室和印刷厂都听得见的声音：

“瓦尔卡！你死到哪儿去了？”

骨瘦如柴，头发蓬乱的瓦尔卡·季亚青科苍白的长方脸上现出恐惧的神情，他一听到这不容违拗的叫声就穿过编辑室飞也似的跑去。

谢尔盖·米朗诺维奇注意到，瓦尔卡找到一个僻静的角落在读着什么东西。谢尔盖·米朗诺维奇了解之下，发现这孩子给一些拙劣的坏书迷住了：这些书都是关于美国侦探纳特·宾克顿和聂克·卡特的胡扯淡……

“必须对症下药。”谢尔盖·米朗诺维奇就给瓦尔卡看柯罗连科写的《轧坏淘[①]》。

第二天老板娘呼唤瓦尔卡的叫声特别凶。叫声愈来愈响，最后从楼上什么地方传来一连串尖声的叫骂。

谢尔盖·米朗诺维奇担心事情出在柯罗连科这本书上，瓦尔卡八成是看这本书忘掉了泼悍的老板娘，于是谢尔盖从二楼沿楼梯爬到顶楼上。叫声很近，可是顶楼上一个人也没有。谢尔盖·米朗诺维奇朝四周看了一下，发现还有一架往上通向屋顶的狭窄的小梯。屋顶上有一个小亭子。在亭子里，卡扎罗娃太太不仅找到了那个失踪的瓦尔卡·季亚青科，还发现自己的亲生儿子也跟他在一起，这真使她火冒八丈高。两个孩子正在一起读一本书，谢尔盖·米朗诺维奇马上认出了那本书：当然这就是柯罗连科的《轧坏淘》。

真可笑，正是这本书的名字使卡扎罗娃太太大发雷霆。

---

① 原书名«В дурном обществе»。“轧坏淘”用的是一句上海话，就是“交坏朋友”的意思。

“你不愿交好朋友，偏要交坏朋友，是不是？”可以听出这是她的声音。“你不愿跟好人家的孩子在一起，懒孩子你倒喜欢，是不是？”

两个孩子脸色苍白，恐惧万分，应该去救他们。

“孩子们！”谢尔盖·米朗诺维奇声色俱厉地说，“你们这样年纪的孩子抽烟，那实在太不像话。何况在这儿亭子里，给太阳晒得这样干燥的地方抽烟……你们会引起一场火灾来的……”

“什么火灾？难道他们在这儿抽烟？”老板娘担心地问。

“我们没有抽烟，谢尔盖·米朗诺维奇，我们在读书……”瓦尔卡回答说，他把书递给谢尔盖。

“读书？”谢尔盖惊奇地问，“说真的，我听到这吵闹声还以为我们这儿失火了呢。”

“您说什么，天哪，您说什么……”老板娘用较低的声音说，大概她已感到自己这样大叫大嚷很可笑，不像话。“我并不是对他们读书生气，”她很窘地说，“让他们读好了。只是我每分钟都需要瓦尔卡，可老是找不到他。他既然是被雇来的……”

“听到吗，瓦尔卡？”谢尔盖表面上很严厉地说，甚至还竖起了一根手指。“既然是人家把你雇来的，全部工作时间就得给主人做事。你必须从早晨八点到晚上十点变成主人的东西，此外就没有别的办法。在这个时间里，你自己的头脑、自己的意志都不准有。读书不在你的职务范围之内，你是一件东西。在工作时间读书的东西，主人不需要……”

卡扎罗娃太太把这件事告诉了丈夫，出乎她的意料之外，他竟不满地皱起眉头说：

“亲爱的，你的行为实在可笑。嚷得整个印刷厂都听见——为了什么呢？为了两个孩子——其中一个还是我们的儿子——在读一位人人尊敬的现代作家的书？至于谢尔盖·柯斯特里科夫……你无论在什么时候别跟他争吵。事实上他已经把你嘲笑了一场。可是你怎么也找不到他的茬儿。”

“什么——找不到茬儿？这是煽动行为！”卡扎罗娃太太生气地说。

“你准备怎么样呢？去报告警察局吗？就算查出他是一个社会民主党人，把他逮捕起来。可是自从他到我们这儿来工作以后，我们报纸的销数增加了百分之三十。”

5

瓦尔卡·季亚青科在印刷厂里把这件事告诉大家，说记者米朗诺夫怎样保护他，把那个给工人们吃过不少苦头的凶悍的老板娘捉弄了一场。现在当谢尔盖·米朗诺维奇到印刷厂来时，大家都很欢迎，把他当自己人看待。

柯斯特里科夫通常在夜里到印刷厂去，那时他总是为了修改一则什么短讯而耽搁在编辑部里。他亲自把材料拿到印刷厂，待在那儿喝一会儿热茶。在这儿并不震耳的机器声中，开始了开诚布公的谈话和争论。他在印刷厂的工人中发现了一些思想上与布尔什维克敌对的人——一些狂热的孟什维克。

有一个老工人瓦西里·伊凡诺维奇·古古希金，有时拿几份党中央的机关报《社会民主党人报》到印刷厂来。当时，按照中央委员会的决议，这份报纸的编辑部成员中有布尔什维克，也有孟什维克；那时报上同时登载这两个工人运动中的敌对派别的文章。

古古希金常常把报上发表的文章胡乱解释。伊凡·雅科夫列维奇·屠雷京虽然不同意他的意见，但是他在政治上还缺乏经验，因此不能在古古希金断章取义地把一篇文章加以曲解的时候揭露他。在谢

尔盖 · 米朗诺维奇来到以前，古古希金跟屠雷京在争论的时候，古古希金总是占上风。

可是有谢尔盖 · 米朗诺维奇在场就完全不同了。他首先把那份报纸拿到手里。古古希金很着恼，但他不能拒绝不给报纸。列宁写的文章即使没有署名，谢尔盖 · 米朗诺维奇也能在报上找到，他把它念出来，并且解释给大家听。在瓦尔卡 · 季亚青科这件事以及其他类似的几件事中，柯斯特里科夫显出是工人阶级的保护者，从此以后印刷厂里的人就很喜欢他，常常很有兴趣、很信任地听他说话。但是，跟印刷厂里的孟什维克斗争终究不是件很容易的事。

排字工人的劳动需要相当高的文化水平。因此排字工人对其他职业的工人有时会表现出一种轻视的态度。老板时常对工人们奉承几句，施些小恩小惠，用手腕煽起这种“工人贵族”的优越感；而孟什维克就跟他一搭一挡，一吹一唱。

“我们的老板声明他比立宪民主党左一点，并且反对专制政体，这不是凭空说说的，因此对他没有必要采取罢工的斗争方式，”在印刷厂工作的孟什维克们常常这样说，“别做笨人，不能一下子满足所有的要求，得一步一步慢慢来……”

“唔，当然，有人喜欢拖着蹒跚的脚步，拐弯抹角地走……”谢尔盖 · 米朗诺维奇嘲笑着引用一首有名的、反对孟什维克的讽刺诗回答。

接着谢尔盖 · 米朗诺维奇跟工人们解释，老板不论怎样让步，在主要的问题上他不会对工人让步：那就是缩短工作时间的问题。他宁可付加班工资，也不同意改成两班制，而只有两班制才能在较大程度上改变劳动条件。

“应该拟定我们的要求，一致通过后向老板提出，要是不同意——就罢工。”谢尔盖 · 米朗诺维奇说。

于是他跟大家讲工人在资本主义社会的地位，工人团结起来的力量，以及西方各国罢工斗争的情况。他谈到政治性的罢工有多么大的力量。他提起了彼得堡各工厂罢工、伊凡诺伏城和奥列霍伏-祖耶伏城纺织工人罢工、一九〇四年巴库大罢工和一九〇五年全俄大罢工的情形。每个人跟他谈话以后，都觉得自己更加坚强了，明白了工人的解放掌握在他们自己手里……

“看来，您好像很关心我们工人的疾苦！”古古希金回答谢尔盖·米朗诺维奇说，“您就是想重新唆使我们闹革命，去挨哥萨克的皮鞭。我们的导师、英明的普列汉诺夫[①]说：‘当时不应该拿起武器’，这话难道是没有道理的吗？”

“工人的疾苦对他们有什么关系！他们只知道用暴力。”以前是个排字工人、今年当上了印刷厂主任助理的克拉赫玛洛夫怀着敌意说。

这个新职位马上给他带来了“好处”。这个人还年轻，可是已经大腹便便，逢到节日就带着老婆和两个孩子乘了马车到市立公园的“干净人”中间去散步。他对理论上的辩论不感兴趣，他随时随地追求着个人的利益，只有当需要代表工人去跟老板谈判的时候他才变得积极。

古古希金老头却是另一种类型的人。他收入也不错，但把钱都花在买书上，时常有一包包的书从首都或“顿河之声”出版社所在地的顿河上的罗斯托夫[②]给他寄来。

---

① 普列汉诺夫（1856—1918）是俄国最早的马克思主义者之一，在俄国传播马克思主义理论方面有巨大功绩。但因他在反民粹派思想的斗争中仍有着某些机会主义的观点，所以后来成了孟什维克与第二国际的领导者，在政治上、理论上完全脱离了马克思主义而成为机会主义者。

② 顿河上的罗斯托夫（Ростов - на - Дону）通常称作罗斯托夫，其实罗斯托夫另有其城。前者是顿河右岸临亚速海的一个港口，是莫斯科到高加索的必经之地；后者是雅罗斯拉符尔省涅罗湖畔的一座古城。

古古希金的生活很朴素；他节日的衣服式样跟平日工作时一样，不过节日穿的干净，平日穿的肮脏罢了。

他的模样干瘪、瘦小，常常透过一付老花眼镜不怀好意地一眼不眨注视着谢尔盖·米朗诺维奇，尽量把谢尔盖的一举一动解释得对谢尔盖不利，然而他因为没法钉住谢尔盖而生自己的气。

在谢尔盖·米朗诺维奇到来以前，古古希金对布尔什维克的活动总是抱着轻蔑嘲笑的态度。但是自从这位积极的布尔什维克在城里出现以后，古古希金马上活跃、忙碌起来。他像影子一样跟在谢尔盖的后面。

有一天，谢尔盖·米朗诺维奇去参加店员联合会的筹备会议，这个会议是在一家大商店打烊后举行的。他以报社记者的身份列席会议，开始的时候他不发言。但是没过十五分钟，正在开会的人很多的店堂里，古古希金气喘吁吁地挤了进来，大概店员中有一个跟他志同道合的人把谢尔盖·米朗诺维奇来开会的事通知了他。谢尔盖·米朗诺维奇还没说一句话，古古希金已经在叫店员们不要响应布尔什维克的号召，叫他们成立超政治的、中立的工会。谢尔盖·米朗诺维奇不得不在很困难的形势下接受挑战：因为尽管古古希金露骨地表明了他那可耻的立场，谢尔盖却不能公开表明自己的革命的立场。

“在我们这时代的社会生活中，超政治的现象是不可能存在的，政治渗透了一切，”谢尔盖·米朗诺维奇在挤满了人的店堂中低声地说，“你们如果愿意知道，那我就告诉你们：超政治本身就是一种政治，不过这是一种对老板有利而对工人不利的政治。你们听听，那些立宪民主党人在怎样夸奖德国社会民主党人关于工会的主张，你们刚才在这儿听到的就是成立那种工会的主张。”

“这个外乡来的小子是在为自己谋前程，他一心想当作家！”古古希金咬牙切齿地说。

但是谢尔盖·米朗诺维奇的名气愈来愈响。

从印刷厂传出了风声，说有这么个人在《捷列克》报社里工作，他是每一个工人的忠实的朋友，这风声传到了弗拉其卡夫卡斯的许多小厂和工场，甚至传到了比利时有色金属加工厂和铁路修理厂。大家甚至还知道他坐在编辑部哪个地方，哪儿放着他的桌子。为了不致连累他，大家都很小心地来找他商量一些重要的问题。

谢尔盖·米朗诺维奇会写完全合法的申诉书递呈任何机关，有时他通过报纸抨击不法行为，对一切不公道的事情他总是打抱不平。

6

每天早晨，在编辑部的入口处聚集着热闹盈盈的一群人——他们都是报童。他们一拿到刚出版的《捷列克》报，马上尖声叫喊着冲向市场、车站、大街，有的还到各郊区去。谢尔盖·米朗诺维奇把这些孩子称为“报刊使者”，不久就跟他们搞熟。他预见到跟他们建立友谊将来会有用处。

有一天谢尔盖·米朗诺维奇在跟报童们谈笑的当儿，看到在老远的大门口一条凳上坐着一个衣着挺朴素的陌生人。黑胡髭、黑眉毛，一套深色服装相当旧了，但还不失体面。他像是在看报。但是谢尔盖发现那人以注意、迅速的目光投到他身上。

这使谢尔盖很担心，他就这样走到编辑部去。在这一天中，他好几次一想起这个人就有些不安。不过，要不是在这天快下班的时候卡扎罗夫把谢尔盖·米朗诺维奇叫去，而他在卡扎罗夫办公室里又遇见了那个人，谢尔盖很可能会把他忘了的。

卡扎罗夫坐在桌旁，那位陌生人站着。老板显然没请他坐下，这使谢尔盖·米朗诺维奇很不高兴。虽然卡扎罗夫一挥手对他指了指一张靠椅，但是谢尔盖·米朗诺维奇却走到一旁坐在窗台上。

“是这么回事，谢尔盖·米朗诺维奇，这位先生……您贵姓？”

“瓦冈诺夫。奥加涅斯·加夫里洛维奇·瓦冈诺夫。”这位陌生人说得很清楚。

“是这样，这位瓦冈诺夫先生向我们编辑部提了个建议，关于这件事我想跟您商量商量，因为我已经跟您谈过这个问题。他想在弗拉其卡夫卡斯开设一个报刊亭经售报纸杂志。如果我们给他弄到开设这样一个报刊亭的执照，这位……哦，您贵姓？……是韦盖诺夫？……”

“瓦冈诺夫，”奥加涅斯·加夫里洛维奇用平静的声音纠正他说，同时脸上红了起来，“不必冒任何危险。”他回过头来对谢尔盖说，忽然勉强可以看出他的一只眼睛的眼皮颤动了一下。

他这是在使眼色，但是他这个动作很不明显。他的目光含有坚决请求的意味。于是谢尔盖说：

“为什么不呢，这是件好事情。孩子们每天早晨在城里的街道上奔跑叫喊：‘看《捷列克》报，刚刚出版！’尽管这种发行报纸的形式相当有效，但对我们的报社来说总不大雅观。如果能在几处闹市设立一些惹人注目的木板报刊亭，每个亭上有一块醒目的招牌，晚上给电灯照亮：《捷列克》报……”

“好极了，谢尔盖·米朗诺维奇，简直好极了！”卡扎罗夫从座位上跳了起来。“那儿不仅卖报，还可以卖弗拉其卡夫卡斯、梯弗里斯、格鲁吉亚军道的风景画片，信封，信笺……”

“书本，小册子。”谢尔盖·米朗诺维奇插进去说。

“还有首都的报纸。”瓦冈诺夫低声地补充说。

“对，首都的，”卡扎罗夫接上去说，“还有那些弗列依谢尔不准在推销黑帮书刊的书亭里出售的东西。”他按了下铃。“把希普科夫叫来。”他对听到铃声跑来的一个姑娘说。

希普科夫主管印刷厂兼报社管理部主任。卡扎罗夫马上嘱咐他在弗拉其卡夫卡斯建造几个报刊亭，并请“可尊敬的谢尔盖·米朗诺维奇”监督这件工作。

谢尔盖·米朗诺维奇和那位新相识一起走出了编辑部。

“现在我知道了，巴库那边的人介绍我到弗拉其卡夫卡斯来定居不是没有道理的。”瓦冈诺夫说。

“您是从巴库来的？”谢尔盖·米朗诺维奇马上问道。他头脑里立刻想起了沙乌米扬：这个不容易引起注意的人刚才跟他使眼色，无论如何不是偶然的。

“从巴库来……”瓦冈诺夫回答，后来又添上一句，“我对发行报纸有一些经验。”

“他说‘发行’，而不说‘经售’，”谢尔盖·米朗诺维奇心里忖度着，“好吧，我们过些日子再看看。”

接着他就说出声来：

“是的，这儿的情况很困难……总督弗列依谢尔阻止在弗拉其卡夫卡斯发行一切非黑帮倾向的报纸，因此比《新时代》[①]左一些的报纸在我们这儿您一份也别想买到。就是对我们的《捷列克》他也没有好感。这张报虽然不是什么革命报纸，但是还有些生气。卡扎罗夫早已在为这件事伤脑筋，您的建议正合他的意……”

“是啊，是啊，所以人家介绍我来……”瓦冈诺夫若有所思地重复了一遍，但随即不往下说了。“但是这个弗列依谢尔会不会找一个借口不允许我们设立报刊亭呢？”他担心地问。

柯斯特里科夫笑了起来。

“发执照的事弗列依谢尔不管，这是捷列克哥萨克驻军参谋长切

---

① 《新时代》是1868年至1917年在彼得堡出版的贵族官僚的反动日报。

尔诺祖包夫上校的事。他一定会允许的，那只是为了要使弗列依谢尔不痛快。切尔诺祖包夫是哥萨克头领出身，而弗列依谢尔是彼得堡派来的。”

瓦冈诺夫点点头，嘴里喃喃地说了些什么，谢尔盖觉得他说的仿佛是：“敌人阵营里的矛盾”。只有马克思主义者、布尔什维克会说这样的话。要不要向他打听沙乌米扬？但是瓦冈诺夫沉默了，于是柯斯特里科夫也不作声。

第二天，他们和希普科夫三个人一起到市立公园里去挑选设立报刊亭的地点。谢尔盖从工人那儿知道希普科夫跟暗探局有勾搭，因此他在这个人面前很小心。瓦冈诺夫显然不是个快嘴的人，他也很少开口。但选好报刊亭的地点以后，希普科夫走了，只留下两个年轻人，他们走到捷列克河边。

捷列克河在他们身旁汹涌奔流，泛着泡沫，在浪涛的拍溅和呼啸声中，奥加涅斯把话说开了。他谈到石油工人的大城市巴库如火如荼的斗争生活，谈到选举工人代表苏维埃的情形，还谈到这个苏维埃在四百人的大会上向石油资本家提出了要求。根据这些要求的政治性质，谢尔盖明白这是巴库的布尔什维克们拟定的。

奥加涅斯关于他自己在这个问题上的立场矢口不提，但谢尔盖感觉得到奥加涅斯的观点是布尔什维克的。他不说就不说吧，谢尔盖准备再等一下。最后，奥加涅斯朝四面看了一下，从怀里拿出暖烘烘的、藏在胸前的一卷纸，把它展开。在谢尔盖面前出现了去年的几份《汽笛》报[①]和《巴库无产者》报[②]……

---

① 《汽笛》报是 1907 年 8 月至 1908 年 6 月在斯大林领导下出版的巴库石油工人协会机关报，是当时合法的布尔什维克日报。

② 《巴库无产者》报是巴库布尔什维克委员会的地下报纸，从 1907 年 6 月至 1909 年 8 月共出版了 7 期。

过了几天，市立公园里《捷列克》报的第一个报刊亭开张了。奥加涅斯·瓦冈诺夫黝黑、沉思的脸孔出现在醒目的招牌下一大堆报纸、风景明信片和书本中间。

奥加涅斯像云出远岫一般慢慢地、小心地把自己的身份在谢尔盖面前露出来。关于自己的事他很少提，只说，巴库那边的人叫他到《捷列克》报编辑部来找记者谢·米朗诺夫——他们说这位记者能帮助他开设报刊亭。那么是谁叫他来的呢？是不是沙乌米扬呢？瓦冈诺夫没有说出这个名字。造报刊亭、买书本、定首都的杂志他有一些资金。但是从他极为俭朴的生活方式看来，可以猜想到这些钱不是他自己的。

谢尔盖猜想着好多问题，可是奥加涅斯始终不说。谢尔盖也不说。两人都明白他们是志同道合的人，他们的关系也一天天地愈来愈亲密了。

7

有一天在工作时间内，伊凡·雅科夫列维奇·屠雷京装作需要删改几个字，走到谢尔盖·米朗诺维奇的桌子跟前，向他弯下身子低声说：

“米朗内奇，今天需要您到我们那边去一次……就是说到我家里去……喝杯茶，坐下来谈谈。”

在这以前谢尔盖没有到阿尔东村去过。

“好啊，坐下来谈谈……”他望着屠雷京的脸回答——他觉得这张脸今天特别兴奋。

他们在黑暗的胡同里走着，谢尔盖·米朗诺维奇发现他们在沿城绕一个圈子。他们走过一条大桥。两层楼的房子不见了，城市变成了乡村；菜园里的蔬菜发出强烈的涩味，果园里也飘来果子成熟的香气。秋天到了——这是北高加索最好的季节，在这季节里天气一连几个月都是晴朗的，但是在慢慢地、不知不觉地变冷。从打开着的窗里射出的灯光分散在庭院内五色缤纷、微微晃动的秋叶丛中；从黑暗中一会儿传来姑娘愉快的笑声，一会儿传来小伙子荡气回肠的低语声。

“为什么您不问我关于给您父亲立不寻常的纪念碑的事呢？您是不是以为我已经忘记我们那次谈话了？”谢尔盖问。

屠雷京走着，半晌没吭声。不，他没有忘记那次在桥上的奇怪的谈话，没有忘记那天谢尔盖·米朗诺维奇谈到他父亲时所说的不寻常的话。瓦尼亚从谢尔盖·米朗诺维奇那儿听到不少金玉良言，但是没有比关于不寻常的纪念碑更亲切的话了。

“您的事已经够忙了，也可能忘记……”他不大乐意地回答，“可是我妈妈没有忘记。父亲被害四周年快要到了，她已经得到主教的同意在父亲的坟上举行祈祷仪式。”

“四周年……”谢尔盖·米朗诺维奇若有所思地重复了一遍，“这是在十月吧？好，我记住了！”

屠雷京家的院子里扫得很干净，看得见两座土屋的白墙。

“另外一座屋子是我叔叔住的。”伊凡·雅科夫列维奇解释道。

“他们的生活倒是乡下习惯。”谢尔盖·米朗诺维奇心想。

在黑暗的过道里，屠雷京扶住客人的胳膊。这儿有酸白菜、腌黄瓜、茴香和醋的气味……他们走进点着一盏煤油灯的宽敞的厨房。铜和镍的做饭家伙在壁上闪光发亮；白色的，刚刨过的地板[①]发出虽然苦涩，但是怪舒服的青草味。地板上铺着花花绿绿的狭长小地毯；彩绣的手巾挂在圣像周围……

① 俄罗斯乡村习惯，隔一个时期就把地板刨一下，这样既干净，又平整。

伊凡·雅科夫列维奇领谢尔盖·米朗诺维奇走进另一间清洁的房间。在弗拉其卡夫卡斯这种房间叫做“上房”。新漆的曲木家具泛着亮光，一面大镜子有一点像哈哈镜，桌上放着一个小茶炉……门开了，伊凡的母亲走进来，拿来了一盘吃的：盘子里有麦饼、凝乳饼、涂杏子酱和李子酱的糕。这些东西放在桌上一看就知道主人非常慷慨好客。

“请吧，贵客们，别嫌简慢……”她说着用哭得红肿的眼睛亲切地朝谢尔盖看了一下，然后走出去。

这时，一个瘦削的人站起来，向前走了过来，这人看来是城里人，一撮栗色短须修得很整齐，头发朝后梳着，刚才因为给茶炉遮住了所以谢尔盖·米朗诺维奇进来时没有看见他。他用一双发光的栗色眼睛直望着谢尔盖的脸，并向他伸出手来。这只手很粗糙，握得很紧——这是一个一生跟金属打交道的工人的手。他脸上已经有了几道皱纹，但是他的一双亮闪闪的栗色眼睛充满了朝气和智慧……

“斯杰潘问您好，谢尔盖同志。”他声音很低，但很清晰地说。

这句话在谢尔盖·米朗诺维奇的心里立刻产生了庄严、兴奋的反应——他一到高加索就等待着这句话，这句话仿佛可能从巴维尔·鲁什科夫的嘴里说出来，但是他没有说。奥加涅斯·瓦冈诺夫直接从巴库来，而且他在那边跟沙乌米扬本人见过面——他总可以把斯杰潘的问候带来了。但是不，他没有带来。

现在这句珍贵的话终于说出来了。这个他生平第一次见面的人说出了这句暗语。于是谢尔盖想起在伊尔库茨克的别洛焦罗夫的那个房间。一方面，火车把他从伊尔库茨克送到格罗兹内，后来谢尔盖在弗拉其卡夫卡斯定居下来；另一方面，关于他的消息从别洛焦罗夫传到彼得堡，传到中央委员会，再从那儿传到外高加索的沙乌米扬那儿，又从沙乌米扬传到这个现在最亲近的、比亲人还亲的德米特里耶夫那儿，这么传着、传着，现在终于传到了！既然传到了，就是说一个环的两端合拢了。谢尔盖·米朗诺维奇想起那个孟什维克克拉赫玛洛夫恶毒的叫嚣，说革命的地下活动已经瘫痪，不禁觉得可笑。从伊尔库茨克到彼得堡、从彼得堡到外高加索、再从外高加索到弗拉其卡夫卡斯建成了坚不可摧的联系！

这里的窗子都有百叶窗遮住——这是高加索的习惯，为的是使房间内凉爽些，又可以挡住苍蝇和蚊子。茶炉的嘶嘶声像在歌唱，桌上的点心分外可口。伊凡·雅科夫列维奇在茶炉旁张罗——他一会儿倒茶，一会儿敬点心……但同时他还是很注意：要是周围有什么风吹草动，在外面守望的小弟弟就会敲百叶窗通知他。但是没有动静，四周一片沉寂。当局满以为弗拉其卡夫卡斯的革命者已经被镇压了，即使不能永保太平，至少可以在很长一个时期内太平无事。

但是在这儿郊区的一座小屋子里，两个布尔什维克会面了。他们俩——德米特里耶夫和柯斯特里科夫——对最近一次在遥远的巴黎召开的党代表会议的决议几乎都背得出来。问题在于如何贯彻这些决议。

“主要的着手点是建立和巩固党的地下组织。代表会议的决议正确地指出，这个任务是我们工作的重心。”柯斯特里科夫黑醋栗色的眼睛目光炯炯，他激动得满脸通红。

“这的确是我们工作的重心！”德米特里耶夫重复着说。

他们沉默片刻。窗外又黑又静……远处传来了火车头的汽笛声。

“那么，我们就在捷列克河一带恢复布尔什维克的地下活动，”德米特里耶夫说，“首先应该估计到，这儿弗拉其卡夫卡斯的工业无产阶级人数不多。铁路修理厂、炼锌厂、瓦赫坦果夫香烟厂，其余的都是些小企业……”

“当然，这一带我们无产阶级的主要堡垒是格罗兹内！”柯斯特里科夫说。

“是的，这很对。”

于是德米特里耶夫把格罗兹内的情况告诉谢尔盖。原来在革命的年代里，他曾在那儿工作，他是布尔什维克委员会的委员。当警察开始摧毁格罗兹内的革命组织的时候，德米特里耶夫奉高加索委员会的命令转移到弗拉其卡夫卡斯。

“我对雅沙[①]、屠雷京老头曾寄予很大的希望……可是他被害了……”德米特里耶夫说，“不过没有关系，我们的瓦尼亚虽然还年轻，但已经显示了才干：他把最后一届弗拉其卡夫卡斯布尔什维克委员会的一些东西保存得好好的——有油印机、复写器，还有书籍……”

“这还是父亲藏着的，我把它当遗产继承了……”屠雷京困惑地、仿佛在辩解似的说。

“这是一个良好的开端。”谢尔盖·米朗诺维奇赞许地说。

“您来以前我们在这里已经做了一些工作，”德米特里耶夫继续说，“我们在铁路修理厂开办了一所星期学校，印了第一批传单在捷列克省各城散发……您来了以后，我们布尔什维克党弗拉其卡夫卡斯小组重新开始活动了。来，让我们计算一下我们队伍里有哪些人。”他说着朝屠雷京看了一眼。（他马上走出去。）“瓦尼亚·屠雷京是一个可靠的同志，但是还没有入党。”

柯斯特里科夫点点头。

他们谈到巴维尔·鲁什科夫。原来他是“波将金”战舰上的一个水兵，被缺席判决判处死刑。他是个好同志，不过……他们把巴维尔作了详尽的分析——大概他在这天晚上打了好几次嗝[②]，——但总的说来，对他的意见还是好的。

---

① 雅沙是雅科夫的爱称。

② 这是一句玩笑话，相当于我国江南一带有一种说法：打喷嚏是有人在想起或谈起他。

德米特里耶夫原来对奥加涅斯 · 瓦冈诺夫很了解。“是不是沙乌米扬通过他先对我了解清楚，然后德米特里耶夫才跟我取得联系？”柯斯特里科夫想。

他们一直谈到深夜。他们关于格罗兹内谈得最多，德米特里耶夫赞成谢尔盖 · 米朗诺维奇的决定：不住在格罗兹内，而住在弗拉其卡夫卡斯，并且从这儿把工作推向格罗兹内。

“我们就这么干，”德米特里耶夫表示同意，“自从一九〇七年的大罢工遭到镇压以后，格罗兹内的石油业仿佛上了冻。但是，你知道……捷列克河的冰冻期是不长的。”他说着，他那苍白的脸上一双栗色眼睛闪现出朝气蓬勃的光芒。

* * *

还在幼年的时候，瓦尼亚 · 屠雷京听父亲说过一个故事：当俄国军队进军巴尔干半岛的时候，有一次在一场战斗以后，士兵们在陌生的深山和谷地中迷失了方向，他们互相呼唤，如父亲所说的那样根据“俄国人的嗓音”互相辨认对方。这是很危险的，因为这种俄国人的嗓音可能把土耳其人引来。但俄国人走的走、爬的爬，还是渐渐地聚了拢来——开始的时候聚集了三个人，后来五个人，最后整个队伍集合在一起。他们跟帮助俄国军队的保加利亚人取得了联系，从后方打击了土耳其军队。

这时瓦尼亚想，经过了一九〇五年的大战斗，布尔什维克军队在战斗中残存的、分散的战士如今也在互相呼唤、聚集、辨认，而在弗拉其卡夫卡斯僻静的郊区，在果园和菜园中间，屠雷京那座寻常的小房子成了可靠的堡垒，这里是柯斯特里科夫和德米特里耶夫跟同志们见面的地点。

跟奥加涅斯 · 瓦冈诺夫一起从巴库来的还有一个布尔什维克——钳工普雷特科夫，他进了铁路修理厂。普雷特科夫是一个非常谨慎的人。他进了铁路修理厂以后，只跟他的朋友奥加涅斯保持联系，对陌生人总是非常警惕。他先是跟在修理厂一起工作的德米特里耶夫认识，可是德米特里耶夫很久还不知道他是个党员。后来有一次普雷特科夫到《捷列克》报编辑部给柯斯特里科夫送去一篇短评。柯斯特里科夫对这篇短评提出了严厉的批评，他这样做使普雷特科夫很高兴。

后来普雷特科夫才到屠雷京家去，跟柯斯特里科夫见了面。

“秘密工作的戒律对我来说，跟我们巴库的伊斯兰教教徒每天得念《可兰经》做祈祷一样重要。”普雷特科夫有些像辩白似的对同志们说。

通过星期学校，他跟火车司机舒瓦洛夫和钳工柯斯塔·佐索夫取得了联系。柯斯塔在节日里穿一件带弹巢的漂亮的切尔凯斯卡，上工去的时候穿工作服。

谢尔盖从佐索夫那儿知道，从流放地回来了一个在弗拉其卡夫卡斯相当著名的人（教师扎索霍夫提起过他的姓名）——哈兹巴狄尔·安季耶夫，一个有学问的奥塞梯人，也是一九〇五年革命的参加者。他在流放中得了肺病，好像是放他回故乡来等死的。但他现在回到柯班自己家里去了，他希望这片丰腴的谷地的气候可以治好他的病，那么他在春天又可回到弗拉其卡夫卡斯来了。

从罗斯托夫来了个通知。这个通知是火车司机带来并通过德米特里耶夫传达的，说皮亚季果尔斯克的布尔什维克正在逐渐聚集拢来。要找他们需要通过一个女裁缝叶列娜·柯洛姆勃。

他们就这样在严格的互相观察中悄悄地聚集起来。要是肯定了对方是同志，他们就互相保持紧密的联系，任何家庭关系都不能与这些正在重建党组织的布尔什维克相互之间的感情相比。

可是敌人却好像在庆祝镇压革命的胜利。城里时常能听见军乐声，阿普合隆兵团的连队使劲蹬着靴底，步伐一致、队伍齐整地在报社门前经过，每走一步，靴子的红色翻统就闪起一片红光——据说因为阿普舍隆兵团在某次战役中曾经在齐膝的血泊中走过，所以给他们这个可怕的标记。

谢尔盖走到窗前。他皱眉望着这些士兵的脸。“到时候你们也会睁开眼睛的。我们对你们也要做一些工作。”他一面想，一面合着窗外军乐队所奏的进行曲的拍子踏起脚来。

第四章

1

巴维尔·鲁什科夫到皮亚季果尔斯克去表面上是给《捷列克》报征集广告和订户，其实是去跟皮城的布尔什维克建立联系。他在皮亚季果尔斯克百花坛的花圃和树木中间走过的时候，对一个穿柞蚕丝西服的人注意起来，那人正坐在长凳上看报。这是一张《捷列克》报。巴维尔在他的身边坐下来，耐心地等这位读者把报纸折起来塞进口袋里去以后，才问：

"怎么样，您喜欢这张报纸吗？"

这个人就是符塞伏洛德·柯洛姆勃。他微微侧过头来，透过眼镜上的凸玻璃打量着巴维尔，他显然在考虑，值不值得跟这个人谈话。巴维尔平凡的、头发有些蓬松的模样和一双善良的栗色大眼睛赢得了他的信任，于是符塞伏洛德回答说：

"怎么说呢，在地方报纸中，它可以算是比较好的。本地版办得很好，有好几篇关于北高加索地理和人种学的文章写得挺不错。希望能多看到一些有关经济方面的材料……"

巴维尔听到这个希望以后，很仔细地朝对方望了一眼。当然，这意见对报纸是非常中肯的，跟提出这种希望的读者应该好好谈谈。

巴维尔开始更注意地听这个人的话，他慢条斯理，不慌不忙地说着，仿佛每个字都经过一番斟酌。

"当然，这份报纸也有其他一些地方报纸的特色。不过，这也不仅是地方报纸有。譬如，有一位先生用很长的篇幅评论乡村中道德败坏的风气……其实，在斯托雷平[1]反动时期和富农势力日盛的条件下，农村中怎么还能保持宗法礼教！”

“是个马克思主义者，”巴维尔心想，“他的观点似乎跟我们很接近。”

“不过，在最近几星期中我读到谢·米朗诺夫的两篇文章，”柯洛姆勃继续说，“这两篇文章很有意思，说明作者有广阔的政治视野，我甚至可以这样说，他有政论家杰出的天才。”

“这是自己人。”现在巴维尔心里已经肯定了，于是他说：

“我很高兴能听到您对我们报纸的全部意见。”

“你们的报纸？”符塞伏洛德惊讶地问，他用疑问的眼光把这位刚认识的人重新打量了一番。

巴维尔哈哈大笑起来：

“您大概以为这张报纸是属于我的吧？不，我不过是这报社里一个征集广告和订户的工作人员。哦，我可以给您订一份……”

“订报……”符塞伏洛德显得有些为难地说，“订报是要付钱的……”

“这点钱算得了什么？花三个卢布您就可以看三个月您刚才那么称道的报纸了。”

柯洛姆勃想了想，长叹一声，说：

“三个卢布我没有。”

“三个卢布没有？（哈哈，这一定是我们的难兄难弟！）在这种情况下，我可以让您分期付款。您先付五十戈比，我给您订一份报，您只要在两个月内把报款付清。报纸会自己飞到您府上去。”

“先付半个卢布？这的确是很优惠的条件……”符塞伏洛德说。

“我给你出一张收据。”巴维尔拿出一本长长的收据簿。

---

① 斯托雷平(1862—1911)是1906—1911年间反革命势力政府的首脑。他残酷地镇压了俄国第一次革命，1906年成了内务部长，从第一届国家杜马解散时起出任内阁总理。斯托雷平于1911年被杀。

“等等！”符塞伏洛德惊恐地抓住他的手。“我连半个卢布也没有。这是说，我现在身边没有，得回家去拿……让我们认识一下吧，”他说着伸出一只白净的大手，“我叫符塞伏洛德·柯洛姆勃，一个没有学成的大学生。”

“柯洛姆勃？”巴维尔重问了一遍。（这不是他要在皮城找寻的女裁缝的姓吗？但也许是偶合？）于是他回答说：“我叫巴维尔·鲁什科夫，一个学得太多了的水手……”

“学得太多了？”符塞伏洛德惊讶地问。

他们走出百花坛，踏着通马舒克山的街上的方石往上走去。

柯洛姆勃到那儿去，是因为他跟妻子列娜和两个孩子住在那儿；而巴维尔到那儿去，是因为按照罗斯托夫通知弗拉其卡夫卡斯委员会的地址，列娜·柯洛姆勃正是住在那里。

巴维尔很轻松地走上山去，他一面望着房屋的门牌，一面继续跟柯洛姆勃愉快地谈着：

“当然，是学得太多了。这是说我学会了在船上被认为是完全多余甚至有害的东西。”

“哦呵！我明白了，大概跟不让大学生读完大学是同一个原因……”

“……为了这个原因，水手被赶下船，工人被赶出工厂，大学生被赶出学校。是不是？”

他们谈笑着，互相小心地暗示着、观察着；两人都感觉到他们是属于同一思想派别的，但还不敢轻信自己的感觉。

柯洛姆勃因为是走到自己家去，所以毫不犹豫地走进一家院子。巴维尔朝屋子的门牌看了看，然后看看柯洛姆勃，再向院子里看看，那儿正有一个矮小的女人穿了件乌克兰式绣花的萨拉方①在劈柴。她的动

① “萨拉方”（сарафан）是一种农妇穿的连衫裙，没有袖子（或用接袖）。

作非常熟练，简直是个能手：斧光一闪，斧子举起来，即使第一斧不成，第二斧一定能劈开。

列娜看到丈夫带来一个陌生人，马上停止劈柴。她被晒得皮肤泛了红，蓬松的头发卷曲成一个个小圆圈，巴维尔对她立刻产生好感。地址、外貌，甚至姓氏——全都吻合。但必须等一等，看一看……

列娜朝丈夫看了一眼，她的目光提出了严厉的诘问。

符塞伏洛德在回答这个疑问时，有些不好意思地说：

“这位可亲的年轻人可以让我们分期付款……”他特别强调“分期付款”四个字，“订阅我们爱看的《捷列克》报……”

妻子似乎带着一些责备的神色朝丈夫看了一眼，然后向巴维尔伸过手去说：

“这张报我们的确很喜欢。当然，关于老百姓的生活写得少了些，而关于什么慈善事业的晚会啦，一些皇亲国戚的动态啦，报导得倒很多。”

“这是官方新闻，我们必须登载的。但是我同意您的话——应该多写人民的生活。不过这终究是一张资产阶级的报纸……”

她看了他一眼，但马上把视线移开。他说“资产阶级”这句话不是偶然的：他是想知道她听了这句话会有什么反应。是一个同志吗？别忙，不要急于得出结论。

“请到我们的屋子里去吧。”列娜说。

巴维尔几乎已经肯定，眼前这个女人就是党叫他找的人，他遇到的这对夫妻是他的同志。谢尔盖·柯斯特里科夫也不止一次地谈到过刚才已被她一语道破的报纸的缺点：报上关于人民的切肤之痛，特别是关于这一带农民和哥萨克居民的生活登得太少了。柯斯特里科夫还曾经把这缺点跟卡扎罗夫谈过，得到的回答是：

“嗳，嗳，老兄，写农民有什么可写的？从莱蒙托夫的时代起一直是这样，诗人说过："不，你们对贫瘠的田地厌倦了……的确如此，贫瘠的田地，关于土地问题、人民愚昧无知、乡村野蛮落后的议论使人厌倦了，厌倦了。"

关于那次谈话，谢尔盖曾经告诉过巴维尔，并且不太客气地提起卡扎罗夫，他把一首叫"得意忘形的猪之歌"的诗背了几行：

尽管卖香肠的卖香肠，
尽管人家把我的兄弟姊妹做成火腿，
他们跟我不相干，我吃我的杂烩汤，
听到同行吃刀的叫声，我的眼睛眨也不眨……

黏土屋里两间小房间又整洁又舒适，甚至有一种朴素的美，这使巴维尔很喜欢。泥地上铺着几条乌克兰图案的狭长地毯，挂在墙上的普拉赫塔布、架上的毛巾、铺在桌上和衣柜上的台布，满是鲜艳夺目、烂漫如锦的乌克兰花纹。

柯洛姆勃走到一口书橱跟前，这是由一只侧放的大箱子做成的；箱子里装上几块板，这东西巴维尔看了也挺喜欢。书橱高处挂着吉他，上面用浅蓝色的缎带打着一个美丽的结子。

"你们是从乌克兰来的吗？"巴维尔问，一边给这两位新朋友开收据。

"是啊！"列娜回答着，也不问巴维尔要不要喝，就在他面前放下一杯热茶，还把盛牛奶的缸指给他看。

她的两只小手闪来晃去；在这同时，她很快地（当然，只有乌克兰女人说话才这样快，这样兴奋）比较着罗斯托夫和本地的物价，她说本地的牛奶制品比较便宜，而面包和菜蔬在罗斯托夫比较便宜。

"一个行囊羞涩的人到此养病，连蔬菜都吃不起。"她不满地说。

“看你们这样的布置，不像刚到皮亚季果尔斯克。好像你们已经在这儿扎根了。”巴维尔呷着茶说。

柯洛姆勃坐在窗台上，仿佛屋子里没有人似的自管从书上抄录什么东西做着札记，他一句腔也不答。列娜朝巴维尔望了一眼。黑色的瞳孔在她又细又长的眼睛里闪了一下。她突然轻轻地唱起来：

我们是吉卜赛人，我们是自由的部落，
我们只珍贵一件东西，那就是自由……

她在一支吉卜赛歌曲的普通歌词里加进了自己的意思：只有革命者才能这样唱出这两个字——“自由”。

她那天赋很响亮的嗓子，唱到低音部分想不到也会那么柔美——真想再听听她的歌声。

“看样子，您会弹吉他？”巴维尔问。

“您是水手？”她反问他。

“您怎么知道的？”巴维尔吃了一惊。

她不回答，只是微微摆着身子，挥开两手在房间里打了个转，她把巴维尔的步态学得惟妙惟肖，使他笑了起来，她也笑了。

“啊？是怎么回事？”柯洛姆勃从书上抬起头来问。

“瞧，书呆子就是这样。他看他的黑格尔[①]出了神，老婆在跟一个水手打趣也不管……”

“啊……”于是柯洛姆勃重又看他的书。

“看来您在港埠住过。”巴维尔说。

---

① 黑格尔（1770—1831）是十八世纪末、十九世纪初德国唯心主义哲学最重要的代表人物，也是著名的辩证论哲学家。主要著作有《精神现象学》、《逻辑学》、《哲学史讲演》、《美学》等。

“是的！”

她已经在揩碗碟了。她做任何事情的动作都是那么利落，东西到她手里仿佛都会变成活的。

“在哪儿呢？”

“敖得萨。妈妈是敖得萨人，爸爸是罗斯托夫人……”

她用愉快、逗引、试探的目光看了他一眼。

“敖得萨，敖得萨……”他感慨系之地说，接着又问，“当‘波将金’开到那儿时，您没在敖得萨吧？”

“怎么不在，我正在那边。我差点儿把性命也断送了。‘波将金’上的红旗我永远也忘不了……”

他喃喃说着什么。她仿佛听到他在说：“那是我们的红旗……”

“水手，把旗帜举得更高些，这样的日子会再来的！”列娜说。

“全明白了。”巴维尔心里想，于是他抑制着心跳，轻轻地说：

“我们要使罗斯托夫城扬名天下。”

这是暗语。

“我们要使顿河的水向北流。”她同样轻声地，但很清晰地用暗语回答。

他们相互望了几秒钟。

“列宁？”他耳语似的说。

“列宁。”她回答。

“他也是？”巴维尔向在窗前凝神看书的符塞伏洛德那边摆一摆头问。

她把手一挥，点点头说：

“完全可以信任他。”

既然她说可以信任，那是说可靠的了。于是他拿出收据簿，一面翻着，一面用平时谈正经事的声调说，仿佛他们相识已久了：

“巴宪科，看林人的儿子，住在山那边吗？”

“是的。”她回答。

“电车售票员别洛格鲁多娃呢？”他问。

“我去找。目前还不知道。”

“要给您写地址吗？”

“我会全都记在脑子里，这我已经习惯了。”

“糕点师尼古拉·亚尼科夫斯基呢？”

“知道。”

“裁缝蔡里克呢？”

“不，不知道。我会找到的。”

“您瞧，我在皮亚季果尔斯克的订户很多，”他说着抖了一下收据簿，“但是……”他顿了一下，“像您这样的人，只有六个。我是谁，他们还不知道，但是我跟他们每个人都已经谈过——像我跟您一样地谈过。您的任务就是找各种理由跟他们每一个人认识，但您千万别提您认识我，还要成立五人小组……”

“我们成立的小组已经不是五个人，而是八个人了！”列娜愉快地说。

2

这几天德米特里耶夫到过格罗兹内郊外。他知道这个石油城里特务四布，而且其中几个还对他很熟悉，因此当列车还在转辙器上颤动，慢慢地驶近车站的时候，他就从踏脚板上跳下来，马上窜入砂矿村的花园，悄悄地走进一座熟悉的屋子。那儿的人们热烈地欢迎他，把格罗兹内的消息告诉他，不过这都是些不愉快的消息：“某某人牺牲了，某某人被流放到别处去了。”

等到夜里，德米特里耶夫在住着石油工人的黑暗、肮脏的村中展开活动。白天，他在幸存的朋友中随便哪个家里睡觉，不出来；夜里就跟需要联系的人见面。

回弗拉其卡夫卡斯以后，德米特里耶夫在屠雷京家里仍旧坐在那个茶炉旁把格罗兹内的消息告诉同志们。

“我在格罗兹内有一个朋友，叫莫尔多夫采夫。当初他跟我一起离开格罗兹内，但因为他没有被警察局注意，所以比我先回到那边。巴维尔知道这个人。莫尔多夫采夫告诉了我一件事情，说真的，当时我不相信，所以虽然有些冒险，我还是到格罗兹内城里去了一次……同志们，你们知道我要跟你们说什么吗？……我找到了一件无价之宝！”

“这都是开场白，快讲童话的正文吧！”谢尔盖打趣着说。但他的话里的确流露出焦急的心情。

“这不是童话，是事实，米朗内奇！真的！”德米特里耶夫兴奋地朝他转过脸去微笑着说。一双明亮的栗色眼睛在他苍白的脸上闪光。“朋友们，我曾经告诉过你们，在格罗兹内总罢工的时候，我们曾有一个全市罢工委员会。按照党的指示，我离开了格罗兹内到这里来。后来我们的罢工委员会怎么样了，我不知道。我总以为它被摧毁了。可是，莫尔多夫采夫说，格罗兹内的罢工委员会还保存着。真的，亲爱的同志们，它保存到现在！”

“怎么还保存着呢？”普雷特科夫怀疑地问，“罢工已经没有了。罢工委员会还干什么？”

“罢工没有了，党组织也遭到摧残，因为暗探局对党组织作了沉重的打击。但是警察对这个委员会的非党委员忽略了。虽然也有几个被捕，但没有关多久，就因‘罪证不足’给放了出来。有的根本没有被捕。虽然党员委员全都被捕了，但那些非党委员都不愿意自动解散这个组织。他们碰在一起，谈了一下，他们认为：罢工不是自动结束，而是被警察用暴力镇压下去的；这就是说，选他们为罢工委员会委员的工人群众并未解除他们的职务。既然这样，那就应该转入地下继续工作。”

“于是他们转入地下了！”谢尔盖说。他不是问，而是兴高采烈地说。

“是的，”德米特里耶夫证实说，“罢工委员会已转入地下，并且逐渐跟选举他们的工人恢复联系。罢工委员会的委员走到选举他的工人那儿去，跟他说：‘还记得吗？是你选我做罢工委员会委员的。好，那么你别忘记这件事，就像我没有忘记一样！我们遭到失败，但是我们没有被消灭！在上次罢工中我们没有达到的目的，我们要在下一次罢工中达到。’格罗兹内工人们的处境是那么艰难，他们的积愤是那么深，因此委员们从未遭到拒绝，工人们只是要求他们：加油干！现在他们已经恢复缴纳罢工基金，按行业成立了小组。工人们时常问起：‘喂，布尔什维克怎么样了，他们在哪儿？’当我找到了这个地下罢工委员会、并代表布尔什维克党向他们致敬时，他们是多么高兴啊！”

“好极了！”谢尔盖·米朗诺维奇张开五个指头把头发向后掠平，他激动地在房间里走着。“在这些雄辩的事实面前，普列汉诺夫关于工会运动应守中立——即超政治化——的腐朽理论就显得非常可笑。列宁真是高瞻远瞩，他经常教导我们说，工人阶级的工会组织不会不支持我们党的政治路线！现在我们看到了，那些非党工人，自从专制政权把他们的队伍中的党员抓去以后，他们并没有背叛革命的意志，而是自己来找我们布尔什维克建立联系！我们必须跟这个优秀的组织建立关系，把我们的集体经验传授给他们，领导他们……”他停下来，把凝视着他的同志们的脸一一看过来。“同志们，我们在这儿弗拉其卡夫卡斯露脸的时候也到了。”谢尔盖·米朗诺维奇朝屠雷京看了一眼，问：“怎么样，超度您父亲的时候，到的人会很多吗？”

“很多，”瓦尼亚回答，“我父亲生前在城里有很多好友。铁路修理厂、比利时厂和我们印刷厂都有人来。这还没有包括要来参加仪式的阿尔东村全村的人。”

3

总督的副官哥萨克大尉亚历山大·萨法尔别科维奇·察里科夫，在自己办公室里关着门对镜修剪他的小胡髭。他正在全神贯注地做这件从来也不委托别人代办的事，突然，从弗列依谢尔办公室里传来的尖锐刺耳、断断续续的铃声险些儿造成无法挽救的后果——大尉差点儿没把卷成一个圆圈的红胡髭剪掉。

他朝一面大穿衣镜里照了一下自己穿着讲究的切尔凯斯卡的瘦身材，做了一个夸张的手势，像要跳起舞来。穿过文牍厅的时候，八个军务文牍员一看见他都跳起来立正，瘦削的、坦肩膀的文牍厅主任懒洋洋地从座位上站起来，察里科夫不慌不忙地走了过去。但在进总督办公室那扇沉重的、格格作声的门时，他却是像蜥蜴一样滑进去的。进了门，他的眼光迅速地把整个大办公室扫视一周。一切都很好：弗列依谢尔坐在自己桌旁。要是他生气的时候，可以在房间的任何角落里去找他，但一定不在平时的座位上。

弗列依谢尔点点头，算是回答了他的敬礼，他把察里科夫打量一下后，在紫铜色的、蓄着浓密的花白胡髭的脸上露出一种算是微笑的神情，他问：

“亚历山大·萨法尔别科维奇，今天晚上您有自己的打算吧……大概是去跳舞……”他用两个指头在空中做了个戏谑的动作，这手势有点儿像做“有角的山羊”吓唬小孩。

亚历山大（或者照奥塞梯人的叫法：阿兰）·察里科夫脸上掠过一付失望的尴尬相：今天晚上他的确打算去参加一个舞会，这是驻扎在弗拉其卡夫卡斯的一个兵团的军官们为了庆祝团的节日而举行的舞会。但他不是这么回答：

“卑职已整装准备为大人执行一切任务。”

弗列依谢尔把手一挥，说：

“嗳，得了，办这件事任何礼服都不需要，最好打扮得朴素一些。请坐。”

察里科夫在一张靠椅的边上正襟危坐。

“这个您拿去看一下……不要在这儿看，到您自己办公室去看。现在先听我说。”

察里科夫把一颗像水獭一样光滑扁平的小脑袋转向上司，听候吩咐；他脸上长着两道黑眉，蓄着红色的唇髭，一双碧蓝、发亮的眼睛为了显示愿意效劳而拚命睁大，几乎要从眼眶里跳出来了。

“亚历山大·萨法尔别科维奇，事情是这样的：我们至神至圣的主教大人，说得粗俗些，给我们招来了一件非常倒胃口的麻烦事——他竟允许在医院的坟地上举行追悼仪式。那儿葬着……我不知道一九〇五年十月您在不在弗拉其卡夫卡斯……那儿葬着几个叛乱分子——好像有十来个……您也许知道，在乱世中常有这样的事。这件事情好像纯粹是宗教性的：一个寡妇请求主教准许在墓前超度亡魂。可是为什么呢？在教堂里超度一番就算了，干吗要把一九〇五年的旧账再翻出来呢？事情过去了，就可以忘了，没有什么可以回忆的。但是，我从一个神父的密告中知道了这件事——这个神父好像跟主教有什么过不去。我打电话问主教大人。他含糊其辞地说了些关于教会规矩的话……他表示了遗憾，说很抱歉……现在，不用说，警察署长、当地的监督官以及适当数量的警察都将开到坟地上去。可是这事情总得慎重些，您也知道警察都是些粗人。那儿应该有一个人在场，万一警察们胡来可以加以制止，但在必要的时候——相反的要督促他们驱散群众……因此我决定派您前去。”

* * *

阿兰·萨法尔别科维奇看完了卷宗——寡妇递的请求书以及附在请求书一起的死者的年代久远的兵役证件，——这些证件很清楚地说明，在镇压游行时被砍死的雅科夫·屠雷京曾经在高加索为沙皇和祖国效忠二十五年，——然后察里科夫带了一个勤务兵骑马来到坟地。

察里科夫把马留在坟地门口交给勤务兵看管，自己走进去。他在秋天里一些枝叶茂密、五色杂陈的树木中间找到了一排极平常的坟墓。那儿聚集着黑压压一大片人群：察里科夫在人群中看到几个穿着老式军大衣、胸前挂着圆形奖章的老头儿——他们都是退伍的老兵。警察署长在那儿反剪着手踱来踱去。沉重的乌云遮住了天空——大概就要下雨了。“遇上这样的好差使不够，还要淋雨……”察里科夫担心地望着天空想着。

“哪儿来这么多人？”他向警察署长举手答礼后问，但并没有跟他握手。

警察署长耸耸肩膀，说：

“我也很担心。这儿有从工厂里来的，也有从印刷厂来的。还有阿尔东村的居民，大尉先生，——他们都是死者的邻居……瞧，神父的旁边就是死者的妻子，那边是他的兄弟……”

神父心神不宁地四下张望着。他发现察里科夫在朝他那边看，于是就向他深深打了一躬。

“大人，可以开始了吗？”当地的监督官飞奔过来。他话是对警察署长说的，但眼睛瞪着察里科夫显出一付忠心耿耿的神气，察里科夫急忙走到树荫里。

“嚷什么，混蛋！”他含糊而不满地说。

警察署长也嘘了一下叫他轻声些，但还是点了点头。监督官又神气十足地行了个礼回到神父那边去了。察里科夫侧着身子，努力不引人注目，他也向神父那边走近些；这时神父正手忙脚乱地在穿祭服。唱诗班的孩子们帮着他穿。一切都显得十分匆忙，很不自然。

察里科夫走到一旁抽起烟来。“要是一切都很正常，舞会还赶得上。”他仿佛已经听到了华尔兹轻快的旋律，很近地看见了玛申卡[①]·马尔库斯绯红的脸——他最喜欢跟她跳舞。“这真是个奇怪的姑娘！当你跟她跳舞的时候，好像她已经在你手掌之中。但是回到座位上时，却又冷若冰霜。跟她说起话来——她总想法刺你。”

忽然，在坟墓的另一边响起了一个洪亮的声音：

“可敬的朋友们，高邻们，今天我们终于聚集在老兵雅科夫·安德列耶维奇·屠雷京的坟墓旁！雅科夫大叔一生效忠沙皇和祖国。他为高加索并入俄罗斯转战沙场，远征巴尔干半岛，解放斯拉夫族的兄弟们……”

那人滔滔不绝地说着，虽然雨点已经在悄悄地滴下来，可是没有一个人离开——大家都屏息静气地听着。察里科夫渐渐地停止抽烟，一支烟熄了叼在他的嘴唇上。这有点像奇迹：一个普通的俄罗斯农民出身的士兵，战后因为回到宾查省贫穷的故乡去没意思，就在这儿高加索安家落户；然而他的一生在那人的话里仿佛成了个可歌可泣的故事。察里科夫好像亲眼看到了这个从前根本不认识的退伍老兵雅科夫·屠雷京，而寡妇的低泣声伴随着那人叙述她丈夫生平的话，好像在证实他的每一句话的真实性。“说话的大概也是个跟他一样的退伍士兵。”察里科夫想。

---

① 玛申卡也是玛丽雅的爱称。

“但是雅科夫·屠雷京不是一头逆来顺受的畜生！他像所有的俄罗斯劳动人民一样，他心里深深地积藏着对一生所受的压迫的仇恨。入伍前他被地主剥削，在沙皇军队的兵营里遭军官的欺凌，他一生受着苛捐杂税的压榨！当全俄国的劳动人民起来反抗的时候，雅科夫·屠雷京也不落人后。但是沙皇马上大为震怒——他下令枪杀走向彼得堡冬宫来的、手无寸铁的人们①。沙皇在全国放出他的走狗来咬无以自卫的人们，雅科夫·屠雷京倒下了，他的鲜血染红了他为祖国从敌人手中夺来的高加索土地！”

察里科夫突然如梦初醒，他立即向发出这反叛言论的地方冲过去。察里科夫想往演说的人那儿挤过去，即使能看他一眼把他记住也好。但是他遇到的都是胳膊、背脊、肩膀——人们在他面前挤拢来，形成一道铜墙铁壁，从四面八方把他挤紧。演讲还在进行……

“立刻停止！”察里科夫喊了起来，但是这声喊叫与其说是威胁，还不如说是哀求，——因为人们从各方面实在把他挤得太紧了。

察里科夫的喊声刚一出口，反叛言论立即停止了，人墙也松开了。察里科夫三脚两步跳过坟墓，看到了涨红着脸、气冲斗牛的警察署长。

“演说的人在哪儿？！谁敢这么说话？！”警察署长正在向当地的监督官大施咆哮。

“是一个戴着奖章的老头，大人……他就站在那儿说的……”监督官向后退着回答。

“这个该……该……死的东西在哪儿？！”警察署长抓住马刀柄喊了一声，同时朝周围望着。

① 这是1905—1907年俄国革命的开端。1905年1月9日，彼得堡工人到冬宫去见沙皇和平请愿的队伍遭到了残杀。这一暴行在全国引起了愤怒的抗议和罢工的高潮。

但是周围一个人也没有了。人群已经聚在神父身边。突然辅祭叫了一声，唱诗班的孩子们唱起来了——祈祷开始了。

“你是个笨蛋，笨蛋！……”察里科夫恶狠狠地对警察署长说。“应该把你和你的那些跟白痴一样的警察革职！”

“这儿发生什么事了？”忽然有一个人咳嗽着问。

察里科夫回过头来。《捷列克》报的记者柯斯特里科夫——是个和蔼可亲的年轻人——正向他走过来。玛申卡·马尔库斯曾介绍察里科夫跟他认识。

“我是报馆派来的……”

柯斯特里科夫的嗓子有些嘶哑。

察里科夫并不正面回答，却把话题岔开去：

“您怎么啦，谢尔盖·米朗诺维奇？嗓子怎么哑了？”

“是的。在捷列克河里洗澡着了凉，所以嗓子哑了。”

“在捷列克河里洗澡我可不推荐——那儿的水总好像一个钟点以前还是冰。况且在秋天，这实在是很不理智的。”

“可我是个运动员，过去我常在乌拉尔的河里洗澡。”

“唔，这可不是那儿的河……冰河的水具有某些特性……”

察里科夫不愿意唯恐城内没有新闻的记者问他在坟地上发生了什么事。察里科夫心里盘算着如何报告总督，一面努力把柯斯特里科夫从坟地上引开，他很容易达到了目的。

4

“谢尔盖·米朗诺维奇，有一次您对瓦赫坦果夫父子好像很感兴趣。您不妨去拜访一下老瓦赫坦果夫。”有一天卡扎罗夫用很和气的请求口吻对谢尔盖说，他在给柯斯特里科夫布置采访任务时已经习惯用这样的口吻跟他说话。“要不然老头儿会生气的。因为他认为自己差不多是救济他的那些盲工人的慈善家。他还因他是第一个在自己厂里使用盲人劳动而骄傲，还认为应该把这项‘成就’登载在报纸上。”

谢尔盖记起了叶甫盖尼·瓦赫坦果夫的文章。他又激起了对那个吝啬的老头的兴趣，因此很乐于接受主编给他的这个任务。

谢尔盖刚走进狭小的、光线很差而又充满了烟草味的厂主办公室，作了自我介绍，巴格拉季昂·谢尔盖耶维奇·瓦赫坦果夫枯燥的、布满了吝啬和残酷的皱纹的脸上立刻掠过一丝满意的笑容。

“哦，您是从《捷列克》报来的？我早就要求卡扎罗夫派一个人来，报导一下我在厂里获得的成就。可他老是开玩笑。他说：‘要是我们把你的把戏在报上报导，你的窗子准被全部打碎。’这是什么把戏呢？……走，我领您去看看人类智慧所能达到的最高成就！”他骄傲地说。

老头儿带着谢尔盖参观他的厂，一边不断地自吹自夸。当然，也应该为他说句公道话：工厂厂房以及贴邻的厂主住宅在周围的市内建筑物中确实是数一数二的。这座有很多大窗的高屋，简直不像一般的厂房。但是这里要这样的大窗有什么用呢？难道这儿需要光线吗？那些挺直身子坐在慢慢转动着的传送带旁的人们，对自己手里干些什么连看也不看。他们的手指用熟练的动作抓住一堆堆香烟装进盒子。他们的操作是那么迅速、灵活，跟没有生命的机器一样，只有他们苍白的脸上显出紧张的神情。

“每一盒二十五支烟。要检验一下吗？”

老头儿随手拿起一盒。谢尔盖数了数。的确是二十五支。

“怎么样？不多不少……”老头儿得意地捋着他那浓密的胡须。

“您怎么会想出这么个……主意的？”谢尔盖沉着地问，他努力抑止着自己的愤怒。

“怎么想出的？”老头儿眯起了眼睛，从他脸上的表情看得出他很喜欢吹嘘。“难道这样的事一下子就想得出来的吗？不，不是一下子想出来的……是这样的，我们教友会的会友看得起我，把我选作我们的亚美尼亚格里高里教会的会长，因此我应该布施所有穷苦的教友。这些盲人经常挤在教堂台阶上。你上教堂去，他们就从四面向你伸出手来：抓住你的衣服，哭哭啼啼，苦苦哀求……您也知道，自己辛辛苦苦赚来的钱白白地送给别人实在舍不得。给他们每个人一个戈比——凑起来就是一笔资本！”他一个字一个字很有分量地说着，“于是我就对他们说：‘你是个寡妇，你为孤儿求乞是不是？好，到我厂里来干活吧——不会我教你……孩子没地方安排？把孩子也带来。这活很简单，能教会他们。当然，我给你的工钱不能跟男工一样，但是总比在这儿台阶上要饭强得多。’至于我怎么会想到利用盲人做工……这也是合该我走运。有一个当军官的亲戚到我们家来做客，他有声有色地告诉我们如何教会士兵蒙着眼睛装配和拆卸步枪的闭锁机。蒙着眼睛——这不是跟瞎子一样吗！于是就给我找到了这个窍门，那时我还给圣徒点了支蜡烛呢。”

“不用说，您给他们的工钱也要比普通工人少喽？”

“那还用说吗？他们还求上帝保佑我呢！可是卡扎罗夫说：‘革命一来——你准挨打！’打我？干吗要打我？我自己发财，也让别人挣钱！”

“是啊，您的继承者一定要继续您的事业。”柯斯特里科夫想把话题转到他儿子叶甫盖尼身上去。

老头儿立即露出不悦之色。他说：

“我没有继承人。”

“可是我听说，您有一位很聪明、很有才能的少爷在莫斯科读书……”

“读什么书啊？”老头子弓起了背脊闷闷不乐地说，“当戏子去了！您说这像话吗？在乱世时期他在群众大会上比谁都喊得响：‘争取八小时工作制，要求开医院，办学校！反对剥削！’可是他自己用的是谁的钱？”老头儿叫了起来，“您猜猜，他怎么对付我？有这么个戏，叫‘瓦纽申的孩子们’，大概您也看过：戏里演孩子们起来反对自己的父亲——一位可敬的商人。叶甫盖尼就在那边斜对面的商业会堂上演这个戏，他把票子在厂里免费分送，还说：去看看我们的家是个什么样儿。真是家丑外扬！他就是在告诉人家：你们瞧，我在反对我的老子！”

老头儿在院子中央跟谢尔盖告别后，就向紧靠工厂院子的住宅走去。他昂着头，胡须向前翘出，敲着手杖走了，工人们急忙给他让路，向他脱帽行礼，可是他连正眼也不给一个。

“这就是资本家：智慧、才干，甚至对儿子的爱都变了质，他跟人类结下了深仇大恨，”谢尔盖心里这么想着，“不，不能这样！您会找到遗嘱执行人和遗产继承者的，瓦赫坦果夫先生：我们自己会来接受您的遗产……”

“请听我说，先生……”他听到一个不很响的声音说。

谢尔盖震了一震回过头去。

“请走到街上，到转角拐弯，在那里等我。”

翻领的蓝色工作服，黑色的胡髭和两道清秀的眉毛——这个人身上的一切都说明他有了定型的性格，他的一举一动都使人感到这是个自信心很强的人。

谢尔盖走出大门，到街角拐弯。十五分钟过去了。谢尔盖已经想走了，忽然从斜刺里走出那个叫他等候的人。

“您是《捷列克》报的记者吗？”他问。

“是的。您呢？”

“我是刚才老板领您看的套筒机器的整修工人。他跟您谈到儿子的时候，我站在不远听到了你们的谈话。您怎么，打算报导我们的工厂和我们的老板吗？”

“我可能要写。”

“写吧。您描写一下我们的老板是一个多么残暴的压迫者！他把所有成年男工赶出工厂，换上女人、小孩和瞎子。他只付给他们成年工人工资的百分之六十，可是工作时间从天不亮一直到天黑——十三个小时，他在家里也是个暴君和野兽。他想把自己的儿子任卡[①]毁掉，要任卡走他的道路，但是他什么也没达到：任尼亚永远同情我们！我听到几句您问老头儿关于他儿子的话。您听我说，亲爱的朋友。巴格拉季昂·瓦赫坦果夫甚至把自己的父亲苏连也逼得自杀——老头儿是用一把小刀戳进自己肚子死的。老爷爷是个好人，只是他爱照自己山地的习惯生活穿着。他一生戴羊皮帽，穿褂子……这有什么不好呢——老人嘛。可是巴格拉季昂一举一动都要责备他。这一切都是任尼亚告诉我的。我跟他从小是朋友。从前，他常等我从厂里出来，我跟他一块儿到萨比茨岗亭或捷列克河边去玩，我们相互念着心爱的诗句。后来我带了几个伙伴一块儿去——于是我们就成立了一个戏剧小组。这个小组现在由安德烈·克里斯塔尔斯基领导——您也许听到过吧？”

“当然，听到过……”谢尔盖·米朗诺维奇回答，“我跟克里斯塔尔斯基有些认识。”

谢尔盖·米朗诺维奇不仅知道克里斯塔尔斯基，他还猜到现在跟他说话的人叫萨沙·彼希科夫——他是屠雷京的朋友。谢尔盖·米朗诺维奇又一次满意地注意到屠雷京确乎能严守秘密，因为彼希科夫显

---

① 任卡也是叶甫盖尼的爱称。

然根本不知道，这位现在跟他谈话的《捷列克》报记者是个布尔什维克。

谢尔盖很喜欢彼希科夫。从他热情的谈吐、富有毅力的脸型，甚至从他的手势可以感到这是个颇有才能、秉性忠厚的人。

当他们分手的时候，萨沙握住谢尔盖的手问：

“请原谅，我好像太冒昧了，但我认为我们可以认识一下。我姓彼希科夫，名字叫萨沙。”

“我姓米朗诺夫，名字叫谢尔盖。”

“米朗诺夫？这么说，《捷列克》报上经常刊登的剧评就是您写的？”

“是我写的。”

萨沙又一次紧紧地握了握谢尔盖的手，说：

“唉，我们瓦赫坦果夫戏剧小组的人真想听到您的见解独到的评论。”

“那好嘛，”谢尔盖回答，“几时你们进行小组活动，我一定来参观。”

5

冬天到了。填满达里亚尔峡谷的大雪割断了跟梯弗里斯的联系，格鲁吉亚军道上的交通停止了，弗拉其卡夫卡斯立刻变成一个偏僻的城市，只有铁路线的一端跟俄罗斯连接着。

正月里，特别是在二月和三月，这儿的天气简直可怕：山岭消失在浓雾中，一会儿霪雨绵绵，一会儿烂雪纷飞。在这种天气里最想喝酒。但是需要文化生活的人们宁愿淋雨冒雪走过几条街到剧场里去。

来弗拉其卡夫卡斯作冬季演出的有几个挺不错的剧团。在剧团经理人的嘴里，弗拉其卡夫卡斯有“戏剧城”之称。

谢尔盖·米朗诺维奇总像上战场一般去看每个新戏上演：他不仅预先反复地看过要上演的剧本，而且还跟演员和导演见面。剧场里的气氛总使他兴奋……他走进剧场，向头几排座位和包厢里望望，那儿经常聚集着高级军官和资产阶级，钻石和金质勋章相映争辉，燕尾服和衬胸黑白分明……敌人的头子——弗列依谢尔本人——有时也在他自己的包厢里出现。苏霍沃-柯贝林[①]三部曲中的法院官吏既残忍、又残酷，奥斯特罗夫斯基[②]戏剧中的商人贪得无餍、凶暴成性——舞台像一面镜子，照出了那些坐在金碧辉煌的包厢里的人。看到这种情形写起剧评来特别精彩。谢尔盖知道该狠狠打击什么人！他的剧评对剧本和演出都有精辟的评述，并且还友善地分析演员们的演技。这些评论文章在城里颇受欢迎和好评。

“直率的评论”，——读者说这话特别用“直率”两字强调其他剧评所没有的一种特点。说他的评论直率，是因为谢尔盖·米朗诺维奇在评介演员演某个角色的时候能够坦率地表示对正面人物的好感，对演员在舞台上扮演的反面人物地主、官吏或商人也能够作为一种社会典型来加以分析和谴责。

于是，这位《捷列克》报的剧评员拥有了一批崇拜者，他们拿到报纸首先就找他的直率的剧评，并且努力想跟这些剧评的作者认识。就这样，谢尔盖·米朗诺维奇跟高年级的学生、市立学校的教师以及其他各种各样的戏剧观众结成了友谊。

人们感激他说出了真理，也向他提出许多疑难问题。虽然这个年

---

① 苏霍沃-柯贝林（1817—1903）是俄国杰出的戏剧家。著有戏剧三部曲《克烈钦斯基的婚礼》、《案件》、《塔烈尔金之死》。他在这些剧本中抨击了沙皇法院、警察的贪赃枉法，官厅的腐败以及金钱的魔力。

② 亚历山大·奥斯特罗夫斯基（1823—1886）是伟大的俄国戏剧家。他著作浩繁，最著名的有《大雷雨》《无罪的人》《没有陪嫁的女人》等。

轻人广博的知识、明确的观点使人们惊讶，但人们并没想到，使他写出这些剧评的动力之源泉在于谢尔盖是个无产阶级革命党人，在于无产阶级政党的伟大学说鼓舞着他的生活和他的活动。

谢尔盖·米朗诺维奇在戏剧界的朋友中有一位安德烈·克里斯塔尔斯基，他是一个戏剧小组的领导人。用着这个漂亮艺名的是个未毕业的大学生，他的真实姓名叫安德烈·谢瓦斯契亚诺维奇·斯威希尼科夫；他的身份证上写着："阿尔玛维尔城平民出身，未婚，并无特征。"这一切都与事实相符：安德烈的父母住在阿尔玛维尔；父亲是个裁缝。但是自从他父亲中风瘫痪以后，家里就没有钱供给儿子读书，因此安德烈没能读完莫斯科大学的历史语言系。但是安德烈·谢瓦斯契亚诺维奇的履历中有一点在身份证上没有提起：安德烈在莫斯科是艺术剧院的忠实观众，他成了一个戏迷和斯坦尼斯拉夫斯基①的崇拜者。他对大学失去了兴趣，想投考戏剧学校。但是光凭对戏剧的爱好并不能进戏剧学校。

戏剧学校的人对他很客气。他们还跟他解释：在刻划内心的激动时把脸扭成一付怪相并且单调地挥着左手，这只会使观众觉得可笑；在念较长的台词时，不能快得像放连珠炮似的，这样一来字眼就混在一起听不清了；——这一切在客观上会阻碍一个演员的前途。

安德烈的同乡朋友叶甫盖尼·瓦赫坦果夫也对他这样说，他们是在莫斯科认识的。叶甫盖尼出身富家，而安德烈是贫寒子弟。但是安德烈得到家里人的喜欢、爱护，叶甫盖尼却受着凶暴的父亲的迫害。一九〇五年革命后所留下的尚未成熟、但绝不是虚伪的爱人民观点，以及对戏剧的热爱，使两个年轻人接近起来。虽然叶甫盖尼光辉的天

---

① 斯坦尼斯拉夫斯基(1863—1938)是伟大的苏联导演、演员、戏剧教育家和戏剧理论家。著名的"斯氏体系"就是他创造的。

才已经显露，而安德烈还是一无所成，但他们的友谊依然继续着。

安德烈对他的朋友杰出的表演天才深表钦佩。叶甫盖尼也珍视而且尊敬安德烈对戏剧艺术的深厚的感情和严肃的态度。

“你不会成为一个演员，但是，也许你将是新戏剧的奠基人之一。”叶甫盖尼常常这样说。

当安德烈不得不离开莫斯科时，叶甫盖尼帮他在弗拉其卡夫卡斯的电报局找到了一个工作。

有一次叶甫盖尼回到弗拉其卡夫卡斯来度假期，他帮助安德烈组织了一个戏剧爱好者小组。

叶甫盖尼走了，但小组还存在。一九一〇年春天，这个小组在贵族俱乐部的小舞台上演出了几个根据契诃夫的短篇小说改编的短剧：《结婚》、《拔牙》，还有《罪犯》。谢尔盖·米朗诺维奇自从跟萨沙·彼希科夫谈话以后对这个小组很感兴趣，他也来看这次演出。

安德留沙[①]·克里斯塔尔斯基——一个高个子、背有些驼的电报员，淡黄色头发，病容满面，他有一个奇怪的习惯：老是单调地摆动身体，挥着左手，——他纯洁的心灵、对艺术的无私忠诚以及对艺术的崇高任务的深刻理解，很使谢尔盖·米朗诺维奇喜欢。谢尔盖喜欢看安德烈排戏。安德烈经常叫扮演者停下来，跟他谈自己对角色或舞台调度的体会。有时他还示范。谢尔盖看着他急遽的动作，听着他激昂的台词，心想：“他对艺术的理解是多么透彻和高尚，对艺术的崇高使命信心多强！至于天才呢？……”有什么办法！他缺乏天才！但是安德烈并没有把自己的才能埋没掉。

安德烈一直幻想能上演莎士比亚的历史剧《恺撒大帝》，他希望叶甫盖尼今年夏天能来帮助他。原来他们的演出计划已经定好了：该剧

① 安德留沙是安德烈的爱称。

的中心人物应该是正直无私、不可收买的共和政体拥护者勃鲁特——这个角色已指定萨沙·彼希科夫扮演。虽有聪明才干、但是寡廉鲜耻的佞臣安东尼，将由安德烈自己饰演。

谢尔盖·米朗诺维奇有些担心检查机关未必能准许上演这个戏，但他并没给安德烈泼冷水。

城里还有好几个戏剧小组，但是安德烈把自己的小组称为瓦赫坦果夫小组，以示与其他小组的区别。这意味着对崇高艺术的严肃态度以及为人民服务的高尚愿望。无怪乎这个小组的演员有很多是跟萨沙一样的工人，有男的，也有女的。

谢尔盖·米朗诺维奇参观了小组的几次活动以后，他相信可以借助这个小组作为深入党的宣传工作的合法形式。

第五章

1

列昂尼德·奥尔列茨是皮亚季果尔斯克人，在不久前革命的日子里，他曾在这儿被朋友和崇拜者称为“皮亚季果尔斯克共和国大总统”，如今他从流放地回到故乡，心里有一种奇怪的惶惑之感。他情不自禁地找寻着当年自己从中被捕的革命浪潮的痕迹，可是他什么也没找到。在革命的年代里，广场上经常召开群众大会，他也曾经在会上作过多次演说，现在这里辟了几个茂盛异常的花圃；城里满是从外地来养病的人，本地的居民反而少见。全城显出一派虚假的繁荣气象，好像一座巨大的旅馆。

许多熟悉的、在革命日子里戴着红色领结的医生和律师，现在都干着本行，成了富翁，他们看到瘦削的、两肩耸起、长发垂肩的奥尔列茨不是掉头不理，就是窘态毕露。奥尔列茨从前曾在法律系毕业，现在他想开业当律师，所以去向里亚金律师求助；里亚金是社会民主党人，一个孟什维克，奥尔列茨跟这个人在革命的群众大会上舌战过多次，现在他几乎是本城最有名的律师。里亚金这些年来有些发福了。从前他单穿一件蓝色的斜领衬衫和一件上装，现在却穿起了讲究的带背心成套西服，打领带，用衬胸。他接见奥尔列茨时非常客气，虽然言语之中带一点卖老的口吻：

“您的工作一定能安排得十分妥帖，亲爱的同行。您在农业方面的知识将特别有用。当然喽，您应该抛弃一些民粹主义的偏见。更何况斯托雷平土地法[①]说明，对宗法制度的农村几乎毫无指望——它已濒于垂死状态……富有的农民退出村社另立田庄，地主在资本家的压力下正向后退，私有关系在不断改变，这对法律界都是有影响的。我们的土地法杂乱无章，里面几乎还残存着波里斯·戈都诺夫[②]时代的东西。我们皮亚季果尔斯克革命运动的元老莫罗节伊爷爷，非常突然地给我们大家指出，善于跟我们的法律打交道可以达到什么目的：他根据元老院所订的某一条法律，保障了一大群擅自住在所谓波塞季捷尔地的无地农民。再说，我们这位爷爷的行动也有些古怪——他在一个夜里，几乎是借着火把的光，在全村无地居民的帮助下盖起了一所房子，现在这个新村子就叫做纳哈洛夫卡村。”

“据说，帮助莫罗节伊爷爷做这件事的有你们党内属于布尔什维克派的同志，他们都是您所熟悉的巴格留科夫留在城里的朋友，是不是？”奥尔列茨问。

“唉，尼卡诺尔，尼卡诺尔！”里亚金叹了口气，“当年我跟他争论过好多次，但这是个出色的人！他们的时代已经过去了，亲爱的列昂尼德·谢苗诺维奇！如今时代变了，鸟儿也变了；鸟儿变了，调子也变了……我们言归正传……哪儿的经济关系发生变化，接触到法律，——那儿就有讼事。我建议您在这方面去找发展，亲爱的同行。商人吃地主；地主压迫村社；富农，正确地说是农村中的资产阶级，退出村社，把村社破坏摧毁。律师的活动范围大得很！……您在皱眉头？幻想搞社会活动？这也有前途，但已经得换一条道路……不能像巴格留科夫那样。您听说没有，地方自治条例[③]要推行到北高加索了？”

“沙皇的地方自治？”奥尔列茨皱起了眉头。

---

① 斯托雷平土地法的主要内容有二：一、破坏村社另立田庄，培植富农；二、移植农民，把所谓“不安分的”农民赶到遥远的边区。

② 波里斯·戈都诺夫(1551—1605)是1598—1605年间的俄国沙皇。

③ 1864年土地改革时沙皇政府颁布了“省县地方自治机关组织条例”，按照该条例组成的地方自治局职权范围极小，成员大多是贵族。

“当然，地方自治局不可能不留下我们原来那种警察官僚制度的痕迹。但尽管如此，应该承认，实行地方自治会给民主知识分子开辟极为宽广的前途。这给农学家、统计学家、医生以及我们的律师同行都提供了很好的条件。我深信，要是我们从内部活动，一定能抓住这个地方自治局，加以民主化的改造……您不满意？想扔炸弹？但是，我可以对您肯定地说，如今光靠炸弹干不了大事业。要知道革命的地下活动已经彻底垮台了。只有他们的列宁还在这方面痴心妄想，我们应该用结实的钉把那个地下活动钉死，我们要行动起来——行动起来！……”

奥尔列茨开业当律师了，而且成绩不坏：商人跟地主打官司，商人胜诉也罢，地主胜诉也罢，总有大笔大笔的钱落到律师的腰包里去。

他年轻、独身，业务发达，仪表不凡，有罗曼蒂克的“革命受难者”的声誉，容颜苍白，发长过人，经常骄傲地昂着头：他的确是个理想的丈夫。但是皮亚季果尔斯克的富家小姐在他看来都是傻瓜，他幻想着真正的爱情。他还没有忘却过去那些他叫做“奔腾的”岁月。但是岁月逝去愈远，他就愈认为里亚金的话说得对：革命的确已经入土为安了。

“你们以为，你们的血足够融化永远冰冻的极地，”他在用丘特切夫[①]关于十二月党人的话思索，“严酷的冬天已经消失得影踪全无……”这首诗令人对那些死者肃然起敬，同时他因自己也可能在这些人中间而感到骄傲；想到革命斗争在继续进行，他突然产生一种绝望的、但是愉快的感觉。“群众太无能了，”他想，“像里亚金、孟什维克派的社会民主党人、普列汉诺夫以及他一路的那些聪明人毕竟是

① 丘特切夫(1803—1873)是俄国诗人。在政治见解上他是个保守主义者。

对的。”

里亚金关于地方自治局的前途所说的话是十分诱人的。奥尔列茨已经看到自己是未来地方自治局的活动家——当然不像现在地方自治局里那些人，而是崭新的、绝对民主的活动家。他并没忘记一九〇五年他曾被尊为“皮亚季果尔斯克共和国大总统”。

邻近的斯塔夫罗波尔省这几年正在实行地方自治条例。奥尔列茨跟一些在斯塔夫罗波尔省地方自治局做事的人谈过，知道他们也充满了美好的希望，他们对地方自治局抱着跟里亚金大致相同的企图。不过，奥尔列茨知道斯塔夫罗波尔省的农民大多不信任地方自治局，某些地方甚至有人拒绝实行地方自治条例。

“愚昧，千百年造成的愚昧……”奥尔列茨雇了一辆轻便敞篷马车从斯塔夫罗波尔（去的时候他是坐的火车）回皮亚季果尔斯克时，一面望着斯塔夫罗波尔浅蓝色的广袤田野，一面想着。

在这次旅行归来后数天的一个早晨，奥尔列茨在邮差从门上的洞口里塞进来的信件中间发现了一张折得很整齐、没有写地址的纸条。他把纸条展开，原来是一张传单。上面先是“全世界无产者，联合起来！”一条口号，接着是“告农民书”，署名是一群布尔什维克社会民主党人……他忽然产生这样一种感觉：仿佛一个讨厌的、长久杳无音讯的债权人来通知说他还活着，说奥尔列茨还欠他一笔债……

“为什么是债？我什么债也不欠！”奥尔列茨读着传单心想，但随即又承认这笔债的确还存在。传单上很清楚地指出，虽然地方自治条例中说到“地方自治局主管有关当地人民利益与疾苦之事”，但是政府在把管理学校、医院等公益机构以及检查道路、水池状况的职权转交地方自治局的同时，把地方自治局全体工作人员的薪金等各项开支也一古脑儿挪到老百姓的头上。

哪个地主愈有钱，就愈有希望在地方自治局中当选。地主的特权有特殊的法令加以巩固。除了选出来的人，还有省长指定的人参加地方自治会议。地方自治局的五个行政委员的人选须经省长批准，主席要由部长批准。这意思是地方自治局总的说来又是农民的一项负担，又要成为奴役人民的一种工具。

布尔什维克的传单把这一切都解释得清楚而详细。奥尔列茨在读传单的时候，仿佛没有看出什么新东西，但是在传单中地方自治条例的主要目的变得明显了，那就是：巩固富人、地主的势力，巩固政府的政权。但是奥尔列茨不愿同意这一点。

"在资产阶级的国家里，更何况是在一个专制的资产阶级政府的统治下，难道可以有另外一种地方自治吗？"里亚金也收到了这样的传单来跟奥尔列茨商量。

"布尔什维克在这传单中避而不谈地方自治提供了用不流血的和平方式过渡到民主制度的可能！"奥尔列茨气咻咻地说。

2

皮亚季果尔斯克的布尔什维克们印好了传单，并且通过市场和磨坊的院子把它们散发出去，他们自己也没想到，在非哥萨克的农民中，特别是在紧靠皮亚季果尔山脉的斯塔夫罗波尔省许多大村镇里，以及在澡堂和疗养院服务的为数甚众的下层百姓中（澡堂侍者、打扫杂役——他们收入很少，大多也是从农村来的），这传单竟会产生这样大的影响。

但是，富有的农民受了社会革命党人的影响，马上用各种方法来抵制布尔什维克反对地方自治局的宣传。他们说地方自治局给农民自治权，说农民把握住这种自治权就可以用和平方式达到一九〇五年用革命方式所未能达到的目的。

“必须召开农民群众大会，”列娜在皮亚季果尔斯克布尔什维克小组会上说，“我们在会上把我们的政纲向农民解释，我相信，这样我们在公开的斗争中更容易把社会革命党人打垮。”

召开群众大会的地点在冷谷——这是本地居民给皮亚季果尔斯克郊区一个很深的洼地取的地名。（从俄罗斯平原来养病的人管这种洼地叫峡谷。）这地方离纳哈洛夫卡村不远，一九〇五年没有做过革命集会的地点，因此警察还不知道这个地方。在炎热的仲夏季节，人们把牲畜赶到这儿来休息、饮水。冷谷这个地方还跟一些模糊的传说有牵连，据说这儿有好几个巨人会从地下钻出来——也许这是那尔特故事①的尾声。

虽然开会的通知是一个人一个人传过去的，但大会的召集人布尔什维克们还提防着不让危险的、不可靠的人和当局派来的奸细混进会场。

奥尔列茨从农民中间跟他见解一致的人那儿知道了群众大会的事，决定要在这个会上发言，并劝里亚金同去打垮这不足道的一群在皮城似乎没有什么力量的布尔什维克。但里亚金拒绝了，他说：

“农民——这是你们民粹派的事情。你们真诚地相信农民心里十分宝贵的那些空想，相信土地是‘天赐的’等等。但是，亲爱的同行，请您注意，您不仅要跟布尔什维克交锋，还要跟莫罗节伊老爷爷发生冲突。最好我们能够跟他就地方自治问题取得一致的认识……”

奥尔列茨去参加群众大会以前，先去访问莫罗节耶夫。他想恢复旧交，看看这个古怪的老人生活过得怎样，然后跟他一起到冷谷去。

---

① 那尔特故事是居住北高加索的各部族人民所创造的古代英雄故事。大约起源于公元前八至七世纪。这些故事歌颂了热爱自由的英雄们——那尔特。

大会定在晚上九点钟开始，奥尔列茨为了不致在他不大熟悉的地方迷路，因此在太阳下山前就到纳哈洛夫卡村去。

他走到莫罗节耶夫的小屋前时，天已经黑了，老头儿刚点起一盏煤油灯。莫罗节耶夫听到敲门声，开门一看，见到了阔别多年的列昂尼德·奥尔列茨。根据瞬息间的印象——惊讶的神情以及在脸上掠过的一丝敷衍的微笑——斯杰潘·符拉其米罗维奇已经知道他应该对这位不速之客存几分戒心。

但是列昂尼德马上用两手紧紧地握住主人的手，激动地说：

“亲爱的爷爷，我惊讶极了……说实话，我又钦佩，又惊讶……您过的生活是真正的人民的生活，您像是建造了一所修士的隐居……您的屋子里就连木头也异香扑鼻……”

“唔，这哪儿是什么修士的隐居！”莫罗节耶夫皱眉回答，他听得出奥尔列茨说的不是真心话。“修士是看破红尘的，而我们不过在这村子里争一处立足之地罢了。”

列昂尼德·奥尔列茨在房间内唯一的一张凳上坐下来，兴致勃勃地拍拍自己干瘪的两膝，说：

“但不论怎么样，您这儿的一切陈设：那些自制的书架、没有镜框的相片……都散发出禁欲主义的气息。爷爷，恕我直说，其实您忌讳修士这个身份是不必要的……从前我以为您是个比较欧化的活动家……这特别表现在您对我们某些恐怖分子的惩罚性活动所采取的否定态度上。可现在您有些像司祭长阿伐库姆①。”

莫罗节耶夫冷笑一下——在这瞬息的一笑中有一种伤感的神色。

---

① 司祭长阿伐库姆·彼得罗维奇（约 1621—1682）是俄国旧教的卫护者。他反对莫斯科总主教尼康（1605—1681）所实行的宗教改革，受到很多人的拥护。1682 年 5 月 14 日被沙皇下令烧死。他留下的自传《一生》是珍贵的历史文献，也是十七世纪的文学里程碑。

“阿伐库姆纵然遭到迫害，他还忠于自己那虽然是相当落后的观点，因此应该受人尊敬。”

奥尔列茨觉得老头儿话中有刺，于是他叹一口气回答：

“当然，我们都在变得聪明起来。当我知道不久前还号召人民力争平分土地的莫罗节伊爷爷，现在为了得到一小块土地而利用元老院所订的某条法律，我甚至有些黯然。从土地平分社[①]到宣传迁就沙皇制度——这之间的距离何止千里！”

斯杰潘·符拉其米罗维奇深陷的脸颊上升起一阵鲜红的血色，甚至透过他疏朗的黑须也看得出来。

“您所说的时代还会来的，”他说，“当工人阶级在全国范围内取得政权时，农民就能得到土地！但是现在，在反动时期，革命者应该善于利用一切可以利用的条件来巩固革命阶级的阵地，并且准备向沙皇制度实行总攻击。”

“哦呵！我从您嘴里听到了列宁最近写的一篇提纲的复述。”奥尔列茨说着发出冷笑。“应该向您祝贺。我现在相信了，里亚金说莫罗节伊爷爷和布尔什维克有了联系，他并没骗我……请原谅，亲爱的爷爷，我放纵了我这张刻薄的嘴，”奥尔列茨看到莫罗节耶夫露出愠怒之色，急忙补充说。“我完全不是来跟您吵嘴的，我是来跟您商量地方自治局的问题。事实上，列宁现在所教导的利用合法可能性这一问题的提法，不能不承认是有现实意义的。而这个地方自治局恰恰能给我们革命者在人民群众中工作提供一切可能。您也会同意，您的布尔什维克朋友们印发这种反对地方自治局的传单……”

“我曾经参加这份传单的起草工作。”莫罗节耶夫清晰地说。

---

① 土地平分社是1879年从“土地与自由”党分裂出来的民粹派组织，反对恐怖手段。该社于八十年代瓦解。其中某些著名人物如普列汉诺夫、阿克雪里罗德、查苏利奇后来与民粹派决裂，组织马克思主义团体“劳动解放”社。

“您？”奥尔列茨茫然地问，“这么说，您甚至还掌握了马克思主义的词汇？”

他的脸使莫罗节耶夫感到很可笑；莫罗节耶夫微微一笑，打趣着说：

“掌握了，掌握了，我已经受了马克思主义的斋戒……”他看了一下表，“可是，列昂尼德，如果您是来参加群众大会的，那么我们该走了，不然要迟到了。”

他们走到外边。星星很明亮，晚上天气凉飕飕的，微微有些寒意。马舒克山的斜坡几乎切开了半个天空。某些地方的窗子泛出暗淡的亮光，隐约可见点点灯火。

“看来这就是纳哈洛夫卡村吧？幸好我在天黑前来，要是这时候来，可找不到您了。”

“还会叫您摔得昏头昏脑，因此我劝您还是攀着我，”莫罗节耶夫接上去说，“紧紧攀着老头儿走，他不会欺骗您的！”

他们默默地走了一会儿。

“亲爱的爷爷，我几乎认不出您来了，”奥尔列茨说，“当年您教我们年轻人要成为英雄，去领导那些无能的群众，可是现在您却崇拜农民群众的自发反抗，忘了这样的反抗是毫无意义的。”

“我们这就去听听他们的反抗究竟有没有意义，”莫罗节耶夫说，“提起那些关于英雄和群众的愚蠢学说，我简直惭愧——不客气地说，这里面尽是知识分子藐视人民的谬论，尽是幼稚荒唐的东西……”

“唉，唉，见鬼……”奥尔列茨放开莫罗节耶夫的胳膊，但立刻绊了一下，他连忙重又攀住老头儿。

“我早就警告过您：紧紧攀着我。这个波塞季捷尔地布满了险恶的洼坑，因此才被人摒弃，也因此这儿兴建了一座光荣、伟大、独立、革命的纳哈洛夫卡城……”

“应该加上一句：在元老院法律的保护下。”奥尔列茨刻毒地插上一句。

“从癞皮羊身上撕一片毛也是好的。”莫罗节耶夫回答。

他们就这样表面上开着玩笑、实地里唇枪舌剑地互相讽刺着，在一片漆黑中往下走去。他们头上的一爿天愈来愈窄，星星显得分外明亮，脚下时常有碎石滚动，可以听到下面有涓涓之声，从那儿飘来溪水沁人的凉意。

黑暗中隐约可以看到一些白色的东西。奥尔列茨伸出手去碰了一下——这是洼地深处没有融化的、寒冷的雪珠。小溪的潺潺声已经很近了，可以听到水打在石头上的声音。

“现在是最难走的一段路了。这儿要穿过小溪——有掉到冰水中去洗澡的危险。瞧见吗——那儿有一块石头，再过去是一小块木板……我走上去，然后伸手来扶您……对！我看，虽然您具有适合未来的地方自治局活动家身份的庄重仪表，但还没有失去原先那种矫捷的动作。”

走到目的地，群众大会已经开始了。谷地里聚集了一大群人。这里的崖壁有些裂开，春天里山上青草的芳香夹杂着堆积了很久的粪肥那股淡淡的、因而嗅着甚至怪舒服的气味。黑暗中可以听到一个清晰的声音：

“当然，一头牛套上颈轭，它会顺从地站着，但它毕竟是一头牛，冥顽不灵的耕畜。难道我们是耕畜吗？我们明白这个地方自治局是什么东西！地方自治局——就是颈轭。我们不能让这颈轭套在我们的脖子上。我们不为地方自治局服任何徭役，随便他们玩什么花样，我们也不出一个子儿！”

“你们的行为将是最不合理智的！”奥尔列茨叫了一声。

黑压压的人群中响起一片不满的罗唣，但是奥尔列茨即使想沉默也不能沉默：这就叫做情不自禁。

“农民同志们！”他跳到一个石墩上叫了一声，“你们是知道我的，你们还记得一九〇五年的我，我是奥尔列茨！”

人群中起了一阵骚动，有人惊讶地啊地叫了一声，这里那里响起了掌声。奥尔列茨与其说是看到，毋宁说是猜到周围有许多人，听到他们温暖的呼吸，他的头打起转来，他已经喊出了那些他自己听了也陶醉的话，——他谈到社会革命党，谈到“土地与自由”的伟大口号，接着他说地方自治局是一件强有力的武器，人民掌握了这武器事实上就等于掌握了地方上的一切事情。

“地方自治——实际上这是俄国人民自古以来就有的一个概念！地方自治的意思就是自己管理自己的事情。当然，布尔什维克同志们说得对，专制政体想按自己的方式建立地方自治，维护贵族阶级的利益。但是我们民粹主义者认为，假如勇士米古拉·谢良尼诺维奇[①]进入地方自治局，他将用强有力的肩膀施加压力，把地方自治局按自己的意志推动起来……”

“要不要发言？”列娜感到这个能言善辩的社会革命党人已经吸住了人们的注意力，骗过了他们。

她觉得自己能击败这个夸夸其谈的社会革命党人——只要击中一点，揭露地方自治局的阶级本质就够了。她的眼光落在胡髭雪白的索基尔科爷爷身上，他正垂着头站在附近。列娜碰了一下他的手；他朝她转过头来；在黑暗中列娜觉得他脸色忧伤。

“我马上要发言，爷爷……”她低声说。

“你等等，孩子……待会儿你去讲理论，我先去说一番普通的道

---

① 米古拉·谢良尼诺维奇是俄罗斯民间流传的英雄歌谣中一位耕田的勇士，这里是指农民而言。

理。要是不对，你纠正我。”

列娜同意了。当奥尔列茨在掌声中结束了他的话时，索基尔科走到前面。

“不错，同志们，”他说，“地方自治这个词儿，我们所有普通的庄稼人都觉得……”他那长着个肉瘤的大鼻子狠狠地吸了口气，“挺香……”

“嗨，这是自己人，”奥尔列茨想着，“事情成功了，群众马上就会跟我走……”

“香极了！包你百嗅不厌。我有一个朋友……他挣到了钱，就买点面包吃；挣不到钱，就到百花坛去坐在古卡索夫糕点铺门口的板凳上，一直坐在那儿。人家问他：‘你坐在这儿干吗，老哥？’他说：‘我在用早点……吃糕。’”爷爷说着也用鼻子大声吸气，摹仿他的朋友在古卡索夫糕点铺门口“用早点”的神情，引得在黑暗中看不清的人群发出一阵笑声。

“他这是在说什么？好像不大对头……”奥尔列茨有些担心了，“这是不合时宜的笑话……”

“地方自治这个词儿就跟糕点铺差不多。我们庄稼人的鼻子嗅起来它是甜津津、香喷喷的，这到底是什么味儿呢？”爷爷问，“我们来揣摩揣摩……地方自治……地……嘿，弟兄们，这里头有‘地’字，有泥土气……原来这样！……”

人们向他鼓掌。莫罗节耶夫使劲地拍手。奥尔列茨也拍了几下，但是不大热烈：他觉得那老汉的话说下去有些危险，看来这是个非哥萨克的乌克兰农民，在捷列克河一带的哥萨克和公家的土地上住着很多这样的人。

“土地，土地……哦，好香啊！”索基尔科爷爷继续说，“但是同志们，光靠香味不能当饱。当然喽，老爷们倒是挺欢迎我们像我那位古怪的朋友一样乖乖地站在面包旁边光嗅嗅面包味不伸手去拿。所以他们采用‘地’这个好字，把它塞在‘地方自治’这个空头词儿里边让我们嗅！可是我们不要嗅，因为我们需要的根本不是地方自治，而是土地！”爷爷干脆、严肃、坚决地说。“土地！我们要土地！”他挺直身子，伸出两手，亲切而有力地说。

这时候仿佛涌来一条湍急的河流淹没了谷地：拥护的喊声和鼓掌声响彻云霄。

“请允许我发言！”奥尔列茨叫道，但是谁也不理他。

“我们社会民主党布尔什维克就要把这道理告诉农民，”索基尔科爷爷继续说，“我们不要地方自治，我们要土地。我们不会从地方自治局那里得到土地，土地只能通过革命得到。这个革命将由整个强大的俄国无产阶级来实现，而不是那些……”他朝奥尔列茨那边作了一个轻蔑的手势，“社会革命党的八哥鸟儿。”

“我们不只是嘴上说说，我们在跟沙皇决斗！”奥尔列茨叫了一声。

“决斗？”索基尔科把一只手放在大耳边问，“丢炸弹的是你们，被抓去的是我们！不是吗？在一九〇七年，你们向警察署长丢了一颗炸弹，可是警察局却搞垮了我们布尔什维克的组织，难道不是这样？照你们的说法，这也许是决斗；可是照我们看来，这是出卖……”

“这就是我们的力量！”列娜在天亮回家去的时候这样想着，经过了这个不眠之夜，她觉得自己仿佛俯下身去把嘴唇贴着一股神异的泉水喝了个痛快，这是力量、健康和精神的源泉。“我甚至用不到发言……别说是我，即使换上巴维尔所一再称道的那位杰出的天才——弗拉其卡夫卡斯的米朗诺夫——处在我的地位，他也一定会认为不需要补充什么了……当你为生活而斗争的时候，生活是多么美好！将来它还会变得更美好……”列娜一面想，一面凝视着徐徐泛出玫瑰色与浅蓝色的天边，高加索的山脉正在渐渐显现棱角。

3

柯洛姆勃一家在皮亚季果尔斯克已经住了半年多，在一个地方能住上这么久对他们来说已经是不寻常的了。

符塞伏洛德已经在教书了。在哪一家？就是在本县的警察署长巴尔托洛梅·安琪洛夫先生家里！符塞伏洛德使警察署长的儿子摆脱了第二次在二年级留级的厄运：符塞伏洛德督教这个宝贝学生，使他三门功课补考全部及格，终于升到三年级。

在这次值得褒奖的事件以后过了几天，列娜忽然看到一辆华丽的马车停在柯洛姆勃家租居的简陋的小院子门口；安琪洛娃太太胖极了，她那五普特[①]重的身体把轻便马车压得向一边倾侧，她穿着镶遍花边、结满缎带的衣服，下车走进院子，后面一个警官气喘吁吁地拿进来一大堆玩具和糖果：一匹木马昂着头，还有一个盛蛋糕的方盒……

“您这是干吗？这……这……不行啊……”列娜说着把手藏在背后不肯接受礼物。

“嗳，亲爱的！我和拙夫请求您，诚心诚意地请求您收下这些不值钱的东西，这是给你们那些可爱的孩子的。要知道，符塞伏洛德·尼古拉耶维奇教我们的伏瓦所得到的成绩——这是任何教师所做不到的。啊，符塞伏洛德·尼古拉耶维奇真是个了不起的人！我可以向您担保——他将是我们科学的明灯。我还相信，他那狠心肠的双亲最后一定会同意您俩的婚姻。”

---

① 1普特合16.3公斤。

警察署长知道符塞伏洛德和列娜身份证上两个人之间没有任何正式关系。符塞伏洛德对这件事的解释是他的双亲不同意这头婚事，而他，作为一个孝顺的儿子，在未得到双亲的同意以前不愿举行婚礼。

“在我们的时代里，他的行为实在是太高尚、太高贵了……”署长太太小心地把手帕按在泪汪汪的眼睛上说。

她用爱护的口吻跟这位挺可爱的波斯彼洛娃小姐说话——这是列娜身份证上的姓氏。

裁缝的身份很适宜于做地下工作——任何人都可以装作定制衣服的男女顾客到她这儿来，因为列娜这时已经开始接受订货了。

冷谷的群众大会开过以后不久，巴维尔从弗拉其卡夫卡斯来到这儿。他到柯洛姆勃家去得悉了关于群众大会的详细情况，拿了一份传单准备带到弗拉其卡夫卡斯的党中心去。他们还商定了今年五一节集会的事——这次会议必须标志着党的力量正在集中起来：这是党中心的指示。

这一天，符塞伏洛德一早就去教课，女主顾一个接着一个到列娜这儿来。但是符塞伏洛德今天回来比平时要早些。

他敲了门，轻轻地吹着口哨走进屋子——这是表示他有心事的灵验征象。列娜从钉满别针、包住本城一位太太胖肩的一块布后面望了丈夫一眼：他的一顶很旧的学生帽推在后脑上，露出秃去头发的前额，嘴微微张开，哨声就从唇上滑出来，声音并不响，仿佛一个发音不清楚的人在咝咝地说话，并且充满了忧虑。

符塞伏洛德走到另一间房间里去，那里是柯洛姆勃家的卧室兼书房。列娜一面听着顾客的要求，频频点头允诺，一面在留神倾听隔壁房间里的动静：他没有坐下来看书，在房间内踱来踱去——一定出了不愉快的事。列娜送走了顾客，走到丈夫那儿去，他站在房间中央，以交织着严肃、打趣和忧郁的口吻说：

“列诺奇卡，今天我们还演着这幕戏，明天可要离开这儿了……这是罗斯托夫的报纸，我从安琪洛夫家拿来的。你看那则启事——小小的，在角上。遗失原籍基辅的平民叶列娜·谢苗诺芙娜·波斯彼洛娃的身份证一张。想得到吗？”符塞伏洛德的最后一句话是用乌克兰语亲切地问的。

“没想到……你也知道，身份证是加符留沙·波斯彼洛夫给我的，这小伙子是自己人，绝对可靠。这身份证是他妻子的……”

“加符留沙是瞒着她拿的。他以为妻子不会发觉。可是她看来发觉了，她发现自己衣柜里的身份证不见了，就登了这则启事。加符留沙自己或者被捕了，或者不在罗斯托夫。他一定做梦也没有想到他的妻子会把我们的事弄糟。但这都是没有意义的假定……”

“那么你怎么会看到这启事的呢？难道你在翻查罗斯托夫的报纸？”

“完全不是……陀姆娜·安琪洛娃这次也表现了她那真正是安琪儿一般的本性。这份报是她自己给我看的。当然，事实的真相无论是署长先生或是他的太太都不会猜到。根据陀姆娜说的话，我猜想署长先生看到这启事后大概认为你是个刑事犯，女骗子，而一个出身好家庭的年轻人——这是指我——落到了你的手里。真巧，在跟他们初次见面的时候，我凭不知哪来的灵感说过，我们的莉左奇卡不是我的亲生女儿！署长太太说：‘可怜的青年幻想家，您落到一个女骗子的手里啦！您在埋头苦学，可是她冒名顶用着人家的身份证，天知道会干出什么来。这定是个走私贩或是伪造货币的人。’她这是说你，列娜！她还说：‘起先我丈夫坚持要把这个假的波斯彼洛娃小姐逮捕，但给我求下来了——这都是看在您分上……我对他说，你想想，巴尔托洛梅，要是你这样做，我们会给这个年轻人多大的打击，我们多亏了他伏瓦才能升到三年级！他不仅在精神上会深受刺激，而且还会影响他的名誉……’”

“这匹笨驴……”列娜随口说。她一面听丈夫说，一面把美丽的小桌布、布罩和手巾收拾起来，这些东西一拿下，马上露出粗糙的桌子和箱子。“这当然不是他们出于好意放我们生路，实在是因为他们害怕。你在他们家里教书，她又到我们家来过……当然，没什么了不起的事，可是一旦事发，人家会怎么说呢？！”

房间里除了几只箱子和一张光秃秃的桌子，已经什么也没留下，连灯罩也拿下来了，只有一个灯泡挂在电线上摇摇晃晃。

“难道你马上就走？”

“难道就为了这样的傻事坏了大事？听着，塞瓦[①]……”她走到丈夫跟前，把手放在他的肩上，抬头直盯着他的眼睛看。“我马上带了孩子到弗拉其卡夫卡斯去……”

“那么我呢？”他装得像一个惊恐万分的小孩问，但在这句玩笑话中带着懊丧的音调，也许还有一种并非做作的无奈口吻。

她踮起脚迅速地吻了吻他。

“乖孩子，好宝宝……”她说，“你既然担任了一个受骗的好青年的角色，那就演到底吧。你留在这儿，”她以惋惜的目光在空房间里环视了一周，“不行，你得搬到旅馆去住。到安琪洛夫家去时你要装作受了侮辱，你说这个狠心的女人——这就是说我——离城走了……你说我到梯弗里斯或者阿尔汉盖尔斯克去了，随便说什么地方都行……你等着我的电报：‘提货单收到，请运货来。’那时你就上弗拉其卡夫卡斯，我会来接你的。要是没收到电报，你可以通过巴维尔，也就是通过《捷列克》报社找到我……你有多少钱？”

---

① 塞瓦是符塞伏洛德的爱称。

“全在这儿……”他拿出一个五卢布的金币，“刚从安琪洛夫家拿来。”

她接过金币，往上一掷，像顽童一样灵巧地把它接住。

“好极了……”她用乌克兰话说，“我还有剩下的家用钱两卢布二十戈比。”

符塞伏洛德摘下眼镜。他的一双淡灰色近视眼忧郁地望着妻子。她马上抱住他又吻了一下，然后向门外跑去。

“莉左奇卡，鲍利亚！”她向院子里叫喊。

于是，列娜跟来到皮亚季果尔斯克时一样，以闪电式的动作带着孩子乘本地的火车到弗拉其卡夫卡斯去了。

4

到了弗拉其卡夫卡斯，列娜把东西存放在小件行李保管处。她带着孩子像散步一样开始在城内找寻《捷列克》报社，那儿有她在弗拉其卡夫卡斯唯一的熟人巴维尔·鲁什科夫在工作，还有她听巴维尔一再说起的谢尔盖同志也在那儿。

列娜找到了报社和印刷厂占用的一幢新近漆成绿色的二层楼房，她先在房子周围走了一圈，仔细地看了看，以便下次来的时候不用问讯就能找到。她根本不打算带着孩子走进去——这会引起大家的注意，同时也就犯了从事秘密工作第一条最基本的戒律：尽可能不惹人注意。但在《捷列克》报社对面一座平房的小窗上，列娜发现了一张白色的纸条：“招租”——于是她走了进去。房间很小，很暗，不宜长住。但是价钱公道，而且最主要的这房间有一个极大的优点：通过小窗可以看到街角上报社气派很大的入口处。巴维尔进出一定要经过这个正门。当然巴维尔可能走边门，但是从列娜房间的窗里也看得见边门。

观察报社的任务列娜还可以交给女儿——很懂事的莉左奇卡——执行，因为她在皮亚季果尔斯克看到过巴维尔好几次。必要的时候，即使更重大的事也能信托这个小姑娘。于是列娜马上叫莉左奇卡坐在窗口，自己回到车站去雇了一辆震荡得怪厉害的马车把行李全部搬了来。

列娜出示了一张还是敖得萨警察局出的关于平民阿格里平娜·彼烈别依诺斯的身份证遗失证明代替身份证。在她遇见自己人之前，这张证明可以应付几天，何况列娜还给了身份证登记员一个卢布——这是兑碎的五卢布金币中的第三个卢布了。

尽管观察工作布置得非常周密，但还是没有看到巴维尔。“他会不会出差去了？他不是报社的外勤代理人吗？……”于是在第二天早晨列娜到图书馆去。

大家知道，沙皇政府不大赞成城市中的社会团体、地方自治局以及各种各样的组织开办图书馆和阅览室。但是要把这一类文化机构完全禁绝是不可能的；不单是因为正在俄国迅速发展的资本主义引起文化需要的增长，要求建立各种研究机构，而且连沙皇政府的官僚机关也非要有这些东西不可。

图书馆一般都附设阅览室，进阅览室照例是免费的——在那儿可以看报纸，按照目录借阅图书馆的任何一本藏书。这一切都不用花钱，尤其重要的是阅读那些放在桌上的报纸杂志时甚至不必出示身份证。

当然，图书馆的书不仅必须是政府允许出版的，还须是国民教育部所推荐的，所有的报纸都经过检查机关的审查。但是，任何阅览室除了表面上不很明亮的光线外，还有一种潜藏着的、强烈的光芒，这种光芒甚至图书馆管理员也不是都知道的。一个处在地下状态的革命者如果跟自己人失去了关系，常常到图书馆去，因为他知道——在这儿遇到像他一样的党的干部可能最大，因为图书馆是一切革命者的总接头地点。

列娜希望能在那边遇到一个弗拉其卡夫卡斯的布尔什维克，所以在第二天早晨就到图书馆去找寻。

从一扇敞开着的大窗望出去可以看到春天嫩绿的树叶——除了树叶什么也没有，——因此这个空荡荡、静悄悄的大房间里的光线仿佛有一种绿颜色。在分隔房间的栏杆那一边是一排排书橱，前面紧靠栏杆的地方有一张小桌子，桌旁坐着一个年轻的女管理员。她正在低头写着什么；只能看到一道把淡黄色头发分成两边的笔直的头路；房间内非常静，静得能够听见她的笔尖划在纸上的声音。阅览室里也空得很。那儿只有一个人，当列娜进来的时候，他从报纸后面迅速地看了她一眼。

列娜在桌子的另一头坐下来，那儿放着地方报纸。她不知怎的再想看一下坐在桌子那一头的人，——她就朝他看了一眼。那人穿的一件缝制不久的柞蚕丝衬衫更衬托出他肩膀的宽阔和体格的结实，朝后梳的褐色头发向着太阳泛出金光。脸……嗯，这样的脸常常可以遇到。是俄罗斯型的脸：五官端正，露出诚实、直爽、开朗的神情……不，不完全开朗，这里面还藏着什么。这是一张严肃的脸……不，也挺善良……他的嘴唇微微动了一下，像是在嘲笑什么，脸上突然现出洞察秋毫的智慧。他张开五个指头当梳子似的从下向上把头发掠了一把，接着他向门那边望了一眼：看来他在等人。他马上要向她看了……列娜立刻把目光移开，并且感到他真的朝她这边看了一下。

进来了一个工人（列娜一眼就断定这是个工人）——他很瘦削，穿着很仔细地熨过的印花布衬衫。他走到栏杆前，借了一本书……他好像还有些病容，声音也嘶哑，可是举止果断、活泼。

他拿了一本词典，在离列娜所注意的那个人不远的地方坐下。看起来这位刚来的读者好像正在词典中仔细地找一个他所需要的字。列娜虽然一句话也没有听到，但她猜想这两个人一定在三言两语低声交谈。从一旁看来什么也注意不到，其实谈话在进行——列娜自己也会这样说话。

“这一定是自己人！”她想，“这个穿柞蚕丝衬衫的，很像巴维尔所描写的谢尔盖同志。”

那工人已经还去了事实上他并不需要的那本词典，急忙向已经离开阅览室的另一个人跟上去。“自己人！快跟上去！不能让他们走掉！但同时要避免被人注意。”

列娜从容地走下一座不很高的台阶，虽然她这时真想像小姑娘一样奔跑，向他们追上去。他们已走到街道的尽头。已经转过街角。现在可以加快脚步了，但是奔跑还不行——不能引起正在没精打采地扫街的管门人注意。又拐了个弯。但是两个人只剩下一个了——柞蚕丝的衬衫，褐色头发的后脑。他步步踏实地走着。又过了一条街——他拐弯走到洛里斯—梅利科夫街，那儿正是《捷列克》报社的所在地。一点也不错，他走进了《捷列克》报社的正门。

这一定是谢尔盖 · 米朗诺夫！

5

列娜一切都猜对了。这个人的确不是别人，正是谢尔盖 · 米朗诺维奇 · 柯斯特里科夫。跟他见面的那个工人是普雷特科夫，他通知柯斯特里科夫一个不好的消息。弗拉其卡夫卡斯的警察局已经发现了德米特里耶夫的踪迹——这是说，德米特里耶夫不能再在铁路修理厂继续工作了，最好是干脆离开弗拉其卡夫卡斯。

“离开弗拉其卡夫卡斯？好吧，那就让他回格罗兹内去吧。反正他总得回那儿去的，不过早了一个月。”谢尔盖说。

德米特里耶夫到格罗兹内去后，星期学校的事务就移交给普雷特科夫。

晚上，谢尔盖在编辑部自己桌旁工作，忽然听到隔壁小房间里女办事员正在粗声大气地跟一个要求刊登广告的人说话。

他走到那边，马上看到了一个年轻的女人，他在图书馆跟普雷特科夫见面的时候曾经看到过她。

这个女人身上有一种不很平凡的气质。她的衣着既不像军官妻子，又不像平民妇女，也不像富商太太。她的服饰清雅脱俗。“大概是一个演员。”谢尔盖·米朗诺维奇不知为什么这样想着。

列娜始终没见到巴维尔，又没得到丈夫的信息——谁知道，也许他被捕了！——因此她决定重操裁缝旧业，当她处境困难的时候，这生涯曾救过她许多次。

她拟了一则广告到《捷列克》报社来。不料广告费要五十三个戈比。可是列娜数来数去，从皮亚季果尔斯克带来的五卢布金币只剩下四十四个戈比了。

“怎么，难道要我代您付吗？”那个女办事员扬起眉毛以嘲笑的口气问。

列娜一怒之下想走了。

“是怎么回事？”

列娜看到谢尔盖·米朗诺维奇站在门口。

“这位女士缺少九个戈比。”女办事员轻蔑地说。

“九个戈比？”

列娜看到米朗诺夫把手伸到口袋里去。她明白他要代她付这九个戈比，她就转身向门外走。但是谢尔盖挡住了她的路，说：

“嗳，嗳，太大，别忙……请您把广告给我。”

“为什么？”

但是一张纸已经从她手上转到米朗诺夫手上。

他作了个手势请她坐在椅子上，自己也坐了下来。他拿起铅笔，皱起眉心，开始改那则广告。他删去一些字，加上一些字，又删去了几个，然后用活泼漂亮的字体把广告誊清。

“您有多少钱？”他问列娜。

“四十四戈比。”列娜回答。

“四十四？好极了。我只要四十一。省下了三戈比。”

“谢谢您。”

他点点头说：

“不用客气。如果还有什么需要的地方，请尽管来找我，我就坐在这儿……”他带她到隔壁房间，“我姓米朗诺夫。”

她四面看了一下——宽大的编辑室里没有第三个人，于是向他伸出了手，自我介绍：

“叶列娜·柯洛姆勃。”

“从皮亚季果尔斯克来的？”他压低嗓子问。

“是的。”

“发生什么事了？垮了？有没有人被捕？”

“所有的人都平安无事。我碰上了一件傻事，完全是出于偶然的……”

她抑低声音很快地把经过情形告诉了他，一边不时小心地向周围张望。

“您在这儿没有钱也没有工作？”

门咿呀一声响，谢尔盖看到玛丽雅·李伏芙娜站在门边。他朝她转过头去，但她马上走了。

“这儿说话不方便，”谢尔盖·米朗诺维奇生气地说，“您住在哪儿？”

列娜告诉了他。

“我叫巴维尔到您那儿去。”

他朝她亲切地微笑了一下——他的笑容是那么开朗、和蔼，——随即转身急忙向玛丽雅·李伏芙娜刚从那儿消失的门外走去。但那姑娘已经不在报社里了，于是他几乎像奔跑一样追上去。走进了她的住所的院子，看到她房间里垂下的窗帘后面柔和的灯光，突然感到一阵激动，他停下了脚步。要不要到她那儿去，跟她解释：刚才在没有旁人的编辑室里跟他谈话的那个陌生女人，是党内的同志列娜·柯洛姆勃，人家是有夫之妇，两个孩子的母亲；跟他离开伊尔库茨克时一样，她也是被迫在仓促间迁居的，现在正需要帮助；要不要这样去跟她解释呢？“但是我把这一切告诉她干吗？”他抑制住自己问，“除非我们之间的关系很密切，否则用不着作这样的解释。而我跟玛丽雅·李伏芙娜有什么关系呢？什么关系也没有！”他就这样生气地对自己说着，转身背向她房间的窗子回家去了。

又过了一天。谢尔盖走近报社时，远远地看到对面屋子里走出一个身材矮小的女人，她戴一顶扁平的、几乎盖到眼睛上的紫色帽子（这儿的人不戴这样的帽子）。一条阔腰带束在腰间，她穿一件阔翻领的工作服，一条深色领带打了个男式领结，此外还拿着一把缚着漂亮的浅蓝色缎带的吉他。这是列娜·柯洛姆勃。

她朝屋子转过身去挥了挥手，在窗口有几只孩子的小手也在向她挥动，并传来尖细的声音：

“妈妈，早些回来！”

她朝他迎面走来，她的衣着不像本地人，还拿了一把吉他……“简直像卡尔曼[1]。”他心想着。这是他所喜欢的一个歌剧。他们互相走近时，列娜朝谢尔盖看了一眼，把睫毛迅速地揭起又垂下，表示已经认出他了。她的一双小眼睛是暗蓝色的，睫毛是黑色的，狭长的眼睛上面两道平直的眉毛也是黑色的。列娜本来要打他身边走过去了。但他看到她愁容满面——比她来登广告时更显得忧愁，——心里很难过。谢尔盖觉得她消瘦了。他对她使了个眼色，走进边门。在那里一座走不通的拱门下暗得很。

“出了什么事啦？”他开门见山地问。

“儿子害百日咳，”她回答。

“拿这吉他干吗？”

她不吭声，手指摸了摸面孔，像要从脸上抹去一张蜘蛛网。

“拿去当一点钱。这吉他常能救我的急，这是我所有的东西中最值钱的了。”她叹了口气说。

他拿出五个卢布递给她。

“说什么我也不拿！”她说。

“立刻收起来！”他以命令的口吻说，“我借给您的是党的基金。将来您有力量时可以归还。不久前，我也碰到这样的情况，多亏一个陌生的姑娘帮了我的忙……”

命令的口吻显然起了作用：列娜收下了钱。

“谢谢，”她轻声说，“不知怎么的不顺利的事都凑在一起：钱没有，孩子又病了，柯洛姆勃又没消息……”

“我们已经向亚尼科夫斯基打听去了。”

“谢谢，谢谢！巴维尔说您非常好，但事实上您比他说的更好！

---

① 卡尔曼是法国名作家梅里美(1803—1870)的一篇同名小说中的女主人公，一个吉卜赛人。法国作曲家比才(1838—1875)根据小说改编的歌剧享誉于全世界。

昨天碰到我们的那位姑娘——她在爱您……您别生气，我有时自称吉卜赛算命女人也有点道理……您也爱她，您跟她在一起将得到幸福。”

“我恳求您别再说下去！”谢尔盖生硬地说，可是他的心却跳得又剧烈、又愉快。“我先走，您等等再走。您暂时先住在这个屋子里，以后我们给您找房子和工作。”

“谢谢，谢谢……”她又轻轻地说。

他走了。列娜·柯洛姆勃原来是这样一个人！她会算命。真像卡尔曼。会不会给她猜到了？会不会玛丽雅·李伏芙娜真的将成为他的玛申卡，玛莎……他深深地叹了口气，抖了一下头发，开始轻轻地——只让自己听见——唱歌剧《卡尔曼》中他心爱的一段歌曲：“我们一切都会知道……知道在爱情中等着我们的是什么，爱上我们的将是谁，找到我们的将是谁……”

鹄候已久的丈夫的消息终于来了。原来柯洛姆勃在寄钱的时候一时疏忽把弗拉其卡夫卡斯写成了皮亚季果尔斯克。信退回到他那儿。柯洛姆勃明白了自己的错误，马上把汇条和信上的地址改成在弗拉其卡夫卡斯的妻子的地址。

“我的柯洛姆勃就是这么个人！”列娜对谢尔盖自豪地说，虽然明明没有什么值得自豪的事情。谢尔盖是来看看列娜怎么安排他和巴维尔给她找的新居的。

“等等……”谢尔盖看着刚从载柯洛姆勃家全部财产来的大车上卸下的一大堆包袱箱子，关心地说，“你们没有家具啊……”

“问题不在于家具，而在于像我的柯洛姆勃所说的那样如何安排得有条理！”列娜愉快地说，“来，莉左奇卡，我们来对付箱子。”她亲切地说着把箱子里的东西拿出来，把一件件家用小东西交给两个孩子。

箱子腾出来以后，谢尔盖帮着把它搬进屋子，原来屋子里房东还留下一些家具：三张残废的椅子一共只有八条腿；一张跛足的靠椅；甚至还有一张小桌子，不过得把它放在靠壁才站得住。谢尔盖开始研究这些残废的家具。他把它们转来转去，还摇了摇那些损坏的桌子和椅子的榫槽。

“我要用蓝宝石和琥珀造起瑰丽的宫殿……”他一边轻轻地哼着。

列娜在这时把一只箱子推到角落里，铺上一块漆布，上面放一只面盆，挂好了水壶。水壶上面是一块绣花手巾，她在旁边钉了块木板，放上肥皂盒和刷子。

她把另一只箱子推在靠壁，上面铺一块小桌布；列娜在这里放上镜子、香水瓶和花露水瓶。列娜退到房间中央，欣赏了一会；房间的一边已经布置好了。

列娜回过头来想在谢尔盖面前夸耀一番，但是谢尔盖不在房间里。她走到院子里。原来在这段时间内他已经到住在邻近的木匠那儿去过，而且跟他搞得挺亲热，木匠把斧子、锯子、刨子、凿子、钉子都借给他，甚至还给了他一些零碎木料。现在谢尔盖正在院子的角落里专心一致地在给椅子装腿；接下去还准备修理靠椅和桌子。

列娜的儿子鲍利亚咬着嘴唇也在使劲把一枚钉钉进一块木板，他不时问着：

“叔叔，我这样做对不对？”

“对，鲍利亚，对……”谢尔盖·米朗诺维奇赞许地说着，并不搁下手里的活。

“我看您真是个万能博士。”列娜说，一边看着他干活。看得出，他不是头一回使这些木匠工具。

"您不知道吗，人家说我们维亚特卡[1]人都有一双巧手。"谢尔盖回答着用乐观的目光望了她一眼。

她在他身旁又站了一会儿；他那干净利落、甚至可以说是优美的动作有一种吸引力。"等我们取得了胜利，在社会主义社会人们都将这样工作。"列娜脑中忽然掠过这样一个念头，她沉思着回到房间里去。

谢尔盖要把一切需要修理的东西修理好以后才走。当巴维尔来看新居的时候，他惊讶得叫了起来：今天早晨他领列娜到这儿来时，这几个房间又脏又暗，可现在已经认不出来了。从早晨开始她已经把墙壁和天花板刷白，洗过了地板。那些残废椅子装上了用新木料刨就的、白得可爱的椅腿，放在桌子的周围。两个孩子正坐在桌旁喝牛奶。谢尔盖干完了活已用水冲过身子，头发也冲得湿淋淋的，他坐在飘进黄昏凉意的窗前抽烟，向夕阳无限好的窗外悠然吐着蓝烟。

巴维尔朝正在沉思的谢尔盖睐了一下眼睛，从口袋里拿出一瓶红酒。列娜露出了愉快的微笑，但立刻茫然摊开两手。

"我们用什么喝酒呢？"她自己问自己。

但是她的眼睛马上在房间里骨溜溜一转，目光落在一个已经放好玩具的架子上。她高兴得甚至笑了起来：一套孩子玩的餐具好像是专为饮酒而做的。

巴维尔笑了起来。谢尔盖向那些小杯子一看，不禁也笑了。

"我的柯洛姆勃说，他即使没有酒也经常愉快，"列娜叹了口气，"不过我认为，逢到隆重的庆祝……"她突然转成命令的口吻说，"孩子们，睡觉去！"

"让他们等一会睡吧，看着他们真叫人高兴。"谢尔盖说。

---

① 基洛夫的故乡是维亚特卡省的乌尔儒姆城。现在维亚特卡省和省会维亚特卡市都已改名为基洛夫省和基洛夫市。

“你不会自己生几个看看吗！”列娜调皮地回答。

“我从小就没有父亲，知道这是什么滋味，”谢尔盖简短地回答。

接着是一阵沉默。

“妈妈，要是有人来搜查，您姓什么？”鲍利亚问，当谢尔盖和巴维尔笑起来的时候，他以惊讶和生气的目光瞪了他们一眼。

“姓柯洛姆勃，我的小鲍利亚。”列娜吻着他说。

“跟我们和爸爸的姓一样？”他问，“这好！”

“夜里宪兵橐橐的皮靴声和粗鲁的叫喊声随时可能打扰他们的好梦，这就不能不考虑，有没有权利生孩子……”谢尔盖说。看来他现在所说的话已经想过不止一次了。

“‘我们年轻的战友们见了断头台未必会害怕……’”巴维尔轻轻地说。

“说得对！”谢尔盖应声说。

“那有什么呢！”列娜激动地说，“宪兵已经不止一次夜里来把他们惊醒，恐吓他们。难道说，革命者就应该不要爱情，不要家庭？不，决不！”她着重地说，“我在斗争中绝对不肯屈服，但也不放弃人类感情的圆满。”

她一边谈着自己和柯洛姆勃的事，一边准备开饭，在煤油炉上煎香气扑鼻的饼，还给女儿梳头发。墙上缚着缎带的吉他默默地说明，这个人决不愿放弃自己的一份愉快和幸福让敌人得意……

大家举杯祝贺乔迁之喜。谢尔盖朝吉他摆一摆头，提出请求：

“可以弹一曲吗？”

“不行，我弹得糟透了……”列娜红起了脸回答。

“爸爸喜欢听。我也喜欢。”女孩说，妈妈正在给她编第二条辫子。

“头别转来转去！”列娜假装生气喝了一声，“你和爸爸喜欢！你们的爸爸可真了不起：寄钱的时候连正确的地址也不会写！……好吧，把吉他拿来！”

她的嗓子深沉有力，连吉卜赛浪漫曲的俗气的歌词在她唱来也别有风味。巴维尔想和着唱，但谢尔盖对他嘘了一声，巴维尔就不吭声了。谢尔盖是懂音乐的，他爱听一切真正的音乐——轻松的、严肃的、歌剧、交响乐、浪漫曲都爱听——只要演奏和唱得不庸俗就行……显然，列娜的演唱技巧还不够熟练：她呼吸不正确，常常在没有唱完一节的时候换气。但在她的歌声与吉他琴弦柔软的颤音中还是有一种奇妙的感情，它能使血液沸腾，使呼吸舒畅。当她换用故乡的乌克兰语唱起《我仰望天空猜你的心事》这支谢尔盖第一次听见的歌时，他突然感到从心坎深处涌上一阵激动，眼睛觉得热辣辣的。

“您唱的是什么呀？”他问。

列娜显然自己也很激动，她轻轻地拨弄着琴弦。

“是一支民歌，我在乌克兰听到过，”巴维尔代她回答，“你没听到过？”

“从来也没有！”谢尔盖说，“民间还蕴藏着多少宝物，你简直想象不到……不少民歌寓意很深，音乐表现力也很含蓄。我不知怎地想起了莱蒙托夫。想起他描写天上声音的诗句……但您所唱的这支歌中丰富的感情却产生在这儿的土地上，在简陋的泥屋和土窑中，在露天的草原上游牧的时候，那时整个天空、整个宇宙在你的头上，你会觉得您跟宇宙完全融合在一起。朋友们，你们知道我想起什么来了？我想起了你——巴维尔——告诉我那位在皮亚季果尔斯克的群众大会上发言的老大爷。”

“索基尔科爷爷吗？”列娜立刻问，“这位老爷爷真是好样儿的，离开了他真叫人惦念……”

“对，对……是他，他大概还不大识字……”

“完全不识字，”列娜说。

“瞧，还是个文盲，可是他说的比你们写在传单上的还要好。”

“我们的传单有什么不好？”列娜有些委屈地问。

“传单的道理正确，关于地方自治局也写得对，但关于土地写得没有力量。索基尔科说得比较好，比较深刻，比较明确。有这样一种深刻的人民的思想。”谢尔盖说。

列娜猜到他的心情，她轻轻地唱起来：

给我指出这样的修道院……

谢尔盖默默地听着，他的眼睛炯炯发光。

“您真是好样儿的，列娜，”他说，“这儿弗拉其卡夫卡斯有一些挺可爱的、爱好戏剧的青年，我一定带您到他们的小组里去。我们正好缺少一个像您这样有演戏天才的人参加到那里边去。戏剧小组——这是一件很重要的工作。可以渐渐地吸收工厂和乡村的青年男女参加这个组织，上演比较通俗的话剧，也可以带歌唱的……”

“演‘波尔塔瓦的纳塔尔卡’。”那个辫子编得很紧准备去睡觉的小姑娘轻轻地说。她没有走开，还坐在那儿听大人谈话。“妈妈唱得很好。”

妈妈扯了下她的小辫子，但并不把她扯痛，只是轻轻地拉了一下。

“我相信一定很好。”谢尔盖说。

“不管唱得好不好，如果需要，我就去当演员。我明白您的意思，谢尔盖同志。这一切都跟列宁同志教导我们的利用合法可能性的问题有关。”

列娜的手在弦上挥了一下，弦线用它们的音乐语言轻轻地说：“我们要抛弃旧世界……”列娜把她的一头鬈发抖了一下，愉快地往下说：

“柯洛姆勃常说我命运多舛，各种各样的爱好使我分身乏术：一种拉我去革命；一种叫我搞艺术；第三种又叫我待在家里。事实上压根儿不是这么回事：我能拿起我的吉他去革命，而家庭永远在我的心里！”

愉快的话语仍掩饰不住她内心的激动和忧愁。

第六章

1

弗拉其卡夫卡斯的阴沉的冬季不是霪雨烂雪，就是浓雾弥漫，现在，这个漫长的冬季总算过去了。几乎一冬看不见的山岭又高耸在城市上空，现出一片青翠。第一个送信人，一个勇敢的捷列克军的哥萨克，为弗拉其卡夫卡斯弗列依谢尔总督送一份急件到梯弗里斯给伏龙佐夫-达希科夫总督，然后从那边带回一个消息到弗拉其卡夫卡斯：格鲁吉亚军道上的雪堆已经融化了。公路管理局派了一个技术员去确定一下究竟哪几段路不能通行，随后就有沿路各村被责成确保道路通行的山民到那边去。

这些工作还未完成，已经有一个旅行爱好者瓦诺·戈格里捷从梯弗里斯步行往弗拉其卡夫卡斯去。到了弗拉其卡夫卡斯，他首先找到紧靠巍峨的卡兹别克山麓的一处捷夫多拉克铜矿工长屠霍夫斯科依。“梯弗里斯有一群旅行者想在今年夏天登上卡兹别克峰。”瓦诺·戈格里捷通知屠霍夫斯科依，因为屠霍夫斯科依是名闻南北高加索的一个熟悉卡兹别克及其附近地区的人，梯弗里斯的旅行者请屠霍夫斯科依帮他们选择一条路线。

屠霍夫斯科依热情地赞成这件事，他给戈格里捷看了一下他自己画的几张卡兹别克地图，告诉他注意哪些危险的地方，还介绍了有关旅行装备的经验。

“经过长久的奔走，费了不少周折，我们总算得到许可在弗拉其卡夫卡斯成立一个科技协会，”屠霍夫斯科依说，“我们在这个协会里想搞一个旅行组。帮助我主持这项工作的是一个活跃热情的年轻人，就是本地的新闻记者米朗诺夫。我建议您跟他去见见面……”

“一定去！”

* * *

“我代表梯弗里斯的旅行者向弗拉其卡夫卡斯的朋友们致敬！”瓦诺高呼着走进《捷列克》报编辑部的大房间；他背着一只袋子，手里拿了根尖头手杖，长着一头黑发，人很瘦削，虽然一般登山旅行者不宜身重，但他毕竟太瘦了。

“哪位是米朗诺夫先生？”为了让房间里的人都听见，戈格里捷站在门口高声问，一边打量着那些工作人员，他们都笑容可掬地转过头来看这个善于交际、愉快乐观的格鲁吉亚人。

“向勇敢的梯弗里斯人致敬！”

“您好！”

“您好，我是米朗诺夫。请问有什么事吗？”

这位格鲁吉亚人一边问好，一边用闪着愉快的光芒的眼睛亲热地看着谢尔盖·米朗诺维奇。

“屠霍夫斯科依先生介绍我来拜访您！”格鲁吉亚人大声说，“我从他那儿知道，今年夏天您也打算攀登卡兹别克峰。您什么时候去？准备得怎么样了？请您看这张地图……”他把谢尔盖·米朗诺维奇引到窗边，只动嘴唇不出声地说：“斯杰潘问您好……”

他随即高声而愉快地讲述，去年他如何沿着汹涌的茨哈尔河——捷列克河的一条支流——顺流而上，并在那儿拍下不少精采的照片。许多人很感兴趣，纷纷走到窗边来看照片——有在黑色的悬崖中间奔泻的雪白的河；有在灰色的天空下像一座塔的白山……

然而谁也没注意、也没听到这时瓦诺跟谢尔盖的耳语：

“把这本照相册拿去。里边夹着两份梯弗里斯委员会的地下机关报——把社论看一下……”

于是谢尔盖·米朗诺维奇装做对照相册产生作为一个旅行爱好者是完全可以理解的兴趣，为了让大家都听到，他高声地向瓦诺借那本照相册，即使借一天也好，他想复拍几张照片……

他们在市立公园里瓦冈诺夫的报刊亭旁又见了一次面（瓦诺有一些事要转告奥加涅斯），他们约定两个月以后在茨哈尔河边的一座棚屋里见面。

“好吧，登山旅行万岁！”瓦诺意味深长地眏眏眼睛说，他把一顶白毡帽挥了一下。

于是这位身材瘦长而结实的格鲁吉亚人沿着白色的、满是灰沙的道路从弗拉其卡夫卡斯回到梯弗里斯去。

2

离捷列克河从狭窄的峡谷中跑出来开始沿着平原奔流的地方不远，还在叶尔莫洛夫时代就曾掘了几个扼守峡谷的土堡——凸角堡。它们筑在一片山岗起伏的高原上；格鲁吉亚军道在这里紧挨着这些岗峦的山麓；下面看得见捷列克河，它在平原上分成好几条支流。凸角堡一带发出芬芳的草原气息。大桌山离这儿很近，仿佛可以用手抚摸它那芳草如茵的巨背，可以拍拍它柔软的、覆满阴影的山腰。

现在，这些古堡在此地只剩下几堵由于年深月久而陷平的、长满杂草的土垣。有钱的弗拉其卡夫卡斯人在这儿造了别墅，四面围着浓荫匝地的花园。到别墅里去总是在夏天，那时需要躲避像盖着厚被子一般燠闷的弗拉其卡夫卡斯的溽暑。在凸角堡，即使是烈日当空的时候也有阵阵凉风从山上吹来。

哈兹巴狄尔·安季耶夫在柯班峡谷顺利度过了一个冬天，春天搬到弗拉其卡夫卡斯来。他知道凸角堡的气候，所以接受一个别墅主人的雇用当了管门人兼园丁。虽然工资极为微薄，但他可以在这里过一个夏天。他在凸角堡安顿下来以后，在黑夜里悄悄地到阿尔东村屠雷京家去，用约定的暗号在百叶窗上敲了几下，把伊凡·雅科夫列维奇叫到院子里来，——就这样，弗拉其卡夫卡斯又多了一个布尔什维克，又多了无产阶级大军的一名战士。如果弗拉其卡夫卡斯的布尔什维克有必要找一个秘密的地点集会，哈兹巴狄尔可以把这个集会安排在凸角堡紧靠别墅的一座鲜花盛开的大果树园边缘……有人提出一个问题：间断了好几年以后的第一次五一节集会应该在哪儿举行？商议结果，大家一致认为比凸角堡的果园更好的地方再也找不到了。

当一个身材不高、戴白毡帽、穿深红色土布褂子的人在路上迎接谢尔盖时，谢尔盖虽然以前从未见过这人，但马上认出他是哈兹巴狄尔·安季耶夫。屠雷京曾向他把安季耶夫描写得很确切：他像一个普通的奥塞梯牧人或农民。谢尔盖·米朗诺维奇在市场上好几次碰到过这样的人——这种人都很爱整洁，举止谨慎。他脸孔黝黑，胡子刮得很干净，两颊深陷，眼睛不大，黑乌乌的难窥其中奥秘。他们沿着野蔷薇和牵牛花丛中一条狭窄的小径向上走去。有时哈兹巴狄尔停下来喘一口气——这说明他病未痊愈。哈兹巴狄尔的俄语说得无可指责——似乎还带点儿书卷气。

“我的主人是兽医管理局局长，要是他知道我跟他还可算是同行，他一定会惊奇不迭，因为我也是个兽医。但是我就以现在您看见我这样的姿态到他这儿来，我没有计较工钱，他的条件我全部同意。因为凸角堡是我的救星，而弗拉其卡夫卡斯是我的坟墓。”

“为什么您不留在柯班过夏呢？”谢尔盖问，“是不是那儿的夏天不好？”

哈兹巴狄尔摊开两手说：

“那边不论冬夏，都是天堂。在高加索有好几个这样天堂一般的谷地——其中之一就是基斯洛伏茨克。由于周围山脉的位置适当，在这些谷地里冬天不冷，夏天虽热，但始终燥湿适度。要是在这些地理条件上再加上经济条件，人们在那边可以活到一百五十岁。就是现在，在柯班也不难碰到超过一百岁的老人，他们要比您的忠实的仆人[①]健康得多。我还在西伯利亚流放地的时候，致命的痼疾就开始迅速恶化，医生们都已把我判了死刑，那时我只向苍天祷告一件事：只要能放我回故乡，我马上到柯班，在那儿我就能复活。宽大为怀的长官相信了医生的话——放我回家来等死。但是我没有死，也不会死！”他带着挑战的口吻说。“可是这样我就离开了工作。您不是问我为什么不在柯班过夏吗？那是因为我除了肺，还有头脑和一颗心。您很难想象这个美丽的谷地跟外界隔绝得有多么厉害！在正月或二月里走出屋子——到处是白雪，可是您并不感到寒冷，空气是那么清洁、新鲜，每吸一口都是享受！但同时又是那么寂静，简直一切都停止了活动……那里有个著名的‘死人城’，至少有两千个古墓。柯班人不喜欢人家去翻掘坟墓，但我看到了一些东西——这是古代文化的遗迹，显然是我们祖先阿兰人[②]的：有青铜、牛角、黄金制成的精美艺术品……这些古墓是那么多，算起来简直死人多于活人，真叫人毛骨悚然……虽然在柯班住着我的母系亲属，我在那边就像住在自己家里一样，那儿的人也都喜欢我，尊敬我，但是那儿有时几乎一个月看不到报纸。在低一些的峡谷里常有暴风雪，一刮就把所有的路都堵塞，只得像坐牢似的待在家里。我像乡下佬盼望上莫斯科或彼得堡一样急着想来弗拉其卡夫卡斯，我像怀念心爱的姑娘一样惦记你们，常常在想象中跟你们谈话，甚至会说出声来。我的舅舅以为我发疯了。于是我想出了个办

① 自己的谦称。

② 阿兰人是与萨美细亚人同支的种族，主要居住在北高加索。二世纪时阿兰人曾建立一个大国，于四世纪被匈奴人征服。

法：开春后住到凸角堡来。冬天在这儿我是活不成的，但度过一个夏天还可以。主要的是弗拉其卡夫卡斯就在附近……”

他转过了一口气，停下了脚步。

“我们到了……”他轻轻地说。

寂静的苹果园里树上的花像一堆白云，掉下来的花瓣像飞蛾一般……树下一根旧木条上铺着一件毡斗篷，弗拉其卡夫卡斯的布尔什维克们就坐在斗篷上。他们的人数不多，彼此都认识，今天头一回聚集在一起，大家都愉快地你望着我，我望着你：都活着！死亡的暴风雪在辽阔广大的国家上空几乎咆哮了三年，经过这次大风暴，布尔什维克们还是活了下来！现在他们又聚在一起准备迎接新的斗争。

谢尔盖先向朋友们祝贺这个标志国际团结的春天的节日，并提醒大家，这时候世界各地的国际无产阶级大军正在检阅自己的力量。

谢尔盖说得并不响亮，他的话似乎跟平时一样，很镇定。他告诉大家，从山那边的梯弗里斯来了一位同志代表外高加索的布尔什维克向大家致五一节的敬礼。他的话声中深藏着激动的心情，大家都用期待的眼光注视着他的脸。谢尔盖压低嗓子说，只要凝神聆听就能听到雪堆下面未来的革命的春潮正在潺潺地响着，这句话鼓舞了所有的人。列娜不禁站了起来：她想好好看一下谢尔盖的脸。他向前伸出两手，望着手掌，仿佛手掌上托着什么东西似的，慢慢地、小心地把手举起来。他说，地底下无声的震动已经在摇撼沙皇的君主政体，无产阶级充满了革命的热情，因此需要一个统一的、强大的党才能把无产阶级所有的力量团结起来，准备投入行将来到的战斗……在他快要说完的时候，所有的布尔什维克都站了起来——这是一个小小的、但是健全有力的组织，是统一的党的一支轻骑。当谢尔盖低沉的、但清晰有力的声音静下来时，大家沉默了半晌。列娜压低了嗓门，不是唱，而是拖长了声调说：

"'起来……饥寒交迫的……奴隶……'"

他们站在古老、严峻的群山面前，神话中说有一个给人们带来火的巨人被镇在这儿；下面是空旷美丽的谷地，汹涌的捷列克河在果园和耕地中沿着谷地流向四方；现在他们还不能引吭高歌，只能拖长了调子低声吟诵这些号召大家挺起胸来斗争的歌词。这时，仿佛他们周围整个奇妙的世界都在倾听这些它们头一回听到的词句。

3

凸角堡的春天很冷，极少见人，要是拴在链子上的看家犬听到有外人走近，它们就会狂吠起来；看家犬跳着扯动链子想朝栅栏门外冲出去，那时别墅里的管门人就会知道附近来了生人。

哈兹巴狄尔正在果园里用烟熏灭苹果树里的蛀虫……他自己不仅没到弗拉其卡夫卡斯去过，连他所看守的庄园也没有走出过；他一个人孤孤单单、小心翼翼地生活着，因此一听到狗叫，立刻警惕起来。他用一棵棵大苹果树作掩护走到一条当园界的壕沟边，向外看去。的确有一个猎人穿着可以在沼地行走的高统靴，一顶黑色羔皮帽拉到额前，手里拿一支英国猎枪，东张西望地走着；前面跑着一条杂色的猎狗，弯弯曲曲绕着圈子，嗅着地，时而焦躁不安地望望主人。

"不，打猎的人不是这样的，那条狗焦躁不安也不是没有缘故的，"哈兹巴狄尔想着，"瞧，一群野鸭飞了起来，从附近一个小池塘低低地斜飞到捷列克河上去。狗甚至叫了一声，悲怆地叫了一声。可那个猎人懒洋洋地举起猎枪，朝飞去的野鸭群放了一枪，也不叫狗去找寻有没有打下一只。不，这个猎人既不是来打野兽，也不是来打鸟的。他是来抓人的。"

哈兹巴狄尔已经认出他了：这是察里科夫公爵府中的一个公爵，

好像是已故的萨法尔别克·察里科夫将军（沙皇亚历山大第二和第三的宠臣）的小儿子。“这个小公爵叫什么名字？或者是阿兰，或者是阿斯哈德……不论怎么样，这是个危险的猎人：他是钦命的哥萨克总兵弗列依谢尔的机要副官。老萨法尔别克娶的是我们的一个亲戚安季耶娃，论亲谊我是这小子的舅舅。还是至亲哩……他别是来找我的？对了，我们奥塞梯人总是一见面就谈谈看到了谁。可能是附近某一个管门的在城里顺口谈到了我。要是暗探局在事后得到了关于五一节集会的情报……怎么办呢？要不要向他放出锁在链子上的狗自己逃生呢？不，他会用枪把狗打死，而我即使躲起来，也应该先了解可能了解的一切。”

于是哈兹巴狄尔从果园走到院子里，出了栅栏门。他装作是被狗叫声惊动的，用手放在齐额望着迎面走来的察里科夫，佯装不认识他。

“嗳，嗳，舅舅，你认不出外甥了吗？”察里科夫用奥塞梯语叫了一声。他的声音中有一种不像做作的喜悦，但这喜悦并不是看到亲戚所引起的；猛兽发现了弱食的踪迹也会高兴的。

哈兹巴狄尔迎着他走过去，仿佛还在继续辨认对方。

“我看到的是不是故世的萨法尔别克的儿子？”他惊讶地摊开两手问。

“啊，认出来了，认出来了！……来，你摸摸我，认认你亲人的身材。我母亲直到如今在晚祷的时候还时常提起你，她以为你还在西伯利亚。”

他们拥抱起来。察里科夫的蓝眼睛、红头发活像他父亲萨法尔别克，瘦削的、但很结实的身材像安季耶娃，哈兹巴狄尔就是这么对他说的。察里科夫并不回答，只是咧着嘴微笑，他的一口细牙中间有几个金牙套闪闪发光。

“难得你外甥达到这样高贵的地位还念念不忘穷亲戚，我们到我小屋里去坐坐吧。虽然我生活很清苦，不过还能找到些东西招待你。”

“你住在哪儿啊，哈兹巴狄尔舅舅？”

“在这儿兽医波诺玛辽夫家里，我是管门人、园丁、马夫……就在这里。别见笑，这就是寒舍……来，我用水给你冲冲手……你的大哥叫阿迪尔吉列，二哥叫阿里别克，你叫……”

“我叫阿兰，舅舅。父亲为了对沙皇亚历山大第二和第三表示忠诚，所以给我们弟兄取的名字第一个字母都是‘A’。”

阿兰敞开领子，卷起衣袖，洗过了脸和手，用手巾擦干，在跨进门槛以前，他睐着蓝眼睛露出怪亲昵的微笑，同时责备地摇着头说：

“嗳，嗳，舅舅！……我实在太高兴了，连你给我们受的气我也忘了埋怨你。你与其给人家管门，为什么不照奥塞梯人的规矩去找自己的妹妹呢？难道我们竟是这样不肖的外甥，会连亲舅舅都不肯收留下来尽一些做小辈的孝道吗？”

“进去吧，好外甥，进去吧。我们坐下来好好谈谈。请上坐。你也知道，我单身汉拿不出什么好东西敬你，饭是邻居一位老大娘给我做的。这是羔羊，虽然是冷的，然而味道不坏……请吃吧，至于啤酒和阿拉克酒[①]——我是不喝的。请不嫌怠慢……”

“阿拉克酒我自己带着！”阿兰·察里科夫神气地睐了一下眼睛拍拍挂在腰间的水壶。“拿两个杯子来吧！”

哈兹巴狄尔默默地拿出两只杯子，让他倒了酒，但是自己只用嘴唇碰了一下，就放在桌上。

“嗳，嗳，这是为什么？是上帝下的禁令吗？还是社会主义者真的

---

① “阿拉克酒”（арак）是用椰子汁或用米酿造的烈性酒精饮料。

滴酒不入？”

“是肚子不好……”虽然哈兹巴狄尔听到“社会主义者”这句话时每一根神经都紧张起来，但还是以玩笑的口吻说。“你说的都不是理由，阿兰：我的身体不允许我喝酒。”

“那就祝你身体健康！”阿兰一饮而尽，用自己的小刀割了一块羊肉，津津有味地吃起来。

哈兹巴狄尔望着他吃，心里有一种奇怪的感觉。哈兹巴狄尔知道他面前是一个敌人，他“打猎”的目的是来搜查他的踪迹，或者更坏的是来寻找五一节集会的地点。但同时他也因为客人吃得很满意并且不住口地夸奖而高兴：奥塞梯人的好客精神仿佛是自幼就和母亲的奶一起吮吸到身体里去的。

“一早就在森林里和沼泽地走了好久，这时吃点东西真舒服。”阿兰说。

“撒谎！他是刚刚骑马到这儿的，而且他的马八成还拴在路旁一家小酒店的院子里……”哈兹巴狄尔心想，他已经看到阿兰的靴子擦得很亮，仅在下面的底边上沾了些泥。但是他朝放在板凳上的一只瘪瘪的猎物袋那边摆了摆头，说：

“大概你在打猎以前没有向弗沙契神祷告，所以他没给你把野兽赶来。”

“弗沙契，弗沙契！这是个古代的童话，一个美丽的童话……”阿兰摇摇头，剔着牙齿说。“舅舅，你还记得奥塞梯人的风俗，那真好。但你既知道我们的习俗，为何不住到亲人那儿去呢？”

“这下缠上了！”哈兹巴狄尔想，于是他说：

“我以为，你们都是名门望族的人，不会欢迎像我这么一个穷光蛋、而且过去还跟革命者有过纠葛的人上你们的门。”

“舅舅，难道你现在不是革命者了？”阿兰扬起眉毛问。

哈兹巴狄尔把手一挥，说：

“如果我是革命者，谁会允许我回到弗拉其卡夫卡斯来？再说，难道我自己会回到一个任何人都认识我的地方来吗？过去我因为急躁冲动，才被牵连到其实跟我没有关系的事情中去。的确受了牵连——这是实话。”

“既然是受了牵连，我们会搞清楚的，”阿兰好心地说，“只是你要真的像亲戚对亲戚那样相信我们！你还是搬到我们家的客房去住，谁也不会来触动你一根毫毛。”

“谢谢你的邀请。并代我谢谢扎莉娜妹妹对我的挂念。但是我并不怕这儿会有人动我一根毫毛。我住在此地是因为凸角堡的空气能治人的病，我想这你也知道。”

“空气……空气有什么关系？”阿兰又倒了杯酒一饮而尽，“当然，波诺玛辽夫果园里的空气实在太好了，所以你舅舅好像在这儿开了个诊疗所，聚集了许多人：是叫他们来呼吸空气的吧，啊？”

阿兰突然抓住了哈兹巴狄尔的手。恶意和仇恨刹那间使他的脸变了样，而且酒气冲鼻。这是一下偷袭，目的在于打一个措手不及，出奇制胜。

哈兹巴狄尔感到察里科夫的手像一个手铐扣住自己的手。“他随时都可能把我捆绑起来带走。下面一定有他的人马。要坚持，只有坚持才能救我……”

“你住口！”哈兹巴狄尔望着外甥疯狂的蓝眼睛说，“我不喜欢像这样跟我说话。放手……”他说着用另一只手从腰间拔出一柄匕首。

“你怎么啦，舅舅？……”察里科夫喃喃地说。

哈兹巴狄尔感到察里科夫的手在慢慢地松弛。舅舅用力把自己的手一抽，外甥的手不大愿意地松开了。

“你做出这种举动，应该把你赶出门去，”哈兹巴狄尔说，“但你刚刚唤起了我心中亲戚的感情。姑念你多喝了杯酒，我原谅你。你在这儿胡扯些什么，我懂也不懂。难道你什么时候听到过能把安季耶夫吓倒的事？……”

“请原谅，舅舅……请原谅，我错了……我仿佛在这儿没说过什么话……”

“不，你现在得把一切都说出来！你在这儿胡说了些什么？我在这儿开了什么诊疗所？你说！”

“喝了阿拉克酒的人就像疯子。我不过觉得你在这个地方养病有些可笑罢了。”

“好吧，既然你这么不中用，才喝了这么点儿酒就胡说八道起来，就让安拉[1]保佑你吧。躺下来休息休息……”

“不，我最好还是走，舅舅。我可以凭着真神发誓，当我看到您时，除了高兴外，没有任何别的感觉！”

“难道我不高兴吗？我也很高兴……你要走了？来，我送送你，天已经黑下来了。你会在小路上绊跌的。”

“哦不，不必了，我会找到大路的！……”察里科夫惊恐地说。

哈兹巴狄尔送他到大门口，直等到戴着黑羔皮帽的背影在暮色中消失，然后像猫一样悄然无声地跟在他后面走去……他的猜想证实了！他走到高地的悬崖边，从这儿可以望见长带似的格鲁吉亚军道和一家小酒店的灯光，他等了一会，终于看到酒店旁的灯光下有马匹和骑者的黑影在移动。他侧耳谛听，传来了马匹在石子路上走过的嘚嘚声……他们往哪儿去？到这儿望得见灯光的城里去？还是如他所担心的那样沿狭窄的山路到这里凸角堡来？要是他们往城里去，马蹄声应该愈去愈远。不，什么也听不见，只有一匹马在黑暗中什么地方长嘶

---

① 安拉是伊斯兰教徒所信仰的唯一真神，为天地万物之主宰。

一声……他们在上山到这儿来。

快，哈兹巴狄尔，快逃出你那亲爱的外甥太紧的怀抱吧！

4

“您上了当，阁下……您不懂俄语中‘上当’的意思吗？换句话说，您做了傻瓜！”

总督在自己明亮的办公室里走来走去，从这儿的窗子里看出去可以看到一座街心小花园和通向山上的大街。察里科夫全付武装，戴着羔皮帽，穿着切尔凯斯卡站在门边。通常，弗列依谢尔跟他谈话时总是坐在桌旁；现在他那瘦长的身材在腰间束着一条细皮带，自己并不坐下，也不请察里科夫坐，也没有换上那种友善的、保护人的语气。

“您说啊！您能说什么呢？您得承认，您那位鬼舅舅叫我们做了傻瓜。”弗列依谢尔在察里科夫面前站住说。

“是，他叫我们做了傻瓜，大人。”察里科夫一字一句清清楚楚地回答。

“怎么会弄成这样的呢？”

“是卑职过于急躁，大人。卑职想出奇制胜。您可记得我们当初捉拿山寇[①]的时候，大人您曾允许卑职深入匪巢？您可记得卑职是怎样擒获盗魁的？”

“您想将旧功折新罪吗？”弗列依谢尔用一只红红的大手抱住了青年军官的细腰。“记住，阁下，跟真正的布尔什维克比起来，本地过去的山寇简直是一些小猫……”他在沙发上坐下来，让察里科夫坐在自

① “山寇”（абреки）是指高加索并入俄国时期反抗沙皇政府和俄国军队的山民。

己的身边，“您认为您的舅舅躲到什么地方去了？”

“躲到山里亲戚那边去了。他的亲戚就是我的亲戚，这些人我都知道。”

“到山里去了，这完全可能。至于亲谊……布尔什维克们是六亲不认的，难道您还不明白？一定要去找他……可是鬼知道该到哪儿去找！现在是夏天——他大概在某个牧场上。万一将来他翻过山头到奥塞梯南部去过冬——那就别想再找到他……我们再也不会看到他在弗拉其卡夫卡斯。您放过了多么难得的一次机会啊！算了，放过就放过吧。还有另一件糟糕事：我们这儿的布尔什维克动起来了。自从秋天那次该死的追悼仪式以后，好像平静了一个时期，可是现在，皮亚季果尔斯克有人散传单，格罗兹内开群众大会，弗拉其卡夫卡斯有人庆祝五一……是啊，您是太急躁了，阁下！突然抓住舅舅的手，这是多么粗鲁的行动！要是能忍耐一下，把您舅舅诱到您家里，我们从外面监视他——您瞧着，到年底我们可以把整个组织都查出来……可是现在我们掌握了些什么情况呢？在弗拉其卡夫卡斯有布尔什维克的组织，难道就是这些吗？可是这个组织的成员是些什么人？是谁在这样短的时期内把它建立起来的？他们跟外高加索委员会有没有联系（但愿没有）？我们什么也不知道……”

“大人！卑职承认粗心大意、坐失良机。卑职承认大人不愧为足智多谋的老狼。您别生气！我们把狼看作最高贵的野兽，因为狼就是猎者。卑职跟大人您相比只能算一条小狗，不过是一条小狼狗。不要紧，上一回当，学一回乖！凭卑职这股劲……”

“您这股子劲儿不合乎理智。得了，坐下来，把这件事写一份机密报告——要详细具体，使人一看就知道我们这儿的布尔什维克又开始活动了。这也有好处，这表示——我们警惕着！”他说着举起了很粗的食指。

5

当然，谢尔盖·米朗诺维奇对他们这席谈话完全不可能知道。但自从他在坟地上讲过话以后，他认为有必要采取一些提防的措施。警察一直在阿尔东村找寻那个在雅科夫·屠雷京坟上讲话的佩奖章的“老头儿”，当然，他们是找不到的。

但是谢尔盖·米朗诺维奇也不得不有好些时候根本不到屠雷京家去。当夏天到来的时候，他找到了通往他家的另外一条秘密的道路。

还在去年秋天，谢尔盖就注意到除了有两座桥穿过捷列克河外，还可以从市中心那边走一座所谓“板桥”——没有栏杆的几块踏板——过河。从亚历山大罗夫大街折入一条胡同，经过瓦赫坦果夫香烟厂和一家时常发出醉汉喊叫声的涮烤羊肉馆，向下走到捷列克河岸边——那儿就有一座板桥。早晨和白天，桥上人很多，因为它缩短了河两岸的交通距离。到了晚上，板桥上就难得有人走了。黑暗中踩着一块块不可靠的、没有栏杆的踏板，听无情的捷列克河水在下面汹涌翻腾，有这种雅兴的人究竟不多。但是这板桥在河对岸能通往一个相当热闹的场所：离岸不远的地方是个市场。白天，在那边一座座草草架起的帐篷下有乳制品、羊毛和水果卖；到了晚上，有人避开国家烟草专卖公司销售自晒自切的马合烟和别的烟丝。

警察局常常到那儿进行搜捕。谢尔盖·米朗诺维奇可不愿成为他们这种搜捕的意外收获。但又如何能放弃不走板桥这条捷径呵！

谢尔盖·米朗诺维奇几乎第一次到屠雷京家去时就跟十岁的彼嘉交了朋友，彼嘉刚上所谓平民学校念一年级，因此他显得异常神气。谢尔盖·米朗诺维奇不论什么时候到屠雷京家去，这个头大额宽的小家伙总是坐在桌旁埋头在练习簿上写字，怎能叫人不尊敬他呢！

“您好，小学生！您的成绩怎么样？”谢尔盖·米朗诺维奇每次的问话总得到很庄重的回答：“成绩优良……”

有一次这样的问话没有得到回答，只见他那头发剪得短短的圆头向练习簿垂得更低了。谢尔盖·米朗诺维奇走近去向练习簿上望了一眼。原来是一道曾经使低年级学生不知伤过多少脑筋的关于水池和龙头的著名算术题把彼嘉难住了。谢尔盖·米朗诺维奇坐下来给他解释题意。虽然伊凡·雅科夫列维奇·屠雷京好几次从邻室探出头来向谢尔盖·米朗诺维奇作手势，可他直到把解这道题的方法解释清楚后才离开彼嘉。这样友谊就更进一步了。

“您说说看，彼嘉，从你们这儿到板桥不经过烟草市场行不行？”有一次谢尔盖·米朗诺维奇这样问。

“怎么不行？行！”彼嘉神气活现地回答。

这天彼嘉走一条新的路送谢尔盖回去。屠雷京家花园中荒芜的、长满杂草的一边紧接邻家花园中同样荒芜的一角。捷列克河浩荡的水声离这儿很近。栅栏那边是胡佳科夫的磨坊。看起来这座磨坊好像挡住了继续通往河边的去路。但是彼嘉满怀信心地沿着两排栅栏中间一条狭窄的通道在前面领路。不一会他们就到了岸边——河水在下面很近的地方打着白茫茫的漩涡、溅着浪花奔流。谢尔盖向四面环顾，努力想弄清楚这时他们所在的地方是对岸市中心的哪一方向。彼嘉默默地挥了一下手示意谢尔盖跟着他走：因为水声喧嚷听不到讲话的声音。谢尔盖·米朗诺维奇跟在彼嘉后面沿捷列克河上一条狭窄的石坝走着，他感到从下面泡沫直冒的深渊中飞溅起来的清凉的水花直打到他脸上。在这条防止捷列克河冲毁河岸的石坝上走不是没有危险的：一不小心就会掉进这个野蛮的舞者湿漉漉的、无情的怀抱。

他们紧紧走到仿佛把这条石坝切断的栅栏前面。胡佳科夫的领地在这儿到了尽头。彼嘉把两手摊开，表示再往前该怎么走他已经不知道了。谢尔盖看了看栅栏，用手摸了摸；有一个地方的木板排得不很紧密，这儿可以用手抓住木板，小心地跨过一只脚，踏到栅栏那边的石坝上，然后再跨过另一只脚。在汹涌的河上，只有一只手可以攀援，要保持身体的平衡当然是很困难的，但这只是一刹那的时间——谢尔盖已经到了栅栏那边……彼嘉的圆脸在栅栏后面露了一下，那孩子很有礼貌地挥了挥手。

这里的情景大不相同了。空中现出清真寺挺秀的轮廓，黑暗中隐约可见一座座白色小屋子的黏土墙壁。稍高处就是烟草市场。而低处，在白浪滔滔的捷列克河上，从此岸到彼岸横跨着一座板桥；河对面甚至望得见羊肉馆红红的灯光。

现在到屠雷京家的路程几乎缩短了一半。从报社到板桥前（还是要穿过作通道的院子）步行走五分钟，走板桥过捷列克河——三分钟，在石坝上走两分钟，穿过花园到屠雷京家门口——三分钟。不消一刻钟就能到屠雷京家。而穿过木桥走平时走的路要半小时以上。至于从秘密性方面说来，那更是无法相比。谢尔盖从不忘记自己所从事的工作的性质。他不仅自己经常记住，也时时提醒同志们戒备虎视眈眈的敌人，提防警察、宪兵和暗探，要谨记敌人只有一个目标——发现革命者的踪迹。

现在谢尔盖即使把眼睛蒙住也能从报社走到列娜 · 柯洛姆勃的屋子，再从那儿到板桥，上桥过河直到屠雷京家的院子。“这条路线从头到底只要穿过一条街道。人、马、狗都是沿街走的，但是猫儿是横穿街道的，也就是说从一个花园到另一个花园，从一个院子到另一个院子，钻过隙缝，跳过栅栏，斜穿街坊。猫的路线对我们更合适……”谢尔盖 · 米朗诺维奇常常这样说，说时仿佛是在开玩笑，但事实上他在城里走来走去确实是在摹仿猫儿的习惯。

不过只有在执行秘密任务走出家门时，他才走猫儿的小路。如果他出来是为报社公干，他就把帽子摘下来拿在手里，仿佛要让大家都看到并且认出他似的，不慌不忙地在大街上走，遇见熟人招呼问好，他在这城里的熟人已经不少了。

第七章

1

弗拉其卡夫卡斯的夏意一天浓似一天。花圃里的花朵又盛开了，从开着的窗外又传来钢琴声和歌唱声。晚上在浓荫覆盖的街上走过，一定会叫一对对一动不动、忘掉了一切的情人吓一大跳。

大学生们都回家来度暑假。还在去年，谢尔盖·米朗诺维奇就跟弗拉其卡夫卡斯的青年大学生们结成了友好的关系。在这些人中间有许多活泼热情、酷爱自由、富有同情心的小伙子。当然，他们的见解是非常模糊、混乱的。但在需要反对压迫、锄强扶弱的时候，这些青年人很易响应，他们根本不注意谢尔盖属什么党派，只认为"这个小伙子是自己人"而支持他。谢尔盖并不把这些朋友的革命性估计得太高。他知道，这些大学生虽然现在完全可以列入穷人类，但将来他们可能成为极平凡的、庸庸碌碌的知识分子。他们可能成为工程师、医生、律师、法官——为资本主义和沙皇政府服务，结一门或多或少有利的亲事，把自己的小家庭安排得舒舒服服，他们的思想会蜕化到摇摆不定、粉红色的自由主义的境地。对沙皇制度只敢在暗地里骂几句，却老是埋怨真正的革命者行动过火；只有在多喝了几杯酒的时候，才会回首当年做大学生的时代和社会主义的幻想而泫然泪下……

但不管怎么样，现在这些青年无论从他们的物质地位或思想观点来说，都是工人阶级天然的同盟军。应该跟他们接触，应该在他们中间进行工作，谁知道，也许其中最有正义感、觉悟最高的人可以培养成无产阶级革命家……

在弗拉其卡夫卡斯的街上，在很大的、木板钉成的圆形回转广告牌上出现了花花绿绿的招贴，上面写着，为了济助弗拉其卡夫卡斯城的清寒大学生，将在商业会堂夏令俱乐部举行一个大学生的舞会。谢尔盖·米朗诺维奇欣然编辑了一则报导舞会筹备情况的短讯，并插进了几句祝贺的话。招贴上还保证这是一个“欢笑的晚会”。最主要的是在这份颇具号召力的节目单末尾写着，晚会将由叶·瓦赫坦果夫表演讽刺小品。

“哦，你这位巴格拉季昂老头的逆子，弗拉其卡夫卡斯的戏迷安德留沙·克里斯塔尔斯基和萨沙·彼希科夫的崇拜者与鼓舞者，你写过许多颂赞自由、热情洋溢、反映一九〇五年革命的诗歌和鼓动文章，我们还不相识哩。但我们会成为朋友的，我感觉到你有一颗火热的心！我们能找到共同的语言，你一定会走上我们的道路，因为一个有纯洁的良心和崇高的灵魂的人是没有别的路可走的！”

谢尔盖·米朗诺维奇这样想着，关于大学生舞会的一则简讯快要改好了。虽然他似乎全神贯注在这件工作上，但是他的眼梢一下子就看到瓦尼亚·屠雷京走进了编辑室。“他在向我走来，手里拿着一份刚打好的校样，但眉心略略皱起，目光焦虑不安。不，不是为了校样的事……”

屠雷京弯身站在桌旁。中午后的一段时间是编辑部最忙碌、最紧张的时间，编辑部的大房间里挤满了人。但是各人都忙着自己的事，——这当儿一个拼版工把一则短讯的校样拿来给一个工作人员看是毫不足怪的。现在他来找柯斯特里科夫，过一会可能去找别人……

“这是几天前的事……”屠雷京对柯斯特里科夫悄悄地说，“这三天哈兹巴狄尔躲在佐索夫家里，就是那个奥塞梯族铁路工人，高个子，穿切尔凯斯卡的。你在五一节集会时还说过他是个‘美男子’。同志们感到佐索夫的家似乎有人监视，所以奥塞梯朋友们把哈兹巴狄尔送到山里去了。”

屠雷京一边说，一边用红铅笔在校样上一行行颠倒纷乱的字中划来划去。谢尔盖·米朗诺维奇并不抬起头来，仿佛在看着伊凡的铅笔划来划去，他回答说：

“目前主要的任务是要确定：是谁发现了我们的踪迹。”

两人沉默了一会儿。要是编辑室里不是那么嘈杂，简直可以听到两颗坚强、忠诚的心在剧烈地跳动。最后谢尔盖·米朗诺维奇轻轻地说：

“我不愿想象我们内部可能有奸细，可是必须考虑。”

“有什么办法呢，”屠雷京轻声地说，“既然需要，那就应该考虑。”

“但可能我们的踪迹是在五一那天被发现的……”

“不，不，”屠雷京立刻不以为然地说，“五一庆祝会开始之前，哈兹巴狄尔从山上注视每一个上山向集会地点走来的人。我们中没有一个人引来暗探。”

“我们来研究一下……你别老站在我旁边！坐下来，这儿没有人注意我们。我们来推断推断……按照严格的逻辑，我们假定暗探局派一个奸细混进了我们的组织……你别那么牵动脸上的肉，好像给毒蜘蛛咬了一口似的！目前这仅仅是一种假定，是一种反证法……”

“您的假定太可怕。”屠雷京说。

“得了，这不是感情用事的时候。暂且假定，五一那天我们中间有一个奸细。他会做些什么呢？他一定努力想知道出席这个会的成员，把各人的发言记下来报告他的主子。而他的主子又会采取什么措施呢？他们当然竭力要监视我们在城里的活动。是不是？”

“这么说，归根结蒂还是没有奸细？哦，一块石头从心上搬走了……”

“归根结蒂你还是喜欢轻松点儿，是不是？”谢尔盖以嘲笑和责备的口气轻声说，“我们不会轻松的。还会有更重的石头压到心上。你怎么能感到轻松？事实放在我们面前，我们的踪迹已被发现，而且几乎在组织恢复的第二天就被发现……”

“是的，谢尔盖·米朗诺维奇，你说得对，我们做了黄鼠。”

“那倒也不尽然，黄鼠在无产阶级战士的队伍中没有事可干，说雷鸟倒有些像……有这么一种大胆而美丽的雷鸟。这种鸟在发情期什么也听不见……得了，废话少说！我认为我们还没有遭到暗探的监视，而是引起了军事当局的注意……那个……那个上次到坟地来的猎狗似的小公爵，他叫什么？”

“阿兰·察里科夫。就是他去找哈兹巴狄尔的。”

“对，察里科夫。他是弗列依谢尔的机要副官。他的机要任务……”他默默地想了一会，“总之，暂时不得不停止在党组织狭小的圈子里会面。传递消息必须通过连锁式联系——一个人通知一个人。而且必须在我们上次集会的地点周围观察一下，弄清楚是什么人、从什么地方发现了我们。”

2

在青翠欲滴的夏令花园里舞台前的长凳上坐着弗拉其卡夫卡斯的观众。一座椭圆形的舞台造得像一个贝壳，壳口朝着一排排长凳。谢尔盖跟熟人握手，对离远的就点头行礼。今天这儿聚集了不少知识分子，甚至还能看到官服、国民教育部的制服以及白得耀眼、浆得笔挺的军装。观众中也有巴维尔和玛丽雅·李伏芙娜，列娜和萨沙·彼希科夫。他们这几个人像演员，这很好：要是革命者在人群中一眼就被看出那就糟了。但是在陌生的人群中间看到自己人终究是极愉快的！

第一个节目是“企望超人”。有意思，到底是怎么回事呢？原来在一九〇五年革命以后的反动时期来到时，有一部分知识分子脱离了革命并开始诬蔑革命；这些人害着一种相思病，他们企望有这么一个“超人”：他可以“畅所欲为”，破坏一切道德，推翻人类共同生活的法则。社会上甚至出现了卑劣的色情小说，从这些小说中可以看到，所谓“超人”原来是一种兽化的、天性肆无忌惮的动物；这些书宣扬完美的人格应该在这样的“超人”中去找，而不是在为人民谋幸福的战士——革命者——的光辉形象中去找。

瞧，舞台上出现了一个……拉洋琴的。他摇着转柄，洋琴传出一阵阵没精打采、人人熟悉的乐声——这是平日生活中的音乐伴奏。这个虚弱、伛偻的人却显得异常傲慢。他长得眉浓髭密，头骄矜地昂着，一根颜色鲜艳的领带打了个很奇特的结，他的一举一动都流露出自负与浮滑的神情，——看着这个人不由得你不笑。

观众开始笑了，起先还有些不好意思……但是没精打采的乐声不断地响着，拉洋琴的人穷凶极恶地摇着洋琴的转柄，可是摇出的还是那种讨厌、单调的声音。现在观众已在纵声大笑了。

许多人笑的时候，甚至还不知道究竟是什么使他们发笑。“笑什么？——在笑你们自己！……”谢尔盖·米朗诺维奇突然在自己的心中听到伟大作家的声音。他目不转睛地注视着这个可笑的、凶恶的形象，想从丑陋的假面具下看清创造这个形象的叶甫盖尼·瓦赫坦果夫。这很可笑，也许还很可怕，但是今天的颓废派艺术、它的矫揉造作、内容空洞、一味仿效外国的倾向以及狭隘的地方主义色彩——都被无情地嘲笑得淋漓尽致。

但是“超人”还仅仅是瓦赫坦果夫的第一个面具。转眼间——他揭去了面具，一个还相当年轻的人在掌声中走出台来。他的动作轻松、柔软，脸上的神情善良、和蔼、聪明……

他朗诵着一位在本省还不著名的青年诗人的诗，——这首诗在他念来又是给那些以颓废派外衣遮盖背叛革命丑态的庸俗小人一个打击。

他不时改变着面貌和服装，但是从不改变他的风格。瓦赫坦果夫熟练非凡地从一件乐器换到另一件乐器，在观众面前扮演一系列的当代知名人士。瞧他变了个卡恰洛夫①，又变了个萨拉·蓓尔纳②……而且他还能毫不费力地把在座的任何一个熟人的神态学得惟妙惟肖。扮起来他既不需要化装，也不需要换衣服。转眼间——舞台上就走过心不在焉、爱摆架子、跟契诃夫笔下那位伊昂内奇很像的列宪科医生，一会儿又变成举止笨拙可笑、但对戏剧艺术无限忠诚的安德留沙·斯威希尼科夫-克里斯塔尔斯基……突然，他每走一步就不安分、怪神气地左顾右盼，——这是全城都熟悉的、自命风流的总督机要副官……

“察里科夫！”忽然观众中有人叫了一声，谢尔盖·米朗诺维奇不禁震了一下。

这个可笑的、像装着弹簧一般不停跳动的形象使他记起了不久前的一件事……他仿佛在镜子里看到了那个几乎在谢尔盖和玛丽雅·李伏芙娜认识的头一天就向她问好的军官。察里科夫是城里跳舞最好的人。他和玛丽雅·李伏芙娜跳舞曾获得一等奖……像猎犬一样跑到坟地去的也是他，在凸角堡嗅到五一节集会出席者踪迹的也是他……

露天舞台上的表演结束后，商业会堂粉红色大厅里的舞会开始了，从大厅的开得笔直的大窗外飘来夜里特别浓郁的阵阵花香。在跳平稳的华尔兹舞时，谢尔盖面前忽然出现了察里科夫那个长着奇

---

① 卡恰洛夫(1875—1948)是伟大的苏联人民演员，曾获得两枚列宁勋章。自1900年起卡恰洛夫就是莫斯科艺术剧院的演员。在本书故事发展的年代，他已是俄国的第一流名演员了。

② 萨拉·蓓尔纳(1844—1923)是法国的著名女演员。

特的鼻子、头发搽得油光光的小脑袋；他的切尔凯斯卡的衣襟敞开着，肩章闪着金光，露牙咧嘴地笑着；他小心地搂着玛丽雅·李伏芙娜的腰翩翩起舞。谢尔盖有些羡慕：为什么不是自己跟她在跳舞。这一对舞伴在他身边还经过好几次，他总是欣赏着玛丽雅·李伏芙娜，同时也注视和研究着她的舞伴。叶甫盖尼·瓦赫坦果夫把这个人的形象刻划得多么逼真！能摹仿一个人的面貌和动作固然是演员所必备的条件，但这还是表演艺术的低级形式，而叶甫盖尼的表演除了摹仿以外，还有高度艺术夸张的手法——夸张到近乎漫画的程度。这位风度翩翩的青年军官表面上谈笑自若、善于交际，甚至可以说和蔼可亲，可是骨子里却是一个横暴而狡猾的伪君子，懦怯而凶残、专事施放冷箭的滥小人。看到他搂着玛丽雅·李伏芙娜纤细的腰肢，向她弯着身子咧开了嘴说笑，而她满不在乎地笑着，真叫人不愉快，不顺眼。

列娜跟萨沙·彼希科夫跳了一支华尔兹。休息的时候，人们都走出大厅到花园、餐厅和休息室去，列娜走到谢尔盖跟前。

"我们从凸角堡对面一家小酒店里观察。"列娜四下环顾着很快地说，一边挥着扇子装做正在跟谢尔盖调笑，"我和萨沙一起到那儿，后来普雷特科夫也来了。我们确定，那边窗外有哥萨克轮流值岗。他们在监视大路上的动静……，只要有人从梯弗里斯来或到梯弗里斯去——都要登记。"

"但是五一节集会那天我们既不是从梯弗里斯来，又不是到梯弗里斯去。"谢尔盖说。

"反正都一样，虽然我们是一个一个上凸角堡去的，但还是落在监视圈内。因此我们遭了池鱼之灾。"列娜接着又说，"我得马上回家去：孩子们在等我。后天柯洛姆勃要来了……"她说到丈夫的姓氏时，脸上唰地亮了起来，谢尔盖对她看出了神。"瓦赫坦果夫会到我们小组里来吗？”她问。

“我们会请他来的。”谢尔盖回答。

3

第二天，柯斯特里科夫跟瓦赫坦果夫在旅馆旁一座幽静的小花园里会见了，这儿有几个缠绕着常春藤的亭子，亭子里摆着几张小桌子。夏天的晚上这儿有乐队演奏，白天没有人。

他们两人终于见面了。一个脸色黝黑，身材匀称，长着一对大眼睛，穿浅色夏季服装；另一个的个子较矮，体格结实，穿一件细心熨过的斜领衬衫。两个人的手握在一起，四只眼睛——叶甫盖尼·瓦赫坦果夫灰蓝色的眼睛与柯斯特里科夫活泼灵敏的黑醋栗色眼睛——相遇了。

这次会见是由萨沙·彼希科夫成全的。谢尔盖希望跟瓦赫坦果夫单独见见面。叶甫盖尼同意了。亭子里的一张小桌上放着两杯清咖啡，某处矮树丛中鸟儿啁啾啼个不停。

“为了昨天这个出色的晚会，我表示深深的感谢。”谢尔盖说。

“谢谢您的夸奖。昨天的晚会只是为了履行广告上许下的诺言：使人们发笑。”

“笑是有各种各样的。您使人们嘲笑那些庸俗、卑鄙、凶恶的丑态。昨天您在我们面前展示了弗拉其卡夫卡斯社会上一群人的形象。”谢尔盖沉默了半晌，“特别成功的是察里科夫的形象……”

“您说察里科夫？”叶甫盖尼兴奋地说，“我跟他一块儿读过书。您知道，这是，这是……怎么对您说呢……请您设想有这么一种虫——一种恶毒的虫，但是它光采夺目、举止文雅。其实它非常凶恶。然而它终究是虫。不能把察里科夫当作人。它天性凶残：只知道张网觅食，用毒牙蜇人，吸血……”

当他运用鲜明的形象激动地说这些话的时候，谢尔盖突然想起昨晚玛丽雅·李伏芙娜满不在乎地跟察里科夫跳舞的情景。为她担忧的感觉使他心神不宁，恨不得马上抛开一切跑去救她……

当然，这不过是艺术家的一笔素描。叶甫盖尼一双不寻常的、善良而似在深思的眼睛仿佛能直窥到人家心底，他目不转睛望着谢尔盖，说：

“我很喜欢您的戏剧评论，谢尔盖·米朗诺维奇。您有深刻、强烈的艺术感。但是我感到，您总是使艺术服从于艺术之外的某种东西。”瓦赫坦果夫说。“这是不对的。”他严肃地添上一句，他那富有表情的眼睛也随着变得黯然无光。

“但是艺术的主要本质在于它能表达心灵的燃烧，——这跟演说家用演讲、学者用事业表达他们心灵的燃烧是一样的，难道不是这样吗？”谢尔盖问，“事实上，您昨天如此出色地表演给我们看的一切，如果把它从艺术语言翻译成……譬如说翻译成政论语言，就叫做跟反动势力作斗争；艺术领域中的反动势力表现在颓废派上——在这个外国词儿后面扭扭捏捏地躲藏着今天的一部分在革命第一次失败后就可耻地成为逃兵的俄国知识分子。”

瓦赫坦果夫很注意地听着。在他那善良的眼睛的最深处，经常有一种要求严格的神情。一丝由衷的、开朗的微笑倏然掠过，随即就消失了，脸上又现出严肃的、全神贯注的神情。

“我憎恶一切背叛革命、精神颓唐与悲观失望的表现，”瓦赫坦果夫回答说，“要不是艺术，我不知道能不能经受住革命失败的打击。但是我全身心献给了艺术，艺术救了我。我坦白地说：对政治我现在并不考虑……更准确地说是努力不去考虑。我相信艺术的天职是使生活变得幸福、壮丽。我在艺术上的老师，伟大的斯坦尼斯拉夫斯基就是为这个斗争着，他正领着我像但丁一样穿过地狱[①]——可憎的人间地狱。”

“他居然把自己跟但丁相比。抱负不小……希望这抱负能够实现！”谢尔盖心想，他听着瓦赫坦果夫激昂的言语，同时不由自主地欣赏着他潇洒的动作和年轻、漂亮的脸上的表情。

“好吧，祝您顺利通过，叶甫盖尼·巴格拉季昂诺维奇！不过我读过了您在革命年代写的文章……”

“幼稚！”瓦赫坦果夫急忙打断了他的话。

“怎么说呢……当然，这是年轻时代的产物。但是在这些文章里渗透了对人们的热爱……将来您也不会摆脱对现社会贵人富豪的憎恨。请原谅，我要提起令尊大人了。”

“哦呵，您说得对，我没有比这更残酷的敌人……”

“您能拿他怎么样呢？”

“我要嘲笑他。”

突然，他弓起了背脊，把下颚向前突出，眼睛顿时失神，眯成了两条线——活像戴上了一张讨厌的面具，一只手仿佛在拨着看不见的算盘珠，他慢条斯理地说：

“往后不能这样。你对我们厂的事业漠不关心会给你自己招来你意想不到的严重烦恼。赶快回心转意，好好考虑考虑，把一切都斟酌一下……”

他憎恶地把头抖了一下，仿佛在抛弃他父亲的面具，于是在谢尔盖面前的又是那个一举一动都洋溢着热情的英俊青年——他简直是艺术的化身。谢尔盖甚至觉得可怕：他好像刚才跟老瓦赫坦果夫谈过话

① 但丁（1265—1321）是伟大的意大利诗人。他的长诗《神曲》记梦游三界（地狱界、净罪界、天国）事，是世界文学中永垂不朽的伟大作品。

似的。

“他喜欢孙子。为了孙子，他才让我妻子住在他家里，我也没有地方能把她接去住。您猜怎么着？他叫她在厂里工作，叫她做打字员，每月薪水只有十个卢布——因为膳宿是免费的……您说这人的心肠狠不狠？”

谢尔盖不吭声，后来慢吞吞地说：

“任何资本家都没有灵魂，只有一页账簿。这页账簿代替了他的良心、正义，代替了一切！这就是资本家，或者照俄国人的说法——掌柜的。”谢尔盖轻声地说。

“掌柜的，掌柜的！”叶甫盖尼恶狠狠地重复着说，“我和我的朋友萨沙·彼希科夫谈到他时就是这样说的。今天早晨萨沙到我那儿去过，我就这样问他：‘喂，我那个掌柜的怎么样了？’您该是知道萨沙·彼希科夫的吧？他谈起您的时候声调是那么神秘，我简直以为您是个披大氅的蒙面剑侠哩。”

“萨沙是个热情的人，”谢尔盖·米朗诺维奇微微一笑说，“他谈起您来真是崇拜得五体投地！的确，关于您他所说的一切，我也亲眼看到了。萨沙心中热爱戏剧的种子也是您播下的。他有没有跟您谈过工人戏剧小组的活动计划？”

“谈过。我很愿意帮助他们，但是我不久就要走了，”叶甫盖尼忧郁地回答，“我很想帮助同志们排演莎士比亚的《恺撒大帝》。我对这个剧本中每一个人物的性格、每一个场景都很熟悉。但是我不得不尽早离开这儿：我得把妻子、小孩带走，而手头的钱又很紧。”

“您可以帮他们起个头。跟他们谈一两次话，即使只给他们订一个排演计划，提示一下排演的基本要求也好……”

“呣，这可以……”瓦赫坦果夫沉思着说。

他们开始道别了。谢尔盖握住瓦赫坦果夫的手亲切地摇着，说：

“我不知道我们是否能再单独见一次面，但对您——一位革命青年——我想说：不管艺术对您起着多大的作用，请您记住，您的天才的源泉总是在艺术之外，在革命的洪炉中，——即使您并不意识到这一点，也不影响事情的实质。请您注意，虽然反动势力现在很嚣张，但是革命的潜力还存在着，而且一定会得到胜利。工人阶级没有颓废沮丧，也没有灰心失望，而是准备在新的革命斗争中跟专制制度和资本主义决一死战。在这场决战中，只有工人阶级才能领导全国的人民，任何别的阶级都不能！当心，”他以开玩笑的警告口吻说，“如果一九〇五年曾经在您手里的革命旗帜从手里滑走了，那时您难受不难受？”

他们分了手。瓦赫坦果夫还一个人在小桌旁若有所思地坐了好久，桌上放着一杯没有喝完的清咖啡……

4

把皮亚季果尔斯克的事完全了结以后，柯洛姆勃家的一家之主来到了弗拉其卡夫卡斯。符塞伏洛德走进屋子，抱住了两个孩子（列娜不在家），他暗自欣喜地看到屋里收拾得干干净净，熟悉的灯罩罩在灯泡上，列娜的那些绣着乌克兰图案的家用“破布条儿”（列娜自己这么轻蔑地称那些普拉赫塔布和手巾）挂在墙上，遮住了墙上的一些破绽。这是家——他的家。仿佛即使狂暴的龙卷风把柯洛姆勃一家刮到无人的荒岛上或是非洲的丛莽中，那个花灯罩还是会罩在灯泡上，热带的矮树或丑陋的石头还是会用乌克兰刺绣品遮盖起来。他感觉到心渐渐宁静下来，就开始安排书籍……

列娜回到家里正看到丈夫在跟谢尔盖热烈地争论，谢尔盖也是在她不在家时来的。起先，两个男人甚至都没注意到列娜站在房门口。

他们谈的是星期学校的教学大纲。柯洛姆勃认为，学习开始时应该先谈谈“天空和星星”。谢尔盖不赞成。照他的意见应该从基础算术开始，习题应取自工人的日常生活：“厂主每天付给每个工人十二个戈比，厂里共有工人一百名，厂主把货物卖到市场上得款五十卢布。问厂主每天付给工人的钱占他们所创造财富的几分之几？不付的占几分之几？”

“但这根本不是算术，是政治经济学。”柯洛姆勃不同意。

“要是直截了当地说政治经济学，当局立刻就会发慌。那就叫它算术好了，”谢尔盖心平气和地说，“啊，列娜来了！”他看到列娜站在门口听着他们的谈话就叫了起来。

列娜向丈夫问了好，她说：

“你们已经认识了？我们马上喝茶！”

“不用了，我只待一会儿。我有事找您，列娜。您大概已经知道，铁路工人星期学校的负责人，由于一些客观原因已经匆匆离开了弗拉其卡夫卡斯。”

“我听说了。”

“可是铁路修理厂是我们工作中极重要的一环。那儿我们有一位同志，但是他也可能遭到德米特里耶夫一样的情况。他在机车库工作，由于弗列依谢尔先生亲自对铁路修理厂布下监视哨岗，要跟他取得联系几乎不可能。因此我想到了您。请您读一下这个通告。这是昨天送到我们报社来的。瞧，上面写着，铁路修理厂管理处要招一批熟练的缝纫女工。我打听了一下那是怎么回事。原来这个修理厂的车厢车间接受改装一批头二等车厢，就是说要把破旧的垫褥、窗帘、台布换去。这是一笔大生意。我一听到这件事就想起了列娜的手艺。”他说着挺滑稽地以赞扬的手势在房间里指了一周。

“嗯……嗯……这很对。”傻笑着的柯洛姆勃喃喃地说。

“这么说，我得应雇到那个车间去工作？”列娜问。

“正是这样！去应雇。然后报名进星期学校，开始小心地、一步一步在铁路工人中间展开宣传。谁会怀疑一个平凡的女裁缝是铁路修理厂布尔什维克力量的组织者？假如这个女裁缝处处留神，那就更没有一个人会怀疑。怎么样——行吗？”

“行，”列娜回答，“那么我们的戏剧小组怎么办呢？我是那边的主角呢……”

“这可以两不误，”谢尔盖严肃地回答，“一个年轻的女裁缝参加了戏剧小组在‘波尔塔瓦的纳塔尔卡’中担任主角，从当局的角度看来这有什么可疑的呢？毫无可疑之处，绝对没有。当局应该满意，也一定会满意的。”

“当然，当然！”柯洛姆勃说着甚至拍起手来。

列娜的目光慢慢地转向他。

“好像你自己在唱《波尔塔瓦的纳塔尔卡》似的，你高兴什么？”她问。

“我虽然不会唱，但是我想象得到你演这个角色的模样……”

“好了，主要问题我们已经谈妥。今天就去报名。下次我们见面再谈今后的问题。再见，符塞伏洛德·尼古拉耶维奇！宇宙的基本知识我们也要教的，我只是反对一开头就教这个。”

“喝茶吧，谢尔盖同志。”

“不了，列诺奇卡，我已经坐得太久了。”

他走了，只听见院子里立刻传来孩子们愉快的声音：

“谢辽查[1]叔叔！谢辽查叔叔！”

符塞伏洛德和列娜默默地拥抱着。

---

① 谢辽查是谢尔盖的爱称。

“你又在家里了，这多好啊！”她说着用自己两只热呼呼的手掌握住他的一只手，端详着他的整个面部，仿佛要肯定一下，他那双在眼镜片下富有幻想神情的眼睛、和善的嘴唇、大鼻子、浅浅地刻着几道疲惫的皱纹的饱满前额是不是都在原来的位置上。“我有这样的感觉，仿佛我的一只手，或是一条腿，不在我身上，留在那边皮亚季果尔斯克。”她笑了起来，“我怎么说起这样的傻话来了！坐下，我请你喝茶，就算你是客人，我亲爱的……”

他们把一张靠椅搬好，两个人一起坐下来喝茶。

“这就是米朗诺夫吧？”

“是他。还会是谁呢？你知道，他这个人真是好极了——我在这里多亏了他的帮助！他愉快、善良……可是我在他面前还有些怕羞呢。是啊，我也可算是大胆的了，可是也怕羞。你也听到了他说话：他叫你到哪儿去，做什么事，你就会做。怎么会不做呢？要是他说了，你马上会觉得非这样做不可！当然，在我们这是很普通的——因为我们是党员，要服从党的纪律。你还不了解他多么善于团结人，团结一切非党知识分子。从莫斯科来了一位年轻的演员——瓦赫坦果夫。他长得漂亮出众，任何乐器都会演奏，可是谢尔盖也能找到钥匙打开他的心灵！谢尔盖领他来参加我们的第一次小组活动，这位演员给我们朗诵了《波尔塔瓦的纳塔尔卡》——这个戏里的歌词我唱过多少遍了，可是听了他的朗诵，也忍不住哭起来。他教每一个人唱歌词要像念诗一样，可是过去我弹着吉他唱得淡而无味，自己都听腻了……”

她沉思起来。她想告诉丈夫，见到了这两个人她的心中仿佛产生了新的力量。吉他……在这次会见以前，她的吉他又算得了什么！不过是一种娱乐、消遣罢了。可现在，当这把吉他被叶甫盖尼·瓦赫坦果夫的手拿过以后，列娜对它几乎怀着一种崇敬的心情另眼看待了。但是她也看到，即使是这样一个不平凡的人——她心里称他为真正的演员，——当他跟组内某人谈话的时候，也常常望着谢尔盖·米朗诺维奇，像在征求他的意见。他尊敬谢尔盖，他们的谢尔盖！

“是的，这是我们的谢尔盖，我们党的儿子，我们中间的一个，”列娜想着，“当然，我们每一个人都还及不上他，但他是我们的带头人；还有，推动我们的是同一股力量，工人阶级的力量，伟大的马克思—列宁主义的力量。”

5

铁路当局为了节省一部分开支，把车厢修理厂的一个新车间设在还是筑铁路时留下来的一些木板房里。车间中间的板壁拆掉了，墙壁粉了粉白，被煤烟熏黑的木板天花板仿佛垂得更低了。在这所长屋尽头的壁内砌了个烧熨斗的炉子。当揭开炉盖加煤的时候，血红的火焰反光就在很低的天花板上跳跃，可以看到熨衣板和疾徐有节地移动着熨斗的熨衣女工们瘦身材的倒影。靠窗放着一排脚踏缝纫机，目的是要利用光线。这些机器轧轧的响声充满了整个屋子，人们伏在机上不停地、按部就班地干着千篇一律的、单调的活。

列娜被派在屋子正中央一张大桌子旁做裁剪工作。列娜缝纫、裁剪都有经验。但是难道这儿需要经验吗？这儿只要剪刀锋利，只要不把单调的、永远不变的图样剪错就够了。有时腾出一秒钟时间，喘一口气，抬起头来一看，周围还是老样子——身体在轧轧响个不停的机器旁有节奏地摇晃着，手在熨衣板上有节奏地移动着。

“这是苦役，十足的苦役。”列娜想。她不是头一回在这种工场里工作——她在叶卡杰林诺斯拉夫和敖得萨也干过这样的活，在熨衣板前站过，也蹬过缝纫机：蹬来蹬去，蹬去蹬来……手麻木了，脚上的筋肿了起来；布晃着单调的图案不断地移过去，移过去……你总是把布往针下送——当心别把指头跟布一块儿送到针下：准把指头戳穿……当心，当心，不能睡着。这是苦役……十足的苦役……于是列娜抖擞精神轻轻地唱起来：

我们的海洋一片荒凉，
它日日夜夜不停喧嚷。
在浩瀚壮阔的苦海中，
多少不幸被深深埋葬。
挺起胸来，弟兄们！……

列娜一面唱，一面望着伙伴们的脸。可憎的、单调的气氛还没有消散，但人们的脸上已出现了比较活跃的神情。最边上一个蹬缝纫机的男工人还十分年轻——恐怕最多不过十八岁。乌黑的额发几乎拖到眉毛上，一小撮黑髭使嘴唇更显得柔软，几乎像小孩子一样。他微微张着嘴，望着正在唱“过了那风雨交加的远方，有一片乐土在望……”的列娜出了神。等她唱完了以后，他高声说：

“鬈发的大姊，你唱得真棒！这‘乐土’是什么？”

“这表示将来，”列娜回答，“我们一定会到达那边的。”

大家都不作声。缝纫机轧轧地响着。所有的眼光都集中在这个年轻的、瘦小的女人身上。她身上有些不平凡的气质。

“你叫什么名字？”

“列娜，”她笑着回答，“你呢？”

“斯焦巴，”他挺直爽地回答，“我说列娜，我有手风琴，我会拉。下工后你唱，我给你伴奏，好不好？”

“好，好！”列娜说，“不拉手风琴你行吗？”

“你叫我唱？不行！”在斯焦巴的声音中有一种真诚的歉意，“我的嗓子粗野，没有练过。”

“这没有关系，可以练好的。”

“可以练好？”他高兴地问。

“可以！”列娜愉快地回答。

工头走进车间来了，大家脸上的活跃神情顿时消失；单调的工作、枯燥的旋律重又吞噬了一切。

傍晚来临了。朝北低低的窗子一下子闪起了灯光，机器和人的长长的影子在窗玻璃上晃动，窗上的灯光起先是白的，随后泛了黄，后来又变成淡红色。长吁短叹时有所闻。到冷水桶那儿去喝水的工人愈来愈多。工作到第九、第十小时是最容易发生不幸事故的危险时间。但今天好像一切都很顺利。

汽笛一声长鸣，人们仿佛从梦中清醒过来；机器尖叫一声，发出一阵喀嚓声以后，停下了。人们站起来；他们伸着腰，干咳着，有几个累得就在地板上躺下来。列娜两手撑在腰间，揉着麻木的腰板。工头来了。他在车间里打了个转，确定工作完成的情况，然后在他的笔记本上记下该发给各人的工钱。

列娜走到外面。世界是多么美丽！太阳已经下山了，但远处山上的积雪放射出看不见的太阳的反光，寂寞而辉煌。弗拉其卡夫卡斯上空苍翠可爱、线条柔和的山岗，从近处草地上飘来的新鲜干草的芳香，车站上火车头尖锐的叫声：这一切是多么好啊！

人们从木板屋里走出来。有一些人在列娜身边匆匆走过，友好地向她挥手作别；有一些人一心想着家里的儿女、亲人在等他，很快地消失在附近的胡同里。但还有几个人留在列娜身边。她向这些人打量了一番：这里有几个姑娘是从最穷的库尔斯克村来的；工场里繁重不堪的工作还没有磨去她们年轻的脸上的红晕。一个红胡髭的小哥萨克蹲在墙边吸一支古老的、雕工精美的短烟管儿。从旁边出现了两个沉默寡言的奥塞梯人，他们穿着高加索式衬衫，一排小钮扣从上面几乎一直扣到腹部，这两个人是铁路修理厂的工人。斯焦巴也来了——他不知是从哪个角落走来的。他已经洗过了脸，一绺绺黑发贴在两鬓和额上。他穿着一件熨过的、簇新的粉红点子衬衫，衬衫领上商店的标签还没撕去。在自织的羊毛袜外面穿着一双亮得耀眼的新套靴。他手里拿着手风琴。

斯焦巴看到列娜给人们包围着，觉得很奇怪，他头一个动作就想快些离开。但是好奇心占了上风：为什么人们围住这个喜欢唱歌的、狭脸庞、黑眉毛、一双细长眼睛乌溜溜的女人？他们好像正在谈着一个什么学校的事。

“第一是算术。加减乘除、分数、小数、百分比、比例……”列娜挺有劲地说着。

“习题呢？”那个哥萨克忽然问，“我上过学，做习题挺棒：水什么时候流入，什么时候流出；或者是两人相向而行。当然，我没有学完：因为爹死了——只得到打谷场去干活。”

“习题我们也要做，还要学代数、几何……”

“代数、几何……”姑娘们有些害怕，她们你看看我，我看看你。

“认字教不教？”斯焦巴突然问。以前，人家在谈报名上星期学校的事，他从来不参加，可现在也关心起来了。

“认字、写字、背诗都教，还要学作文——该学的都要学！”列娜回答。

“要付多少钱呀？”一个蓄着黑白相间的胡子的锅炉工人问，他差不多是这些人中年纪最大的一个。

“不贵：每月半个卢布。”

“这还好，”老爷爷同意地说，“付得起。”

那个哥萨克也点点头。

“什么时候付钱？现在吗？”斯焦巴问。

列娜没有回答。她看到两个奥塞梯人轻轻交谈了几句，转身走开了。

“等等，伙伴们，你们到哪儿去？”列娜叫住了他们。

其中一个个子比较矮、长着一头棕红色头发的奥塞梯人，抱歉地微微一笑。

“没有钱，”他叹了一口气说，“我们得把钱全部寄到家里去……”

另外一个比较瘦长，长得也比较端正，他点点头表示同意。

“钱没有，拿出一点点还可以。”他说。

大伙儿都朝这两个奥塞梯人转过头去，他俩正轻轻地商量着。

“我们两个人可以出四十戈比，”个子较矮的一个摊开两手问，“只好少抽点烟。”

“朋友们，还短六十戈比。怎么办？”列娜向所有的人问。

大家有半晌都不作声。人们互相望着。列娜一动不动地等着。终于，她等待的事发生了。本来嘛，在工人之间这样的事是不稀奇的。

忽然那个可笑的斯焦巴从头上脱下一顶舌檐亮闪闪的帽子。他从自己口袋里摸出一个五戈比铜币放在帽子里，挨次走到每一个人面前：有的三戈比，有的两戈比……有一个姑娘放进了一个十五戈比的铜币……但是那两个奥塞梯人却为什么事情争论了起来。个子较高、脸上不大高兴的那个不愿接受大家的捐助，要拉他的同伴走出院子。可是另外一个感动得愣住了，他注视着人们的脸，仿佛第一次看到他们一样。

“你拉他干什么？”列娜高声问，“你以为这对你们是侮辱吗？他们不是外人，都是你们的同志，是跟你们一样的穷人。奥塞梯人、俄罗斯人、鞑靼人、格鲁吉亚人、中国人、德国人——都一样，只要是工人，大家都是兄弟，都是同志。懂吗？”

高一点的那个奥塞梯人站着默默沉思，两手插在细细的腰带里。

“我们大家——都是同志！”另外一个突然举起紧紧握成拳头的两手说。他那结实、匀称的身材在这个姿态中立即显露出一种新的力量。

大家为这两个奥塞梯人凑了六十二个戈比。“看起来，同志关系和阶级友爱不仅为星期学校打下了物质基础，而且还准备了道德基础。”列娜想。

“来吧，你唱，我来伴奏。”列娜听到有人在对她说。

斯焦巴跟她并排走着；姑娘们在后面窃窃私议，吃吃地笑着。他们都朝城里走去。

“不，别唱了，斯焦巴，我累了……”列娜回答。

“你骄傲了？不理人了？你嫌我是个乡下人？你到底是什么样的人？”他突然激动地低语着。

列娜又感到可笑，又害臊。后面的姑娘们即使没有听到，猜也会猜到的。

“他还会爱上我呢，这傻瓜……”于是列娜霍地转过身去，几乎跟姑娘们撞了个满怀。

“你们看到吗？”她问，“这小伙子多傻？这儿漂亮的姑娘有的是，可他却缠着一个老太婆……”

“谁是老太婆？”斯焦巴目瞪口呆地问。

“还会是谁？我就是老太婆……我已经有两个孩子，丈夫还在家里呢。”

“哦，你胡说！……”斯焦巴想抓住她，但列娜灵活地避开他逃跑了，她听到后面姑娘们在放声大笑。

第八章

1

星期学校借一所工艺学校的校舍上课。铁路当局一点也不来妨碍学校的工作，因为在生产中，工人有文化总好些。

开着的窗外传来教堂里星期天响亮的钟声；虽然还在早晨，但时当夏令，所以已经很热了。谢尔盖·米朗诺维奇在教室里走来走去慢慢地口述着：

“绿色的草地，镀锡的茶炉，石头的口袋[①]……”

谢尔盖·米朗诺维奇看到斯焦巴在沉思，就向他走过去，站在他的后面。当然，是“石头的口袋”把他难住了……不，他写对了。

“多边的杯子，锡制的小兵……”

谢尔盖·米朗诺维奇就这样用均匀有节的语调口述着，时而去看看学生们的练习簿。他走到奥塞梯人江布拉特的身边；“石头的口袋”应该有两个“H”，他只写了一个。他邻座那个老是愁眉不展的索斯兰别克又没来。上星期日他也没来上课，为什么呢，江布拉特不说……八成他知道，但不肯说。

“腌蘑菇，木头脑袋……”

有人扑嗤笑了出来，谢尔盖回过头去问：

“笑什么？”

是木工拉萨津在笑，他是一个哥萨克工人。他红着脸站起来说：

“请您原谅，老师，您选的词实在太可笑：‘石头口袋’、‘木头脑袋’，好像就是在引人发笑。”

“我们那个区段的警官别号就叫‘木头脑袋’，”斯焦巴兴奋地接口说，“至于那个石头口袋……”他在大伙儿的哄笑声中继续若有所思地说，“我满肚子寻思，这是什么样的怪口袋？”

“您年纪轻，所以不知道这种专塞活人的口袋是什么东西②。”列娜说。

谢尔盖点点头鼓励她。

“谁在这种口袋里待过一次，就永远也不会忘记。”一个上了年纪的铁路工人菲拉托夫沉痛地补充说。

“不能忘记这种事。”谢尔盖着力地说，于是所有的眼睛都朝向他看。“你们不仅要努力记住我们在这儿学校里给你们上的课。刚才谈到石头口袋时菲拉托夫给我们提到的那一课也要记住，那是一九〇五年革命的一课。这一课告诉我们一些什么教训呢？”

于是谢尔盖谈起一九〇五年主要的几点教训：谈到沙皇政府的阴险、残酷，谈到出卖革命的自由主义者的两面派手段，还谈到孟什维克如何背离革命的道路。最主要的是不可缺少革命阶级——工人和农民——的联盟，这两个阶级虽然各有各的阶级目的，但也有一个共同的全民性目标——推翻专制政权，在国内建立民主制度。

“工人可以帮助农民消灭地主的压迫，使农民获得土地；农民可以帮助工人摧毁资产阶级政权，建设社会主义。这是一定要实现的！”

谢尔盖把学生们的脸依次看过来——他们脸上的神情各各不同：有的是疑问；有的是好奇；有的是激动；有的是沉思。第一步工作已经完成，土壤已经耙松——可以播种了！

“好，现在我们回到石头口袋和木头脑袋上去，”他说，“真正木

---

① 这些以及下面谢尔盖口述的短语在俄语中是练习正字法的听写材料，要求学生辨别哪些形容词中间有两个“H”，哪些中间只有一个“H”。

② “石头口袋”（каменный мешок）是俄国历史上一种又低又窄的牢房，关在里边站也站不直。后来“石头口袋”也用作一般监狱的比喻。

头做的脑袋当然是没有的，这是一个转义的词儿，——这跟我们说‘红行’一样不能从字面了解。你们听到过这个词儿吗？我们管新段落开始的一行叫做红行。瞧……”谢尔盖给大家看一本书，“从前的书是用手抄的。每章的标题都是用红笔写的。俄罗斯人民很早就喜欢红颜色，他们用‘红’这个字表示一切年轻、新生的事物，它使人民对光明、快乐的生活产生希望。当然，主张维持原状的人，就不喜欢这种颜色，他们还编了句俗语：‘傻瓜才爱红色’。不过大家知道，把普通的劳动人民称为傻瓜的都是富翁、地主、官吏。但人民用傻瓜伊凡努希卡的童话来回答他们，这个傻瓜要比他的几个吝啬的哥哥聪明、乖巧得多。你们听听这个关于傻瓜伊凡努希卡的童话吧。”于是谢尔盖把巴索夫-威尔霍扬采夫改写的关于驼马的著名童话毫不支吾地背了一段……

教室里的人都沉入了深思，只有眼睛闪着光芒。这个表现沙皇的愚蠢和人民的智慧的童话包含着深刻的人民的真理，它像一颗灿烂的宝石闪耀着绚丽的虹彩。但这时谢尔盖灵敏的耳朵听到走廊里响起了脚步声。这脚步声还很远，但愈来愈近。谢尔盖不动声色地把话头转到另一个关于驼马的童话上——那是叶尔绍夫写的童话，巴索夫就是根据它改写的。

教室的门打开了，进来的是国民学校的督学努美罗夫。他那柔软整齐的黑须仿佛在他的藏青色文官呢制服上流动，铸有鹰徽[①]的钮扣和勋章闪闪发光。他把两手交叠在背后，挺起肚子走过来。全班学生都站起来。

“请坐，请坐！”努美罗夫说着自己在椅子上坐下来，坐下之前先用手在椅子上摸了摸。“您好像在念什么东西？”他向谢尔盖问。

---

① 沙皇俄国的国徽是一只有两个头的老鹰。

“叶尔绍夫的《驼马》。”

努美罗夫梳理了一下胡须。他在想：这本书有没有列入向国民学校推荐的书单？嗯，列入的。

“好极了，还有呢？”

谢尔盖还没回答，列娜已站起来把练习簿递给他。努美罗夫翻了一页、两页……大家都默默地、好奇而又担心地等待着。但是列娜早跟谢尔盖约妥，她没有把石头口袋和木头脑袋记上去。督学打了个呵欠，含糊地说了一声：“不错。”他把练习簿还给列娜时说：

“亲爱的，你的字写得不坏。好好用功——将来可以到机关里去做事。你姓什么？”

“柯洛姆勃。”

“柯洛姆勃？多奇怪的姓？”

“丈夫是敖得萨人，他的祖先是意大利人。”

“柯洛姆勃，柯洛姆勃……嗬，嗬……”

努美罗夫点点头，把手交叠在背后走出教室。等门关上以后，谢尔盖问：

“怎么样？你们说世上有没有木头脑袋？”

整个教室以愉快的笑声回答了他。

这时谢尔盖已开始分析江布拉特的错误，他在写“石头口袋”时漏掉了一个“H”。错误的原因找出了。谢尔盖·米朗诺维奇叫他温习一下写法规则，顺便像开玩笑地说：

“江布拉特，把这一课记住：要是你被装进石头口袋，切不可胆小，不能出卖朋友！”

“我们奥塞梯人不会干这种事！”江布拉特眼睛闪着光回答。

“奥塞梯人也有各种各样的，”谢尔盖说，他想起了察里科夫，“正像俄罗斯人、鞑靼人、乌克兰人一样……”

下课了。但显然大家都不愿离开，每一个学生都走到老师跟前和他道别。列娜最后一个走。

“列娜，您记住，下星期我可能不来。您通知符塞伏洛德——叫他来上地理。只是叫他表面上要按照当局的规定上课，要不然会掉到石头口袋里去的。”

“那么您自己呢？”

“我和您跟别人不一样。我们是党员。而且，我对这种事已经搞熟了。可是符塞伏洛德可能掉进去——因为他还不够机警……”

“是的。再见，谢尔盖同志！”

她走了，结果还是没问他要到哪儿去？要去多久？但即使问也没什么意思。当然，谢尔盖会告诉她，为了准备攀登埃尔勃路斯峰，他要沿茨哈尔河一直走到卡兹别克峰脚下锻炼锻炼……

但这仅仅是一半真话。谢尔盖从这儿的老居民屠霍夫斯科依那儿小心地打听出，循一条旧道可从弗拉其卡夫卡斯深入达里亚尔峡谷。走这条路可以绕过那个危险的小酒店，因为军事当局在那儿布下了监视公路的哨岗。去找到这条旧道——这就是谢尔盖给自己摆下的任务。

2

“看来一切都安排妥帖了！俗话说得对，母舅总帮外甥。明天把所有的东西装上驴子，拉着妹妹的手就往下到巴尔塔村去。到那儿舅舅们会让妹妹住下来，到那儿这小姑娘就没有危险了……”

索斯兰别克这样想着，一边沿着一条笔陡的小径往上走。雨愈下愈大，太阳已躲在乌云后面，虽然这时离傍晚还早，周围却沉浸在一片昏黑中。但索斯兰别克全不理会这些。他穿着用鞣皮条编的鞋子，仍旧很容易在稍稍有些不平的石头路面上踩稳，可是他的心跳得很厉害，热汗不断地从帽下淌到脸上来。

快回家去！再挨过提心吊胆的最后一夜，明天一早就可以把可怜的叶瑟丹交给舅舅们保护，离开那些贪婪的叔伯，他们竟想把这孤儿卖给塔塔利·加季耶夫老头做他第六个姨太太。哼，你们休想！……

索斯兰别克和叶瑟丹没有父母。索斯兰别克给亲戚家放羊一直放到十五岁。人家不给工钱，只管他和叶瑟丹吃饭。后来他到城里去谋生，收入还不错，他把钱都交给亲戚，只要他们照应叶瑟丹就好。

对于老是郁郁寡欢的索斯兰别克说来，他的家庭所留下的只有这么一个妹妹了；他像父亲一样保护她，又像母亲一样爱抚她。他时常从城里给她捎去几块花布，或是一双皮鞋；看到她像一朵花似的渐渐开放，愈来愈像他们的母亲，他说不出有多么高兴。但忽然妹妹托同村一个到弗拉其卡夫卡斯来赶集的人给他带来一个消息：族里人要把她卖给村子里最有钱的塔塔利·加季耶夫，他答应拿出一大笔聘金。

索斯兰别克立刻向铁路修理厂的钳工车间结清工资回家去。他的回来使族亲们狼狈不堪：因为事情已经决定，这几天内就要举行婚礼了。

这门亲事绝对不会成功！族亲们对索斯兰别克的威胁利诱都是枉费心机。未婚夫本人没有跟未婚妻见面——这是风俗——但派去了一个阿訇[①]和几个老太婆。他百般劝说索斯兰别克，向他许下一笔钱和一匹马……许下一匹马！每个年轻人都幻想有一匹自己的马，有了马才像一个真正的男子汉，马是忠贞不渝的朋友。但是不，妹妹更宝贵。索斯兰别克已经有了胡髭，坚强的性格已经形成，他是个男子汉，虽然人家向他许下聘金中的很大一部分，但他还是照自己的意志做了。他

① 伊斯兰教的掌教者。

把父亲留下的一所被泥土堵没、门被钉死、多年没人住的屋子挖了个洞，把叶瑟丹藏在里边，自己立刻到巴尔塔村母舅家去。

第七个妻子！这个老色鬼怎么想出来的！这不是断送一个小姑娘的一生幸福吗？……可怜的叶瑟丹坐在潮湿的小屋里。炉子在这样的雨天尽冒烟，旺不起来，叶瑟丹正等着他——她唯一的哥哥，世上唯一的希望。

索斯兰别克急急忙忙赶路。他离开大路，沿着笔陡的小径往上走。雨愈下愈大，电光不时划破黑暗，瞬息间可以看到山岭，看到高处的积雪和低处的悬崖。愈低处水愈可怕；低处的小径已被冲烂，现在走高一些的小径靠得住些，好在离村子也不远了。

忽然索斯兰别克仿佛听到有人在下面很深的地方呼唤……他倾听了一下——又仿佛什么声音也没有。但不，在两阵被劲风淹没的雷声之间，可以听到一个微弱的声音，好像在求救，而且声音相当近。

“哎嗨——呵！”索斯兰别克应了一声。

“哎嗨——呵！”传来了回答的声音。

索斯兰别克知道这个地方：下面是一个野草矮树杂生的斜坡，可以沿这斜坡走下去。索斯兰别克攀住一株株矮树走近悬崖边缘。在下面一块狭窄的空地上有一个穿白衣服的人抓住矮树站着，他朝索斯兰别克抬起一张年轻的脸。洪流几乎就在他的脚边咆哮着愈涨愈高。一个俄罗斯人？怎么会在这儿山中？但这时一分钟也不能延宕。索斯兰别克在石头中间把脚踏稳，伸下手去。那俄罗斯人抓住了他的手，矫捷地跳到上面，他说：

“唔，谢谢！”

但是索斯兰别克却说不出话来了，他呆呆地望着那人不知说什么好：他面前原来是星期学校的老师。索斯兰别克到星期学校只去过两次，只记下了最初几个俄文字母。他跟大家不同，甚至跟他的朋友江布拉特也不同，他得从头学起。当他得悉妹妹祸事临头以后，星期学校立刻飞出了他的脑海，几个俄文词和字母也忘得一干二净。可亲的、体贴的老师也忘了，仿佛从来没有过这么个人。可是他现在突然站在这儿群山中间，这实在意想不到。

“索斯兰别克！”

“老师，你怎么会到这儿来的？”

“我到达里亚尔峡谷去玩儿，遇上了雨。我转身急忙下山想赶回家去……”

“下雨的时候得往上走，因为每一条小溪都会变成小河，每一条小河都会变成捷列克一样的大江……”

“哦，我以后知道了。你怎么在这儿？”

“这儿有我的亲人，这儿一个山村就是我的故乡。走吧，我带你上我家去。我得招待一下。”

于是他们攀住矮树在很滑的、野草丛生的斜坡上走着，然后沿着一条石径往上走去。

“你走山路已经学得很好，”索斯兰别克说，“不过得把脚放斜，这样。身子不要向前倾——把脚伸到前面。”

“怕会摔下去！”谢尔盖·米朗诺维奇笑着回答。

“不用怕，这样呼吸会轻松些。是吧？就这样走……”

老师淋得像落汤鸡，但很愉快，他不住口地道谢，问索斯兰别克什么时候回城里去，什么时候再到学校来上课。索斯兰别克能回答什么呢？现在他按照好客的礼节完全是真心诚意地把老师带到自己家去。如果今夜加季耶夫雇人来抢他的妹妹，而他为了保护妹妹势必要跟这伙强徒厮打，那时老师怎么办呢？

雨停了，蓝色的天空突然穿破乌云露了出来。风撕扯着、席卷着片片黑云，把它们往侧面和下面吹送。占着整整一座山的村子看着这个俄罗斯人；湿淋淋的屋顶、乌洞洞的窗子、一块块的石头都反射着亮光。空气清冷新鲜，碧绿卷曲的树叶、石径、衣服—— 一切都在冒出蒸气。太阳晒得多猛烈啊！淋湿的一切很快都会干的。他们拐了个弯，又拐一个弯……上面，在狭窄的、磨损的石阶上站着一个憔悴的姑娘。她裹着一方很大的羊毛头巾，两手交叠在胸前，看到了哥哥，连忙迎着他跑下来。

3

“怎么办呢，老师？你到我家来得真不凑巧……”索斯兰别克说，“有人在准备冲到我家来——他们想在今夜把我的妹妹抢走。”

谢尔盖·米朗诺维奇换上了发出青草气的干衣服，吃着平常的山民食物——就是在某一个奥塞梯村中教师扎索霍夫请他吃过的那种奶酪饼。

姑娘站在屋子的角落里。她那乌黑的明眸一会儿望着哥哥，一会儿看看谢尔盖。她不懂俄罗斯话，但她猜得到他们是在谈论她的事情。

“你最好离开我们到别处去过夜，”索斯兰别克硬着头皮对谢尔盖·米朗诺维奇说，“你的衣服已经干了。你去敲随便哪一家的门，他们都会留你过夜的，明天还会送你到城里去。”

索斯兰别克垂下了眼睛，年轻的脸上严肃的神色使人看不透真情：对一个奥塞梯人来说，请客人离开他的屋子是万分难受的事情。“他是个勇敢的人，”谢尔盖想，“难道在患难中能把他一个人撇下？瞧那姑娘的一双充满了恐惧、苦苦哀求的眼睛，还没有完全脱去稚气和野性。难道眼睁睁看她落入那个无耻富翁的手掌？”

“不，我不离开你的屋子，索斯兰别克。你一个人留下来不行——

打不退他们的。强盗跟俄罗斯人打交道恐怕有些忌惮！”

索斯兰别克默默地走到隔壁房间去，从那儿拿来了一柄匕首、一支旧式长筒猎枪和一支仔细地擦过的纳根枪①。

“行，我看我们不会失败的了！”谢尔盖接过手枪笑了起来。

索斯兰别克默默地把匕首递给他。谢尔盖莫名其妙，他仔细看着这件古老的武器。索斯兰别克从刀鞘里抽出自己的一柄匕首，把刀锋塞到火里。

“你也这样做。”他对谢尔盖说。

谢尔盖不由自主地服从了他的命令的口吻，也把匕首的刀锋塞到火里。

火焰舐着两柄匕首的刀锋。索斯兰别克嘴里念念有词。姑娘一直在角落里望着。

“现在一切都好了，”索斯兰别克说，他的精神已经比刚才愉快，“传说中的英雄索斯兰身体在火中锻炼的时候，它发出蓝色的火焰。我和你现在也炼过了，朋友……”

姑娘走到隔壁房间里去睡觉了。索斯兰别克披着毡斗篷一动也不动。狂风在山村上空呼啸怒号；可以听到秫秸屋顶在沙沙作声。火舌在炉中乱窜，烈焰声如狮吼……

谢尔盖睡不着……也许应该做得理智一些，听任索斯兰别克自便，是不是可以这样呢？

“不！我怎么能把这个忧郁的奥塞梯人撇下不管？他跟我一样也是劳苦大众的儿子。索斯兰别克拿着武器保卫自己的妹妹，反抗富人的权势，反抗横暴的行为——难道他不是我的同志吗？当然，他的认识因为旧思想的限制还相当模糊，他的反抗会使他走上山寇捷里姆汉

① 一种口径 7.62 毫米的七响手枪。

的道路，捷里姆汉虽然是一个心地善良的侠盗，但总不免于失败。山寇行为跟真正的无产阶级斗争差得很远！然而，既然差得远，就得走完这段距离，你，柯斯特里科夫，必须帮助索斯兰别克走完这段路，除了你没有别人……”

“怎么帮助呢？”

“敌人是恬不知耻的，”他自己回答自己，“他们相信自己在数量上占着优势，他们以为袭击的目标只是一个人，可我们有两个！这就是能使敌人张皇失措的突然性。必须把这突然性加强。”用什么办法呢？用什么办法呢？得赶快决定。他们刚把匕首在火中炼过。这是什么呢：是一种魔法，古代遗留下来的一种迷信吧？突然谢尔盖想起了很久以前跟格奥尔吉·尼古拉耶维奇·扎索霍夫的一次谈话……

“索斯兰别克！”他叫了一声。

“怎么，他们来了？”索斯兰别克轻声地问。

“还没有。但是我想出了一条妙计。他们一开始往这儿冲来，我就到隔壁屋里去。你放他们进来后就高声叫喊……我问你，在这种场合，奥塞梯人求救是叫哪一位保护神的？”

索斯兰别克冷笑了一下：

“应该叫乌阿斯狄尔其，但我对他不存什么希望。”

“问题不在乌阿斯狄尔其，而在我们。就这样，你放他们进来，大声叫乌阿斯狄尔其。”

“好，我叫了又怎么样呢？”

“我就会出来。”

“你出来，但你不是乌阿斯狄尔其……”

轻轻的叩门声打断了他们的谈话，两人都不吭声。叩门声又响了，这回已经不客气了，声音很响。

“是他们，”索斯兰别克轻声说，“老师，你听我说：现在还不晚，我可以对他们说，你是我的客人。他们会放你出去，我是命里注定要死的。”

“不，”谢尔盖回答，“虽然我们只有两个人，但力量比他们强。他们以为只有你一个人。你就照我们说好的那样做，待会儿我做的事情和说的话，你别觉得奇怪。”

“谁在敲门？”索斯兰别克用奥塞梯话问着，一步步走近外面的一道门。

“看在乌阿斯狄尔其分上，放一个单身的过路人进来吧……”有人用奥塞梯话回答他。

索斯兰别克冷笑了一下，心想：“你叫这位扶危济困的保护神是没有用的。他将保护的是我，而不是你。”他回头一看——谢尔盖已不在房间里了。索斯兰别克开了门，马上有几个穿着被雨淋湿的黑色毡斗篷的男人手执明晃晃的匕首冲进屋子，其中一个抓住了索斯兰别克的手。

“姑娘在哪儿？”那人问。

“乌阿斯狄尔其！救命啊，乌阿斯狄尔其！”索斯兰别克叫了起来。

门突然打开，谢尔盖在门口出现，他全身穿白，被炉中不住摇晃的血红的火光所照亮。

“举起手来！”谢尔盖用俄罗斯话喝着向天花板开了一枪。“扔下武器！”

“乌阿斯狄尔其！乌阿斯狄尔其！”这批打手都失声惊呼。有的举起了手，有的扔下武器，有的跪下来蒙住脸。

谢尔盖把门开得笔直。

“嗨，把屋子包围起来！”他朝黑暗中喊了一声，屋子仿佛真的被他的同伴团团围住了。

说时迟，那时快，索斯兰别克把武器都收起来拿到隔壁房间里去。谢尔盖慢慢把目光从一个个打手的脸上移过去，这些人都不敢正眼看他——这张年轻的、充满勇气和决心的脸把他们吓得魂不附体。他的嘴角挂着奇怪的微笑。

尽管谢尔盖正经受着万分紧张的一刻，这幅情景仍不由他不觉得可笑。但是打手们在他这个微笑中却感到威风凛凛。难道真是乌阿斯狄尔其显灵阻止他们干坏事来了？这件事明明是缺德的——他们自己每个人都知道……

索斯兰别克回出来时点亮了一盏没有玻璃罩的小灯，然后以期待的姿态站着。谢尔盖在炉边坐了下来，手里始终握着那支纳根枪，他对那些有的站着、有的跪在地板上茫无所措地望着他的打手说：

“你们跟这个屋子的主人一样都是穷人，为什么让财主塔塔利把你们买通来抢一个可怜的姑娘？今天你们为了满足老色鬼的兽欲抢走了索斯兰别克的妹妹，可是明天财主会强买或强抢你们自己的亲人。所有的穷人——都是弟兄，这一点你们不能忘记！所有的富翁——都是穷人的对头。要是穷人们都团结起来，什么人也别想战胜他们！你翻译给他们听，索斯兰别克……”谢尔盖说。

“这是乌阿斯狄尔其。他提醒你们，有一句古老的格言：恻隐之心，人皆有之。可是你们却来欺负孤儿……”

“你翻得不对，索斯兰别克，”一个身材高大、翘着红胡髭的山民打断了他的话，“他是不是天神我还没闹清楚，但他说的是俄罗斯话，俄罗斯话我懂。关于古老的格言他一个字也没提，但他对我们说了一句我从来没听人说过、可是心里一直想着的话，他说：我们穷人——都是弟兄。请原谅，索斯兰别克，不管是天神之助还是你这位客人见义勇为想出了妙计，你已把我们当小孩儿一样惩罚过了。放过我们吧，我们就走。”

“对，对，”大家都说起话来，“我们这就走。我们服输认错，索斯兰别克。请你的客人别生气——我们就走。我们会客客气气地走开，你不用怕我们……”

“他们请求放他们走，”索斯兰别克说，“要不要就放了他们？”

“该怎么做就怎么做，你是主人，”谢尔盖回答，“但他们来的时候是你的敌人。应该使他们走的时候成为你的朋友。为了这，我认为你应该按照你们良好的风俗款待他们……”

他还没说完，那个懂俄罗斯话的红胡髭说：

“既然他不懂我们的话，怎么会知道我们的心？索斯兰别克，你从哪儿找来了这样的朋友？他说得有理：你把我们赶出屋子，只不过把我们打败；若是你招待我们，就成为我们的朋友了。”

索斯兰别克已经在给这些不速之客分赠平常的食物，他们从他手里接过了酸牛奶和大面饼。

那个红胡髭山民把一杯牛奶一饮而尽，他抹了一下胡髭对索斯兰别克说：

“好了，现在请你那位古道热肠的客人说说，他是谁，是从哪儿来的。”

除了在弗拉其卡夫卡斯一家报社工作、在成人学校当教员以外，谢尔盖关于自己还能说些什么呢？但他还说，每一个民族中间都有富人和穷人，一小撮富人只靠了欺骗和收买才维持着对千百万穷人的统治。但是穷人翻身的一天快到了！……

当索斯兰别克和那个红胡髭的奥塞梯人把谢尔盖的话翻译过去的时候，那群不速之客一个个摩拳擦掌，咒骂收买他们的那个老财主塔塔利……

天亮了，谢尔盖叫索斯兰别克把武器拿出来还给客人们。接着，在整个山村惊喜交集之下，一支庄严隆重的队伍从索斯兰别克简陋的屋子里走出来：走在前面的是一个俄罗斯人，他全身穿白长着一头深褐色的头发。谢尔盖愉快、可亲的脸向着站在屋檐下的村民们。他频频挥动一顶白色的毡帽向他们致意。他后面是牵了一匹驮着家用什物的驴子的叶瑟丹。再后面是拥抱着索斯兰别克的几个人，他们互相把手搁在肩上，跳着古老的友谊和欢乐之舞——节奏平稳的西姆得舞，他们是索斯兰别克昨天的敌人、今天的朋友：他们现在送索斯兰别克上巴尔塔村去。

那个面目可憎的塔塔利听到街上的闹声走出来观看。那些受他雇用的人理也不理他，嘴里还骂着，其中个子最高、蓄着浓密红髭的那个人扬了扬一个长着红毛的大拳头，塔塔利吓得急忙躲到自己屋里去，关上了百叶窗。

第九章

1

捷夫多拉克铜矿的工长屠霍夫斯科依是弗拉其卡夫卡斯旅行者的领导人，他把热中旅行的谢尔盖·米朗诺维奇·柯斯特里科夫看作自己的得力助手，并对他寄予很大的希望，特别是在柯斯特里科夫找到了旧的格鲁吉亚军道上的车辙以后。

“您这个人是专为登山、专为在空气稀薄的地方生活而生的，”他当着巴维尔和玛丽雅·李伏芙娜的面对谢尔盖说。

谢尔盖对这句恭维话一本正经地回答说：

“我愿竭尽一切力量以孚雅望。”

屠霍夫斯科依给弗拉其卡夫卡斯的旅行队提出了任务——在一九一〇年夏末，从那时起到年底将一直是好天气，就在那些日子里，要登上卡兹别克最高峰。为了完成这一壮举，必须进行一系列的准备工作，首先要去看看指定作登山前夕的宿夜处的叶尔莫洛夫棚屋。

“我跟巴维尔负责这件事。”谢尔盖说。

屠霍夫斯科依同意了。他相信这两位“捷列克”报的青年记者不仅一定会抵达棚屋，而且还会了解得非常详确；使那个地方适宜于宿夜要做些什么事情。

巴维尔马上劝谢尔盖去叫玛丽雅·李伏芙娜和列娜·柯洛姆勃也参加这次旅行。

“你也知道玛丽雅·李伏芙娜善于登山。”他对谢尔盖说。

“两个姑娘和两个小伙子像出去郊游似的，”谢尔盖若有所思地说，“你说得对。旁人看来倒挺不错。”

巴维尔感到他话中有话，谢尔盖在这次旅行中一定还另有什么计划。

“不过列娜怎么办呢？”谢尔盖问。他问这句话是因为她不久前刚患过肺炎。“她能去吗？”

“我听说医生建议她去吸吸山上的空气，”巴维尔回答，“这对于肺部是最好的药。”

“可是对于心脏呢？”谢尔盖说着怀疑地摇摇头。

但当列娜从巴维尔那儿知道他们准备去旅行时，她就表示自己完全健康，照她的说法她“对这家常拌凉菜已经腻烦了”，还说她也像别的布尔什维克一样是“为高山旅行而生”的。她开始以她特有的那股劲进行锻炼。

* * *

当他们坐颠簸的马车从弗拉其卡夫卡斯出发的时候，天空阴霾四布，飘着点点雨珠，但是大家的情绪都很愉快，未来——眼前和遥远的未来——都呈现出绚烂如虹的色彩。

“只要在弗拉其卡夫卡斯住上一年，就不会对这里的雨感到惊奇。我可以向你们担保，一过大桌山，那儿马上有太阳迎接我们。”巴维尔说。

谢尔盖哼了一声表示怀疑，而列娜说她带了一件不漏水的雨衣，这件雨衣是柯洛姆勃全家用的，她带着以防万一。

他们的马车在捷列克河右岸的一条旧道上走着，目的是绕过凸角堡下的一家小酒店，准备到离巴尔塔村不远捷列克河分出支流可以涉水过河的地方走到左岸去。

“我向你担保，过了大桌山你就会把雨衣脱下！”巴维尔有些着恼地对列娜说，“你看，那边山路后面的天不是又高又蓝吗？这怎么形容呢……那是一种又亮又浓的蓝色……”

"那叫群青[1]，"玛丽雅·李伏芙娜说。

"正是这个颜色！"巴维尔高兴地说。"群青——这是确切的科学术语：'青'——这是海的颜色。对吗？我以一个水兵的身份说：海水的确是这种颜色——青的……"

谢尔盖朝玛丽雅·李伏芙娜看了一眼，想道："现在她的眼睛正是这种海水的颜色……简直可以这样叫她——不像大家那样叫她玛丽雅，而是用一种别致的叫法——玛琳娜，玛琳诺奇卡[2]……"

这时他猛然想到自己对她看得太注意了，——她甚至涨红了脸把头转开去。于是谢尔盖凑在列娜的耳边轻轻地说：

"当天空中出现了水的颜色时，这是说快要下雨了，是不是？啊？"

列娜哈哈大笑起来。玛丽雅·李伏芙娜用疑问的眼光看看她，再看看谢尔盖，起先沉思着，后来就跟巴维尔谈笑起来。这时谢尔盖沉入了深思。直到大雨当真向他们倾泻下来的时候，他才清醒过来；这恰巧在他们横渡捷列克河的时候。

"群青！"列娜欢呼着，"我好像一点也不想把雨衣脱下！"

"右面是水，左面是水，上面是水，下面是水，这是怎么搞的？"巴维尔泄气地问。

"这是巴维尔·鲁什科夫在练习预测天气。"谢尔盖回答。

雨一直陪他们到卡兹别克村，但没有扫他们的兴，虽然值得高兴的事似乎一点也没有——他们淋着雨在一条像狭窄的带子蜿蜒伸展在深渊边缘的路上缓慢地行走，那儿的巨石伸向似乎就在他们头上的浓雾中，下面的捷列克河在日夜不停地吼叫。

---

① 群青是一种美丽的青色颜料，产于我国及苏联西伯利亚，现在多用人工制造。群青的用途是染衣和制造油漆等。

② "玛琳娜"（Марина）在俄文中的意思是一种描绘海洋的风景画。

走进卡兹别克村，浓雾简直降到了他们的脚边，赶车的把他们送到一所农舍的院子里，这家人家的主人——一位老大爷和一位老大娘——迎接谢尔盖时就像看到老朋友一样：这是索斯兰别克的亲戚。

他们刚走进这户好客的人家，主人马上给客人们腾出一个大房间——“客房”，谢尔盖自己升起了炉火，他坚持要同伴们都换上干衣服。淋湿的连衫裙挂在炉火旁边。主人拿来了一些红酒。谢尔盖把它当作礼物接受了——他知道主人是不肯收钱的。但他也从弗拉其卡夫卡斯带来了一小箱猎枪子弹送给这位老猎人，谢尔盖说这位老人“跟卡兹别克有交情”。

酒一半是巴维尔喝的，列娜和玛丽雅·李伏芙娜喝的是浑浊的、发出一种苦草气味的茶，谢尔盖给她们的杯子里加了点酒……列娜不一会就满脸通红，她后悔没有把吉他带来。他们举杯预祝这次旅行成功，还预祝太阳升到卡兹别克上空。

“祝太阳升到全俄国的上空！”巴维尔举杯欢呼。

“一定会这样！”谢尔盖说罢把一杯热腾腾的、发出酒味的茶喝完。“可现在要睡觉了，”他说，“明天早晨五点我叫醒大家，六点钟出发。”

“要是还下这样的雨呢？”玛丽雅·李伏芙娜问。

谢尔盖以含有歉意、但很坚定的目光朝她看了一眼，说：

“在这种情况下，我们把妇女留在这里，我跟巴维尔走到叶尔莫洛夫棚屋去。无论如何要到达那里！”

“看我们会不会留下来！”列娜冷笑了一下，“玛鲁霞①，我们不会留下，对不对？”

“当然！”接着玛丽雅·李伏芙娜略略压低嗓子对谢尔盖说，“不

① 玛鲁霞也是玛丽雅的爱称。

过，既然这样天雨路滑，为什么不多待一天呢？”

他又怀着歉意不好意思地对她看了一眼，说：

“第一，不能把预定的计划打乱，不应该向可以克服的困难低头。这样的让步会使人丧失意志……”说完他不作声了。

“您说的是‘第一’，那么‘第二’呢？”

“第二？”他又向她望了一眼。他的眼光中充满了决心，脸上的神情也显得坚定了。“关于这一点，我甚至对您也不能说……”

这“甚至”两个字是他脱口说出的，这使她涨红了脸转过身去。他也觉得很窘。但是当她走到房间的另一头向他回过头来跟他的目光接触时，她又不得不转过身去：他的目光仿佛在证实他用“甚至”两字表示的那层意思。

2

一早就大雨倾注，巴维尔建议列娜和玛丽雅·李伏芙娜留下来。谢尔盖什么也没说，但是当她们不愿留下时，他也点头赞成。

他不顾天气怎么样，仍照预定的计划在六点钟带领自己的一个小组出发。

“到上面雨也许会小些。”为了鼓励他们，主人这样说。

谢尔盖没吭声；他显然拿定主意无论如何要完成预定的计划。

袋口已经扎好，登山用的尖头手杖已经握在手里。山看不见，只有一条小径在他们前面领路。峡谷愈来愈窄，渐渐变成一条隙缝；下面很近处白花花的水在狂吼，浪花时而从下面飞溅上来……

“这条小河是捷夫多拉克冰川的产物。它叫什么名字……恰奇，卡巴希，还是察赫东……我说不上，”谢尔盖说，“因为使格鲁吉亚军道上的交通阻塞，把跟格鲁吉亚之间的联系切断的大雪堆正是从这儿塌下去的，所有这些小河都有人详细研究过了。”

于是他伸出手指着他们所走的、愈来愈暗的方向，朗诵起来：

有一次，在那儿发生了雪崩，
巨大的雪堆轰鸣着往下翻滚，
把巉岩之间的隘道
完全堵塞，
使捷列克河的激浪
停止翻腾。

哦，捷列克，你用尽了力气，
突然安静下来，停止了咆哮；
但你后面的怒涛，
冲毁了雪堆……
你又像脱缰的马，
淹没了两岸。[①]

“应该注意：普希金这首诗写得好像亲眼看到了这样的雪崩。当你读到描写一八三二年那次曾经把捷列克河堵住八小时的著名的雪崩时，你一定会产生这个想法。这次雪崩以后，捷列克河沿捷夫多拉克峡谷冲出去，用大批冰块、石头和雪堆塞满达里亚尔峡谷。但是直过了五年捷列克河才‘冲毁了雪堆’。以后还有很久，‘凶暴的捷列克在雪堆下奔流，浪花和泡沫灌溉着冰穹隆。’[②]问题就在这儿：普希金写

① 这是普希金在1829年写的一首抒情诗《雪崩》（共五节）中的第二、三节。
② 这是《雪崩》第四节中的四行诗。

《雪崩》这首诗是在那次雪崩发生前三年！在他经过格鲁吉亚军道到正在土耳其前线作战的军队里去的那年，这儿根本没有发生任何较大的雪崩。但因为捷列克河是他亲眼见到的，同时大概有人把捷列克河上过去发生大雪崩的事告诉了他，于是他凭天才的想象绘成了这幅图画，并且捷列克河将要爆发革命，也给普希金在几年以前就英明地预言到了。”

“我们布尔什维克同样在预言未来的俄国革命。”列娜戴着水光闪闪、遮住她面孔的橡皮风雨帽说。

她的声音透过风雨帽听来似乎异样深沉、庄重，大家都笑了起来。

“对，”等大家笑罢，谢尔盖突然严肃地说，“要是真正掌握了马克思、恩格斯的学说，的确可以预言历史的进程……”

“可是我觉得我具有预言最近的未来的本领。雨快停了——你们往那边瞧！”说着玛丽雅·李伏芙娜沿着峡谷往上指，那儿的天空显然亮了许多。

天空还看不出蓝色，但透过雨幕和阴霾露出了一团团迅速飘浮的银色云彩。

“乌拉！”巴维尔叫了起来，“我们的统帅谢尔盖万岁！要不是他，我们现在还坐在老猎人家里等天气好转呢！”

巴维尔显然以为他头上已是蔚蓝的晴空。但是他们淋着雨、在暂时还给云遮住的峡谷中湿漉漉的石头上滑着至少还走了一小时。忽然，一股冷气向他们袭来，他们看到前面一座冰山像春天肮脏的大雪堆堵住了整个峡谷。

冰山把树干、石头、整座的悬崖、大块的泥土都拖在身上，这些东西赋予它一种图画般的令人肃然起敬的形态。谢尔盖他们觉得自己像一群渺小的侏儒遇到了一位勤劳的巨人，他们默默地站在那里望着这位巨人身上庞大的肌肉。

“多么伟大的劳动者！”谢尔盖道出了大家共同的感想。

峡谷的两壁在这儿向旁边叉了开去，现在可以看到周围的山脉。当太阳从破棉絮一般轮廓不清、向侧面疾游的云层中突然露脸的时候，那些草木罕见的山脉骤然间也泛出各种各样的石头颜色。空气一下子变得很暖和，几乎是炎热了——山里常常是这样的，地上开始能见到花朵，草儿吐露着芳香。

这群旅行者经过短暂的休息，喝了些又甜又浓的咖啡——盛在水壶里还没有凉，于是又继续前进。这时已是十一点半；谢尔盖预定在下午三点钟前赶到叶尔莫洛夫棚屋，以便有充分时间可以支配，也有可能选择：还是趁天未黑前回去，还是在那儿过夜。

很明显，有一种目的使谢尔盖想快些到达叶尔莫洛夫棚屋。而山路愈来愈陡，列娜第一个觉得累了。

“那我们就这样，”谢尔盖建议说，“我在前面走，你，巴夫鲁希卡[1]，拿出骑士精神来帮助两位女士。”

“好吧，你先走。”巴维尔有些抱怨，但很戆直地说。

列娜抹着额上的汗，软弱无力地挥了挥手，向同志们微微一笑——她气喘得一句话也说不出来。谢尔盖先走了。玛丽雅·李伏芙娜默默地跟在他后面。她有时掠掠头发，站停片刻望着渐渐向周围叉开去的山脉。谢尔盖往上走了一阵，也停下来回头一看，他看到一个姑娘苗条的身材，她头上盘着两条辫子，两手在掠着头发。后来他向前走的时候，跟前老是看到她两手掠头发的模样，他不能摆脱自己被她控制着这种不自主的、但很愉快的感觉。这种感觉对他已经不是陌生的了。第一次产生这感觉是在去年冬初，当时列娜说他爱上了“这

---

① 巴夫鲁希卡是巴维尔的爱称。

个姑娘”，“这个姑娘也爱着他”。那时他甚至还生气呢：他还认为列娜说这话失诸冒昧。他不敢希望玛丽雅·李伏芙娜会爱他；但他爱她，这点他不能不承认。不过这事牵涉到巴维尔……

谢尔盖暂且停住脚步回头看了一下。同伴们落在他后面很远。他们在绿草萋萋的山坡上走着，这儿望去可以看得很清楚。巴维尔挽着列娜的手帮她上山。玛丽雅·李伏芙娜走在他们前面——她给巴维尔和列娜指着什么：大概是告诉他们该怎么走好些。谢尔盖甚至依稀听到她那柔和的、富于音乐性的声音。他狠狠地摇了一下头又向前走。

“简直着迷了！爱上了就是爱上了，一点办法也没有。可是巴维尔怎么办呢？这样一个亲切、忠实的同志，他是那么勇敢、可靠，——他正爱着她。她爱巴维尔吗？”谢尔盖突然向自己问。他这是第一次这样直截地问自己，同样也很肯定地回答自己：“不，她不爱他。她尊敬他，珍视他的友谊，但并不爱他。可是我怎么知道呢？”他问着自己又回过头去。

在小径曲折伸展的那个绿坡上，他先看到巴维尔和列娜。他们手挽手走着。在他们与自己中间，他看到了玛丽雅·李伏芙娜（她走得那么快，谢尔盖觉得她简直像沿着山坡往上飞），这不仅向他回答了关于她对巴维尔的态度的问题，而且也回答了那个他自己不敢向自己提出的问题。他的心因为洋溢着幸福而怦怦跳动；他站着看她愈走愈高，愈来愈向他靠近。

“当然，要是她不爱巴维尔，这也没有办法，”他对自己说，“难道她就不可能爱上我吗？”

她对他的好感是抑制着的，几乎看不出来，因而意味更为深长，这样的好感千百次微细的流露，现在一下子都在他脑际浮现。当然，这是可能的！这是说，他期待了那么久的幸福就在眼前——只要伸手去拿！他又一次回过头来——现在看不见她，她大概走进了一个凹地。

于是他又向前走去。

在青年时代的最初几年，爱情只像闪电一般偶尔在心头掠过，目光不由自主地会被每一张动人的女人脸庞吸住，从那时起，谢尔盖就开始严肃地考虑恋爱和家庭的问题。他从来没有任何腐化堕落的行为：他从青年时代起就参加了伟大的党，他认为腐化堕落跟他那党员的身份是不相容的。

但禁欲主义式的压制对女人的爱他觉得可笑、可惜。他幻想能找到一个称心的女朋友。但是他有什么可以给自己的女朋友呢？给她充满流浪和分离的生活吗？

他知道自己爱玛丽雅·李伏芙娜。但他能给她什么呢？逮捕、隔着铁栅栏的会面、穷困，特别是当他们有了孩子以后生活将格外艰难。可是孩子会有的，一定会有的……

他不禁加快了脚步。“不，不，不！”他对自己说着，“她年轻，她需要欢乐……”于是他想起了在一个大学生的舞会中她跟察里科夫跳舞的情景。是的，她满不在乎地跟察里科夫跳着舞，至于那个察里科夫是沙皇放出来找寻革命者踪迹的警犬——这一点她不知道，也想不到。

难道让她依旧过那种平静如止水的生活吗？

玛丽雅·李伏芙娜在下面看到他突然走得慢了，她就加快了脚步。她的心跳得均匀有力，她并不觉得疲倦，只感到愉快。“我下决心要赶上他，就一定能赶上。”她自己对自己说。

玛丽雅当然猜到他喜欢她，但距离那些使他不安的认真的想法还远。她也像谢尔盖周围的人一样钦佩他，但对他比这更深一层的、另外一种感觉却还相当模糊。

谢尔盖愈走愈高；呼吸渐渐费劲了，但每一口空气都仿佛在鼓舞他，念头一个接着一个产生，而且都是那么明朗、清晰。

他走着，既不左顾右盼，也不向后回顾。

“要不要喊一声请他等一等？不，不好，难为情……反正他会回过头来的……可不是，他刚才还常常站住脚回过头来。”玛丽雅·李伏芙娜想。

上面很远的地方出现了叶尔莫洛夫棚屋，卡兹别克高耸在它的上空；整个卡兹别克闪着白光，仿佛占去了半个天空。当下面在下雨的时候，山巅上正下着雪，如此洁白的雪只有在这儿才能见到。棚屋在卡兹别克的山脚下小得像一件玩具，而站在棚屋旁边的谢尔盖更小得跟一只蚂蚁差不多。玛丽雅·李伏芙娜突然停下了脚步，她看到的不是一个人，而是两个人。也许是她的幻觉吧？不，那儿的确有两个人。瞧，他们在棚屋后面消失了。“怪不得他这样着急！原来他到那儿有约会。本来嘛，谢尔盖、巴维尔以及那个奇怪的、有一种吸引力、一会儿正颜厉色、一会儿和蔼可亲的列娜——她虽然已是两个孩子的母亲，可自己还像孩子一样天真活泼，——他们都是革命者，都是布尔什维克。这一点他们虽没有直说，但听他们那么小心地提到‘革命’、‘工人阶级’这些词儿，也就不问可知……”

玛丽雅·李伏芙娜朝周围环视了一下。深蓝色的、无云的天空下庄严肃穆，云大概在下面这儿望不见的峡谷中飘浮。他们默默无言地走着，不敢把这庄严肃穆的气氛打破。周围群山的斜坡、一座座黑色的嶙峋巉岩、向东南方绵亘的远近山脉都急陡地向上耸起，在这一切的高处——是白皑皑的、高峻的卡兹别克峰。

她记起了屠格涅夫的一首散文诗，这首诗写阿尔卑斯山系中两座覆满白雪的大山以不屑的口吻谈论着人们：“瞧，下面那些虫在干什么？又不见了……随它去，我们打会儿瞌睡吧，好吗？”[1]据屠格涅夫

---

① 这里指的是屠格涅夫《散文诗》中的第二首《对话》(1878 年 2 月)。本书中这一段话并不是确切的引文。

的说法，人类的全部历史就在这简短的两句对话中过去了。一晃就完了。

不，不会这样！在这雪山脚下来了一个布尔什维克，从炎热的外高加索有另一个布尔什维克来到了他这里；他们在这里会见，谈话，商议今后如何进行斗争。这个斗争的进程关系着全人类的历史，这个斗争还只是那个伟大纪元的光荣的序幕，到了那个伟大的时代，人将征服自然，征服所有的江河、沙漠、热带和两极。人也将征服这些过去敬之若神的巨大雪山。

玛丽雅·李伏芙娜看到离棚屋不远升起一柱笔直的篝火的烟。当她走近那儿时，谢尔盖已经在烧水了。他带着疑问的神情用一双黑醋栗色的眼睛看了她一眼，这双纯净、明亮的眼睛这时候她觉得分外动人，——很难相信，刚才她曾经从他联想到体现着全人类为争取未来而斗争的巨人。

"您登山的本领不错，玛丽雅……玛琳诺奇卡……我可以这样叫您吗？"

"嗯，"她望着他的眼睛回答。

"只有我一个人有权利这样叫您……"

她点点头。他觉得她的眼睛在发光；他先把目光移开去。

"我总是说不出口，但是必须说……"

"不用说了，谢辽查……"

他怀着幸福的心情——一种对自己很严格的幸福心情——拿起了她的手，他感到她纤细的手指在颤抖着回答他无言的问话。

"不，我必须说，开诚布公地对您说。我能给您什么呢？……"他望着她的眼睛说。

他有这么一种感觉，仿佛他在这双充满阳光和生命力、像温暖的大海一样的、不平凡的眼睛里喝了几口水渐渐下沉。但他还是把正直的心要求他说的话坚决说了出来：他说到他自己所选择的生活道路——这条道路充满了苦难、奔忙、斗争、长期的分离和短暂的会面……

“别说这些，谢辽查。我怕的不是这个。我怕的是造成错误……万一这还不是真正的爱情怎么办？……因为也有一种一时的冲动……”她微动着嘴唇轻轻地说，虽然事实上可以大声地说，因为谁也听不见他们的话。“我考虑的是这个问题，因为这是最重要的……我们不忙，互相再好好了解一下。”

3

“瞧，谢尔盖把篝火也生起了，他预备好茶水迎接我们呢……”巴维尔扶着列娜一面说，一面不安地向周围看着。“玛莎怎么不看见？她别出什么事了？”

“没有出什么事，”列娜说，“巴夫鲁希卡，我们又得休息一会儿了……拖着一个老太婆——这真是件讨厌的事……”

“你哪儿是什么老太婆！谢尔盖还把你叫做‘闪电’哩。”

他扶着列娜领她走到一块覆着各种颜色的地衣的灰色石块跟前，先用自己的大手掌在上面摸了摸，肯定了石头并不是冰凉的，然后扶列娜坐下。

他又朝周围看了看——看到的只是一堆篝火、棚屋边的一柱黑烟、默默无言的草坡。看来他又想说哪儿也看不见玛莎，但只叹了一口气，开始采集花朵；这是一些又大又白、芬芳扑鼻的石竹花。

列娜弯着腰，把两手向前伸出，坐着休息，同时她眯着眼睛凝视着巴维尔；她脸上露出淡淡的哀愁、轻微的嘲弄和深远的遐思……

“采花给玛莎吗？”她问。

“一半给你，一半给玛莎。”他回答。

列娜摇了一下长着鬈发的头，笑了起来：

“女人们不喜欢送她们一半花——她们很贪心。要就全给，要就……”说着她用手向旁边一摞，仿佛丢开什么东西似的。

他挺直身子，以疑问的目光望着她，甚至好像有些生气。于是她亲切地、但含有一些愁意笑着说：

“你是个挺不错的小伙子，巴夫鲁希卡……很诚恳……跟你这样的人一起可以去干最危险的事情，就是死在一起也不可怕。可是你……”

“我怎么？”

她把手一挥，说：

“算了，我们走吧。我休息过了。我总有些奇怪：你拖着我有什么意思？要是你拖着玛莎——那就不奇怪了。”

他们又向上走；他垂着头，手里捧着花。

“她需要我吗？”他问。

“你自己认为怎么样呢？”

“不知道……我希望她需要……”他轻轻地说。

她沉默了好久，也许是因为他们正在攀登一道陡坡。到了上面，她停下了脚步，喘过一口气后说：

“听着，我跟你说真话，一点也不假，虽然你会痛苦，但宁可现在痛苦一下。你别希望你跟玛莎会怎么样。她跟谢尔盖相爱着。这点你想到吗？”

“我担心过这点……”他以嘶哑的声音说，“当然，她要一个有学问的对象，我又是什么呢？一条破军舰上的一个水兵……”

她摇摇头。

“你说得不对。谢尔盖跟我们一样也是普通老百姓出身。要是叫任何一个姑娘光看一眼从你们两人中挑一个，那么你个子也高些，脸也是你长得漂亮些。问题也还不在于学问上。就说我，在群众大会上第一眼看到柯洛姆勃时，马上对自己说：他是我的！当时我是个不大识字、还拖鼻涕的小姑娘！我还根本没见过世面，除了沙弗朗斯卡雅太太的缝纫工厂，哪儿也没去过。柯洛姆勃虽然是革命者，可是人家是大学生，有学问。我们之间真有天壤之别！可是事情果然跟我说的一样。我和柯洛姆勃很合得来，简直像一个苹果的两半。谢尔盖和玛莎也是这样。”

“别说了……”巴维尔呻吟了一声，甚至把花也丢在一边。

列娜不吭声；仿佛她想从这位朋友那儿得到的就是这一声呻吟，以后再也没跟他提这事。

他也不吭声。

当他们走到上面的时候，玛丽雅·李伏芙娜坐在篝火旁，脸烘得通红，她已经在用一把熏黑的大茶壶煮茶；而谢尔盖躺在篝火的吐烟方向（为了躲避从各处飞来的蚊蚋的骚扰），迅速地记着什么。

“辎重大队总算到齐了……”他抬头看见巴维尔和列娜也来了，含糊地说了一声，接着又亲切地问：“怎么样，列娜，恐怕我真的不应该把您也拖来吧？”

“不，我很高兴，”列娜回答，“要是你们不带我来，我才妒忌你们呢。”

“我们喝点儿茶就下去。这儿过夜不行。”谢尔盖说。

“那么这里边呢？”列娜朝棚屋那边摆一摆头问。

“这屋子简直跟舞台上的布景一样没用。”他矫捷地跳起来对坐在篝火边闷闷不乐的巴维尔说，“我们到棚屋里去看看。我为了不浪费时间，已经把观察结果记录下来了……走吧……瞧，没有地板，没有屋顶，又潮湿，又冷。这样写上去你同意吗？”

“同意，”巴维尔回答，“我们在天黑前能下山赶回去吗？”

“要抓紧时间。”

“那得赶快些。”

“马上就走……不过我有很重要的事要跟你谈谈……”谢尔盖轻声地说。

“要谈玛莎的事了。”巴维尔暗自猜想，他的心跳得那么厉害，使他握紧了拳头。

他俩走到棚屋里边。

“那儿因为有玛莎在，不能当她的面说——不论怎么样，她终究还不是党员，”谢尔盖轻轻地说，“现在我可以告诉你，为什么我们偏要在今天到这儿来，为什么我急急往前走。瓦诺·戈格里捷，就是春天到报馆来过的那个人，约我在这儿见面。你瞧……”

谢尔盖从怀里拿出一只看得出是自制的油布背包，上面的揿钮扣得很严密（显然是为了防止给雨打湿里面的东西）。

“你知道这里边是什么宝贝？”他热情地轻声说，“这儿是第十三期的《社会民主党人报》，上面有四篇列宁的文章，还有斯大林写的传单《德国工人领袖奥古斯特·倍倍尔》[①]。你知道这对我们有什么意义？在这儿很高很高的地方，在这云雾缭绕的棚屋中会见了同志，知道了党内最近的消息——这是多大的喜事啊！虽然消息并不愉快。斯大林又被捕了，被囚禁在巴依洛夫监狱里。但他在被捕前已经帮助恢复了巴库和梯弗里斯的党组织。不过沙乌米扬还没有失去自由，他正领导着外高加索的布尔什维克，他又向我们北高加索的布尔什维克问好了。你想，巴夫鲁希卡，今后我们就是高加索布尔什维克组织的一

---

① 奥古斯特·倍倍尔（1840—1913）是德国社会民主党和第二国际的创始人及出色的活动家之一。这篇文章是为了祝贺倍倍尔七十寿辰（1910 年 2 月 22 日）而写的，于 1910 年 3 月 23 日以俄国社会民主工党巴库委员会的名义印成传单。

个组成部分了。列宁继续在国外跟召回派①、孟什维克取消派②作不倦的斗争，把所有仍然忠于革命的人们团结在自己的周围！”

谢尔盖·柯斯特里科夫这样说着。当时他的平凡的名字还没有为无产阶级的伟大领袖所知道，但是柯斯特里科夫为了要听到关于列宁的消息，看到他的文章，再一次接触这永垂不朽的学说并把它带给同志们，才不辞艰险越深渊、登高山到这儿来，而且可以看出他还准备经受任何考验。

“你是我最好的朋友，谢辽查，永远是……”巴维尔突然说，他感动得话不成声了。

篝火旁只留下两个女人，她们好久一语不发。玛丽雅·李伏芙娜感到列娜在很注意地看着她。但当玛丽雅抬起头来看她的时候，发现列娜正望着群山，直到觉察玛丽雅在看她时，这才也向玛丽雅·李伏芙娜转过头来。从列娜亲切而严肃的目光中，玛丽雅·李伏芙娜明白，列娜猜到了一切并且赞成她的选择，玛丽雅明白这个在许多方面她还不了解的、衣着举止与众不同的女人是谢尔盖最好的朋友，自然也是她最好的朋友。

4

过了将近一个月，在弗拉其卡夫卡斯旅行者的领导人屠霍夫斯科依的努力下，加上谢尔盖·米朗诺维奇积极的帮助，叶尔莫洛夫棚屋

---

① 1908年，有一部分布尔什维克要求从国家杜马中召回社会民主党的代表，因此就有“召回派”这个名称。召回派组织了小集团反对列宁及列宁路线，力图取消合法斗争。

② 取消派是指党内一部分知识分子（孟什维克），因为他们企图取消原有的俄国社会民主工党的组织，而代之以一种绝对要在合法范围内活动，甚至不惜以公然放弃党的纲领、策略和传统为代价的涣散团体。

完全布置好了。现在这棚屋备齐了作为休息和过夜地点所必需的一切。因此弗拉其卡夫卡斯科技协会在一九一〇年一个夏季中两次顺利地登上卡兹别克的最高峰，一次到达阿巴诺冰川。在这年夏季，有十四个人到达卡兹别克的最高峰。这跟去年比起来已经是很多了！

关于这几次旅行的特写陆续在《捷列克》报上发表，署名的谢·米朗诺夫是这几次旅行的参加者。现在这个个子不高、体格结实的年轻人即使走在城里的街上也能被人家认出。他在弗拉其卡夫卡斯的街上走，老是把帽子拿在手里，因此大家都能看到他长着一头深褐色的头发。他的脸上出现了一种特殊的红黑色，只有作过高山旅行的人，皮肤才会晒成这样的颜色，而且一生永远不会褪去。

“这是登山旅行家米朗诺夫！”人们都这样谈论着他。

“当然，他是一个登山旅行家，他一定还要作好多次的高山旅行，”另一些人说，“但只要从他的通讯稿就可以看出，他喜欢攀登终年积雪的山巅是因为他那诗人的心在那儿可以得到营养。他的确有一颗诗人的心！除了诗人以外，谁还能这样出色地描写高山的风景！”

* * *

“周围是无边无际的白云，只有某些地方穿破白云露出层峦叠嶂，像一座座奇妙的堡垒。有些山峰骄傲地昂首高视，企图唤回逝去的中世纪时代；有些山峰在岁月的销蚀下化成了一堆堆废石。所有这一切都在白色的云层上投下了忧郁的、寒冷的阴影。

“远处可以看到一大片红光，这红光一秒钟比一秒钟变得明亮。

“阴影愈来愈浓，云海泛出了柔和的白光。

“卡兹别克的白帽子镶嵌着亿万颗光彩焕发的宝石，它在深蓝色天幕的衬景前被烘托得益发鲜明。

“山峰背后升起了月华，它向周围的一切洒下悠悠的清辉。

“一种特殊的宁谧气氛笼罩了一切，整个大自然在冉冉上升的月亮前显得温柔驯顺。

“月亮稳稳地愈升愈高，仿佛飞离了山巅，安静地继续自己的路程——在幽暗的苍穹中走着，像宇宙忠实的卫士。

………………

“卡兹别克近在咫尺了。

“穿过望不见彼岸的、几乎淹没了全部向北伸展的峰峦的云海，渐渐透出微弱的阳光。云海不断地起伏动荡，掀起了万丈波涛。有些地方露出的山巅宛如在可怕的大洋风暴中沉没的船只。山巅只偶一露脸，向早晨的天空看上一眼，云涛随即涌过来又把它淹没。

“有些地方隐约可见陡峭的巉岩，怒涛狂吼着向它们打上去，化成浪花激溅，而巉岩依然屹立不动……

“你愈看这幅景象，它愈像汹涌澎湃的海洋。

“但是庄严伟大的卡兹别克却安然高矗在这一切之上，披着洁白的盛装神秘地伫立着。

“从前它也喜欢逞强发威，在它的地层中爆发的自然力量比惊涛骇浪更加可怕[①]，它摧毁的不是船只，而是周围的一切。在它狂病发作的时候，根本不懂得任何阻碍。它能使整个大地发抖。它能在眨眼间形成高山深渊，毁灭周围的一切生灵……它可怖的轰鸣声响彻宇宙，把千百年的工作付诸尘埃。

“可现在……现在它默默地站着，安静地、庄严地从高处望着自己的造物。大自然深感其恩，给它穿上华丽的盛装，并且警惕地注视着不使任何东西扰乱它的安宁……

“我们的行列在终年不化的雪地上慢慢地行进，我们的脚深深地陷在柔软的雪中。

---

① 卡兹别克是一座死火山。

“周围是死一般的寂静。

“从东方的白云深处庄严地升起灿烂的朝阳，千万道温暖的金光倾泻在卡兹别克的雪野和山巅上。”

* * *

“当然，我们可以看出谢尔盖·米朗诺夫是一位未来的天才作家，他将是我们高加索的讴歌者……”在弗拉其卡夫卡斯知识界中都这样谈论着他。

谢尔盖·米朗诺夫以《捷列克》报戏剧评论员的身份经常去访问安德烈·克里斯塔尔斯基的戏剧小组，他们正在排演“波尔塔瓦的纳塔尔卡”。此外，谢尔盖还在星期学校教书——现在这样的学校在弗拉其卡夫卡斯已有好几个。——这是光荣的工作，有许多不属任何党派的知识分子都乐于为教育人民的事业献出自己的力量。

只要谢尔盖在街上出现，习惯地把帽子拿在手里在宽阔的、从捷列克河上送来阵阵凉风的市立公园林荫道上走过，青年们立刻会把他围住。他自己开着玩笑，也愉快地回答人家的笑话，偶尔仿佛在无意间说几句严肃的话，或关于生活，或关于今天俄国的现实，或关于一个现代诗人的诗集，或关于国际形势；这几句话大家就会牢牢记住。

但他也可能在各种舞会中出现，并且人们已经注意到，弗拉其卡夫卡斯最好的女舞蹈家之一、《捷列克》报的职员玛丽雅·李伏芙娜·马尔库斯常跟他一起跳舞……

在这个人身上看不出跟地下工作者有任何相似之处。他的脸永远是那么开朗、愉快，他甚至帽子也喜欢拿在手里，不戴在头上。他不像蝙蝠那样躲避日光，也不在什么角落里跟人家悄悄地密语。全城的人都认识记者谢尔盖·米朗诺夫。但是事实上真面目却可以作最好的假面具。譬如说，谢尔盖走过了一条大街，他会悄悄地穿过报社的院子到柯洛姆勃家去……过了几分钟，就有一个满脸胡子、手执马鞭的上了年纪的农民，不慌不忙、大摇大摆地走出柯洛姆勃家院子的另一扇门，进入列别捷夫胡同。在赶集的日子里，这样的人到弗拉其卡夫卡斯来的有不少。有时他化装成一个佩着奖章、穿着旧式军大衣的退伍士兵迈着雄赳赳的步伐从门里出来。

但是谢尔盖·米朗诺维奇特别喜欢扮一个老公务员。他长着花白的短须，微微歪戴着一付铜边眼镜。

经过这样的化装以后，即使在大白天里也可以弓着背脊、踏着小步在记者米朗诺夫刚才跨着豪迈的步伐经过的大街上走。可以走进市立公园，到报刊亭去买一份报，跟报亭主人——黑眉毛、好沉思的奥加涅斯·瓦冈诺夫——交谈几句。然后拿着报纸在市立公园的长凳上坐下来，仿佛偶然遇到熟人似的跟自己人会面。其实什么人在哪儿等他，刚才瓦冈诺夫已经通知了他。

是的，在弗拉其卡夫卡斯只有一小部分人——十几个——知道谢尔盖的底细。这些普通的、不受注意的人谈到他时总是骄傲而亲切地说：“我们的谢辽查”。而当他们在秘密会议上见到他的时候，就叫他“谢尔盖同志”。只有他们才能听到弗拉其卡夫卡斯布尔什维克组织的党委委员谢尔盖同志那些不平凡的话，他在这些话中坦率、详细而深刻地阐述自己对革命的近景和远景的看法。他在这里党组织的会议上报告完成党的任务的情况，同时也要求别的党员汇报情况。只有党内同志知道他的高瞻远瞩，敌人的卑劣阴谋他了如指掌，人民的苦难于他有切肤之痛，他愿意献出自己的全部鲜血，一滴一滴用来灌溉人民的幸福之花！

5

一天傍晚，谢尔盖·米朗诺维奇扮着他所喜欢的老公务员的模样，跟报亭主人轻轻地交谈了三言两语以后，在市立公园内等到天黑，然后过板桥到阿尔东村去。

山上的积雪已经滑下来了，板桥下变得很浅的、喃喃呓语的河水透出一阵阵冷气。奥塞梯人索斯兰别克正在屠雷京家里等他，这就是谢尔盖曾经帮助他保护住妹妹的那个索斯兰别克。姑娘是得救了，但是索斯兰别克已经不能再待在村子里，所以他又回到弗拉其卡夫卡斯来。他不想再进铁路局工作——怕仇人会找到他。谢尔盖·米朗诺维奇建议他去当了运锌工人：把矿石从阿拉吉尔城运到弗拉其卡夫卡斯炼锌厂，再从那儿把炽热的矿渣运走。索斯兰别克隔些日子跟谢尔盖见一次面，并按照他的指示在奥塞梯工人中进行宣传工作。这样已有好几个星期了。今天，由于他活动的结果，将在工厂后面一处谷地里举行第一次工人集会。谢尔盖·米朗诺维奇以老公务员的姿态到了屠雷京家里，又在那儿变成一个穿着破旧上装的花胡髭老工人，于是索斯兰别克带着他向弗拉其卡夫卡斯最大企业之一的炼锌厂那边走去；这个厂使方圆半里地的空气充满了恶臭，时而闪出通红的火光照亮周围的地方。

在第一次俄国革命的年代里，布尔什维克在这个厂里的活动极为活跃。他们在那儿举行过几乎是当时规模最大的一次罢工。这次罢工蔓延到沙东矿地，蔓延到阿拉吉尔城一家跟弗拉其卡夫卡斯炼锌厂有协作关系的古老的银铅厂。当时工人们取得了很大的胜利：缩短了工作时间，提高了工资，并一般地改善了从事这种有碍健康的生产的劳动条件。

但是当革命的年代一过，工人们不仅被剥夺他们的斗争成果，而且多多少少曾表现积极的人都被逮捕流放到西伯利亚去。厂里一个布尔什维克也没留下。但是饥饿驱使着贫穷的奥塞梯人离开山谷到工厂里去。

索斯兰别克对参加这第一次集会的人挑选得很严格——都是最可靠的人。这儿一共只有十一个人，其中有八个是奥塞梯人，他们大多完全不会讲俄罗斯话。翻译的职务由教师格奥尔吉·尼古拉耶维奇·扎索霍夫担任。虽然他在政治上还不成熟，但是谢尔盖·米朗诺维奇相信他是一个正直的、不可收买的、忠于人民的人。他们之间有着深厚的友谊——扎索霍夫说这是奥塞梯式的友谊。

工人们惊讶不已、津津有味地听着“花胡髭老工人”用那么响亮、那么年轻的声音说话。奥塞梯人凝神聆听着翻译翻的每一句话。

谢尔盖讲的似乎都是这儿人人知道的事情。在场的人谁不知道，那些无孔不入的比利时人建立这座工厂，是为了重新提炼那些在旧矿地、沙东山谷和阿拉吉尔山谷堆积了几十年、并已从里面提取了银子和铅的废矿石！原来在这些废矿石中包含着闪锌矿——这种矿物的价值并不比铅小，甚至不比银子小。

“我们的时代是电气时代！”谢尔盖·米朗诺维奇说，“而锌是电机工业不可缺少的东西。锌一年比一年广泛地被采用来炼各种合金，但是它的产地不多。比利时人杜肯宁在沙东矿地和阿拉吉尔矿地的废矿石中发现了锌的成分，等于为他自己以及跟他合伙的人种了一棵摇钱树。自从他们创办了一家实力雄厚的股份公司后，外国资本开始疯狂地吮吸高加索山脉的财富以及比一切财富都宝贵的东西——工人的血汗，也就是你们的血汗，同志们！一九〇五年，锌厂和矿山的工人似乎迫使那些吸血鬼节制了一下自己的胃口。但是好景不常！俄国的君主政体不让外国资本家受委屈。工人罢工反对杜肯宁，可是镇压、捣乱罢工的却是沙皇的走狗格里果罗维奇和弗列依谢尔。因此，反对俄国或外国资本主义的斗争是跟反对沙皇制度的斗争分不开的！”

“听了他的话，一切都会渐渐明白。”格奥尔吉·尼古拉耶维奇在翻译他的话时想着。

他刚把谢尔盖的话翻完，马上听到那几个跟他同民族的人连连发出“好，好”的赞声，仿佛在证实他的想法。

就这样，在弗拉其卡夫卡斯炼锌厂里又建立了一个由弗拉其卡夫卡斯布尔什维克组织领导的地下小组；谢尔盖·米朗诺维奇就这样完成着列宁从遥远的巴黎提出的任务：重新集合、巩固、锻炼布尔什维克党的地下核心，重新团结工人阶级准备迎接行将来临的革命。

第十章

1

“波尔塔瓦的纳塔尔卡”在市郊库尔斯克贫民村“玛克-柯尔米克”农业机械制造厂修理场宽敞的仓库里排演。在这个仓库里，戏剧小组的同人用自己的力量布置了一个小小的剧场。当《捷列克》报的戏剧评论员谢尔盖·米朗诺夫在“波尔塔瓦的纳塔尔卡”的排演场上出现的时候，小组的领导人安德留沙·克里斯塔尔斯基总是非常高兴。

排演正进行着，演员们说的都是动人的乌克兰话，列娜·柯洛姆勃扮演被迫害的波尔塔瓦的纳塔尔卡，她在舞台上东奔西跑……谢尔盖·米朗诺维奇注意地看着排演，排演完毕以后，演员们都激动和注意地等着听他的评论，就像等着听导演的评论一样。

“列娜，您的表情太外露了！要使观众在离开剧场的时候首先想到的不是我们剧团内有一位天才的演员列娜·柯洛姆勃，她又会歌唱，又会跳舞，又会念独白，不能这样；而是要使观众想到这个受尽旧制度压迫、苦难深重、但酷爱自由的纳塔尔卡的命运。您应该回忆一下叶甫盖尼·巴格拉季昂诺维奇教你们以及他自己向艺术剧院的艺术大师们学习的东西……”

首次公演的日子终于到了……演员们因为不习惯，声音有些发抖；背得烂熟的台词仿佛忽然从脑中飞走了……有一个笨拙的演员在台上还把花园的篱笆和一株很大的向日葵撞倒。观众也没有预期的那么多。

谢尔盖·米朗诺维奇在剧终以后跟那些业余演员们一起留下来。

“没关系，朋友们！万事起头难！”他说着愉快地注视演员们忧虑的脸孔，“现在最简单、最容易的——就是灰心丧气，把一切都扔下。但究竟演出并没有失败——不过说明你们不是职业演员，而是一群戏剧爱好者罢了。你们也别埋怨观众。我坐在剧场里，我敢向你们肯定地说，观众是怀着很大的兴趣看这个戏的。但你们别忘记，观众中有许多人还是头一次进戏院，看了这个戏还不知道该想些什么。戏必须重演。你们瞧着，今天来过的那些人明天还会来，而且还会带来新的观众……”

一切都跟谢尔盖·米朗诺维奇所说的一样。小剧场里坐得满满的，窗子都打开了，到处都可以看到好奇而激动的脸。这些人大多数是青年，但也有年纪比较大的……

剧终以后，观众并没有散去，他们挤在一个大院子里。谢尔盖·米朗诺维奇在人群中走来走去，听着他们的谈话。他们好像在谈论这个不幸的姑娘的命运，他们说现在也有这样的事。这下可以插一两句话了……

谢尔盖朝演完戏走到院子里来的列娜丢了个眼色；在柔和的月光下，她画着眉的脸庞在观众中间分外突出。她立即明白了他的意思……

“为什么我们这儿到处是一片漆黑？”她高声地问，“过去，全国人民都被囚禁在愚昧无知的黑牢中，哪儿还能透过光明？现在可不同了，现在黑牢已经锁不住人民，人民会自己追求光明。要是事情发生在今天，谁知道纳塔尔卡会不会死？也许，她会争到光明和真理……”

谢尔盖·米朗诺维奇一边擦着火柴点烟，一边听列娜跟大伙讲她自己在那儿念书的星期学校的情况，讲在那儿学习是多么有意思。

过了几天，谢尔盖·米朗诺维奇到星期学校去上课的时候，看到了好几个新学生，他们都是前几天刚看过《波尔塔瓦的纳塔尔卡》的男女观众。

村子里的姑娘们特别喜欢来看话剧。

“明天你在院子里把皮亚季果尔斯克纳哈洛夫卡村的故事跟大家讲一下，”在另一次演出的前夕，谢尔盖·米朗诺维奇对列娜说，“这个故事可以使我们从合法地谈论土地问题转到‘非法’地提出土地要求。”

列娜还不很明白该怎么个转法，但她还是照他的话去做了。第二天，当她演完戏走到院子里的时候，青年男女照例围住了她，她的一个忠实观众问她是什么地方人，她就抓紧这个机会回答说是皮亚季果尔斯克纳哈洛夫卡人……大家好奇地打趣着问：“纳哈洛夫卡是怎么个地方。”回答这些问题的时候列娜很灵活地一会儿用乌克兰话、一会儿用俄罗斯话说，皮亚季果尔斯克周围有许多荒地，这些地究竟是属于谁的，没人知道——可能是市政当局的，也可能是修道院的……

“我和我的丈夫是暖水村的非哥萨克农民。结婚以后，我们的地少得可怜……有什么可抱怨呢……”她把纳哈洛夫卡村的故事稍加改编很自然地讲给大家听。“我们没问是谁的土地，就在那儿耕种起来。晚上去耕种，一早就离开。收割也是这么收割的。后来我们在那儿挖了个窑洞，生了孩子。跟着我们这样做的人愈来愈多——事情就干了起来。当官府知道的时候，那儿已是一个市镇了。他们对我们什么办法都用尽了！勒令迁居，派警察来赶。可是你要叫那些女人、孩子搬家，他们就会没命叫喊起来！那个地方很偏僻。要沿着波德库莫克河岸往上走才能到达那个地方。那儿都是泥泞的沼泽地，芦苇、飞帘等野草丛生。后来官府就这样让我们留下了，他们说：随他们像野草那样在这儿扎根吧。就是给这地方取了个名字叫做‘纳哈洛夫卡’[①]。随

① 意思是无法对付那儿的人。

他们去吧！”说到这儿她满不在乎而又不屑地把手一挥，周围的人都笑开了。

谢尔盖·米朗诺维奇等大家笑完以后叹一口气说：

“我们国家里有多少土地这样白白地浪费掉！譬如您说的——修道院的土地，”他对列娜说，“有多少这样的土地是修道院的产业！这儿一定有人在睡梦中也想弄到一小块土地——有了这一小块土地他就可以吃饱穿暖。可是到哪儿去弄这块土地呢？”

“哪儿去弄呢？在那个倍什塔乌山下就有一座修道院……”人群中有一个人说。“修士们自己不干活，还要叫我们因为没有土地离开俄罗斯的人都去做新修徒……”

“干吗去触犯修道院？”有一个老头出来辩护说，“他们一直在为我们祷告上帝。”

“要是他们不占住土地，他们的祷告上达天庭也会容易些……”

“反正都一样……难道光是修道院的土地在荒废吗？你还可以想一想其他的土地：像皇室的封地，还有军队的土地……”有人这样说。

“还有地主的……”有人在黑暗中补充说，“在我们达佛里雅你坐车走啊走啊，走上一整天——地是谁的？是莫尔德维诺夫伯爵的。走上两天——还是他的土地。大小村镇都在他的土地上，都得向他缴租……再过去是荒凉的草原。草原上什么也没有，只看到羊群在走。这又是谁的地，谁的羊群呢？是发尔茨-费恩男爵家的，这些地哪——简直可以当奶油涂面包吃！你会舐舐嘴唇再往前走……”

“为什么这些人有那么多地？”

这时候，谢尔盖又可以插进去说几句话了。他说叶卡杰林娜女皇①

---

① 这里指的是叶卡杰林娜二世(1729—1796)。

如何把土地分送给自己的情人；那些一贫如洗的德国男爵怎样在沙皇朝廷里做官发了财，借口科学建设以贱得可笑的代价向政府买去了大批土地。

“看他们建设些什么出来……”

“只要给我地，我自己会按照科学的方式建设……”

“放一把火烧了它！”有人用沉着而坚决的口吻说。

* * *

弗拉其卡夫卡斯的秋天老是拖得很长，怎么也不转成冬天。《波尔塔瓦的纳塔尔卡》一星期演两场，观众不断增加。城郊各村的居民赶完了集，故意挨到晚上到这宽大的院子里来看戏。甚至还有从莫洛堪村来的老头儿，他们不赞成年轻人迷着这样的“鬼把戏”，所以不来看戏，他们是在散戏的时候来的。当大家聚在一起谈土地问题的时候，他们就引用圣经和福音里的文字，在他们的解释之下，从地主那儿把土地夺来分给农民——这是天经地义的事情……

2

站在报社入口处台阶上那个漂亮的姑娘是谁？她穿着一双用一块块不同颜色的山羊皮缝成的喀山式靴子，两脚不耐烦地交替在地上跺着，不住地左顾右盼，好像在等什么人。她两条粗黑的辫子用布扎了起来，头巾披在肩上：在捷列克河一带，这样打扮的已经不是姑娘，而是少妇了。

“活像波尔塔瓦的纳塔尔卡。”谢尔盖一接触到她那双黑眼睛的专注而焦急的目光就产生这感觉；他向少妇那干得生坼的嘴唇瞟了一眼，注意到她黝黑的手里拿着一张折成四折的白纸。

谢尔盖走进编辑部，走到自己的桌子跟前，那个少妇也跟着走进来，向四周看了一下。大房间里只有他们两个人；早晨的阳光在地板上徘徊。这女人漂亮的靴子（大概是不久前丈夫送给她的结婚礼物）踏在地板上笃笃地响着，她走到谢尔盖的桌子跟前，说：

“您好，先生……”

“您好。请坐。”

“哦，我没有时间！但愿牛别跑开……丈夫马上就要回来的……”

但当谢尔盖第二次默默地请她坐下的时候（谢尔盖向她指指一把椅子，他的动作能使人心神安定），她坐了下来。

“您大概是米朗诺夫先生吧？米朗诺夫……就是在报上写文章的？”她用断断续续的声音问。

“我就是，”谢尔盖回答，“您怎么，读过我的文章？”

她不吭声，只是舐着干燥的嘴唇，用绝望的、惊悸的目光盯着他看。这目光以及像一匹被追逐的弱小动物的喘息声，跟她如此清洁、漂亮的衣着怎么也不相调和……这样的打扮八成来自富裕的哥萨克家庭。

“您先定下神来……看来您不像是城里人……打哪儿来？”

“我们是从国家哥萨克村来的。不过我们不是哥萨克。但我……”像又有什么哽住了她的喉咙，不知是呻吟呢，还是咳嗽。“这个，”她把一张纸递给他，“请您看……事情全都写在上面……”

谢尔盖开始看那张纸。写得文理倒还通顺，也很详尽，不过有时不恰当地用上了几个公文词儿如“有鉴于此”“盖”等等。总的说来，这件不足为奇、司空见惯、但也正因司空见惯而令人吃惊的事情叙述得相当清楚。

甘娜·费德青科是士兵村人，她在国家村一家有钱人家做雇工。那儿的小主人扎哈尔爱上了她。

“然而她对他的爱情、金钱以及他家的全部财产都不在意，盖甘娜·费德青科已与士兵村一邻家子彼特鲁斯订婚，不过这婚约瞒着她的双亲。但当富家子扎哈尔前往士兵村托该村哥萨克村长作伐为媒时，她狠心的双亲悍然不顾姑娘已经选中了心上人。费德青科的父亲一听到扎哈尔的黄金叮当作声，就昧了良心把甘娜当一头羊那样卖给了他。这有什么可说的呢：这笔不合理的买卖是哥萨克村长参与同谋的！于是她就被按老规矩嫁给一个自己不爱的人，走进她以前做雇工的人家去当女主人！明白吗，甘娜，你这福气是前世修来的！但这完全不是她的幸福，而是别人的幸福。甘娜好像走到了捷列克上游陡峭的河岸上，不会有好结果的……"

这位不知名的通讯员就是这样写着的——他有一颗勇敢而善良的心。

谢尔盖看完了。在他看那张纸的时候甘娜轻轻地哭了一阵。她向四面一看（房间里工作人员已经愈来愈多），于是她弯身向着谢尔盖，泪汪汪地用自己的话诉说自己的不幸。

"好心的人们告诉我，说在弗拉其卡夫卡斯的《捷列克》报社里有一位扶危济困的热心人。'去找他吧，可怜的姑娘，他也许会给你帮助……'"她还语无伦次地说，这次出来是丈夫带她到弗拉其卡夫卡斯来赶集的。"丈夫像傻子捧宝似的跟我寸步不离。他自己到什么地方，也把我带到什么地方……刚才他遇见了别村一个跟他同在军队里服役的人，他把我留在牛车上，自己到小酒店里去了。我就到这儿来，这是柯楚拉教我的，他是我们的一个邻居，愿上帝保佑他身体健康……"

"等一等，"谢尔盖很快地打断了她的话，"这封信是他写的吗？"

"是他。他是我们的邻居，刚从军队里役满回来。这就是他给我写的，教我上这里来找您的也是他……"

"符拉其米尔·伊凡诺维奇·柯楚拉，国家村的一个哥萨克。"谢尔盖用笔记了下来。他把甘娜带到玛丽雅·李伏芙娜那儿，玛丽雅·

李伏芙娜走进编辑室后一直用疑问的、大概还有些不安的眼光望着谢尔盖和这位衣着华丽的漂亮女郎，他握了握玛丽雅·李伏芙娜的小手，对她说：

“瞧，玛琳诺奇卡，又是一个黄金势力的牺牲品……请您带她到市场上去，并在路上想一个办法，使她的丈夫——要是他已经回来的话——不对她生气。随便您想一个什么办法，譬如说是您自己要求送她的，别的您自己想吧……您再跟她谈谈——也许，您能出一个主意把她从金丝笼里救出来。”

她们走了……“唔，符拉其米尔·柯楚拉——又是一个。他怎么会知道我的？当然，从报上知道的。”谢尔盖这么肯定地想着。

* * *

自从谢尔盖·米朗诺维奇到了弗拉其卡夫卡斯以后，在俄罗斯、乌克兰、奥塞梯穷人中间传说纷纭，而且一直传到遥远的市镇和偏僻的山村，说《捷列克》报社里有一个谢尔盖·米朗诺夫，他自己也是普通老百姓出身，可是有满肚子学问，他随时愿意帮助那些受到土豪恶绅、区段监督官、强盗般的警察署长任意欺负的文盲。

只要走进编辑部说一声：“我找谢尔盖·米朗诺夫……”他坐的地方离门不远，他用善良、关切的眼光向你一看，那时你胆子就会放大，心就会燃烧起来，舌头上的结也会解开，开始把一切都告诉他，你一句一句地说，他会用笔把你的话记下来。不多久，就会出现一篇辛辣的短评鞭挞黑心的店主、害得人们倾家荡产的剥削者、乡长、哥萨克村长。有时候这样的短评不在报上发表，但他会把文章连同法律条款或相应的元老院律例条文一起转给当局。有时这会迫使省内最高当局考虑并对过分猖獗的暴行加以制止。有时也可能得不到结果。那时谢尔盖·米朗诺维奇就这样解释：

“公理在你这一边，我也在帮你的忙。但你不要指望在沙皇制度下公理会得到胜利。在我们国家里政权是属于地主和资产阶级的。不把他们推翻，即使暂时制止了凶焰，他们还是可以翻案的！”

的确，他们时常起来翻案！但无论怎么样，跟谢尔盖·米朗诺夫这样的人商量，总能比较清楚地看到周围的一切，并且知道对有钱人的政权不能存任何幻想，而是应该对未来寄予希望……

3

谢尔盖把一个年轻姑娘被迫嫁给富家子的动人故事告诉报纸的出版者时，出版者很感兴趣。报上登载这样的故事总是能吸引不少读者，增加报纸的发行数。但谢尔盖在跟卡扎罗夫谈话的时候，自己表示对这件事的某些细节还有些怀疑，因此他很容易地得到了去核对信上所述事实的任务。

谢尔盖毫不延宕，他先乘火车、然后坐马车到了国家村。他预先从甘娜那儿详细地打听好柯楚拉的住处，为的是可以不必问讯直接去找他。

这个哥萨克村一眼可从村的一头望到另一头——一排造得整整齐齐的阴暗的木屋跟普通的俄罗斯农舍差不多。宽阔的村道上没有行人，男女老少都在高地上的葡萄园里。秋天的葡萄园里茎藤卷曲，叶绿实紫，五色缤纷。高地俯临水势沏迭的库玛河——园里时而可见丝的和布的深红色头巾如灯光晃动，那里还有一堆堆的篝火升起黑烟……第四个院子，第五个院子……谢尔盖叫赶车的停车，自己隔着一堵黏土矮墙往里边瞧。在扫得很干净的、空旷的院子里，太阳底下有一个看来还年轻的小伙子。他不戴帽，露着一个光头，赤着脚，穿一件缀了补丁的旧衬衫，直襟的领子敞着，露出瘦瘦的锁骨；他正用斧头从不比手臂粗的柳树干上砍去绿叶茂密的枝条。他一边砍，一边像在哼着什么，但看见了陌生人就不哼了，于是谢尔盖感到那人微眯着一双略略嫌长的眼睛在凝神看他。这时谢尔盖明白，他看第一眼时满以为站在他面前的是个少年，其实他已经是一个成年人，年龄跟谢尔盖相仿。他那勇敢而专注的目光不知怎地会使谢尔盖这样想："这就是符拉其米尔·柯楚拉，就是给甘娜写信的那个人。"

果然不出所料。

"哦呵，请您原谅我这样冒昧。"柯楚拉用力地摇着谢尔盖的手说。

他立刻把一双扔在近旁的柔韧的靴子穿上，扣好了领上的小钮，把一条细狭的皮带束紧；他的每一个动作都十分灵活、利落。

他说话时像不大愿意，慢吞吞的，但是对谢尔盖提出的每一个问题都回答得很详细。后来他到一座用方梁木搭成的酒窖里去，那酒窖比地面只高出一点点，木头因年深月久都已变黑；他从那儿拿来一个瓢子，瓢里晃着香喷喷的、清凉提神的葡萄酒。在这样热的天气里，谢尔盖感到这酒特别可口。主人看到客人捧着酒瓢喝得津津有味，高兴地说：

"这是我们自酿的杜沙普酒。以前没尝过吧？"

"没有。非常清凉提神。"谢尔盖感到满身舒服地吐一口气说。

"我们就是为了这藏着的。都是用自己种出的葡萄酿的。这么说，您就是米朗诺夫先生？嗬，我出的主意成功了。"柯楚拉微笑了一下。

"什么主意？"谢尔盖困惑地问。

"是这样——要试试您是怎么个人。要是我们甘娜的不幸遭遇能打动您的心，那么您确是个有正义感的人；要是您鞠上一躬，把她打发走，那么也不过是个只会摇摇笔杆的空谈家……"

"您说什么？空谈家？"谢尔盖笑着说。

“我不是说您……”柯楚拉不好意思地辩解说，“现在您亲自到这儿来找我，这就是说，您并不是徒负虚名的热心人。”他严肃地、甚至是严厉地说。

他们四目对视。虽然大家还没有说什么，只是接触了一下目光，但这是持续颇久、要求严格、同时也已经表示信任的目光。两人马上朝周围看了一下：扫得很干净的院子里没有第三个人，但高空中传来苍鹰单调而凄厉的鸣声；这声音似乎在提醒他们要小心谨慎。

“还是到我屋里去吧？”符拉其米尔问。

“我也这么想——您帽子也没戴。”谢尔盖回答说。

“这没关系，秋天的太阳不猛。”柯楚拉说着领谢尔盖走进屋子，屋里挺凉爽，因为百叶窗都关着，热气透不进来。

屋里的陈设非常朴素，近乎因陋就简。唯一的装饰品是挂在门对面墙上的武器。在卡宾枪和一把插在古老刀鞘里的弯形马刀旁边，挂着一件张开袖管的切尔凯斯卡制服和一顶漂亮的、有蓝色穗子的白呢长耳风帽，还有一件毛茸茸的毡斗篷。

“我的全付装备都在墙上，”柯楚拉解释着，“这是我们哥萨克的习惯——一切都要放在显眼的地方，以备军队来检查。长官一年检查我们两次——看看我们是否时刻准备为沙皇陛下效忠！”在他不快不慢的语调中很明显地流露出嘲笑的口吻。“我刚在莫兹多克山地哥萨克兵团服满四年役期，做了大官：肩章上缝了两道杠子！……”嘲笑的口吻更明显了。“请上坐，因为您的驾临的确使蓬荜生辉。”他说着指指黑乌乌的圣像下一条铺白毡的长凳，圣像前点着一盏微光如豆的油灯。

谢尔盖问这问那，柯楚拉总是乐意地讲给他听。他家里很穷。虽然符拉其米尔是个哥萨克，可是从十七岁起就不得不出外谋生。起先他到普罗赫拉德驿站马具装配作坊去干活，后来又去格罗兹内当石油工人。

“这么说，您到格罗兹内去正是热火朝天的时候？”谢尔盖问。

“正是这样。”符拉其米尔轻声地回答。

“那么参加了罢工没有？”

“我从不拒绝参加大伙的事业。”他依旧轻声而清楚地回答。

符拉其米尔·伊凡诺维奇·柯楚拉可以把自己的事说得更多一些。他曾经积极参加罢工，并跟格罗兹内的布尔什维克有联系。党委曾给他一系列的任务，他都完成了。他还在第二莫兹多克兵团的哥萨克中间散发过布尔什维克的传单。如果当时他被捕的话，按照军法要就地枪决。

但因他跟谢尔盖·米朗诺夫是初会，所以不立即向他和盘托出，只征求谢尔盖的意见：他值不值得回到格罗兹内去。

“一定得回去，”谢尔盖说，“您在那儿不是没有被捕过吗？”

“我倒没有被捕，可是听说老同志都被抓起来了。到那儿我会闷死的。”柯楚拉含糊其辞地说。

“到了格罗兹内您要跟哪些老同志见面？”谢尔盖问。

“要见面的多得很……”柯楚拉叹一口气说，于是他开始慢慢地胡诌出一个个姓名来。

他在胡诌出来的姓名中嵌进了一个德米特里耶夫。当他说到德米特里耶夫时，谢尔盖不动声色。符拉其米尔继续像念经似的举着一个个姓名。后来他不说下去了，用疑问的目光望着谢尔盖。

“嗯，嗯……”谢尔盖若有所思地拖长声调说，“看来，您在格罗兹内有不少熟人。但您刚才提到一个人——德米特里耶夫，您知道现在他在什么地方？他到哪儿去了？”

“我只知道他被迫离开了格罗兹内。”柯楚拉压低嗓子回答，“他是一个觉悟很高的人。”他说的时候特别强调“觉悟”两个字。

“好，既然您认识德米特里耶夫，我可以告诉您一个好消息：他又到格罗兹内去了。您可以到那儿去等着——他自己会找到您的。”

4

冬天天气晴朗，阳光绚烂。只是拂晓时候在公园的草地和阔叶树上覆着一层霜冻；到十一点钟草木又都呈现出一片碧绿。

但是离春天愈近，弗拉其卡夫卡斯的浓雾细雨就愈多。到二月将尽的时候，太阳完全不见了。一会儿下雪，一会儿下雨，一会儿又是雨夹雪。没有人再到凸角堡和萨比茨岗亭去远足；甚至山上的墓地也沉浸在牛奶一般的浓雾中。

谢尔盖·米朗诺维奇和玛丽雅·李伏芙娜——为了纪念那次卡兹别克之行，谢尔盖现在老是叫她玛琳娜或玛琳诺奇卡，——近来常在家里见面。或是他到她那儿去听她弹弹钢琴；或是她到他住的地方，一起坐在火光熊熊的炉边喝茶取暖。

今天玛琳诺奇卡不知为什么事在编辑部里耽搁了很久：已经是晚上七点钟了，可是她还没来。谢尔盖走到窗前，把窗子打开。原来外面已下过一阵雨，空气暖和，天色明朗。突然间透出一股春的气息，本来也到了时候——已经是二月底了！

他吸着新鲜的空气——多好啊，春天又来了！——一边敏感地倾听着……不，听不见玛琳娜的鞋跟敲在人行道石板上发出的清脆悦耳的笃笃声。

“谢尔盖·米朗诺维奇！”一个熟悉的声音在街上叫他。

谢尔盖立即看到街上站着高个子、微微有些伛偻的格奥尔吉·扎索霍夫。他微笑着挥着一本书。

“格奥尔吉·尼古拉耶维奇！”谢尔盖快步跑到街上，“您来得正好！说真的，我正想吃东西，可是我不喜欢一个人吃……”他把扎索霍夫领到屋里，“这儿坐……”

谢尔盖让客人坐定，自己点起酒精炉，把茶壶放上，开始在角落里一张小桌子上摆下面包、黄油、白糖和奶酪。接着他又仔细地把柠檬切成片。

“好了，说吧。您是不是从阿拉吉尔来？来多久了？”

“刚来！”格奥尔吉·尼古拉耶维奇用微带庄严的口吻回答，“跟妻子问过好立刻就到您这儿来。”

“找到吗？”

“找到了！谢尔盖·米朗诺维奇，您从哪儿发掘到这样宝贵的人？这真是天然的金矿石！”

“您这是在说哈兹巴狄尔吧？”谢尔盖·米朗诺维奇露出了调皮的神情，“要找天然金矿石，必须确切肯定它们的产地。要确定产地就需要掌握理论……我问您，安季耶夫的健康情况怎么样？”

“他并不抱怨什么，但依我看情况不好。他叫我转告您，他的事情进行得很好，到夏天天气稳定下来以后，他打算到弗拉其卡夫卡斯来。”

“这似乎没有必要。还是我们派一个能干的人去接替他比较妥当……至于他不抱怨——那是因为他天生就不懂得什么叫抱怨。”

“我是晚上到他那儿的，我们谈了一整夜，”扎索霍夫说，“他谈的许多话，我已经从您那儿听到过……但是用本族语言说出的真理，从本族人民生活中引用的例子听来分外亲切……他说：‘格奥尔吉，单单可怜穷人是不够的。一个有自由主义思想的地主，就像那个站在岸上干咳着看农民们拖他的马车的和气绅士那样，可能他也可怜那些农民。要是您依照列夫·托尔斯泰的学说自己住到没有烟囱的农民土屋里去，像一位格鲁吉亚名作家、在某种程度上跟我们还是同乡的卡兹倍吉[①]那样去耕地牧羊，这也不会有多大好处。需要做的是另一种工

---

① 卡兹倍吉（1848—1893）是格鲁吉亚作家，著有小说《杀父者》等。

作——必须调查研究我们的农民情况，彻底了解是什么原因使奥塞梯农民以及大多数俄罗斯农民的生活一年不如一年。’他就这样把一切问题都跟我解释清楚。他还对我说：‘格奥尔吉，您的眼睛有病。这是给您的药——它会擦亮您的眼睛……’”

于是格奥尔吉从上衣夹袋中摸出一卷东西，小心翼翼地把它打开。

“这是《共产党宣言》，是由巴狄尔别克·屠冈诺夫译成奥塞梯文的。在这以前我只知道巴狄尔别克·屠冈诺夫是一个作家，原来他早就是社会民主党人、马克思的学生了。”

“宣言，宣言……”谢尔盖重复着说，一边翻着书页贪婪地看那一行行他不识的字。这是马克思主义的伟大旗帜，是无产阶级大军团结一致的不朽誓词，是直射敌人阵营的无情弧光，也是照亮无产阶级向共产主义前进的道路的辉煌明灯。当然，在山居民族中间奥塞梯人最先把这部天才作品译成自己的语言并不是偶然的。“哈兹巴狄尔真是个好样儿的！他给了您一服治眼病的良药，这是寻找金矿石产地的可靠的指南针。”

“现在我的眼睛看这个世界已经亮多了，我向您起誓，我们之间再也不会发生争论！”格奥尔吉有些冲动地说。

“唔，这倒不一定。我和您的认识不正是从争论开始的吗？……我想问您，您说的那个屠冈诺夫是谁？这好像是一个公爵的姓氏……”

扎索霍夫摊开两手说：

“巴狄尔别克·屠冈诺夫是沙皇军队的一个将军的儿子，他父亲曾参加高加索战争。他在斯塔夫罗波尔读中学的时候，正好柯斯塔也住在那儿。于是这位名门望族的少年，受到了农民的儿子、伟大的诗人和画家柯斯塔·赫塔古罗夫的影响。思想有多么大的力量！”格奥尔吉·尼古拉耶维奇激动地说。

谢尔盖·米朗诺维奇微微一笑。当然，格奥尔吉能把这杰出的工作成果——《共产党宣言》的奥塞梯文译本——给俄罗斯朋友看，他应该高兴，应该自豪。但是从他的话中还可以听到别的意思：他想就唯心主义与唯物主义的问题争论一下——这争论几乎是从他们认识的头一天起就开始的。

于是谢尔盖·米朗诺维奇把手按在《共产党宣言》这本小册子上，轻轻拍着封面，脸带微笑说：

“马克思和恩格斯教导我们，在阶级斗争的生死关头，统治阶级中一部分最有良心、最正直、最能不从自身的立场考虑问题的人，就会背叛自己的阶级，转到新兴阶级这一边来。因此屠冈诺夫将军的儿子成了《共产党宣言》的翻译者，我丝毫也不感到奇怪；这跟一位奥塞梯革命者把这本小册子当作稀世宝物珍藏着同样是很自然的事……”

扎索霍夫在深思，同时注意地听着谢尔盖·米朗诺维奇的话，目不转睛地看着他。

“您准备怎样使用这件礼物呢？”谢尔盖·米朗诺维奇问。

“首先，我当然要仔仔细细研究一番，——我只是走马看花地读了一遍。要是遇到不明白的地方，请允许我来向您请教……”

“不敢当。那么您仔仔细细研究过以后又怎么样呢？把这本书藏到箱子里去吗？”

扎索霍夫对准谢尔盖·米朗诺维奇的眼睛注视片刻。

“我似乎开始明白哈兹巴狄尔送我这书的目的了……”他慢慢地说，“必须带着它走向人民，到奥塞梯人中间去——因为这本书是为他们写、为他们译的。”

“对！”谢尔盖·米朗诺维奇向四下一看，抑低了声音说。“您大概还记得我们跟炼锌厂工人那次会见吧？您也别忘记我在夜校里的一个学生索斯兰别克的不幸遭遇。您应该到炼锌厂去，去领导那边的工人小组。通过索斯兰别克把他们集合起来。但我应该预先警告您，当局对您这样的行动是不会鼓励的……”

“谢尔盖，您尽可以把我看成一个知识浅薄、思想落后的人，但决不能把我当作懦夫！”格奥尔吉气愤地说，他甚至从座位上站了起来。

谢尔盖按住他坐下，说：

“我绝不想叫您生气。但您必须明白这一步的严重性……”

有人轻轻地敲门。“玛琳诺奇卡终于来了！正是她……但一定发生什么事了——她在凝神沉思……”

“我没来您已经把茶烧好了！好极了，我简直冻僵了。”她说话时仿佛很高兴，但谢尔盖从她声音中听到的不是这个——他知道准是发生什么事了。

大家很愉快地喝着茶。玛丽雅·李伏芙娜张罗一切，并且很感兴趣地倾听着他们的谈话。谢尔盖向格奥尔吉询问奥塞梯民族的历史、生活习惯、文化以及过去和现在的杰出人物。

玛丽雅·李伏芙娜不止一次地听过这样的谈话，有时谢尔盖跟安季耶夫谈，有时跟扎索霍夫谈。但安季耶夫和扎索霍夫自己却未必知道，谢尔盖在以独特的方式跟他们学奥塞梯民族文化，研究这门课程。但玛丽雅·李伏芙娜知道，谢尔盖有一本专门的笔记本记录关于奥塞梯民族的事情，她自己也好几次看过这本笔记。

那儿除了跟几个奥塞梯熟人的谈话摘要外，还有从过去几年的捷列克日历中摘下的东西。从这些札记中可以看出，将近一半的奥塞梯农业人口仅有百分之一稍强的土地，这等于说奥塞梯农民根本没有土地。现在谢尔盖·米朗诺维奇跟扎索霍夫正谈到这个问题。格奥尔吉说，事实上北奥塞梯的整个贵族阶层的生活完全靠用条件极苛刻的高利贷方式把土地租给农民，农民因为贫穷和没有土地，被迫用自己的农具耕种贵族的土地，而自己只能得到收获的一小部分。这种制度叫做“哈德仲”。

“这明明是寄生！……农民不论怎样贫穷，总比那些贵族先进！”格奥尔吉愤怒地说。

谢尔盖同情地点点头，一边作着扼要的记录。玛丽雅·李伏芙娜知道这记录会誊到“奥塞梯笔记”中去。

格奥尔吉走了，这次谈话激起了他满腔义愤。

“这没有关系，”沉思中的谢尔盖·米朗诺维奇对玛丽雅·李伏芙娜说，“这对他有好处。他是个聪明人，主要的是，他爱自己的人民，跟他们休戚相关。但他的头脑里还充满了民粹主义的傻想法，因此让他多想想人民的苦难——这一点他比我了解得更清楚，——就更能激起他对统治阶级的仇恨。这对他是有好处的。对富人的憎恨是能从中炼出阶级觉悟的矿石，他最近认识的安季耶夫会帮他锻炼。顺便告诉您，刚才扎索霍夫说，安季耶夫的事进行得很顺利……可是您怎么啦？”他拿起她的手问。

玛丽雅·李伏芙娜握住他的手说：

“谢辽查，您要多加小心：察里科夫在街上遇到我，他谈起了您。”

5

雨季来临了，《波尔塔瓦的纳塔尔卡》一剧只得停演。根据谢尔盖·米朗诺维奇的建议，安德留沙·克里斯塔尔斯基在挑选剧目的时候决定排演霍普德曼的《织工们》[①]。角色虽然还没有派定，但列娜下

① 霍普德曼（1862—1946）是德国自然主义剧作家。《织工们》描写工人起义，是他最优秀的作品。

工后仍旧到排演场去。在那儿她有时遇见谢尔盖·米朗诺维奇，他总是像顺路走过似的来参观小组的活动。

“列诺奇卡，你说，能不能让我在最近几天内见到谢尔盖？”有一天早晨柯洛姆勃问。

列娜斜瞅着丈夫。她这时正在屋角的水壶旁洗脸，丈夫已经刮好了脸，正在对着镜子仔细地打领带。两个孩子坐在已经放好早点的桌旁等爸爸妈妈。

领带是了解符塞伏洛德·柯洛姆勃情绪和意图的重要标记。平日柯洛姆勃只有要去上课或上图书馆去时才打领带。要是柯洛姆勃一早就打领带，这表示发生了特别重要的事情。但他要找谢尔盖干吗？

列娜常常跟谢尔盖见面；有时一星期能见上好几次面。每次党委会的会议都要换地方：他们神圣地遵守着秘密活动的戒律。

“也许我今天能看见谢辽查，也许明天，也许是后天……”列娜回答。

柯洛姆勃微微一笑。尽管他和列娜相爱甚深，但是她从不忘记向他提示地下活动的戒律是不容破坏的。领带打好了。他穿着一件相当旧、但熨得笔挺的上装，打着这条新领带——这是她送给他的生日礼物，——他的饱满的前额颇有学者风度，一双眼睛明亮如童目，一张嘴轮廓十分柔和：今天他的模样正如十年前她头一次见到他时一样。他们不约而同地走到房间中央接了个吻。两个孩子拍手笑了起来。爸爸妈妈怪不好意思地在桌旁坐下。

“奥塞梯式的炸奶酪——本季度的最新杰作！”柯洛姆勃说完大家又笑了起来。

炸奶酪是一道极普通的菜，做法是列娜到了弗拉其卡夫卡斯以后学会的；从秋天起，每天早晨在莉左奇卡上学以前早餐总有炸奶酪。

全家起居饮食的时间都跟莉左奇卡学校里的上课时间相适应，因为他们喜欢一家人一起坐下来吃饭。

“你的讽刺和嘲笑我实在受不了啦，明天这桌上将换一道布景！”列娜一本正经地说，“青鱼已经买好！”

“青鱼！”柯洛姆勃脸上露出非常高兴的神情说，接着用嘶哑的声音轻轻地唱起黑海歌曲：“‘塔拉——拉——蓬——皮亚，青鱼呀，青鱼呀，我站在台基上高喊：打倒沙皇！’”

列娜已经从墙上拿下吉他，把脚搁在小凳上，迅速地朝门那边一看，合着丈夫的声调轻轻地和唱雄壮的副歌，这支歌产生在第一次革命如风起云涌的滨黑海各城市里：

打倒专制政体，各民族一律平等，
工人阶级，向前冲，
上街垒去打巷战——冲！

她的手指使劲向琴弦上挥去。

乌拉，乌拉，乌拉，水兵们，
“波将金”把自由带给了我们……

兴奋得涨红了脸的孩子们拍手笑着。他们感到爸爸妈妈一定有什么高兴的事，今天大概是他们的节日，——那么说，也是孩子们的节日。

列娜突然像恍然大悟似的，连忙把吉他挂在墙上，皱起了眉头说：

“我唱出神了……要是我上工迟到，基拉科卓夫先生会怎么说呢？”

列娜在铁路修理厂完成任务以后，照党委的指示到基拉科卓夫百货商店附设的缝纫工厂去当“改衣匠”，为的是去把思想倾向布尔什维克一方面的人集中起来跟孟什维克作斗争。

“我们可以自由高唱我们的歌曲的日子快要到了！”她说着在桌旁坐下来。

“快到了！”柯洛姆勃说。(她又朝他望了一眼：他今天好像格外兴奋。)“那么，列诺奇卡，照你说，谢辽查会到我们这儿来的喽？他好像长久不到我们家来了……”柯洛姆勃说着从妻子手里接过一杯咖啡。

“我再说一遍：要是看见他，我就请他来。”列娜说。今天晚上她要到安德留沙·克里斯塔尔斯基的瓦赫坦果夫戏剧小组去排演霍普德曼的《织工们》。

为什么谢尔盖偏偏建议排这个剧本呢？他是希望这个戏能够在五一节上演。也许他真的会来看排演。但是也可能不来。弗拉其卡夫卡斯的布尔什维克工作开展得愈是广泛，谢尔盖的行动就愈加小心，同时也愈加严格要求同志们遵守地下活动的一切戒律。

莉左奇卡已经上学去了，鲍利亚在地板上玩儿。高大的符塞伏洛德在房间里从这个角落踱到那个角落；他的脸上显出沉思、振奋的神情；他嘴里吹着列娜教他的“塔拉——拉——蓬——皮亚”。玻璃窗上蒙着水汽，外面看来在下雨了——唉，又下雨了！

在家里多好啊！但是不，不能让自己的情绪松弛下来。快上工去——到那缝纫机轧轧响着的地方去，那儿有年老的和年轻的女伴们在为可怜的一点儿钱卖命干活，可是贪婪、狠心的老板还随时想从她们手里夺走这点儿钱。但尽管他百般阻挠，尽管有孟什维克做他的应声虫，基拉科卓夫商店的职工星期学校一定要成立起来，谢尔盖一定能以教员的身份到那儿去！

在走出家门以前，还有时间提一个问题；应该走到丈夫跟前去，拥抱他，跟他在房间里踱一会，问：

“你说，塞瓦，你要找谢尔盖干吗？”

“这是一个秘密，列诺奇卡。你把他领到这儿来，一切自会明白。”

6

谢尔盖·米朗诺维奇没有来看《织工们》的排演。但是通过在《织工们》中也有戏并与屠雷京保持联系的萨沙·彼希科夫，列娜弄到了一张商业会堂楼厅的票子，那儿正在召开全省医生代表大会。

“明天晚上米朗内奇将要发言！”萨沙愉快而骄傲地闪着一双乌黑的眼睛说。

虽然柯斯特里科夫在组织里年纪并不是最大，但同志们不知怎的都自然而然地尊称他为“米朗内奇”。

列娜下工后立刻到会场去，她吃着三戈比的一个面包，一边在弥漫着牛奶般的浓雾的街上急急行走，几乎像在奔跑。

开会的大厅里灯火辉煌，列娜坐在楼厅的座位上望着出席大会的人，听着他们的发言。医生——这是知识界一支强大的队伍！要是把这支给居民带来偌大利益的队伍争取到人民这一边来参加反对专制政体的斗争该有多好！但把持着所谓“贫民福利局”的医官们大多拥护沙皇。而那些有自由主义思想的医生，甚至那些自称社会民主党人和社会革命党人的医生，却跟帝制派在这官僚气十足的“贫民福利局”中相安无事地合作着。

“那些‘社会主义者’多舒服——盖起了住宅，买下了别墅，置起了马车！”列娜想着，一边以并不友好的目光望着那些坐在主席团席位上的人。但是她已经注意到，在这些来自广大的捷列克省各地的医生中间有许多青年；她还注意到，走上讲坛去演说的人跟主席团中的人不同，他们大多穿得相当朴素。有一个人说，给不识字的人看病很困难，因为他们对药的名称搞不清，“即使把这些药名清清楚楚写在纸上还是没用，因为有的病人家里也没有人识字，没有人能把药方念出来。”另外一个人抱怨着拨下来建造医院的经费实在太少了，他说：“盖了十年，还没盖成……有时劝病人吃些奶油、嫩煮鸡蛋，他会公开地笑着马上当你的面把药方扔在地板上，然后啐上一口走了。我知道这是怎么回事：我们劝他们多注意营养，可是在他们听来却好像是一种讽刺。他们连面包也没有，我们却叫他们吃奶油、鸡蛋……”

“在奥塞梯山村里流行着结核病。必须采取措施制止淋巴腺结核之类的复杂病症蔓延。还有砂眼的问题。在某几个县还发现梅毒病例。”有一位医生说。

医生们谈着自己所见到的事情。这些都是赤裸裸的、可怕的事实。看来，他们自己也不尽明白他们所谈的事实的暴露性意义，所以当他们企图从既经形成的情况中找出路时，就走进了死胡同……他们呼吁创立慈善机关，举办赈济贫民的文艺音乐晚会，发动白菊义卖日、结核病防治日之类的募捐运动，但他们的呼吁听来软弱无力。捷列克省没有地方自治局，那些医生说到“地方自治局”的时候，简直像困在黑狱中快要闷死的人说“光明”与“空气”一样。列娜这时很不痛快，她渐渐对这些人着恼起来了；他们虽然心地正直，学问高深，忠于医学，竭力想使医学为人类服务，但同时他们又像瞎子一样看不到妨碍他们的高尚愿望实现的根本原因，——可是她，跟他们比起来是一个学识浅薄的人，却对这些原因看得如此清楚……因此当列娜找到了谢尔盖的一头浓密的深褐色头发时，巴不得他上台发言。她希望谢尔盖给这些人擦亮眼睛，给他们指出沙皇制度和资本主义是造成居民的不幸的主要原因。

虽然她希望谢尔盖能直截了当地说出这个简单的道理，同时她也明白这样的发言是很危险的，会引起敌人对谢尔盖的注意。不知谢尔盖究竟能想出什么办法?

谢尔盖发言了，他说，他要求发言是为了代表《捷列克》报编辑部同人向到会者致敬祝贺。他以编辑部的名义请各位代表给报纸写稿。

“写什么呢? 就写你们在这儿如此真实而诚恳地谈的一切，写你们在自己崇高而有益的工作中所遇到的困难，这些困难的根源在于居民的不识字、没有文化以及可怕的贫穷。你们在自己的大会上如此开诚布公地说出了这方面的真实情况，这当然是好的。但要是你们在人民大众面前说这些话，那就会变成一股非常强大的力量。至于报纸，只要没有人来阻碍，会使所有的人听到你们的话……有一种盲症比刚才一位大夫在这儿谈到的砂眼更可怕：这是一种精神盲症，患这种病的人看不到他们患病的原因。请各位把人民大众的情况实事求是、开诚布公地写出来，使人民睁开眼睛——人民就会自己找到出路……”

谢尔盖的话有好几次被掌声打断。“一位革命的诗人。”列娜在拍手的时候心想。虽然谢尔盖没有用革命的词汇，但是他跟这些听众说话巧妙地运用了容易为他们接受的语言，所以即使当他并不反对在捷列克实行地方自治、但警告医生们不要存过分的幻想时，大家仍然十分注意地听着他的发言。

“因为地方自治局不可能根绝你们在这儿所提到的那些可怕的灾难。”

发言将要结束的时候，谢尔盖已经完全抓住了大会的注意力，他一说完，不仅是大厅里，连主席团座上都朝他拍手。

谢尔盖走下讲台以后，大会宣布休息。列娜跑到楼下去，看到他正站在医生们中间。

他悄悄地向她使了个眼色，于是她在一旁听着他跟人们的谈话，等候机会跟他单独谈几句话。人们在问他如何把在讲坛上很容易、很自然地说出的话写到纸上去。列娜发现谢尔盖说的每一句话都有一定的目的，跟他交谈的人并没有注意到他的用意，但列娜却看得很清楚。他并不说那些不能上报的革命词汇，但他把人民在沙皇制度下的生活情况描绘得很清楚，使听的人明白：除了推翻沙皇制度，除了向资本主义作斗争，他们没有别的出路。

“哦，美妙的陌生女士，您认不出我了吗？”忽然有人在列娜的耳边说。

她急遽地回过头去，看到皮亚季果尔斯克的牙科医生诺夫科-诺维茨基穿着一套华丽的、有些像运动衣的服装。他握住她的手神秘地轻声说：

“您像一颗彗星，在皮亚季果尔斯克的政治地平线上一闪就消失了，还拖走了您那美丽的尾巴——亲爱的丈夫和迷人的孩子。我碰见亚尼科夫斯基向他打听您哪儿去了，可总是问不出什么结果！我从跟各政党的接触中知道，在保持行踪秘密这一方面，首席当推布尔什维克。别皱眉！虽然，说真的，您皱起眉来更加漂亮。您应该想一想，不论怎么样，是我介绍您去找亚尼科夫斯基的。现在，叶列娜同志，我有同样的事情要请您帮忙。里亚金同志这个姓您一定不会陌生，您在皮亚季果尔斯克时就听说了。今天他出席了这个大会，他想见见那位发言如此精采的谢尔盖·米朗诺夫。”

“让他们去见面好了，这跟我有什么相干？”列娜使劲地耸耸肩膀想走开。

但是诺夫科-诺维茨基紧紧抓住她的胳膊，说：

“别叫我难堪，叶列娜同志。您到皮亚季果尔斯克的时候，我跟您没谈几句话就冒着很大的危险帮助您，我这样做不是为了您的美妙的眼睛，而是尽革命的天职。现在我请求您也是出于同样的动机：里亚金要见米朗诺夫是为了跟他就某些原则性问题作一次严肃的谈话。”

“那位就是米朗诺夫。根本没有什么人看住他。谁要谈尽管走过去跟他谈。”

“您当然并不幼稚，不过是假装幼稚罢了。里亚金需要确信米朗诺夫也愿意跟他见面。他们俩都是社会民主党人，但您知道他们因为意见分歧而分成两个派别。即使要见面，当然也不是在这儿。”

列娜想了想。

“好，我去跟米朗诺夫说说。哪儿去找您呢？”

“这才对！我将在市立公园进门第三条长凳上等您。”

诺夫科-诺维茨基潇洒地鞠了一躬走了。

代表们都回到大厅里去了。跟谢尔盖一起留下来的只有一个医生，刚才就是他在发言中说到某哥萨克村的一个医院建筑得非常缓慢。这是个瘦削而结实的人，蓄着黑髭；他显然十分激动——在他突出的颧骨上升起了红晕。

“我第一次听到您的话，”他激动地说，“可能我的话会使您感到诧异和失当。但我从您的话里听到了已经六年没有听见的话。什么地方我们可以单独地见见面？我想把我自己的事告诉您。”

“单独见面最好是在有人的地方，”谢尔盖·米朗诺维奇回答，“请您到报社编辑部来找我，我们详细谈谈。请原谅，尊姓是纳乌明科吧？”

“是的。”

“那么说我是知道您的！”谢尔盖·米朗诺维奇愉快地说。

“打哪儿知道的？我们是头一次见面啊。”

谢尔盖·米朗诺维奇向四下一看，说。

“一九〇五年《捷列克》报的合订本……”

“啊……”

他俩互相伸出了手。纳乌明科走了。

“唔，我们的队伍又增加了人！”谢尔盖招呼列娜时兴奋地说，“这次大会到底还是给我们增添了力量。”

“只增加一个人吗？”列娜打趣着说。

“老实说，我还以为一个也不会增加呢。你知道这些人多落后，虽然他们时常炫耀学问。怎么样，你参加了这次大会感到满意吗？有意思吗？”

“很有意思。谢辽查，我找你有一件事。”

列娜把自己跟皮亚季果尔斯克一位牙医生的谈话告诉了他。

“我起先拒绝了，”她抱歉地说，“可是他死死缠着我……”

“你没有拒绝，那很好，”谢尔盖突然说，“里亚金不自己来找我，而去托这位的确帮过你忙的诺夫科-诺维茨基作中介人，这证明里亚金是个小心的人。至于谈话……为什么不谈呢……从谈话中经常可以得到某些有益的东西。”

“那我就去告诉他，叫他们指定约会地点。”

“这倒不必！”谢尔盖·米朗诺维奇急忙挡住她，“地点由我们指定，也不必预先通知他们，到时候我们把里亚金带到我们认为合适的地方去就是了。”

“你说得对。”列娜说着唰地红起了脸，一边暗自对自己生气。“谢辽查，”她后来又补充说，“今天你能不能到我们家去一次？柯洛姆勃非常想见见你。”

谢尔盖马上接受了这邀请。

7

“为了消磨今天这个晚上，我带来了一本很有趣的书。”谢尔盖走进柯洛姆勃家时冷笑着说。

列娜看到他手里拿着一本阿尔志跋绥夫写的当时很时髦的颓废派色情小说《沙宁》，她感到极度的惊奇，甚至十分愤怒，——因为这是一本充满了对革命者的恶毒诽谤的小说。

“列诺奇卡，别生气！我带这本书是防备万一发生什么麻烦。要是有人来看我带着什么书，——就请他们看：我感兴趣的是什么东西！第一个印象非常重要。”

“麻烦？”列娜担心地问，“难道你已经注意到什么了？”

“暂时还没有什么……但你知道……”他耸耸肩膀，突然打断话头转向柯洛姆勃问，“您的事怎么样了，符塞伏洛德·尼古拉耶维奇？可以向您道喜了吗？”

“我不知道您是不是会向我道喜，”符塞伏洛德红着脸回答，并现出请求的神情朝列娜看了一眼，仿佛请她也参加谈话，“但是，不论怎么样，要是您能分给我一两个小时……”

“来吧，来吧！”谢尔盖·米朗诺维奇在窗边坐下来，他稍把窗子打开，点起一支烟，使烟可以从窗口出去，——他经常是这样做的。

列娜坐在一张旧靠椅里，这张椅子的一条腿还是柯洛姆勃一家刚搬来时由谢尔盖给装上的。柯洛姆勃在桌边坐下来，打开一本很厚的练习本开始朗诵。开始的时候他很激动，后来平静下来了。“这是什么？”列娜一眼不眨地望着他想道，“这是真正的文学呀……难道这是我的柯洛姆勃写的？”

这好像是在描写那最容易勾起愁思的季节，那正是夏去秋来的时节，但有时阳光明媚的日子忽然又回来了。一九〇五年十二月莫斯科上空升起了太阳，革命的勃列斯尼亚[①]周围都堆起了街垒，整个俄国都在倾听莫斯科工人的声音，仿佛夏天回来了。但不，局势还是无情地走向冬天。那就是一九〇七、一九〇八、一九〇九年严酷的冬天——一切都冻坏了，僵死了，专制政体的白色恐怖仿佛扼杀了一切生命。但如果把耳朵贴在雪堆上仔细地听，你会听到在雪堆下很深的地方活泼的泉水在不断地涌流着，歌唱着……

谢尔盖一会儿鼓励地点点头，一会儿沉思着写下一些东西，但始终津津有味地听着。“我的柯洛姆勃真了不起！”列娜想着。她为她的柯洛姆勃感到骄傲，同时又模糊地觉得对不起他。“要是他的生活换一个方式，要是他不遇见我，他也许会成为一个作家或是一个学者，可是现在跟着我浪迹天涯，教书度日。我生病的时候，他还洗过鲍利亚的尿布……”

符塞伏洛德快要把他的文章念完了：

“‘现在还是冬天，但春天愈来愈近，隐藏着的泉水的巨响愈来愈惊心动魄，它们的声音愈来愈雄壮，愈来愈响亮，愈来愈威严，——它们不久就要粉碎冰雪的枷锁，冲决两岸，荡洗整个我们的大地。那时大地将开遍红花，等待夏天来到，那将是全人类幸福、丰饶的夏天，它来到人间以后就永远不再离开，因为它跟调节自然生活的季节不同，调节人类生活的季节变更取决于人类自己——我们将自己创造这个夏天，并把它永远留在大地上！’”

“好极了，柯洛姆勃！你是个真正的作家！”列娜用手摸了摸丈夫的脸颊。

---

① 勃列斯尼亚（后改称为红色勃列斯尼亚）是莫斯科的一个工人区，是 1905 年 12 月莫斯科武装起义的中心。

“一点也不错……写得很好，”谢尔盖说，“我把这东西带去，稍改一改——这儿有些句子长了些，——我们争取发表这个诗篇迎接五一……春天，春天！您说人类自己确定自己时代的变迁，这个思想表现得太好了！人类的春天没有尽头——我们自己就是这个春天！”谢尔盖说着看了一下表，“该走了。”

于是他一只手紧握着柯洛姆勃的手，另一只手指着他们屋里清洁朴素、粉得雪白的墙对列娜说：“谁知道，也许好多年以后，这屋子的墙上会钉上一块木牌，上面写着：‘在沙皇统治下严酷的年代里，《没有尽头的春天》的作者、无产阶级作家符塞伏洛德·柯洛姆勃曾在这里居住和写作。’”

第十一章

1

有一系列的原因促使齐诺维·伊凡诺维奇·里亚金这几天到弗拉其卡夫卡斯来。首先是由于弗拉其卡夫卡斯的高等法院要处理他在皮亚季果尔斯克败诉后提出上诉的一桩案件。

一个昏聩的老头儿死后，把全部财产留给年轻的、没有子女的妻子，遗嘱上对前妻所生的未成年的子女只字未提。这个年轻的寡妇在她丈夫未死的时候就已经放荡出名。这是一件肮脏的案件，最好根本加以拒绝。但是寡妇向他许下一笔巨款，于是里亚金说服了自己，他认为一个社会民主党人在承继者争夺一个资本家的遗产的讼端中没有必要弄清楚谁是谁非，因为“面对着历史的发展”这些承继者没有一个是对的。于是他决定让那些不幸的、未成年的承继者陷于赤贫。

但是齐诺维·伊凡诺维奇不是由于纯粹的事务性原因才到弗拉其卡夫卡斯来。不论他受理任何诉讼案件，他总不忘记自己属于一个虽然是在野的，但是思想开明、代表着未来尽善尽美的民主俄国的政党。统治这未来俄国的将不是今天那种野蛮的资产阶级，而是一种新型的、经过严格欧化训练的俄国资产阶级，这样的资产阶级一定会垂青于像他这样思想开明、也经过欧化加工的社会主义者。当历史的发展废除国内的专制政体时一定会发生这样的事。“废除”——这真是个绝妙的词儿！它虽然充满了深奥的哲学内容，同时并不将任何实现这个废除的任务加在齐诺维·伊凡诺维奇身上，还允许他任意生活，允许他捞钱，只要抑制着一定的厌恶感觉就行，像目前使他到弗拉其卡夫卡斯来的那件事就是他赖以肥己的诉讼案件之一。

作为一个社会民主党人，齐诺维·伊凡诺维奇是社会民主工党捷列克省支部的委员——这是北高加索孟什维克组织的名称。支部委员除了里亚金和《捷列克》报印刷厂的古古希金外，还有一个格罗兹内的医生伊波里特·彼得罗维奇·列德金——一个身材魁梧的汉子，他那浓密的黑髭把嘴也遮住了。他发表过几篇关于格罗兹内州职业病情况的文章，满纸都是数字。他并以此为题在医生代表大会上作了报告。

他在一九〇五年结识里亚金。但是他跟里亚金不同：里亚金经常对一般政治问题很感兴趣；而伊波里特·彼得罗维奇除了职业病以外，简直什么也不感兴趣。

里亚金把自己到弗拉其卡夫卡斯来的日子排在医生代表大会在该城召开的时间，这不是偶然的。里亚金知道列德金一定会来参加这次大会，古古希金又经常在弗拉其卡夫卡斯，因此他建议在医生代表大会会期左右召开一次将近一年未举行的支部例会。必须展开活动，并且首先要讨论跟布尔什维克的相互关系问题；应该承认，最近布尔什维克在捷列克省非常活跃。特别引起里亚金注意和不安的是在医生代表大会上讲话的那个新闻记者米朗诺夫，听说他住到弗拉其卡夫卡斯来还不久。列德金所作的关于格罗兹内州职业病情况的报告事先经过很周密的准备，但是米朗诺夫的发言实际上破坏了这报告的政治效果。

这个米朗诺夫是谁呢？里亚金认为他是一个倾向于布尔什维主义、思想偏激、年轻而具有非凡才能、但不属任何党派的知识分子。而古古希金和《捷列克》报社内另一个孟什维克克拉赫玛洛夫却坚持说这个米朗诺夫是捷列克河一带布尔什维克的领袖。

因此里亚金决定通过非党员、但同情孟什维克的牙科医生诺夫科-诺维茨基——他也是医生代表大会的代表——跟米朗诺夫谋求见一面。里亚金充满了自信，满以为这次见面对他自己，对社会民主党孟什维克派只会有利。昨天诺夫科-诺维茨基转告他，说米朗诺夫同意见面，但是见面地点他会另行通知，并建议不要在没有第三者的地方单独会面，而是在大庭广众之前相见。

“看来一开始就要以争执与辩论的方式建立相互关系……”里亚金略加考虑后就同意了。好吧，就在大庭广众之前相见吧。他在自己的旅馆房间里召集了支部例会，这时正兴致勃勃地听着列德金语无伦次的发言：

“你们想想，布尔什维克又复活了，在我们格罗兹内也是一样。最近我做完一次演讲以后，忽然有一个小家伙出来讲话。他说，我好像再也找不到比职业病问题更重要的题目给我们的石油工人作演讲了……这小家伙虽然改换了服装，可我一眼就认出了他：这是个非常机灵的小家伙——叫柯尔卡·阿尼西莫夫，他小时我还给他治过百日咳，他今年将要中学毕业。他的母亲在格罗兹内一个富翁切尔莫耶夫家里当厨娘，她尽一切力量要让这孩子受教育。可他却说起这样的话来！他说医生——这是指我——‘给树木挡住了眼睛看不到森林，’说演讲人——这又是指我——‘自己还不明白他自己列举的数字说明什么。’我不明白？！他说，不反掉国内的警察制度，任何仙丹灵药也不起作用，说这跟在化脓发炎的患处搽碘酒一样无济于事……他这样胡说八道，可是演讲是在救火会举行的，事先当然得到警察局的同意，并有区段监督官在场，监督官听到这里马上吹警笛，要求听众立刻散去。那些警察就向阿尼西莫夫走去，想把他抓起来……可这时发现那个小鬼柯尔卡已经溜走了。于是他们把我逮捕起来带到分局里，开始向我审问关于布尔什维克的活动情况。我当然拒绝回答，托词不知道，于是他们就以违反某某条例为理由罚我十五个卢布……我付了钱——当然是掏自己的腰包。这样一来，布尔什维克同志们的活动目前已经叫我破了财。后来还费了很多唇舌跟油矿管理处作解释。不管怎么样，他们总还算是尊敬我的……”列德金得意地说。

里亚金住的旅馆房间里一张小桌子上摆着茶和点心。古古希金不屑地朝这些茶点看了一眼就扭过头去，以后再也不往那儿瞧。列德金在谈话的时候频频呷茶……可是克拉赫玛洛夫就不同了，只看见一块块点心在他那捻得弯溜溜的麦黄色胡髭下面消失，这甚至使齐诺维·伊凡诺维奇有些生气：无论怎么样，这样狼吞虎咽究竟太不像话，怎么能纵容这样下流的恶习！十二块点心总共只剩下四块，齐诺维·伊凡诺维奇自己只吃两块，列德金只吃了一块。

“克拉赫玛洛夫这样的人究竟上不得大场面。到时候要是让他代表工人阶级出席宴会，一定要大大出丑……”里亚金心想。

“同志们，在我看来，我们的工作是每况愈下，”在列德金说完后古古希金说，“这在格罗兹内表现得特别明显。我不知道伊波里特·彼得罗维奇是否知道，布尔什维克把革命时在格罗兹内保存下来的罢工委员会恢复了起来，并准备发动新的罢工。”

“的确是这样！”列德金立刻证实说，“他们已经在积极准备。我承认，我把自己这方面的材料都给了他们。”他摊开两手说，仿佛自己对自己觉得很奇怪。

“你们瞧！”古古希金接上去说，“我们自己居然在帮助他们。他们隐蔽在很深的地下，以非党组织罢工委员会的名义派出像伊波里特·彼得罗维奇所说的机灵小伙子那样的人。他们召开代表会议，到处提出他们的要求。事实上任何有阶级思想的无产者都无法反对这些要求。”

“呣，呣……”里亚金用讽刺的口吻说，“听了伊波里特·彼得罗维奇和您的话，可以明白，由于布尔什维克狡猾的活动，我们格罗兹内的同志们已经做了他们的尾巴。”

古古希金叹了口气，嘴唇动了一下。他想喝……没有伏特加，啤酒也行。“只有脱离群众的知识分子才会用这种混账点心招待无产阶级！”他忿忿地想着，然后生硬地问：

“通餐厅的铃在哪儿？我想喝点啤酒——当然算在我自己账上。”

“我赞成！”列德金用重浊的嗓音说，“我跟您合伙。”

“这是哪儿的话，同志们，干吗要自己付钱！……”齐诺维·伊凡诺维奇拿下电话听筒，接通了餐厅，叫他们拿啤酒来。

里亚金一边在房间内踱步，一边说，在我们俄国每一个自觉的社会主义者都应该用一切手段反对布尔什维克的宣传。他说着……克拉赫玛洛夫嘴里塞得满满地点着头。古古希金在等啤酒，他摸着头上的秃斑在生气。列德金脸上毫无表情，很难猜透他这时的感受和想法。

一个穿白制服的侍者在盘上托着啤酒和酒菜走进来，他的出现打断了这位律师抒发高见。侍者还没走，齐诺维·伊凡诺维奇正在付钱给他，可是古古希金已经拿起酒杯来喝了，一边用不友善的眼光斜瞅着放下点心也准备喝啤酒的克拉赫玛洛夫。

“这个畜牲！”齐诺维·伊凡诺维奇心里暗暗骂他。

侍者走了，里亚金刚想把被打断的独白继续下去，忽然古古希金抹了抹稀疏的胡髭，干咳一声，用被酒滋润了的嗓子说：

“反对他们？也许您，可敬的里亚金同志，容易反对他们，因为您是个知识分子，只是从理论上了解资本主义剥削的问题。可是请问，就说那位米朗诺夫吧，叫我们怎么能反驳他？我们每天跟他接触，听他说话时你每一根血管都愿同意他的话，可是又不能同意，相反，得反对他……”

“您说的已经越出了逻辑范围……”

“因为在这种情况下逻辑是在布尔什维克那一边……”古古希金挥着手，唾沫四溅地说。“米朗诺夫说”“米朗诺夫建议”这样的话不时从他的嘴里滑出来……

很难明白，他对米朗诺夫的意见同意呢，还是不同意，但从他的话中可以知道，自从米朗诺夫到了弗拉其卡夫卡斯，几年来几乎毫无动静的布尔什维克已经形成一股强大的政治力量。

“老实告诉你们，布尔什维克除了好几所星期学校以外，在全城所有的大企业里都有他们的地下小组，星期学校我们还能够打进去跟他们展开争论，可是地下小组他们就不让我们参加，虽然我们终究也是社会民主党人！”他的声音已变成叫喊，“在合法组织中也全是他们的天下。无论你混进戏剧小组或是科技协会，跟你过不去的到处都是米朗诺夫，米朗诺夫！他是青年们崇拜的偶像。他在市立公园中一出现，马上会给青年们围住……”

“一个列宁派！”里亚金清清楚楚地说。

“对，正是这样，”古古希金同意地说，“一个不折不扣的列宁派。”

“我从前也听说有这么个人。现在听到他在大会上的发言后，我已经看清了他，”里亚金寻思着说，“我起先还以为他是一个有自由思想的非党人士……可现在看来，他显然是个布尔什维克！列宁派！这很危险。好吧，应该跟他见见面，争论一下……”

古古希金咕噜了一声，仿佛在说：“试试看吧”——然后重又喝他的啤酒。

2

几天以后，这次谈话的全部内容已经为捷列克哥萨克驻军钦命总兵兼捷列克省总督弗列依谢尔将军大人所得悉。他收到了一封名为“报告”的信，信上特别强调“外地来的新闻记者谢尔盖·米朗诺维奇·柯斯特里科夫的神秘身份，该人在《捷列克》报担任采访工作，并以‘斯·米朗诺夫’的笔名为该报撰稿。”

这份报告的署名是：希普科夫。信上没有写明回信地址，但在“报告”的末尾写着，写信人将于星期四早晨来总督衙门求见。“这人看来很聪明，他知道事情不会这样结束，这仅仅是开始。”弗列依谢尔在自己宽敞的办公室里踱步寻思。他不仅重视这件事，甚至很高兴，并且有些不耐烦地等待星期四的来临。

现在，这位希普科夫终于站在他的面前了。希普科夫脸色有些苍白，鼻子也嫌大了些——从他的脸色和虚弱的体质看来好像一只蚊子。将军指着一张靠椅请他坐下，但他谢绝了，只坐在一张普通椅子边上，把两手谦逊地夹在两膝之间，但他的一双眼睛非常犀利，弗列依谢尔在办公室里踱来踱去也有此感觉：他的眼睛像两枚针锥。

“亲爱的先生，我首先感兴趣的是：那天晚上这些不良分子聚在皮亚季果尔斯克律师里亚金所住的旅馆房间里谈话的内容，您怎么会知道得这么详细。您本人既然没有参加，那么……”

“大人的猜想是完全有理由的。”希普科夫以恭维的口吻轻轻地说，一边随着弗列依谢尔的移动把头转来转去注视着他。“想来大人已经详察，在信上所提及的孟什维克中间有一个克拉赫玛洛夫，在他们的谈话过程中，他几乎根本没有发表意见。有一次在酒店里克拉赫玛洛夫跟我在友好的谈话中说出了一个荒谬的企图——要我参加所谓俄国社会民主工党与他们朋比为奸。我之所以称这为荒谬的企图，因为我天生是一个真正的俄国人和忠君爱国的臣民，根本没有理由使克拉赫玛洛夫向我提出这种建议。但既然克拉赫玛洛夫对我有这种企图，我就有可能深入叛贼的巢穴，于是我装作受宠若惊，并表示愿意加以考虑。而克拉赫玛洛夫认为目的已经达到：他为了引我离开正途，开始向我泄露他们社会民主党的秘密和主要的内部分歧，他大骂那些布尔什维克，特别是柯斯特里科夫-米朗诺夫。于是我那迟钝的头脑明白了，在本城，甚至可能在大人所辖的全省中，妖言惑众的毒蛇正是这个柯斯特里科夫-米朗诺夫。我为了履行臣民的天职，立即把柯斯特里科夫-米朗诺夫的真面目及其危害性活动报告暗探局局长，并表示愿意竭诚效劳……但是当我去听回音时，却被赶出暗探局，他们还冷笑着对我说，他们的暗探名额已满。大人，事实上我并不需要当暗探，因为我在报馆工作，按月有八十四个卢布另几个戈比的收入，而且每月还能得二十卢布左右的稿费……”

“哦呵！……这么说你还是个文人雅士？”弗列依谢尔用不屑的嘲笑口吻问，其实他暗暗觉察到希普科夫连说话也是一股四平八稳的公文腔，这种人写得出好文章才怪。

“我本来是采访本埠新闻的。米朗诺夫先生未来以前，这是我的饭碗，后来我们老板塞尔格·约西福维奇把我这工作交给了米朗诺夫。他说：‘希普科夫，您的文字公文味太重……’”希普科夫甚至还学着老板卡扎罗夫的腔调说，“‘米朗诺夫先生在弗拉其卡夫卡斯街头没吃多久灰尘，可是现在已经成了红人。’在我的保护者、仁慈的卡扎罗娃太太的帮助下，我总算重又获得了那只从我手中抢走的饭碗。”希普科夫的话中流露出明显的私仇，而弗列依谢尔一向就认为人的行动只能以事情与他个人的利害得失的关系作解释，因此他十分满意，因为希普科夫已经为他所理解了。

而希普科夫得到鼓励以后，继续滔滔不绝地谈着他的写作计划。看他不出，他居然意欲以“巡礼者随笔”为名在报上发表一系列文章，他打算在这些文章中报导俄国正教在高加索的传教情况，论述奥塞梯正教徒生活和习俗中的伊斯兰等异教的遗毒，同时还打算谈谈弗拉其卡夫卡斯省内几处圣地的近况。卡扎罗娃太太知道他的计划，并答应给予协助。

弗列依谢尔点点头表示赞同，但并不注意听希普科夫的话。他正在考虑另一个问题。

“你是不是能想办法混到里亚金与米朗诺夫会见的地点去？”他问。

“恐怕不能……”希普科夫喟然长叹一声。“要是单单跟孟什维克打交道，那还可以努力一下；至于要靠近布尔什维克就休想。不过请大人宽怀，因为克拉赫玛洛夫要到那边去，他会把一切都告诉我的。”

弗列依谢尔心里不大痛快，他认为要是希普科夫能混进布尔什维克的圈子，直接跟柯斯特里科夫见面，那比通过孟什维克得到关于柯斯特里科夫的情报要好得多。至于这位柯斯特里科夫先生是一个非常不安分的人——这一点弗列依谢尔先生过去已经知道。孟什维克认为，近来这一带地方布尔什维克的活动又嚣张起来——什么星期学校啦，戏剧小组、旅行活动啦，还有各种各样的小组啦——与柯斯特里科夫的出现有直接联系，这个情报当然很有价值。但这一切没有充分的证据可以证明，因为他们搞的是十分高明的秘密活动。任何轻举妄动只会妨碍大事：可不是，像去年察里科夫的舅舅一样——给他溜走，就再也找不到他的影子……

“死去的爸爸说得对，匆忙的动作只能用在捉跳蚤的时候，”弗列依谢尔心里想，“现在需要进行缜密无懈的跟踪，需要派内线到布尔什维克中间去。现在需要的是时间和本领，可是暗探局都是些白痴：他们对忠贞的臣民希普科夫的报告不当一回事，还那样对付他，这帮饭桶的无能可想而知。好在我们得到了一个自己的情报员，这对我们是有利的。至于柯斯特里科夫-米朗诺夫，必须慢慢地、有计划地对付他，不能继续让他留在城里。一有机会就要紧紧把握住，这样才能把他从本城、从这一带地方撵出去。”

弗列依谢尔按了一下铃叫察里科夫进来。

“卑职向将军大人请安！”察里科夫走进办公室肃立高呼。这是向弗列依谢尔献媚的一种办法——他喜欢这一套。

但是看来弗列依谢尔心事重重，甚至对他的问安理也不理，这简直太不礼貌，跟他平时的态度完全不象。弗列依谢尔问：

“您把暗探局最近送来的报告给了我是不是？……啊？那么您自己看过没有？……稍息，稍息。”他说着皱了皱眉扭过脸去，而察里科夫依旧笔直地站在门那边。“请坐。您看过了没有？”

察里科夫在靠椅上坐下，为了掩饰窘态，他请求允许他抽烟。这份报告他看过，可是那儿有什么东西会引起将军大人的注意呢？几个山村里为了争夺草地发生了殴斗；一个女教师自杀了；医生代表大会……对，一定是医生代表大会引起了他的注意。可是那儿又有什么了不起的事呢？是那个在暗探局监视下的社会民主党孟什维克派列德金作了报告吗？察里科夫自己也看过这个报告，里边只字未提政治问题。是的，米朗诺夫说了几句话，他代表《捷列克》报编辑部向医生们祝贺……

“是，将军大人！”

“不用称呼了，给我说清楚些。看过，还是没看过？”

“这是从何说起，将军大人……卑职哪次不看如此重要的文件……”察里科夫满腹委屈地辩白说，“卑职还记下（这是他即刻灵机一动胡诌出来的）：要更详细地了解这次代表大会的情况和报告的内容。特别是列德金医生的报告……”

“问题不在报告上，察里科夫大尉，而是在于这个米朗诺夫……他又叫那个那个……柯斯特里科夫……我们应该向彼得堡打听这个人的来历。这是怎么样的一只鸟儿？是从哪儿飞来的？”

察里科夫默默地垂下头发梳得光光的小脑袋。察里科夫知道弗列依谢尔对这个新闻记者米朗诺夫早就没有好感，当然他也猜得到这恶感的原因。

柯斯特里科夫在《捷列克》报上发表的小品文与短论总是尖刻辛辣，还常常涉及弗列依谢尔属下的内务部各机构的职务范围：笔尖一会儿指向林务局，一会儿指向建筑局，一会儿指向矿务局。而且应该承认，米朗诺夫不论对自己的文章涉及的哪一部门都显得非常熟悉，非常内行。

察里科夫明白，米朗诺夫的活动引起弗列依谢尔不满的主要原因在于：捷列克哥萨克驻军参谋长切尔诺祖包夫上校的职务是书刊审查官，只要是能引起弗列依谢尔不快的书刊，他一律准许刊印。照切尔诺祖包夫的说法，捷列克哥萨克驻军总兵是个德国人，他常常为这件事发牢骚。

弗列依谢尔对这非常生气。他是个正教徒，根本不会说德国话，而且他不能想象还有谁比他更忠于沙皇。不过，怎么也不能把切尔诺祖包夫当自由主义者看待。当大公们来打猎的时候，他总是亲自为他们张罗一切，因此大公们对他有好感。当然，上峰对弗列依谢尔是信任和器重的，但他在捷列克一带毕竟是外地人——这是没有什么办法的，——而切尔诺祖包夫是本地上层哥萨克出身，那些上层分子都虎视眈眈地一定要自己人担任参谋长的职务。

弗列依谢尔已经在上层哥萨克中留意物色一个合适的人，目前他正在渐渐地挖切尔诺祖包夫的墙脚。这就是希普科夫的报告使弗列依谢尔如此高兴、如此振奋的原因。因为谢尔盖·米朗诺夫如果真是一个可疑的人，并能得到证据逮捕他，那就可以假公济私给切尔诺祖包夫一个打击：那时上峰就可以看清楚柯斯特里科夫是怎么样的人，而切尔诺祖包夫却有求必应地准许他明目张胆在报上发表文章！但是目前暗探局所供给的关于柯斯特里科夫-米朗诺夫的材料一点也没有用。在科技协会中米朗诺夫跟古怪的矿工长屠霍夫斯科依一起组织旅行者攀登崇山峻岭：去年他们登上了卡兹别克峰，今年又计划攀登埃尔勃路斯峰。他写写剧评，代表报社祝贺全省医生代表大会的开幕。可是他在医生代表大会上说了些什么？……仿佛没有什么特别的地方，也没有什么字句可以挑剔，但事实上却有极大的煽动性。据暗探报告，后来米朗诺夫曾在会场休息厅中跟医生纳乌明科谈了很久。当然，纳乌明科这人也不太安分，可是柯斯特里科夫的职务是新闻记者，他可以到各处地方去，跟各种各样的人见面。

秋天里曾有一份不十分确实的报告，说柯斯特里科夫曾在一群戏剧爱好者演出的《波尔塔瓦的纳塔尔卡》散戏后向一部分群众发表反政府的言论。但是这材料并未得到证实，因此也就毫无意义。现在希普科夫来了报告……弗拉其卡夫卡斯暗探局目前还没有提出任何不利于谢尔盖·柯斯特里科夫的材料。要是把这个人的情况通知中央，打听一下他是否属于缉访在案的国家罪犯之列，这样做可好？

“您跟柯斯特里科夫-米朗诺夫总认识的吧？”弗列依谢尔问察里科夫。

“是。住在弗拉其卡夫卡斯不可能不认识米朗诺夫，何况卑职得到您大人的准许参加了科技协会的旅行组。”

“您好像在准备攀登埃尔勃路斯是不是？”

“是。那时卑职可以负责亲自监视米朗诺夫先生的行动。”

“像对付安季耶夫一样是吗？他不是也在您亲自监视下的吗？你的成绩实在惊人，我的上帝！已经有一个革命党像一枚针掉在大海里一样从您手中溜走了……”

察里科夫唰地红了脸——他想骂，但不行，于是他抑制着怒火回答：

“是，大人，一枚针掉进了大海。针是安季耶夫，而大海——就在这里！”察里科夫指着从办公室窗里看得见的、白雪皑皑的高加索山脉。周围的一切——别说城市，就连偌大的大桌山跟这些巨人般的崇山峻岭比起来也如小巫见大巫。

“好吧，行动起来！”弗列依谢尔说，“您得注意，别再弄巧成拙。”

3

这年的春天如快刀斩乱麻一般结束了严冬，明媚的春光倾泻在捷列克谷地里，被驱散的浓雾影踪全无。雪退到山巅去了，当谢尔盖·米朗诺维奇和玛丽雅·李伏芙娜一起登上弗拉其卡夫卡斯的居民特别喜爱的郊游地点萨比茨岗亭时，突然有一股透骨的寒意向他们袭来，这是因为附近的洼塘里积着解冻时留下的雪水。

“我小时候有一次攀上了从我家窗口看得见的一棵树。于是我每天早晨一起身，就走到窗前去看一下那棵大树，自豪一番……”谢尔盖·米朗诺维奇指着有时从树木后面显现的卡兹别克说，它白得耀眼，带着蓝幽幽、寒森森的阴影。“当我想到自己曾经攀上那个地方时，总抑制不住心中的骄傲……”

她望了他一眼点点头。她的目光充满了柔情，使谢尔盖希望她再看一次，再看一次……她想跟他说：“你还将登上哪些山峰呢，亲爱的？”但她出言吐语、一举一动都很沉着，很怕羞。他们的手碰在一起。他握握她的手，她也握握他的手说：

“谢辽查，您接到乌尔儒姆那边的回信了吗？”

“接到了，玛琳诺奇卡，今天早晨接到的！”他很愉快地说，“谢谢您，亲爱的朋友，谢谢您关心我所有的事情……”

她高兴得红了脸，垂下头问：

“那么他们给您写些什么呢？”

他开始向她述说，她默默地注意听着。信上没有什么新的消息——他亲爱的姊姊和妹妹还是过着穷困的生活。玛丽雅 · 李伏芙娜也知道他姊姊妹妹的名字①，她觉得她对她们的了解已经不比对自己的亲人差。谢尔盖说着，她从他的声音中隐隐听到一种歉疚的口吻，她知道这是为什么：虽然他尽可能帮助她们，但是他想作更大的帮助，大好几倍。听他讲话的时候，她不知不觉地把他的生活与行动看作是自己的一般。

谢尔盖离开家庭，因为他已把自己的一生献给了革命。可是她离开家庭又是为什么呢？希望独立生活，不愿成为家庭的负担吗？"要向大家，首先是向自己证明，我能独立生活，我是一个独立的人，是不是？现在我已经证明了。如今我一个人生活着，弹弹钢琴，要跟谁见面就跟谁见面。这是个容易达到的目的！要达到这个目的，不必推翻专制政体，建立合理的新制度——我这个目的在资本主义社会中也能实现。可是以后怎么样呢？自私，冷酷。这难道叫独立生活吗？"

自从遇见谢尔盖以后，她常产生这些新的、对自己抱批判态度的想法。事实上这些想法根本不是他说的——他经常只是很感兴趣地听着她说。但是他的一双异乎寻常的、黑醋栗色的眼睛射出亲切鼓励的目光，在这目光下，你会从新的角度看自己的行动和思想。

在跟谢尔盖认识以前，"革命者"这个词她觉得模糊而遥远。巴维尔 · 鲁什科夫说自己是革命者。他告诉她关于参加"波将金"战舰起义以及被追捕而到处流浪的经过。巴维尔勇敢而诚实，他忠于革命的理论。但是他也会喝得酩酊大醉，那时他跟清醒时仿佛换了一个人——会吹嘘，会说些多余的话。但谢尔盖就不是这样。他对自己的事什么也不提，但跟他说任何别的东西都很有趣：譬如谈文学、谈大

① 谢尔盖有一个姊姊和一个妹妹。姊姊名安娜，爱称阿纽塔；妹妹名叶丽扎薇塔，爱称丽莎。

自然、谈社会生活中的事件……好像他什么都知道，人们都会被吸引到他那儿去，仿佛他身上有磁石一般。

不久以前，他们在市立公园散步的时候信步走到捷列克河边。那儿正有柯洛姆勃夫妇在等他们。后来列娜离开一会儿，带来了两个士兵。他们大概为了避人耳目，走到长着灌木丛的水边。不一会，一个士兵在捷列克河不断的吼声中说起话来……他说在一九〇五年士兵们曾被迫服从长官的命令向工人们开枪，现在他们明白“打错了目标”。谢尔盖马上称赞这句话说得好。

“在日俄战争和革命的年代里，”他说，“俄国士兵——穿着军大衣的农民——经过战火与风暴的锻炼，他们的眼睛都睁开了。”

“再不会被蒙住了……”另一个士兵说，“现在我们的眼睛都擦亮了。我们看到，沙皇的将军们过去率领我们反对的是人民，是我们的父亲和兄弟。现在休想再来骗我们……革命的时代到底什么时候再会来到？如今专制政体又像一座大山压在我们的头上。”

于是谢尔盖指着他们坐的那几块大石头，捷列克汹涌的河水不断地冲击着它们，一次连一次地冲击，一次连一次地化成白沫从旁边滚过。

“瞧，”他说，“你们看到这些大石头吗？浪头一个接着一个冲击着它们，浪头自己撞碎了，仿佛它们的力气都是白费的。但要知道，这些石头在从前山洪暴发的时候被捷列克从上面拖到这儿来的。它把它们从山上拖到这儿谷地里，给自己扫清了河床。这个地质革命发生在千万年以前。但在人类社会中这样的大变动所需的时间要快得多。这就是革命，发生革命的原因跟引起自然界变化的力量同样是不可避免的……”

那时他坐在石头上，白浪滔天的捷列克河在他背后滚滚奔流，他的话跟不间断的、有节奏的涛声和着节拍。

玛丽雅·李伏芙娜从前也知道在国内存在着各种各样的政党，这些政党对革命的意义有不同的理解，对革命事件也有不同的解释。但是听了谢尔盖的话，她生平头一次明白，布尔什维克——列宁的学生——是正确的，他们确信革命的不可避免性，确信一九〇五年未解决的任务仍然要革命解决。

她有时觉得谢尔盖仿佛是发动新世界自然力量反对宙斯的泰坦[①]，可现在正是这个人小心翼翼地挽着她的手，这使她感到奇怪，而且不知怎的有些惶恐。他在自己家里插满鲜花，在她家里又喜欢一连几小时听柴可夫斯基、贝多芬、肖邦的曲子……在春游时他教会了她聆听从天空中传来的、如张紧了琴弦弹出的一种悠悠不绝的声音——那是鹤群在万里无云的天空中飞过。但那几次郊游常常是一种掩护，真正的目的是要跟某些人见面，就像那次在捷列克河岸上一样。当然，从表面上看来没有比这更稀松平常的事了：一对青年男女在晴朗的星期日早晨到萨比茨岗亭去玩儿，有什么可以怀疑的呢？

鸟儿歌唱，溪水琤琮，爱人的手挽着你的手。虽然他只字未向她提起以郊游作掩饰的真正目的，但她知道这个目的一定存在，八成又要举行五一集会了，她既高兴，又有些害怕，幸福的感觉也就分外强烈……可是她想起察里科夫有一次仿佛偶然向她问起谢尔盖，——近来他老是像一头猎犬似的追踪谢尔盖。这件事她虽然不想说，但不能不时时记住，处处留神。

萨比茨岗亭是一座毫无动人之处的小屋子，它后面伸展着一片密林，里面纵横布满狭长的洼地，仿佛是大自然特地为大家准备的野餐和远足的地点。从上面看下去，城里通此地的每一条大路小径都看得

① 宙斯是希腊神话中天地之主宰，众神与人间之父。泰坦是天神攸累纳斯与地神盖娅的儿子，是力大无穷的巨人。泰坦为了争夺天空与宙斯作战。

清，上山去的路都是灌木丛生的洼地——如果有人到这儿来是不可能不被发觉的。弗拉其卡夫卡斯的工人们以郊游为名到这儿来庆祝五一节——工人阶级的节日。聚集在这儿的都是觉悟最高的人：这儿有铁路工人，有卡扎罗夫印刷厂、瓦赫坦果夫香烟厂的男女工人，还有在忧郁成性的索斯兰别克带领下的炼锌厂工人。列娜·柯洛姆勃还带来了三个孟什维克——里亚金、古古希金和克拉赫玛洛夫。这三个孟什维克直到动身时还不知道会面的时间和地点。古古希金与克拉赫玛洛夫是列娜自己到印刷厂去叫的，然后再一起到旅馆去叫里亚金。

地上已铺好台布，酒杯里已斟上浑浊的新酒——一次普通的春游野餐会布置好了。谢尔盖坐在石头上，手里拿着杯子……

"同志们！"这个长久没说的词儿，他自己听来也觉得奇怪。"同志们，一年前我们在弗拉其卡夫卡斯还是一些分散的个体。如今我们是无产阶级大军坚固的一环了。今天是五一节，这儿聚集了本城所有大企业的代表。此外，捷列克省其他许多城市里也正在检阅我们自己的力量……既然我们能在这儿弗拉其卡夫卡斯——专制政体的堡垒——集会，这表示，革命正在全俄国重整旗鼓：在彼得堡，在莫斯科，在基辅，在敖得萨，在乌拉尔，在贝加尔都是这样……这表示，现在所发生的事并不是结束，而是刚刚开始。伟大的俄国革命没有死亡，革命还活着，现在只是暂时的退却，为的是养精蓄锐准备未来大规模的进攻，因为革命的动力——无产阶级和农民——都安然无恙地活着，他们不愿意也不可能放弃自己切身的要求……"

这时古古希金用刺耳的声音说：

"您说得很动听，米朗诺夫同志，但事实究竟是不是这样，我们还需要弄清楚！"

这时忽然有一只乌鸦在人们头上一棵高高的橡树梢上和着他的声调呱呱地叫了几声。于是谢尔盖抬起头来冷笑着说：

“您好，古古希金同志！这是您在我们头上呱呱地叫……”

大家都哄笑着拍起手来，甚至里亚金也笑了一下，等笑声和掌声过后，他用钦佩的口吻说：

“应该承认，您非常巧妙地利用了这位古来有名的黑色悲观主义兼怀疑主义者的插话。但是我代表我们的同志们，其中也包括古古希金同志，向您肯定地说，我们跟呱呱乱叫一通的乌鸦距离甚远，我们只是希望以冷静的态度看今天俄国的现实。不，我们不是怀疑主义者，我们相信历史的车轮是按照我们的意志转动的，但在您认为有必要开展地下活动的地方，我们却认为必须放弃这种活动。”

“呱，呱！……”忽然又传来了鸦声，许多人不约而同地抬起头来往上看。

“这是萨沙，萨沙！”大家高呼大笑。

这是新来报社工作的萨沙·索洛多夫，他跟谢尔盖已经交上了朋友，呱呱的鸦声正是他学的。

里亚金摊开两手扬起眉毛说：

“这是不能容忍的恶作剧！既然辩论就该据理辩论。我们到这儿是来协商的。”

“那好哇，”谢尔盖回答，“我们来协商协商吧。”

他环视了一下集会的人。大家都屏住气等着他讲话。

“专制政体准备隆重庆祝罗曼诺夫皇朝三百周年①，这是您知道的吧？”他问。

“谁不知道这件事！”里亚金冷冷一笑，但他刮得光光的脸上现出不安的神情。

---

① 罗曼诺夫皇朝起 1613 年，讫 1917 年，共 304 年。本节所叙时间是 1911 年，当时距罗曼诺夫皇朝三百周年（1913）还有两年。

“要是破坏他们的盛典，您看怎么样？”谢尔盖问。

他等着里亚金的回答，但里亚金不吭声。

于是谢尔盖进一步说：

“我们用自己的观点来总结一下这三百年。您意下如何？”

里亚金耸耸肩膀，但什么也没回答。

“我们要提出一些口号对抗他们的三百周年，这些口号将发动人民起来反对罗曼诺夫皇朝。”

“怎么发动人民？”克拉赫玛洛夫惊恐地问。

“发动的办法多着呢……”屠雷京慢悠悠地回答他，“集会、游行……”他扳着指头说。

“巷战……”列娜忍不住轻轻地补充说。

“巷战？”克拉赫玛洛夫尖声叫了起来，“这是谁说的？”

“你要知道谁说的干吗？”屠雷京声色俱厉地问。

这时群情哗然。

“难道说你们要革命？”里亚金小心地问谢尔盖。

谢尔盖意味深长地点点头。

“请原谅，但这是冒险行为，是盲动主义！”里亚金摊开两手说。

“是布浪葵主义[①]！”古古希金用嘶哑的声音说。

“呱，呱！”萨沙学的鸦声似乎在附和他们的话，他的头垂向一边，仿佛在打瞌睡。但这次的叫声很可怕，所以没有一个人发笑。

“你们瞧，同志们，”谢尔盖对所有在场的人说，“我们不反对联合行动，但是我们要使我们的联合行动有一个原则基础。现在，这个

---

① 布浪葵主义是十九世纪法国工人运动中的一个流派，因法国著名革命家、空想共产主义者布浪葵(1805—1881)得名。布浪葵主义不估计革命形势，贬低党的作用，轻视与群众的联系。但此处古古希金诬蔑布尔什维克的革命活动为布浪葵主义，实质上却暴露了孟什维克的机会主义面目。

基础似乎不难找。针对这个三百周年，以无产阶级为首的全俄劳动人民也应该作一次示威。因为那时谣言将像洪水一样在全国泛滥，黑帮分子和立宪民主党人将大吹法螺，而且，从今天的谈话看来，孟什维克也会说出暧昧不明的话。关于荒淫无耻、骑在人民头上、血腥屠杀人民的罗曼诺夫皇朝的真相，人民只有从我们布尔什维克的嘴里才能听到。我们要向人民揭露罗曼诺夫皇朝的一切罪行，使这次可耻的庆祝大煞风景，还要努力发动人民来推翻这个统治了三百年的皇朝！”

谢尔盖 · 米朗诺维奇的眼睛闪着光芒，头向后仰着，他以习惯的手势张开五个指头梳了一下他那成波纹状的头发，然后转向里亚金冷笑着说：

“那时要是我们唱起‘走向神圣、正义的流血斗争……’，而你们却拖着‘蹒跚的脚步，拐弯抹角……’——这样我们的步伐是怎么也一致不起来的！”

第十二章

1

弗列依谢尔又把察里科夫叫到办公室去。

“有一件事要跟您谈谈，希望这件事完全适合您的口味，”他用对自己的副官说话时特有的嘲弄口吻说，“这是卡扎罗夫的请柬——他的报馆要庆祝十五周年纪念……对这邀请我连答复也不准备给他，不过希望您能去一趟……”

“是，将军大人！”

“请坐，抽烟吧……登埃尔勃路斯峰的准备工作做得怎么样了？”

“已经报名编入了旅行队，大人。”

弗列依谢尔不吭声，察里科夫也不吭声。

“好，不过要注意！这次旅行是有用意的。”

“是，大人！”

弗列依谢尔默默地点点头：可以走了。

转身敲一下后跟——这些动作干净利落、边式漂亮，仿佛不是他自己在做，而是有人在转动发条：一，二，三……

去参加卡扎罗夫的舞会……怎么不去呢？他自己也接到了请柬，他甚至有理由认为卡扎罗娃太太本人对他怀有一定的好感。可以跟她和她的女儿跳一下玛祖尔卡[①]，这也不坏——她女儿好像长得挺不错……

参加盛会的将有本城的自由主义者、当地名流以及知识界人士——当然也有柯斯特里科夫。他们本来已经相识，很可以所谓“深交”一番。登埃尔勃路斯峰之行——正是合适的话题。

察里科夫因为负有“机要任务”，所以从来不参加什么庆祝会的仪式。当然，那些自由主义者将致词祝贺盛会的主人——《捷列克》报的发行人，还要极口赞扬这位开明、进步、最讲人道主义的企业家。他们还会暗示，要不是官厅粗暴的干涉，报纸一定能为捷列克省作更大的贡献云云。

这些话听起来不太愉快，无聊得很；暗探会把这些话的内容写在报告里，三四天以后这报告就会经过察里科夫本人的手。在庆祝宴会上这一切还要重复一遍，不过那时还有美酒助兴。要是有人喝醉了酒放肆胡来，公开辱骂弗列依谢尔或者要求制定英国式的宪法，那么警察署长先生会把这件事情不厌其详地写成报告上呈将军大人。

不，应该在编辑部大房间里家具全部被搬走、舞会开始的时候才到卡扎罗夫家去参加庆祝会。那时阿兰·察里科夫公爵穿着黑色的切尔凯斯卡在那儿出现，带着疑问的神情略略抬起眉毛，眯着眼睛挺神气地看那一群穿着粉红色、鹅黄色、天蓝色服装的太太小姐。大家都认为，阿兰·察里科夫除了跳舞以外没有别的爱好，——可不是，现在他又来跳舞了。让他们这样想吧！

他向整个大厅扫视了一周——很幸运，他一下子就找到了直接关系到他的“机要任务”的那个人。柯斯特里科夫穿着熨得笔挺的柞蚕丝夏季服装站在玛申卡·马尔库斯身旁，她是弗拉其卡夫卡斯最漂亮的小姐之一。米朗诺夫的嘴在这个美丽的姑娘的耳边凑得特别近，显然是在跟她耳语些什么，察里科夫看到了这情景醋兴勃发，他飞也似的向她跑过去，把脚一蹬行了个礼。这时大厅里已经响着克拉科维亚克[2]热烈的音乐。

---

① 玛祖尔卡是一种波兰民间舞。与之动作近似的一种交际舞也叫玛祖尔卡。

② 克拉科维亚克是一种两拍子的波兰民间舞，旋律活泼轻快。因波兰一城市克拉科夫而得名。

“请允许跟您的这位女士跳一支舞！”

米朗诺夫绷紧了脸，眼睛在笑——这含笑的目光很明显是投向玛莎的，——他点点头，于是阿兰就把玛莎带走了。他的切尔凯斯卡的衣襟飘落摆动起来，擦得雪亮的靴子光射四方，他那鼻子奇大的小脑袋在长脖上转动得十分灵活。

“他舞跳得的确不坏，没有话说。玛琳诺奇卡也不逊色……她满脸通红，她的眼睛，正像巴夫鲁希卡说的那样，跟宝石一样明亮……不过察里科夫舞跳得固然很好，但他的眼睛扫视着四周，特别注意着我。当然，他是机要副官——这份俸禄不是白拿的……”

一支舞结束了。察里科夫把玛莎送过来，把脚一蹬行了个礼扶她坐好。玛丽雅·李伏芙娜挥着扇子望着窗外。谢尔盖看到她轮廓显明的面部侧影，宛如铸在古币上的侧面人像。从她闭紧的嘴、低垂的眼睛，他猜到她的心情：她跟察里科夫舞是跳了，但不想跟他谈话。不但如此，她还讨厌他，怕他。所以当谢尔盖好像很乐意地跟察里科夫交谈起来的时候，她当然觉得很奇怪。

他们正谈着即将举行的登埃尔勃路斯峰之行。察里科夫说他可以从总督本人的马厩里弄到马匹。

“非常感谢您，阿兰·萨法尔别科维奇，不过一般的战马是不适用的。在纳尔奇克城或是尼日尼·巴克桑城有人可以给我们弄到一批卡巴尔达马，这种马受过专门训练，善于登山。我们骑马沿巴克桑河到阿捷尔-苏，然后再步行，当然，我相信您不会反对与我们同行。只是目前您得先在附近的山上锻炼起来——即使去攀登一次北山也是好的……否则，您知道去年夏天攀登卡兹别克的时候，一个年轻的新手出了多大的洋相？”

察里科夫皱起了眉尖。这是一件不愉快的事情：沙文中尉奉弗列依谢尔的命令参加了由科技协会组织的攀登卡兹别克的旅行，但因为山路崎岖坚持不住，他没有到达山巅就中途折回。但以屠霍夫斯科依与米朗诺夫为首的登山队却顺利到达了最高峰。

“我不会发生这样的事！”察里科夫骄傲地回答，“第一、我们山里人个个都是天赋的登山运动家；第二、最近我得到了一套最好的外国登山装备。”

“对于外国装备，我建议您要抱批判态度，”米朗诺夫说，“在最近一次攀登卡兹别克的时候，我穿了一双带钩鞋[①]沿着覆冰的坡面往上爬，险些送了命。尽管这种鞋正是介绍给大家作登山用的，可是我那次穿的一双带钩鞋虽然是外国货，却差点儿呜呼哀哉。”

乐队奏起了旋律缓慢、甚至带有一些庄严色彩的四步舞曲。察里科夫梳得光溜溜、能滑死苍蝇的头又在玛丽雅·李伏芙娜面前垂下来。她朝谢尔盖看了一眼；谢尔盖悄悄地点点头。他不禁欣赏着她苗条的身材在一对对舞者中间翩若惊鸿，但一看到她的舞伴滑溜溜的头、银色的弹巢和金色的肩章，谢尔盖蹙紧了眉心。

他很难过。为什么呢？他明明知道她对自己的感情，知道她对现在跟她跳舞的这个察里科夫不仅冷淡，甚至厌恶。只要他说一声不愿看到察里科夫在她身边，她就会把察里科夫撵走。不，完全是别的想法使谢尔盖不快。他了解并爱着他的玛琳诺奇卡，而现在仿佛看到她被一条黑色的毒蛇——这是他对察里科夫的印象——俘虏了。这有点儿像大祸临头的预兆……

“谢辽查，我到处找你……”

萨沙·索洛多夫弓着腰走到米朗诺夫跟前；在他带几分病容的脸上挂着一丝冷笑，他那笔直的、淡黄色长发耷拉在额上。

“弄清楚了？”谢尔盖突然想起了一件事，就问他。

---

① 一种适用于爬杆、登山的鞋子。

"弄清楚了，"萨沙回答，"原来我们的老板在下工后马上召集印刷厂的全体工人，互相祝贺了一番……老板请他们到我们熟悉的'卡兹别克'酒店去，还说出了他存在这个酒店的一笔钱的数目。我们的无产阶级在那儿可以痛痛快快喝一气。"

"好慷慨的主人！"谢尔盖冷笑了一下。

"怎么不是？"萨沙也顺着他的口吻说，"自由主义猪猡毕竟是自由主义猪猡。早晨他还向工人们说过一大堆肉麻话，恨不得把心都掏出来呢！"

"哎，哎，说什么呢！"谢尔盖把手一挥，"自由主义者对资产阶级和各种各样的官吏总比对正直的劳动者更有好感，虽然劳动者为他赚了许多钱。他还向我发誓说一定要请工人们参加这儿的晚会哩。算了，见他的鬼去吧！既然我们的朋友们都聚在'卡兹别克'，那我就直接到那边去。你，萨沙，等那个军官把玛丽雅·李伏芙娜送到这儿来。你可以高声说我因编辑部的事被叫走了，然后悄悄告诉她我在什么地方，再陪她到'卡兹别克'来。"

"那军官是谁？"

"弗列依谢尔的心腹走狗察里科夫。他死乞白赖地缠着我。玛莎说得对，要提防他。就这样吧，我在那儿等你。"

2

弗拉其卡夫卡斯的老居民还记得现在的"卡兹别克"酒店过去叫"吉戈，您好"。那时这家酒店设在地窖里，门口一张给苍蝇蹲得稀脏的粉红色纸上写着："经常供应羊肉汤"，此外毫无特出之处。

现在这家酒店已搬到铺面上，地窖里堆满了酒桶。感谢建筑师，酒店旁边附建了一条回廊，那里可以望见士兵奥西波夫的纪念碑——

这座镌有鹰徽的碑碣是为纪念一个俄罗斯士兵在高加索战争中的功勋[1]而立的。纪念碑的周围是一个小花园。回廊里经常有人拉提琴，大热天这儿可以买到冰淇淋、冰冻果子露和矿泉水，不用说还有第一流的庖厨。

店主吉戈——格奥尔吉·艾里兹巴罗维奇——是个前额凸出的大胖子，他标榜民主，因为他相信，要是一个酒店老板不标榜民主一定要破产。因此他把地窖作存放酒桶之用，把堂口移到院子里。那儿的垃圾箱臭气冲天，但长着三棵高大古老的法国梧桐，这几棵树大概是从弗拉其卡夫卡斯还是一片原始森林的时候留下来的。可能就是为了提醒大家想象一下这里在原始时代的情景，所以在与院子相连的一堵无窗的墙上画着几只鹿——那是用红颜色画的，这样在白墙上能醒目些。俯临院子有几座木头凉台，这是高加索建筑艺术的特点。人们在这样的凉台上吃饭、喝酒、接吻、摇孩子。当下面花园里发生常有的打架与械斗事件时，邻居就是好奇的观众，有时还是将来庭审时的证人。

在法国梧桐的树荫下放着一张张小桌子。但这些桌子都可以移动拼成一张大桌子。这天晚上，格奥尔吉·艾里兹巴罗维奇收了卡扎罗夫的一百卢布，也是这样把小桌子拼在一起，把整个小花园都包给印刷厂的工人们。他明白，要是这些印刷工人喝起酒来，他们老板的一百卢布是不够的。

当谢尔盖·米朗诺维奇沿着狭窄的拱形走廊走进小花园时，晚会刚刚开始。小花园里挂着一串串彩色灯泡，灯下一张长桌周围坐着印刷厂的工人。这里笼罩着一片庄严隆重的气氛。有家属的工人带了老

---

[1] 阿尔希普·奥西波夫(1802—1840)是高加索战争中的英雄。在一次战斗中他炸毁火药库，与数百敌人同归于尽。

婆一起来，她们又带着孩子，有的甚至抱着吃奶的婴儿，因为家里没人照顾。大家都是过节打扮。到处可以看到黑色的上衣和雪白的衬衫——这是排字工人的服装。特别引人注目的是色彩鲜明的女人衣服。男人大多穿斜领衬衫，但坐在长桌首位的屠雷京这次却用衬领，打着一条黑领带。这儿的一切都显得体面和真正的庄重，这些被印刷厂繁重的工作折磨得疲惫不堪的脸绝不像商人、工厂主和官僚显贵们索然无味的面孔，这使谢尔盖觉得自己仿佛重返阔别多年的故乡家园，而且恰巧赶上一个盛大的节日。

到处都有人向他露出笑容。屠雷京指了指自己身旁的一个座位。但谢尔盖在靠近出口的地方坐了下来——因为还有玛琳诺奇卡和索洛多夫要来，——他正好坐在一部分最年轻的工人中间。印刷厂的学徒瓦尔卡·季亚青科、格里沙·索尔达托夫、谢尼亚·马尔古勉茨都是些顽皮、好动的孩子，但现在正受着庄严气氛的拘束，他们乖乖地坐在那儿，睁大了眼睛看着。

“他们永远不会忘记这一天。”谢尔盖想，他想象着这些孩子将来成为龙钟的老人，在社会主义社会里告诉他们的孙儿们：从前，像报刊这样为全人类服务的神圣工具竟是一个人的私有财产，这个资本家可以把他掠夺来的社会财富用来为他自己的利益服务；另外一些富人可以廉价买去报馆的一半或四分之一，然后同样为了满足私利而大事吹嘘他们的品质颇为可疑的商品。想到这里，谢尔盖既高兴，又有些惶悚。是的，他们将永远记住这一切，记住在座的每一个人以及在这儿听到的每一句话。

谢尔盖·米朗诺维奇这么想着，在大家的影响下，一种庄严的感觉控制着他，他注视着宴会的进行。

开始时，希普科夫代表主人向工人们祝贺，接着不知为什么他把今天的庆祝会跟圣经所载的婚礼相比，把这时聚在卡扎罗夫家里的宾客比作据他说是“有崇高思想”的马利亚，而把聚在这儿“卡兹别克”的人比作能干的玛尔法。

“这么说，我们的主人好像就是耶稣基督了。”屠雷京冷笑着说。看来他今天喝了酒，这在他是很难得的，他那一双目光坚定的蓝眼睛在通红的圆脸上闪着愤怒而兴奋的光芒。

人们都笑了起来。希普科夫很窘，连声干咳着，这时克拉赫玛洛夫举杯祝贺主人健康，喊了一声“乌拉”给希普科夫解了围。跟着他喊的人很少，但大家都喝了酒。格里沙和谢尼亚豪放地一饮而尽，然后学大人的样吃些黄瓜。瓦尔卡也鼓足勇气拿起酒杯就喝——但是酒在喉头噎住了，他差点晕厥过去……

希普科夫因为说话出了丑，所以叹着气、划着十字走了。

大家吃得很高兴，谢尔盖虽然在卡扎罗夫家里吃过丰盛隆重的午餐，可是这时食欲又振；他忽然记起，当他在老板家里进午餐时，因为讨厌周围的人，几乎什么也没吃。

现在他津津有味地吃着，虽然人们常往他那边瞧，但这丝毫也不影响他的胃口：他觉得像是回到了自己家里，虽然他知道这个家庭的成员对他的态度并不是同样好的。

当然，屠雷京是他的同志、朋友，也是弟兄。这儿他还有像瓦尔卡、格里沙这样的年轻朋友。但是也有敌人。譬如希普科夫就常常说他的坏话，这家伙恐怕跟暗探局还有勾搭——这是卡扎罗夫亲口对谢尔盖说的。

“我从他那儿知道，您在跟我展开阶级斗争，”卡扎罗夫说，“您要当心，我跟我的印刷工人们有问题总能商量，可是事情如果给当局知道了，不知会对您有什么看法呢！”当时他是用同情和玩笑的口吻说的，但他的声音中包含着威胁。

瞧那个古古希金，他虽然不在背地里诬陷谢尔盖，但比希普科夫或克拉赫玛洛夫更恨他。古古希金不时透过铜边眼镜用一种奇怪的、惊恐的目光望着谢尔盖，好像谢尔盖在这儿他就活不下去。这是一个政治上的敌人，所以谢尔盖虽然不看他，也时刻感到他在场而格外警惕。古古希金随时能背引马克思或恩格斯的著作，但他引经据典的结果却总是对工人阶级不利，对革命不利，那时就必须立刻跟他展开争论，重新解释被他曲解的引文……最困难的是古古希金不像克拉赫玛洛夫那样在主人面前阿谀奉承。一个年老的装订工马里亚金喝醉了酒含着泪花喊了一声："弟兄们，老板付钱请我们喝酒，让我们为他干一杯！"这时屠雷京起来说话了，他举着酒杯向大家解释，卡扎罗夫的全部财产都是靠剥削工人的剩余价值得来的。屠雷京说得头头是道，古古希金频频点头表示同意。屠雷京说，工人不应该被卡扎罗夫施与他们的这些小恩小惠所蒙蔽而忘了他们自身恶劣不堪的生活和劳动条件。最后屠雷京在大家一致拥护的欢呼声中，意味深长地号召大家举行罢工，争取九小时工作制，增加工资，修理印刷厂厂房；这时古古希金也高呼：

"我赞成！"说完举起了酒杯。

桌子都搬开了，大家开始跳舞。伊凡在谢尔盖身边坐下来抱住了他；从屠雷京身上发出热呼呼、香喷喷的酒味。

"你好像对我不大满意，谢尔盖？"他说，"可是你自己也说过多少次，现在已经到了时候，应该教训一下老板，并且准备罢工。"

"罢工要准备，但不是像你这样做法，要逐渐地、小心地准备，"谢尔盖回答说，"为什么要拿着酒杯准备呢？而且又有希普科夫、克拉赫玛洛夫在场。要坐牢是最容易不过的。可是工作叫谁做呢，我的朋友，我的同志？"

"啊，两位布尔什维克阴谋家，你们又在交头接耳，又在窃窃私语了！……"古古希金老头大声说着在他们身边坐下。他喝得很多，他虚弱的身子仿佛被风吹得东摇西摆。“谢尔盖·米朗诺夫，”他摇着头说，“你这个列宁派把工人从争取自己的阶级利益的斗争中引开，叫他们去为其他阶级的利益斗争……”

“其他什么阶级？”屠雷京愠怒地问，“你去睡一觉再来。这儿没你的事，你来干吗？……”

“伊凡，你问什么阶级吗？我说，照科学的说法，叫小私有者阶级，换言之，就是农民，俄国的农民，——这是无产阶级的绊脚石。”

“你们孟什维克才是无产阶级的绊脚石，你们在五一节集会上已经表明了这一点！”屠雷京忿忿地说。“你不想想，你自己是什么人？一个农奴的儿子，你父亲是被地主砍死的。你忘了吗，你这个忘本的人？……”

“没有忘记！但我从自己脚上抖掉了这灰烬，抖掉了！我是纯粹的无产阶级。”

“难道说我不是纯粹的？”屠雷京生气地问。

“等一等，屠雷京，”谢尔盖阻住他说，“就算他纯粹，我们不纯粹。问题不在这上面，古古希金。在我们上一次的争论中，您也同意必须保存地下的革命力量，在这个问题上您甚至跟自己的朋友——里亚金和克拉赫玛洛夫——意见分歧。那么请问：您认为地下活动的任务是什么呢？”

“多可笑的问题！专制政体是不是还存在？特务、警察、宪兵、斯托雷平、尼古拉希卡[①]以及其他一切坏蛋是不是还存在？存在！他们是不是统治着国家？统治着！这就是说，公开的活动虽然有一些可能，但主要的工作应该是地下活动。普列汉诺夫就是这样教导我们的，我们……”

---

① 对沙皇尼古拉第二的鄙称。

“地下活动为什么要存在呢?”谢尔盖耐着性子继续问。

“怎么——为什么?”古古希金开始生气了，“主要是为了宣传马克思主义，印发传单，讨论问题，甚至还为了跟你们布尔什维克争论……”

“这一切又是为了什么呢?”谢尔盖问。

他平心静气、和颜悦色地问，但古古希金却从他的声音中听到嘲笑的口吻，于是他恼怒地说:

“您还年轻，米朗诺夫，不配取笑我。我坐牢的时候，您还拖着妈妈的裙裾呢……您问搞地下活动为了什么?为了工人阶级的解放——就是为了这个!”

“解放俄国工人阶级——这就是伟大的俄国革命，但没有农民，革命就革不起来。”谢尔盖说着向渐渐围拢来的工人打量。

围拢来的人中一部分是清醒的，有一部分人带着几分醉意，但个个脸上现出注意和严肃的神情。舞继续在跳。因为看不到希普科夫、克拉赫玛洛夫两个人的影踪，谢尔盖想:“没有关系，可以说，”——于是他继续严肃、清晰地阐述布尔什维克对于革命中工农联盟的看法。

“你们孟什维克之所以不关心农民问题，轻视农民的利益，是因为你们已经把俄国革命的思想丢在脑后……”

他忽然住口不说了，霍地站起来，推开古古希金。这时索洛多夫走进了院子，他担心地四下张望着。

“谢辽查!你在这儿?哦，好极了。”他说着向谢尔盖伸出手去，虽然他们刚才已经见过面。“你走了以后察里科夫急得什么似的，他老缠着我们，我跟玛丽雅·李伏芙娜怎么也没法摆脱他。现在他送玛丽雅·李伏芙娜回去了，我假装喝醉酒脱了身，急忙到这儿来。我建议你到奥塞梯村扎索霍夫家或到库尔斯克村去借宿一宵……”

古古希金摇摇摆摆走到他们跟前。

“年轻人，”他说，“对我们来说，任何农民问题都不存在，民族问题也是一样。”

“世界上根本什么也不存在，就连世界也只是我们想象中的东西。”索洛多夫冷笑着说，说着像个顽童似的跟着谢尔盖一溜烟跑了。

3

城里都在谈论弗拉其卡夫卡斯科技协会旅行组顺利登上埃尔勃路斯峰的事。这次旅行的领导者谢尔盖·米朗诺夫近来哪儿也不露脸——据说他逗留在纳尔奇克。但这些流言是谢尔盖故意放的空气，事实上他不仅已经回到弗拉其卡夫卡斯，而且靠了哈兹巴狄尔·安季耶夫的帮助在离弗拉其卡夫卡斯不远找到了一个秘密的地方，为的是召集布尔什维克商量一件要事。

会议地点在比萨比茨岗亭还高的山里，这是一处荒凉偏僻的所在。右边是直耸云端的峻岭，左面是通向谷地的陡坡。在谷地那一边离此至少有五俄里的地方，层层叠叠、嶙峋峥嵘的峰峦露出灰色花岗岩的秃顶。如果看得仔细一点，还可以看出上面有雪斑处处。这地方非常荒凉、僻静。尽管如此，会议还是在屠雷京过命名日[①]的名义下举行的，以防万一。

几乎可以确信，这地方是在敌人监视区之外。但谢尔盖他们还是采取了一系列防备措施，布下了岗哨。地上铺好白台布，放好茶炉子、家常食品，杯子里斟上了酒……屠雷京是命名日的主人，他钮孔上插了一朵红玫瑰，时而把视线越过同志们的头望着远处：他在注意通下

① 命名日是同名圣徒的纪念日。教徒对命名日的重视比诸生日有过之而无不及。

面的一条笔陡隘道上的岗哨是否在打起暗号，虽然敌人从下面潜上山来几乎是不能想象的。不过这条隘道有很大的意义，这条路也是哈兹巴狄尔·安季耶夫指出的。甚至党委委员也不是个个知道这条路的。在万不得已的时候可以沿这条小路躲到山下去。

四周悄然无声，毫无动静，只有偶尔从遥远的地方隐约传来雪崩的隆隆声。谢尔盖·米朗诺维奇说话的声音虽然不高，但在大家注意力集中的一片寂静中听来却特别有力。他说，整个广大的国家里正吹起了一阵清风，在彼得堡、莫斯科以及其他工业大城市里正在展开罢工运动；新近在彼得堡创刊的工人报纸《明星报》①一篇接一篇刊载了列宁的文章；在列宁的领导下，在国外召开了中央委员会，会议决议在近期内要召开一次党代表会议②。

“从这一切看来，反动时期快要过去，革命高潮正在开始，工人阶级又将起来为实现自己伟大的理想而斗争。为了保证这个斗争的胜利，必须有一个坚忍不拔、纪律严明的党领导工人阶级。列宁现在正在培养这样的党，不久就要召开党代表会议了。当然，我们在弗拉其卡夫卡斯只是小小的一群，但在缔造和锻炼党的斗争中我们决不落后……”

大家还听了谢尔盖的传达：为了准备召开党代表会议，筹备委员会的代表将到这儿来。

议事日程已经完毕。但待在这儿的悬岩上多好啊！这儿可以俯瞰树木葱茏的谷地，从冰块下面流出来的一条小河在谷地里曲折盘旋。

“怎么样，谢尔盖，登埃尔勃路斯总比登我们的卡兹别克容易些吧？”安季耶夫问。

---

① 《明星报》是布尔什维克的公开报纸，于 1910 年 12 月至 1912 年 4 月在彼得堡出版。

② 即 1912 年 1 月在布拉格召开的全俄第六次党代表会议。

他戴着白毡帽，穿着深褐色褂子，手里拿了根棒，活象一个牧人——他就是这付样子来的，来这儿之前他曾到沙东矿地和阿拉吉尔厂去过。在他那句开玩笑的问话中带有一些妒忌的口吻：不知谢尔盖是否瞧不起卡兹别克了？谢尔盖捉摸到这层妒意，就笑着回答：

“难也罢，容易也罢，反正从埃尔勃路斯峰往下看跟站在卡兹别克顶上看到的一样！”说完他指指下面峭壁和岩石中间一个奥塞梯村落。

一缕缕炊烟努力想升到他们所在的高度，但是风把它们吹散了。

谢尔盖轻声地继续说：

“很难说哪儿的农民生活苦——在这儿奥塞梯还是在山那边的卡巴尔达。资本主义侵入奥塞梯山村的生活比较深，那儿的剥削也比较露骨、无耻。在卡巴尔达，表面上看来一切都比较体面，卡巴尔达人的性格比较沉默。但要是毫无偏见地看一下今天卡巴尔达山村的生活，您会发现在因循落后、停滞不前的表象下隐藏着骇人听闻的剥削与千百年的封建压迫。卡巴尔达农民也曾经好几次起来反抗这种压迫。当然，如果卡巴尔达民族中的不少好人以及个别忠于人民的知识分子不帮助我，我一定完成不了这个任务。他们在我的行程中伴送我，在跟农民谈话的时候给我翻译，他们向我解释了许多我不理解、不知道的新东西。陌生的东西是那么多，我简直觉得自己成了麦哲伦[①]或是米克鲁霍-马克莱[②]！”他笑着说，“但到底也有一些是熟悉的。你们奥塞梯人有关于跟封建主作斗争的人民英雄切尔敏的传说；同样，卡巴尔达人也有关于自己的人民领袖、农民军的创始人宽肩膀达玛烈依的故事。达玛烈依聚集农民军打垮了目空一切的卡巴尔达封建主，迫使他们订立保证各阶层一律平等的条约。虽然后来封建主用欺骗手段杀害

① 麦哲伦（约 1480—1521）是葡萄牙杰出的航海家。

② 米克鲁霍-马克莱（1846—1888）是俄国杰出的学者和旅行家。

了这位农民领袖，但他的英雄事迹流芳百世，在卡巴尔达山村里至今仍在唱歌纪念他，从这些歌里可以听到卡巴尔达人民的儿子们蕴藏在心里的希望。这些蕴藏在心里的希望就是我们应该倾听的。因为在行将来临的俄国革命中，全俄国各被压迫民族都会来帮助俄罗斯人。在这儿奥塞梯，我们的工作已经开展。安季耶夫同志跟梯弗里斯组织和天才的奥塞梯作家阿尔先·柯佐耶夫建立了书面联系。我在卡巴尔达目前还没找到布尔什维克或者跟布尔什维克有联系的人。但是现在，我到过卡巴尔达以后，可以肯定地说，在巴克桑河、切盖姆河、玛尔卡河偏僻的谷地里不仅能听到风的呼啸，那里我们还能听到民主革命希望的歌声……”

他这样说着渐渐打开了通向未来的道路，他的话真像振奋人心的战歌。

4

“我是多么遗憾，可敬的谢尔盖·米朗诺维奇，我和您没有准确约定一同攀登埃尔勃路斯的时间，没有和您一起完成这次旅行！”察里科夫走进编辑部时，还在门口就对谢尔盖·米朗诺维奇高声地说，谢尔盖站起来迎接他，并指指自己桌边的一张靠椅请他坐下。

察里科夫坐到靠椅上，身子微微向一边倾侧，把一条腿搁在另一条腿上。他把靴子拉拉紧，迅速地扫视一周：编辑部的工作人员都坐在各自的桌旁静悄悄地埋头工作着。

“是啊，的确是这样。登山的准备工作比我预计的结束得早一些。延迟耽搁可能把好天气错过。”谢尔盖·米朗诺维奇冷冷地说。

“他干吗光瞪着眼睛盯住我，像饿狼看到了绵羊似的？”谢尔盖·米朗诺维奇心想，他的目光注视着察里科夫一双饥火燃烧的眼睛。“小心哽了喉咙……”

“我找您有一件事情……”察里科夫说，“是总督弗列依谢尔将军大人差遣我来的。”他意味深长地补充一句。

谢尔盖·米朗诺维奇在椅子上坐下来，板起一付特别的、石雕似的脸，人们，甚至是对他怀着敌意的人们，看到他这付脸不仅会肃然起敬，而且还会毛骨悚然。

“我洗耳恭听。”他说。

“总督衙门收到贵族沙曼斯基先生和哈拉维多夫先生递的抗议书。他们以高尚的贵族身份对您在关于登埃尔勃路斯峰的通讯中给他们取的名字（狒狒）表示愤慨。我奉命来了解您有什么文件为根据给他们起这个名字。”

“好。”谢尔盖·米朗诺维奇说。他的眼睛里闪耀起愉快的火花。他拉开自己写字台旁边的一只抽屉，从那儿拿出一束文件。“请看，这是您提到的两位高尚贵族的正式声明，声明说他们曾攀上埃尔勃路斯最高峰。如您所见，这份声明是寄给弗拉其卡夫卡斯登山俱乐部主席阿·伊·屠霍夫斯科依的。屠霍夫斯科依先生就委托我调查这一事实。我问过几位当时目睹实况的向导，得到的结果证明：您所说的这两位先生原来是大言不惭的空谈家。”

“贵族们的话不需要证实。但这个侮辱性的字眼——狒狒——是什么意思？”察里科夫一面问，一面不经心地翻着文件。

谢尔盖·米朗诺维奇的嘴唇上掠过一丝冷笑。显然，这位军官从来没听说过法国名作家阿尔方士·都德的那篇作品[①]。

“事情是这样的：狒狒先生曾宣布自己一系列的功绩，其中包括

---

① 阿尔方士·都德（1840—1897）是法国现实主义作家。都德在他的代表作《达哈士孔的狒狒》中塑造了一个大言不惭的小资产阶级人物的幽默形象“狒狒”，他老幻想建立“丰功伟绩”，但结果总是丑态百出。

登上勃朗峰[1]这件事，他所提出的证据跟沙曼斯基先生和哈拉维多夫先生声称自己登上埃尔勃路斯峰的证据差不多。”谢尔盖·米朗诺维奇说。

希普科夫的蚊子式脸上露出得意的神情，他连跑带跳穿过房间，把身子探出窗外。他的两只脚踮离了地板。察里科夫把滑溜溜的头转向窗口，倾听着从街上传来的士兵们沉重的脚步声。谢尔盖·米朗诺维奇迅速地站了起来。门打开了，玛丽雅·李伏芙娜几乎是奔跑似的冲进了房间。

察里科夫连忙站起来行礼，他撒开一双细腿飞也似的跑到她跟前。玛莎连正眼也不给他一个，她走到谢尔盖跟前，他握住了她的手。编辑部的工作人员都从座位上站起来，大家都莫名其妙地议论纷纷。

“你怎么啦？”谢尔盖·米朗诺维奇轻轻地问玛丽雅·李伏芙娜。

“报社给包围了。”她断断续续地低声回答。

“要保持绝对的镇静。”他悄悄地说。

一个宪兵军官走进编辑部，他首先找到了察里科夫。察里科夫用眼色叫他注意谢尔盖·米朗诺维奇。大概只有玛丽雅·李伏芙娜注意到这个眼色。

“假仁假义地出卖朋友的人叫什么名字？”她高声问。

“好像叫犹大[2]……”谢尔盖同样高声回答，“这是一份苦差使，干这一行的都是天生的奸细。”

察里科夫的脸顿时发白，耳朵唰地红了起来，他紧咬着牙齿……

---

① 勃朗峰在法国、意大利及瑞士交界处，是阿尔卑斯山脉的最高峰，高度为四千八百一十米。

② 犹大是圣经所载出卖自己的老师耶稣的叛徒。后来“犹大”已成为“叛徒”的同义语。

“可惜我不能跟国家罪犯决斗……”他说。

“请保持安静，”那宪兵说着向自己手里拿着的一张纸看了一眼，“我可以见见卡扎罗夫先生吗？”

有人给他指了指挂着蓝牌的一扇门，他走了进去，希普科夫也跟着他跑过去。“他多么得意！”玛丽雅·李伏芙娜心想。

“还决斗什么！对这种混蛋应该狠狠地揍，打他的耳巴子。”萨沙·索洛多夫说，他是跟在宪兵后面悄悄地走进来的。

察里科夫朝他扑过去。谢尔盖·米朗诺维奇护住了萨沙。

“显然，我现在还没有被捕。”他说着用嘲弄和轻蔑的目光向副官看了一眼，察里科夫只得转身走到窗子那儿去。

总编辑办公室的门打开了，卡扎罗夫神色沮丧地从里边走出来。

“我只能表示遗憾。”他耸着肩膀说。

“我宣布现在此地的政治犯谢尔盖·米朗诺维奇·柯斯特里科夫已被逮捕！”宪兵郑重其事地说，“请跟我走。”

“未看到逮捕证以前，我不离开这所房子。”

“请吧。”宪兵说。

他从卡扎罗夫手里拿过一张纸交给谢尔盖·米朗诺维奇。说也奇怪：玛丽雅·李伏芙娜目不转睛凝视着谢尔盖，他的脸对于她是无比亲切的，他脸上的表情有任何细微的变化她都能理解；但现在她发现，谢尔盖向那张纸一看，脸上竟现出满意的神情。除了她，谁也没有注意到这点，因为就在这同时谢尔盖·米朗诺维奇露出惊讶的神情向宪兵说：

“这是一桩误会……”说着他把这张纸给玛丽雅·李伏芙娜看。

宪兵马上从她手里夺去那张印着一只双头凶鹰的逮捕证。但是玛丽雅·李伏芙娜已经看到了她要知道的内容。

宪兵伸出一只像一块肉一般又红又肥的手，指着门请谢尔盖走。

"再见，朋友们！"谢尔盖·米朗诺维奇向聚在编辑部里的同事们一个个看过来告别。他的目光停留在门口几个排字工人的脸上。

他的目光跟伊凡·屠雷京的目光相遇了——屠雷京放下了心，因为他看到谢尔盖·米朗诺维奇的眼睛闪着愉快、热情的光芒。他再次向大家鞠了一躬，然后小心地在玛丽雅·李伏芙娜的头发上抚摸了一下，她立刻用两手蒙住了脸。

……有人碰了一下她的胳膊——这是屠雷京。他的眼睛仿佛一下子大了许多，他以眼色叫她注意谢尔盖·米朗诺维奇的桌子。谢尔盖被带走了。大家都往窗外看。她马上跑到桌子跟前，把谢尔盖的一些文件都拿出来。屠雷京把它们交给瓦尔卡，瓦尔卡拿了就跑。

"搜查过吗？"屠雷京悄悄地问。

"没有。"她继续迅速地打开一只只抽屉回答。

"印刷所已经在搜查了，马上就要到这儿来……得快些……"屠雷京说。

"逮捕证上写着：'潜逃的国家罪犯'。"她说。

"潜逃的？"屠雷京问，"唔，那么说，这是一笔老账。"

屠雷京要走了。她拉住了他的衣袖，说：

"屠雷京，我不愿一个人待着。我早就有这个打算，现在再也不能等待了……请接受我入党！"

5

一九一一年夏天，那个在一九〇九年把谢尔盖·米朗诺维奇从伊尔库茨克送走的别洛焦罗夫不得不离开他故乡的城市，因为现在他也有被捕的危险了。按照党中央的指示，别洛焦罗夫前往梯弗里斯，预定在那儿跟党代表会议筹委会委员之一见面。

他们见了面。别洛焦罗夫接受党的任务，要到北高加索各城市去进行党生活中未来的一件大事的准备工作，他在十月初沿格鲁吉亚军道从梯弗里斯到弗拉其卡夫卡斯去。

山路上冷得厉害。但是别洛焦罗夫是土生土长的西伯利亚人，他甚至用温柔的目光望着卡兹别克村中的雪堆。一路上他在整个达里亚尔峡谷路边的山上都看到积着雪水的坑洼，从下面捷列克河咆哮着的谷地里袭来一阵阵冰冷的寒气。别洛焦罗夫默默背诵着许多俄国诗人的诗篇，头上蔚蓝色的天空使他想起自己没有失去自由。

“真难想象，要是我不离开伊尔库茨克，现在已经坐在亚历山大苦役监狱的臭牢房里了！但不应该想这些，应该想的是我没有失去自由，我可以生活、斗争。到了弗拉其卡夫卡斯我就可以跟那个谢尔盖·柯斯特里科夫见面，梯弗里斯方面都说他非常好。当然，我没忘记谢尔盖·柯斯特里科夫——他是个机警的同志！他在我们西伯利亚学完了党的课程，他一定能在你们的高加索通过考试得到党的文凭。”别洛焦罗夫想起了这个茁壮、灵敏的柯斯特里科夫和他富有表情的脸。向他看第一眼——他仿佛在蹙额发愁；第二次再看——不，他挺高兴，甚至带着一些讥诮的神情；第三次仔细一看——他原来是个挺和气的人！但这和气丝毫也没有好好先生的无原则态度，他会嘲笑，也很警惕，还有潜藏着的力量。

别洛焦罗夫这样想着在弗拉其卡夫卡斯市立公园的林荫道上走，他已经预感到就要跟一个朋友见面的喜悦而微笑着。是啊，这儿不是梯弗里斯——那儿还是夏天，可这儿天空虽还明朗，但有一种萧瑟之感。风在已经光秃秃的树梢高处呼啸，空中飘旋着缤纷落叶。

瞧，报亭就在面前了。一切都很准确，一切都跟预先通知他的一样：一个脸色黝黑、长着两道黑色浓眉的人站在柜台旁边。他面有忧色，正在沉思……

“请问，你们卖不卖冰淇淋？”别洛焦罗夫问。

站在柜台旁的瓦冈诺夫听到党内的暗语猛地一震，他抬起头来。

一个瘦长的人从垂着的眼睫毛下望着他，棕红色的胡髭下藏着亲切的微笑。问买冰淇淋只是暗语的开头，必须用暗语回答。

“您要哪一种冰淇淋？”瓦冈诺夫问。

那个“爱吃冰淇淋的人”不吭声……也许他会说：“您有什么就给什么。”也许他会说奶油的、柠檬的或是杏仁的。

“樱桃的。”那人不动声色地回答。

这是自己人，是同志。

“欢迎欢迎，同志，我们等了很久啦！”瓦冈诺夫轻声地说，“您来得正是时候。请往下走，到捷列克河岸边去，那儿有一个卖冰淇淋的小亭子，您会看到一位穿黄颜色上衣的太太和两个孩子。”

一切都很顺利。可是那个报亭主人的一双灰眼睛为什么这样忧郁？一种隐隐的焦虑渐渐使别洛焦罗夫的心头蒙上一层阴影。

他找到了那个穿黄颜色上衣的女人，她长着一头鬈发，一张狭长的脸相当别致，自有其动人之处；她手里正在编结什么东西，两个孩子在离那儿不远的沙地上玩儿。别洛焦罗夫悄悄地向四面看了一下。周围没有旁人。

“可以坐吗？”

那女人打了个哆嗦，她目光敏锐、警觉，但笑容可掬，一口牙齿又白又细。

“请吧……”

别洛焦罗夫坐下来，把从报亭拿来的一份报纸展开。这样旁人看来好像一条长凳上坐着两个不相识的人；一个在看报，另一个在打毛线活，谁也听不见他们很快的谈话。

“这么说，您是到我们这儿来的？是中央派来的？我们正在盼您来……”她激动地轻声说，“我们正遭到了不幸：谢尔盖同志被捕了。”

“谢尔盖？”报纸几乎从别洛焦罗夫的手中掉下来。他暗暗对自己说：“不，必须保持镇静。”然后又问：“还有谁？”

“别人一个也没有。从各方面看来，他被捕的原因不是最近的什么事情。在逮捕证上写着：‘潜逃的国家罪犯’，看样子是过去的旧账。”

“我为谢辽查可惜……”别洛焦罗夫说。

列娜听到这句极普通的、低声说出的话，突然抬起身子向他移近了些，说：

“太可惜！太可惜了！……您不知道，我们简直全都成了孤儿。甚至难以形容，这一段时期以来我们是多么爱他。我们这儿的人不多，但都有一定的经验，几乎所有的人都被捕过，坐过牢，流放过。在他没有来以前，我们的活动又分散，又缓慢：有的在这儿，有的在皮亚季果尔斯克，有的在格罗兹内。但是他……当然，人有这或那、有大或小的天才——的确是这样！但他有伟大的天才，为党工作的天才！他做党的工作一切条件都具备——非凡的智慧、一颗勇敢的心、善于发现敌人踪迹以及帮助朋友的本领。他是一个雄辩的演说家、严守秘密的地下工作者！难道一笔旧账就这样把他……”

“我知道这件事——这还是一九〇六年在西伯利亚的时候。”别洛焦罗夫忧郁地说。

他们沉默了半晌。“难道逮捕他真的只为了一笔旧账吗？”别洛焦罗夫想。

“那么你们现在怎么样呢？”他望着列娜激动得通红的脸问。

“一切都正常。甚至像谢尔盖被捕这样始料所未及的打击也不能使我们的工作中断。”她的语调已经恢复平静：看来她已经把自己控制住了。“如果我刚才说了些多余的话，那么请原谅，”她仿佛对自己生着气说，“他被捕以后，我们马上召开党委会。我们决定要像他仍跟我们在一起似的工作。现在我们就是这样工作着。我现在是地下党委的书记，组织上的事您可以跟我谈。我们正在三个工厂中准备罢工。还要在矿泉城建立党的组织。但工作重点当然在格罗兹内。”

“我就要到那边去。党代表会议就要召开了，您知道吗？”

“谢尔盖在被捕前不久通知过我们。说真的，我当时就想——我们一定派他去。”

“我们要就这个问题跟梯弗里斯联系一下。参加高加索省代表会议的候选人会到你们这儿来的。”

他们问得干脆，答得明白。上级的指示解释得明确扼要。党提出了要求，党继续着自己的工作！别洛焦罗夫马上要到格罗兹内去，然后从那儿直接去罗斯托夫。

“您负责皮亚季果尔斯克……”

“我自己到那边去一次。”列娜回答。

别洛焦罗夫从长凳上站起来说：

“够了，我们谈了很久了。我住在亚历山大罗夫大街的一家旅馆里。这是以防万一的。明天早上我去买报。”

“在报亭您会知道党委会议的确切地点。”列娜回答着也站了起来。站在他身边她显得格外矮小。

马上得分手了。但别洛焦罗夫突然叹一口气问：

“他还在这儿吗？”

“在这儿……”列娜回答，“在本城的监狱里。想去看看那所监狱吗？是啊，我们都不是石头人，有许多人从城市的各个角落——有的从铁道工人村，有的从库尔斯克村，有的从奥塞梯村——来看他被关在那儿的监狱。您挽住我的手装作向我献殷勤的样子。哎，哎，一看您就不是个演员！把身子弯低一些，对，这样……嗨，孩子们，走吧。向叔叔问好，这位叔叔叫……”

“费嘉。”别洛焦罗夫很快接上去说。

那个男孩子向他仔细打量了一番。

“你真的叫费嘉吗？”他问，“去年也有一个叔叔，爸爸和妈妈都叫他费嘉，后来我们去赶集，妈妈又说：‘孩子们，记住：他不叫费嘉，叫伏洛嘉。’”

“这种事是有的。”别洛焦罗夫很自然地回答。

“您是经过山路到我们这儿来的吧？”那个小姑娘很有礼貌地问。

“您怎么猜到的？”

“因为您穿着毛线衫，脸晒得黑黑的。”

“哦，您的眼光真好！”

“他们看我的一举一动就像通过显微镜一样清楚……”列娜说。

他们就这样谈谈说说走上山去。

“瞧。”列娜指着城内五光十色的屋顶中间一座灰色的监狱说。监狱的高墙上有整整齐齐两排小窗。

列娜四下一看。这儿一个人也没有，只有几头小牛在教堂围墙后面许多陷到地下去的旧坟上吃草。列娜掏出手帕向监狱的窗子挥了几下……

别洛焦罗夫惊讶地，甚至有些不满地看着她。于是她辩解着说：

“我们还不知道他究竟关在哪间牢房里。但我每次到这儿来，总要向他挥挥手。”

别洛焦罗夫什么也没回答。他凝视着监狱那一边，他好像看到了柯斯特里科夫聪明、善良、年轻的脸，甚至还看到讥诮和淘气的神情。不要紧！他虽然关在那边的拷问室里，但他不会不知道，他所展开的事业是巩固的，并且现在掌握在可靠的人手里。不管监狱的墙多高多厚，我们也要把它劈开！谢尔盖，你一定能走出来，我们要一同争取胜利！

第一部完

护士勒妮

[苏联] 克诺莱　著

最近，在拆除被美国飞机在战争将结束的几天中炸毁的鲁意森街废墟时，西德警察局发现了一些奇怪的东西。

在一座幸存的地窖里的瓦砾堆下，发现一架学校里用的胶印机，几叠裁成方方小张的最便宜的印刷纸，一盏煤油灯和一个罐子，罐子里还留着干涸的糨糊痕迹。

桌上有几张积着一层多年灰尘的传单样张。好容易才能辨认出褪成淡紫色的标题字母："反对战争！建立和平自由的德国！……"

出现第一个警察的时候，发掘地窖的工人们还拿着铁梃站在门槛上。在入口的地方，当即派上警卫，等候政治警察来到。

驶来一辆汽车，停在马路上，两个穿便衣的人在警察们毕恭毕敬的接待下开始小心地穿过废墟。

他们在地窖的入口站住了脚。那个年纪大些、但官阶低些的检察员施朗克皱着眉头把四周打量了一番。

"喂，上士先生，你们有没有人想到关心一下灯光的问题？……嗳，不要这个，请把您那小孩子玩的手电收起来——我们需要一盏像样的灯，有五百支光就行。"

那个警察在不结实的瓦砾堆上笨拙地连跳带绊跑去执行命令了。

"施朗克，您可想像得出现在我们在什么地方？"另外一个穿便衣的警官问。他在跟同僚谈话时有一种特殊的气派。提问题的时候，总是嘲弄似的眯着眼睛，咄咄逼人地看着下属，活像主考老师在问一个小学生："我们把十二减去四，还剩下多少？嗯？"

"我倒想像得出。有趣的倒是如果我不在这里，你怎么能搞清楚这是什么地方。"施朗克心里这么想，嘴里却恭敬地说：

“我认为，这一点我们马上就能确定，蒙德尔斯先生，”说着他打开了一幅该区的平面图。说真的，他有必要教会他那位头脑迟钝的上司按照地图辨认地位方向，但是他用一种向上级作报告的口吻，解释得很圆滑，事实上也只能这样做。他用铅笔的没削的一头在地图上画了个不圆的圈儿。“打那边起是鲁意森街……这一点我们是很清楚的。”

“我也这么想。”蒙德尔斯还算客气地表示同意。

“在那里，当然，您看见过一堵白色瓷砖墙的遗迹……”

“您在什么地方看见的？……”

“就在这里，在马路的那一边。”

“这当然不会看不见。往下说……”

“这是奶酪店的遗迹。奶酪店的正对面，也就是我们这一边，在那次轰炸以前有一幢四层楼的住宅，门牌是四十四号……现在还可以辨出这幢房子墙基的轮廓。由此可见，我们现在应该在四十五号或四十六号房屋的院子里……而且，四十六号房屋还可以不算在内：瞧，这就是把两幢房屋隔开的防火壁。毫无疑问，现在我们是在四十五号房屋的院子里。地图上标明这里是一个雕刻工场。现在不难知道这座下面有地窖的小房子的主人和居住者的姓名了。”

“我也这么想，”蒙德尔斯说，“现在看来，这件事并不复杂。哦，灯来了。”

那个警察拿着一个很大的电灯泡，一面走，一面把电线放开。走到地窖的入口，他把灯泡插上灯头，电灯立刻射出明亮的、带一点浅蓝色的光来。

检察员施朗克把这间狭窄而又闷气的屋子略略看了一看，一边走，一边拾起报纸的一角，吹去一张传单样张上的灰尘，朝那个曾经烧过糨糊的脱柄罐子里望了一下。

可怜的蹩脚的胶印机，简陋的屋子、破旧的工作短外套，在拉得走了样的、沾满油污的外套口袋里，除了烟草末以外，当然一无所有，——所有这一切被埋葬在瓦砾堆下躺了整整七年的东西，按照施朗克的意见，不像什么地下印刷所，倒像一个古代的墓穴。他对蒙德尔斯也是这样说的。

“是的，”蒙德尔斯表示同意，“或者可以说，这像一个田鼠洞。像那些企图颠覆‘第三帝国’的田鼠的洞穴。您在这一角报纸上看出些什么来了？”

“没什么意思。这是四月二十六日的《国民观察家报》。这一带遭到轰炸的日期是在二十六日以后几天。就是说，那个印刷所在遭轰炸前几天还在工作，所能讲的就是这些。我看，我们在这儿已经没什么可做了吧？”

蒙德尔斯点点头，于是他们走了出去。

“您有没有把那种纸带走几张？也许有用。”当汽车已经离开被炸毁的鲁意森街，折上热闹的中央街的时候，蒙德尔斯问。

施朗克掏出笔记本，里面夹着几张从地窖里捡来的传单。

“两张够了吗？”

“行，就两张吧。这话我们之间说说不要紧：我觉得，这件事根本犯不上花费精力。当然，空下来我还要好好考虑一番，但是……”蒙德尔斯用一只戴着发亮的皮手套的手做了个轻蔑的手势。

施朗克对他的考虑问题的方法非常了解。回到办公室以后，蒙德尔斯准是去打个电话到占领军司令部，详详细细地报告地窖里的发现，就像报告市内发生的一切事情一样。经过这种“考虑”以后，他会作出异常果断而又迅速的决定……

自从那次在地窖里发现东西以后过了两天。到了星期六，时间是夜里十二点以后，蒙德尔斯一向认为这时候就连政治警察也有权利作应分的休息。

蒙德尔斯焦急地等待着检察员施朗克，他在自己的办公室里全神贯注地踏着地毯上一束束玫瑰花的图案，从一个角落踱到另一个角落。当检察员在门口出现的时候，蒙德尔斯并不转过身去，也不停止踱步，就生硬地问：

“施朗克先生，您还记得关于我们两天前我跟您去踏勘过的那个地窖的谈话吗？”

“我记得非常清楚。”施朗克感到很诧异。

“啊，还记得？！”蒙德尔斯叫了一声，他没有先站住脚，就急剧地转过身来，差点儿跨过了地毯上的一束玫瑰花，但他马上纠正了，重新全神贯注地踏着一束一束的玫瑰花继续踱步，好像踏着河滩上的石头拾级而上。

“大概他给司令部的代表训了一顿：他又在担心能不能干净利落地摆脱一件麻烦事情。”施朗克心里这样想，脸上却做出一副知罪的样子，以防万一。

“我把一切都考虑到了，得出了结论：您在这件事情上表现了一定程度的轻率。您的意见是想把地窖里那些传单看成一件毫无价值的、早已埋葬了的事情？错了！错了，施朗克检察员！”

蒙德尔斯从桌上拿起在施朗克来到以前就准备好的一个文件夹，把它打开了。施朗克对这样的文件夹非常熟悉。这是盖世太保档案室里的一份普通的“材料”。

“您听着。第一，我了解到，在战争快结束的几个月中，市内各地区都张贴过这样的传单。

“第二，顺便提一提，这个地窖过去属于一个名叫阿乌埃尔巴赫的雕刻匠，在‘飞行堡垒’最后一次空袭本市的时候，他和他的全家、工场一起就此完蛋。所以关于他的事不必再提。

“第三，在您面前是一份关于一个很有趣的人物的材料。他就是在张贴这种传单的时候被盖世太保当场捕获的，他曾经拒捕，并且企图脱逃。但这种企图是毫无希望的，因为他是一个装着木脚的残废者。当然，他被抓起来了。他名叫亨利赫·华尔特。他在前线失去了一条腿，复员后，回到故乡的矿上去工作。好像是当了一名看守长，还不知是看门人……”

蒙德尔斯把“材料”翻了几页，翻到夹着写满小字、折痕累累的一张纸的地方。

“这儿还有一张字条，或许是一封信，大概是他在等待处死的时候写来解闷的。字迹相当潦草……您瞧：‘勒妮，我唯一的亲人，在我临死以前的几小时，也许是几天，也许是几分钟，写这封永别的信给你，有一个好心肠的人自告奋勇答应把它转交给你……’”

“这个‘好心肠的人’是谁？”施朗克微微一笑。

“是监狱的看守人。我已经记不起他的姓名。他有一张慈悲的哭丧脸。他常常为犯人当这种差……信里没有任何有价值的东西。只是各种各样的肉麻话。不是小心肝，就是小花儿。不过小心肝是没有，但他的确把她叫做‘小花儿’。那女的很可能是矿工村里的什么娘儿们……管他妈的，您先听下去。在华尔特的判决书下面有印章和三个签名：‘因从事叛逆性、破坏性的反战、反元首宣传判处绞刑’。要是另一个人处在我的地位，他会怎么做呢？他会把这文件夹撇下，送回盖世太保的档案室。是不是？”

“当然。”施朗克肯定地说，他心想这是十分理智的做法。

“啊哈，好一个‘当然’！但我并没有这样做。我立刻打了个电话……不，不，我先把一切都考虑好了，得出了结论：必须打个电话给占领军司令部。我把这件事作了报告，还送去了一份传单。您猜他们对我说了些什么？”

“这很有意思。我洗耳恭听。”施朗克紧张了起来。

“啊，‘有意思’？告诉您，他们什么也没对我说。也许只说了声‘好吧’，我记不起了。可是几分钟以前，电话铃响了。我拿起听筒，立刻就开始这样一次……谈话。您知道他们生气的时候是怎么说话的？告诉您，这次谈话是这样的：我得把听筒放到离耳朵半公尺的地方才行。”

蒙德尔斯想起这次谈话，脸涨得通红，他一字一字地高声说道：

“简单点说，施朗克检察员，您对这件事情表现了近视的态度。正因为这样，我吃了一顿臭骂。现在我也请您吃一顿。您看一下矿工村……铁道机务段……化学工厂召开群众大会以后我们收到的情报。那边散发的是些什么传单？煽动分子在那边提出的是些什么号召？喊的是些什么口号？您只要把这些传单比较一下：昨天的跟这张七年前的，——您将得出什么结论？我要听听您的意见。我等着您的结论，施朗克检察员。”

施朗克向桌上略略地看了一眼，桌上放着几张揉皱的、但是很新的铅印传单，其中有一张发了黄的传单是地窖里发现的，那上面隐约显出一个个紫色的字母。

“结论？……这些传单的内容在细节上有些不同，实质上十分近似，几乎相同。”

“相同？见什么鬼！”蒙德尔斯吼了起来，“您最好还是说它们就像一个模子里浇出来的一样，就像由同一个人写出来的一样！您发现了那个在七年前制造这些反战传单的地下巢穴，却没有想到这件事不能随便丢下不管。线索明明落到了我们的手里。这条线索可以使我们联想到今天的事件……”

他突然打断了话头，凝视着自己脚下，不作声了。他不愿意再对施朗克大叫大喊。其实他是生占领军当局代表的气。

“他准是给结结实实训了一顿，”施朗克心想，“谁教他抓住这么一条靠不住的线索去讨好！”

“是的，应该承认，施朗克先生，”蒙德尔斯过了一会儿说，他的口气几乎很平和了，“我跟您当时不可能全都知道。您的过失也没什么了不起。占领军当局有许多我们所没有的档案。您有没有看见宣判的日子是几号？根据司令部的材料，从那一天起，本市盖世太保作出的判决一桩也没有执行。轰炸的时候，许多囚犯乘乱逃跑了，以后的事您自己也知道：投降、崩溃、俄国人到了柏林……盖世太保的机关已经麻痹。被判死刑的华尔特毫无疑问是在那伙逃出法网的人中间。现在您把文件夹拿去，被误认为已经处死的亨利赫·华尔特的案件交给您办。去找到他。这是个危险人物。谁知道他和那些印刷传单——这次是在一个很好的印刷所里印的——筹备昨天矿工村反政府群众大会的人有没有关系。行动起来！这是我的命令。甚至可以说：这不仅是我的命令，您明白吗？”

“当然，我明白，”施朗克忧虑地回答，“我尽力不为任何事情分心，把注意力全部集中在这个亨利赫·华尔特身上……”

蒙德尔斯讽刺地耸耸肩膀，说：

“好吧，不过您还是得分心的。还会有不少各种各样的好差使压到我们的头上来。还有，我劝您去关照一声，叫他们给您烧一壶黑咖啡准备今天夜里喝，要浓一点。今天一整夜我们得待在这儿……”

施朗克领会到上司的开玩笑的口吻，才敢露出一点笑容，说：

“很好！”

“太好了！”蒙德尔斯愤愤地说，“我敢担保，他们故意挑定星期六来跟我们捣乱。我敢担保他们是故意的。您听说他们又在那儿搞了些什么没有？大批矿工一下班就开了个什么群众大会。并且，他们还发表了庄严的宣言：如果要想把他们征入正在复活中的德国军队，他们就把征兵通知书撕毁。在神圣的旧时代，这样做就得枪毙……夜里我们派几辆车去把那些人给我们弄几个来。星期日整整一天，我们俩就得去同他们周旋……文件夹拿了吗？好吧，您去吧，别忘了咖啡！”

佛兰克福尔特街穿过银行、电影院林立的商业中心，逐渐折向树木整齐的佛兰克福尔特林荫道，这条林荫道经过郊区，直通到铁路路基旁。到了这里，林荫道钻到铁道大桥下，再出现时就叫做佛兰克福尔特公路，沿路所有的装饰，像包铁的栅栏和风格别致的住宅，一下子都没有了。过了铁路路基，公路两旁出现了冒着烟的工厂烟囱、空地、仓库，再过去就是矿工村的头几座小房子了。

远处是护士勒妮的一所小房子。旁边是一片不很大的坟场的栅栏，要是孩子们跑到那边去拾橡果和野栗，勒妮只要在台阶上叫一声，他们就能听见了跑回家来。

诊疗所下班以后，护士勒妮正在回家去，她在十字路口和同路的女伴——初级看护沃尔夫太太告别，剩下的几百步路她就独个儿走去。

屋子里很静。孩子们当然跑出去了。勒妮脱下了大衣，把一罐汤放在炉子上烧烧热，然后走到台阶上去叫孩子们。可是这次没有一个人答应，虽然已经到了吃晚饭的时候，而且天也在黑下来了。

于是勒妮披上头巾，绕过柏油路上秋雨积成的小水洼，穿越大路向坟场走去。她机械地边走边念着一块块墓碑上刻的字。这里，在侧面一条林荫小径的转角上埋葬着凯蒂姊姊……那边一块灰色小石碑是女邻居鲍姆巴赫的，她的丈夫却死在挪威什么地方……再过去一点是勒妮母亲的坟。她的父亲还是在一九一六年就葬在波兰的。

“生活安排得多么奇怪：女人死在这里自己家的附近，而男人到别的地方去死：到法国、波兰、俄国、非洲……在那边，他们的坟墓早就给翻耕了，长满了麦子或荨麻……难道有这样一条不可动摇的、永恒的法律？德国的少年一批批成长，一批批成为兵士；而某些人，不管他叫什么名字：威廉皇帝也好，希特勒元首也好，阿登纳总理也好，——就把枪塞到他们手里，于是他们就到别的国家去死，给别的国家带去战争的一切灾难……”

勒妮被派定永远留在家里。她要在这里，在这瓦顶小屋里度过一生，虽然她的生命跟那些留在战场上的人的生命一样地被战争摧毁、践踏了……要知道当一颗手榴弹爆炸、一个士兵倒在战场上的时候，这仅仅是这件不幸事情的看得见的一部分。可是在千里之外，就会有一个女人拿着一张纸，惨叫一声，一把抓住胸脯，仿佛中了弹片一般。还会有三个小孩睁大了不懂事的眼睛，一眨一眨，惊恐地望着母亲，他们还不知道，从这一刹那起，他们就成了孤儿……

凯蒂姊姊和她的孩子们在接到她丈夫埃恩斯特在非洲战死的通知书那一天的遭遇就是这样……

勒妮的未婚夫亨利赫比较走运。他成了残废从战场上归来。这是在战争快结束的时候，勒妮产生了一个希望，希望他们能等到和平。可是就在战争的最后几天中，亨利赫拐着一条木腿到矿上去了，在那边，像他这样一个熟练的矿工却担任着看门的职务，所以非常苦闷。

就在这几天中，美国飞机轰炸了城市和矿工村，亨利赫没有回来。在事务处工作的凯蒂姊姊也没有回来，但至少她的尸体总还找到了，并且按礼葬好。可是他们，亨利赫和勒妮，好像连刚开始的谈话也还没有结束，战争年代中的离别之情也还没来得及互相倾诉。

是的，他们注定了还能见到这最后的几面，虽然为时很短，但充满了恍惚，倥偬的幸福……现在这一切都过去了，远远的过去了。今天和明天总是一个样：到诊疗所值班，想法给凯蒂姊姊留下的三个孤儿吃饱。最大的一个也叫埃恩斯特，他叫她“勒妮”。两个小的已经完全忘了自己的父母，只管她叫“妈妈”。

她在十字路口站住了脚，大声喊那几个孩子。没有人答应，她就再走过去。

从前的一切有什么意思？那些大胆的希望有什么意思？他们那种别人谁也没有的伟大的爱情有什么意思？“勒妮，我唯一的亲人……”“我的小花儿……”这样的话又有什么意思？

勒妮用手掌摸摸这些年来变得粗糙的、虽然从来也不见得特别漂亮的脸，她的下垂的嘴角露出了微笑。

“孩子们！……嗨，埃恩斯特！……”

几个孩子的声音一齐答应了。

从灌木丛后面出现三个孩子，他们是打旁边一条小路上钻出来的。最大的埃恩斯特是个瘦长的少年，他背着一个装满青草的袋子。

“瞧，我们给小猪拔了这么多草！”他叫着，一面从袋子底下望出来，满脸通红，斜戴着一顶帽子，帽檐压到一只眼睛上面。

另外两个紧跟着他跑，在后面托住向下滑的软袋子。

劳碌的一天过去了。孩子们在隔壁房间里早已停止低声的谈话，他们睡着了。勒妮在黑暗中躺着想心事。她在想些什么，说来也奇怪：原来在想自己的爱情！她已经不是个年轻的女人，还带着三个孩子，如今她应该精打细算，用什么去把埃恩斯特的短外套接得长一点，他的手已经有四分之一露在袖子外面了。可是这件事在她的脑海中只是一掠就过去了。她跟平常一样聚精会神地想着亨利赫，想着她的爱情。

难道她的亨利赫就这样为那个当年曾被人们用全世界各种语言诅咒的德国牺牲了？就这样为那个他自己深恶痛绝的……他开起门来低

声诅咒的元首牺牲了？……可是不管他愿意不愿意，他还是为那个元首牺牲了……

天哪！难道只有她一个人的造化这样坏，这样不幸吗？有多少女人失去了自己的亲人，她们都在想着自己的孩子们，想着明天的日子！为什么偏偏只有她一个人躺在黑暗里像念咒语似的反复念着这个亲爱的名字？……

要是他来得及给她说上几句临别的话也就好了！他的话可以成为她的灯塔，成为指示生活方向的指南针。这些话尽够她一生享用。她可以懂得，他们生活中的一切为什么会存在？目的是什么？……

她发现自己的一双手把胸前的衬衣揉得很皱，就把它们松开了。应该睡了。应该抚养姊姊的三个孩子。抚养孩子——这是她的伟大、崇高的责任。可是抚养他们为什么呢？……难道是为了等他们长大成人以后，也让人家把枪塞到他们手里，像他们的父亲一样开到别的国家去？想到这里，简直能叫人发疯。但是她又有什么办法呢？她总是要把他们抚养长大的。那时候，谁也不会来征求她的同意——他们还是要被征去当兵，一切都将按照自己的道路进行……

"疯狂的、卑鄙的道路！"这是谁说的？哦，对了，这是亨利赫说的。当他还是血气方刚的时候，他曾经这样说过……是的，亨利赫以前是这样说的……他现在又会怎么说呢？谁知道？……人们会疲倦，会失望，会改变……周围这样的人她见过多少！……

谁知道？……

最后，勒妮觉得她的千头万绪的思想因为疲倦而愈来愈糊涂，——谢天谢地，睡意降临了……

黎明时分，勒妮在蒙眬中听到沉重的汽车的轰隆声，接着是栅栏门的轧轧声和敲门的声音：

“开门，警察来了！”

两个警察走进来，站在门边，另一个穿便衣的人打勒妮身边经过，向一间间房里直闯，过了一会儿，他走遍整个屋子以后，又回转来。

“亨利赫·华尔特什么时候离开您的？昨天晚上是不是在您这里？您等他什么时候再来？要准确、迅速地回答，这样您就可以继续休息，小姐。我不准备打搅您。”

勒妮完全愣住了，她望着那个穿便衣的人的脸，努力想弄明白，这究竟是怎么回事。不，看起来，他绝不是开玩笑。他进来的时候，甚至还望了望衣架上有没有男人的大衣挂在那儿。

“天哪！”勒妮终于迸出了一句话，她把两手压在胸前，“已经有七年没有得到他任何消息了……”

那位穿便衣的先生勉强听着，他做了个不耐烦的动作，这使勒妮想起她学校里一个绰号叫做“澡擦子”的老师；他只要听一个女学生头几行念得很流利，就能肯定她对这首诗从头至尾都背得出，那时候，他也是这样厌烦地挥挥手，意思是说：我看得出，你这是死背的，用不着再念下去了……

“这么说，您是要我们相信：您不知道他在什么地方，是吗？也许，您知道他常去的地方？是不是在一家小酒店里？一点也不知道？……好，那您得自己去跟检察员先生去说。”

埃恩斯特从孩子们睡的房间的门里探出头发蓬松的脑袋来。

“警察要把你带走？”他全身紧张起来，鼓足勇气以坚定的声音问了一声。

“这完全不用担心，”勒妮回答，“当心别弄醒了弟弟，要不又会闹得哭哭啼啼的……”

“可是你很快就回来吗？”

“嗯。要是我稍微耽搁一会，你们安心地等着。你把绿罐子里剩下的东西烧热当早点。记住了吗？”

“记住了。绿罐子里的。”

“好，既然你已经醒了，现在你吻我一下，等我们走了，你把门好好锁上。马上就回到床上去。”

“你放心，妈妈。”

这是他第一次叫她“妈妈”。

停在栅栏门口的汽车是一辆大卡车，上面盖着防雨布。里面暗得很，勒妮不得不用手去摸一个空位子。

“到这儿来！”是一个女人的声音，接着在黑暗中有人拉住她的手。

汽车动了，勒妮拉住向她伸过来的一只手，沉沉地落到座位上，把一个人的膝盖撞了一下。仍旧是那个女人的声音快活地说：

“还有什么能比在黎明时作一次舒适的兜风更好呢？……谁起得早，谁就什么事都做得好！”

回答她的是几个人的轻微的笑声。

“禁止谈话！”一个警察厉声宣布。

“多么熟悉的话！”又是那个女人的声音，她好像在努力回想什么事情。

有人简直放声大笑起来。

“立刻静下来！”警察大声吼着。

“呵，现在我想起来了！”那个姑娘愉快地松了口气。

没有人再说一句话。这群人虽然天麻麻亮就给从床上叫醒，由于内心的激动和神经的紧张而战栗着，但他们都微笑着，坐在黑暗中随着车身的震动而摇摇晃晃……

“啊，我的天，”过了一会儿，那个女人的声音几乎凑在勒妮的耳边说，“好像是勒妮小姐也落到我们这个队伍里来了？”

矿工村大约没有一个人是不知道勒妮小姐的。她在诊疗所工作这么多年来，有不少矿工发生事故以后，她曾经给他们做最初几次包扎。每当矿工的妻子或女儿哭着跑到门诊室来打听丈夫或父亲在矿上遭到什么不幸的时候，没有人能比勒妮更善于安慰她们。

“我是露特·罗姆堡！”那姑娘轻轻地说，“您大概记不起来了，可是我对您记得很清楚。您认识老罗姆堡吗？就是在上个月里给压坏手的。”

勒妮对矿工罗姆堡记得很清楚。她甚至还记得他的一只手的 X 线片。

“对了，我就是他的女儿，我和他一起到您那儿去过。记不得了？我是这么一个人：个子不高，头发是棕色的……”她很希望勒妮能够记起她来。

“我记得有一个淡棕色头发的姑娘，好像……对了，我想起来了！”勒妮高兴地说。

“我不是淡棕色头发的，是深棕色的，”姑娘说，“能碰到熟人真是高兴。可是他们干吗活见鬼把您也抓来了？难道您没有去值班？去的？那么说，他们简直是发疯了。我们都是为了昨天群众大会的事被抓来的，会上小伙子们都表示：如果要召他们到美国军队的德国兵团里去，他们就把通知书扔掉。可是这跟您又有什么关系？”

“我一点也不明白，”勒妮轻轻地说，“他们到我家里就把我抓了来。您参加大会了吗？”

她听到的回答是一阵轻微的笑声：

“在这辆车里是不提这样的问题的，亲爱的勒妮小姐。事实上我不能算被捕。我只是被他们注意罢了，现在，他们在发狂的时候是逢人便抓的……您别难过。别去理他们就完了……不过我还是不明白：他们要抓您干什么？”

勒妮沉默了一会，然后轻轻地说：

“他们在我家里找一个人……”

“唔，那您对他们说了些什么？”

“我说，他这人早就没有了，找他是毫无意思的。”

“说得对，”露特鼓励她，“您以后就这样对他们说。要使他们奈何你不得。”

“但是，可惜得很，这是千真万确的事实。”

“当然！”露特满怀信心地支持着说，其实她这时压根儿还不知道她们谈的究竟是谁。“你就这样对他们说。态度要坚决，不要吞吞吐吐！呵，好像已经到了。”

刹车器尖叫了一声。车子停了下来——正好停在弗利德里赫-威廉广场上一幢古老的房子旁边，那里从前是盖世太保的检察监狱。这总共还只是七年前的事。

审讯已经进行了半个多钟点，可是勒妮还是一动不动地坐着，紧握着放在膝盖上的两手，她努力想弄清楚，他们究竟要她说些什么。

检察员施朗克单调而冷淡地说着，有时他甚至半闭上眼睛，疲倦地把头靠在肩上。好像他的眼睛快睡着了，只有那一套显然在他入睡以前就预先准备好的话在滔滔不绝地从嘴里倒出来。

“……那么，小姐，在这七年里头，您没有得到关于他的任何消息吗？……一点儿都没有？没有一次偷偷的约会？没有一封信？没有一张由可靠的朋友转交的便条？没有一个打到您工作地点的电话？什么也没有？

“好，我们从另一方面来谈。您不能告诉我们任何事情。那就不得不由我自己来告诉您一些新闻……如果这对于您可以说是新闻的话。是这样的，勒妮小姐，您的未婚夫亨利赫·华尔特……还活着！

瞧，您仍旧安稳地坐着，您的神色相当镇静……不错，您的脸显得有点苍白，但这很容易解释，人们在这个房间里谈话的时候通常总感到一定程度的神经紧张……您自己也会同意，听到这种消息（当然，如果对您来说这消息是意想不到的话），要是您用两手蒙住脸尖叫一声，或者甚至来一次轻微的昏厥，那也许要自然得多……但是您没有一点经验，因此您仍旧安稳地坐着仔细听我的话。当一个头脑简单的检察员先把他所知道的全都说出来的时候，您这样做是很适宜的。那时可以找到回答问题的正确路线，对不对？当我告诉您，您的未婚夫还活着的时候，您并不觉得太惊奇，是不是？”

他沉默下来等待回答，勒妮这才费力地颤动了一下紧闭的嘴唇，说：

“我不能相信您的话……”

“为什么这样灰心失望呢？往往有这样的人：好久好久没有音讯，可是后来发现他还活着；难道这样的例子我们看到的还少吗？”检察员的脸色忽然变得很单纯，几乎是和蔼的了。他的眼睛完全苏醒了。嘴角随时能露出笑容。“要是亨利赫·华尔特就站在那里，在那道门后面，只等我一个命令就能进来，那您又怎么说呢？瞧，我只要这么把铃钮一按，门就会打开，他将走进来说：‘勒妮……我的小花儿……’”

施朗克用一种庄重的动作按了一下铃钮，从他凝视着那道门的眼光看来，勒妮明白，他已经看见正在进来的那个人……

仿佛有一个大力士扳住她的肩膀，粗暴地强迫她脸朝着门转过身去。房间的墙壁眨眼间变得软软的，开始动摇，眼看快倒下来；就在这刹那间，勒妮相信自己快要醒过来……回到七年以前……

“那就对了，现在您真的不安起来了。”施朗克一本正经地断定说，于是墙壁重又变得很牢固，恢复了原状。“这么说，您相信了：他可能在这里，可能从这道门进来！是不是？我请您回答。”

勒妮慢慢地垂下了头。

“不错。这是个开得非常成功的玩笑。刚才我甚至觉得门已经在打开来了。你们的手段真高明。那一阵子就好像有一枚烧红的针缝穿你的心一样。但这仅仅是一刹那的工夫，现在已经过去了。您可以继续说下去，检察员先生。”

施朗克又半闭起眼睛。

“对您，我可以说不是什么检察员。我对您一点也不怀疑，也不认为您有过失。我和您是两个普通的人，我们必须把他们感兴趣的事情弄清楚。您知道一些我所不知道的。我也知道许多您所不知道的。最理智的办法就是把我们各人所知道的东西交换一下，就完了。我看得出，您害怕先说了要吃亏，是不是？好哇。那么第一步由我来走。瞧，您看这是什么？”

施朗克把文件夹打开一点儿，用手指弹了弹一张方方的小纸，上面有用胶印机印成的淡紫色字母。

“我的天哪！”勒妮望着施朗克握着拿到她面前的那张传单，说。“我们生活在什么年代啊？现在是一九四五年还是一九五二年？为什么您要给我看这东西？”

“一九五二年，毫无疑问。这样说，您以前看到过这东西？”

勒妮平静地耸耸肩膀，说：

“当然，我看到过这种传单。照我看来，这是一张在战争快结束的几个月里出现在我们那儿的反对希特勒的传单。谁都看到过这种传单！”

“许多人看到过。但并不是许多人印的。您有兴趣知道编写和印刷这传单的人吗？”

“我对这不很感兴趣。”

“这没有用。这明明是您未婚夫干的。当国家在跟敌人作战的时候，他就是干的这一行！”

“即使您说的都是真话，那么，请您给我解释一下，这样的旧事在今天有什么意思？”

“您以为是旧事吗？不，很遗憾，这件事还有下文。而且是不好的下文。我们感兴趣的倒不是这件事本身，而正是它的下文……”

检察员施朗克使劲挺直身子，好像这么一来，就挣断了把他缚在椅子上，并使他弯着背坐在那里的绳索。

“亨利赫·华尔特是一个直到今天还在继续进行反国家活动的分子！这些小纸片是您的未婚夫在七年前被捕时张贴的，这几堆各种各样的传单和呼吁书是一年前和昨天在本市矿工村的非法集会上散发的，——其实这是同一个人干的。我不相信华尔特在继续进行危害性活动的时候会瞒着您！不用争辩，这没好处。您不应该包庇罪犯。您的未婚夫是罪犯，勒妮小姐……您还不作声？很抱歉。这样您会把自己拖进这件案子。应该为您抚养的孩子们着想一下。您的未婚夫早就把您抛弃或者差不多抛弃了。您何必还要包庇他呢？您将有充分的时间考虑，因为，在尚未获得必要的材料以前，我不能把您释放。我对您已经说了很多，可是我还没有从您那里听到一句有用的话。”

施朗克打开了文件夹。一张相片上的脸在勒妮的眼前唰地一闪。这是他的脸。眼睛疲倦地凝视着自己的正前方。当时这双眼睛看到了什么呢？……

“面熟得很，是不是？”施朗克说，“这个您看见过吗？字写得很小，但还能看得出。顺便告诉您，这封信是给您的。”他疲倦地叹了口气，把文件夹关上。“只要您肯说真话，即使是告诉我您那个华尔特的住所也好，我就把这封信交到您的手里……您要为孩子们着想，他们今天在等您回去，但他们将空等一场……”

他又按了一下铃钮，对进来的一个警察做了个漫不经心的手势，好像从桌上拂去一粒灰尘似的。

“带下去！”

直到勒妮只一个人留在一间狭窄的小室里的时候，她才有气无力地向四周看了一遭，长叹一声，在一张方凳上坐下来，把两手放在膝盖上。

她现在不觉得恐惧，不觉得忿怒，也不觉得颓唐。

在审讯的时候，她什么也不想。她的思想好像完全冻结了，现在，在孤独与寂静中，才渐渐融化。

检察员的话里哪些是假的，哪些是真的？难道亨利赫还活着？他还活着这个念头使她十分激动和忧虑。为什么没有他的音讯呢？为什么她的心没有感觉到他还在世上呢？

但是，一切都是可能的。也许，这几年来他一直在东德？也许，他悄悄地越过了国境来看勒妮，所以要抓他？也许，这时候他正在黑暗中费力地拐着一只跛脚走近她家，就像从前有过的一次那样？眼看他就要去轻轻地敲那扇小窗，由于紧张的期待而咬着嘴唇，——从前也有过这样一次。他的敲窗声将被躲在坟场栅栏后面守候他的警察听见……

她鼓起全部意志的力量，竭力在一旁警告他：“快些离开！……快离开这儿！……”纵然她又要七年不能见到他，但只要他能够平安地越过国境，只要他能离开这座装着铁窗的房屋远一点，到他没有危险的地方去，到人们可以把要求和平的话公开写在旗帜上的地方去。

她在哪儿看到过这些旗帜？……嗯，那当然是在埃恩斯特带回来的杂志的照片上看到的。年轻人什么东西都弄得到。青年们坚强的手擎着长长的旗杆，旗杆上的巨幅标语汇成一片汪洋大海。在每一面旗帜上都用金线或白色的丝线绣着醒目的大字。这就是在地下活动时代写在方纸上的字："和平"。

节日的柏林，在阳光普照的大街上，在人民雷动的欢呼声中，在绚烂夺目的彩绸丛中，那些青年和平战士高举着全世界各国的旗帜；要是亨利赫在这个行列中拐着他的木腿，带着疲惫不堪的面容，拿着一张微不足道的传单，他是个什么样儿？

他的小传单和那些旗帜在一起又是个什么样儿？

她激动得再也不能想下去了。不过又有这么一刹那，她想到了，几乎是见到了在许许多多年轻的愉快的脸中间有一张亨利赫的脸。当然，在世界上任何地方，没有一张脸能比这个又瘦又跛的人的脸更可爱，这个人曾经在七年前，几乎是单枪匹马地用一罐糨糊，一叠传单去跟蹂躏人类的魔王——战争——决斗。

不，不能再想他了，不然那颗心会有一种不可思议的痛苦……

第二天早晨，勒妮开始感到心神不宁。她一下子弄不清楚究竟是怎么回事。后来终于明白：原来她平时值班的时间快到了……她从来没有过不去值班的事。现在该走出家门了，可是她却闲坐在这里……

今天，谁去给孩子们弄吃的呢？……不，这也不用去想。他们不是娇生惯养的。他们自己会胡乱烧些汤吃，也不会忘了喂小猪。

要等待，等待检察员想起她……

假如我们想像有这样一个人：他虽然坐在安乐椅上，但仍旧像笔直地侍立在上司面前一样；那么，现在坐在检察员办公室里施朗克对面的一位客人的神气就是这样。

那人穿一套大方格子的灰色衣服，这种新得异乎寻常的衣服只有在时装公司的定价单和招牌上的样品才能媲美。他的脸上露出一副卑贱和无耻的混合表情，而且无耻的成分特别明显。

谈话已近尾声。检察员施朗克看来对这次谈话的结果极表满意，他把一只手放到电话听筒上，但是在把它拿起来以前，先用手指在上面轻轻敲了几下。

“长官先生，”施朗克对话筒里说，“要是您允许的话，我想给您引见一个人……”说到这里他抬起眼睛，用疑问的目光对坐着的那个人看了一眼。

那个人很快地欠了欠身，甚至微微站起了一些，表示准备马上到那边去。施朗克轻轻地放下了听筒：

“他很高兴看到您，鲍德尔先生。我们去吧。”

…………

“您要说些什么，施朗克？”蒙德尔斯招呼进来的两个人，对鲍德尔投了疑问的一瞥。

“这跟地下印刷所那件案子有关。长官先生，如果您还记得起来，就是关于那个亨利赫·华尔特的事。”

“我记得很清楚。您能告诉我们一些消息吗？先生……您贵姓？是不是鲍德尔？”

鲍德尔笔直地站在那里，但是，当长官直接对他说话的时候，他做了个动作，好像把身子拉得更长了些，虽然这在生理上说是不可能的。他那件方格子新衣服的袖子对于他太长了些，所以他的手指只有一点点露出袖口。在他说话之前，他总要把手指紧张地抖动一阵。一直注意着他的施朗克心想，他那几根肥硕的手指使唤起来恐怕要比他的舌头灵活得多。他还想到，鲍德尔穿着袖子这么长的衣服真有道理——这样一来，那些手指人家就看不大清了。

“是的！”鲍德尔终于开口了，“我有可能满足检察员先生的要求。”

他谄媚地笑了一笑，但马上扮起一副诚惶诚恐的嘴脸。

施朗克解释说：

“鲍德尔先生担任队长的助手直到战争结束为止……你们那个队叫什么，鲍德尔？”

“我们叫‘F 排’。也有人管我们叫做‘执行队’。这是非正式的名称，长官先生。”

“他们是专事执行判决的。我找到了鲍德尔先生，以便按照您的命令打听一下。现在让他自己说吧。”

鲍德尔慢慢地抖动一下手指，准备说话。

“关于这个装木腿的亨利赫·华尔特和另外几个人，我能向您报告，他是编在二十七个男人和一个女人的一批里的。绝对没有错。这正好是我们干掉的最后一批，所以我就记住了。要不是他那条木腿，那也许我会记不住。可是绞死一个装木腿的人，我敢斗胆报告，这是一件非常麻烦的事，使你一定能记住，一定能记住！”

“除此以外，他那儿还保存着记录。我根据记录核对过。”施朗克补充着说。

“我相信您，施朗克，”长官说，“谢谢您的宝贵的情报，鲍德尔先生……您说，这是最后的一批？”

“的确是最后一批。您知道，这是不容易忘记的。头几个和最后几个最容易记牢，因为以后就没有工作了，老是闲着，有时候因为没事可做，就会想起这些事情。”

“战争结束以后，您做了什么事？”

“有一个时期很难找到工作，我们的弟兄们甚至害怕会有很大的麻烦。”

蒙德尔斯沉默了一会儿以后，带着宽容的口吻说：

“要是我给您在我们政治警察局里安排一件工作，您认为怎么样？我也许能给您找到一个适当的职位。”

鲍德尔把脚一靠，鞠了个躬，垂下眼睛。

“非常感谢，长官先生。要是有什么私人的委托……譬如说，有什么零碎的差使，那我一定效劳。至于……”

“鲍德尔先生已经有固定的工作，长官先生，”施朗克委婉地插进去说，“是直属占领军司令部的。在那里已经有两年了，我没有弄错吧？”

“对极了，”鲍德尔笑了一下，“真是感激涕零，同时我很抱歉，不能领受您的美意。”

“很好，很好，”长官相当冷淡地说，“谢谢您对这件案子的协助，鲍德尔先生。再见。”

第二次走进检察员办公室的时候，勒妮已经预先作好长谈的准备。可是，带她进来的一个警察才把门关上，她在一张没有墨水瓶、没有纸，除了一个熟悉的文件夹以外什么也没有的大桌子前刚刚站定，她立刻就注意到检察员好像换了一个人。他变得有点像一个演完了自己的角色、卸了装、正急着回家去的演员。

“我叫您到这儿来只是为了通知您一声：对于您，一切都已经顺利结束。您说的是实话。您已经没有任何嫌疑，您现在可以回到自己家里去了。”

勒妮准备得很多，可是没想到检察员一开始说就急于结束谈话。

“您自由了，可以走了。”施朗克说。

这是所有这些时间以来第一次真正的、令人毛骨悚然的恐惧，这使勒妮的心脏都收缩了。仿佛她不是站在深渊的边缘，而是站在一片空虚的边缘。只要再一推——她就没有指望了。

难道这一切都是假的？难道她把自己心中狂热的愿望当了真，自己欺骗了自己？

“好，”她迸出了一句，低得几乎像耳语，“这样说来，您所说的关于……亨利赫……的一切，事实上是一点也没有的？”

施朗克犹豫了一会儿，之后他站起来，把两手支在桌上，好像要宣读判决书那样。

“您应该忘掉您过去的未婚夫。他是个坏人，是个坏的德国人，是个坏的爱国主义者。亨利赫·华尔特就是这样一个人。他对德国犯下的滔天罪行已经查明。他因为企图破坏德国在战争时期的军事威力被处死刑。这对您，对我们，都是很大的幸福。如果您的未婚夫当时的活动没有被盖世太保制止，我相信今天我们也一定要对付他的。我再说一遍，这对于您是最好的结局；您今后再不会有什么麻烦了。您明白吗？”

“我全明白，”勒妮轻轻地说，“这样说来，亨利赫……不，我全明白……现在，您可以把那封信给我了吧？反正它现在对你们没有什么用处了。”

施朗克做了个不耐烦的动作。

“您一点儿也不明白，既然我告诉您，您的未婚夫是怎么样一个人，那只是为了要您认识到他的罪大恶极。您应该忘记您曾经跟这样的人亲近过。”施朗克恼怒地翻着夹在文件夹里的几张纸，用手指的关节愤愤地在一张写满小字、折痕累累的纸上敲了几下。“而您竟敢冒昧地硬要我把一个罪犯的信交给您。”

施朗克站在那儿，手掌压住一张写满笔迹熟悉的小字的纸。

勒妮默默地听完了他的话。她好容易张开嘴唇，几乎像耳语一般嘶哑地迸出一个字：

“请……”

他的话，他的思想，他的临别赠言，他的声音，整个他的一小部分——都在这张纸上。勒妮把眼睛略略闭上一会儿，为的是抑制自己的愿望，不让自己把胸脯扑到桌上，把检察员推开，趁他和她争斗的当儿把信看一遍，哪怕看一个字，一句话……

之后，她慢慢地转过身去，看着自己的正前方，头也不回，直向出口走去。

……清晨。这是一个极平凡的早晨：东方的天空渐渐明朗，麻雀啾啾地叫着，市内的林荫道上散发出枯叶的气息，潮湿的柏油公路上铺满平整的栗树叶子，时而有很空的早班公共汽车沿着公路呜呜地飞驶过去。

正在打开的栅栏门发出又尖又响的声音，接着又给弹簧弹回来，啪的一声轻轻地关上了。几乎就在同时，屋子的门也打开了，埃恩斯特拿着一个已经咬了几口、蘸了很多糖粉的大饼跑到台阶上。

他目瞪口呆地愣了半晌，突然发出一声急喘的叫喊，接着是一阵皮鞋声，他一个倒栽葱从台阶上滚下来迎接沿着小径走过去的勒妮。他们在小径中央碰到了，互相使劲拥抱起来，勒妮感觉到一张热烘烘的饼贴在她的面颊上，撒得她一脸都是糖粉。然后，他们对这样过分热烈的相见觉得有点不好意思，于是两个人手拉着手一起走进屋子。最小的一个孩子爬到椅背上向窗外看，看见勒妮以后，急急忙忙想跳到地板上，结果连人带椅一起摔了下来。他摔破了膝盖，惊恐地叫了一声，但还是飞跑过去迎接她。

在一阵狂喜的叫喊和匆促的拥抱之后，勒妮奇怪地问：

"这饼是谁烤的？"

"这是我做的。"露特系着勒妮的围裙早就站在厨房门口，注视着这一幕热烈的会见。"恭喜您平安归来，勒妮小姐。我在这儿自作主张当了家，现在您可以把我赶出去了！"

"不，不要，妈妈。露特给我们做饭，洗衣服，她挺和气。"埃恩斯特急忙为她辩护。

没有多久，勒妮莫名其妙地不安起来。这是怎么回事呢？噢，对了，快到她去诊疗所值班的时候了。这是神圣的上班时刻。连孩子们也不敢哭闹阻挠。

勒妮跟平常一样很快就准备好了。她叫两个小的孩子不要跑到外面去，但是埃恩斯特固执地跟她到台阶上，露特也出来送她。

“究竟是怎么回事？告诉我！为什么他们把您扣留这么久？我倒比您出来得早。”

勒妮迟疑地对埃恩斯特回顾了一眼，他很懂得她们在谈些什么，所以不愿走开。

“好，”勒妮说，“我不用向你们两个隐瞒这一切。他们在找寻亨利赫……当然，您不知道：我从前有一个未婚夫。”

“不，我听说过，有这么一个人……”露特迟疑地说。

“他们以为他还活着，所以很害怕。但是后来检察员又对我说：‘一切都已经顺利结束’——希特勒的盖世太保在战争的最后几天，也许是最后几个钟点里，为了传单的事已经把他处死了。”

“混蛋！真是混蛋！”露特咬牙切齿喃喃地说，“您知道他们为什么这样恐慌？不久以前他们在鲁意森街一个地窖里发现了一个那时候的地下印刷所。他们把这个印刷所查封了，可是通地窖的入口是工人们掘出来的，不是吗？现在全城都知道了这个发现。这么说，您的亨利赫是当时在那儿工作的人之一？他还张贴过传单？我们村里有许多人还记得这些传单。我父亲也对我说过好几次。到现在为止，还没有一个人知道那些人是谁。现在我们总算知道一个名字了。”

“是的，”勒妮抚摸了一下埃恩斯特的肩头说，“现在我们知道了。噢，我该走了，要不我上班要迟到了。谢谢您的照顾，露特！我们还会见面吗？”

露特微笑了一下说：

“大概会见面的。”说完，她从台阶上向勒妮挥手告别。

快下班了。黑暗中，矿上通知夜班上工的汽笛声响过了。最远一处矿上的汽笛把低沉、喑哑的声调拖得最久。

老医生伦纳大约在半个钟头以前就已经洗好了手，穿上大衣，跟勒妮道过晚安，在空荡荡的候诊室的地板上敲着他的粗手杖回家去了。

勒妮一个人留下来整理诊疗所里的东西，这时，门轻轻地打开了，还有一个人小心翼翼地向房间里张望了一下。

“晚安……晚安！只有您一个人在，勒妮小姐？”一个老人神秘地低声问，“谢天谢地，您又回来了，没有您的药我就浑身难受得要命。我的骨头总算等到了您回来，谢谢老天！”

“晚安，古尔曼老伯！”勒妮回答，她停止把器械放到一个金属盒子里，响声也没有了。“难道您不会向伦纳医生拿治您的病的药吗？”

“医生，医生！……”老头儿喃喃地说，“医生说是风湿症，其实我这是矿工病。也许有点儿像风湿症，但总不是。您还是像过去一样把那种药片给我一点。我不要更好的。”

勒妮微微一笑，倒了两打药片在一个小纸袋里，但是老头儿不像平时那样拿了药片就走，他依旧站在那儿，一只因风湿症而蜷曲的手小心地握着那个很容易破碎的小纸袋。

“一想起他，就好像在我眼前一样。他当矿工——就像个矿工！怎么也不能把他叫做别的：他是个真正的矿工……”勒妮正在用毛巾揩一双潮湿的手，现在她停下来注意地听。“我知道了这件事以后……一点也不觉得奇怪。要是知道是别人干的，我也许会觉得奇怪，可是知道是亨利赫干的，我就一点也不……别人也许会感到奇怪，可是我跟您对他是比较了解的……希特勒给我们的小伙子们戴上钢盔的时候，他满以为这样就把我们的心也给抓去放到自己口袋里了。不是吗，小姐？……”老头儿嘶哑着嗓子不知是大笑呢，还是咳嗽，他向前跨一步，好像要透露什么秘密的样子轻轻地说：“可是矿工的心像煤层一样藏在很深的地方，不是轻易可以碰到的。它也跟好的煤一样坚硬。只不过不是黑的！谢谢您，勒妮小姐，请原谅我这样唠唠叨叨，您已经下班了，该回家了。我只是想谈谈亨利赫……再见……”

门关上了，但突然又打开了一点儿，老矿工布满皱纹的脸又出现了。他伸出手，放在离地一公尺半那么高的地方，后来想了想，突然点点头，露出调皮的微笑。

“他到矿上来做工的时候只这么高。只这么高……也许稍微高一点儿！”说完，依旧点着头，不见了。

在勒妮下楼以前，初级看护沃尔夫太太没等到她就先回家去了。那没有关系，勒妮觉得这一次没有同伴，一个人走到家里也无所谓。

傍晚时分降下了初雪，周围都是白皑皑的，只有行人踩出来的几条黑色小径朝着各个不同的方向和村里静静的街道纵横交错。

晚班的工人差不多都各自回家了。只有一群走得迟一点的人，轻轻地谈着话在勒妮的前面走，过了一会儿，又折进一条小巷。后面，旁边，在村里晃动着温暖的火光的地方，可以听见低沉的手风琴声音，公路上吹起一阵轻风，四野一片荒凉。

“这多么奇怪！”勒妮心想，“表面上在跟人们谈话，一刻也不分心地工作着，其实想来想去老想着那件事。到了只有你一个人在一片寂静中，觉得现在可以安安静静想一想的时候，反而觉得你已经全都想到了，全都明白了。”

不，她没有第二次尝到失去他的痛苦。她一直知道亨利赫已经不在人世。那么，她的生活中有什么改变呢？但同时，她又感觉到有一点改变了——这一点她看得很清楚，正像看到一条又黑又湿的街道给落下的雪盖没了变成全白的一样清楚。人死不能复生，往事一去不返。但是有一种往事，它像未了的债一样老拖着你；也有一种往事，它能给你生活的力量。

“晚安，勒妮小姐！”一个姑娘的声音招呼她，“瞧，我们又见面了！”

这是露特和一个小伙子。他们正在赶上勒妮。

“我们送您一程，可以吗？”

他们没走上一百步路，就有几个在小栅栏旁边吸烟的年轻人叫住了露特，他们也走过来招呼。

“这位就是勒妮小姐，你们可认识了，朋友们……”

一切都好像十分突然。每个人都走过来很小心地握她的手，握手的时间比普通稍微长一些，还一个个自我介绍，然后再让到一旁：

“佛朗茨！”

“维里！”

“康拉特！”

甚至有一个人也叫亨利赫。

勒妮这才明白了，这些年轻人是故意在公路上等她的。他们每一个人在下班以后多耽搁一会，就是为了要跟她握握手，对她说自己叫康拉特或佛朗茨。也许，他们还等着她对他们讲几句话？可是她根本不会讲话。

“再见，勒妮小姐，祝您晚安。”露特说。

他们已经走到她家的栅栏门前。跟露特一起走的两个青年矿工伸出手去向勒妮告别。其中有一个人干咳了一声，带着平时经过长久沉默以后所常有的不好意思的样子，说：

“我们只想问您一声：他姓什么，勒妮小姐？”

勒妮一时弄不明白，困惑地沉默着。

“您的亨利赫姓什么。”露特解释说。

“他叫亨利赫·华尔特，”勒妮说，“是的，亨利赫·华尔特。你们问这个干什么？”

“没什么，”一个年轻人固执地说，“亨利赫·华尔特。我们要记住他。”